天津博物館藏

直報

拾貳

天津古籍出版社

光緒二十四年十二月

直報

本館開設天津紫竹林海大道老菜市氣燈房巷內

光緒二十四年十二月初七日
西歷一千八百九十九年正月十八日
第一千三百號
禮拜三

上諭恭錄　絮語　路河搶案　鋪掌可恨
事待查究　預兆年豐　誤良爲賊　督轅門抄
示用銀元　事竣銷差　會辦工程　委署河防
村人送傘　日署下旗　不戢自焚　套狠又見
興築塘路　尋陽求雨　花會釀命　浙撫禁米
杭垣大火　京報全錄　各行告白

上諭恭錄

硃筆王福祥補授大理寺卿欽此　上諭前據湖北巡撫曾鉌奏請變通成例當經降旨令該衙門議奏以覘衆論茲據翰林院侍講學士貽穀奏參大臣擅請變法光祿寺少卿張仲炘奏參疆臣莠言亂政各一摺曾鉌原奏語多紕繆於朝廷整頓庶務力圖自强之本意大相刺謬是爲亂法不得以變法藉口曾鉌着革職永不叙用以爲莠言亂政者戒原奏着毋庸置議該衙門知道欽此

絮語

或問於無尤子曰齋曠達者輒謂與世無尤能必世之亦不我尤乎倘謂人卽尤我我不尤人則以德報怨聖人弗取子恒言眼前無不好人昨報載一拙至死一則謂窰窪龐姓出借銀與某米舖屢討不給鳴諸官不得直遂仰洋藥死於梁園門上子試平心設想豈得竟謂俱好無尤且龐之拙某之巧子烏知之確而言之鑿龐居窰窪去梁園門路幾十餘里龐果旣萌短見何處不可畢命奚必選此極遠極高之界以與青山白雲人爲侶其人巳死容色形骸當與生前自異是否確爲龐姓稍一模糊保無錯誤曾記曩年西城門上斃一少年男子識者云係青縣王勝武屯某姓其族曾居費家胡同該堂叔現在設帳津門地保速卽信知並專足急告其父經同地面官司驗明無傷倒斃隨卽棺殮其父因痛兒心切獨登城上至倒斃處以寓癡思舉目注視見該男適立其處以爲見鬼男見該父狀驚懼亟向慰問始悉前此誤傳誤認之原委今之龐姓勿或類是卽使其人無誤其事孰是孰非將奚以質又孰從辨尤乎不尤無尤子曰坐我明語子此與西門之事不同西門事某姓雖與費家胡同爲族然其身實來自異鄉識之者鮮縱識亦多不熟其叔其父久與相離或意該男身在青年象貌易變或意其風霜憔悴致損形容猛得凶聞方寸俱亂以故神淆目眩誤假爲眞若龐則生長是鄉鄰里親族出入相見且聞其晚間在家已脫長衣彼其裏服裳履家人婦子莫不熟悉安得錯誤至某號欠伊借欵旣控在案諒非事出無因曲直是非堂訊後無難水落石出卽不得直訟庭斷不能瞞鄉里卽或掩過現在終當大白於將來予固無煩懸揣也若所謂與世無尤者余自有說人生常不滿百歲前不見古人後不見來者幸而生同聚落同我幾何人異我者幾何人旣與相交自當一視同仁不可爾虞我詐人孰無良果其昧良王法可免天譴難逃縱使能質於公庭不能無愧於屋漏平旦之氣苟未喪盡淸夜豈不自捫心倘一捫心云胡不悔所以世無不可感之人卽斷無一可尤之人正爲其人之具有天良終當自責自尤後悔無及況又有秉性忠貞如傳稱旬奚之不食言謂使死者復生生者不愧於其死此良由死者不愧於生先有以基之始也予之懼尤於世也久矣故字以無尤自矢向往恒苦人之謂我

尢者我莫由以得知至人之無尢於我者我則無時或忘也計自壯歲應世以來薄物細故及人所衆見習聞之事與世彼此無尢者不敢自侈竊憶同治間自江左回籍省親便道入都爲粵西雷君昆仲援例報捐實職數人所籌捐欵係以廣葉足赤親交予手抵都有同門執友紀吏部適掌直隸印結局爰投刺晉謁之吏部在公未歸及詢局友知爲安徽涇縣茂林孝廉庾岑吳君之鋭孝廉爲吏部大堂前直隸學政公之賢孫江西廬陵大令之次公子分發戶部主政爲予表妹倩正欲訪而未知處者喜極告以故郎托代爲上兌是年閏五月其時爲孟夏之杪吳謂予曰今上兌已不及來日則爲五月卯期此月上兌例須下月驗看領憑下月閏五是爲閏月例無驗看君盍以此鉅欵暫謀生息俟下月再爲上兌一樣於六月領憑豈非兩便予卽以欵交吳曰請代存之一任所爲吳曰君之表妹故後新續室人衣飾不齊可假廣葉十餘金否予曰請自用之無須多慮予卽於次日旋里閏五再到都門則吳君已故其繼室已返母家不知所往予思當日彼此交際出口入耳惟我兩人絕無他人可問不料有大城張君竹虛者吏部紀君之戚也知予至延予到局卽以吳君所囑告據云吳謂張曰君爲吾友當了吾願某君爲人代辦捐欵請以吾之俸薪儘數劃償則一死無恨且當圖報來生也至哉吳君誠端矣哉端人之取友必端若竹虛者足爲其友無愧矣今吳之子孫居南省聞皆爲珂里知名士張君之年計已七秩過半矣久不晤談曷勝渴想謹筆諸簡以爲世之交渝生死者告

路河搶案 ○頃友人自通州而來談及十二月初一日夜間時交初更通州北門內鼓樓前務本錢店突來匪徒十餘人各持洋鎗刀械擁入錢店放鎗恐嚇將鋪夥高某按倒以刀加頸詰問銀兩藏在何處高某不肯說出卽經該盜以利刃惡狠狠向頭顱連砍三刀血流如注復用刀背將李某砍傷該匪撬開銀櫃搜掠白强五百數十金彼時該鋪夥等見盜匪來勢甚兇皆藏於桌肚之下祇得任其所爲將銀搶掠攜贓逃逸赶赴文武衙門稟報卽行會同勘驗飭捕追拿時城門已閉盜匪俱越城逃逸杳無蹤影一面飭行驗明事主所受傷痕據情詳報當經通永道將通州許刺史先行摘去頂戴以儆捕務廢弛勒限一個月上緊踹緝贓盜務獲倘再限滿不獲立卽從嚴叅辦

鋪掌可恨 ○部門九城買賣惟錢鋪爲最多亦惟錢店爲最惡其作奸牟利重入輕出猶未也往往恣意揮霍虧累過多閉門逃逸爲害居民者不勝枚舉日前東華門外東貴和錢店暗將銀錢運出旋於十二月初一日被人擁擠搶刼一空並有放火燒房情事現聞雖經官廳弁兵拿獲訊究懲辦而房東吏部郎森遣丁赴提督衙門呈控聲明該鋪東係江西九江府延太守譽責令賠修房屋並追究開發所虧票存銀兩未知能否開發訪明再錄

事待查究 ○日昨內務府愼刑司送交刑部收禁太監劉某等二名已列前報茲經訪聞該太監等因東華門外東貴和錢店被人擁擠係該太監起意致遭搶掠是以送交刑部審辦至如何訊斷統俟再訪

預兆年豐 ○京師日前得雪已列前報初四日墨雲騰空至黃昏時滕六君忽又稅駕如飛絮撒鹽天公正好玉戲俄而狂風怒吼浮雲一掃而空約平地積雪厚至盈寸初五日寒益加甚明歲豐年可以預卜已

誤良爲賊 ○近來京師諸宦宅屢有被竊之事各街巷冬防益加嚴密通宵巡邏夜行者諸多未便十二月初四日有小竊在宣武門外堂子胡同劉姓門首爲巡查營弁瞥見正欲提拿已從橫路逸去該營弁率帶兵丁向前追捕彼時有某宦宅因妾欲臨蓐遣家人楊升赴兵馬司後街延收生婆楊走路荒張營弁誤疑爲賊卽以鐵鎖牽之帶至官廳擅用刑求雖據楊升供稱實係在某宅服役並非竊賊倘若不信可派差將我帶至宅內詢問如有虛揑情甘認罪詎料該營弁執意不允嗣經兵丁皆爲挽說始行勉强將楊升帶至宅內對話時某宦因延收生婆遲悞咎在營弁誣良爲盜所致立赴營汎追詰該營弁自知咎有難辭某宦斷難寬恕倩人說情未知作何了結也

督轅門抄 ○十二月初七日制台見 海關道李大人 記名提督程大人允和辭 候補同知朱文震 安州商作霖 署山海關通判謝政賢 安肅縣方鳳苞 新河縣張石 新選龍門縣張兆齡 代理盧台通判范樹恒 准補交河縣龔彥飾 前署獻縣胡良駒 候補縣陳用壎 陳沐 江蘇候補縣畢培先 孔憲廷 候補縣丞陳鏡心 成緒 蔡清壎

示用銀元　○本埠現錢短絀異常雖設官爐鼓鑄仍不敷周轉前經奏准鑄造銀元搭配使用刻蒙縣尊出示云案蒙各憲札奉　上諭各省均造銀錢通用無論遠近上下流通以及官商吏胥錢糧稅厘皆以銀錢兼收不准吏書勒索以錢抵銀等因欽此合亟出示曉諭爲此示仰軍民官商人等一體知悉自示之後務須遵照通用如有抗違定卽懲究不貸特示

事竣銷差　○陳大令懷忠前奉天津道憲任觀察札委赴獻縣一帶查辦冬撫事宜曾經紀報頃聞事竣回津昨赴道轅並籌賑局稟知辦理情形卽請銷差

會辦工程　○候補縣江心階大令歷在縣府兩署發審小心奉公從無貽悞久蒙各上憲器重聞昨奉札飭會辦工程局差使不日卽當赴轅叩謝能者多勞大令有焉

委署河防　○署天津河防同知楚小峯司馬因案撤委等情前經錄報茲聞所遺篆務奉藩憲牌示委林太守際康署理並聞昨已赴轅叩謝諒不日卽諏吉接篆云

村人送傘　○昨見有送萬名傘者共計十三柄傘上姓名皆用金紙作成光彩奪目前導鼓樂一班後隨衣冠者多人直往針市街黃宅而去聞黃姓係本埠富紳好行善事多義舉前在城西修堤爲該處防備水患刻紳家遇有殯事故各村人感念前情特集資製傘若干柄藉伸謝悃

日署下旗　○按西例凡王公暨各大臣身故者無論衙署輪船皆下半旗誌哀日本例亦相同昨見駐津日領事署忽下半旗詢悉該國某親王逝世是日正當發殯故耳

不戢自焚　○頃聞大胡同天慶錢局有甲乙二人入鋪換銀甲一解囊不覺將腰間小洋槍帶落槍機觸地而發正轟中腳面血淋淋鞋襪皆殷乙急代僱洋車拉之而去傳曰兵猶火也不戢將自焚其斯之謂乎

套狠又見　○盜匪刦財狡計百出不窮竟有不用槍刀等兇器祇須麻繩一條綽有餘裕者名曰套白狠前年曾有之業紀報端頃聞友人云昨晚有某公館少公子狐裘貂帽被服麗都行至侯家後小胡同內被匪徒瞥見卽以套白狠之法套之上下衣服盡行剝去僅留奄奄一息現飭僕片送該管保甲局飭捕嚴拿矣

興築塘路　○杭州訪事友人來函云錢塘江東岸由西興至蕭山一帶約三十里之遙向有石塘所以通行旅防水患邇因年久失修以致道路崎嶇殊多不便邑中陳姓巨族也樂善好施孜孜不倦慨助鉅貲稟請雇工興築撫憲准如所請委員前往估看工程聞約需銀三萬餘兩卽由陳姓如數認捐已於前月某日開工矣

尋陽求雨　○九江天時亢旱農人望雨情殷四鄉菜麥幾于無從下種府尊聯敷青太守軫念民艱諭令德化縣吳儀生明府傳集僧道設壇於府城隍廟中自上月下浣五日起禁止屠宰祈求雨澤每日朝夕太守親率文武各印官手執瓣香步行入壇虔誠叩禱二十六七兩日陰雲密布天氣微寒大有欲雨之象詎二十八日清晨依然紅日東升晴光四照大守顧謂寅僚曰無論久暫不沛甘霖不撤此壇不開屠禁乃是日午後天又密雲重布至夜麗更四躍時果聞鴛鴦瓦上瑟瑟作聲咸以爲好雨至矣詎料畢星偶然一顯片刻卽返現在仍舊銅鉦高掛氣淨長空何蒼蒼者之靳澤若此耶

花會釀命　○甬東花會之盛如水赴壑幾於罄竹難書前日東鄉下地方花會筒未開之時有坊者某甲登屋揭瓦偸窺見其所書李學寶三字出而語人相與備貲往押揭曉果中需賠洋二千餘元之多頭家無以應衆嘵嘵不肯干休會中人自念來者獨押此門其中必有緣故後經察知係甲所爲於是聚集多人擁至甲家毀其屋宇大有欲得甘心之勢甲因自縊斃命其妻亦吞服紫霞膏隨夫地下而去一時竟釀兩命鄰里畏頭家凶燄未敢首官祗令棺殮含糊寢事噫花會之爲害如此南面者若不設法嚴禁不知伊於胡底也　錄十一月十二日新聞報

浙撫禁米　○浙撫廖中丞民瘼關懷近因各屬豐稔米價仍復昂貴恐有奸商私運出口情事故特重申禁令頒示到竊署謂浙省之米祗准本省轉運不許出洋如被查獲當以五成充賞五成充公云云似此三令五申奸儈其亦知所顧忌歟

杭垣大火　〇杭州訪事友來函云前月十五夜更魚三躍時祝融氏秘駕於杭垣清泰門內葵巷東偏某姓家巡更人瞭見火光即鳴鉦報警各處水龍整隊而來竭力施救印委各員咸帶差役兵丁到塲彈壓移時始得救熄僅焚去草屋三間其失慎之由聞係燈燼著於蒐簞之上天時燥烈以致一發難收也十七日寅刻省垣章家橋東石牌樓板兒巷金順興家又遭火厄是處係商賈雲集之區店鋪如林百貨山積一旦災生意外霎時即悉化刼灰加以天未平明水龍夫大都深入黑甜鄉雖聞警而來未免到塲遲滯以致燎原之勢無計消弭直至饗晨始得救熄計焚去大小房屋一百二十餘椽起火之家傷斃一人

光緒二十四年十二月初五日京報全錄

宮門抄〇十二月初五日內務府　國子監　正紅旗值日　無引　見　恭王請假五日　富侯續假五日　松溎請假十日　恩祥謝授左贊善　恩　桂山松齡謝左右監副　恩　劉樹堂王祿書胡清鑑劉中度雙瑞鉦斌預備　召見　掌儀司奏初十日十一日祭　奉先殿恭王慶王行禮　召見軍機　劉樹堂胡清鑑雙瑞

〇〇戶部左侍郎湖南學政臣吳樹梅跪　奏爲恭報微臣到任接印日期叩謝　天恩仰祈　聖鑒事竊臣蒙　恩簡放湖南學政跪聆　聖訓後遵即束裝就道馳抵該省於十一月初四日准湖南巡撫兼署學政臣俞廉三委員將學政關防並書籍文卷齎送前來臣當即恭設香案望　闕叩頭謝　恩祗領任事伏念湘省風氣素樸近以誤於倡導未免學術紛歧疏闇如臣深以不克稱職爲懼惟有恪遵　懿訓力愼維持衡文以純正爲歸冀挽囂凌之習植品以綱常爲重俾知名教之尊期風化之克端庶慰　聖慈委任逾恒之至意所有微臣到任接印日期除恭疏　題報外理合繕摺叩謝　天恩伏乞　皇太后聖鑒謹　奏奉　硃批知道了欽此

〇〇戶部左侍郎湖南學政臣吳樹梅跪　奏爲恭報微臣到任接印日期叩謝　天恩仰祈　聖鑒事竊臣蒙　恩簡放湖南學政跪聆　聖訓後遵即束裝就道馳抵該省於十一月初四日准湖南巡撫兼署學政臣俞廉三委員將學政關防並書籍文卷齎送前來臣隨即恭設香案望　闕叩頭謝　恩祗領任事訖伏念臣才疏識闇學政任重事繁況湘省近來學術多歧厘正轉移尤以不克奉職爲懼臣惟有恪遵　聖訓矢愼矢公束規矩於膠庠首端風化求才華於根柢共勵儒修庶幾習挽囂張學崇實際用副　聖主委任逾恒之至意所有微臣到任接印日期除恭疏具　題外理合繕摺叩謝　天恩伏乞　皇上聖鑒再臣經過直隸一帶雨暘時若秋穀豐收過河以南及湖北境內雨水間有未調民情均極安謐堪以仰慰　宸廑謹　奏奉　硃批知道了欽此

〇〇鄧華熙片　再安徽省會奏准設立求是學堂敎授中西實學經臣咨請總理衙門揀派同文館敎習即選主事都察院筆帖式德昆同知銜吏部即補司務李聯璧於本年二月到皖派委德昆充當法文敎習李聯璧充英文敎習旋據德昆稟稱接到家信知都察院筆帖式底缺已於四月間開去向來各部院實缺人員奉派出差例不停扣資俸更無開缺條理懇請轉咨無論何衙門遇有蒙古筆帖式缺出即行補還等情臣據稟咨請總理衙門核辦茲准總理衙門咨覆據情咨准吏部覆稱奏定章程內開僅行咨調辦團並隨營差遣以及自行呈請投營投効之員凡未奏明請　旨調往派往者在京以起程之日在外以咨文到部之日實缺人員即行開缺候補大員即行停其資俸俟回署後再行接算俸次序補等語德昆係由皖省咨調充當學堂敎習並未奏明請　旨是以按照新章將該員筆帖式開缺所請仍予酌量補還撥算原咨之處應俟該員差滿回署後再行核辦等因查都察院筆帖式德昆因調赴安徽充當學堂敎習開去底缺未免向隅該員如果訓迪得力自應由臣奏明辦理以重要公而與吏部奏定之章亦合至同知銜吏部即補司務李聯璧係與德昆同調赴皖之員應否一併奏明免停資俸咨明查照核辦等因臣查德昆李聯璧二員自到皖省分充求是學堂英法文敎習啓發學生頗稱得力因係咨調而來未經奏明有案德昆都察院筆帖式底缺既經吏部開去恐李聯璧即補司務資俸亦在應停之列均屬向隅學堂敎育人材爲目前當務之急正當激勵敎習以期啓迪盡心相應專案　奏明仰懇　天恩俯准　飭下吏部將開缺都察院筆帖式德昆遇缺酌量補還吏部即補司務李聯璧免停資俸以示鼓勵出自　鴻慈除咨吏部查照外謹附片陳請伏乞　聖鑒訓示謹　奏奉　硃批着照所請吏部知道欽此

〇〇奴才譽昌祿祥　奏爲筆帖式因病出缺揀員遞補以資辦公恭摺仰祈　聖鑒事竊查科布多兵部事務處筆帖式烏勒西蘇因

病身故所遺筆帖式員缺自應揀員充補以資辦事查有五品項戴補驍騎校後以防禦補用候補筆帖式崇文年壯才明妥實可堪以擬補應俟五年期滿如願就武同城後循例以防禦補用其該員應[illegible]俟奉　旨之日循照例章開支報部遇有差便先行給咨該員赴部帶領引　見遞遺候補筆帖式一缺除由奴才等揀員充補照例咨部查核外所有筆帖式病故遺缺揀員遞補以資辦公緣由理合恭摺具陳伏乞　皇太后　皇上聖鑒謹　奏奉　硃批該部知道欽此

○○奴才恩澤薩保跪　奏爲光緒二十四年分製造火烘藥等項用過工料銀兩數目請　旨飭部核銷恭摺仰祈　聖鑒事竊查前經奏准黑龍江通省每年加工碾造火藥四萬觔烘藥八百觔火繩八千觔以資操防需用所有光緒二十三年分製造火烘藥等項用過銀八千四百兩業經戶部議准由俸餉項下按年以實銀支給等因在案茲據碾造火藥委員副都統銜花翎協領富色訥報稱二十四年分應造火藥四萬觔烘藥八百觔火繩八千觔均已製造完竣遵照奏定價値共用過工料實銀八千四百兩由俸餉項下如數支領按欵造冊呈報前來奴才等覆核無異除將細冊咨送戶工二部核銷外理合恭摺具　奏伏乞　皇太后　皇上聖鑒　飭部核銷施行謹　奏奉　硃批該部議奏欽此

通彩綢緞公司

本公司設立彩票三百張大小不等放三十彩使六股篩子搖點各憑手幸有無得彩當時財氣有願買票者赶急去買卽定於本月十四日十一點鐘在天桂茶園內開彩至期不悞如有不到者本公司代搖决無蒙昧　每張票價洋錢二元

頭彩一張得洋錢二百元　二彩一張得洋錢一百元　三彩一張得洋錢五十元　四彩四張每張得洋錢十五元

五彩五張每張得洋錢六元　六彩八張每張得洋錢四元　七彩十張每張得洋錢三元

代賣票處

海大道直報館　鍋店街錦盛祥　宮北湧興成　北門東文心堂

東門內恊和居　侯家後和泰昌　紫竹林信德隆　鹽道衙門對過同春和

本公司新設煙茶樓仕商賜顧吸烟一盒送給彩票一張有瓜子水烟茶水全在內每盒烟價津錢五百文凈要票者津錢三百文凈吸廣烟津錢三百文有賜顧者請至本樓看票可也盡知得彩數目　本公司開設在西開天桂茶園北邊便是

前次魁陞號之得頭彩錦盛祥得二彩餘者同領彩

通彩主人謹啓

話從何來　本茶園開設以來不惜重貲廣邀京都上海山陝粵省諸名角蒙遠近　士商貴客賞鑒座客常滿多至千餘或六七百位晚間尤衆門前若市向無驚神詫鬼之事昨見國聞報登有人自園中奔出行至閘口告人以見鬼等語衆聞知係鬼話謂其目眩不謂又有和其說者及詢他人舉謂殊無所見諒因本園生意較盛爲鬼祟者所妬故弄鬼技爲此說以混人生意想　諸公無難鑒別也

天仙茶園謹白

魁陞號綢緞洋貨莊

本號自置顧繡綢緞洋貨等物整零均按銀莊格外公道皆比大市價廉發售　寄賣各種貢料大小皮箱漢口水烟袋各種眼鏡龍井雨前紅茶梗　寓天津北門外估衣街五彩號衚衕口坐北向南　士商賜顧者請認本號招牌特此謹啓

施救吞烟　白鴨血及人糞汁皆爲救吞鴨片妙方爲其吐耳然效與不效或未可必惟上洋白藥粉專救吞烟經驗多人萬無一失法用白藥粉一劑加熱水一盞沖藥温服服畢以二人扶之行走不住卽易吐出若遲至半刻不吐再服一劑不吐仍卽再服一劑總以吐淨鴨片毒爲度吐後多飲清水仍令一吐再吐至所吐之水澄清無汚其毒乃盡可慶更生切不可用煤油醬油等方誤灌致傷性命如吞烟後一時取藥不及先以食鹽三錢攪冷水碗許灌入暫殺其毒以待藥至卽急灌救如吞烟歷時甚久昏迷欲睡此係烟毒已發恐一吐猶未能盡淨必須二人扶之行走另着人用竹竿打其兩腿皮肉務使知痛驚醒終夜不睡睡則難保無虞矣此藥西頭流水溝西河沿立興成糧莊暨金華園西河沿聚豐恒糧店河東十字街西存仁堂樂局中義當東愼修堂闔宅均爲施送台併錄報使遇此事者就近救急　諸善士如欲購捨此粉上海大馬路科發藥房及津郡老德記等大藥房均有價亦甚廉豫備不虞古之善道願我同人勿以小善而不爲也

同人公啓

公函照錄

五相國寄 裕壽帥告山東災求賑公函

敬啓者今歲山左水災淹沒數十州縣實爲百年以來所未聞遍野哀鴻數逾千萬東上同鄉京官電達各省諒已早蒙推解惟是被災既重爲日又長縱厚集鉅貲亦非一次所能博濟弟等哀此遺黎萬難漠視惟有代嗷嗷蒼赤重作將伯之呼明知近年各路迭告災荒籌賑幾成弩末而山東此次黃水橫流淪胥半省實非他處偏災可比況該省爲 畿疆屏蔽若不妥籌撫恤不惟流離可憫亦且事變堪虞爲此懇達 台端於無可籌措之中再爲設法但能多盡一分心力即多活一分生靈垂斃災民更生可望盡出 高厚之賜矣外附捐冊希分致

李鴻章 崑岡 徐桐 榮祿 孫家鼐 全頓首

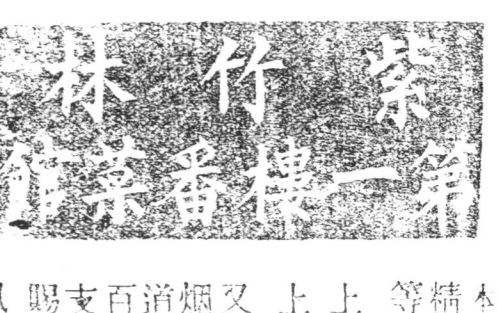

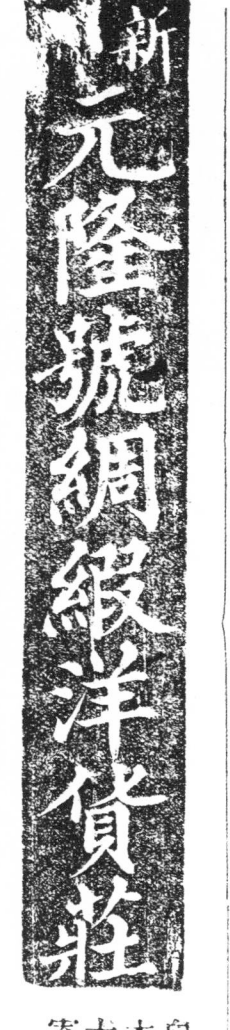

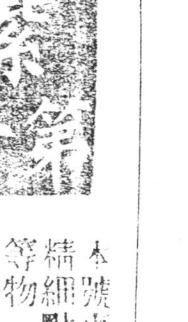

新元隆號綢緞洋貨莊

自去歲四月初旬開張以來蒙 各主顧垂盼雲集馳名日盛 本號特由蘇杭等處加意揀選名機新鮮貨色零整銀價俱照 大莊行市公平發售以昭久遠此白

寄賣龍井雨前素茶福建皮絲水烟各種眞料大小皮箱 開設天津府北門外估衣街中路北門面便是

元茂機器磚瓦公司

本公司仿照西法燒作磚瓦事屬創舉曾經通稟在案該貨堅固異常價值從減並各樣印花磚瓦俱全 賜顧者請至海大道新興南里內本公司面議可也特此謹啓

瑞林祥元記

本號今在天津府北門外估衣街中間路北由京分設瑞林祥元記擇於八月二十日開張自置綢緞洋貨織絨線貨洋廣等貨粗細布正眞正廣東丸藥貢緞小帽京城自染透骨眞青京靛大藍鄭州自染佛青正藍椀青細布凡備各色向來不惜工本務要眞而求眞價本酌以公道務取其實以圖久遠懇祈 貴商尊客賜顧者留神細察特此佈聞

本號謹啓

告白

代辦各種機器

敬啓者余自去歲代辦各種機器業蒙紳商賜顧並無遲悞今又向英國著名大廠代辦各樣紡紗織布造磚炸毛等機器以及各行應用各樣機器零星物件定日交貨不能遲悞如 貴行包辦常年機器人工煤料或安設各樣機器價值格外相宜如蒙 貴官紳商購買者請至英新租界福仙永茶園看圖面訂可也特此佈聞

寗子卿謹白

紫竹林 第一樓番菜館

本號專作英法大菜各色精細點心各樣洋酒洋貨等物一應俱全並售

上 八百
上 紅茶 每斤津錢 一千
六百

又批發茂生公司鐵海紙烟零整發售價值格外公道原箱計一百盒價洋一百四十四元每盒計五百支洋一元五角凡 仕商賜顧請即駕臨是荷 風雪勿阻

主人謹白

告白

出售淸華齋精裱巳亥通書指掌圖每軸津價二百四十 又新出津門紀畧附城廟圖准十五出書 絳雪齋官商快覽每一百四十種每本六百八十光覩爲快

天津北門內府署東紫氣堂啓

洋樓出售

啓者今有洋樓一所座落海大道西德義洋行巷內內分兩院房屋堅固敞亮現願出售中外仕商如有願買者價值格外公道請向直報館帳房面商可也

本館代白

海利鐘表洋行

啓者本行自上海分設天津紫竹林法租界大街均興印字館旁自製新式鐘表金銀表金表鍊各樣新式大小說話機器耳鳴機器金戒指金鋼石戒指大小洋鏡各樣新貨一應俱全貨好價廉格外公道在此洋樓造成批發物貨諸公光顧請早駕臨

海利洋行謹啓

戊戌年十二月初七日 [illegible]三

告白

啓者本行德帽老牌火油製自嚹咭由咪吔嗟咍公司監工精煉質性澄純極其燦朗穩固無危毫無烟味即或偶爾傾駛亦無騰炸之慮兼之此油每箱兩罐計淨油六十七磅比別家格外加重並用上等白鐵爲罐自置機器軋就焊口堅固異常毫無滲漏之弊堪稱物美而價廉誠非別家之可比業經中外馳名倘蒙仕商賜顧成票零批均無不可欲採辦者請移玉本行賬房面議可也

世昌洋行謹啓

告白

今有新樓一所出賣坐落在海大道英新租界福仙茶園牌坊迤北向大街門面七間連樓帶底並退身在內共計二十八間一賣八年八年後歸英工部局爲業整買零賣各從其便欲要者請開通海樓便知

三義堂主人謹啓

宮南 桂蘭齋茶食店

本齋精製拾錦南糖眞素供果嘉湖糕點紹興薄脆八寶京糕異味糕點各種茶食外帶行匣新添拾錦元宵蜜餞糕江米糕南北點心無有不精製細做開設天津府東門外大后宮南自此一家並無子孫分號

京緞零剪 減價售現

零剪	
高鴉背	一千三百五
正號元青貢緞每尺	一千四百文
中號	一千一百文
眞杭青庫緞每尺	二千二百文
中和淨絲每包	五百文
廣東長盛幼絲	一百六十文
南京鹹鴨每支 大	一千八百文
小	一千二百文
寄售 每斤	
龍井	一吊七百文
雨前	一吊一百文
珠蘭	一吊四百文
雀舌	九百六十文
紅袍	六百四十文

本號自製元邊京緞臺售零剪杭絨衣線帽燕金腿南貨糟貨一應俱全近因錢市漲落不同分別減價抑因無恥之徒假冒南味字號者甚多雖云謀利誠恐亂眞欲辦貉用煩楮墨

天津宮北大獅子胡同公益仁記南坊謹白

天仙茶園

特請京都新到頭等名角

想九霄 時炳奎

十二月初八日晚准演

巧會珍珠彩 探母回令

天后宮北 義興順綢緞莊

本莊自置顧繡綢緞綾羅紗絹哈喇大呢羽綾羽毛各樣花素洋布南貨雅扇桂母頭油香粉胰皂蹄安貝松泉湖筆一概俱全

頭號杭寧綢
頭號摹本緞

紅梅茶 每斤	九百六
紅茶	六百四
紅茶梗	二百二
龍井茶	一吊八

金百
壽棉緞裙布裡每套五兩八
雜色金刀絨每尺五錢五

新到各貨

敬啓者由外洋新到自置火腿猪肉啤酒等件價錢格外公道如欲買者請早購取可也

紫竹林英界 恒豐泰飯店啓

告白

浙紹朱鈍翁現由彌勒菴移寓於津道署西箭道北頭路西木公館循舊懸壺特啓

十二月初七日銀洋行情

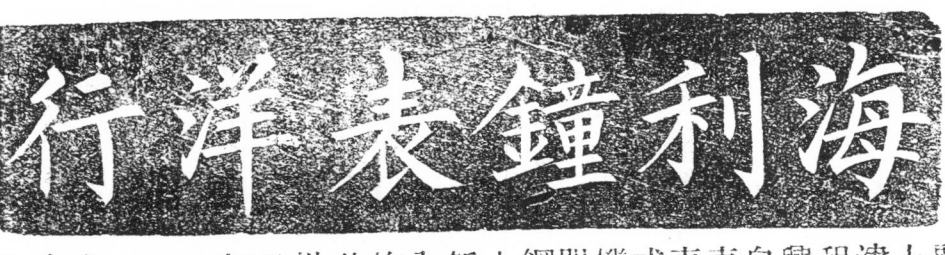

天津通行九七六錢
銀盤二千三百七十五
洋錢一千六百六十文
紫竹林通行九六錢
銀盤二千四百零五
洋錢一千六百八十五
洋錢行市七錢

開設海大道英新租界
福仙茶園
特請上洋新到
長春名班
京都上洋蘇杭山陝烟台等各處
頭等文武名角
十二月初八日早晚准演

達子紅　白文奎　羊喜壽　黃　處　周春奎　張　七　張長奎　牛　處　楊四立　彩上漂　陳春有

于占奎　金榮連　雲里飛　雲里雁　飛來鳳　董度雲　劉桂林　劉玉有

陳長桂　王國喜　終德明　袁清太　禿里子　趙春永　趙德勝　周安元　楊福保

周小喜　劉九奎　謝才寶　楊八　張四　李五　閻星　大鎮　永喜　仇合　福玉　春二　三兒　沈二　郭長有　小三套　鄭德祿

盛盛盛　花山萬　各樣新戲亮台　盛盛盛　柱林平

開設馬家口下娘娘廟前
天仙茶園
特請京都
玉成全班
特請京都山陝姑蘇上洋等處
頭等文武名角
十二月初八日早十二點鐘開演

于大頭　小天桂　楊玉鐘　鄭鐵棍　小福才　小金子　劉鴻昇　王二奎　李玉廷　高恩榮　陳桐雲　陳連桂　李吉瑞　李連仲　飛來鳳　瑞德寶　王長林

鎖五龍　落女店　送銀燈　反五侯　胭脂虎　眾武行雙泗洲城

初八日晚七點鐘開演

小桃紅　小京娃　時炳奎　張藹卿　瑞德寶　李連仲　劉鴻昇　崔玉樓　飛來鳳　王子寶　蓋天紅　馬全錄　想九霄　李吉瑞　瀛天飛　章金虎　徐文壽

算糧登殿　探母回令　眾武行長板坡　全班合演　煩演新排新戲連台頭二本滿堂燈彩　巧會珍珠衫

開設法國租界
天津紫竹林北大街
天福茶園
特請京都
太平和班
京都上洋姑蘇山陝等處
各色文武　頭等名角
十二月初八日早晚停演

告白
啓者法租界天福茶園傍現有先開三義飯店洋樓一所及大小樓房無不寬闊如有願租者　請到天福茶園賬房面議可也
天福茶園賬房謹啓

開設馬家口南興基新馬路
天桂茶園
特請京都
同慶樂名班
特請京都山陝姑蘇上洋河南等
頭等文武名角
十二月初八日早晚停演

美孚老牌煤油

啓者美國三達煤油公司之德富士老牌煤油天下馳名萬商稱美蓋其質潔色清亮白如銀且絕無烟氣能耐久燃比之生荳等油品光百倍而儉用價廉此為德富士老牌之佳處誠屬無雙妙品也　士商賜顧請到天津美孚洋行採辦或向就近殷實行店購買庶不致悞

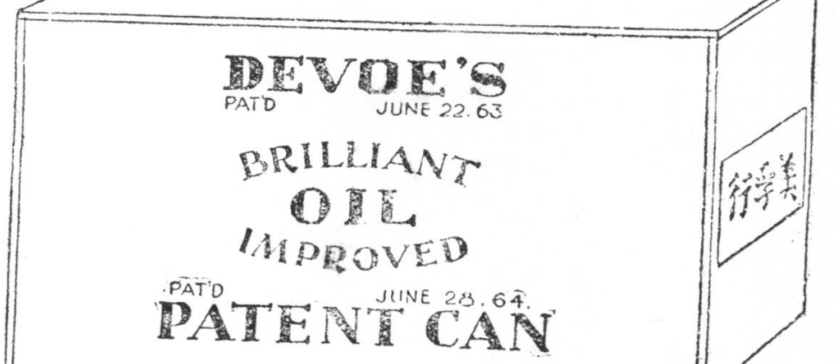

孔雀老牌香烟

本公司紙卷香烟久已膾炙人口聲譽鼎盛銷路日廣皆仍中外紳商賜顧所致不勝感荷本公司精益求精此次斟酌盡善每枝增烟葉十之三又請太醫院醫學博士和以貴由靈藥香味清美有裨衛生吸之可避一切瘴毒至價目則重依舊庶於各位盛情聊報萬一

伏請賜顧者認明孔雀招牌隨地購吸勿與他家松鶴等混視是幸此佈
上海村井紙烟公司
天津天后宮街賴天生德號經理告白

直報

本館開設天津紫竹林海大道老榮市氣燈房巷內

光緒二十四年十二月初十日
西歷一千八百九十九年正月二十一日
第一千三百零三號　禮拜六

上諭恭錄
封印期近
父作子述
道署發審
河北小火
東土將臨
查獲燬錢
京報全錄
戶部奏撥東三省的餉
大庫借銀
督轅門抄
委辦礦務
大斛失去
示論米商
築路通商
各行告白
情同誑騙
督批照錄
府批照登
變起蘆花
奉礦要聞
英船將回
歡聲雷動
跟蹤緝獲
閱新建操
來津銷差
懸賞緝匪
查案傳聞
俄駐東三省兵數

第一頁

上諭恭錄

上諭直隸承德府知府員缺着英啓補授欽此　欽奉　慈禧端佑康頤昭豫莊誠壽恭欽獻崇熙皇太后懿旨本日召見來京之蒙古王公布彥烏勒抬依額爾德木畢哩克圖濟克丹達克齊瓦察克都爾色楞貢多桑保阿爾賓巴雅爾那遜綽克圖勒旺布哩克濟勒車旺哩克靖均着加恩在西苑門內騎馬並乘坐拖床內扎薩克台吉色凌濟嚕布勒欽圖布圖外扎薩克台吉特木爾車林多爾濟那木凱多爾濟內扎薩克貝子圖們巴雅克什克布吉木均着加恩賞坐拖床欽此

戶部奏撥東三省的餉

戶部謹　奏爲遵　旨籌撥東三省的餉恭摺仰祈　聖鑒事竊准軍機大臣字寄光緒二十四年十一月初九日奉　上諭依克唐阿奏請飭撥東三省來年的餉並請催欠餉一摺東三省已亥年的餉應撥奉天銀二十六萬兩吉林銀五萬三千一百三十兩零打牲烏拉銀三萬八千二百五十二兩零黑龍江銀二十六萬一千兩著戶部照數指撥令各該督撫等如數籌解毋許遲延並於報解之時分晰奉天吉林打牲烏拉黑龍江各欵目以免牽混其各省欠解東三省本年的餉暨歷年欠餉著各該督撫監督按照單開數目赶緊籌措務于年內掃數解清以濟要需原單均著抄給閱看將此諭知戶部並由五百里諭知直隸兩江閩浙各總督江蘇安徽河南山東各巡撫暨傳諭淮安關監督知之欽此遵　旨寄信前來臣等自應欽遵酌撥以濟要需查東三省已亥年應需俸餉除各該省應征各欵照案先期開單咨部核抵並有覆查吉林應抵漏列欵項俟咨覆到日另行核辦外其不敷銀兩計奉天省請撥銀二十六萬兩吉林省請撥銀五萬三千一百三十兩零打牲烏拉請撥銀三萬八千二百五十二兩零黑龍江省請撥銀二十六萬一千兩共應撥銀六十一萬二千三百八十二兩零謹另繕清單恭呈　御覽應請　飭下各該省督撫等暨藩運各司及各關監督按照臣部指撥數目分批徑解　盛京戶部交納如有延欠卽由該將軍等遵照指名嚴參照貽誤京餉例議處並令　盛京戶部於各該省撥欵解到時暨分咨吉林黑龍江將軍打牲烏拉總管各照請撥銀數派員領回俾資散放其黑龍江應領大制錢仍由　盛京戶部照章給發至東三省支給俸餉向有折減章程應令各該將軍務須按照向章一律支放題報核銷如有餘賸卽於下年請撥俸餉時聲明列抵毋稍遺漏其各省關歷年欠解東三省俸餉臣部業經遵　旨飛咨各省關赶緊設法分批清解不准任意延宕致誤餉需所有遵　旨指撥東三省已亥年的餉緣由理合恭摺覆陳伏乞　皇太后　皇上聖鑒謹　奏　謹將按擬東三省已亥年俸餉各銀數繕具淸單恭呈　御

覽 計開 奉天省巳亥年應需俸餉二十六萬兩擬撥 山東巳亥年應征地丁銀十一萬兩 兩淮鹽厘銀八萬兩 兩淮鹽課銀三萬兩 江蘇厘金銀二萬兩 臨清關常稅銀二萬兩 吉林省巳亥年應需俸餉銀五萬三千一百三十兩零擬撥 山東巳亥年應征地丁銀一萬三千一百三十兩零 河南巳亥年應征地丁銀一萬兩 臨淸關常稅銀一萬兩 江蘇厘金銀一萬兩 江海關洋稅銀-萬兩 打牲烏拉巳亥年應需俸餉銀三萬八千二百五十二兩零擬撥 長蘆巳亥年應征鹽課銀三萬八千二百五十二兩零 黑龍江巳亥年應需俸餉銀二十六萬一千兩擬撥 山東己亥年應征地丁銀七萬六千兩 福建己亥年應征鹽課銀三萬兩 安徽應征地丁銀三萬三千兩 河南應征地丁銀三萬兩 江蘇厘金銀二萬兩 江西厘金銀一萬五千兩 直隸旗租銀五萬五千兩 長蘆應征鹽課銀二千兩

歡聲雷動 ○皇太后現在駐蹕 南海所有三海外圍朱車値班官兵自八月十三日起添派神機營新盛毅武隊兵丁及內務府步軍校護軍校每日晝則稽查巡邏夜間傳籌喊號現在時値天氣嚴寒之際該兵丁等當差不辭勞瘁經內務府傳奉皇太后懿旨賞三海外圍朱車値班官兵神機營銀四千兩新盛毅武隊銀三千兩內務府步軍校銀六十兩護軍校銀一百六十兩該値班各營官兵莫不歡聲雷動

封印期近 ○現屆封篆在邇所有各部院一切文移在十二月十五日者俱一律辦結自十六日起所收文件統歸明年開印後再行辦理如有緊要事件仍行隨時核辦不在此例

大庫借銀 ○頃聞十二月初八日戶部諸堂憲會議籌欵之事因近日各項放欵甚多庫欵支絀又因年關伊邇 內廷籌撥欵項甚鉅今擬由大庫撥借銀五十萬兩俟明年解到雜項正課銀兩即行歸還以重庫帑云

情同誆騙 ○日前崇文門內東單牌樓錦成錢店因虧票存關閉已列前報玆聞該錢店主殷某等屢經提督衙門訊追毫無頭緒於十二月初六日將一千人証咨送刑部按律懲辦諒若輩斷難逃出設局誆騙之罪也

跟踪緝獲 ○西城練勇局勇丁十二月初六夜三更巡至彰儀門內轎子胡同見一人提携包裹更換衣履迨至天巳嚮晨就菜市口乘車至南柳巷滙豐當典衣數件復至蝎子廟中盛當典質隨後赴前門外東珠市口月亮館啜茗該勇丁一路跟踪知非善類當赴中城坊掛號協差獲犯送交西城練勇局訊究據供所質衣物係由南橫街某宅竊來經局傳喚事主質訊

父作子述 ○汪某者浙產也寄居京師貿易爲生家道殷富雖近古稀之年不改尋芳之癖十數年前曾納李姓妓爲妾過門後即舉一子年巳及冠終朝撩花撥柳頗有父風其父以爲類巳不之禁也十二月初六日晚間其子在前門外小李紗帽胡同琴仙妓寮肆筵設席暢飲極歡遊過酒泉旋登巫峽而汪某踵至老犁牛固不料其子早經在此而其子亦未知此妓之早爲乃翁所眷也妓聞汪某聲即囑鴇母應接託言房有他客祇求破工夫明日早些來不料汪某以爲妓之慢待也一腔怒氣大踏步入房其子驀見父來倉猝之間進退維谷旣而心生急智迎前笑曰兒在此求爹爹暫息雷霆逢塲作戲諒爹爹亦不見罪汪猝然見子默無一言忿忿抱慚而去全龜奴輩送之出門無不捧腹

督院門抄 ○十二月初十日制台見 海關道李大人 候補道李大人肇文 朱大人福春 柯大人欣榮 張大人振棨 李大人竟成 楊大人士驤 姚大人文棟 王大人崇烈 竇大人延馨 任大人之驊 天津府榮大人銓 天津縣呂增祥 候補府周政 題補易州竇以筠 候補直隸州王繼善 候補州朱成衍 譚景先 新河縣張石辭 候補縣同書 文元 王恢善 署新樂縣顧厚 勝字右營任效文辭 安徽候補遊擊吳開甲 補用都司仝鵬程 前署獻縣胡良駒

督批照錄 ○具呈河東集糧店李士淵係天津縣人抱告高發批此案天津縣如何訊斷仰該縣査照先後呈情集案訊明秉公斷結具報粘單抄存

閱新建操 ○前紀北洋大臣將於月內委員來津閱操一則玆悉由北洋大臣榮中堂委派總理北洋營務文案處三品銜兵部郎中兼總理衙門章京陳戶部夔龍三品頂戴兵部員外郎恩良於前日到津謁見督憲即前往小站閱看新建陸軍云

道署發審　○鄧大令寶仁奉天津道方觀察札委在道轅發審案件事宜昨已赴道轅叩謝隨即赴督轅稟知入署任事矣

委辦礦務　○候選道周觀察學熙奉督憲札傳來轅委派開平礦務局總辦差使昨已赴轅叩謝不日當前往任事

府批照登　○山西滙號衆商等呈批查此項捐欵業經前署府據情詳奉工部總局憲以籌辦紳房等捐以備歲修經費而票莊各號同時勸辦事屬一律原定章程並無捐至一二年停止之議仍令照章勸辦等因昨已批示在案且查此外如源豐潤票號及慶善等各金店亦均照章勸辦並無異議何獨爾等西商出頭阻梗似覺不合着仰遵照憲示飭將此項修路經費均各慷慨樂輸共成議舉倘再抗違不遵定即飭縣查傳凜之切切黏呈執照三紙擲還

來津銷差　○候補州毛刺史潤身奉前督憲王札委赴文安勘修唐王古墳碑文事宜工程報竣于日昨來津想不久即赴督轅銷差矣

河北小火　○昨河北院署東孫姓家因炊晚飯不戒於火當即黑烟騰起勢幾燎原幸人多取水灌救扒倒草房半間回祿君始行反駕云

大斛失去　○益升燒鍋爲陳家溝陶姓所開失去錫斛一口當經報案東汎驗明飭該地段坐路捕役踩緝云其錫斛重九十餘斤誠大矣哉

變起蘆花　○昨武清縣解來男女二犯據爲由楊村抓獲拐帶該二犯供係衛北丁平村常姓實爲兄妹遭繼母之變擬遠避於某戚家好事者以形跡可疑捉將官裏去遂由官遞解回籍云云噫黑心符出蘆花變生古與今如一邱之貉可慨也夫

懸賞緝匪　○鎮江南鄉華村地方有華成志與華啓堂者合開雜貨布店本月上旬某日忽被匪撞門入內刦去銀洋貨物約値五六百金當經報縣詣勘會營緝拿迄今多日贓盜未獲丹徒縣王伯芳大令恐該賊遠颺特發出賞格多張遍貼通衢略謂如有將此案眞贓正盜拿獲者每名賞洋八十元知風送信因而拿獲者每名賞洋四十元本縣捐廉以待決不食言云云想重賞之下必有勇夫此案諒不難於破獲也

東士將臨　○東洋名士過雄武君素負文名邇特由國航海來華已於前禮拜抵申現聞此君不日即須赴蘇一覽虎阜獅林之勝故吳中多士一聞是信咸亟盼其蒞止藉以覘其學術並有東文學塾亦擬屆時請其察課云

示諭米商　○浙江巡撫廖中丞前月査明失察奸商私販米石出洋各員分別撤任示懲並將所有米穀悉數入官充賞等情歷紀本報前日中丞通札各屬知悉外復又刊發示諭畧謂米爲民食攸關漏海例禁綦嚴本年秋收本豐而米價反因之繼長本部院訪知奸商私販出洋殊堪痛恨除獲到將米入官充賞並將地方官撤任示懲以昭炯戒外茲特通飭知悉爲此申明定例剴切示諭米商人等如敢私運定行將所獲米穀以一半給賞以一半充公查明舖戶發封奸商嚴辦地方官撤參決不姑寬以維民食而懲刁頑云云按日來杭城米價又每石加漲錢二百文故上白米又須五元有零貧民粒食維艱爲之奈何

奉礦要聞　○奉化銀山岡礦務係委董縣畢大令爲督辦茲由省頒到關防交大令祗領擬於冬月十一日前往開辦又經浙撫憲咨明提鎭某軍門撥兵兩哨以資保護應家棚汎弁李子興把戎熟悉該處地方人極幹練委其彈壓並聞該礦極佳地不愛寶利國富民當於此基之矣

查案傳聞　○探聞紹興諸暨居民與西教人小有支吾經甬道憲吳觀察飭令洋務委員楊司馬前往確查究竟緣何事故俟容續探

查獲燬錢　○南市外倉橋南德生祥小錢莊慣挑重大青蚨購與銅作昨有小南門內唐家弄口羅姓銅作遣徒到莊取錢該莊與以重頭六千一百文藏匿身畔及兩袖間由後門轉出適爲才寶及華生二人所見尾隨至小南門外大和樓茶室將該學徒軋進搜出各錢交與二十七舖地甲看管旋經該甲囑令赴縣呈報遂由二人扭赴縣署矣

築路通商　○吳淞口浜北沿石塘一帶租界應用之地前已逐段丈明建有馬路工程界石邇聞興利公司內之地擬先築造

馬路一道以便通商之用想指日即欲開工矣

英船將問　○十月杪有英國某號兵艦游弋至閩駛抵南台泛船浦投錨停泊統兵官當即入城晉謁　大憲面談一切及制軍履新又詣轅謁賀經許筠帥接見暢談半晌旋由軍憲　留午膳而別現聞日前該艦駛出長門停泊擬將歸國許制軍又委儲憲楊觀察暨通　局憲陳觀察前赴長門回拜並順道送行

俄駐東三省兵數　○東三省訪事人來函云現在俄人在海參威汲錫葉特灣及旅順常備之兵不下一十二萬五千名有快砲隊及馬隊並不全聚阿摩河一帶而散佈兩國之邊界及東三省各處通北京之大路三條均有俄軍把持由愛春至墨爾根一帶有俄兵三隊由墨爾根至齊齊哈爾有俄兵三隊科薩克兵二隊伯都訥至齊齊哈爾有俄兵三隊科薩克兵三隊吉林地方及省城有俄兵五隊科薩克游擊之師一旅在吉林甯古塔暈春有步兵五千名分散各地琿春對面有兵五千名並多砲隊呼蘭有兵一隊三姓有兵二隊會同科薩克兵二隊防守松噶里江由吉林至盛京有兵五隊所有齊齊哈爾伯都訥吉林齊古塔盛京各處大路通北京者均已爲俄人所據有糧餉行李亦屬粗備故南下甚便除已有之路正在修補外現又外修新路數條以便行軍計由愛春至蒙根由琿春至吉林開闢以便砲車之行由伯都訥至盛京之路無不悉心測量

光緒二十四年十二月初八日京報全錄

宮門抄○十二月初八日戶部　通政司　詹事府　正藍旗値日　正白漢引　見十四名　正紅滿六名　廂藍滿十三名　兩翼二十四名　蒙古王公到京請　安　瀅貝勒假滿請　安　潤貝勒由　東陵回京請　安　譓貝子雍和宮熬粥覆　命　克王請假五日　李昭煒等各謝授缺　恩　崇光請假十日　克凌額王祿書預備召見　召見軍機　蒙古王公　王祿書

○○頭品頂戴直隸總督奴才裕祿跪　奏爲直隸州知州要缺揀員請補恭摺仰祈　聖鑒事竊查直隸州知州郭宗仁呈請終養光緒二十四年八月二十日奉　旨應以九月初四日接到部文之日作爲開缺日期歸於九月分截缺所遺易州直隸州知州一缺附近陵寢管轄兩縣政事紛紜差務煩重係衝繁二項要缺例應在外揀選因缺關緊要一時未能遴選得人咨部展限在案查定例應題缺出先儘候補人員請補又吏部畫一新章內開道府直隸州知州遇題調要缺酌量以候補人員請補時應先儘　記名分發人員酌量請補如果人地不宜始准聲叙以各項候補人員請補又道府直隸州知州應用候補時先儘科甲出身人員如科甲出身人員不宜方准別項出身候補人員請補各等語今易州直隸知州一缺照章應用　記名分發人員惟查　記名分發人員及科甲正途出身人員均與此缺人地不宜自應在於各項出身人員內酌量請補茲據署理藩司覺羅廷雍臬司周蓮查有各項出身候補同知直隸州知州竇以鈞年三十二歲安徽霍邱縣附生報捐監生以州同選用投効台灣軍營光緒九年加捐指分直隸試用於台灣剿辦番社案內保獎知州並於台灣清賦告竣案內保以同知直隸州知州仍留原省前先補用二十年六月赴部引見奉　旨著照例發往欽此九月初三日到省業經甄別在案因歷辦天津海運出力保俟補缺後以知府在任候補並保俟補缺後加四品銜該員年富才明辦事勤敏以之請補易州直隸州知州實堪勝任亦與例章相符合無仰懇　天恩准以竇以鈞補授易州直隸州知州於地方實有裨益如蒙俞允該員係各項出身候補同知直隸州知州請補要缺直隸州知州銜缺相當毋庸送部引　見所有揀員請補直隸州知州要缺緣由理合恭摺具陳伏乞　皇太后　皇上聖鑒勅部核覆施行謹　奏奏　硃批吏部議奏欽此

○○頭品頂戴直隸總督奴才裕祿跪　奏爲揀員請補撫民同知要缺恭摺仰祈　聖鑒事竊查多倫諾爾撫民同知劉亨霖於光緒二十四年十月初三日因病出缺應以該員病故之日作爲開缺日期歸於十月分截缺所遺多倫諾爾撫民同知係衝繁疲難四項要缺例應在外揀選查定例道府同知直隸州知州通判知州如係奉　旨命往及督撫題明留於該省候補者無論應題應調應選之缺准該督撫擇其人地相宜者先儘酌量補用又吏部畫一新章內開道府直隸州知州同知通判遇題調要缺酌量以候補人員請補時應先儘　記名分發人員酌量請補如果實係人地不宜始准聲叙以各項候補人員請補又部議新章張獨多理事三廳因缺關緊要改爲撫民同知均作爲衝繁疲難四項題調要缺遇有缺出應倣照熱河改設奉天添設各缺成案於通省人員內不論滿漢揀員升調

如無合例人員亦准於候補人員內揀選請補各等語玆據署藩司覺羅廷雍臬司周蓮在於通省應升應調各員內逐加遴選非歷俸未滿卽現居要缺或人地不宜一時實無合例堪以升調之員至　記名分發人員亦與此缺人地不宜未便遷就自應在於曾任實缺候補人員內揀選查有曾任實缺候補同知直隸州知州朱璋達堪以請補會詳前來奴才查朱璋達年四十六歲江蘇吳縣附貢生遵例報捐通判選用隨辦　惠陵工程彈壓出力光緒五年閏三月初四日奉　懿旨朱璋達着以本班分發省分補用欽此是年十月赴部驗看十五日蒙　欽派王大臣覆奏堪以發往奉　旨依議欽此二十五日到省因辦理出使各國文報出力保俟補缺後以同知直隸州知州遇缺補用十四年題署楊村通判十五年辦理海運出力保俟補同知直隸州後以知府遇缺題奏十七年辦理海運出力保俟補知府後以道員用二十年丁母憂回籍守制二十三年服滿起復是年二月十九日到省該員才識明練辦事精詳以之請補多倫諾爾撫民同知實堪勝任亦與例章相符且人地實在相需合無仰懇　天恩准以朱璋達補授多倫諾爾撫民同知於地方實有裨益如蒙　俞允該員係曾任候補同知直隸州知州請補繁缺撫民同知銜缺相當俟接准部覆再行照例給咨送部引　見所有揀員請補同知要缺緣由理合恭摺具　奏伏乞　皇太后　皇上聖鑒勅部核覆施行謹　奏奉　硃批吏部知道欽此

通彩綢緞公司

本公司設立彩票三百張大小不等放三十彩使六股篩子搖點各憑手幸有無得彩當時財氣有願買票者赶急去買卽定於本月十四日十一點鐘在大桂茶園內開彩至期不悞如有不到者本公司代搖決無蒙昧

頭彩一張得洋錢二百元　二彩一張得洋錢一百元　三彩一張得洋錢五十元　每張票價洋錢二元

五彩五張每張得洋錢六元　六彩八張每張得洋錢四元　七彩十張每張得洋錢三元　四彩四張每張得洋錢十五元

代賣票處　海大道直報館　宮北湧興成　北門東文心堂　鹽道衙門對過同春和　東門內益和居　侯家後和泰昌　紫竹林信德隆

本公司新設煙茶樓仕商賜顧吸烟一盒送給彩票一張有瓜子水烟茶水全在內每盒烟價津錢五百文淨要票者津錢三百文淨吸廣烟津錢三百文有賜顧者請至本樓看票可也　盡知得彩數目準于明正月初六日開市

前次魁陞號之得頭彩錦盛洋得二彩餘者同領彩　本公司開設在西開天桂茶園北邊便是　通彩主人謹啓

話從何來　本茶園開張以來不惜重貲廣邀京都上海山陝粵省諸名角蒙遠近士商貴客賞鑒座客常滿多至千餘或六七百位晚間尤衆門前若市向無驚神詫鬼之事昨見國聞報登有人自園中奔出行至閘口告人以見鬼等語衆聞知係鬼話謂其目眩不謂又有和其說者及詢他人擧謂殊無所見諒因本園生意較盛爲鬼祟者所妬故弄鬼技爲此說以混人生意想諸公無難鑒別也　天仙茶園謹白

魁陞號綢緞洋貨莊

本號自置顧繡綢緞洋貨等物整零均按銀莊格外公道皆比大市價廉發售　寄賣各種貢料大小皮箱漢口水烟袋各種眼鏡龍井雨前紅茶梗　寓天津北門外估衣街五彩號衚衕口坐北向南　士商賜顧者請認本號招牌特此謹啓

施救吞烟　白鴨血及人糞汁皆爲救吞鴨片妙方爲其吐耳然效與不效或未可必惟上洋白藥粉專救吞烟經驗多人萬無一失法用白藥粉一劑加熱水一盞沖藥溫服服畢以二人扶之行走不住卽易吐出若遲至半刻不吐再服一劑不吐仍卽再服一劑總以吐淨鴨片毒爲度吐後多飲清水仍令一吐再吐至所吐之水澄清無汚其毒乃盡可慶更生切不可用煤油醬油等方誤灌致傷性命如吞烟後一時取藥不及先以食鹽三錢攪冷水碗許灌入暫殺其毒以待藥至卽急灌救如吞烟歷時甚久昏迷欲睡此係烟毒已發恐一吐猶未能盡淨必須二人扶之行走另着人用竹竿打其兩腿皮肉務使知痛驚醒終夜不睡睡則難保無虞矣此藥西頭流水溝西河沿立興成糧莊暨金華園西河沿聚豐恒糧店河東十字街西存仁堂藥局中義當東愼修堂闔宅均爲施送合併錄報使遇此事者就近救急　諸善士如欲購捨此粉上海大馬路科發藥房及津郡老德記等大藥房均有價亦甚廉豫備不虞古之善道願我同人勿以小善而不爲也　同人公啓

公函照錄

五相國寄　裕壽帥告山東災求賑公函

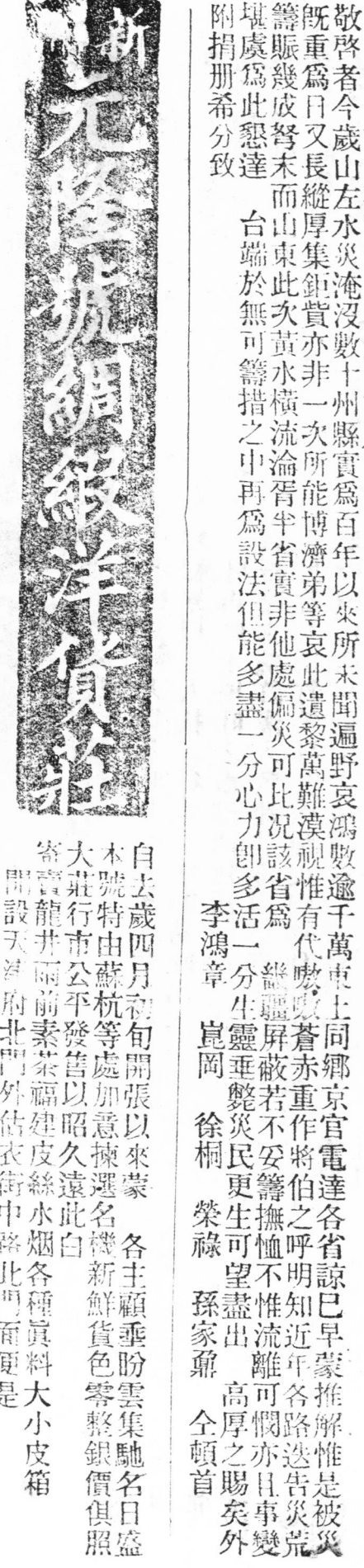

敬啓者今歲山左水災淹沒數十州縣實爲百年以來所未聞遍野哀鴻數逾千萬東土同鄉京官電達各省諒已早蒙推解惟是被災既重爲日又長縱厚集鉅貲亦非一次所能博濟弟等哀此遺黎萬難漠視惟有代嗷嗷蒼赤重作將伯之呼明知近年各路迭告災荒籌賑幾成弩末而山東此次黃水橫流淪胥半省實非他處偏災可比況該省爲　畿疆屏蔽若不妥籌撫恤不惟流離可憫亦且事變堪虞爲此懇達　台端於無可籌措之中再爲設法但能多盡一分心力即多活一分生靈垂斃災民更生可望盡出　高厚之賜矣外附捐冊希分致

李鴻章　崑岡　徐桐　榮祿　孫家鼐　全頓首

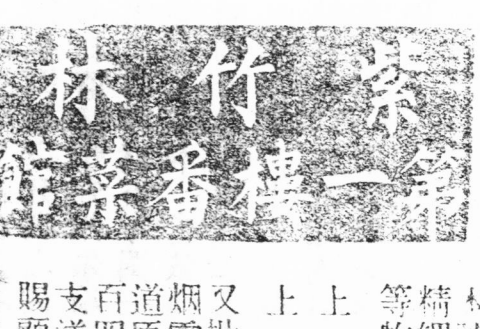

告白

啓者本行僧帽老牌火油製自嚗咭由咪呲嗟咍公司監工精煉質性澄純極其燦朗穩固無危毫無烟味即或偶爾傾駛亦無騰炸之慮兼之此油每箱兩罐計淨油六十七磅比別家格外加重並用上等白鐵爲罐自置機器軋就焊口堅固異常毫無滲漏之弊堪稱物美而價廉誠非別家之可比業經中外馳名倘蒙仕商賜顧成票零批均無不可欲採辦者請移玉本行賬房面議可也

世昌洋行謹

海利鐘表洋行

啓者本行自上海分設天津紫竹林法租界大街均興印字館旁自製新式鐘表金銀表金表綫各樣新式表大小說話機器金戒指金鋼石戒指大小洋鏡各樣新貨一應俱全貨好價廉格外公道在此洋樓造成批發物貨諸公光顧請早駕臨

海利洋行謹啓

戊戌年十二月初十日

南宮 桂蘭齋茶食店

本齋精製拾錦南糖眞素供果嘉湖糕點紹興薄脆八寶京糕異味糕點各種茶食丸帶行匣新添拾錦元宵寶府糕江米糕南北點心無有不精製細做開設天津府東門外天后宮南自此一家並無子孫分號

告白

今有新樓一所出賣坐落在海大道英新租界福仙茶園牌坊迤北向大街門面七間連樓帶底並退身在內共計二十八間一賣八年八年後歸英工部局爲業整買零買各從其便欲要者請問通海樓便知

三錦堂主人謹啓

京緞零剪 減價售現

零剪

高鴨背	一千三百五
正號元青貢緞每尺	一千四百文
中號	一千一百文
眞杭青庫緞每尺	二千二百文
中和淨絲每包	五百文
廣東長盛幼絲	一百六十文
南京鹹鴨每支 大	一千八百文
小	一千二百文

寄售 每斤

龍井	一吊七百
雨前	一吊一百文
珠蘭	一吊四百文
雀舌	九百六十文
紅袍	六百四十文

本號自製元邊京緞蔥售零剪杭絨衣線官燕金腿南貨糟貨一應俱全近因錢市疲落不同因分別減價抑因無恥之徒假冒南味字號者甚多雖云謀利誠……

天后宮北 義興順綢緞莊

本莊自置顧繡綢緞綾羅紗絹哈喇大呢羽綾羽毛各樣花素洋布南貨羅扇桂母頭油香粉胰皂歸安貝松泉湖筆一概俱全

頭號杭寧綢

頭號摹本緞

每斤

紅梅茶	九百六
紅茶	六百四
紅茶梗	二百二
龍井茶	一吊八

金百

壽棉蝶裙布裡每套五兩八

雜色金刀絨每尺五錢五

福仙茶園

特請京都內城府頭等名角

金秀山 德均如

十二月十一日晚准演

白良關 審頭刺湯

告白

浙紹朱鈍翁現由彌勒菴移寓於津道署西箭道北頭路西本公館循舊縣壺

特啓

新到 乾合利號

自運漢鎮製造雲南白缺烟袋花素各色俱全廣開口土地祠凡賜顧者認牌不悞

十二月初十日銀洋行情

天津通行九七六錢

銀盤二千三百四十文

洋錢一千六百五十文

紫竹林通行九七六錢

銀盤二千三百七十五

洋錢一千六百七十五

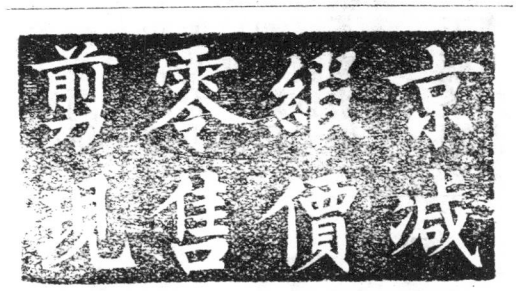

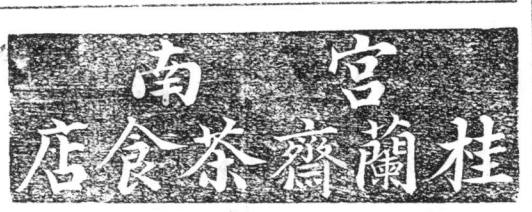

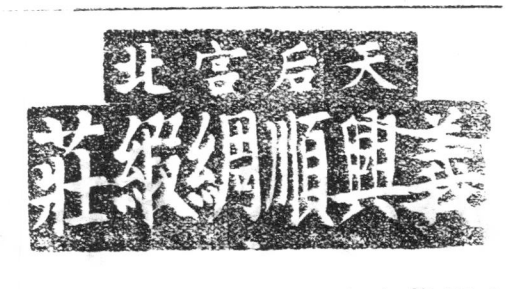

洋錢行市七錢

開設海大道英新租界

福仙茶園

特請上洋新到

長春名班

京都上洋蘇杭山陝烟台等各處

頭等文武名角

十二月十一日早

忌辰

十一日晚七點鐘開演

全班彩仇金達楊黃牛金張德王劉張趙盛
合　上　榮子　秀長均才景
演標合蓮紅八處處山奎如寶雲處三萬

大獻瑞　象武行百草山　柴桑口　落花園　白良關　審頭刺湯　雪盃園　殺寺

開設馬家口下娘娘廟前

天仙茶園

特請京都

玉成全班

特請京都山陝姑蘇上洋等處

頭等文武名角

於本月十一日
封台大吉
新正月初一日早晚准演

開設馬家口南興基新馬路

天桂茶園

特請京都

同慶樂名班

特請京都山陝姑蘇上洋河南等

頭等文武名角

十二月十一日早晚

停演

開設法國租界

天津紫竹林北大街

天福茶園

特請京都

太平和班

京都上洋姑蘇山陝等處

各色文武　頭等名角

十二月十一日早晚

停演

告白

啓者法租界天福茶園傍現有先開三義飯店洋樓一所及大小樓房無不寬閣如有願租者請到天福茶園賬房面議可也

天福茶園賬房謹啓

美孚老牌煤油

啓者美國三達油公司之德富士老牌煤油天下馳名萬商稱羨蓋其質潔色清亮白如銀且絕無烟又能耐久燃比之生苦等油晶光百倍而儉用價廉此為德富士老牌之佳處誠屬無雙妙品也

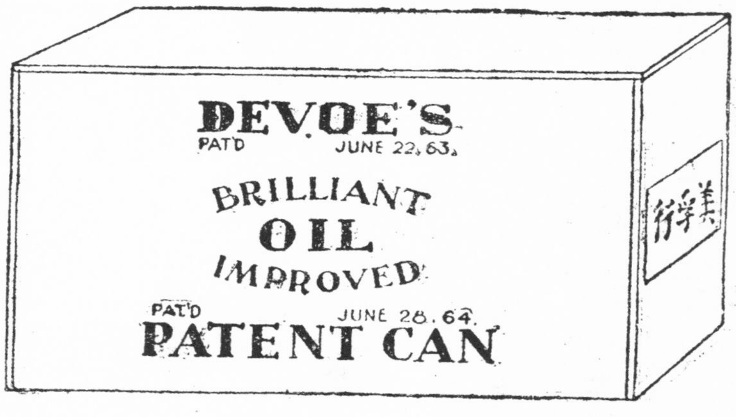

士商賜顧請到天津美孚洋行採辦或向就近殷實行店購買庶不致悞

本公司紙卷香烟久已膾炙人口聲譽鼎盛銷路日廣皆仍中外紳商賜顧所致不勝感荷本公司精益求精此次料約盡善每枝增烟葉十之三又請太醫院醫學博士和以貴[illegible]靈藥香味清美有裨衛生吸之可避一切瘴毒至價目則依舊庶於各位盛情聊報萬一

孔雀老牌香烟

伏請賜顧者認明孔雀招牌隨地購吸勿與他家松鶴等混視是幸此佈

上海村井紙烟公司

天津天后宮街賴天生德號經理告白

直報

本館開設天津紫竹林海大道老棻市氣燈房內告

光緒二十四年十二月十二日　第一千三百零五號
西歷一千八百九十九年正月二十三日　禮拜一

上諭恭錄　東城差滿　示領餉銀　新官到任
賊膽熾甚　捕役養賊　徒嗟伯道　討債被打
毒不至此　督轅門抄　鎮軍賀表　剿匪續聞
委辦保甲　十日四雪　局員抓賭　履冰遇險
山東義賑獎單　撫軍求雨　添設郵局　提訊劇盜
靈隱鐘聲　鐘作人言　瑞典風球　京報全錄
各行告白

上諭恭錄

硃筆這考試滿洲繙譯着清銳崇勳去欽此　硃筆這監試着慶秀鄭思贊去雙壽曾宗彥點名欽此　硃筆這搜撿着凱泰溥頲[illegible]信壽耆彭壽定昌祥普兜欽舒存恩普去欽此　硃筆這場內彈壓副都統左翼着鍾秀右翼德寯去欽此　上諭前因渦陽縣土匪倡亂迭經諭令劉坤一鄧華熙等會同辦理近聞河南夏邑埠地方又有匪徒起事深恐連結渦匪分途滋擾惟念近來豫皖交界地方連年荒歉難保無災民因飢掠食畏官捕治揭竿而起此等愚民於法固無可貸原情究屬可憫若不分良莠一概剿捕致令玉石俱焚殊非朝廷視民如傷之意前因安徽鳳潁等屬迭遭水旱曾經諭令戶部撥款赶辦急賑並令劉坤一鄧華熙查明被災處所妥籌賑撫宵旰焦勞無日不以民生為念特恐州縣玩視民瘼或匿災不報或散賑不實致令朝廷恩膏不能下逮然此非特地方有司之罪封疆大吏與有責焉劉坤一久任兼圻裕長鄧華熙各膺疆寄均屬責無旁貸務當宣布朝廷德意先行出示解散脅從一面通籌賑欵遴派勤明幹練之員會同地方官分投賑撫如有不肖州縣虛應故事甚或隱匿侵吞即着從嚴參辦務使災黎早度一日之生全即朝廷早釋一日之焦慮至各處教堂林立必須實力保護毋任奸民乘機滋事各路調集勇營尤當嚴申紀律不得妄行殺戮波及無辜其倡亂匪首以及甘心從賊之徒務當會合各營實力兜剿毋得稍留餘孽致釀後患用副朝廷綏靖地方曲示矜全之意欽此　旨德茂着加恩賞給委散秩大臣欽此　上諭朕體違和近來服藥調理尚未大愈所有　壇　廟大祀鉅典攸關禮節煩重若勉強親行精力恐有未固進退拜獻設有愆儀轉不足以昭誠敬明年正月初十日孟春時享　太廟着派慶親王奕劻恭代正月十三日祭　祈穀壇着派怡親王溥靜恭代行禮該衙門知道欽此　上諭張汝梅奏楊史道口迤下現已堵築合龍請將出力員弁擇尤獎勵一摺山東黃河自桑家渡漫口合龍後經該撫飭令總兵崔廷桂道員丁達意馳赴楊史道口督率在工員弁併力工作於十二月初一日將正壩金門占盤壓穩固初二日挂纜合龍初四日始得斷流壩外之水漸次涸復在事員弁自應量予獎勵所有原參之候補知縣吳金鼐候補縣丞戴奎光儘先補用遊擊龔廷斛均着開復革職處分吳金鼐並免其送部引見其尤為出力之候補知府朱慶元着免補本班以道員補用候補同知袁世敦着免補同知以知府分省補用東河候補通判馬春祺着免補本班以同知直隸州補用候補知縣朱猛着俟補缺後免補直隸州以知府分省補用知縣馬祖同候補知縣任嘉栻均着免補本班以直隸州知州補用並賞加四品銜候補知縣徐湛恩着俟補缺後以直隸州知州補用試用州同張文采着免補本班以知州補用候補縣丞李沅着免補本班以知縣補用並加同知銜候補巡檢王大謨着免補本班以府經歷補用東河試用縣丞李期爵着免補本班以知縣補用分省試用縣丞孫培恩徐錫䢖均着免補本班

以知縣仍分省補用補用叅將楊春和着免補叅將以副將儘先補用遊擊吳志宏葉雲升均着免補遊擊以叅將儘先補用都司樊景山着免補都司以遊擊儘先補用並加副將銜補用守備張棟臣陳玉崑均着免補守備以都司儘先補用並加遊擊銜千總李步餘着以守備在任候補並加都司銜拔補千總茅檀着免補千總以守備儘先補用把總蔡昌文着免補千總以守備在任候補補用副將降補都司杜榮福着開復降補處分餘着照所議辦理另片奏請將總兵崔廷桂道員丁達意獎勵等語崔廷桂丁達意均着交部從優議敘該部知道欽此

東城差滿　〇欽命巡視東城察院張侍御兆蘭一年差竣現已報滿所遺之差經都察院委派吏科掌印給事中張大給練嘉祿署理俟帶領引見後再行接篆云

示領餉銀　〇戶部爲示傳事所有總督倉場請領新挑通倉領催一名春英倉甲三名長順連喜崇慶赶領本年十二月分餉庫銀兩本部庫定於十二月十六日開放該首領鳳山務於是日辰刻赴庫承領毋得違悞特示

新官到任　〇京師宣武門外土地廟下斜街新任順天府府尹何受萱大京兆府第中近日凡順天所屬二十四州縣各官咸往謁見衣冠齊楚車馬塞途爲門政者頗有應接不暇之勢云

賊膽熾甚　〇近來搶刦之案層見迭出其在城市富商即偶疏守禦尙有五城司坊營汎勇局可以追捕其離城遙遠者一遇賊刦慘酷殊可憐也京西蘆溝橋福盛公雜貨店於十二月初六日被賊十數人强刦兼受賊黨酷刑喝令店主裸體就綁以油香燃背逼令實指銀錢所在搜刦二百數十金並將店後眷屬恣意蹂躪不堪言狀聞賊黨聚處即在左右財物到手臨別輒向店主呼曰不日再會店主恐甚遂糾備多人招致壯士不惜多費以雪賊讐賊聞之胆敢約期相戰以決勝負店主面從其約乃出其不意會哨投營先期而至於初九日經拱極營弁兵圍擊擒獲六人當即解送琴堂當蒙遊戎賞以百金酹以酒席優禮相待以示鼓勵

捕役養賊　〇南城所屬六鋪地面前門外精忠廟臭溝沿刷子市草帽店一帶皆歸捕頭吳斌管理刷子市草帽店向有伙房三十餘處專棲乞丐以及無業游民不分晝夜以賭博爲事其臭溝沿地方土妓娼寮多至三十餘家時有盜賊隱匿其間而吳斌身爲捕役明知影射並不認眞緝捕每日向每處伙房索錢一千並向每家妓寮索錢六百文是以一任窩藏賊盜置若罔聞又精忠廟迤南有三門戶專窩扒手小綹黑賊俗言坑子凡遇五城地面小綹竊去物件皆在此存留三日如尋找不緊即爲變賣得錢與吳斌並名結巴張即捕役張昆四舖捕役杜明夥同分肥種種養癰成患以致盜賊肆行而吳則倚高挑胡同楊某之勢肆無忌憚所冀當道者嚴加整頓俾若輩知所斂跡是亦地方之福也

徒嗟伯道　〇京師宣武門外香爐二條胡同居住陳某者從事公門凡一切行爲專以刻薄爲能事戚友雖皆厭惡而以其勢可藉祇得勉强奉承而已惟陳年已知命膝下乏嗣於十二月初六日五旬正壽之期戚友咸與祝嘏恭備酒筵慶賀見來賀客皆兒孫繞膝陳因自嘆無嗣積財何用是日即解餘囊視戚友云稍爲寒苦者均有以資助殆有悔悟之意歟當此災區徧地若充此量罄其所有之半捐作賑濟天賜玉麒麟必當操券有識陳者何弗以此計告之

討債被打　〇常某以放債爲生朝夕營謀推其貪心雖傾猗頓之財歸之一已未必遽飽其慾壑也故年近花甲家稱素封猶日從事於轉子印子兩途焉無識者皆以善權子母羨之而不知天怒人怨已小試其端矣目下京師小民艱於生計不特利息毫無增益即原本亦半有折虧常某已大失所望不意十二月初七日向某烟寮索取息錢又被老拳奉敬因此憤懣塡胸臥床而病纏綿床第譫語紛來有重利盤剝罪該當死之語於是人皆疑其夙行貪鄙料受冥罰噫冥罰尙屬渺渺而烟寮之毒打已足徵爲叢怨之府未識常某能自悟也否

毒不至此　〇京師前門外濕井胡同劉某之繼室何氏平素遇子甚虐劉亦稍稍知之而卒未得其實迹前日夜間正在黑甜鄉裏忽聞女號咷大哭痛楚異常赶即挑燈詰之始知女腹有針刺入劉料知爲氏之伎倆大加怒罵而氏則百口不承至昨早劉將氏遣送母家欲休令大歸云按此事不無疑竇後母雖極殘忍斷未有藁砧在室敢于輕嘗試者況針爲婦人女工之物焉知非誤遺衾中

乎然天下惟婦心最狠安知非有意爲之耶

督院門抄　○十二月十一日晚制台見　前花翎協領英凱辭　東文繙譯張文成　日本領事鄭汝昌　十二日見　承大人霖　署廣宗縣曹豐成　山西候補縣王曾彥　金鐘　補直隸州楊同鼎　俄文繙譯劉榮惠　調署通州左營都司張灣營都司曹立德

鎭軍賀表　○每年元旦節各鎭總兵官均應呈進賀表先期於臘月間送交藩司衙門彙齊時轉呈各督撫代奏定例也茲聞天津鎭羅軍門通永鎭李軍門皆先後派委營弁奉恭賀　皇太后　皇上表文赴保陽藩轅投遞矣

剿匪續聞　○正定鎭藍軍門奉督憲札飭赴河南剿除土匪等因曾紀前報茲聞土匪滋事係在安徽渦陽縣地方與河南接境故劉中丞咨請直督裕壽帥撥隊前往防剿並聞督憲恐該鎭兵力單薄復派盛軍馬隊呂統領本元酌帶兵隊前往駐紮藉助聲威

委辦保甲　○候補典史莊公會奉天津道憲方觀察札委第十七段保甲局差使昨赴道轅叩謝聞不日即當入局任事云

十日四雪　○計自初二至十一纔四日耳而祥霙四降日昨積雪雖不及初二之深然亦將及寸許衡諸太平之歲十日一雨有其過之且雨多則惡其淫雪多則喜爲瑞依古或有傷稼之雨斷無病農之雪故雪以多爲貴云

局員抓賭　○現屆隆冬封河土棍輩無所牟利遂尋僻靜地方開局招賭故賭局到處皆有聞昨晚河北楊某招集多人正在呼么喝六被差役探知稟報該段保甲局委員前往查緝當場將局頭暨賭徒一併抓獲而去不知作何發落

履冰遭險　○本年入冬以來天氣和暖河冰迄未堅壯以故履冰者屢經遭險昨小口地方有人從東岸而下欲踏冰過河行數步忽然塌陷幸經人赶往援救始保無虞云

山東義賑奬單　○三品銜道員用廣東候補知府吳惇蔭請離知府任歸道員班後加二品銜　分省試用知府劉廷鈞請俟候缺後以道員用　直隸候補直隸州顧元勳分省試用同知李汝釗均請俟補缺後以知府用　在任候補直隸州湖北枝江縣知縣陳富文請俟補直隸州缺後以知府用　湖北試用通判張志瑛請俟補缺後以知州用　湖北即用知縣羅迪楚請俟卜缺後以直隸州知州補用分省卜用知縣張鏡濂請加同知銜　指分浙江試用州同莊瑞華請俟補缺後以通判用　知縣用江西試用縣丞李承祖請俟離縣丞任歸知縣班後加同知銜　湖南試用府經歷黃金昆試用縣丞陳毓荃五品頂戴分發試用府經歷王文瑞分發試用府經歷吳錫庚分發試用縣丞何祖植浙江議叙鹽大使屠瀚四川卜用鹽大使[illegible]均請俟補缺後以知縣用　縣丞銜林廷楨吳惇元朱福奎附生方鍫均請以縣丞不論雙單月選用　五品銜候選從九鄭思昭[illegible]候選從九品劉秉森崔慶平于浩瀚均請俟得缺後以主簿用　文童顧德馨請以從九品不論雙單月選用

撫軍求雨　○江西訪事友人云入冬以來天氣亢旱豆麥受傷府縣各官爲民請命歷經設壇求雨迄未渥沛甘霖撫憲松鶴齡中丞心竊憂之特於前月十四日竭誠齋戒率各官赴　萬壽宮焚香祈禱並禁屠宰以冀感格天心未知果能甘雨隨車否也

添設郵局　○昨日揚州訪事人貽書本館云揚城爲數省通衢南北孔道鉅商碩賈薈萃如雲近以通行小火輪船地方更形繁盛前聞赫總稅務司擬在揚屬一帶創設郵政分局祇以未見明文不敢信以爲實茲者揚州府署奉到常鎭通海兵備道長久山觀察五百里排單札開准鎭關稅務司法函開奉准創設　大清郵政官局遵辦在案茲又奉總稅務司來札飭於揚州清江浦兩處推廣郵政擇地設立分局等因查該兩處現在通行小輪船往來利便亟應遵辦除派洋司事前往清江揚州兩處察看情形布置一切現該司事已先往清江約十一月初旬清江可以開局然後由清江至揚再行擇地開辦惟既設郵政官局所有民信局自應照章赴局掛號將包件由局轉交小輪船寄帶不得私行遞寄諭煩移咨淮揚道轉飭所屬一體遵照等因准此除稟詳兩院暨移請淮揚道飭屬遵照外合亟札行札府立飭所屬遵照等因府尊沈碧香太守接閱之下除隨時呈繳排單外立即飛飭江甘兩邑宰暨外六縣一體凛遵出示曉諭某日洋司事倭士卜君已由浦南下拜會地方官暗商一切隨擇定鈔關門內更子大街佛照樓客棧對門某姓市房賃爲分局鳩工庀材畧加修飾擇於本月某日開辦二十四日城內各民信局已相約在郵局會議矣

提訊劇盜 ○報志閩省擒獲巨盜李細妹一則茲悉該盜前因偷竊金太守家物件經閩縣馬快密往伊家緝捕獲李得信先遁而李之一兒一妻均被獲案收禁勒交正盜至今尚未釋放日前李被獲送縣由閩邑尊提訊之下一語不發而捕差以其頭面已傷血跡模糊亦未敢指實經呂文啓大令命於監中提出伊兒質認據供吾弟左足第三指刼時壓斷只存半截可以核對大令遂命褫去鞋襪檢之果然李恨兒直說厲聲怒詈兒答謂吾爲爾受累已極今如不說則爾遍體重傷亦難活命不如認明後吾得釋出尚可爲爾照顧妻子大令聞言遂飭將李收禁妻兒准予妥保事後大令謁見府尊據情禀明聞金太守願出重貲爲李醫傷以便平復後親自提訊也

靈隱鐘聲 ○杭州訪事友人來函云前月十八日祥霙普降次日即大放晴光惟北檐積雪未融是夜北風異常凜冽又見散花天女飛舞庭階直至夜深始止次日視之烟戶萬家已悉變爲琉璃世界誠豐年之佳兆也○前因籌補積穀由藩憲惲方伯委員四出採辦茲悉史大令在江西購得四萬七千餘石於九十兩月交兌清楚王司馬慰祖在泰州所購則於前月初旬一律解齊譚大令汝玉在湖南所購三萬餘石日內亦均已運入倉廒是爲頭批尚有二三兩批計七萬餘石大約月內定可悉數運到矣

鐘作人言 ○近來西人製造之事愈出愈奇直至不可思議據美國學問報云有法國某匠現寓瑞典國製成一鐘不但報時報刻且能言語至每晨六七點鐘時輒喚人早起其法用樹皮膏和硫磺作留聲機對準時刻旋至某時機關觸發遂作人語云

瑞典風球 ○安得勒者瑞典國人也向駕風船往探北極一去數月不得消息該國人皆謂身葬冰海中矣詎前月有俄國工師在吳刺爾山地方拾一小瓶中有紙書安得勒駕風球過吳刺爾山請煩拾得此書者報告地方理事官該工師如其言投告地方官即通知駐俄瑞典使臣云

光緒二十四年十二月初十日京報全錄

宮門抄○十二月初十日兵部 太常寺 太僕寺 八旗兩翼值日 理藩院引 見十七名 廂黃滿五名 廂黃漢一名 正黃滿七名 廂紅蒙三名 正藍滿八名 圓明園十名 內務府四名 咸安宮三名 精捷營十二名 恭王假滿請 安 順王續假一個月 英啓謝授直隸承德府知府 恩 海秀預備 召見 召見軍機 英啓 海秀

○○奴才依克唐阿跪 奏爲奉天交涉事繁地方民教案多棘手擬請由差遣各員內揀員留省以資得力恭摺仰祈 聖鑒事竊查奉天政事殷繁今非昔比而棘手難辦尤在交涉一端此間道府缺少需次並無多人且係兼充要差不克時離即間有來奉投效者亦因僅充營差懸而無著不願久留而去此又現需方面大員辦理交涉之實在情形也上年五月間奴才因地方差委乏人會同前府尹松林奏留同知二員知縣六員佐雜十四員欽奉 硃批此次姑允所請嗣後不得再行瀆請等因跪聆之餘莫名惶悚今閱年餘而時事變遷如此交涉需才又如此若仍凜遵 諭旨自安緘默其何以借資羣力共濟時艱茲查有花翎分省試用道景賢智局通敏志趣不苟前以一品廕生蒙 恩賞給舉人一體會試光緒二十一年吏部帶領引 見奉 旨以文職用欽此當以員外郎簽分刑部歷貴州司帮稿主稿帮辦兼福建廣東兩司行走現審秋審處兼行學習期滿留部補用二十四年遵新海防例報捐道員分發省分試用該員先塋本在奉天其祖原任刑部尚書署 盛京將軍崇實功德在民至今紳民謳思不置與原任將軍都興阿大學士文祥建立公祠奏准列入祀典此間稱爲三賢祠該員請假至奉修墓謁祠來署請見與之接談頗知慨念時艱留心世務且無世家驕奢習氣適值督署文案乏員暫留該員帮辦於中俄交涉頗得竅要若再資以歷練不難繩其祖武又花翎四品銜吉林候補同知廷棟才識優長通達事理該員前以知州赴部引 見領照到省道出瀋陽經奴才附片 奏准留營差遣旋派辦理蓋平鹽釐實力整頓收欵遞年加增每年多徵銀數萬餘兩歷保今職其廉能已荷 聖明洞鑒當該員未赴引時經奉錦山海關道委辦交涉頗資得力奴才耳熟其名前次晤見奏留職是之故又知府銜吉林候補同知查福璣幹練精良熟悉洋務前辦吉林機器局轉運事宜留住營幾及十年於外洋利弊及中華交涉要策洞悉無遺嗣以直隸候補知縣奏留吉林仍爲奴才留辦營口釐務每年增出銀數萬兩得以論功請獎其廉幹正與廷棟相伯仲而在奉尤爲最久又分省補用通判景霖性情質直勞怨不辭自光緒十二年投効琿春充奴才隨員迄今十餘年無役

不從辦理邊防交涉悉臻妥協充當前敵營務委員勇敢任事現在幫同廷棟徵收鹽厘同心協力以致鹺務大有起色又候選知縣紹康誠樸耐勞遇事求實前由戶部筆帖式隨剿熱河土匪獎給六品軍功嗣於神機營出力得保今職上年來奉投効派徵斗秤捐稅力袪積弊歷派辦理交涉悉協機宜以上五員或係灼見有才或係歷試有效均爲辦理交涉所不可少之員合無仰懇　天恩准將景賢廷棟查富璣景霖紹康五員各以本班留於奉天照例補用於地方大有裨益如蒙　俞允該員等應交離省分發各項銀兩均飭分別補交以符定例奴才爲根本重地交涉需員起見除飭取各該員履歷咨部查照外是否有當理合恭摺具陳伏乞　皇太后　皇上聖鑒訓示再新授奉天府府尹廷雍尚未到任故未列銜合併陳明謹　奏奉　硃批着照所請吏部知道欽此

○○臣孫家鼐臣陳秉和跪　奏爲照案籲懇　天恩加賞米石恭摺仰祈　聖鑒事竊查西城貧善堂煖廠收養貧民前於光緒三年經巡視西城御史奏准每年　恩賞小米三百石由臣等於奏領普濟堂米時附奏請領四年十二月因收養人數衆多領米不敷復經臣衙門奏陳奉　上諭着再加恩賞給小米三百石嗣後每年如有應需接濟之處着順天府屆時酌度情形奏明請旨欽此歷經欽遵在案本年需粥米三百石前經奏蒙　恩准賞給遵卽咨領賞放茲據貧善堂紳士翰林院編修萬本端等呈稱伏查本年收成雖稱中稔而粮價昂貴貧民來堂就食者仍復衆多前領米石漸次用竣請援案奏請加　賞仙米四百石以資接濟等情前來臣等查貧善堂收養貧民較多現旣米將告罄自應援案續請合無仰懇　天恩俯准加賞仙米四百石以惠窮黎如蒙　俞允臣等照案咨部發給並知照巡視西城御史派員會紳具領伏乞　皇太后　皇上聖鑒謹　奏奉　旨已錄

○○劉坤一片　再據兩淮海州分司運判徐紹垣稟稱前辦海州沭陽𠃵東等州縣工賑事宜當據安徽太平縣籍山東長清縣知縣蘇杰之妾魏氏以灾民困苦將衣飾變價銀一千兩捐送賑濟實屬樂善可嘉稟請　奏獎前來臣查所捐銀數與建坊之例相符合無仰懇　天恩俯准蘇魏氏在原籍自行建坊給予樂善好施字樣以昭激勸謹附片陳明伏乞　聖鑒訓示謹　奏奉　硃批着照所請理部知道欽此

○○饒應祺片　再疏勒直隸州知州祁本清調省遺缺查有借補烏什直隸廳同知易壽崧堪以署理署庫車直隸廳同知陳希洛調省遺缺應以補該廳同知彭緒瞻飭赴本任署于闐縣知縣孫志君卸署遺缺應以准補該縣知縣韓瑤光飭赴本任各專責成據新疆布政使丁振鐸鎮迪道兼按察使銜潘效蘇會詳前來除由臣批飭分別給委外謹會同陝甘總督臣陶模附片具　奏伏乞　聖鑒謹　奏奉　硃批吏部知道欽此

施救吞烟　白鴨血及人糞汁皆爲救吞鴨片妙方爲其吐耳然效與不效或未可必惟上洋白藥粉專救吞烟經驗多人萬無一失法用白藥粉一劑加熱水一茲冲藥温服服畢以二人扶之行走不住卽易吐出若遲至半刻不吐再服一劑不吐仍卽再服一劑總以吐淨鴨片毒爲度吐後多飲清水仍令一吐再吐至所吐之水澄清無汚其毒乃盡可慶更生切不可用煤油醬油等方誤灌致傷性命如吞烟後一時取藥不及先以食鹽三錢攪冷水一碗許灌入暫殺其毒以待藥至卽急灌救如吞烟歷時甚久昏迷欲睡此係烟毒已發恐一吐猶未能盡淨必須二人扶之行走另着人用竹竿打其兩腿皮肉務使知痛驚醒終夜不睡睡則難保無虞矣此藥西頭流水溝西河沿立興成糧莊暨金華園西河沿聚豐恒糧店河東十字街西存仁堂樂局中義當東愼修堂闔宅均爲施送合併錄報使遇此事者就近救急　諸善士如欲購捨此粉上海大馬路科發藥房及津郡老德記等大藥房均有價亦甚廉豫備不虞古之善道願我同人勿以小善而不爲也

同人公啓

公函照錄

五相國寄　裕壽帥告山東災求賑公函

敬啓者今歲山左水災淹沒數十州縣實爲百年以來所未聞遍野哀鴻數逾千萬東土同鄉京官電達各省諒已早蒙推解惟是被災既重爲日又長縱厚集鉅貲亦非一次所能博濟弟等哀此遺黎萬難漠視惟有代嗷嗷蒼赤重作將伯之呼明知近年各路迭告災荒籌賑幾成弩末而山東此次黃水橫流淪胥半省實非他處偏災可比況該省爲畿輔屏蔽若不妥籌撫恤不惟流離可憫亦且事變堪虞爲此懇達台端於無可籌措之中再爲設法但能多盡一分心力卽多活一分生靈垂斃災民更生可望盡出高厚之賜矣外附捐冊希分致

李鴻章　崑岡　徐桐　榮祿　孫家鼐　仝頓首

元隆號綢緞洋貨莊

自去歲四月初旬開張以來蒙各主顧垂盼雲集馳名日盛本號特由蘇杭等處加意揀選名機新鮮貨色零整銀價俱照大莊行市公平發售以昭久遠此白

寄賣龍井雨前素茶福建皮絲水烟各種頂料大小皮箱

開設天津府北門外估衣街中路北門面便是

元茂機器磚瓦公司

本公司仿照西法燒作磚瓦事屬創舉曾經通禀在案該貨堅固異常價値從減並各樣印花磚瓦俱全　賜顧者請至海大道新興南里內本公司面議可也特此謹啓

瑞林祥元記

本號今在天津府北門外估衣街中間路北由京分設瑞林祥元記擇於八月二十日開張自置綢緞洋貨織絨線貨洋廣等貨粗細布疋頂正廣東丸藥貢緞小帽京城自染透骨真青京靛大藍鄭州自染佛青正藍椀青細布凡備各色向來不惜工本務要眞而求眞價本號以公道務取其實以圖久遠懇祈　貴商尊客賜顧者留神細察特此佈聞　本號謹啓

告白

代辦各種機器

敬啓者余自去歲代辦各種機器業蒙紳商賜顧並無遲悞今又向英國著名大廠代辦各樣紡紗織布造磚炸毛等機器以及各行應用各樣機器零星物件定日交貨不能遲悞如　貴行包辦常年機器人工傢料或安設各樣機器價值格外相宜如蒙　貴官紳商購買者請至英新租界福仙永茶園看圖面訂可也特此佈聞　寗子卿謹白

紫竹林　第一樓番菜館

本號專作英法大菜各色精細點心各樣洋酒洋貨等物一應俱全並售

上　八百
上紅茶每斤津錢一千
上　六百

又批發茂生公司鐵海紙烟零整發售價值格外公道原箱計一百盒價洋一百四十四元每盒計五百支洋一元五角凡仕商賜顧請卽駕臨是荷　風雪勿阻　主人謹白

告白

出售清華齋已亥通書指掌圖石印精裱素雅字蹟蒼爽每軸津價二百四十文單片另議又批格外從廉新出治痢捷要新書每本三百六整批有扣

天津北門內府署東紫氣堂啓

洋樓出售

啓者今有洋樓一所座落海大道西德義洋行巷內內分兩院房屋精堅廠亮現願出售中外仕商如有願買者價值格外公道請向直報館帳房面商可也

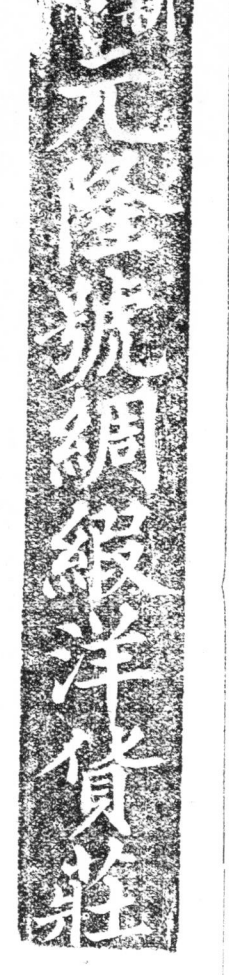

本館代白

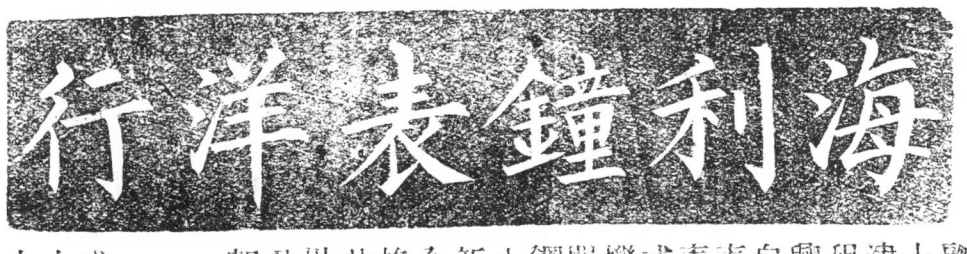

海利鐘表洋行

啓者本行自上海分設天津紫竹林法租界大街均興印字館勞自製新式鐘表金銀表金表鍊各樣新式大小說話機器耳鳴機器金戒指金鋼石戒指大小洋鏡各樣新貨一應俱全貨好價廉格外公道在此洋樓造成批發物貨諸公光顧請早駕臨

海利洋行謹啓

戊戌年十二月十二日

告白

啓者本行僧帽老牌火油製自嘸咭由唻吔嗟喒公司監工精煉質性澄純極其燦朗穩固無危毫無烟味即或偶爾傾馳亦無騰炸之慮兼之此油每箱兩罐計淨油六十七磅比別家格外加重並用上等自鐵爲罐自置機器軋就焊口堅固異常毫無滲漏之弊堪稱物美而價廉誠非別家之可比業經中外馳名倘蒙仕商賜顧成票零批均無不可欲採辦者請移玉本行賬房面議可也

世昌洋行謹啓

告白

今有新樓一所出賣坐落在海大道英新租界福仙茶園牌坊迤北向大街門面七間連樓帶底並退身在內共計二十八間一賣八年八年後歸英工部局爲業整買零買各從其便欲要者請開通海樓便知

三義堂主人謹啓

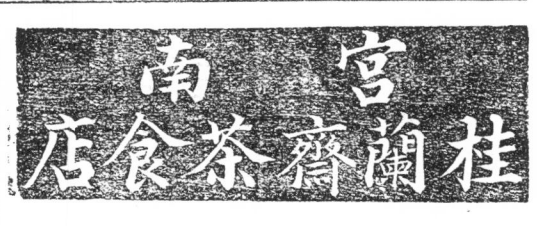

南宮 桂蘭齋茶食店

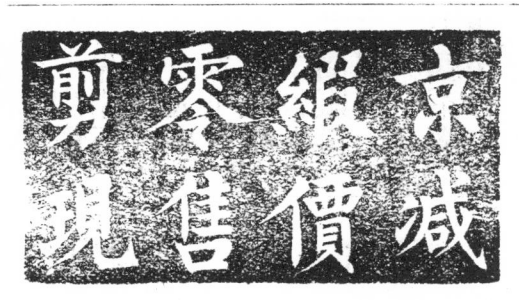

本齋精製拾錦南糖貢素供果嘉湖糕點紹興薄脆八寶京糕異味糕點各種茶食外帶行匣新添拾錦元宵蜜層糕江米糕南北點心無有不精製細做開設天津府東門外大后宮南自此一家並無子孫分號

京緞零剪 減價現售

零剪

高鴉背	一千三百五
正號元青貢緞每尺	一千四百文
中號	一千一百文
貢杭青庫緞每尺	二千二百文
中和淨絲	五百文
廣東長盛幼絲每包	一百六十文
南京鹹鴨每支 大	一千八百文
小	一千二百文

寄售（每斤）

龍井	一吊七百文
雨前	一吊一百文
珠蘭	一吊四百文
雀舌	九百六十文
紅袍	六百四十文

本號自製元邊京緞薑售零剪杭絨線官燕金腿南貨糟貨一應俱全近因錢市漲落不同分別減價抑因無恥之徒假冒南味字號者甚多雖云謀利誠恐亂眞欲辦薌用煩楮墨

天津宮北大獅子胡同公益仁記南味坊謹白

福仙茶園

特請京都內城府頭等名角

朱素雲　路三寶　趙仙舫

擇日開演

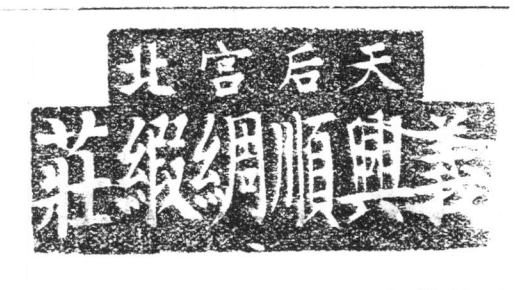

天后宮北 義興順綢緞莊

本莊自置顧繡綢緞綾羅紗絹哈喇大呢羽綾羽毛各樣花素洋布南貨雜扇桂母頭油香粉胰皂歸安貝松泉湖筆一概俱全

頭號杭甯綢

頭號摹本緞

每斤	
紅梅茶	九百六
紅茶	六百四
紅茶梗	二百二
龍井茶	一吊八

金百襉裙

壽棉布褂每套五兩八

雜色金刀絨每尺五錢五

告白

浙紹朱鈍翁現由彌勒菴移寓於津道署西箭道北頭路西本公館循舊懸壺

特啓

新到 乾合利號

自運漢鎮製造雲南白缺烟袋花素各色俱全廣閘口土地祠凡賜顧者認牌不悞

十二月十二日銀洋行情

天津通行九七六錢

銀盤二千三百四十文

洋錢一千六百五十文

紫竹林通行九七六錢

銀盤二千三百七十五

洋錢一千六百七十五

洋錢行市七錢

開設海大道英新租界
福仙茶園
特請上洋新到
長春名班
京都上洋蘇杭山陝烟台等各處
頭等文武名角
十二月三十日早
停演

十三日晚
堂會

開設馬家口下娘娘廟前
天仙茶園
特請京都
玉成全班
特請京都山陝姑蘇上洋等處
頭等文武名角
於本月十一日封台大吉新正月初一日早晚准演

開設馬家口南興基新馬路
天桂茶園
特請京都
同慶樂名班
特請京都山陝姑蘇上洋河南等
頭等文武名角
十二月三十日早晚
停演

開設法國租界
天津紫竹林北大街
天福茶園
特請京都
太平和班
京都上洋姑蘇山陝等處
各色文武頭等名角
十二月三十日早晚
停演

告白
啓者法租界天福茶園傍現有先開三義飯店洋樓一所及大小樓房無不寬闊如有願租者請到天福茶園賬房面議可也
天福茶園賬房謹啓

光緒二十五年正月

直報

本館開設天津紫竹林海大道老菜市氣燈房巷內

光緒二十五年正月二十三日 第一千三百四十號
西歷一千八百九十九年三月初四日 禮拜六

上諭恭錄 暫緩興修 常年經費 藩憲牌示 局差改委 公所案結 示辦船捐
論求福遠禍之門 搭錢配解 當場捉殺 分緝關防 積習難除 以便往來 領事返申
搶刀續聞 妬能斃夫 來津叩謝 未免效尤 控關拐帶 杭垣述新
正月分缺單 示傳驗照 督轅門抄 指日禁洋 兩說姑志 難悅易事 京報全錄

上諭恭錄

上諭裕祿奏知縣浮收錢糧據實參劾等語據稱前署直隸肥鄉縣知縣候補知州周爾昌在任徵收錢糧革除錢行改令花戶自封投櫃並將報價量爲核減固屬意在便民惟令完銀之拎戶於原定耗費外又加火耗折色經該縣文生王錫爵等控告委員往查明確實屬擅改舊章增易名色藉端浮收前署肥鄉縣知縣候補知州周爾昌著即行革職以示懲儆欽此

論求福遠禍之門

世俗莫不思眞心求福以遠禍恒不肯實力行善以去惡一似人世之故只有禍福並無所謂善惡者報應之幾則或信不信因果之旨則疑有疑無解以理則聞如未聞示以事則見如未見當時或覺事過輒忘非獨世俗然也書曰天道福善禍淫易曰積善之家必有餘慶積不善之家必有餘殃之數語也文章之士幼而讀之長而道之口滑心滑直以爲老生常談迂闊近腐不知舉途人而骨肉之則仁心先足感人舉骨肉而途人之則悖志定將激亂誠以人各有心心各有天在人之大實即在天之天之所賦亦即在天之天之所存人與天是一是二是二是一世俗之求禍福不問善惡者意謂禍福在天善惡在人在天者我無權故須求在人者我自主何必問此我字即是己字所謂見不着人處也故孔子告顏淵克己復禮即爲仁反是則不仁仁則榮不仁則辱榮則福所集辱則禍所叢太上曰禍福無門惟人所召既無門何從召既能召豈無門太上之意謂門不必以禍福名門實由於善惡啓若云禍福無門善惡之門即其門云耳善惡之報如影隨形小而身體之强衣食之足父母之順妻奴之樂皆福也何必大富大貴小而訟獄之累疾病之纏盜賊之奪皆禍也何必水火刀兵人世福來不覺禍來覺不知福長生於逆禍每生於順船堅砲利未必能殺敵政修頌諛每足以亡國祈寒暑雨未必能喪身麗色靡聲每足以殞命席豐履厚未必不陷世苦心孤詣每足以成名故遺子以贏金不如一經之爲愈古人其有以知之矣蓋兩儀之動靜剛柔異而吉凶兆人心之明昧善惡殊而禍福隨勢所必至理有固然順逆之機禍福之降莫之爲而爲莫之致而至孰主宰是孰綱維是而推行是相生相感相因相應天弗能違人且奈何也是故心泰者身自安縱其喜出非常不同僥倖而其持盈保泰常兢兢於省身不及者未嘗有一念之或馳人怨者天必怒縱其災生死妄似若飛來而其機械變詐孳孳於雞鳴而起者未嘗有一事之可自然則禍福之召奚啻君之召臣庶人以旃士以旂大夫以旌以大夫之召召虞人虞人死不敢往以士之召召庶人庶人豈敢往哉況乎以不賢人之召召賢人乎世之召禍福也奚以異於是夫世人夙昔所爲不計善惡惟計禍福譬如以旌旂亂召而獨怪其所召之有至有不至與所至之殊非我所欲當局者迷旁觀者清其如大夢未醒呼之而不應何也而無知者流或且以爲禍福攸定無可如何不

知天地爲生人造命其數可以拘常人不可以拘賢聖故賢聖立命之說人定勝天確有可據抑不獨能立一己之命也並可以立生民萬物之命民物之遇其人者皆可以獲遂生復性之祥以其人無殺之機有生之機與接爲遘一事一語甯使天下人負我不使我負天下人交一事則受其惠聆一語則蒙其仁有人如此誰忍負之無論其爲身受也堯舜孔孟今人未獲生其世覩其面聞其聲雖在至愚不才無不尊之敬之心悅而誠服之君相或敢欺不忍欺此仁孝師儒有時負不忍負此聖賢彼古昔凶人如曹莽輩何害今人今人猶痛之罵之恨不擢其髮以數其罪非尤禍福自召之明驗歟善觀世者尚其有鑒於此勿捨天堂之門而弗由爭尋地獄之門而不遑暇食也夫

正月分缺單　○知府廣西梧州張璧封革知縣廣東始興陳論聲湖南常甯許葉珍俱近陝西城固江衡捐離任典史江西安遠許德林丁

暫緩興修　○近年以來　內廷　太廟　端門暨壇廟應修一切工程現因庫欵支絀經敬子齋王夔石大司農專摺奏請暫行停止俟一二年庫欵充盈再行開工興修業經奉　旨允准矣

搭錢配解　○頃聞戶工二部會議寶泉寶源兩局雖經開爐鼓鑄制錢仍不敷搭放錢糧之需現經議准嗣後各省應解京餉每銀一萬兩搭解制錢一成以資搭放其管解京餉銀兩仍遵定章由省派委妥員按限管解赴部交納以復舊制至由各滙號滙兌赴部交納一節概行停止業經奏准諒不日戶部飛咨各省督撫藩司一體欽遵辦理矣

搶刀續聞　○刑部儈子手姜某等被某宗室糾邀數人將刀搶去意圖詐索等情迭列前報茲經續訪姜某素與宗室婦希氏有嫌邀集某宗室等四人前往搶刀意圖威嚇勒贖地步詎料姜某自行赴司務廳禀報旋卽飛行宗人府步軍統領衙門將宗室婦並糾約之宗室共五名口拿獲解交宗人府分別收禁聞刑部將此案籤掣廣西司會同宗人府審訊並聞正月二十二係提審之期至如何供詞俟有續訪再錄

示傳驗照　○兵部示傳所有光緒二十四年十二月分候補差官胡壽雲等十員本部定於正月二十四日午刻赴部驗照毋得自誤特示

常年經費　○山西布政使呈差候補經歷李惠嶸管解光緒二十四年分後一半常年經費銀一萬兩於光緒二十五年正月二十一日午刻赴戶部投批交納

當場捉殺　○諺云賭近盜姦近殺信斯言也京師前門外東南園三條胡同居住楊某貿易爲生娶妻韓氏風流俊雅姿色甚佳乃楊在外貿易不能在家食宿被段某誘引有染巳非一朝一夕日前經楊聞知不願以一項綠頭巾壓倒七尺鬚眉卽售得利刀一柄藏於懷中於正月十六日向妻言及明日起程赴東貿易須五月節後始能回來次日僞作出京韓氏與段某戀姦情熱遂卽相邀便作巫山之會至十八日清晨楊越墻而歸撬門入室但見一對野鴛鴦正在交頸之際俱入睡鄉不由楊忿火中燒用利刀將一對頭顱雙雙斫砍韓氏當卽因傷斃命段某雖受傷甚重尚能言語楊某赶卽自行赴北城司報案因案情較重當經北城陳敬菴指揮詳城批仰會同東南北四城指揮相驗取具段某生供與楊某供情相同諒段某傷勢較重祗得奄奄一息亦恐難保性命之憂事巳至此追悔莫及用特訪錄以爲好作邪淫者戒

妬能斃夫　○京師前門外三里河居住馬廼軒者貰估衣爲生家道頗豐家有嫡妻其性甚妬然馬屢納小星均經其妻醋海翻波百般折磨以致私行遁去今自上元節前馬復納一寵另藏金屋爲安樂窩詎料復被其妻偵知遂將馬某並新納之寵一併扭回寓所欲作誓不兩立之勢馬氣愁難消乘間吞服紫霞膏毒發斃命當經報於南城司禀請相驗詳城咨送刑部究辦至此案如何訊斷俟訪再錄

督轅門抄　○正月廿二日晚制台見　壽大人山辭　天津鎭羅大人　記名副都統廕大人昌　宗人府主事寶焥　二十三日未會客

藩憲批示 ○題獲鹿縣謝鑑禮飭赴新任現署是缺之劉傳祁回行唐縣本任現署是缺之章紹洙調省另候差委題補鉅鹿縣廖炳樞飭赴新任現署是缺之恭寅回南樂縣本任現署是缺之孫天錦調省另候差委題補唐山縣葉溶光飭赴新任現署是缺之金厚生調省另候差委蕭寧縣趙鴻鈞改爲署理

分統關防 ○天津鎮並通永鎮統帶左右兩翼關防頒發等因均誌昨報茲聞新委分統淮軍左翼馬步各營鄭軍門才盛分統淮軍右翼馬步各營梅副戎東益刊刻木質關防日昨由督署頒發矣

來津叩謝 ○現聞天津鎮羅耀亭軍門以奉接頒發關防等因特由新城來津昨晚抵埠中營韓遊戎率同左右城守等營均往迎迓仍在鎮署駐節間少作憩息卽當赴督轅叩謝

指日榮遷 ○林太守際康前蒙上憲札委署理河防分府雖接印任事而尙未入署以故書隸人等往來辦公諸多不便想開篆以後定當諏吉榮遷也

局差改委 ○黃大令鴻綬承辦十三段保甲局差使昨因事蒙道憲撤委改委第八段翟大令光第接辦而所遺八段局務尙未聞委派何人也

積習難除 ○刻奉各憲出示嚴禁私錢居民皆歡然色喜冀可不受其害乃持票向錢鋪取錢私錢依然如故而市間交易咸藉口禁止私錢較不斷時益形棘手按奸商漁利固積習難回而居民受害日深不平則鳴設有不逞之徒乘間煽惑誠恐釀成巨患也

未免效尤 ○通綱公所向設運署內中有賬房凡公項進欵與一切公費均由此出納近聞某綱總有挪移公欵情事而司賬某甲亦遂上下其手乘間侵吞竟致大有虧累云

兩說姑志 ○縣署戶南科書吏徐健廷因爭公事刀傷同科沈佐山在縣羈押多年近經覆訊已釘全刑仍欲管押俟定罪後再爲收禁而徐在押忽蹤影不見或謂爲讎家謀害毀屍滅跡或謂賄買看役畏罪脫逃二說未知孰是應俟訪確再佈

公所案結 ○閩津公所被湧澤水局伍善等摔毀暨稟官查封各節均經紀報茲聞兩造搆訟未蒙堂斷旋經各會首出爲理處並呈遞和息具結完案惟以後不准在公地演戲云

以便往來 ○梁家嘴與本埠相隔一河道路雖不甚遠而向無官渡欲過河辦事者僅用小船擺運殊屬不便茲聞有善士某某等公議集貲在兩岸造成碼頭搭作排橋以便往來現正估工購料興工當不遠矣

控關拐帶 ○昨聞周家坑周某被該處楊某在縣控告拐帶人口一案當蒙大令批准飭差票傳周某到案訊辦至其事果否屬實一俟訊有確供自當水落石出

難悅易事 ○公門丁役中人得權逞勢奚啻下水順風舟人欲泊不得其居要而不弄權詐財者求之風塵俗吏猶難其人況下走乎然而强將之下無弱兵廉吏之門多介僕泉易地而甘苦分菓易地而美惡變物隨氣化下之於上也亦然前報登院丁可畏一則院丁陳某兼充四大義塾塾丁人言嘖嘖謂該丁上下其手朦蔽塾董塾董張君公正廉明人所共仰風聞該丁此行隨卽嚴加申斥立飭退出不准入塾當差茲聞該丁素日辦事勤能經塾董此番懲創益知謹愼果其有則改之無則加勉隨才器使亦未始非君子用人之大道也

示辦船捐 ○欽命二品頂戴監督江南海關分巡蘇松太兵備道兼管銅務蔡爲 出示曉諭事據委辦上海縣馬路工程局候補縣朱令稟稱南市新馬路設立巡捕燃點電燈一切經費業將舖戶塲地車燈業捐各項分別收票以收抵支不敷尙鉅迭奉憲諭開辦船捐稟蒙諭飭曹董基善到局會同商勸查十六舖橋南至董家渡一帶停泊各船以沙衛船木船等爲上米船及崇海關快等船爲次窰灘划等船又次體察情形再三籌商擬將各船分帮分等就擔脚之多寡生意之大小定月捐之等次從輕入錢請於光緒二十五年正月初五日起捐札縣會局示諭隨時會商辦理至本埠沙船及常昭錫金米船各有司董經管敎帮船隻向係敎堂主持分別熟商尙無異議除傳集埠頭管帮人等諭飭隨同妥爲勸辦外開摺請示前來查十六舖外灘興築馬路置辦電燈分設巡捕係爲振興商

務保衛地方起見創辦至今用欵已十有餘萬業已煞費經營此後擴充內街馬路需費正煩尤不容不預爲籌畫在該局約計常年經費每年總須一萬餘金雖已收有舖地車燈等項月捐仍屬不敷甚鉅勢難垂諸久遠勸辦船捐實爲不得已之舉今查核朱令所擬月捐各數較之租界內所定船捐減少已多係屬輕而易舉以地方之捐充地方之用業已勸允於前自必樂輸於後應准試辦自光緒二十五年正月初五日一律起捐除批示并行上海縣外合亟出示曉諭各號商船人等一體知悉爾等須知馬路經費各業早已輸捐獨船捐一項展至開正始行開辦實已體卹周至自示之後務各遵照後開捐數按月分別照繳毋稍抗違切切特諭

領事返申　○法總領事白藻泰君於客臘赴蘇游歷巳志前報茲悉白君已於昨日下午返滬矣

杭垣述新　○杭州拱宸橋租界內二馬路一帶前遭回祿時丹桂戲園亦被池魚之害曾紀前報茲悉園主陳某等復集股本建築園墻支搭明瓦棚重設戲臺安排卓椅座位悉如前式復招梨園子弟添備彩衣擇吉元旦日開演先期徧張招貼分送戲目以致屆時城中官商人等之偕友往觀者爭先恐後挨擠異常幾無容足之地晚間接演夜戲輕薄紈袴又各挾妓相隨更覺逸興遄飛不減滬江風景也○杭州自獻歲以來雖連日陰晦天氣驟寒時有雨雪地滑如油然吳山梅花碑等處游客仍復麕集挨擠異常其四景園麗水臺諸茶肆中亦幾無容足之地一應江湖星命及要貨食物各攤咸卜利市三倍更有婦媪愚俗之進新年香者太歲廟觀音殿等寺中香烟繚繞亦甚繁雜誠爲昇平景象也

光緒二十五年正月二十一日京報全錄

宮門抄○正月二十一日戶部　通政司　詹事府　廂黃旗值日無引見　松椿朱煜勳謝委散秩大臣恩　熙俊假滿請　安　興恩請假十日　遷公遞遺摺　內務府奏派　恭忠親王奉安　派出崇光　召見軍機載昌　松椿

○○頭品頂戴河東河道總督臣任道鎔跪　奏爲東河候補人員仍形擁擠擬請再停分發二年恭摺仰祈　聖鑒事竊臣前因東河候補同通佐雜各班缺少人多異常擁擠奏請暫停分發三年以冀稍事疏通並聲明俟期滿後再行察酌情形奏明辦理旋經吏部議覆准停分發二年於光緒二十三年二月初九日具奏奉　旨依議欽此欽遵在案計自奉　旨之日起不計閏扣至光緒二十五年二月初九日業經二年期滿自應遵照部議辦理惟查兩年以來需次各班得缺者甚屬寥寥而丁憂起復仍回原工人員及大挑知縣簽分河工者接踵而來現計候補正佐各班仍有三百七十除員擁擠如舊河工居一隅之地迥非行省可比通工同通佐雜僅八十餘缺不特序補甚難卽差委亦絕少徒使頻年坐困碌碌無可表見殊爲可惜況値此捐例未停一經照常分發必仍源源而來則人數愈多困苦愈甚殊非鼓勵人才之道臣再四思維擬請將東河捐納勞績同通佐貳雜職自光緒二十五年二月初九日限滿之日起再行接停分發二年藉以疏通仕路其業已指分東河人員如停止限內有願改指別省仍照章准其免繳離省等項銀兩以示體恤是否有當謹　恭摺具陳伏乞　皇太后　皇上聖鑒訓示謹　奏奉　硃批吏部議奏欽此

○○江西巡撫臣松壽跪　奏爲江西候補試用人員擁擠懇恩暫停分發以冀疏通恭摺仰祈　聖鑒事竊查江西省前因候補試用各班人員擁擠經前撫臣德壽於光緒二十一年會同前署兩江督臣張之洞　奏請停止分發一年嗣又續請展限一年至本年二月期滿計自限滿以後報捐分發及勞績等項指分來江者紛至沓來統計在省候補試用道府多至五十餘員同通州縣計有二百七十八員各項佐雜共計已及千員目下接踵到省者尙絡繹不絕而應補道府只有六缺同通州縣九十六缺佐雜二百四十一缺部選外補均在其內人數缺數相去倍蓰不獨委署補缺無期卽各項差事亦難徧及況江西各局所力籌節省迭經裁併而候補人員衆多差事寥寥需次維艱疏通乏術恐難免夤鑽營之弊實於吏治有妨臣與藩臬兩司再四籌商雖前次請亭分發限滿未久而目下仕途更形擁擠差事既少人數益多如果甄別過嚴則群情畏懼過寬則吏治益弛是以未敢稍事拘泥惟有仍請暫亭分發俾得從容考查除進士卽用舉人大挑拔貢錄用俸滿教職教習期滿截取進士舉人孝廉方正優貢錄用館班議叙京員截取仍照例將江西配簽統掣外其捐納勞績人員擬請暫停分發以冀疏通仕途至已經捐指江西人員如在亭止分發限內情愿改指分別者並請援照湖北成案准其改指呈部給照免繳離省等項銀兩以示體恤茲據署藩司張紹華署臬司劉汝翼會詳請　奏前來合無仰懇　天恩俯賜　勅

部將未經分發驗看之捐納勞績兩班自道府以至未入流暫停分發江西兩年俟限滿再行查看情形辦理臣爲疏通仕途澄叙官防起見是否有當謹會同兩江督臣劉坤一合詞恭摺具 奏伏乞 皇太后 皇上聖鑒訓示謹 奏奉 硃批吏部議奏欽此
此

○○黃槐森片　再廣西地方近年屢有會匪潛匿勾結迭飭嚴密查拿今年五月鬱屬會匪滋事先派省防營勇往剿八月內臣又酌帶武營二哨弁勇親赴鬱屬督辦去後省城營務處司道以會垣重地守衛較單防範宜嚴諄飭留省防營嚴加查緝旋有緯武營哨弁都司銜補用守備楊長陞率聽線工劉連貴報稱臨桂縣屬大墟開雜貨店主劉隆盛與匪結交往來現有匪徒藏匿店內不加查察遽行帶勇往拿無獲旋據該店主劉隆盛以無故受害店內貨物多有失去由臨桂縣轉稟臬司蔡希邠查辦經該司傳到該哨弁楊長陞查訊概行推諉線工劉連貴當飭提劉連貴竟避匿不到顯有情弊除勒拘劉連貴務獲質究外詳請將該哨弁楊長陞參革以便歸案審辦前來相應請 旨將都司銜補用守備楊長陞先行革職歸案審辦如有藉捕擾民情事卽從嚴治罪以昭懲儆謹會同兩廣總督臣譚鐘麟附片具陳伏乞 聖鑒訓示謹 奏奉 硃批楊長陞着卽行革職歸案審辦欽此

勸種牛痘要言　近聞嬰兒出痘者極多而傷生者甚衆詳察其故皆由伊父母不信心種牛痘之過蓋兒生百日後卽可引種以絕後患又常見雖知種痘多不着意還漿者除不知還漿尤爲緊要一則牛痘須分眞假如出假痘必須再種否則日後仍出天花痏多險逆再如種出眞痘顆粒太少亦須補種數粒更爲妥當夫假痘者原因小兒胎毒太重一時引泄不出有種數次方出眞痘者倘未還漿何由分眞假乎再挑漿毫無損處並可免一切瘡毒餘患又查未種牛痘者其故有五有欲種牛痘以忌口爲艱者原種痘忌口小心之意也卽偶犯禁忌亦未必卽有害大局更有種痘不准吃鹽之訛傳惟飲食不可太鹹可耳又有因某兒種痘後得病身故卽以爲種痘於小兒不利甘心自悞除不知小兒平時無病種痘斷無致病之理又有當開種之期或因災疾未克前往下期大可補種每見因循至十數歲尙未引種者頗多若當此天花流行之際恐追悔無及矣又有因小兒偶出水花數顆卽以爲已出天花無庸再種牛豆臨時方知悞事者多矣又有因小兒頭生禿瘡不敢引種者查小兒生禿瘡者常有之也每見數年不愈者頗多若俟其全愈再爲種豆豈不躭悞大事如小兒內熱脾虛以及生疥癩等瘡定當避忌又有已經引種出過眞豆今又發熱見點傳言以爲仍出天花余曾親見甚多皆非大花乃水豆也其形顆粒尖小隨起隨貫五七日卽可收功與出天花後出水豆同若按天花調治用大補大下反成壞症茲特詳述一切遍告闔邑願衆嬰兒化險爲平同登壽宇余實幸甚焉尙望仁人君子廣爲流傳則功德無旣矣　愼修堂謹白

快奪錦標

前者新到法商拉先生議售新法彩票三百二十五張每張按號加洋如一號出洋一角如抽百號出洋一元如抽三百二十五號出洋三元二角五共得十彩俟彩票售完借座第一樓開彩擇定日期再行登報如買票者請至本樓抽票今將彩目例後

頭彩法藍珠口皮奩表一只　二彩法藍金表一只　三彩金闊表一只　四彩跳字銀表一只

五彩四號夾金闊表一只　六彩銀闊表一只　七彩三折鏡子一只　八彩烏剛闊表一只

九彩雙筒千里眼一只　十彩玫瑰香水三瓶

第一樓代啓

魁陞號綢緞洋貨莊

本號自置顧繡綢緞洋貨等物整零均按銀莊格外公道皆比大市價廉發售　寄賣各種眞料大小皮箱漢口水烟袋各種眼鏡龍井雨前紅茶梗　寓天津北門外估衣街五彩號𧗠衕口坐北向南　士商賜顧者請認本號招牌特此謹啓

新元隆號綢緞洋貨莊

自去歲四月初旬開張以來蒙各主顧垂盼雲集馳名日盛本號特由蘇杭等處加意揀選名機新鮮貨色零整銀價俱照大莊行市公平發售以昭久遠此白

寄賣龍井雨前素茶福建皮絲水烟各種眞料大小皮箱

開設天津府北門外估衣街中路北門面便是

瑞林祥元記

本號今在天津府北門外估衣街中間路北由京分設瑞林祥元記擇於八月二十日開張自置綢緞洋貨織絨線貨洋廣等貨粗細布疋眞正廣東丸藥貢緞小帽京城自染透骨眞靑京靛大藍鄭州自染佛靑正藍椀靑細布凡備各色向來不惜工本務要眞而求眞價本酌以公道務取其實以圖久遠懇祈貴商尊客賜顧者留神細察特此佈聞

本號謹啓

代辦各種機器

敬啓者余自去歲蒙紳商賜顧各種機器業今又向英國著名大廠代辦各樣紡紗織布造磚炸毛等機器以及各行應用各樣機器零星物件定日交貨不能遲悞如貴行包辦常年機器人工煤料或安設各樣機器價値格外相宜如家貴官紳商購買者請至英新租界福仙茶園看圖面訂可也特此佈聞

𡩋子卿謹白

紫竹林第一樓番菜館

本號專作英法大菜各色精細點心各樣洋酒洋貨等物一應俱全並售

上　八百

上紅茶每斤津錢一千

六百

又批發茂生公司鐵海紙烟零整發售價値格外公道原箱計一百盒價洋一百四十四元每盒計五百支洋一元五角凡仕商賜顧請卽駕臨是荷　風雪勿阻

附啓者本號今過年仍然連市

主人謹白

快奪錦標

啓者法租界海利鐘表洋行今議出新法彩票二百五十張價洋一先至二元五角如願買彩票者請至本行抽號拿票如抽一號票出洋一先抽十號出洋一角抽百號出洋一元抽二百五十號出洋二元五角共得八彩定於本月廿六日卽禮拜二下午一點鐘開彩是日祈駕早臨可也特此達知　今將彩自列後

頭彩留聲機器一只　二彩跳字表一只

三彩金闊馬表一只　四彩夾金闊表一只

五彩金闊表一只　六彩扣子表一只

七彩龍珠坤表一只　八彩大皮衣包一只

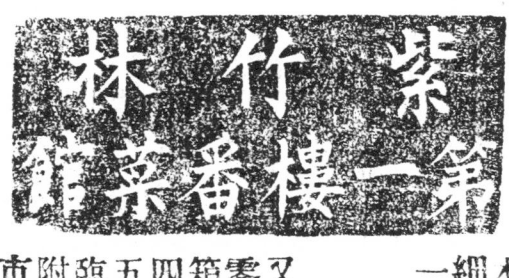

本行主人謹啓

啓者本行僧帽老牌火油自製嗎咭田咪吔嚧咍公司監工精煉質性澄純極其燦朗穩固無危毫無烟味即或偶爾傾馳亦無騰炸之慮兼之此油每箱兩罐計淨油六十七磅比別家格外加重並用上等白鐵爲罐自置機器軋就焊口堅固異常毫無滲漏之弊堪稱物美而價廉誠非別家之可比業經中外馳名倘蒙仕商賜顧成票零批均無不可欲採辦者請移玉本行賬房面議可也

世昌洋行謹啓

京緞零剪 減價售現

零剪 寄售

高鴉背	一千三百五
正號元青貢緞每尺	一千四百文
中號	一千一百文
眞杭青庫緞每尺	二千二百文
中和淨絲	五百文
廣東長盛幼絲每包	一百六十文
南京鹹鴨每支 大	一千八百文
小	一千二百文
龍井	一吊七百文
雨前	一吊一百文
珠蘭 每斤	一吊四百文
雀舌	九百六十文
紅袍	六百四十文

本號自製元[illegible]京緞蓄售零[illegible]杭紬衣線官[illegible]金[illegible]南貨精貨一應俱全近因錢市漲落不同分別減價抑因無恥之徒假冒南味字號者甚多雖云謀利誠恐亂眞欲辦耑稽用煩楮墨天津宮北大獅子胡同公益仁記南[illegible]坊謹白

海利鐘表洋行

啓者本行自上海分設天津紫竹林法租界大街均興印字館旁自製新式鐘表金銀表金表練各樣新式大小說話機器耳鳴機器金戒指金鋼石戒指大小洋鏡各樣新貨一應俱全貨好價廉格外公道在此洋樓造成批發物貨諸公光顧請早駕臨

海利洋行謹啓

戊戌年新正月廿三日禮拜六

本濼塘開設在新馬路興基街室潔泉香官塘一切供應悉遵南式盆池兩便貴客光降價較別家格外從廉此白

義友濼塘謹白

天后宮北 義興順綢緞莊

本莊自置頭繡綢緞綾羅紗絹哈喇大呢羽綾羽毛各樣花素洋布南貨雅𥿄桂母頭油香粉臙皂蹄安貝松泉湖筆一概俱全

頭號杭寧綢

頭號摹本緞

紅梅茶	九百六
紅茶 每	六百四
紅茶梗 斤	二百二
龍井茶	一吊八

金百壽棉襇裙布裡每套五兩八

雜色金刀絨每尺五錢五

告白

浙紹朱鈍翁現由彌勒菴移寓於津道署西箭道北頭路西本公館循舊懸壺特啓

天桂茶園

新排全本新戲

拾金不昧

二十四日晚准演

天仙茶園

新排全本燈戲

滿堂燈彩 夢遊上海 全班合演

本園告白前演新戲衆公業以賞着今小園又新排新戲名曰夢遊上海此戲與別戲情節不同此乃上海實事台下出局又捕新燈新綵切末又外請客串射景雜要與衆不同擇日登台開演請諸公駕臨一觀

本園主人具

新正月二十五日出口輪船禮拜一

景星 輪船往上海 怡和洋行

順和 輪船往上海 怡和洋行

連生 輪船往上海 怡和洋行

新正月二十六日出口輪船禮拜二

和生 輪船往上海 怡和洋行

樂生 輪船往上海 怡和洋行

新正月二十三日銀洋行情

天津通行九七六錢

銀盤二千三百五十文

洋錢一千六百三十文

紫竹林通行九六錢

銀盤二千三百六十文

洋錢一千六百六十文

洋錢行市七錢

開設天津紫竹林北法租界大街

天福茶園

特請京都

鴻慶名班

特請京都上洋姑蘇山陝烟台等

各色文武　頭等名角

新正月廿四日早十二點鐘開演

全夜月賈汪馬于德金白王仇譚譚閻趙月

來中星桂雲大均秀文喜　嘉嘉　斌中

班香仙橋芳龍頭如山奎雲合榮祥處恒仙

大　三　文　五　全　本　蘆　眾武行

賜　疑　昭　雷　羣　家　全班合演

福　計　關　陣　英　會　山　大溪皇庄

正月廿四日晚七點鐘開演

小紅白仇馬一金德譚王劉張徐閻朱趙

孩菊文　雲斗秀均嘉喜壽月天　子斌

紅花奎合龍金山如祥雲臣樵元處久恒

長　審　烏　飛　頭二本　眾武行

亭　刺　玉　虎　虹　惡　虎　村

見別　客　帶　山　霓　闞

開設海大道英新租界

福仙茶園

特請上洋

長春名班

特請京都上洋蘇杭山陝烟台等處

頭等文武名角

新正月廿四日早

堂　會

正月廿四日晚

堂　會

開設馬家口南興基新馬路

天桂茶園

特請京都

洪奎名班

特請京都山陝姑蘇上洋河南等

頭等文武名角

新正月廿四日早十二點鐘開演

洪江孟于胡吳王吳羅陳嚴熊沈賈王彭方

奎寶秋　少林二彩福六寶　福子懷福德

官珍林報卿泉立芬山十恒處山林卿壽恒

牧　賣　眾武行　別黃代望　眾武行

虎　胭　挑　宮金盤兒

關　脂　滑　車　祭台闞樓　泗洲城

江

廿四日晚七點鐘開演

胡孟韓左賈陳陳熊金嚴王彭吳洪馮高蔡

少秋樂月子七六　福寶懷福彩奎會芝玉

卿林卿春林十十處仙恒卿壽芬官林香亭

新排新戲全班文武名角跑台代打

全　本

拾金不昧

冤怨相報與衆不同

開設馬家口下娘娘廟前

天仙茶園

特請京都

玉成奎班

特請京都上洋山陝姑蘇台烟等

頭等文武名角

新正月廿四日早十二點鐘開演

十張自鄭小程李飛瑞李王章王達曼一

七慶來鐵福玉連來德吉子金立子崩壽

紅玉紅棍才生仲鳳保瑞實虎本紅翠燈

戰　對　明　眾武行　送　鐵　烈

南　銀　月　曾頭市　灰　冠　火

陽　盃　珠　麵　圖　旗

正月廿四日晚七點鐘開演

劉李張李崔一達　小桂分　崔小想曼

鴻吉　連玉壽子　玉福九崩

昇瑞黑仲樓燈紅　張玉奎　樓才霄翠

頭　二　本　海　樊　城　全班文武合演

連環套　潮　長昭　老鼠成親

盜御馬　珠　亭關　老鼠大成親

光緒二十五年九月

直報

第二百零八號

本館開設天津紫竹林海大道老菜市氣燈房街內

光緒二十五年九月十二日

西歷一千八百九十九年十月十六日 禮拜一

上諭恭錄
選匠赴都
中亦與利
筆帖試箭
關道批示
御鹽北上
芬蘭鐵路
維新之說始於孔子
興工有期
俄路所至
督轅門抄
縣批四則
又獲私槍
京報照錄
爭金爲日
匿帖何來
湘撫北上
是耶非耶
添傳再訊
各行告白
奉電詢將
息已請還
龍川請兵
神水到津
金釵落水
衛缺易員
輪船電期先聲

上諭恭錄

九月十一日奉 硃筆徐琪轉補左春坊左庶子李聯芳補授右春坊右庶子欽此 上諭御史劉家模奏豫省丁漕折價過重請旨切實核減一摺州縣經徵錢漕屢經諭旨各督撫嚴飭所屬按照現時銀價大加核減予准仍前浮濫若如所請河南州縣徵收錢糧如有折價至三千文以上者似此任意浮收殊屬不成事體著裕長確切查明分別酌中定價不准巧立名目額外加增以蘇民困而肅吏治欽此 上諭本日召見之補用道王灃著交軍機處存記欽此

維新之說始於孔子

醒齋稿 錄中外日報

天下言維新者多矣闢數千年未闢之機古今一大新氣象也通五大洲未通之境宇宙一大新運會也世系則有男主女主之分則世系一新國政則有君主民主之分則國政一新統一則舊也而合衆則新重文則舊也而右武則新尊士則舊也而崇商則新陽歷陰歷歲序亦新上議下議政治亦新大學小學教化亦新商賈有公司之設貿易新矣男女有自主之權婚嫁新矣其小者檣帆舊而新之以輪舟軌轍舊而新之以鐵道紡織舊而新之以機器弓矢舊而新之以槍砲一切運用水火驅策風霆事事物物見見聞聞無一不日新而月異於是有志之士憤列邦之環伺痛中國之就衰創維新之宏議思變法而自强英國之强由於擴商務普國之强由於改兵制彼得之遊列國而俄以强睦仁之刪羣藩而日以强莫不馳情域外借助他山立說著書冀動當塗之聽而不知不必也維新之說中國人人誦而習之卽匹夫匹婦畧識之無者無不知也特習而忘之一經道破當前卽是大學首章云大學之道在明明德在新民在止於至善此十六字者上自王公下至士庶無不誦也以學爲綱以明新止善爲目各國之教化政治典章制度泰西之所謂新法者其能出此範圍乎前有千古後有萬年其能易此十六字乎縱有兩極橫有五洲其能越此十六字乎推之太空之大凡所謂行星恒星苟有世界卽有民物其能變動此十六　乎無論中國之文人學士諸子百家不能爲此言卽各國之教宗號爲聖人者摩西之十誡耶穌之福音摩哈默特之可蘭經亦不能爲此言也如來之大乘經老子之道德經太上之感應篇文昌之陰騭文亦不能爲此言也中國之最爲推尊者其惟堯舜之相傳心法曰人心惟危道心惟微惟精惟一允執厥中所謂虞廷十六字也較之孔門十六字以今日之時世言之尤爲精當確切包括靡遺也此孔子之所以賢於堯舜也此孔子之所以爲生民未有之至聖也夫聖經十章首先言學論語二十篇亦首先言學故孟子言性而孔子言學性者其已然者也學其未然者也由已然而推之於未然德非學不明民非學不新而善非學不止學爲綱明新至善爲目聖人指出三在字一毫不可移動一毫不得假借率而由之遵而行之自修齊以至平治不難也歐美諸國學校林

立婦女知書雖不讀孔子之書而能暗合孔子之道宜其蒸蒸日上日進於富强也奈何中國之誦孔子之書者反不思孔子之言耶明德成巳也新民成物也止至善合成巳成物而一以貫之也德而日明兼包性善但爲物欲所蔽如鏡之昏如水之渾自矜貴重不惜愚賤安知新民習積相沿如醉如夢安知止至善民智不可不開彼惟恐民之智也常愚之民心不可不固彼惟恐民之固也常欲離之民財不可不裕彼惟恐民之富也持搜括以貧之民氣不可不伸彼惟恐民之强也特挫折以弱之凡良法美意他人所經營創建者彼必阻之遏之而後快烏乎若而人者殆忘其童年之入塾開卷之句讀也曷不卽大學之道在明明德在新民在止於至善而三思之耶

京津新聞

奉電詢將　○聞月之初六日揚州叅將奉到劉制軍長差賫到飛札內開初二日奉總署電達　旨查提督張國林前隨該督與李占椿帶兵出關現在張國林仍與李占椿同帶防營究在何處着劉坤一迅查復奏除已電致總署轉奏　皇太后以張國林係記名堪勝提鎭兩江儘先遇缺題補副將現署揚州叅將兼統南字三旗駐防江南江北淸淮一帶年五十六歲湖南祁陽縣人等因於初三日覆奏外合就恭錄行知初六日午後張叅將欽奉　懿旨卽傳中軍袁守戎率標下健兒在大堂上恭設香案望闕叩頭謝恩一時士民赴署觀禮者咸謂張叅戎龍馬精神無異曩昔此次電詢宿將想因南洋要隘需用將才與李軍門並論及之必有位置叅戎地也

選匠赴都　○張香帥在粵時創設鑄銀錢局挽回利權不少現在各省多有仿行邇日京師錢根短絀特照各省鑄錢之法設局開爐并調取粵匠來京以爲執役刻下粵憲已諭令錢局委員選派匠人赴都執事酌給盤川并發三個月薪水以示體恤而勉呈功現在該匠等已乘輪東裝北上矣

興工有期　○京師長新店盧漢鐵路公司所寓比國人等已陸續到來三十餘人爲分赴工程之用聞九月初一日興工建造云錄滬報

爭金爲日　○日本郵報云高麗出產金沙每年值一百五十萬洋向來所產金沙由華商經手售與各國現聞日人亦欲接辦此事可冀成議自西歷四月以來在韓之日商已有購辦金沙甚多共値三十萬洋譯文滙報

息巳淸還　○牛莊鐵路借欵於西八月初一日爲半年交息之期而此項於七月十五日巳交到滙豐足見北鐵路整頓大有進益從前借欵碍難之處可自此辦理得手巳

中亦與利　○譯倫敦郵報載英美兩國公司擬將在華商務事宜合力辦理魯士柴公司華英公司及英國著名公司爲一股在紐約之摩干士萬得畢士摩頓士等著名公司爲一股兩股合備資本協助現行商務但所承辦粵漢鐵路巳經中國允許曾訂合同現忽不欲照辦然英相沙侯業飭駐京公使催商中國政府美公司大狀師懷力忌曾請本國政府亦飭駐華公使向中國催辦若允准此事則英美在華外交人員當公同議一長策此實中英美三國共享之利益也又云七月十六日本報訪事來信云傳言美政府辦理中國鐵路衆皆不以爲然後又聞飭令駐京美使不過商議查明而巳工程司巴遜士曾經勘量粵漢鐵路者於禮拜五日晉謁首相赫君似知此事有碍難辦理之處聞中國督辦鐵路者另有意見與美公司所訂合同不欲照辦本訪事聞撓阻英美此舉者實是法國現在赫君所爲專爲美國利益起見以爲英美意見雖同而兩政府及兩公司則各有應得利益固以辦爲宜而美國於東方事宜另有新策從前不准假商務凌人一節茲巳作廢巳

俄路所至　○中外日報云俄人於阿勒楚喀城北七十里混同江南二十里之哈拉賓地方造一大車站以爲東華鐵路之終該地南北竣工者各百里又南自琿春起巳竣工者南北各九六十里又南至遼陽之南北已竣工者各二百里更南至距營口北一百五十里之[illegible]沿鐵路轉運不窮又自哈拉賓至俄都之線卽至齊齊哈爾河下流六十里之處起站於湖拉留吉既竣工者約二百里其他在西伯利亞地方業巳興工者計有數處又西字報云刻接寄居奉天府之訪事人來書言曾見俄人所繪由西比利西峅至

中國京師之鐵路圖其路從拜喀勒湖東至恰克圖過庫倫以達京師聞俄人已測繪定妥歸西比里亞幹路工程師造築事關緊要擬先竣工然後續造滿洲枝路云云又法國來函云駐俄中國使臣楊欽使與俄國外務大臣會見面談歷二點鐘之久所談多係滿洲鐵路事外務大臣先啓詞曰俄之建築鐵路實爲近接疆域利便交通起見毫無侵畧土地之念不止無侵畧之念且中國一朝有意外變故俄將藉鐵路之便輸兵馬糧餉以救助貴國危急豈有他意哉楊君乃申謝稱中國政府深感俄國將中國簡派學生留俄京及海參威俄文學堂事又贊追加條約簽印之議所謂追加條約者卽關港灣及鐵路也香港華字報言此事亦不知其然乎否耶

匿帖何來 ○宜昌訪事來函云有人作書嵌入糕餅內投向教堂庭前其書中所言誓與敎士及地方官爲難云譯字林西報

龍川請兵 ○河源縣會匪揭竿幸被官軍擊散茲聞此股會匪竄至龍川縣地方勾結土匪勢益浩大經該縣錢大令督勇查拏多名仍未解散現在距縣城約二十里許黨衆仍復聚集有意圖舉攻城聞錢大令已經飛稟省憲作速撥兵往剿矣外患方張內訌交作卽以粵省而論亦已迭有所聞不知當道諸公將何策以弭之也錄港報

筆帖試箭 ○九月初七日爲兵部考試八旗蒙古筆帖式之期昨經題請 欽派監射大臣並監試御史奉 硃筆着派裕德載濂監馬步射這監試着聯豫去欽此已見邸抄茲聞兵部司員傳集八旗蒙古筆帖式英普松額等三百二十七員均於是日黎明俱赴東安門內南池子御箭亭聽候點名伺候考試箭枝分別等第取中次晨覆 命

督轅門抄 ○九月十一日晚制台見 運司方大人 關道黃大人 道台佘大人 十二日見 指分江西試用府汪文綬 候補知縣張日陞

湘撫北上 ○頃聞湖南巡撫俞中丞晉京 陛見由南乘坐海輪至唐沽換乘火車十二日午後可抵天津聞茶座預備在火車站公館備在福照樓云

神水到津 ○前紀天津道憲札委工程局司事饒昌林赴京北白龍潭取水茲所取神水于昨午抵津以黃亭舁水用執事鼓吹前導由車站抬赴大王廟神前通城司道文武官員在大王廟前迎接焚香禮拜畢卽赴督轅稟知督憲卽于十二日早七點鐘仍在大王駕前拈香祈禱云

關道批示 ○米商桐達號稟前據米商義和順等號具稟業經本道據情稟請北洋大臣電咨兩江總督部堂江蘇巡撫部堂核復矣該商所稟與義和順等稟詞相同仰卽一體遵照俟准咨復奉到行知再行飭遵此批

縣批四則 ○石峻峰呈批該生等既甘陪禮趙廷樑等何致反行動武負氣所稟礙難憑信着邀人妥向理處毋得飾詞聳聽纏訟不休切切毋違○馬晉康呈批查欠戶十二家爲數無多該生如果妥向理討豈有一戶不還之理稟詞顯然揑飾殊難憑信仍不准○吳藍氏呈批案經堂諭飭宮發每年還錢二十千該氏以三十千呈請實屬不遵堂斷不准此飭○孫陳氏呈批爾子若係安分良民該村正等因何並不赴案呈保具呈斷難憑信所請保釋礙難照准

是耶非耶 ○榮華泰領事某甲甚精明不知何故被東道辭出論者或謂其美似宋朝又或謂其溺朝之美朝不許力拒之事爲大衆所聞故見絕於東道孰非孰是必有能辨之者

金釵落水 ○昨午有禨子衕衕某首飾舖學徒李某奉遣持首飾十有九件並貨札一個與城內送貨行至東城根偶因便溺失手將物件墮落城濠李某哭啼不止有好事者爲之僱人許以如將原物撈上酬以津蚨二吊延至時許並無一人泅水此後不知如何設法矣

御鹽北上 ○催造御鹽已紀前報聞刻已作畢南店桐和慶承德祥生李亭裕北店謙恒益恒德鉦昌茂同茂南北共計八號每號起造四十八包已于十二日稟知都轉過關北上赴京交納云

又獲私槍 ○私造洋槍之案近日屢有所聞初八日報紀西門外王家樓某甲私造洋槍被保甲局帶同馬快抄去洋槍九十餘桿交入縣庫該犯聞風先逃未審曾否弋獲同日官役復在南營門外三義庄抄去翟某私造洋槍三十餘桿衣物若干件約値洋數

百元聞翟某業此多年家道頗裕比及到案初訊供謂槍係買來販賣之物嗣因責比數堂供謂該鎗悉爲都中某達官所訂尚未領到執照云云又聞供出房東某巳捉到案又供出同夥四人不知逸向何所云

添傳再訊　○蘆庄混混趙明閣五高二等在某洋行擇髮爲生昨不知因何將其夥爲首之陳八砍傷甚重行主當將三人送縣責押在案昨經裴大令堂訊各責鎖押復追訊該管地保孟繼升協差役拘獲趙五等與同事之甯五甯二到案究辦

外省新聞

衛缺易員　○清江來函云蘇州衛守備劉　清三次俸滿委投供到班楊銳泉署理湖北　州衛守備員缺着以候補衛守備楊仕泰請補巳懸牌示知矣○又熊武軍四隊正哨官儘先都司王懷珍奉委調管水師正營杉板砲船遺差以副哨把總徐振英拔委又委派儘先千總潘錫齡隨營差遣

外洋新聞

芬蘭鐵路　○彼得堡來電云俄皇於分蘭鐵路極爲注意近議定建造幹路一道由烏里亞堡至多爾尼亞地方並擬於哪五河面設立大橋一座以聯絡芬俄兩處鐵路爲一氣此路工程計估定經費一千二百七十萬馬克云

京報照錄

光緒二十五年九月十一日京報照錄

宮門抄○九月十一日戶部　通政司　詹事府　廂白旗値日　無引　見　董履高謝調直隸正定鎭總兵　恩　嚴金淸謝交軍機處存記　恩　王灃預備　召見　召見軍機　王灃　嚴金淸

○○頭品頂戴兩江總督臣劉坤一頭品頂戴安徽巡撫臣鄧華熙跪　奏爲查明江皖兩省剿辦渦匪出力文武員弁地方官紳擇尤請奬以示鼓勵恭摺仰祈　聖鑒事竊照上年十一月間渦匪土匪劉疙疸牛世修倡亂起事勢甚猖獗經臣等會商河南撫臣裕長派兵會剿一律肅淸於本年正月間會摺具奏請將鎭道大員分別奬敍聲明其餘出力各員另行查明請奬二月初八日奉　恩旨允准轉行欽遵在案玆據徐州鎭總兵劉靑照徐州道桂嵩慶壽春鎭總兵郭寶昌等查明江皖兩省在事出力文武各員弁及地方官紳分別等次開具擬保升銜升階先後稟請　奏奬前來臣等覆查渦亳一帶向有捻匪老巢近年災歉頻仍民情益形困苦劉　牛世修等乘機滋事匪黨日熾攻陷龍山營石弓山義門丹城及附近鎭集數十餘處警報紛馳遠近震動維時復有孫淩志起於義門集燕懷單起於燕家牌坊邵大發葛懷[illegible]起於豐家集魯士林起於泥台店四出焚刼愈裹愈多夾旬以內聚集醜類至二萬餘人渦陽縣城四面被圍驛路隔絕亳州宿州蒙城太和阜陽等境皆有賊踪數百里之間處處告急又有徐鳴燕一股在江蘇碭山地方同時豎旗滋擾該處距渦宿較近更慮勾結合股日益蔓延幸賴三省官軍星夜馳援合力兜剿各屬官紳督帶兵練隨地截擊未及旬日一鼓蕩平首要各逆次第授首此固　皇上如天之福寔非臣等始料所及當軍事方亟之時皖北大雪泥深盈尺天氣嚴寒各該將領督率各員弁聞警卽行備嘗艱苦以少擊衆奮不顧身徐州鎭總兵劉靑照在道竹橋家營兩次大捷攔擊銳搗穴擒渠厥功尤偉各該州縣紳董或募勇守城或辦團禦寇見賊卽擊幾於無日不戰與官軍聯絡聲援保衛地方所全甚大自應一體照軍功勞績奏保以奬勤勞所有在事尤爲出力之知府董受祺等二十七員其次出力之道員龔祥熊等九十一員武職尤爲出力之提督高得勝等二十五員其次出力之總兵張宗華等四十七員謹擬保升銜升階分繕淸單恭呈　御覽合無仰懇　天恩俯准照擬給奬俾資鼓勵出自逾格鴻施除飭取各該員弁履歷另行咨部並將千總以下各弁開單咨部給奬外所有查明剿辦渦匪在事出力文武員弁地方官紳擇尤請奬緣由謹合詞恭摺具陳伏乞　皇太后　皇上聖鑒　訓示謹　奏奉　硃批該部議奏單二件併發欽此

○○馮錫仁片　再湖南民情向稱樸厚近則迥非昔比重大之案層出不窮官吏以諱爲能以故民氣囂張日久愈不可問自光緒十七年邵陽縣文生曾宗衍呈送尹姓竊贓在縣押病故九月十七日夜尹姓將屍扛至曾家毀垣而入曾宗衍疑盜用鳥鎗從窗隙轟斃

○○鄧華熙片　再安徽省奉撥光緒二十四年分京餉地丁銀二十萬兩原續撥厘金銀十萬兩蕪湖關原續撥常稅銀五萬兩洋稅銀一萬兩鳳陽關常稅銀三萬兩又邊防經費地丁銀十萬兩厘金銀五萬兩籌備餉需銀四萬兩常經先後解過京餉地丁銀十萬兩厘金銀四萬兩蕪湖關常稅銀二萬兩鳳陽關常稅銀一萬五千兩邊防經費地丁銀五萬兩厘金銀二萬五千兩籌備餉需銀二萬兩附片　奏明在案茲據署布政使李廷簫詳報遵將本年尚有應解京餉地丁銀十萬兩厘金銀五萬兩邊防經費地丁銀五萬兩厘金銀二萬五千兩又於貨鹽二厘項下循案各半動撥籌備餉需銀二萬兩先後飭委候補通判沈策名候補知縣張振鋆另補知縣惠恩試用知縣程思晉分別解部交納並據聲明厘金係按月抽捐一時未能集數所解各款厘金銀兩均由司庫暫行撥解仍於現收厘金內陸續撥還造報以符原案又據蕪湖關道先後詳報於常稅項下動撥銀三萬兩飭委候補典史吳清櫟候補巡檢王紹文管解赴部又於洋稅項下提撥銀一萬兩交商滙解部庫又據鳳陽關監督李光久詳報於常稅項下動撥銀一萬五千兩飭委候補巡檢高積仁管解赴部以濟餉需各等情前來除分咨戶部並總理各國事務衙門查照外所有安徽省奉撥光緒二十四年地丁厘金關稅京餉邊防經費籌備餉需各銀兩均已籌解清款緣由謹附片陳明伏乞　聖鑒謹　奏奉　硃批該衙門知道欽此

通彩綢緞公司

本公司設立彩票三百張大小不等放三十彩使六股篩子搖點各憑手幸有無得彩當時財氣有願買票者赶急去買卽定於本月十四日十一點鐘在天桂茶園內開彩至期不悞如有不到者本公司代搖決無蒙昧　每張票價洋錢二元

頭彩一張得洋錢二百元　二彩一張得洋錢一百元　三彩一張得洋錢五十元　四彩四張每張得洋錢十五元

五彩五張每張得洋錢六元　六彩八張每張得洋錢四元　七彩十張每張得洋錢三元

代賣票處　海大道直報館　鍋店街錦盛祥　宮北湧興成　北門東文心堂

東門內益和居　侯家後和泰昌　紫竹林信德隆　鹽道衙門對過同春和

本公司新設煙茶樓仕商賜顧吸烟一盒送給彩票一張有瓜子水烟茶水全在內每盒烟價津錢五百文淨要票者津錢三百文有賜顧者請至本樓看票可也盡知得彩數目

本公司開設在西開天桂茶園北邊便是

前次魁陞號之得頭彩錦盛祥得二彩餘者同領彩

通彩主人謹啓

話從何來　本茶園開設以來不惜重貲廣邀京都上海山陝粵省諸名角蒙遠近士商貴客賞鑒座客常滿多至千餘或六七百位晚間光衆門前若市向無驚神詫鬼之事昨見國聞報登有人自園中奔出行至閘口告人以見鬼等語衆聞知係鬼話謂其目眩不謂又有和其說者及詢他人舉謂殊無所見諒因本園生意較盛爲鬼祟者所妬故弄鬼技爲此說以混人生意想諸公無難鑒別也

天仙茶園謹白

魁陞號綢緞洋貨莊

本號自置顧繡綢緞洋貨等物整零均按銀莊格外公道皆比大市價廉發售　寄賣各種眞料大小皮箱漢口水烟袋各種眼鏡龍井雨前紅茶梗　寓天津北門外估衣街五彩號衚衕口坐北向南　士商賜顧者請認本號招牌特此謹啓

施救吞烟　白鴨血及人糞汁皆爲救吞鴉片妙方爲其吐耳然效與不效或未可必惟上洋白藥粉專救吞烟經驗多人萬無一失法用白藥粉一劑加熟水一茲冲藥溫服服畢以二人扶之行走不住卽易吐出若遲至半刻不吐再服一劑不吐仍卽再服一劑總以吐淨鴉片毒爲度吐後多飲清水仍令一吐再吐至所吐之水澄清無汚其毒乃盡可慶更生切不可用煤油醬油等方誤灌致傷性命如吞烟後一時取藥不及先以食鹽三錢攪冷水碗許灌入暫殺其毒以待藥至卽急灌救如吞烟歷時甚久昏迷欲睡[illegible]係烟毒已發恐一吐猶未能盡淨必須二人扶之行走另着人用竹竿打其兩腿皮肉務使知痛驚醒終夜不睡睡則難保無虞矣此藥西頭流水溝西河沿立興成糧莊暨金華園西河沿聚豐恒糧店河東十字街西存仁堂樂局中義當東愼修堂閤宅均爲施送台併錄報使遇此事者就近救急　諸善士如欲購捨此粉上海大馬路科發藥房及津郡老德記等大藥房均有價亦甚廉豫備不虞古之善道願我同人勿以小善而不爲也

同人公啓

公函照錄

五相國寄裕壽帥告山東災求賑公函

敬啓者今歲山左水災淹沒數十州縣實爲百年以來所未聞遍野哀鴻數逾千萬東土同鄉京官電達各省諒已早蒙推解惟是被災既重爲日又長縱厚集鉅貲亦非一次所能博濟弟等哀此遺黎萬難漠視惟有代嗷嗷蒼赤重作將伯之呼明知近年各路迭告災荒籌賑幾成弩末而山東此次黃水橫流淪胥半省實非他處偏災可比況該省爲畿疆屏蔽若不妥籌撫恤不惟流離可憫亦且事變堪虞爲此懇達台端於無可籌措之中再爲設法但能多盡一分心力即多活一分生靈垂憫災民更生可望盡出高厚之賜矣外附捐冊希分致 李鴻章 崑岡 徐桐 榮祿 孫家鼐 仝頓首

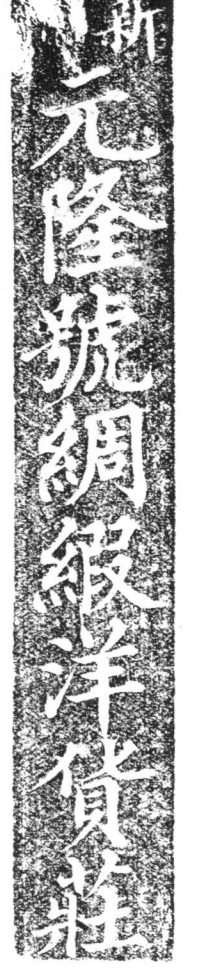

新元隆號綢緞洋貨莊

自去歲四月初旬開張以來蒙各主顧垂盼雲集馳名日盛本號特由蘇杭等處加意揀選名機新鮮貨色零整銀價俱照大莊行市公平發售以昭久遠此白

寄賣龍井雨前素茶福建皮絲水烟各種真料大小皮箱

開設天津府北門外估衣街中路北門面便是

元茂機器磚瓦公司

本公司仿照西法燒作磚瓦事屬創舉曾經通稟在案該貨堅固異常價值從減並各樣印花磚瓦俱全 賜顧者請至海大道新興南里內本公司面議可也特此謹啓

瑞林祥元記

本號今在天津府北門外估衣街中間路北由京分設瑞林祥元記擇於八月二十日開張自置綢緞洋貨織絨線貨洋廣等貨粗細布正真正廣東丸藥貢緞小帽京城自染透骨真青京靛大藍鄭州自染佛青正藍槐青細布凡備各色向來不惜工本務要真而求真價本酌以公道務取其實以圖久遠懇祈 貴商尊客賜顧者留神細察特此佈聞 本號謹啓

告白

代辦各種機器

敬啓者余自去歲代辦各種機器業蒙紳商賜顧並無遲悞今又向英國着名大廠代辦各樣紡紗織布造磚炸毛等機器以及各行應用各樣機器零星物件定日交貨不能遲悞如貴行包辦常年機器人工煤料或安設各樣機器價值格外相宜如蒙貴官紳商購買者請至英新租界福仙永茶園看圖面訂可也特此佈聞 甯子卿謹白

紫竹林第一樓番菜館

本號專作英法大菜各色精細點心各樣洋酒洋貨等物一應俱全並售

上 八百

上紅茶 每斤津錢一千

六百

又批發茂生公司鐵海紙烟零整發售價值格外公道原箱計一百盒價洋一百四十四元每盒計五百支洋一元五角凡 仕商賜顧請即駕臨是荷風雪勿阻 主人謹白

告白

出售清華齋精襟已亥通書指掌圖每軸津價二百四十 又新出津門紀畧附城廂圖准十五出書絳雪齋官商快覽一百四十種每本六百八十先覩爲快 天津北門內府署東紫氣堂啓

洋樓出售

啓者今有洋樓一所座落海大道西德義洋行巷內內分兩院房屋結堅廠亮現願出售中外願仕商如有外買者價值格外公道請向直報館帳房面商可也 本館代白

海利鐘表洋行

啓者本行自上海分設天津紫竹林法租界大街均興印字館旁自製新式鐘表金銀表金表鍊各樣新式大小鐘話機器耳鳴機器金戒指金鋼石戒指大小洋鏡各樣新貨一應俱全貨好價廉格外公道在由洋厰造成批發物貨諸公光顧請賜臨草

海利洋行謹啓
戊戌年十二月初八日禮拜四

告白

啓者本行僧帽老牌火油製自嘓咭由咪吔嗹咍公司監工精煉質性澄純極其燦朗穩固無危毫無烟味即或偶爾傾駛亦無騰炸之慮兼之此油每箱兩罐計淨油六十七磅比別家格外加重並用上等白鐵爲罐自置機器軋就焊口堅固異常毫無滲漏之弊堪稱物美而價廉誠非別家之可比業經中外馳名倘蒙仕商賜顧成票零批均無不可欲採辦者請移玉本行賬房面議可也

世昌洋行謹啓

告白

今有新樓一所出賣坐落在海大道英新租界福仙茶園牌坊迤北向大街門面七間連樓帶底並退身在內共計二十八間一賣八年八年後歸英工部局爲業整買零買各從其便欲買者請問通海樓便知

三義堂主人謹啓

宮南 桂蘭齋茶食店

本齋精製拾錦南糖眞素供果嘉湖糕點紹興薄脆八寶京糕異味糕點各種茶食外帶行匣新添拾錦元宵蜜層糕江米糕南北點心無有不精製細做開設天津府東門外天后宮南自此一家並無子孫分號

天仙茶園

特請京都新到頭等名角

想九霄　時烱奎

十二月初九日晚准演

巧會珍珠衫　捉放曹

天后宮北 義興順綢緞莊

本莊自置顧繡綢緞綾羅紗絹哈喇大呢羽綾羽毛各樣花素洋布南貨雅扇桂母頭油香粉胰皂歸安貝松泉湖筆一概俱全

頭號杭甯綢
頭號摹本緞

紅梅茶 九百六
紅茶 六百四
紅梗茶 二百二
龍井茶 一吊八
每斤

金百壽棉薇褡布裡每套五兩八
雜色金刀絨每尺五錢五

京緞零剪 減價售現

零剪

高鴉青 一千三百五
正號元青貢緞每尺 一千四百文
中號 一千一百文
眞杭青庫緞每尺 二千二百文
中和淨絲 五百文
廣東長盛幼絲每包 一百六十文
南京鹹鴨每支 大 一千八百文 小 一千二百文

寄售

龍井 一吊七百文
雨前 一吊一百文
珠蘭 一吊四百文
雀舌 九百六十文
紅袍 六百四十文
每斤

本號自製元邊京緞整售零剪杭絨衣線官燕金腿南貨糟貨一應俱全近因錢市漲落不同分別減價抑因無恥之徒假冒南味字號者甚多雖云謀利誠恐亂眞欲辦薰藩用煩楮墨天津宮北大獅子胡同公益仁記南味坊謹白

新到各貨

敬啓者由外洋新到自置火腿猪肉啤酒等件價錢格外公道如欲買者請早購取可也

紫竹林英租界
恒豐泰飯店啓

十二月初八日銀洋行情
天津通行九七六錢
銀盤二千三百七十五
洋錢一千六百六十文
紫竹林通行九六錢
銀盤二千四百零五
洋錢一千六百八十五
洋錢行市七錢

告白

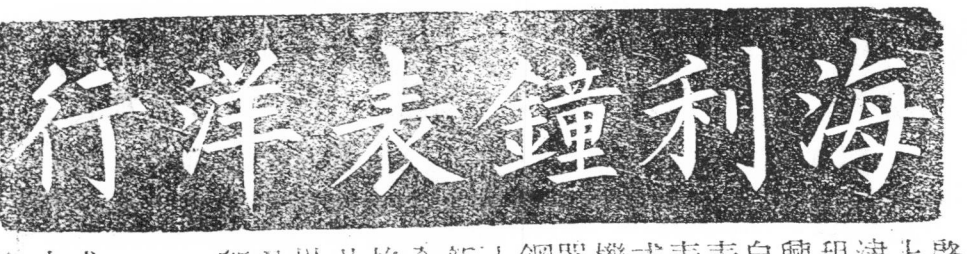

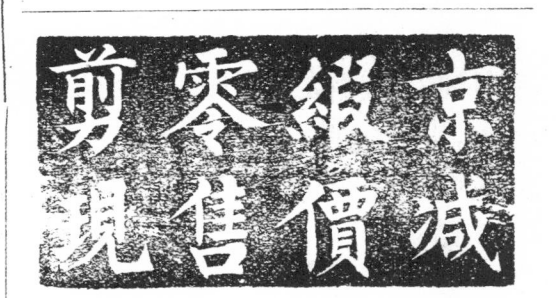

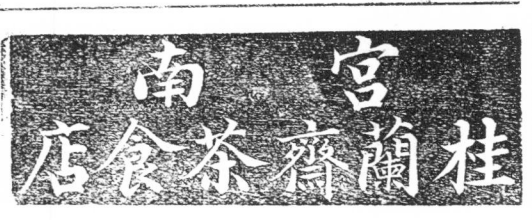

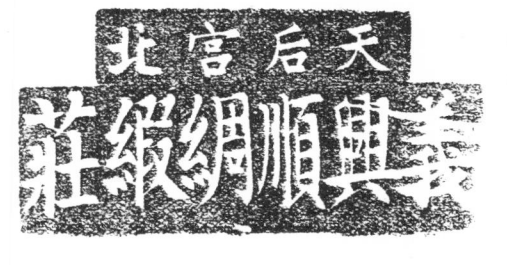

浙紹朱鈍翁現由彌勒菴移寓於津道署西箭道北頭路西本公館循舊懸壺特啓

開設海大道英新租界

福仙茶園

特請上洋新到

長春名班

京都上洋蘇杭山陝烟台等各處

頭等文武名角

十二月初九日早十二點鐘開演

同大劉羊劉謝福達閻黃趙李楊金同小盛
桂喜九才　子　春　榮　三
太鎮林壽奎寶玉紅星處永五八連太套萬

血照帶　開山府　洪洋洞　殺府逃國　別宮祭江　衆武行　延安關

初九日晚七點鐘開演

全牛羊張劉彩閻陳金楊飛龔張金德趙周
喜長桂上　春榮四來　秀均春春
班處壽奎林漂星有連立鳳處七山如永才

萬壽堂　宇宙峯　斷密澗　遺翠花　衆武行　萬佛山　滑油山　羣英會　遇龍封官

開設馬家口下娘娘廟前

天仙茶園

特請京都

玉成全班

特請京都山陝姑蘇上洋等處

頭等文武名角

十二月初九日早十二點鐘開演

于十陳蔣小小李瑞飛李張顧小小馬蓋王
大七桐雙福金連德來吉譪小京桃連天全
頭紅雲奎才子仲寶鳳瑞卿農娃紅燈紅立

打登州　一疋布　拾玉鐲　衆武行　蔡家庄　玉棠春　翠屏山　廣泰庄

初九日晚七點鐘開演

飛李張蕭小小章王時劉蓋達馬想憂小王
來連譪天桃京金子炳鴻天子全九崩福子
鳳仲卿飛紅娃虎寶奎昇紅紅錄霄翠才實

衆武行　大鬧嘉興府　牧羊卷　打花鼓　捉放曹

全班合演

接演連台新戲
三四本滿堂燈彩

巧會珍珠彩

開設法國租界

天津紫竹林北大街

天福茶園

特請京都

太平和班

京都上洋姑蘇山陝等處

各色文武　頭等名角

十二月初九日早晚停演

告白

啓者法租界天福茶園傍現有先開三義飯店洋樓一所及大小樓房無不寬闊如有願租者請到天福茶園賬房面議可也

天福茶園賬房謹啓

開設馬家口南興基新馬路

天桂茶園

特請京都

同慶樂名班

特請京都山陝姑蘇上洋河南等

頭等文武名角

十二月初九日早晚停演

美孚老牌煤油

啓者美國三達煤油公司之德富士老牌煤油天下馳名萬商稱美蓋其質潔色清亮白如銀且絕無烟氣能耐久燃比之生荳等油晶光百倍而儉用價廉此為德富士老牌之佳處誠屬無雙之妙品也士商賜顧請到天津美孚洋行採辦或向就近殷實行店購買庶不致悞

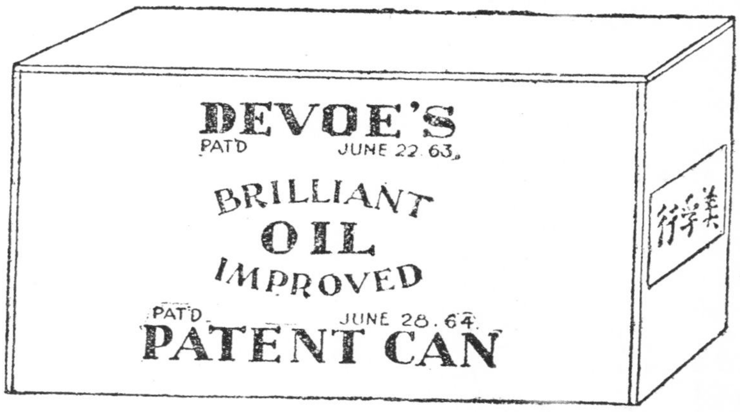

孔雀老牌香烟

本公司紙卷香烟久已膾炙人口聲譽鼎盛銷路日廣皆仍中外紳商賜顧所致不勝感荷本公司精益求精此次斟酌盡善每枝增烟葉十之三又請太醫院醫學博士和以貴由靈藥香味清美有裨衛生吸之可避一切瘴毒至價目則重依舊庶於各位盛情聊報萬一

伏請賜顧者認明孔雀招牌隨地購吸勿與他家松鶴等混視是幸此佈

上海村井紙烟公司

天津天后宮街賴天生德號經理告白

光緒二十五年十月

直報

第二百五十五號

本館開設天津紫竹林海大道老棗市氣燈房巷內

光緒二十五年十月三十日

西歷一千八百九十九年十二月初二日　禮拜六

英使宣言 伊侯演說 貴溪詳述 鑄元機器 督轅門抄 三覆題名 抓獲土棍 日艦紀數
日旗遭辱 內江緝匪 意人叵測 錢債細故 查驗鐵路 委催實收 後悔何追 京報照錄
俄逼吉林 德州教案 不允免釐 留心緝捕 糧道過津 責成地保 漢口市情 各行告白
兵船被擄 米市四誌 詳志隕星 容人之過 運解省餉 花叢滋蔓 紅十字會 輪船電期 先聲

欽加二品頂戴二等第三寶星津海關稅務司杜　爲
曉諭事案照息借華款銀元十萬兩一案本年十一月初一日又屆第五年還本付利之期現准
津海關道黃照數連本帶利函送到關本稅司現定自十一月初二日起每早十點鐘至十二點鐘聽候各商戶屆期憑票來關
換取本利銀兩爲此曉諭各商戶一體知悉勿悞可也特諭

光緒二十五年十月二十九日

英使宣言

博聞報載駐北京英國欽使竇納諾在英國支那會筵宴酒闌起而宣言曰今日筵會本大臣不勝欣忭之至酒闌立言本大臣素不嫻習故今日言語之間設有疵謬尚望諸君海涵今三四年以來本大臣膺使臣之命在東亞留心時局悉心考求本大臣察度情形我英國近來交涉事件並不吃虧外間浮議殊多隔膜不足憑信此次除西江通埠滇緬條約更改界線新闢通商馬頭數處及內地水路均通行輪舟外尚有英人得鐵路礦務利益各事不爲不多將來隨時留心尚可再得利益如果視此爲中國所讓之權利則實爲見淺實中英彼此有益之舉將來中國富强之始亦英人辦理得法之故也外人有議中國雖有特許之利權然每次章程訂定過苛以致辦理爲難此事故實有之惟日後中國似有曠達之識務使彼此利益均沾願聞有心人談論耳至於內地水路均行輪船章程外間頗加譏評然據總稅務司赫德稱內地水路均行船輪並非爲除免直省稅課亦非欲有傷民船生業起見自應一律遵照各省定章也惟洋商預防將來各省督撫任意苛派以致洋商不能支持實屬慮之過早此皆憑虛之言並無一定實據由此觀之不妨先試章程果否可行似亦理之當然也至於中國風氣究竟已開卽瞩公司派人到山西查探測量各處紳商百姓均能以禮相待官場亦欵待有加均願鐵路通行查探之人大都稱頌外間向來詆中國不保護外人身家性命以致商務不能振興此層雖然確實然亦未盡然也教案實爲中國不應有而有之事現在西江多盜賊總署深知亟宜剿除也本大臣去北京之時總署堂官王大臣等與本大臣商議此事本大臣告之曰非辦官不可愈大愈妙卽撫臣不足惜也此法雖酷虐究竟較招外人干預爲愈耳因外人干預未有不傷自主之權者也本大臣駐北京三年與總署往返交誼頗篤慶親王尤爲和洽至於英人各案件每能辦理公允無委曲之處惟英人至中國辦事亦不可倚賴英國國家權勢皆當各盡其道耳

時事記要

日旗遭辱　○朝鮮友人來信云韓國蔚陵島久被日人佔踞東歷十一月三號忽有俄國軍艦一艘駛泊於此時值日皇誕辰彼處日民咸懸旗結綵以申慶賀之忱不虞俄兵驀地登岸將所懸旗綵任意撕毀聲稱此島已屬我俄管轄爾等不得在此羈留遂將

鳥上所駐日人三十餘名韓人四十餘名一併驅至海濱令已乘舟各返本國矣語云螳螂捕蟬不知黃雀乘其後俄其今之黃雀乎錄申報

俄逼吉林　○總理衙門接到吉林將軍文牘稱據稽查東路委員禀報俄兵於西十月分續至波西特海灣者有三萬名之多卽於是月首禮拜起閙操以一萬人爲守二萬人爲攻歷操三禮拜之久隊伍甚爲嚴肅輕捷現皆駐紮原處靜候軍令如此舉動且迫華界於是吉林軍署行文俄營詰問兵數倏增之故而俄官答以預防日本之決裂也譯字林西報

兵船被擄　○前法兵在廣州灣與華民肇釁法官二員曾被華兵擊死故法國將該處知府擄去茲又聞中國兵船一艘亦被法艦擒獲譯捷報

伊侯演說　○日本伊藤侯演說云日本現時除水師商務外未始不與各大國並駕齊驅故於地大物博之中華我日本卽不能獨得格外利益亦思與各國一體均沾方稱平允譯文滙報

內江緝匪　○內江匪徒張南山劉金山等糾衆閙教豎有旂幟聲稱爲余蠻子復仇現已被官兵驅散飭各屬勒緝匪首矣

德州教案　○山東德州離城九十里地方又有閙教之事該處知州衙門已被匪徒燒燬又聞美教士已飛禀駐京欽差轉請總理衙門設法保護云譯文滙報

米市四誌　○本月十八日關道憲余觀察所發米捐告示內有仍關輸之食戶與船戶無損毫厘等語閱者頗有違言咸謂我等食力之徒豈能出此捐欵況米店將次售罄勢必同時餓斃與其坐而待斃不若挺而走險云云○此次抽收米捐實由淞滬督辦錢觀察起議爲償還洋債不敷以致具呈條陳禀請蘇撫鹿中丞謂自米捐停抽之後萬難彌補現擬重抽云云中丞恐有不妥故函諭觀察相機辦理觀察奉諭後於前月到滬卽傳貨捐局總辦王仁棟太守諭飭本月初一日卽當起徵太守因爲時過促再三求緩旋改期於初六日起收自示之後米商人等均各不服致有停斛之事十三日觀察見衆情不洽復至省垣禀告中丞商議已於前晚回申昨日貨捐局總辦王仁棟太守又飭差至各行商家關切謂督辦已由蘇回滬着各人至局妥商以便同往督辦處禀告故各商等於午後紛紛先後至局所議何如探明再錄○昨報載三泰生泰行夥莊瞿二君至縣禀懇減免茲悉大令諭令至貨捐局商量各米商卽仝赴貨捐局會晤總辦王太守再四籌商謂捐欵求減則可豁免則不能仍欲各商應允直至六點鐘始散現下昭常幫公請翁君及張君出場至督辦錢觀察處求免抽捐未識可能挽回否○茲又得滬上各商公禀上海縣稿照錄於下　禀爲求免米厘以恤農商事竊査米糧抽厘起於粵匪亂時匪平旋止迨中日用兵局諭暫抽一年後逾三年仍邀准免現奉局示再抽此厘其弊病農商者確有十端請具陳之一則今無戰事雖餉絀要不當例外羅掘也一則今年棉稻均災漕白正供猶議蠲緩不堪再有增捐也一則現屆出新時候價反日漲再抽米厘困民倍甚也一則邑産惟棉專仰食於地方捐重來源必少民食貴米將不聊生也一則滬市客商工作水手人等不下數十萬米源一少恐欲絕糧也一則就近奉南嘉寶各鄉米店凡力不能躉販者逐日來滬採辦倘圖價貴而貨缺難復接濟易生事變也一則上年夏間祇緣出口米麥內地略卸各處閙事前車可鑒今田旣歉收海禁復開米價日漲加抽重厘民心皇皇大可憂慮也一則蘇浙毘連浙屬米厘從未抽收而頻抽蘇省專屬偏枯也一則蘇皖同省而蕪口關但收出口米厘不及內地今于內地轉運逐一抽收遂使錫金常昭等處米石到滬頓增二三角不等非但農商交困實亦政欠公平也一則嚴杜中飽不得累商病民　上諭諄諄允宜遵奉今抽米厘適充扞手卡司之私橐上益度支者少下害農商者多未免與　諭旨有違也此項米厘實有十不應抽之處云云○南市米業因捐停斛雖經各官諄諄勸諭無如各米客堅執不囘如准二卡併捐亦祇允五成繳捐此捐上海境內趦盾港與新關二卡所言前日常昭總辦翁觀察特備筵席邀請關道余觀察督辦錢觀察上海縣藍大令及各官籌商不知能允洽否但各米若久泊浦中用費不支故由司月裕昌米行於昨晨先將小麥開斛上棧以便船戶轉運

貴溪詳述　○江西貴溪縣鷹潭鎮有侯姓孀婦蓄積甚多素行不謹上年忽生一子醜聲四播爲某教民所聞卽至婦處聲言須送官究辦婦懼甚賂以千七百金教民尙不允侯姓族人憤甚執教民而痛毆之幷置於厠中教民特有護符亦不相讓釋出後卽號

召同黨誓相復仇故釀成重案現任張明府諭令紳耆來縣商辦而紳耆以民情洶洶未免意存觀望云

意人叵測 ○浙撫接總署電咨據東撫電稱居住威海之意人時有密電其心不測

不允免釐 ○蕪湖向爲產米之區粵東商人往購者日多皖撫鄧中丞以米穀爲該省出口大宗所關厘金甚重因專摺入奏嗣後不准免厘現復移咨粵省大憲謂如有前往採辦米石者無論官辦商辦一律收稅以濬餉源

詳志隕星 ○上海中外日報云昨[illegible]隕星曾見於一千八百六十六年十一月十三十四等日考古籍共已見十三次其年數卽西歷九百零二年　九百三十四年　一千零二年　一千一百零一年　一千二百零二年　一千三百六十六年　一千五百三十三年　一千六百零二年　一千六百九十八年　一千七百九十九年　一千八百三十二年　一千八百三十三年　一千八百六十六年　由此推之則約三十三年一見或三十三年之後率卽每百三十三年須見四次　又查得此羣隕星每百年必遞遲三日有奇一千八百六十六年既於十一月十三十四等日得見則此次應於一千八百九十九年十一月十四至十六之間出見然隕星不能按推星之法推測有時應當何年得見不敢預定也查此隕星出見之由係因地球每逢三十三年零三月經過大空之際其時小星一羣爲地所吸故也譯文滙報

京津新聞

鑄元機器 ○十月二十五日前門大街地方由德國運來機器一架往觀者甚爲擁擠傳云此項機器係戶部開鑄銀元特爲購來需用約於二十六七日始能運進城內赴總理各國事務衙門驗收後發交東交民巷機器局開鑄銀元以便通行使用云

錢債細故 ○頃聞東城院憲批交王殿魁呈控蔣乃謙楊耀卿夥騙銀兩等情一案奉批仰司傳訊供帶城當卽派差前往中城所屬校尉營地方立將楊耀卿之父楊峻山傳案質訊據供係楊峻山轉借張雲鵬自置西交民巷鋪面房契一紙託王殿魁向蘇姓借銀三百兩每月分五厘行息立有字據爲憑另有鋪保水印爲證實係錢債細故並非夥騙銀兩情事王殿魁係泥瓦匠凡東城司署工程俱是王某承修故其涉訟於東城司如走平川不但司官韓鶴汀指揮與刑房書吏于某從中偏護不究妄告之罪並於皇太后萬壽聖節堂訊兩次將楊峻山看押嗣經該指揮自知違制卽將楊峻山開釋令其覓人調處楊峻山挽託胡建齋說合許其緩期償還本利銀兩王始首肯赴案回語時又先與于某勾串不傳鋪保中人勒令胡建齋過堂具結胡係楊央求和事之人並非案中証見今韓君竟肆意行之都中人士咸謂其徇情違制焉

留心緝捕 ○十月二十六日天曙時東珠汎兵丁巡夜回營銷差走至前門外金魚池地方忽有三人在空地內携有包袱三個健步飛行形節可疑該兵丁跟踪相隨至蘇家坡正在分贓之際將該犯一併拿獲送交東珠汎守戎署內嚴訊確情詳解步軍統領衙門從重究辦云

容人之過 ○京師自創興東洋車以來轆轆之聲不絕於途拉車飛跑最易滋生事端十月二十七日前門大街地方有某甲楚楚衣裳正在街頭雅步忽有東洋車一輛飛馳而來某甲躲避不遑致將洋綢皮馬褂撕破坐客見勢不佳遂棄車而去車夫自知罪無可逭向甲叩頭求恕崩角有聲甲見其搖尾乞憐情殊可憫遂付之一笑揮之使去說者謂某甲此舉詢無愧忠厚長者云

督轅門抄 ○十月三十日制台未會客

查驗鐵路 ○督辦鐵路許大人景澄於二十八日兩點鐘到津晚九點鐘赴塘沽順道至唐山山海關錦州查閱鐵路大約十一月初二三日回津張大人翼於二十九日十一點鐘亦同往關外查閱鐵路云

糧道過津 ○江安糧道吳觀察重憙押解江北糧幫各船赴通交納及事竣回空各節均已登報頃聞吳觀察於日昨由通乘坐官舫抵津暫以佛照樓爲行台是日差稟督憲不日卽當回江銷差云

運解省餉 ○長蘆每月應解省餉銀一萬兩九十兩月業經撥解外所有十一月應解之省餉由署運憲方勉甫都轉札委候

補大使雷熙管解限十月二十九日由津起程

三覆題名　○天津縣試三覆詩文各題均行登報茲將是日榜示前十名開列于後一名陳駸二名栢森三名郭巖四名陳鏞年五名馮明六名李鎔七名王連峯八名趙叙中九名顧文中十名孫祖望並諭示三十日投卷十一月初一日入貢院末覆云

委催實收　○候補縣項大令明鑑奉天津籌賑局憲札委赴南省催查實收差使昨已領札趨轅叩謝並稟知一二日前往遵辦云

責成地保　○老龍頭大街開鮮菓舖郭五不知因何與該處樂三口角經勸完結後樂心不釋復集數人將郭門面砸壞郭赴東汛控告汛弁乘馬帶勇前往捉捕樂聞風逃逸當將該管地保某甲棍責四十展限傳樂到案懲辦

花叢滋蔓　○昨紀花叢之蠹一則茲訪事云鐵弓緣張姓娼窰內五姑娘與客某甲心意相投甲意與該妓贖身而張以爲奇貨可居未能允諾甲竟勾串甯河縣差役賄通該處刁婦捏控張姓會傳在案該役持票來津協同縣役赴該院欲扭張到案張轉託其相知者說合以孔方爲和事張乃知此事實甲之所爲因贖妓起衅於是復央人說合該妓仍許某甲贖身價值特從廉奉讓云

抓獲土棍　○昨晚四門汛派出汛勇差役二十餘名在梁園門內抓獲土棍三四名在西樓剿去鐵尺器械等物聞係緣前數日在某處搶妓鳴槍械鬥云其中細情容訪再佈

後悔何追　○城內鄉祠東李姓夫婦育一子年十五歲李逐日爲人抬轎妻與子則開一水舖貧家日月不敢坐食數米析薪浪費一文即恐不敷無怪其錙銖必較也昨廿六日有打茶人不知如何疏忽未給茶錢而去子以告母母以其子偷錢弔詭責打之子含寃莫訴遂仰阿芙蓉膏畢命比及查知已毒發莫救夫歸怒責其妻妻亦悔恨莫及云

外省新聞

漢口市情　○漢口訪事來函云夏間漢市牛皮價目日跌業此者虧耗良多幸自秋後西人爭先購買價值忽又飛漲目前竟貴至廿九兩左右市價無常雖精於貿易者亦難預料也○刻下西人收買芝蔴甚爲踴躍因此價值繼長高增每擔須銀四兩左右誠歷來罕見之事也○灰鼠皮輕煖華美爲禦冬所必需邇因寓漢西商收購無餘價值亦因之日貴苟非富挾多金不復敢輕於過問矣

外洋新聞

紅十字會　○富商英男爵紅牌係猶太人率友合捐英金一萬一千磅以助紅十字會經費在南非洲醫治傷兵之用又有世爵萬達智亦捐英金一千磅譯文滙報

日艦紀數　○日本軍隊其在一萬噸以上者共六艘　富士　八島　敷島　朝日　初瀨三笠　七千噸以上者共七艘計
淺水　鎮遠　常磐　八雲　出雲　吾妻磐手　不及七千噸者三十三艘計　嚴島　松島　高砂　浪速　木津州千歲　笠
置　高千穗　磐城　豐橋　千化田　八重山　明石　赤城　愛巖　龍田　海門　武藏　比叡　須磨　天龍　天城　摩耶
鎮西　鎮東　鎮南　鎮北　筑波　平遠　大和　鳥海　操江　吉野譯日本報

京報照錄

光緒二十五年十月二十九日京報照錄

宮門抄○十月二十九日工部　鴻臚寺　八旗兩翼值日無引　見　齊齊哈爾協領蘇隆阿穆精阿謝　恩　惲毓鼎由籍回京請
安　盛京開復總管依桑阿謝　恩　那公熙敬各請假十日　文熙續假十五日　孫金彪預備　召見　召見軍機　惲毓鼎蘇隆阿

○○頭品頂戴北洋大臣直隸總督奴才裕祿跪　奏爲光緒二十四年分淮軍收支款目列爲二十七案造册報銷繕單具陳恭摺仰祈
聖鑒事竊淮軍收支款項截至光緒二十三年十二月底止列爲第二十六案報銷業經　奏准部覆按册核銷在案查淮軍扼紮直隸各海口仿照西法或練習行隊以備遊擊之師或擇要分防以固京師門戶總計原存馬步水師共五十五營十六哨十三棚前因

東南各省歲撥額餉日見短絀以致支應竭蹶當將湖北揚州清江濟甯等所設經收淮餉轉運各局並護運師船截至光緒二十四年八月底止一律裁撤又於復奏直隸淮練各軍通盤籌畫酌改營制餉章摺內聲明淮軍所部除聶士成一軍專備遊擊楚軍兩營另行議裁勤勇衛九棚照舊留用外其餘各營哨挑留精銳共合淮軍二十營改編營制更定餉章並以光緒二十五年正月底爲裁勇裁餉日期其挑留新軍自二月初一日起改照新章支餉查淮軍章程向係按年造報現經汰弱留强更易新章應以改編之期爲造報界限今將光緒二十四年正月至二十五年正月底止改章軍需用欵列爲第二十七案報銷所有統領營哨官弁員名勇夫開收總數征防處所先經造冊分咨軍機處暨戶兵工三部備查並將支給正雜欵項有無增裁數目遵照新章按季開報咨送各部查核其馬步水師各營並隨營辦事支應等差文武官弁親兵勇夫薪費口糧倒補馬匹衣履費營基地租柴草車價車騾餧養郵賞水陸轉運價脚夫工採辦製造用欵油忩船隻經費裁撤官弁勇夫遣餉輪船水脚正雜各項均循前案楚軍營制與奏定章程及准銷例案分別截清起止概按湘平折實庫平接續造報飭據彙辦淮軍報銷海防支應局司道逐欵清厘查舊管實存銀五萬九千七百六十九兩有奇新收銀二百六十五萬八千六十六兩有奇實計庫平銀二百七十一萬七千八百二十五兩有奇內登除並付列專冊報銷各欵共銀二十六萬二千四百五十八兩有奇開銷正雜等項遵照部議酌定軍需報銷章程各歸各部核銷計應歸戶部核銷銀二百二十三萬八千九百二十七兩有奇應歸兵部核銷銀三萬八千六百六十五兩有奇應歸工部核銷銀七萬四千一百七十三兩有奇共請銷銀二百三十五萬一千七百六十六兩有奇以入抵出計存銀四十萬三千六百十兩有奇已接支光緒二十五年二月起各營豫支購辦軍火等用歸於下屆滾接造報分欵造冊詳請具奏前來奴才查該局造報二十四年分淮軍餉需正雜各項均係循照歷屆准銷成案撙節支發實用實銷委無絲毫浮冒除清冊分咨各部核銷並將以後用欵接續造報外理合專摺具陳並繕簡明清單恭呈 御覽伏乞
皇太后 皇上聖鑒 奏奉 硃批該部議奏單併發欽此

〇〇頭品頂戴兩江總督臣劉坤一太子少保長江水師提督臣黃少春跪 奏爲長江水師瓜洲營左哨司各缺遴員請補恭摺仰祈
聖鑒事竊查長江水師守備以上各缺向係揀員開單會奏請補茲查有瓜洲營左哨都司劉發祥等所遺各員缺由臣少春遴選歷練營伍熟諳水師之員會商擬補計請升補都司各缺袁名揚等三員核與定章均屬相符理合開列淸單恭呈 御覽合無仰懇 天恩俯准賜准如蒙 俞允俟部覆至日臣坤一分別給咨送部引 見恭候 欽定除將各該員履歷咨部查核外謹會同江蘇巡撫臣鹿傳霖江西巡撫臣松壽合詞恭摺具 奏伏乞 皇太后 皇上聖鑒 訓示謹 奏奉 硃批兵部議奏單併發欽此

日本棉花公司

啓者現到日本棉布各樣色布絲布綢布毛巾等物美價廉與市上所售眞有天淵之別請移玉選購爲便或是看樣定貨一應面議决不致悞

天津紫竹林第一樓傍日本棉花公司發莊

新式座鐘 有功賞牌

此△字號座鐘係外國第一機器廠創製
機器堅固 此△字號座鐘機器堅固一律保險年久不壞天下無比長短二鍼皆可左右移動進退裕如
運動極準 此△字號座鐘一經上絃能走十天走法準確每打點鐘音響鏘然聲如金石足以知獨得之妙
價亦廉讓 此△字號座鐘製造極多銷路日廣比之別家價亦極廉要躉買者格外去價
此△字號鐘在北洋專歸天津紫竹林第一樓傍棉花公司內東華號一家經理

濟世利民 起死回生寶丹

第一靈藥 能治百病

大日本東京府守田治兵衛創製北洋發莊專歸一家天津紫竹林第一樓傍日本棉花公司內東華號 另有寶丹經驗錄隨時送呈

現在夜間亦已開市至晚九點鐘以便顧客

天下無雙 孔雀老牌香煙

此烟用美國所產最美烟葉製成品質純粹絕無假混內層用錫包裝光艷四射體裁極美且甜以貴重靈藥非但香美清涼兼可衛生吸之可避一切瘴毒又特裝置牙嘴十個故不須費烟嘴而有吸用至便之益洵爲一舉兩得是以開行以來賜購當年盛一年今也銷場遍天下聲譽四馳冠於中外各種紙烟伏希四方官商勿誤疑爲誇張也

上海村井紙煙公司告白

天津紫竹林第一樓傍日本棉花公司內東華號寄售

天津宮南大街賴天生德記絲烟號代理公司發行

魁陞號綢緞洋貨莊

本號自置頭號綢緞洋貨等物整零均按銀莊路外公道皆此大市價廉發售 寄賣各種顏料大小皮箱漢口水烟袋各種眼鏡龍井雨前紅茶便 寓天津北門外估衣街五彩號衙衕口坐北向南 士商賜顧者請認本號招牌特此謹啓

元隆號綢緞洋貨莊

鋪設天津府北門外估衣街中萬壽宮西路北門面開張以來蒙各主顧垂盼雲集馳名日盛近由中外不惜工本選辦上等各貨料張堅固花色新鮮零整銀莊仍按大總行市從廉發售以圖久遠此白

寄售新式花素刁絨龍井雨前素茶紅茶皮絲水煙大小雙料皮箱帳匣廣東延壽戒烟丸

瑞林祥元記

本號今在天津北門外估衣街路北由京分設瑞林祥元記自置頭等綢緞洋貨粗細布疋織絨線貨氈毯廣東丸藥貢緞小帽京城自染透骨眞青京靛大藍鄭州自染佛青頭藍凡備各色不惜工本務要精益求精價値酌以公平以圖久遠懇祈 貴商尊客賜顧者留神細察特此佈聞

本號謹啓

新出 敦慶隆綢緞洋貨莊

本號自在上洋專辦各處地道頭號洵重庫緞寧綢線縐花素累緞庫金各樣平金繡貨並口絨哈喇各國洋貨棉紗一概照大市銀莊整零發售

開設天津府北門外估衣街西口路南便是

光緒二十五年十一月

直報

第二百六十五號

光緒二十五年十一月初十日

西歷一千八百九十九年十二月十二日　禮拜二

本館開設天津紫竹林海大道老菜市氣燈房巷內

上諭恭錄　戶部議准停辦江北河運疏　加稅全權
攔截米船　艦赴廣灣　法議灣事
倩賠高陞　擡鎗宜備　中日樂會　奉旨定章
遴選宮女　電告厦事　南橫街災　督轅門抄
藩牌照錄　皇恩浩蕩　縣批三則　瀛海風聲
片請發審　道批二則　流言勿信　弄假成眞
河東多賭　足以有敬　無有亨哈　觀察蒞瀆
蜀米價漲　限期勒追　並不干涉　京報照錄
緝繆未雨

上諭恭錄

十一月初九日奉　上諭福建興泉永道員缺着黃祖絡補授欽此

戶部議准停辦江北河運疏

戶部奏爲遵　旨議奏事光緒廿五年八月初一日奉　上諭御史秦夔揚奏江北河運漕米勞費太甚擬請停辦一摺著戶部議奏欽此欽遵由內閣鈔出到部查原奏內稱河運漕糧本沿明代舊制我朝全盛之時庫儲充溢不以曹運多費爲嫌且黃河由淮安穿運入海亦與今日情形不同然至道光年間運道已虞淺阻屢經改行海運咸豐初年粵匪竄擾湖廣等省軍務繁興五年河決銅瓦廂山東運河廢壞由是各省河運不復可行迨東南平定江浙二省曹糧由海運均稱便利惟江北試辦河運始於同治四年當時不察河曹不能並治之故而竟勉強行之迄今三十餘年其事之有損無益亦既彰彰在人耳目矧值庫儲奇絀　朝廷於籌款一事幾費周章則如江北河運自應亟議停辦請言其弊約有四端一曰坐失水利二曰牽掣河防三曰苦累商船四曰有妨兵食查山東境內微山獨山等湖名爲濟曹水櫃每屆江北曹船北上由加河廳相度水勢啓閘下注以利曹行河員惟恐誤運湖內蓄水恒過於例定尺寸設遇春夏雨水連緜則環湖數百里悉爲澤國而天旱水淺之年則傍近泉源盡以濟曹而不足更無涓滴之水潤及農田本年沂州旱荒致煩賑濟向使早弛運河灌引之禁俾地方官一意講求水利不必兼顧運道何至漫無補救成此巨災所謂坐失水利者此也黃河濁流宜合不宜分故借黃濟運人人知其非計無如江北既辦河運即必得使汶衛二水與黃相接東省河身較窄一遇盛漲兩岸所留運口極爲吃重防守稍懈則倒灌奪溜在在可虞每屆曹船入北運河全資黃水浮送所以臨清以南二百餘里運河旋濬淤旋視南岸爲尤甚且黃水亦以勢分而力弱力弱而沙停頻年橫決之患幾至不可收拾所謂牽掣河防者此也河運雇募民船例定上二月初一日開兌限次年二月兌竣開行各船戶在高寶水次停泊候裝需時數月之久不無虛耗及開行以後長途牽挽備極艱難雖有糧道封雇船隻以備沿途起剝而東境曹渠節節膠阻逢閘提溜遇淺加夫驅千百船戶水手趲行於炎天烈日之中幸而汎水足數灌塘抵壩較早尚可回空倘值水勢微弱磨淺而進或至七月間始渡黃入衛則重運到通已將竭盡人力迨事竣回空運河又漸乾涸勢必凍阻北河以待春融南下夫一船受載不過二三百石糧米而使之窮年累月歷數千里之艱險船戶所得水腳幾何其窮無復之者弊端百出又奚怪焉所謂苦累商船者此也南曹減運以來江浙海運蘇松皆係粳米杭嘉湖粳米外間有秈米爲數無多惟江北河運定章採買秈米粇覈近年進倉曹糧粳多秈少其大較也

此稿未完

時事記要

加稅全權 ○前云督辦鐵路盛京卿留京襄辦加稅事宜茲悉盛大臣已於前禮拜五卽西歷十二月一號 簡授爲欽差全權大臣與各國商議增加稅則譯字林西報

攔截米船 ○蘇省米珠薪桂小民困苦異常商賈多從各鄉販米以罔市利前月十八日某渡由南邑三江司屬載米百餘包赴省途次被匪攔截索收行水渡夫辭以須由米東作主匪等卽將全船扣留披猖情形亦可想見

抬鎗宜備 ○此次廣州灣華兵受傷獨多因無後膛抬鎗之故此項新鎗北京天津南京廣東武昌各處製造局已造不少快同尋常後膛鎗且比法國之機器鎗遠擊也譯字林西報

艦赴廣灣 ○法國又派戰艦一艘前赴廣州灣矣譯字林西報

法議灣事 ○法國外部大臣報告法國內閣署謂廣州灣劃界事件現可決定統照法國提督前時所要求之原議且彼此業已交換條約又駐北京法欽使受本國之命向中國總理衙門要索賠欵因廣州亂民殺害法國武官二人之故也譯大阪每日新聞

催賠高陞 ○本年西歷七月間英國曾向政府索償高陞輪船賠欵華官不願賠償告以緩辦且言俟商諸中國駐英欽差後再議云云此次竇使回華英政府已令其向中國催取該船賠欵云譯文滙報

電告厦事 ○日本外部衙門接駐厦門日本領事上野專一君西歷十一月二十日所發之電報云清國政府現經決定厦門交涉事件以一千五百元賠贈受傷之松本書記及日告警察部又以八百五十員賠贈曾被損害之日人此事可以了結矣譯大阪每日新聞

中日樂會 ○現在營口日本領事倡立一同心俱樂會租得洋樓一所設立會總以領事官充之立幫辦一名會員四名總會員一名又招集中外官商入會作爲會友內分望重特等尋常三等每人月出銀一二元以爲會資日前業經開會其宗旨欲講明中日之商務應如何振興如何保護並討論輯睦邦交情形務使兩國相交不分畛域而後已

奉旨定章 ○自本年四月至今上海報關行勾串奸商販運米麥卽上海一處已運麥至百萬石之多大半由天津用機器磨麵或徑運麥石轉販至旅順一帶實屬絕大漏卮況當近畿糧貴乏食之際亟宜加意嚴防此次京津報商購運南米以備來春接濟之用難保奸商不又藉此影射夾帶經江督 奏請互換護照派員押運以杜奸商弊混嚴飭蘇甯所屬州縣通海出口之處認眞嚴行查照外並請 旨飭下北洋大臣責成津海關道嚴密稽查以杜漏卮此時直隸秋收尚有六成未至缺食則報商運米似可少緩容俟蘇省新曹辦竣糧價不至過昂來春開凍再行報商由輪船購運仍定章程嚴查夾帶外溢則蘇省辦曹不至竭蹶卽接濟京津民食亦較有實濟矣聞 奏上巳奉 硃批著照所請欽此

京津新聞

遴選宮女 ○內廷遴選宮女經總管內務府大臣行知包衣廂黃正黃正白三旗衆領分飭各佐領傳諭內務府三旗合戶卽將應行入選女子於十一月初五日酉刻在地安門內東沙灘停車時適 皇太后駐蹕西苑初六日繞由福華門帶赴 瀛秀園恭候挑選計共一百十三口除內管領筆政以上官員之女雖同册送向不選留以示恩恤外計選得舉止安詳容貌端正秀女二十三口分撥 海內宮院學習當差並記名三十口以便傳補其餘五十口發回各家屬具領婚配分別賞賚荷包等件有差又奉 懿旨於十四日寅刻在 瀛秀園內儀鸞殿選看秀女當由內務府大臣咨行戶部知照八旗都統轉飭各家屬無庸在本旗地段會齊十八日晚逕往東沙灘報到排車由本旗按照次序帶出地安門繞進西華門交由戶部按旗排列二十一日晨至福華門停車由 內侍帶入 南海備選所有秀女咸服冠鈿聽候 皇太后指婚近支王公以循舊例而昭大典云

督院門抄　○十二月初七日晚制台見　兵部員外郎恩大人良號駿叔　郎中陳夔龍號小石　津道方大人　楊大人士驤　蒯大人光歛　周大人學熙　本府榮大人　候補府顧廷枚　調署多倫同知馮清泰叩謝　初八日見　候補同知周家梁　盧龍縣欒觀詔　安肅縣方鳳苞　候補縣平章　韓廷煥　陳沐　勝字中軍右營叅將任効文　保定中協張大人士翰辭

錄關道批　○李雲章稟批稟悉查該商欠繳墊銀一萬六千餘兩因逾限半載有餘迄未到案繳還迨今飭差傳追又復藉詞推宕實屬疲玩已極不知自愛現在此欵亟待提解斷難再延所請賞限之處未便照准仍着原差催傳帶案一面赶緊措齊銀兩來案呈繳倘再支吾定將礦產查封變價抵欵凛之此批

府批照登　○命婦鄒陳氏呈批准卽投案取保候質又此案現奉道批府提審着候飭縣將應傳人証傳解到日秉公核斷毋瀆

施磨撤廠　○前由海關道李觀察會同繆觀察彝稟知施磨開廠一節早紀前報茲聞施畢事竣撤廠諒不日卽當赴轅稟知銷差矣

施粥被竊　○臘八日爲浴佛良晨本埠居民有愿心者皆於是早施臘八粥捨結緣豆以濟貧民茲河北關下王姓家立願施粥左近貧民童稚畢集七手八脚爭以鉢盂相承迎霎時散畢查看佛前伍事失去錫燭一對隨卽倩人尋找至午後尚無踪跡云

假帖被獲　○昨某甲在天后宮前某鞋舖買鞋付以假帖被該舖掌看破當卽扭獲送往該管保甲局懲辦時有多人出勸保釋未知該舖掌果能依允否

仍累其母　○玉皇閣前開柴廠孫小刀之子素不務正其父故後遂棄母不養自投於本埠雙廟街觀音寺削髮爲僧雖在空門依然不改舊習近日布袋空空乃設法將伊母養身之地背租於人奈青蚨到手遂復不翼而飛嗣經伊母查知當卽喊控琴堂稟請懲辦想公堂明鏡高懸定不爲不孝寬宥也

銀元建局　○浙省銀元局現在報國寺軍裝局西首劃定基址另行建造并奉藩憲札委候補府陳建侯太守豫爲總辦前所訂購之機器已將不日到杭聞局中房屋均須仿照西式內分鎔銀廠軋片廠刻模廠搖洗廠及賬房銀元房收支房煤火房等必得格外堅固茲赴上海雇用洋匠八名甯波洋匠數十名同於初九日到杭定吉月望後卽須鳩工興造矣

小輪修理　○蘇垣靜平小輪係專備迎送官員之用惟年久失修機器業已撞壞日前由該輪管駕簡傳斌千戎稟知省臺駛往滬江入廠修理聞約須數禮拜卽可回蘇聽候差遣云

杭定築路　○浙省鐵路情形迭詳前報刻下蘇杭甯紹鐵路總辦潘芸孫觀察投撫轅稟見後卽與英國工程師賴治司君及繙譯沈君祖勳起程東渡由紹至甯一路察勘軌道茲已議定先將由拱宸橋至古塘沿西湖岸越萬松林直達錢塘江岸之四十餘里鐵路首先開築准於明年二月初六日破土興工約四月杪定可告竣端午日開車每日往來五次其時天氣已經炎熱所有工匠人等概行停工避暑俟秋涼後再議舖築他處之路云

余匪事實　○四川余蠻子擄匿司鐸挾制官長騷擾川東一帶屢志前報茲有客自蜀道歸特語於本館訪事友人謂余匪自起事以來川中大吏一意主撫而川東道任晚芳觀察巴縣王廉堂大令皆籍隸江蘇本有同鄉之誼任又知王善於詞令遂以主撫之事委之甯令餌以副將職銜誘之來縣意欲執之而却以擒獲首匪爲名既可以謝洋人又可以得大功王乃使人出入匪營宛轉設法歷有多次余果中計投縣王爲欵以盛筵接以卑禮既而一聲令下猝然反臉[illegible]余從席間擒住正擬中解詎有匪黨二三千人蜂擁而至將縣署團團圍裹王因無將無兵不敢拒敵先將余匪釋放姑作緩兵之計[illegible]已卽改服民裝踰垣而遁余遂率令醜類大掠歸巢事後大吏聞之謂王辦理不善將欲登諸白簡而洋則以王事非得已代爲乞全惟余匪則至今未獲耳

大令被控　○廣州訪事友人來函云信宜縣翟大令紹恕被監生陳鴻謨赴藩轅呈控誣良爲匪擇肥逼噬等詞藩憲岑方伯准詞委員前往查探屬實卽於某日牌示云據信宜縣屬監生陳鴻謨等呈控信宜縣知縣翟紹恕於[illegible]匪鑽擾後藉辦善後事嘱劣紳

李維寅杜德章家丁何鼻王沿鄉及市擇肥噬索良民畏威被其逼寫憑單交執歷催數鄉運現銀得贓巳可萬計并囑李維寅冒列紳士多名砌詞將生名添入匪單爲異日據稟通詳地步等情當經批行高州府澈查覆奪并委員前往嚴密確查去後茲據委員查覆屬實并據高州府縣報業巳摘傳原告及局紳人等提同該縣門丁到案質訊容候澈訊明確秉公稟辦等由前來查翟令紹恕被控各款既據委員查明實有其事自應先行撤任俟高州府稟辦到日再行分別辦理現除札催高州府迅將提訊確實通稟核奪并及信宜縣知縣缺詳請委員接署外合就牌示爲此示諭所屬官員一體知照特示

光緒二十四年十二月初六日京報全錄

宮門抄○十二月初六日理藩院 鑾儀衛 光祿寺 廂白旗値日 無引 見 普公假滿請 安 順天府尹何乃瑩到京請 安 張翼由山海關到京請 安 李端遇請假十日 希朗阿續假十日 鈺斌瑞寬預備召見 內務府奏派 雍和宮熬粥 出讀貝子 兵部奏派考試繙譯文童彈壓副都統 派出官祥恩䕫 召見軍機 張翼 何乃瑩 鈺斌 瑞寬

○○閩浙總督臣許應騤跪 奏爲閩省動用修理各輪船工料並水雷營領用物料等銀恭摺仰祈 聖鑒事竊准戶部奏定報銷新章各省機器局並閩省船政局添購機器經費奏明報部立案方准核銷等因茲查福建省巡洋差遣南通靖海利濟捷勝藝新各輪船光緒二十三年分在福州厦門各船廠修理動用各廠匠工銀四千七百六十兩零又動用物料價値銀七千九百九十八兩零又福州口水雷營在船廠領用物料器具價値銀五百六十九兩零共銀一萬三千二百七十餘兩據福建善後局司道開摺詳請 奏咨前來除清摺咨部外謹恭摺具陳伏乞

皇太后 皇上聖鑒謹 奏奉 硃批該部知道欽此

○○福州將軍兼管閩海關稅務兼署閩浙總督奴才增祺跪 奏爲閩海關籌解奉撥彙還英德借欵銀兩依限解赴江海關道庫交納恭摺仰祈 聖鑒事竊照案准戶部咨行原奏淸單內開俄法一欵閩海關洋稅洋藥稅厘項下攤派銀十六萬兩每年分作兩次於三月解交六成九月解交四成又英德一欵閩海關洋稅洋藥稅厘項下攤派銀二十四萬兩每年勻分四次於二五八冬四個月解赴江海關道交納不得稍有延欠等因茲查閩海關光緒二十四年十一月應解彙還英德借欵銀六萬兩現巳屆期亟應赶速籌解就現徵洋稅洋藥稅厘項下設法籌集銀六萬兩援照批解江海關出使經費成案備具文批發交號商蔚泰厚源豐潤承領於十一月初二日由省起程並取具該號商甘結限於十一月二十日內解赴江海關道庫交納所有本年分攤派彙還英德借欵銀二十四萬兩並攤派彙還俄法借欵銀十六萬兩均已照數解淸其來年分撥各期銀兩遵當屆期按限淸解除分咨查照外理合恭摺具陳伏乞

皇太后 皇上聖鑒謹 奏奉 硃批該衙門知道欽此

○○頭品頂戴安徽巡撫臣鄧華熙跪 奏爲查明津貼奏銷案內經徵未完一分以上各員續完銀數循章繕具淸單恭摺仰祈 聖鑒事竊據署布政使李廷簫詳稱案奉戶部咨行各項奏銷地丁爲大宗各依定限令各該督撫一面具題一面先將未完一分以上各員名開具簡明淸單專摺奏報由部核定處分先行覆奏仍各於題本內將業經具奏各員聲明備核其有具奏後續完者准 奏請歸本案開復庶經徵人員知所儆懼而帑項不致虛懸等因歷經遵照辦理在案今屆查辦光緒二十三年分津貼奏銷所有經徵未完一分以上各員及截數造册之後詳奏以前續完銀數各員名照案開具淸摺詳請 奏咨前來臣覆核無異除將此案奏銷另行核明照例具 題外合將各該屬經徵未完一分以上及續完銀數各員名繕具淸單恭呈 御覽謹會同兩江總督臣劉坤一恭摺具陳伏乞

皇太后 皇上聖鑒勅部核覆施行謹 奏奉 硃批戶部議奏單併發欽此

○○恩澤等片 再查前次由京請假回旗祭掃之 乾淸門三等侍衛富尼雅幹到旗祭掃後乃緣伊塋年久失修呈請續假三個月以便修葺當經附片陳明在案玆據署黑龍江副都統蘇隆阿咨呈復據該侍衛呈請假滿之際塋工巳竣隨卽於十月十二日束裝就道期在速到京旗銷假當差詎料行至喀兒塔爾奚站急患傷寒之疾動履維艱尤難前進懇再續假一個月俾資旋回就醫等情咨請前來奴才等伏查該侍衛因續假各情尙屬實在合無仰懇 天恩俯准賞假一個月俾飭該侍衛趕緊調理以俟稍見痊愈卽行催令赴京當差除咨報部旗侍衛處查照外理合恭摺具陳伏乞 聖鑒訓示謹 奏奉 硃批着照所請欽此

防拜發合併聲明伏乞 皇太后 皇上聖鑒 訓示謹 奏奉 硃批着照所請戶部知道欽此
○○張汝梅片 再據督糧道尚其亨稟報本年十月二十二日到任卽將應辦事宜次第經理就緒於十一月初四日帶印公出遵
旨隨同大學士臣李鴻章查勘黃河工程日行公事循例委德州知州代拆代行其有緊要文件仍送差次核辦除咨部查照外謹附片
陳明伏乞 聖鑒謹 奏奉 硃批知道了欽此
○○恩澤等片 再據墨爾根副都統博棟阿咨稱阿哩路鄂倫春廂紅旗胡勒圖克佐領下驍騎校來通阿陞補佐領遺缺傳齊應驗
人員送省備選前來奴才等公同考驗揀選得同旗來通阿佐領下領催委官明圖訥堪以擬正同佐領催依穆布善堪以擬陪該二員
均屬年力富強旗翼相當現値收籠之際應請援照定章請 旨將擬正之員補放先令任事擬陪之員 記名俟有差便再行遵照部
議補送引 見以符定制理合附片具陳伏乞 聖鑒謹 奏奉 硃批着照所請兵部知道欽此

新到 乾合利號 自運漢鎮製造雲南白鈚烟袋花素各色俱全 廣開口土地祠凡 賜顧者認牌不悞

通彩綢緞公司

本公司設立彩票三百張大小不等放三十彩使六股篩子搖點各憑手幸有無得彩當時財氣有願買票者赶急去買卽定於本月十四日十一點鐘在大桂茶園內開彩至期不悞如有不到者本公司代搖決無蒙昧 每張票價洋錢二元

頭彩一張得洋錢二百元 二彩一張得洋錢一百元 三彩一張得洋錢五十元 四彩四張每張得洋錢十五元
五彩五張每張得洋錢六元 六彩八張每張得洋錢四元 七彩十張每張得洋錢三元

代賣票處 海大道直報館 鍋店街錦盛祥 宮北湧興成 北門東文心堂
東門內會和店 侯家後和泰昌 紫竹林信德隆 鹽道衙門對過同春和

本公司新設煙茶樓仕商賜顧吸烟一盒送給彩票一張有瓜子水烟茶水全在內每盒烟價津錢五百文淨要票者津錢三百文淨吸賣烟津錢三百文有賜顧者請至本樓看票可也盡知得彩數目

前次魁陞號之得頭彩[illegible]盛洋[illegible]二彩[illegible]者同領彩

本公司開設在西開天桂茶園北邊便是 通彩主人謹啓

話從何來 本茶園開[illegible]以來不惜重貲廣邀京都上海山陝粵省諸名角不論遠近 士商貴客賞鑒座客常滿多至千餘或六七百位晚間尤衆門前若市向無驚神詫鬼之事昨見國聞報登有人自園中奔出行至閘口告人以見鬼等語衆聞知係鬼話謂其目眩不謂又有和其說者及詢他人舉謂殊無所見諒因本園生意較盛爲鬼祟者所妬故弄鬼技爲此說以混人生意想 諸公無難鑒別也 天仙茶園謹白

魁陞號綢緞洋貨莊

本號自置顧繡綢緞洋貨等物整零均按銀莊格外公道皆比大市價廉發售 寄賣各種貢料大小皮箱漢口水烟袋各種眼鏡龍井雨前紅茶梗 寓天津北門外估衣街五彩號衚衕口坐北向南 士商賜顧者請認本號招牌特此謹啓

施救吞烟 白鴨血及人糞汁皆爲救吞鴉片妙方爲其吐耳然效與不效或未可必惟上洋白藥粉專救吞烟經驗多人萬無一失法用白藥粉一劑加熟水一盞沖藥温服服畢以二人扶之行走不住卽易吐出若遲至半刻不吐再服一劑不吐仍卽再服一劑總以吐淨鴉片毒爲度吐後多飲清水仍令一吐再吐至所吐之水澄清無汚其毒乃盡可慶更生切不可用煤油醬油等方誤灌致傷性命如吞烟後一時取藥不及先以食鹽三錢攪冷水碗許灌入暫殺其毒以待藥至卽急灌救如吞烟歷時甚久昏迷欲睡此係烟毒已發恐一吐猶未能盡淨必須二人扶之行走另着人用竹竿打其兩腿皮肉務使知痛驚醒終夜不睡睡則難保無虞矣此藥西頭流水溝西河沿立興成糧莊暨金華園西河沿聚豐恒糧店河東十字街西存仁堂藥局中義當東慎修堂閻宅均爲施送合併錄報使遇此事者就近救急 諸善士如欲購捨此粉上海大馬路科發藥房及津郡老德記等大藥房均有價亦甚廉豫備不虞古之善道願我同人勿以小善而不爲也

同人公啓

公函照錄

五相國寄　裕壽帥告山東災求賑公函

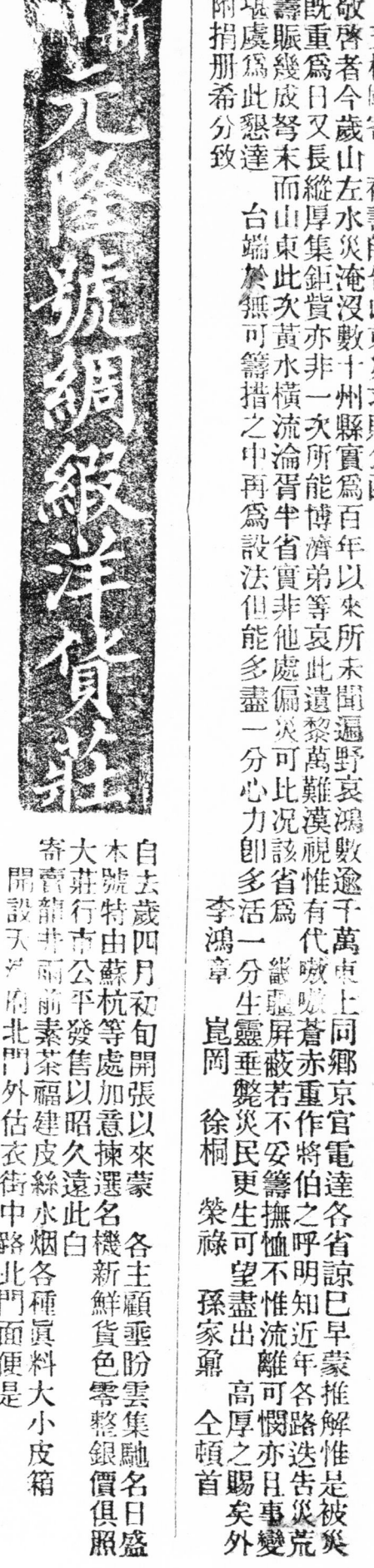

敬啓者今歲山左水災淹沒數十州縣實爲百年以來所未聞遍野哀鴻數逾千萬東上同鄉京官電達各省諒已早蒙推解惟是被災既重爲日又長縱厚集鉅貲亦非一次所能博濟弟等哀此遺黎萬難漠視惟有代嗷嗷蒼赤重作將伯之呼明知近年各路迭告災荒籌賑幾成弩末而山東此次黃水橫流淪胥半省實非他處偏災可比況該省爲畿疆屏蔽若不妥籌撫恤不惟流離可憫亦且事變堪虞爲此懇達台端於撫可籌措之中再爲設法但能多盡一分心力即多活一分生靈垂斃災民更生可望盡出高厚之賜矣外附捐册希分致

李鴻章　崑岡　徐桐　榮祿　孫家鼐　仝頓首

新元隆號綢緞洋貨莊

自去歲四月初旬開張以來蒙各主顧垂盼雲集馳名日盛本號特由蘇杭等處加意揀選名機新鮮貨色零整銀價俱照大莊行市公平發售以昭久遠此白

寄賣龍井雨前素茶福建皮絲水烟各種眞料大小皮箱

開設天津府北門外估衣街中路北門面便是

元茂機器磚瓦公司

本公司仿照西法燒作磚瓦事屬創舉曾經通稟在案該貨堅固異常價值從減並各樣印花磚瓦俱全　賜顧者請至海大道新興南里內本公司面議可也特此謹啓

瑞林祥元記

本號今在天津府北門外估衣街中間路北由京分設瑞林祥元記擇於八月二十日開張自置綢緞洋貨織絨線貨洋廣等貨粗細正眞正廣東丸藥貢緞小帽京城自染透骨眞青京靛大藍鄭染佛青正藍椀等細布凡備各色向來不惜工本務要眞而求之本酌以公道務取其實以圖久遠懇祈　貴商尊客賜顧者留神細察特此佈聞

本號謹啓

告白

代辦各種機器

敬啓者余自去歲代辦各種機器業蒙紳商賜顧並無遲悞今又向英國着名大廠代辦各樣紡紗織布造磚炸毛等機器以及各行應用各樣機器零星物件定日交貨不能遲悞如貴行包辦常年機器人工煤料或安設各樣機器價値格外相宜如蒙貴官紳商購買者請至英新租界福仙永茶園看圖面訂可也特此佈聞

甯子卿謹白

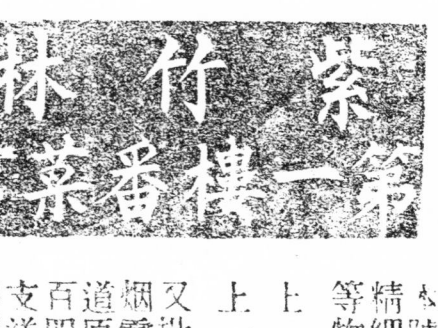

紫竹林　第一樓番菜館

本號專作英法大菜各色精細點心各樣洋酒洋貨等物一應俱全並售

上上紅茶　每斤津錢一千八百

上紅茶　　　　　　一千六百

又批發茂生公司鐵海紙烟零整發售價値格外公道原箱計一百盒價洋一百四十四元每盒計五百支洋一元五角凡仕商賜顧請即駕臨是荷風雪勿阻

主人謹白

告白

出售清華齋精裱已亥通書指掌圖每軸津價二百四十又新出津門紀畧附城廂圖准十五出書絳雪齋官商快覽一百四十種每本六百八十先覩爲快

天津北門內府署東　紫氣堂啓

洋樓出售

啓者今有洋樓一所座落海大道西德義洋行巷內內分兩院房屋堅廠亮現願出售中外仕商如有願買者價値格外公道請向直報館帳房面商可也

本館代白

告白

啓者本行僧帽老牌火油製自嘣咭由咪吔嗟咍公司監工精煉質性澄純極其燦朗穩固無危毫無烟味即或偶爾傾駛亦無騰炸之慮兼之此油每箱兩罐計淨油六十七磅比別家格外加重並用上等白鐵爲罐自置機器軋就焊口堅固異常毫無滲漏之弊堪稱物美而價廉誠非別家之可比業經中外馳名倘蒙仕商賜顧成票零批均無不可欲採辦者請移玉本行賬房面議可也

世昌洋行謹啓

京緞零剪 減價售現

零剪

高鴉背 一千三百五

正號元青貢緞每尺 一千四百文

中號 一千一百文

眞杭青庫緞每尺 二千二百文

廣東中和淨絲每包 五百文

長盛幼絲 一百六十文

南京鹹鴨每支 大 一千八百文 小 一千二百文

寄售

龍井 一吊七百文

雨前 一吊一百文

珠蘭 每斤 一吊四百文

雀舌 九百六十文

紅袍 六百四十文

本號自製元緞京緞躉售零剪杭縐衣[illegible]貞金腿南[illegible]一應俱[illegible]因錢市[illegible]價抑因分別減價向無恥之徒假冒無味字號者甚南雖云[illegible]利[illegible]號[illegible]用[illegible]天津[illegible]北門[illegible]獅子胡同北公大益仁記南陝坊謹白

海利鐘表洋行

啓者本行自上海分設天津紫竹林法租界大街均興印字館旁自製新式鐘表金銀表金表鍊各樣新式大小鐘錶機器耳鳴機器金戒指金鋼石戒指大小洋鏡各樣新貨一應俱全貨好價廉格外公道在此洋樓造成批發物貨諸公光顧請早駕臨

海利洋行謹啓

戊戌年十二月初九日禮拜五

南宮 桂蘭齋茶食店

本齋精製拾錦南糖貢素供果嘉湖糕點紹興薄脆八寶京糕異味糕點各種茶食外帶行匣新添拾錦元宵蜜層糕江米糕南北點心無有不精製細做開設天津府東門外天后宮南自此一家並無子孫分號

天后宮北 義興順綢緞莊

本莊自置顧繡綢緞綾羅紗絹哈喇大呢羽綾羽毛各樣花素洋布南貨雅扇桂母頭油香粉胰皂蘇安貝松泉湖筆一概俱全

頭號杭甯綢

頭號摹本緞

紅梅茶 每 九百六

紅茶 六百四

紅茶梗 二百二

龍井茶 斤 一吊八

金百薇裙布裡每套五兩八

壽棉

雜色金刀絨每尺五錢五

告白

浙紹朱鈍翁現由彌勒菴移寓於津道署西箭道北頭路西本公館書懸壺特啓

告白

今有新樓一所出賣坐落在海大道英新租界福仙茶園牌坊迤北向大街門面七間連樓帶底並退身在內共計二十八間一賣八年八年後歸英工部局爲業整買零買各從其便欲要者請問通海樓便知

三義堂主人謹啓

天仙茶園

特請京都新到頭等名角

想九霄　時炳奎

十二月初十日晚准演

善遊斗牛宮　二進宮

新到各貨

敬啓者由外洋新到自置火腿猪肉啤酒等件價錢格外公道如欲買者請早購取可也

紫竹林英租界恒豐泰飯店啓

十二月初九日銀洋行情

天津通行九七六兌

銀盤二千三百四十文

洋錢一千六百五十文

紫竹林通行九六六兌

銀盤二千三百七十五

洋錢一千六百七十五

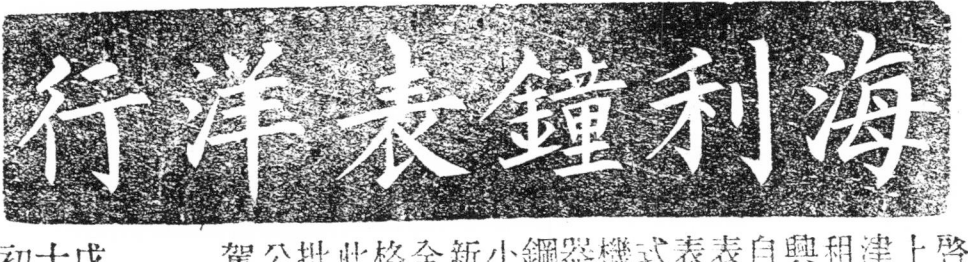

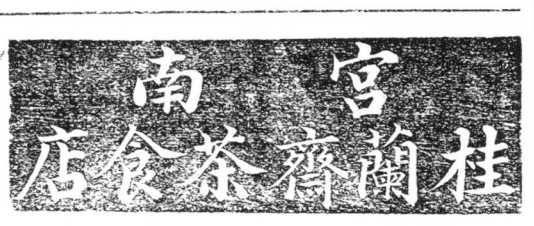

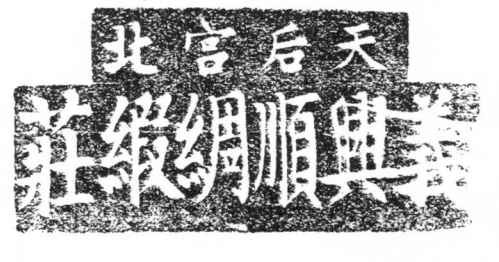

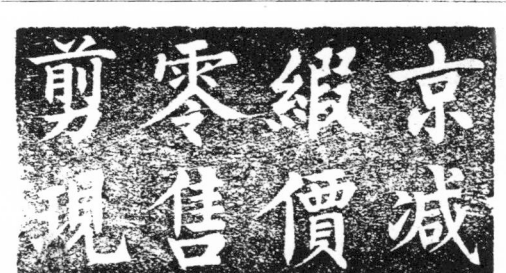

洋錢行市七錢

光緒二十六年十二月

本埠每張大錢十二文　CHIHLI GAZETTE　外埠照遠近酌加寄費

CHIH PAO

直報

第五百六十號

本館開設天津紫竹林海大道老菜市氣燈房巷內

光緒二十六年十二月初三日

西歷一千九百零一年正月廿二日　禮拜二

籌議選補事宜摺
照錄商條陳
海豐不靜
題有別故
想逃法網
誠何以堪
醴州新聞
俄人舉動
有所聞否
堪稱揮霍
死又誰怨
罪在不赦
各國新聞
陝函摘要
古制猶存
諭令拆房
幾乎嚇死
愚而可笑
財迷色鬼
京報補錄
電召軍門
銓補新章
是何居心
門深似海
孰賊孰匪
來言照錄
各行告白

籌議選補事宜摺

吏部奏爲遵旨議奏事軍機處交出山東道監察御史劉家模片奏京外大小官員缺有奏補有題補有咨補皆由吏部覆核乃能奉准其由部銓補者則帶領引見由開列題請者則恭候硃批層次井然有條本年五月以後有驗看引見及題奏選補各事宜多停擱未辦以致官缺虛懸百司失職非及早清釐積久愈無頭緒擬請飭下部臣將應辦咨奏仍舊趕速辦理至外官之升補題本京員之開列題本請暫改題爲奏選補得缺應帶領引見者請併入分發人員改歸驗放此外有升補改補改補論俸帶領以及揀選正陪例應引見之缺可否分別隨摺開單註考奏請欽定如此變通辦理則官缺可無曠廢銓序不至混淆等因光緒廿六年九月初六日軍機大臣面奉諭旨吏部議奏欽此欽遵交出到部查臣部定例各直省外補員缺道府州縣繁要之缺照例奏請補授選缺則具題請補其餘佐弍雜職概行咨部請補歷經辦理在案其京堂開列翰詹坊缺開列及論俸帶領者須核計資俸淺深以爲先後雙單月選凡輪次各缺班次各項插班以及投供先後中間有無事故現在何項銓班均須查明檔冊始能擬選查該御史所奏自係爲一時權宜之計惟臣部檔冊出京時均未携帶毫無依據臣率同司員等再四詳酌月選各缺實無辦法應暫毋庸置議俟回京後查明檔冊按照缺出先後歸入各月分再行核辦其各直省督撫題咨請補之件應請由臣部一面咨催各該省學習官冊飭令詳悉開具候補人員名次花樣班次到省先後有無事故以便查核用杜攙越淩躐諸弊各項員缺緊要應照軍機處奏定新章准其改題爲奏咨補各缺照常辦理如聲叙合例亦卽隨時核准倘有舛誤惟該督撫是問其開列題本積缺既多亦未便聽其虛懸擬請凡有此項員缺由臣部開明應升及其次應升官階知照軍機處開單請旨簡用其各衙門升補改補論俸帶領以及揀選正陪之各項人員自本

年四月以後有業經本部核准咨覆者亦有未經核覆者應由各該堂官査明確切隨摺開單出具切實考語奏請　硃筆圈出補授主外任應行引　見人員擬請凡係實缺道府領有服官省分咨文赴部引　見及保薦人才奉　旨送部引　見者仍隨時帶領同知直隸州以下分發各官擬請暫改爲驗放俟積至十員以上由臣部隨時定期開列王貝勒貝子公及各部院大臣銜名恭請　簡派三員卽在　宮門外九卿公所辦理惟分發人員逐層官階均須査案擬請凡由舉貢生監俊秀新捐由戶部咨照者及現在新得保舉由行在臣部核准各官取結具呈到部査與定例相符卽爲辦理外其餘有底官底案各員僅取結聲明班次呈請引　見分發恐有朦混取巧情弊均請暫從緩辦以昭愼重而免錯誤現在臣部尙書敬信等均在京帶領　引　見只臣一人不敷帶領已稟商軍機大臣率領一同帶領引　見所有臣部遵議緣由謹繕摺具陳是否有當伏乞　皇太后　皇上聖鑒再此摺係　行在吏部主稿合併聲明謹　奏

時事記要

陝函摘要　○頃得西安友人來函云　皇太后屢　召岑中丞入內密商要事諸王大臣皆不得預聞故權勢甚重○近日城廂內外飢民甚多雖設粥廠振濟然時有倒斃情事岑中丞均令棺殮抬埋○又云岑中丞因該省飢民待哺嗷嗷除奏請諭飭各直省開辦紳富捐外又擬仿照甲午成案准五貢生員一律報捐舉人嗣爲各大臣所阻未能上達　天聽○又聞有某大員奏請停止捐納一項　皇太后以現在籌款維艱萬難准行須俟回京後再議　皇上亦以爲然

電召軍門　○聞雲南提督馮子材軍門現已奉到　電諭飭令率帶所部馳赴甘肅剿辦回匪

德商條陳　○駐滬德領事日前致上海德國商務總會一書內言後來商約重行更改其應改者各商等宜爲留意因此德國總會請其會友各陳所見經總會考定後已交與德總領事矣　一海關稅則須設法更改　一照貨價估稅稅欵如可易者須易以一定稅價　二海關加稅釐金錮除惟既經海關收稅之後無論運往何處不得再抽如釐金不能錮除則統歸海關管理亦可　三海關應還商人之欵須兩個月內交還不得再有延擱如商家欲以該欵抵還進出口稅項者則聽之或商家全數取回　二海關章程如准商家夜間及禮拜日執照等須重新更改　三屯棧查上海獨招商局碼頭有此利益其實上海所有屯棧公司如與海關條例相符亦應一體得此利益不宜有所先後　四會審公堂亦宜重行整頓歸西人主斷不得用中國法律　五中國宜開大門戶與各國通商來往如現時不能卽辦宜悉照商約已有者辦理不可稍有差離至各省水道無論何國船隻俱可行駛如能照辦則商必將大與中國船戶亦受益不淺觀於揚子江各口岸報册可知也　六開礦章程亦宜重行整頓　七所有商人在中國設廠製造其貨物須一概免稅若運往外國則不在此例如能如此辦法則中國工政必可與各國抗衡而華工亦可因此得食　八所有各水道須大加修濬如吳淞及大沽之攔江沙宜悉行開掘以便船隻出入至揚子江上游各處則亦宜設法疏通并於各處河道夜間然燈以便船隻行走譯字林西報

俄人舉動　○蘇報載稱近聞俄人於東三省極力整頓頗有乘和議未定以前經營一切之意歐美諸國雖有不願然非權力所及祇得聽之云

古制猶存　○香港循環日報譯西字報云英京下議院每屆開議例在午後二點鐘時然衆議員皆以晨至各擇軒敞之座留其帽然後出外閒遊將午則英皇派羽林軍一小隊至反覆搜尋其室皆穿數百年前古制戎衣搜竟稟報無事然後首席一牧師導各員魚貫肅穆而入其有世爵官職者各持旗幟或御賜之物敬愼將事衣冕卒索無敢嗽者既而各員鵠列牧師朗誦經文畢握手行相見禮各歸本座材官報上議院委員到矣院中遽閉門任委員在門外三呼而後納既入正立大呼曰請諸公詣上議院宣讀詔旨語既策騎先行首席離座偕衆議員步至上議院則諸貴已列坐兩行不起迎不問訊衆議員自分班次恭聆院中首席朗宣院詔旨宣畢

將詔旨交下議院首齋回供奉泊小坐而散已六點鐘許矣迨次晨四點鐘時乃重聚議事入夜復有施放烟火之舉聞之攷古家云搜院之例始自一千六百零九年是年十一月四號開院之日有民黨首領牙霍士者欲謀作亂埋火藥爲焚院計不虞彼黨中人洩其事是時英皇前驅已至命羽林軍四圍搜捕起出地中火藥得免於難次日五號諸員醵貲放烟火爲英皇壽故至今沿以爲例幾如告朔餼羊云

銓補新章 ○武昌訪事友人來函云湖廣總督張香濤制軍近接 行在吏部咨文內開京師失陷本部歷年揞冊均已燬失無存一時無從查補所有候選各官應即暫止銓選其外省應補各缺即責成督撫查照定章照常辦理一面飭令擬補之員先行赴任毋庸守候部覆俟將來軍事平定再行彙案咨部查核如有與例不符者即惟該督撫是問業經本部專摺入奏奉 旨依議欽此合即咨行各督撫一體照辦等因因即知照署湖北藩司瞿賡甫方伯遵照辦理

海豐不靜 ○廣州安雅書局世說編云本月初旬某日廣東海豐縣紳士陳二南等赴臬轅具禀畧稱本處地方不靖請派勇將匪剿除等情臬司吳廉訪批示曰據呈海豐縣會盜盛行莠類日多良民日少與地方官所禀情形大畧相同現在大嶂山匪徒已散碣石莫鎮軍尚在該縣自應趁此兵力嚴行搜捕盡法懲辦以安閭閻仰惠州府速飭海豐縣劉署令禀商莫鎮軍督飭各營弁勇透澈查辦該縣身任地方萬勿苟安目前致貽日後之憂爾各紳生長斯土見聞較確知匪徒藏匿處所隨時密報營縣率團協捕勿任漏網官紳聯絡一氣辦理至公無私匪徒不足平也領保同發

京津新聞

有所聞否 ○頃聞京師有車夫安三者又名安永自拳匪倡亂時屋椽經拳匪燒燬安乃隱匿得免禍傷迨聯軍入城以後安與前充局勇之王得勝同在某界柯太守局內充差以此爲護符便在四處訛索安把持李鐵拐斜街一帶王站據虎坊橋一帶各集同黨多人在外搔擾凡訛索不遂者非指爲拳匪即誣以搶刦後被柯君查知即行革斥而柯君聲名由安等而劣是故爲口同音皆言某界不好移居英美界內者十有八九而居民不知安王之弊柯君豈不冤哉近日安某又充當英美二界海巡差使每日乘馬出入羽翼護從者不下念餘人想而今而後英美各官員恐爲安某所愚也

諭令拆房 ○昨在南門外東城根一帶有一日本人率同華人二名挨門傳諭所有靠城根房屋均令從速拆毁並語以不日拆城恐有防礙云云于是該處居民無不疾首蹙額而生愁苦之狀云

是何居心 ○鼓樓東日升當于失城後雖有搶掠所幸不多乃昨聞其監守者爲王某始終未離該號而時常將衣物首飾等項不免運往家中似此所爲殊有負該鋪掌之委任也至其有無同手俟訪明再爲續布

顯有別故 ○前在英界內設擺各項貨攤者因英工局不准在中街設擺故移往法界內者甚多乃昨日有法工局派人將各擺攤人盡行拘去按捐牌查驗後有甲乙等五人竟爲法工局扣留餘皆釋放未知所因何故俟訪再布

堪稱揮霍 ○有所謂新財主者俗或呼作撥家勇又名搶哥祇以陡獲巨貲遂至揮金似土而其所爲實有令人絕倒者昨聞有甲乙丙三人在某飯莊筵張雅坐食重甜菜之際甲以此菜來晚即行大怒以爲欺已之外行也遂將桌案推翻而走堂者則茫乎莫解也嗣經鋪掌勸解甲方息怒乙遂從中調停認賠碗價鋪掌本索十二元乙則予以十五元後又于清算飯帳之外多予二元作爲酒貲始各洋洋而去一時聞知者無不傳爲笑柄云

幾乎嚇死 ○昨在城內水月菴北見意大利兵揪扭華人某甲一名手持槍刺在彼威嚇在甲罔識所爲畏懼異常似疑意兵刺彼登時臥地不省人事意兵始撒手而去旋經路人將甲呼喚半晌始醒

門深似海 ○前報紀府署西一帶更燈云及王某派令居民代爲撩燈等節昨聞該處居民已約集多人前往該段分局[illegible]

其事不意竟未得見紳董之面致各居民怏怏而歸噫上下之情勢如隔閡此中國之積弊也即此平民往見紳董之難已足知其流毒之深矣

想逃法網　○近聞王三者曾充縣署捕廳差役自五月間拳匪起事時伊與其同黨在城內三義廟設立壇口王爲壇主從中勒索富民無惡不作王與源豐潤姜二積有宿仇即指姜爲奸細揪至三義廟壇口斬首遂又率領羽黨將姜之家中搶掠一空幸其弟姜三早已避匿未至遭害於津城失守時王又在各處搶掠多金携贜遠遁迨安民後王便與其同黨來津各處逍遙以爲身在法外詎料被姜三訪知遂將王三扭獲控案堂訊之下王均供認不諱收監嚴押孰知王三神通廣大聞有侯家後某小班班掌某甲用美人計賄中關說不知王三能逃法網否至其如何釋出俟訪明再登

死又誰怨　○昨早在老君堂前見有一女行甚速速未審何故踴身跳入河內轉眼間竟付東流後有人尾而至之詢係此女被人拐騙來津曾被其家人偵知來津尋找該女一見家人慚悔無地故此逃赴水晶宮裏去

愚而可笑　○頃聞有楚六者無賴也自失城後頗覺充裕衣履鮮明大率從刼刼搶而來每日花天酒地折柳尋芳前與土妓金香善後漸囊空妓亦冷落楚猶癡想如前意欲仰其賣笑資爲度日費妓乃拂之並語其無恥以示人楚便大怒遂將該妓厮打一番旋有好事者出爲竭力勸解楚猶色心不死憶娼妓本領無非逢場作戲而已耶

孰賊孰匪　○城內三義廟米肆少主人薛某者自兵燹後家業蕭條自安民以來曾破房產措得資本以作小本經營原爲謀食起見日前携帶洋銀九十餘元赴青鎮販貨未妥復携而回遂雇冰床一具以作代步不憶撐冰床者與賊勾串行至楊家庄口門便撐往窪內而去至僻靜處將洋刼去並將薛某推入河內幸河水甚淺未遭滅頂彼經上岸而賊已去如黃鶴矣薛乃狼狽而歸

誠何以堪　○昨有某甲者行至三岔河口望河樓前因足踐石階爲日兵所見向前抓獲先行毆打次用涼水將甲衣服澆濕登時結成冰片方行釋放噫值此天寒之際在日人以爲嬉戲而甲誠何以堪

罪在不赦　○近聞昨早在針市街地方見巡捕拘獲華人一名身着狐裘極其冠冕揪赴巡捕房裏去旋有合事老竭力關說令其認罰之說并聞係私造僞洋者未知能否了結俟訪再登

財迷色鬼　○頃聞李某者山西人也向係衣冠市儈自失城時同夥四五人赴萬興當詐稱與洋兵關說保險等事彼時典肆人已然慌恐無地意在脫逃李等便乘勢闖入首飾房將金銀鐲釧飽載而歸後便大闊其闊乃納妾一室因係南人語音不和遂擯諸門外於日前在河東某處見有某家女年甫花信李便欲出洋千元以納之想其不義而取之財又欲以財敗壞閨風實屬傷天害理也不禁拭目以視老天之報李某也

來言照錄　○本報所登王靜軒告白一則其族兄之名適與某京卿相同昨京卿尋至本館謂所登名字相同令不知者誤會恐有妨礙云云故特將京卿之言照錄報端俾閱報諸君益曉然于京卿之爲甯河人彼登告白者自爲天津人則是姓名雖然無異而籍貫實不相同夫又何所妨礙耶

福州新聞

以節靡費　○馬江船廠各匠徒約有千餘人之多皆係按日給工現因庫欵支絀經提調沈觀察查有人浮于事者有久假未銷者計扣去三百名之譜又令于四禮拜外再停工兩日以節經費

搭放小洋　○閩省設立官銀局開鑄大小銀元原議司道關局各庫凡民間完納地丁錢糧鹽課釐稅均令搭收二成小元按照番銀核議分兩其支發各營兵餉俸薪雜支則以三成搭放故日前由周方伯出示曉諭定於十月二十三日起將應收應放各欵按照定章一律搭用以符原案

各國新聞

東瀛近事 〇日本石狩國雨鹼郡北龍村地方前所設郵政電信局現已一律告竣於十二月二十五日開局辦公云〇大迫師團長長谷川參謀官大中兩君率同念六七八三聯護衛軍於二十五日由大迫搭乘火車前往上川地方防堵東京府知事千家君於念二日自具辭表呈請內務大臣轉奏內務大臣再四慰留未允遂爲代奏現已改派岡輔子爵繼其任因岡君於交涉民情無不熟悉也譯日本北門新報

京報補錄

續前稿 奴才伏查逆首孫汶以漏網餘兇游魂海外乃敢潛回香港勾結惠州會匪潛謀不軌軍火購自外洋煽誘徧及各屬豎旗叛逆先擾逼近租界之沙灣墟意在挑啓中外釁端從中取事其兇險詭譎實與康梁逆黨勾結長江兩湖會匪同時作亂情形遙遙相應雖官軍乘其未定先已兜截使各路之匪不能聯合一氣歸善之匪不能竄越一步然猶豕突狼奔橫厲無比戕殺弁勇擄捉印官各路會匪仍敢同時並舉雲集響應罪大惡極無以逾此幸仰仗 朝廷威福將士用命旬日之間羣凶授首脅從逐漸解散地方轉危爲安城池租界均未擾及不致貽外人口實尤爲始料所不及其僞軍師僞元帥等半已伏誅而首逆孫汶與同謀之康梁各黨初則伏匿港澳繼闖竄跡外洋前已照會港澳各洋官密拿懲辦即不能尅期就網當亦不敢潛回惟是惠州各屬本多匪鄉散則爲民聚則爲匪此次當會匪猖獗之時竟敢樹旗助戰甘心從逆尤爲狂悖現在大股匪徒雖已擊散仍當凜遵電 旨嚴飭搜捕已分咨水師提督何長清陸路從督鄧萬林督率營勇分赴各鄉挨村清查如有當時助匪之犯擒獲嚴辦無留餘孽務使根株悉除以仰副 聖主綏靖海疆之至意至此次出力員弁衝鋒陷陣擒斬渠魁實有微勞足錄且於外釁方張之日力除內患其裨益大局尤非淺鮮可否俟事竣後由奴才查明擇尤奏請 優獎以示鼓勵出自 鴻慈除分咨軍機處吏兵刑三部查明及俟各屬匪鄉肅清另行奏報外所有惠州會匪勾結滋事剿辦獲勝情形理合繕摺具陳伏乞 皇太后 皇上聖鑒訓示再廣東巡撫係奴才本任無庸會銜合併陳明謹奏

再惠州各屬入股會匪雖已撲滅而首要尚多逃匿必須澈底清查庶絕後患惟清查之策首在嚴設海防以杜內外勾結詳查匪族以免萌孽復生所有沿海一帶汊港島嶼擬即責成水師提督何長清督率靖勇兵輪切實速辦內地匪鄉挨村按族即責成陸路提督鄧萬林督率各營分投搜捕倘清查不實餘燼復然即惟該水陸提督是問至由省撥往營勇本係各有專汎移緩就急權宜調派現在碣石鎮總兵劉永福已帶福軍回粵擬俟抵省後即令調駐歸善之稔山範和鹽灶背等鄉用資鎮懾俾前派各勇營得以陸續調回不致顧此失彼是否有當理合附片陳明伏乞 聖鑒訓示謹奏

看報送彩 茲因經售各國報紙念餘載拳匪抗住洋字生意各報停售數月北洋靈氣不通今洋東在本津復開直報南北各報照舊通行亦然各報齊到可開北方風氣從當下起逢在梁子亭處定閱直報者從十二月初一日起送華十二月份上海和濟小彩票一張同上海和濟大票對號單爲憑開號得紅如得頭彩得紅洋一百毛即大洋十元二彩送洋四十毛餘彩類推日後號數多暢下次另外加彩決不失信購閱直報速來掛號臘月初一起各送彩票一張不取分文若別戶經手無涉並無送票之說近因假冒字號假充後生甚多故設彩票爲記免得魚目混珠 特此先佈 代售寶丹 天津北門內府署東各國寄售各報處梁子亭啓

新松昌洋行 本行擇於十一月十九日移在東門外襪子衕衕路北現發賣老米白米 如蒙賜顧請至本行面議可也特此佈告

武齋洋行發賣烟煤焦炭煤末 如蒙賜顧請移玉襪子衕衕本行面議可也

瑞林祥元記綢緞洋貨店仍設估衣街中間路北先由便門賣貨

敦慶隆綢緞洋貨店仍設估衣街西口零整發莊

高士達洋酒飯店告白

本店開設海大道下德國界大營門內專辦各國洋酒各色點心呂宋各樣紙烟等物貨高價蘇菸並辦英法大菜無論中外客商皆可賜顧特此登報佈告本主人謹啓

義利上行

自置美國茂生廠藍海烟捲零整一概出售價值格外公道緣天津自封河後品海烟與雜號等烟一概短少維本行自置之藍海烟尚有多數諸客商如欲購此烟務須認明係美國所造非東洋等國之烟可比本行開設天津北門外東單街坐南向北便是　上行主人謹[illegible]

德記磚瓦松木公司

現寓鼓樓東坐南聚成錢局代辦德松木專售單截方截子連磚瓦格外克己重廉不悞顧主

昨閱直報[illegible]跡近[illegible]一條[illegible]爲可異惟[illegible]同南紳創立必須實事求是者此等人不特有礙局章押且易[illegible]惑衆務祈將若輩姓名訪確登報核辦是爲至幸　票鹽總局謹白

激泉生潤例

書畫
書屏四尺長者扇二元大者遞增小者遞減
[illegible]橫幅每尺四角
楹聯一元五七言同八言加倍以上楷例也行
草減半[illegible]鐘鼎均照楷例減四停之一
花卉金魚[illegible]均照楷例
墨卉蘭[illegible]照行草例
刻石字徑一分大者字三角二三分者一角
五仙四五分者二角
牙章均照石章例加倍　凡不在例者另議
隨封用十分之二
隨件惠潤定期來取無潤不應件交直報館
帳房代收

聲明作廢

啓者自各國軍隊入城敝號遺失通惠銀號第五十七號公砝化寶一千兩德順湧憑帖三千兩一張二千兩一張開源憑帖一千兩一張逢源憑帖三千兩一張一千零二十六兩一張四百兩一張有儀堂韓姓票一千兩鈴鐺閣胡同房契一張忠義厚土莊合同一只織布局憑據二只長發萬借約一只長興義借約一只堤頭姜姓房契一只何[illegible]三借約一張成發號借約二只西沽陸姓房契一紙西于庄楊姓地契二吊借約一吊已經在　都統衙門具稟聲明無論華人洋人等拾去均當作爲廢紙業蒙批准立案茲特登諸報端俾衆周知　天昌和主人啓

告白

不平人敬告於衆曰吾郡典業前經稟准　都統所有未被搶掠之協議各當均准取贖等因在案當商等標明家數以絕衆人之望減讓利息以掩貧民之口其計之巧固已難逃公論已不意近來更有巧之巧者德恒當源和當本在未搶之列者也其完全無缺郡人皆知之該當亦嘗自認之乃近遇有贖取珍貴之物者德恒則概不取贖捏詞無人管理源和竟以失字戳記蓋印謂金銀珠飾之屬均被搶掠一空噫該店尚有人心哉貪違都亂前富貴人家多以黃白等物寄放源和當中往往有值萬金取當本不及十金者亦有但取質票不取當本者一日被失不過付之一歎可恨我輩不富不貴牛生心血悉被乾沒其何以生此等伎倆較諸士匪其惡更甚吾知受其害者郡人當必不少惟願齊心努力公赴　都署稟請傳追該典鋪雖有鬼蜮之能恐　都統當不肯爲不仁者庇也　陳潤生　程亦卿　饒舜民　張可成　仝啓

京都六通樓告白

啓者六通樓開設京都崇文門外花市大街專辦東西兩口牛羊專賣各國糧臺茶葉不悞價值格外公道如欲買者請本樓面議可也

恩利和牛羊公司

本號新開在海大道貽來牟機器磨房前專售牛羊肉牛肉每磅一毛二羊肉每磅一毛五祥茂[illegible]胰香水方胰價值格外公道賜顧者即請購取　本主人謹啓

開口　魁豐冰窖

啓者本號向在開口開設歷有年所因　大日本開馬路將冰窖拆毀仍添挖新窖一分此冰窖設在南小營門外自拳匪倡亂將冰窖被焚已經修理齊整兩處均仍照前章[illegible]設特此聲明不悞主顧

四方仁人君子得知啓者商等于九月間曾賣與永發裕陳三氈條七百八十七條每條合錢一千二百文除收下欠錢七百餘千而陳三安心坑人至今不還商等屢次向陳三討要而陳三左右支吾並不歸還商等是以于本月十八日在　都統衙門呈稟聲冤不意有陳三之親戚在都署司事受陳三之託竟將稟帖壓住此皆陳三所說之話後又經陳三煩人說合欲以每條作價一千零五十而陳三則又欲付銀以三千三百作價付銀洋則以兩千二百五十作價商等得難收暗是以不得不登報鳴冤以待公道人評論是非且陳三將此項氈條賣與外國糧台均是一千八百文作價陳三已得利甚多而竟不付商等欠款並以洋官未付價錢爲辭則陳三之居心不良形同誆騙不問可知未審商等何日得出此冤氣也特此謹白　雙合氈店　益和氈店　源裕成氈店　玉順氈店　仝啓

天后宮北　義興順綢緞莊

本莊自置顧繡綢緞綾羅紗絹哈喇大呢羽綾羽毛各樣花素洋布南貨雜廣[illegible]母頭油香粉胰皂歸安貝松泉湖筆一概俱全
頭號杭寧綢
頭號摹本緞
紅梅茶每一吊二
紅茶每九百六
紅茶梗斤二百八
金百壽棉[illegible]褙

天津河東
同義棧

敬啓者本棧開設河東大王庄河邊係俄國租界內即怡和洋行對河便是內有洋式棧房院內寬大無論粗細貨物均可存寄而棧租亦極相宜倘　蒙合寶行號棧及適路客商如有貨物寄存合請移玉至本棧帳房面議可也　如欲保險以及別埠來貨者本棧均可代辦洋關墊辦稅銀及各辦使費等項特此佈遵　本棧主人告白

源利車船公司

本局設在天津閘口下江蘇外局內專攬京通大小車船　貴官商光顧者請駕臨本局面議庶不致悞特此佈聞　本局謹啓

同順麵包房

啓者本號開設海大道機器磨房內於本月十二日開市專做花旗街粉大樣面包及各小洋點心一應但全　仕商賜顧者部請購取可也特此佈　聞

鴻義金珠店

啓者本號專做時式赤金紋銀軟翠堆纍鑲嵌首飾鳳冠酒器包葉度葉等物一概俱全開設天津府東門外天后宮南坐東向西便是

通源土莊

啓者本號出售各省西土并售黑白廣膏零整皆可如欲賜顧原箱者請移玉本號帳房面訂價値格外從廉　天津鍋店街東口通源土莊謹啓

寄售洋書
各種俱全

如有賜顧者請移玉至北門外針市街南閣西玉盛合煤油鋪面議可也

天津名醫

河東錦衣衛橋正骨科蘇晉三先生今移居肉市口西大街郵政分局旁如有買膏藥請看傷各均到本棧應不致悞

仁記洋行

啓者本行茲有船牌洋臘壹千箱每箱二十五包並有洋白面八百二十五袋出售特此佈聞　仁記洋行謹啓

本名醫

橡村先生內外兩科醫道高明凡有診視病症者無不應手奏效洵爲當世之名醫現寓天津閘口下愍忠祠對過特此佈聞　門人公啓

新開美瑞洋行

啓者本行由外洋自運各色洋酒罐頭食物預冬織絨褲褂鞋襪佛藍絨項巾手套各樣香皂洋燈料器鐵胎磁面各種器俱並各熟鋼鐵洋釘洋鍁洋鋤白鐵水桶洋鐵火爐以及大米各種貨物莫不精美批售大宗格外價廉凡蒙賜顧者請至法租界大羅洋行對門第四十六號門牌便是

本行主人謹啓

英商
福照樓西棧代起行

啓者今歲因遭兵荒有本棧樓房被俄國人住守至今未曾遷出故此租賃西門北萬源棧內開張該門面書挂福照樓招牌爲記所有房間院中無不寬闊潔淨安寓回漢客商各分房所所有茶水飯菜另有廚坊代運出進口貨物搭座輪船車票以及華洋關稅均按本棧舊章無不公道專運北京各處雜貨等件盡用妥實洋人押送如有短少失物俱按保險章程賠補其情與衆不同　貴客商如欲搭運貨物者請至本棧面議可也特此佈　聞

神相

江南覺覺子相法眞如神矣向遊京津關外久已馳名茲因至津來相者紛紛不斷靈驗非常本擬赴都我等挽留特此望　諸公速往面談過午不候相資津錢壹吊富貴加增　寓大衚衕北口東宋宅

友人　桂堯臣　沈昭甫　許松廷　王治臣　仝啓

竊我王氏始祖諱伍世居山東青州府壽光縣自前明永樂二年擢授天津總鎮畿南督都任滿奉命遂居斯土卜塋地于西郊即今僧王爺祠西也及今傳廿十有八代始祖忠義祠立位國史可查余居一十三代宗譜可據不料竟有不肖大興縣民人族兄王照同二子文都文幾擅將始祖塋地盜典牛姓開設柴廠余身爲族中首領理應出頭根究本欲稟官究辦伊盜典父子並受典牛姓難辭與得之咎嗣經鄰里長者勸余辦價回贖免傷骨肉體面遂如所請現今給償回贖並將私寫僞字僞據註銷矣余稟官備案外理合登報闔族衆覽嗣後無論何支何派塋地均不須盜典盜賣如再有仿效王照父子典祖賣宗者余必率族攻究爲不能徇循情面以驚將來此啓　王靜軒謹白

海大道
源興亨土莊

本號自運各省西土公班大土亞庄廣土黑白膏膏一概發莊零剪銷售如欲購者　請移玉本莊面商貨高價廉不悞主顧此啓

永豐號麵包鋪

本號鋪掌前住紫竹林同昌辦館因被火焚移居馬家口海大道同立東棧對門新機器磨房旁便是　本號辦定鐵罐牛乃糖醬火食等物呂宋烟捲帋烟點心西包俱已新鮮不悞主顧仕商賜顧者請到本號購取可也　本號主人啓

法商
祥發號辦館告白

啓者本號開設天津紫竹林海大道育才館北專辦各國盒菜牛乃面包各樣烟捲一切雜貨物高價廉如蒙　仕商賜顧者請移玉本號面議可也特此佈聞

本主人鈕桂芬謹啓

鴻宴樓飯莊

本樓開設海大道機器磨坊前包辦酒席小賣俱全定於十月廿日開張此佈

日商
福源銀號

本號開設在天津閘口下大街日本租界公署旁定於十二月初二日開張兌換銀兩海大道分號仍照舊交易特此佈聞

本號 分號 公啓

日商
有馬洋行

本行自北山運來大木炭照市價格外從廉整躉零發均可保險運送凡仕商欲購者請至海大道牌坊南福源銀號面議特此謹啓

日商
有信官車船總局

啓者設在天津閘口下大街勝水總局旁官車船局並代理[illegible]商雲集運往北京通州保府等處洋廣雜貨來往保險轉差洋人護送接貨估價保險諸商請至本局面可也

附啓保府白溝河祁州等處運貨刻巳通行有章貴商賜顧駕臨本局面議運價格外從廉

天后宮內
裕康轉當局

本局議定大當五月歸典小當一月為期各聽自便并收買荒金潮銀首飾兌換洋元銀兩謹啓

華英書室

專課英文地與算學文法一切由八點至四點兼辦繙譯等件願學請至針市街益豐棧內面議此佈

大日本
北清貿易洋行

啓者本行由日本分設天津紫竹林海大道老菜市氣燈房衚衕在直報館院內現由本國自運各樣貨物一應俱全貨眞價實貴客商願買者請至本行面議價値格外公道備現用何樣貨物定期不悞特此佈聞

本行主人謹啓

大米告白

敝行現由上海運到上等大包米在津出售批發格外公道如貴客零買兩三包自已食用者亦可購取請到海大道新英租界平和洋行面議多少均可價値格外公道

采金公司

本公司設在天津河北大衚衕買賣各處荒金條金隨時作價以京滬行情為準備貴客有收買出賣者請至本公司面議格外公平

本公司啓

牙醫生

自幼在美國醫院專習牙科凡牙痛[illegible]腫均能醫治若牙未落而風火蟲蛀者或用黃金白金粉鑲補永無後患如牙落一粒或敷粒或全口者鑲就可任意食物無異生成至用金托象皮托悉從容便寓英租界海大道小樓

江蘇 毛瑞堂

東門外襪子衚衕
餘慶茶園

吉慶班 永盛合

兩班合演

特請京都頭等文武名角

十二月初三日早十一點鐘開演

福榮旦 花立 五月鮮 小金旦 毛小福 小狗 小菊仙 一聲雷 王德田 張全吉 青菊花 十六旦 十里香 張聚才 白文奎 張七 衆武行

女起解 東宮掃雪 文昭關 天水關 玉堂春 牧羊卷 英節烈 奇冤報 雙泗洲

於十二月初三日早十點鐘開演晚六點鐘止戲務請早為駕臨是日請賣票處收錢換票每位茶資六百文樓上下隨便座

餘慶茶園拜訂

侯家後老君堂西
永順茶園

特邀京都順福堂

京都姑蘇烟台等處坤角

每日准演

太平歌詞 西皮二簧

天后宮前
文[illegible]茶園

特邀京都全喜堂

京都姑蘇烟台等處坤角

每日准演

太平歌詞 西皮二簧

閘口下大街
日商
麗華茶園

特邀京都上洋姑蘇等處坤角

十一月廿六日早晚有座

時調大鼓 太平歌詞

北門西
益合茶園

特邀京都金福堂

京都姑蘇烟台等處坤角

每日准演

太平歌詞 西皮二簧

恆昌厚照像館

啓者本館暫借河北大街西茂盛店內專門能照一人三像一人四像每張價日諸君光顧請新小號面商可也擇日開照再詳

像館主人謹白

京津塘沽火車開行時刻單

由天津開北京早十點四十分晚六點半到京

由北京開天津早七點半晚四點半到天津

由天津開塘沽早八點到塘沽十一點

又下午四點開到塘沽七點

由塘沽來津二次同時

大清郵政局收信時刻曉諭傳單

寄往何處	由	某日	收信時刻
北京	火車	每天	上午九點半
大沽	火車	每天	下午三點半
上海煙臺 牛莊等處	火車輪船	初三	下午四點 七點
上海鎮江等處	旱班	每禮拜一三五	上午十一點
煙臺	又	又	又

本局另有郵船一只專帶往來外洋烟臺牛莊等處信件定於本月初三禮拜二收信由秦王島開往烟臺 信件寄往各處隨時送交在針市街分局內或紫竹林總局均可

十二月初二日銀洋行情

銀盤二吊九百九十文

洋銀二吊零八十

洋錢行情七錢

本埠每張大錢十二文 CHIHLI GAZETTE 外埠照遠近酌加寄費

CHIH PAO

直報

第五百六十一號

本館開設天津紫竹林海大道老栄市氣燈房巷內

光緒二十六年十二月初四日

西歷一千九百零一年正月廿三日　禮拜三

奏請明詔宣示回鑾日期以安人心摺
識時務爲俊傑論下
路透電報　西安要事
關心教案　統帥致電
鄂督名言　法論交涉
擬改運道　甯海匪警
[illegible]　[illegible]
[illegible]　漢文示諭
[illegible]　利市三倍　罪大惡極
馳驅遑遑　責在巡査　所傷無多　不宜夜行
浙江新聞　廣東新聞　各國新聞　京報補錄
各行告白

本館告白

横濱正金銀行

法蘭其洋行

奏請明詔宣示回鑾日期以安人心摺　○江西道監察御史鄭炳麟跪　奏爲和議將成籲懇　明詔宣示　回鑾日期以安民心而定大局恭摺仰祈　聖鑒事竊自拳匪肇亂搆衅列邦以致　乘輿播遷生靈塗炭爲唐宋元明以來未有之奇禍雖合九州之鐵不足以鑄此大錯然臣歷讀五六月間先後詔旨惟以保護使館剿辦拳匪爲事不過一二王大臣淆惑　聰聽業經降　旨嚴議以昭公允揆之　聖躬固如日月之明天下人民共見共仰者也憶自　聖駕西巡百官之愛慕萬姓之謳思卽至婦人孺子亦且感且泣日夜禱祀惟冀掃除　宮闕指日　還都復遊於化日光天之下其情發於不自知迫於不容已蓋我　朝深仁厚澤二百五十餘年其所由來者漸矣況京師爲根本重地　宗社攸關　陵寢具在若一旦輕棄其地奚以上慰　九廟在天之靈下孚億兆蒼生之望又値陝西連年荒歉供給維艱卽使山川險阻足可憑恃而我　朝定中國大統收萬方豈不念　列祖　列宗創業艱難而去而他適以局促偏安於一隅乎如不得已必欲重建　陪都以爲　遊幸之地則莫如洛陽二堵高昂三塗險塞被山帶河適爲居中之地此次　驛路若由河南經過較爲平坦且可以相陰陽而觀流泉爲後來經營締造之謀未始辦計之得也現在和議將成惟有籲請　明降諭旨預定　回鑾日期以播告天下俾中外咸知以遂臣民之願以撤外洋之兵大局幸甚臣憂慮所及披瀝上陳伏乞皇太后　皇上聖鑒謹　奏

識時務爲俊傑論下

中國半據亞洲土至厚民至庶物產至繁以及禮樂圖書之華貴足以統攝乎四夷故內則蒙古回部盡附輿圖外而東海列邦咸稱藩

服處今日而受制强鄰剗夷殆盡惟有李傅相力全大局和諸國以挽時危皇皇中國幾令人歎無才矣雖然中國地大物博積三百載庠序涵濡之厚荷二十四省山川鍾毓之靈名臣宿將開前代未列之版圖豈無才所能猝及所賴者知之者深斯用之者當信之者摯斯任之者專不以羣佞阻賢人不以讒言廢公議賢賢相繼善善相親蕭何舉曹參以自代而漢室長興程普服周瑜之多謀而東吳驟霸至今傳爲美談堪爲㮣鑑我　朝修文肆武遠秩前朝溯自開國以來平三藩取臺灣開拓新疆各域奇勳偉績震懾寰區其功臣之繪圖立傳者幾不得屈指數近自咸同之世將相奇才崛起於吳楚間而川陝燕齊亦皆人才蔚起相繼除髮逆勦捻匪以故海內昇平贊成我　穀皇中興之業傅相以淸班入幕壯歲臨戎蒙曾文正之荐拔早立殊功僉謂中原既靖不日可卜海宇乂安然而曾公靜鎭爲先不言一戰傅相繼曾公之相業統制北洋曲施撫馭其時樞垣列弼類皆積慮處心所見者大故　朝廷重加委任決不責以匡復之謨非謂我之兵怯於西人也非謂我之力弱於西人也第以西人聯軍接軫遠涉重洋互爲唇齒所以冀之於中國者必遂其欲而後已我即一戰而勝勢必兵連禍結今日退異日復進此國敗彼國復爭與其相尋不已何如示我　天朝懷柔之大度輯睦常修賢哉我公其識高其慮遠矣不然急功近利之徒逞乘便營私之計不顧大局不恤時艱或假公論以雪私仇或挾危機以圖權勢釀禍起海外乘機致激成不可收拾之情形無非忠藎捐軀者臣矣節究無補救一二於其間設非具大識者心乎社稷愼始圖終則危局之難回幾不知伊於胡底也傅相坐鎭畿疆逾三十載弭兵修好時若不滿人意即內外公卿庶尹亦隱然嘖有煩言乃去直北年未再周去思轉篤燕無粟腹敗績不追樂毅之賢宋無安石殃民不重溫公之相事以相形而見絀才以相得而益彰今夏拳匪倡亂頓啓兵端一時畿南士庶猝若難支其望傅相之速至也如大旱之望雲霓無如鞭長莫及糜爛直至三月之久幸而節麾北指不避險阻不畏彊禦遽能息兵戎之舉重修欒敦之交近聞和局將成人皆轉憂爲喜靡弗感而相慶曰使我公早來旬日我輩當不遭慘烈至此雖然火既然矣非至燎原而不息而驟欲銷其烈燄不能也泉既達矣非極就下而弗停而驟欲遏其中流不得也當夫邪徒盤踞京津挾天子以令諸侯攻使館擊商埠其禍機已伏肘腋間而肉食者流反謂國家以義興師雖童稚亦知赴敵勢將若滅此朝食而一快人心斯即有達者痛陳利害羣必謂倒戈相向則攻之者直如桀犬吠堯必力噬而後已不但立徐袁許諸君以直言而遭大戮即如慶王榮相一爲天潢之至戚一爲帝胄之宗支尙且以拯救危機幾蒙不測傅相雖勳高爵重終爲異姓之臣則危疑尤難審處今而知遲之又久非爲明哲保身也正其見機得早而蓄挽救之深心我公所以爲大忠也於虖柱石一人老成持重則全之於先者必能善之於後將見汲引善類以圖內强我輩伏處草茅無庸鯉鯉焉以爲慮

時事記要

路透電報　○西正月廿及廿一號路透來電云特兵已至克蘭魏雍英軍追之○由開爾費亞前進之特兵現已絕跡矣○特兵又攻諸爾方滕於拜一早晨復爲擊退○倫敦銀會已淸理舊賬大有復開之意○於七號英兵在布爾法司替一役死者四十名傷者六十人而迷失者有五十五名○倫敦丶牧師逝世○英將軍克費爾已在開賴司布之東戰退特軍○特兵初已佔有蘇實蘭矣旋即自退官場傳說去歲英后勞心今已成疾御醫云務須靜養○旋又云女主精力大差深屬可慮○英后一夜不能成寐病勢仍昨

西安要事　○西安友人來函云近日　皇太后頗有追悔誤斬徐用儀許景澄立山袁昶聯元五公之意擬飭部從優議䘏惟尙未見明文○聞　皇上決計俟變後重行新政　皇太后頗以爲然○王中堂現已病愈　皇上諭令暫緩從公○又聞岑中丞與鹿尙書不協之故以岑近日雖已變計而談吐之間仍畧有力圖自强語氣時時流露鹿不以爲然且當日勤王兵岑最先至鹿次之二人亦頗有爭功之意云○又聞朝廷有重用張百熙之意○又接到甘肅蘭州來電云董福祥之兵及其本籍之防軍隊約有一萬四千人已在固原謀叛該處即董之總營也譯字林西報

關心教案　○兩江督總劉峴莊制軍刻甚關心教士在中國傳教一事蓋制軍之意以此乃最關緊要者中國議和大臣須實

心辦理且宜將此節添入議和條欵

統帥致電　○聞得聯軍統帥曾電致東撫袁中丞云貴省轄境拳匪絕少具見辦理認眞敝國人民在東省境內尤能始終保護毫無危險實爲感佩以故敝國軍隊決不越境剿辦毋庸系念

鄂督名言　○譯文匯西報載稱湖廣總督張湘濤制軍以爲中國財政必須自行管理如入外人手中則中國將失其自主之權矣

法論交涉　○香港某報載云法人挨斯托爾君在下議院極言法政府不宜一意拓地爲懷且言如政府辦事稍有不愼恐復致法修達之辱此事蓋指法人在雲南邊界舉動而言此外尚有議員名法郎沙者亦言法國在雲南舉動俱非智者所爲且吾法既爲歐洲大地之强國便當自足不必與他國爭衡海上也譯正月八號字林西報

擬改運道　○鎭江訪事人云自　兩宮西幸長安轉運局總辦惲莘耘觀察接奉電傳　上諭著將淸江總局移設漢口所有糧餉由襄河運赴陝西行在俾得源源接濟不致有缺乏之虞現在時屆隆冬襄河水涸飛芻挽粟在在艱難不得已仍將總局改設淸江擬由河南轉運並在鎭江設立分局

甯海匪警續誌　○昨得甯海函云上月十六日著匪老吳在寶四孫家村與官軍接戰後閧即分股散去以頭目黃皮領二百餘人入臨海老倪領百餘人入象山自以二百餘人潛聚秋水山下各村落故官軍覓捕不得○二十一日台防李雲統領巡哨至海遊鎭正梅王羅三哨官交鋒之後當生獲匪綫一名李君卽命梟首示衆甯海各村民紛紛呈稟添勇駐勦統領答以所統祇有四營不敷分派爾等當合力團練幫同偵賊方能得手正言論間報稱來有公文係省台又以衛字三營歸其統帶哨官隨卽叩喜○廿二日統領得駐臨海花橋之曹哨官警報言頃在甯海羅四地方與老吳接仗已得匪首二級統領亟派潘營官及梅王羅三哨官率隊包勦老吳業已颺去各軍搜索不得而歸統領卽於翌辰旋郡○李統領又以潘營官駐甯數月不辦一事立卽撤革該營改歸其同宗李君管帶○徐汝羔太守以甯海縣令優柔縱匪信用門丁稟省撤委省台當委已卸奉化縣署篆之龔令調署令龔令又署黃巖縣缺甯海命盜之案日凡數起既無縣主匪衆蠭發百姓莫不惶惶○二十四五等日老吳又聚黨三四百人札蛙蟆塔葉西嚴長灣等村聲言再入孫家村据爲寨所居民男婦星夜奔逃號哭之聲達於道路○十月中旬象山甯海合海帮匪二百餘中路洋內刦掠北貨南下之船財物無數虜得船中夥友二名藏在寧海界上其貨卽於東南濱港諸村售賣該匪頭目聞有健跳水師勇丁在內

京津新聞

賞罰嚴明　○吏部司務廳掌印郎中惠森聲明平常由徐頌閣協揆撤去差使以考功司掌印郎中延譽調補所遺考功司員缺以員外郎恩浩補授又署考功司漢掌印員外郎李廷颺並未呈請告假擅行離京亦由徐協揆撤去差使以文選司郎中關榕作署理又通州坐糧監督考功司掌印郎中李澐現已差滿回京以昭核實

○前報所登恩海戕害前任德國欽使克林德君各節嗣經續聞恩海並非自行投首於正法後並聞慶邸亦未派人備棺收殮屍身並未養其眷屬具是訛傳其說不一之故耳今再登之以昭核實

都示兩則　○暫行管理津郡城廂內外地方事務都統寶倭青富法司　爲出示曉諭事照得津郡衆錢店自遭拳亂迄未照做生理曾經衆錢商稟請開張在案茲本都統等公同商定所有出銀錢條各鋪戶自本年十二月起如有人持取銀兩其銀數在五十兩以內卽如數付淸無庸分期如銀數在五十兩以外或數百兩或數千兩十二月內除先付五十兩外下餘無論多少均分九個月付淸其錢條亦照此一律開付爲此示仰各錢店及居民人等一律知悉各宜凜遵勿違切切特示○又出示曉諭事照得津郡衙前地面窄狹於各商運往貨物甚爲不便茲本都統等公同商定所有週圍城墻全行拆毀卽以此地改築馬路之用其舊城墻各磚[illegible]仰各主

遽行拆去其各房磚瓦木料等准各房主領回收用爲此示諭各居民人等知悉仰即凜遵勿違切切特示

漢文示諭　○漢文司員丁　爲出示曉諭事照得津郡城廂內外紳民人等應遞稟件向按三八日投遞本衙門現置收稟箱鎖挂內首自本月初二日起除領各項護照並執照仍由號房呈遞外其餘無論何項稟件仰隨時各自投入收稟箱內爲此示諭諸色人等知悉特示　光緒二十六年十二月初二日

聯軍退兵　○現聞所有各國駐津聯軍隊伍曾聞陸續乘坐火車退去者絡繹不絕昨日在河東車站見有日本軍隊若干名乘坐火車而去聞係退歸塘沽云

宮祠並退　○近聞河北　行宮並曾公祠兩處於津城陷後即被俄國佔據頃聞俄人已經退去並聞有孫陳兩委員各入宮祠自行看管云

利市三倍　○訪事人云日昨在北門西見有甲乙二人不知緣何打作一團幸經途人勸止詢係因賭債所致並聞每夜在該處澡塘聚賭云云噫該塘掌日間買賣詢爲茂盛孰知夜間設賭抽頭更屬利市三倍不知該管者亦知之否

罪大惡極　○訪事人云西門南有土棍常某由失城時刦搶甚夥雖稱小有在常尤覺不甚滿意又將張五之妻壙佔並張女勒令其共作皮肉生涯近日頗覺利市此事人言嘖嘖未知確否俟訪詳細再爲續錄

馳驅是逞　○頃聞南門外見一洋車馳驅甚速頗有飛行絕迹之勢不料行至崔家大橋東因偶一失足竟至人仰車翻乘車者亦即從之跌下並將額角碰破所幸傷不甚重故經多人勸解即行了結云

責在巡查　○訪事人云侯家後一帶自添設更燈並派巡捕巡夜以來甚覺犬吠無驚閭閻安堵奈日久生懈每至後夜多有偸睡者以爲高枕無憂雖雞鳴報曉寢處頗覺不惶是以偸兒便中取事聞河沿趙姓家被偸兒竊去棉褲襖等件又聞耿某娼窰內衣服等件竟不翼而去不知有巡查之責宜如何辦理也

所傷無多　○訪事人云侯家後四合順煤舖于昨晚突有洋兵四人闖入櫃內搶去靑蚨二千揚長而去該舖掌希圖省事亦未追赶云

不宜夜行　○訪事人云昨晚北城根突聞喊救之聲訪係緣由有該處居住周姓者夜晚回家忽遇洋兵二人一兵將周揪住一兵將周之身大搜搜得洋銀數元及周所着衣服亦一併解下該兵乃飛跳而逸

浙江新聞

領事升遷　○駐杭日本領事前自速水一孔君升調後今春若松兎三郎君來杭接代未及數月亦即鶯遷現任爲山崎桂君茲又升任某處於月之十二日偕仝繙譯村山正隆君命駕至撫轅拜會辭行當由惲中丞迎入花廳晤談良久始別聞代理者係大河平隆則君刻已到杭先行遣人至撫轅差拜仍假馬所巷大厦爲公館至督捕人等均在拱宸橋租界云

湖墅明禋　○浙江候補道左子異觀察孝同自今秋分發到省以來當奉前撫憲劉景帥委司水陸各城門督巡時適風鶴頻驚觀察因省城緊要屢赴敵樓親查幷詣城門官廳諭飭各員認眞駐守以重防務頗爲上游器識茲於月之初十日爲文襄公嶽降之辰觀察飭丁至撫轅稟請家忌假一天前往湖上左公祠設筵叩奠以伸追遠之思一時觀者如堵

廣東新聞

逆酋授首　○廣州安雅書局世說編云惠州餘孽未淸迭經大憲拿獲嚴辦茲又由廣東陸路提督鄧軍門部下擒獲逆首二名一爲薛老三供認充當僞先鋒督帶逆匪五百名自成一股肆行刦掠一爲黃班有供認充當僞副元帥糾黨謀叛大憲遂飭就地凌遲屍死跳梁小醜掃蕩靡遺誠地方之幸也

預防火患　○粵撫德中丞前以城廂內外人烟稠密舖戶毗連現屆冬冷風乾物燥火燭最宜防範必須多備水桶及各種救火器具以備不測當經札行南海縣遵照赶辦安置隨時救護現裴明府遵札出示曉諭各街坊正副人等知悉凛遵大憲札飭速宜多備水桶滿注清水及救火器具揀擇適中地方安置如有火警隨時取水救護此乃大憲防患未然特飭置備之件毋得視爲具文是爲至要云

各國新聞

檢事辭職　○美國檢事總長克列克司君擬於本年四月辭職云

俄軍病疫　○俄軍屯集於極東之地者因飲水不潔兵卒中患痢疾及其他各種癘疫者甚多現聞已由俄國陸軍省醫務局特製成濾水袋等物送往應用矣

議設領事　○日前美國政府照會土耳其欲在該國哈耳蒲脫地方設立美國領事館未經土耳其允許現已派遣司米爾辣軍艦前往土耳其以爲挾制地步云

舉行典禮　○日本政府於前十二月二十二號在宮中舉行親授軍旗之禮譯日本報

京報補錄

榮祿片　再七月二十一日黎明奴才馳赴德和門恭悉　皇太后　皇上聖駕業已西巡是時戶部尚書崇綺與奴才相遇正擬返隨扈從適值東直定安二門已破奴才始偕崇綺出城即日進取以爲恢復之計迨至蘆溝橋良鄉察看敗卒殘勇擁集於途刻難整理當與董福祥密計至保定復與宋慶密商志圖恢復該提督等審機度勢僉謂各軍屢挫銳氣銷磨非更有大枝精兵不能攻敵崇綺由是益增悲憤八月初一日夜間與奴才熟籌布置恨不能仰紓　國難相對欷歔次日黎明該尚書竟在保定蓮池書院寓所以衣帶自縊有親書絕命詞一紙並致奴才一函囑代呈遞留置案暗奴才患難中如失左臂痛悼莫名當將其身後事宜粗爲料理第念京城已陷　聖駕西巡奴才忝領師干一息尚存此責未盡不得不勉支危局矢鞠躬盡瘁之忱該尚書老誠碩學守正不阿猝遭時變力與心違出於一死其節可重其志可悲奴才目覩情形不忍聽其湮沒理合據實上　聞並將該尚書絕命詞一紙恭呈　御覽除所致奴才一函另行封送軍機處備查外爲此附片奏　聞其應如何　賜䘏之處恭候　聖裁謹　奏奉　旨另有旨欽此

告白　余近知源和當自失城時被土匪連搶數次看守舖中人見人太多實攔阻不住只可任其搶掠街鄰看勢不好懇求　大日本大人保護即刻派兵數名到舖中連放排槍兩次衆土匪始能四散奔逃隨後又懇求　大日本大人將貨物房一併封鎖屢放贖時又經　大日本大人開封驗看凡未經被搶之物無不聽人取贖並未有隱匿黃白等物此實在情形余知之余不得不代爲白之敢告諸四方君子　陳潤生　張榮齋　張心齋　徐竹卿　高少波　喬耀庭　劉子衡　蕭竹坡　解曉江　閻桐彩仝啓

昨報登天津抬埋社收捐各欵內有王甫卿洋銀壹元甫誤作輔特此更正

新松昌洋行　本行擇於十一月十九日移在東門外襪子衚衕路北現發賣老米白米　如蒙賜顧請至本行面議可也特此佈告

武齋洋行發賣烟煤焦炭煤末　如蒙賜顧請移玉襪子衚衕本行面議可也

瑞林祥元記綢緞洋貨店仍設估衣街中間路北先由便門賣貨

敦慶隆綢緞洋貨店仍設估衣街西口零整發莊

高士達洋酒飯店告白

本店開設海大道下德國界大營門內專辦各國洋酒各色點心呂宋烟各樣紙烟等物貨高價廉並辦英法大菜無論中外客商皆可賜顧特此登報佈告本主人謹啓

義利上行

自置美國茂生廠鹽海烟捲零整一概出售價值格外公道緣入津自封河後品海烟與雜號等烟一概短少維本行自置之鹽海烟尚有多數諸客商如欲購買此烟務須認明係美國所造非東洋等國之烟可比本行開設天津北門外東單街坐南向北便是

上行主人謹白

德記磚瓦松木公司

現寓鼓樓東坐南聚成德錢局代辦專售松木單截連截方子磚瓦格外克已重廉不悞主顧

昨閱貴報有跡近招搖一條殊爲可興惟敝局甫辦創立必須實事求是若此等人不特有攙局章押且易惑衆務新將若輩姓名訪確登報核辦是爲至幸

票鹽總局謹白

告白

啓者本廠需用廠地畝叢以及撤夫住房均係照章付租惟尚有廠地數處地主均未領租特此登報催領租價凡各地主見報速來本廠以便照章付給除稟部統衙門存案外特此聲明以便週知

大法國界官糞廠謹白

文美齋告白

啓者本齋開設在天津北門外鍋店街[illegible]首銀號旁開張專辦各省紙料湖筆徽墨名人書帖各色詩箋等貨高價廉如蒙士商賜顧者請移玉本齋購取可也特此佈聞

文美齋主人謹啓

英華書室

專課英文地輿算學文法一切由八點至四點兼辦繙譯等件願學請至針市街益豐棧內面議此佈

聲明作廢

啓者自各國軍隊入城敝號遺失通惠銀號第五十七號公砝化寶一千兩德順湧憑帖三千兩一張二千兩一張開源憑帖一千兩一張逢源憑帖三千兩一張一千零二十六兩一張四百兩一張有儀堂韓姓票一千兩鈴鐺閣胡同房契一張忠義厚土莊合同一只織布局憑據二只長發萬借約一只長興義借約一只堤頭姜姓房契一只何家三借約一張成發號借約二只西沽陸姓房契一紙西于庄楊姓地契二帋借約一帋已經在都統衙門具稟聲明無論華人洋人等拾去均當作爲廢紙業蒙批准立案茲特登諸報端俾衆周知

天昌和主人啓

京都　六通樓告白

啓者六通棧開設京都崇文門外花市大街專辦東西兩口牛羊專賣各國粮臺定期不悞價值格外公道如欲買者請本棧面議可也

恩利和牛羊公司

本號新開在海大道貽來牟機器磨房前專售牛羊肉牛肉每磅一毛二羊肉每磅一毛五祥茂條胰香水方胰價值格外公道賜顧者即請購取

本主人謹啓

澂泉生潤例

書畫
壽屏四尺長者每扇二元大者遞增小者遞減
另橫幅每尺方四角
楹聯一元五七言同八言加倍以上楷例也行
草減半篆隸鐘鼎均照楷例減四停之一
花卉金魚供品均照楷例
墨卉蘭石均照行草例
刻石　字徑一分大者字三角二三分者一角
五仙　四五分者二角
牙章　均照石章例加倍　凡不在例者另議
隨封　加十分之二
隨件　惠潤定期來取無潤不應件交直報館
帳房代收

開口　魁豐冰窖

啓者本號向在開口開設歷有年所因大日本開馬路將冰窖拆毀仍添挖新窖一分此冰窖設在南小營門外因拳匪倡亂將冰窖被焚已經修理齊整兩處均仍照前章開設特此聲明不悞主顧

四方仁人君子得知啓者商等于九月間曾賣與永發裕陳三氈條七百八十七條每條合錢一千二百文除收下欠錢七百餘千而陳三安心坑人至今不還商等屢次向陳三討要而陳三左右支吾並不歸還商等是以于本月十八日在　都統衙門呈稟聲冤不意有陳三之親戚在都署司事受陳三之託竟將稟帖壓住此皆陳三所說之話後又經陳三煩人說合欲以每條作價一千零五十而陳三則又欲付銀以三千三百作價付銀洋則以兩千二百五十作價商等得難收錢是以不得不登報鳴冤以待公道人評論是非且陳三將此項氈條賣與外國糧臺均是一千八百文作價陳三已得利甚多而竟不付商等欠款並以洋官未付價錢爲辭則陳三之居心不良形同誑騙不問可知未審商等何日得出此冤氣也特此謹白

雙合氈店　益和氈店　源裕成氈店　玉順氈店　仝啓

天后宮北　義興順綢緞莊

本莊自置顧繡綢緞綾羅紗絹哈喇大呢羽綾[illegible]毛各樣花素洋布南貨雅扇桂[illegible]頭油香粉胰皂歸安貝松並湖筆一概俱全
頭號杭寧綢
頭號摹本緞
紅梅茶每一吊二
紅茶九百六
紅茶梗斤二百八
金百壽棉[illegible][illegible]

儒醫

駱坦如明府安徽人遊歷中外十餘年近因時事鉅艱立意南旋我等慕其脉理甚精識症無差透見著手成春之效爲挽留一展方技凡請診者間鍋店街春華泰號便知寓所

李敏軒
張小甫
謹啓

竊我王氏始祖諱伍世居山東青州府壽光縣自前明永樂二年擢授天津總鎮畿南督都任滿奉命遂居斯土卜塋地于西郊即今僧王爺祠西也及今傳卅十有八代始祖忠義祠立位國史可查余居一十三代宗譜可據不料竟有不肖天津縣民人族兄王照同二子文都文徵擅將始祖塋地盜與牛姓開設柴廠余身為族中首領理應出頭根究本欲稟官究辦伊盜與父子並受典牛姓難辭應得之咎嗣經鄰里長者勸余將價回贖免傷骨肉體面遂如所請現令給價回贖並將私寫偽字偽據註銷矣余稟官備案外理合登報闔族衆覽嗣後無論何支何派塋地均不須盜典盜賣如再有仿效王照父子典祖賣宗者余必率族攻究萬不能因循情面以驚將來此啓

王靜軒謹白

海大道

源興亨土莊

本號自運各省西土公班大土亞庄廣土黑白廣膏一概發莊零剪銷售如欲購者請移玉本莊面商貨高價廉不悞主顧此啓

永豐號麵包舖

本號舖掌前住紫竹林同昌辦館因被火焚移居馬家口海大道同立東棧對門新機器磨房旁便是本號辦定鐵罐牛乃糖醬火食等物呂宋烟捲吊烟點心直包俱已新鮮不悞主顧仕商賜顧者請到本號購取可也

本號主人啓

法商

祥發號辦館告白

啓者本號開設天津紫竹林海大道育才館北專辦各國盒菜牛乃麵包各樣烟捲一切雜貨物高價廉如蒙仕商賜顧者請移玉本號面議可也特此佈聞

本號主人鈕桂芬謹啓

鴻宴樓飯莊

本樓開設海大道機器磨坊前包辦酒席小賣俱全定於十月廿日開張此佈

仁記洋行

啓者本行茲有船牌洋臘壹千箱每箱二十五包並有洋白面八百二十五袋出售特此佈聞

仁記洋行謹啓

本名醫

椽村先生內外兩科醫道高明凡有診視病症者無不應手奏效洵為當世之名醫現寓天津閘口下恩忠祠對過特此佈聞

門人公啓

新開美瑞洋行

啓者本行由外洋自運各色洋酒罐頭食物預冬織絨褲褂鞋襪佛蘭絨項巾手套各樣臉皂洋燈料器鐵胎磁面各種器俱並各銅鋼鐵洋釘洋鍬洋鎖白鐵水桶洋鐵火爐以及大米各種貨物莫不精美批售大宗格外價廉凡蒙賜顧者請至法租界大羅洋行對門第四十六號門牌便是

本行主人謹啓

英商

福照樓西代起行

啓者今歲因遭兵荒有本棧樓房被俄國人佔守至今未曾遺出故此租賃西門北萬源棧內開張該門面書挂福照樓招牌為記所有房間院中無不寬闊潔淨安寓回漢客商各分房所所有茶水飯菜另有廚坊代運出進口貨物搭座輪船車票以及華洋關稅均按本棧舊章無不公道專運北京各處雜貨等件盡用妥實洋人押送如有短少失物俱按保險章程賠補其情與衆不同 貴客商如欲搭運貨物者請至本棧面議可也特此佈聞

神相

江南覺覺子相法眞如神矣向遊京津關外久已馳名茲因至津來相者紛紛不斷靈驗非常本擬赴都我等挽留特此望 諸公速往面談過午不候相資津錢壹吊富貴加增 寓大衕衕北口東宋宅

友人 桂堯臣 沈昭甫 許松廷 王治臣 仝啓

天津河東

同義棧

敬啓者本棧開設河東大王庄河邊係俄國租界內即怡和洋行對河便是內有洋式棧房院內寬大無論粗細貨物均可存寄而棧租亦極相宜倘 蒙各寶行號棧及過路客商如有貨物寄存各請移玉至本棧帳房面議可也 如欲保險以及別埠來貨者本棧均可代報洋關墊辦稅銀及各項使費等項特此佈達

本棧主人告白

源利車船公司

本局設在天津開口下江蘇局內專攬京通大小車船 貴官商光顧者祈駕臨本局面議廉不致悞特此佈聞

本局謹啓

同順麵包房

啓者本號開設海大道機器磨房內於本月十二日開市專做花旗面粉大小面包及各樣洋點心一應俱全 仕商賜顧者即請購取可也特此佈聞

鴻義金珠店

啓者本號專做時式赤金紋銀軟翠堆纍鑲嵌首飾鳳冠酒器包葉度葉等物一概俱全開設天津府東門外天后宮南坐東向西便是

通源土莊

啓者本號出售各省西土并售黑白廣膏零整皆可如欲賜顧原箱者請移玉本號帳房面訂價值格外從廉

天津鍋店街東口

通源土莊謹啓

寄售洋書

各種俱全

如有賜顧者請移玉至北門外針市街南閣西玉盛合煤油舖面議可也

天津名醫

河東錦衣衛橋正骨科蘇晉三先生今移居肉市口西大街郵政分局旁如有買膏藥請看傷各均到本樓庶不致悞

日商
福源銀號

本號開設在天津閘口下大街日本租界公署旁定於十二月初二日開張兌換銀兩海大道分號仍照舊交易特此佈聞

本號 分號 公啓

日商
有馬洋行

本行自北山運來大木炭照市價格外從廉整躉零發均可保險運送凡仕商欲購者請至海大道牌坊南福源銀號面議特此謹啓

日商
有信官車船總局

啓者設在天津閘口下大街勝水總局旁官車船局並代理福商雲集運往北京通州保府等處洋廣雜貨來往保險轉差洋人護送按貨估價保險諸商請至本局面洽可也 附啓保府白溝河祁州等處運貨刻已通行有章 貴商賜顧駕臨本局面議運價格外從廉

天后宮內
裕康轉當局

本局議定大當五日歸典小當一月爲期各聽自便拜收買荒金潮銀首飾兌換洋元銀兩謹啓

本號前月運京雙響桂油鉛粉等貨各寶號欲用祈到珠寶市口大津永盛成竹貨店內面議價值格外公道此布 天津范永和白

大日本
北淸貿易洋行

啓者本行由日本分設天津紫竹林海大道老菜市氣燈房衚衕在直報館院內現由本國自運各樣貨物一應俱全貨眞價實 貴客商願買者請至本行面議價值格外公道倘現用何樣貨物定期不悞特此佈聞 本行主人謹啓

大米告白

敝行現由上海運到上等大包米在津出售批發格外公道如貴客零買兩三包自已食用者亦可購取請到海大道新英租界平和洋行面議多少均可價値格外公道

桑金公司

本公司設在天津河北大衚衕買賣各處荒金條金隨時作價以京滬行情爲準倘貴客有收買出賣者請至本公司面議格外公平 本公司啓

牙醫生

自幼在美國醫院專習牙科凡牙痛腮腫均能醫治若牙未落而風火蟲蛀者或用黃金白金粉鑲補永無後患如牙落一粒或數粒或全口者鑲就可任意食物無異生成至用金托象皮托悉從客便寓英租界海大道小樓

江蘇毛瑞堂

東門外襪子衚衕
餘慶茶園

吉慶班 永盛合 兩班合演

特請京都頭等文武名角

十二月初四日早十二點鐘開演

張全吉 袁清太 小菊仙 一聲雷 五月鮮 十八紅 日月香 油滑旦 青菊花 十六紅 王潤田 李德山 十里香 小金紅 白文奎 張七 衆武行

清河橋 文昭關 火烟駒 雙斷橋 蘆花計 祭培 富春樓 除三害 潮金頂

侯家後老君堂西
永順茶園

特邀京都順福堂

京都姑蘇烟台等處坤角

每日准演

太平歌詞 西皮二簧

天后宮前
天慶茶園

特邀京都全喜堂

京都姑蘇烟台等處坤角

每日准演

太平歌詞 西皮二簧

閘口下大街
日商
麗華茶園

特邀京都上洋姑蘇等處坤角

十一月廿六日早晚有座

時調大鼓 太平歌詞

北門西
益合茶園

特邀京都金福堂

京都姑蘇烟台等處坤角

每日准演

太平歌詞 西皮二簧

恒昌厚照像館

啓者本館暫借河北大街西茂盛店內專門能照一人三像一人四像每張價目諸君光顧請祈小號面商可也擇日開照再詳

像館主人謹白

京津塘沽火車開行時刻單

由天津開北京早十點四十分晚六點半到京

由北京開天津早七點半晚四點半到天津

由天津開塘沽早八點到塘沽十一點

又下午四點開到塘沽七點

由塘沽來津二次同時

大淸郵政局收信時刻曉諭傳單

寄往何處	由	某日	收信時刻
北京	火車	每天	上午九點半
大沽	火車	每天	下午三點半
上海煙臺牛莊等處	火車輪船	初三	下午四點 七點
上海鎮江等處	旱班	每禮拜一三五	上午十一點
煙臺	又	又	又

本局另有郵船一只專帶往來外洋烟申牛莊等處信件定於本月初三禮拜二收信由秦王島開往烟臺 信件寄往各處隨時送交在針市街分局內或紫竹林總局均可

十二月初三日銀洋行情

銀盤二吊九百九十文

洋銀二吊零八十 洋錢行情七錢

本埠每張大錢十二文

CHIHLI GAZETTE

外埠郵遞近酌加寄費

CHIH PAO

直報

第五百六十二號

本館開設天津紫竹林海大道老菜市氣燈房巷內

光緒二十六年十二月初五日

西歷一千九百零一年正月廿四日 禮拜四

變通憑限章程片
新定籌餉捐例外辦章程
路透電報
美人防亂
西報之言
甯夏消息
晉撫定罪
聯軍向近畿州縣勒交銀數節略
預備回鑾
斬犯紀聞
抓獲烟館
簡在帝心
回民年會
行旅維艱
物議紛紛
竊案兩紀
拔龐救火
不言而喻
死於非命
膽大包身
情近欺壓
各不相下
美反不美
報施不爽
事猶轇轕
批示彙錄
蘇州新聞
各國新聞
京報補錄
各行告白

變通憑限章程片

○吏部片再奏 旨簡放外任各官例應發憑惟憑限由吏科塡註現時 行在吏科無人辦理臣率同司員悉心案酌亦自應變通辦理俾各員赴任不致遲滯擬請凡由 行在 簡放各官暫不發憑免計程限如本係外任人員奉 旨後卽由吏部知照該督撫轉飭該員赴任如係京員即將咨文交該員持赴該省親自投遞以資憑信俟軍務平定仍照例辦理是否有當謹附片具陳伏乞 聖鑒訓示謹 奏

新定籌餉捐例外辦章程

一四品以上各項實職每例銀百兩塡收銀四十兩折實銀三十六兩 一五品以下各項實職每例銀百兩塡收銀三十兩折實銀二十七兩 一遇缺先花樣每例銀百兩塡收銀八十兩折收實銀七十二兩 一分缺先分缺間本班儘先各項花樣塡收折收銀數照四品以上五品以下實職分別辦理 一武職捐升照文職四品以上五品以下實職銀數辦理 一由武生監生報捐各項武職每例銀百兩塡收銀八十兩折收實銀七十二兩 一武職分發指省各項每例銀百兩塡收銀六十兩折收實銀五十四兩 一虛銜封典

每銀百兩塡收銀三十兩折收實銀十五兩　一減成貢監每例銀百兩塡收銀一百兩折收實銀四十四兩　一花翎三品以上塡收銀一千八百兩折收實銀六百兩　一花翎四品以下塡收銀九百兩折收實銀三百兩　一藍翎塡收銀四百五十兩折收實銀一百五十兩　一由道員捐二品頂戴有三品銜及鹽運使銜者塡收銀一千七百兩折收實銀一千三百五十兩　一無三品銜及鹽運使銜者塡收銀五千四百兩折收實銀二千七百兩　一由貢監生捐鹽運使銜塡收銀三千九百三十六兩折收實銀一千九百六十八兩　一由武監生捐副將職銜塡收銀一千八百二十四兩折收實銀九百十二兩　一由武監生捐參將職銜塡收銀一千三百六十八兩折收實銀六百八十四兩　一捐復銜翎一節凡因案被議除實犯贓私各照欵例不准捐復外其情節可原因公獲咎者道府以上報捐實銀五千兩同通州縣以下報捐實銀三千兩奏蒙　特旨允准自應欽遵辦理其奉　旨交部核議者仍應査照定章核辦如報捐銀數較例定之數有虧應令照數補足　一廩增附生准其捐納虛銜　封典仍令照捐監銀數上兌作爲捐免出學如先捐免出學報捐虛銜者續捐實職仍應補捐貢監　以上部飯等費在內勸捐委員准按每例銀百兩於所收捐欵內扣公費銀一兩惟花樣藍翎及二品頂戴鹽運使銜副參將銜等項應照塡收銀每百兩扣公費銀一兩五錢以資津貼　再收解現銀平色統應收解二四平二八寶平色不得低欠至解銀到局所需解費及滙費等項均應在所扣公費內支銷不得另請開支合併注明　一藩字號實收塡寫實職花樣甯字號實收塡寫貢監銜封翎枝等項　一各捐生履歷必須詳敘從前報捐底案須聲明卯數如無卯數須註明部照年月日並號數保案須聲明奉部核准及奉　旨日期到省須聲明驗引月日到省日期　一部定新章凡報捐實職初捐人員凡在本籍捐局上兌者應取具族鄰互結由他省捐局上兌者應取具同鄉官印結均聲明身家清白並無違例情事方能報捐　一履歷册應照式每名造送兩分一送司一存候咨部附發册式二紙所用紙張均用白礬連紙大小照式以歸一律　一附發造送報捐實職銀數册式一紙逐名逐項塡寫隨副收履歷送局　一刋本捐例不能備載者悉載籌餉全例

時事記要

路透電報　○西正月二十二號路透來電云倫敦禮拜日官塲云是日下午英后精神仍昨雖病未增添而頗可慮也○是日夜深又傳云女主晚間病勢轉重聖體漸弱飲食難進云云

美人防亂　○美國政府曩曾與英國政府電商請其彈壓飛臘邊人在香港結會謀亂者茲聞華盛頓某報云聞飛代臘邊人辦理軍器藥彈之人均係美國商人其中情形實難直斷現須詳細探査云云

西報之言　○譯字林西報載南京來函云江督劉峴帥日前疊次接到西安　行在戶部來文令將兩江應解糧餉解往甘肅以充軍需其總數共有一兆兩之多劉峴帥以北亂之秋爰將此項餉銀遲解但峴帥各仇人日後必竭力設法在　太后前參其不解軍餉之重案也

甯夏消息　○前紀董福祥提督已行抵甘肅固原總營茲又探得董在本籍甯夏時帶有親兵兩隊與端王往來甚密現端王匿跡蒙古邊境云譯字林西報

晉撫定罪　○蘇報載日前滬上紛紛謠傳前山西巡撫毓賢卽曾在該省主使殺害教士者前經拿問現已處以死罪云譯字林西報

聯軍向近畿州縣勒交銀數節畧　○中外日報載稱自聯軍入京後公帑私財耗失不可以億萬計聞近畿各州縣竟鮮有倖免者茲承友人抄示聯軍在近畿各州縣向官庫勒交銀數其掠諸民間者尚不在內茲待照開於下　覇州州署被聯軍搶去正雜銀四千九百八十兩二錢五分三釐一毫又英人另索一千兩　定興縣法兵到署索去銀二百兩　永清縣英兵勒索銀四萬兩先交四

千兩餘限兩月兌交　東安縣聯軍索去洋一千元銀二錠　石景山同知爲某國兵搜索銀一萬一千五百兩　又廳存防險銀六百兩及修署運脚等項被聯軍抄掠一空　固安縣某國兵過境搶去庫存正雜銀四千餘兩　清苑縣某國兵封佔藩庫存銀二十四萬兩　保定府法國暨某國統帥令罰銀十萬兩贖罪　管帶陝軍譚鎮被某國兵搜去餉銀五百四十六兩五錢又一千五百十七兩　管帶陝軍李副將被某國兵搜去餉銀四百六十餘兩　昌平州聯軍過境勒索銀三千餘兩幷將道州各署焚燒　霸州某國兵贖勒索銀四萬一千兩先交銀三千兩餘限一月交銀　香河縣某國兵第二次逼令罰銀一萬兩　易州英法意等國洋兵過境索擾衙署及西陵金銀祭器庫均被搜括　文安縣二次英兵過境索去銀一千四百兩搜去庫存正雜銀一千四百八十四兩零　涿州某國兵先後勒索銀四千五百八十兩洋錢八百元又錢一千餘千文被褥八十件皮衣百餘件大氅二十六隻銀二百兩　房山縣各國兵隊過境衙署地方悉被搶掠　青縣某國兵勒索未遂沈前令被戕因某國欲於四點鐘內索銀五千兩白馬二百倉卒未辦即將沈令政初崔紳錦峯於九月初二日打死　薊州法兵搶去庫存旂租地糧銀八千五百兩又勒索銀一萬三千兩　三河縣法兵索去銀一千兩　東安縣某國兵帶去縣官營官勒索銀六萬兩取贖　良鄉洋官勒令月送繙譯薪水六十兩　玉田縣某國兵索去保險費銀一萬八千兩通事酬費一千五百兩　三河營存銀被擄一空　宣化府某國官索去保險銀一萬五千兩羊皮衣千件

京津新聞

預備回鑾　○頃聞安定門內　雍和宮現經　內務府委派官商木廠業經開工興修至各殿他坦等處已飭官裱糊匠趙某業經糊窗裱糊項隔不日工程告竣以備　皇上回鑾駐蹕始知　回鑾確音矣

斬犯紀聞　○京師訪事云十一月二十七日安定門大街地方經日界統領綁出斬決人犯英齡一名聞悉該犯因强姦幼女未成經該女之母赴日界公廨告發被獲審訊實情是以擬斬正法以儆目無法紀者戒

抓獲烟館　○京師訪事云美界所轄宣武門外南橫街一帶烟館林立時有窩藏匪人情事昨於十一月二十七日經美界巡兵査街瞥見半截胡同烟館內橫陳一榻之輩正在噴雲吐霧之際忽被洋兵捕拏烟霞客四人開設烟館人一名並起獲烟具等物一併解交虎坊橋美界公廨管押究辦云

簡在帝心　○頃聞新　簡直隸藩司周玉山方伯馥於十一月間由川起程現已行抵上海當不日即可來津履新矣按方伯前在直省辦理洋務頗臻妥善至以前在津修築馬路建造橋梁等政津人無不感戴想方伯重蒞舊任定必有一番新政也

回民年會　○本月初四日爲西域回民除夕向例是日該回民等俱各衣裳楚楚齊至禮拜寺行叩拜之禮以爲慶賀新年而英國所部印兵回教之人居其大半昨見印度回教者約二百餘人携帶鼓樂齊至禮拜寺亦行慶賀新年之禮節云

行旅維艱　○頃聞友人來言靜海縣屬王家口地方至獨流鎮二十餘里聚有馬賊多人不分晝夜攔路截搶客商並向附近村莊搶刦甚形猖狂有緝捕之責者宜如何捕拏以安行旅耶

物議紛紛　○自有拆毁城墻之役前已屢紀報端惟是各處居民雖競傳開門建街而究無知其確者昨又據傳聞云謂仍在城內廣開街道則城廂民房當十去七八殊少利益於是洋官擬改在城內外各靠城根起建馬路一週均寬六丈並須將城濠一律墊平云云所聞如是姑誌報端俟有確耗再爲續布

竊案兩紀　○昨有偸兒在蘆家莊日兵宿舍竊去草口袋兩個旋被日兵拿獲該兵等七手八脚將偸兒鼻樑打破尙未釋放　○又南門外某姓家失去皮棉馬掛等件至今月餘昨有某甲身著皮棉衣服被失主認去追詢來源甲以從某某處買來爲對並將買物之人指告於失主而失主遂在日本巡捕隊控告旋經日兵將賣衣之人扭案訊斷尙未知如何究結云

披髮救火　○前報所紀盜賣攻地之陳某其名大任平夙無惡不作昨在都署指控拏匪某甲拘獲到案經堂訊明以陳亦非善類故罰作苦力六個月以警其惡云云想陳所指控之人必因詐財不遂起見所幸都統明鏡高懸某甲竟被所誣在陳亦所謂披髮

救火自惹燒身也

不言而喻　○傳聞河東鹽坨地方居住劉姓素操麻繩爲生忽於夜間有該處張某數人闖進院內幸被劉姓知覺即赴該管報知遂即抓獲一人不知如何辦理云

死於非命　○西門內大街舖面曾有被焚之處是以偸竊磚瓦者時有所聞昨有某姓孩童三人在彼處撿拾磚瓦詎料墻壁減脚年深朽敗忽而倒坍孩童未及躲避一時同爲壓斃云

胆大包身　○訪事人云河北新浮橋黃公館於失城時家人婦子盡行逃避宅內尙存木器等件留有家丁三人在內看守前夜十點餘鐘突來匪徒念餘人各持手鎗踰垣而入將家丁等以繩索捆住便將宅內所有木器等件盡數搬運直至黎明該匪等始呼嘯而去匪等竟敢似此目無法紀在當軸諸君急宜設法拏辦以安居民而弭盜患云

情近欺壓　○訪事人云日昨單街地方有賣磁器者不知緣何與該處某行夥口角相爭該行夥便將磁器亂行擲碰而賣磁器之人即赴都署喊控經巡捕將行夥扭案至如何訊斷容俟續錄

各不相下　○昨見鐵橋前有東洋車夫與推小車之人因爭路途各不相下始而口角繼而揮拳因强弱不敵車夫受傷匪小聞被巡捕一併抓至都署而去尙不知如何了結云

美反不美　○訪事人云西頭北閣大街昨晚有一洋兵在該處沿門求宿洵有開柴廠某甲見而憐之遂留宿焉不憶至夜深時該兵忽生賊智將同宿數人衣服席捲一空開門而遁彼某等知覺該兵已杳如黃鶴矣

報施不爽　○訪事人云仇某者虎而冠者也平日武斷鄉鄰無惡不作家豢狗黨數十人爲出入護從蓋所恃者其姪爲某處之現任武官也曾於聯軍入城時乘勢率同黨類常洛常二老黑王起發等在肉市口承慶當內口稱代爲看守濳將當中衣服銀物搬運一空至今堪稱小有不憶其子忽爲人刺死諺云財帑兒女命相連其即仇某之謂乎

事猶轇轕　○前報所載龔某與曹某口角相爭以致興訟一節今悉龔曹同居於聯軍入城時曹便携眷逃去龔乃未逃致其父被洋兵擊斃龔畏懼逃所有院中衣服傢俱均被匪徒搶刼曹後回津見家物一空疑龔所搶龔以其父爲曹看守家宅而死各執一詞互相爭吵以致控告等因經合事人趙某出爲理楚令曹出洋若干與龔作抬葬貲尙不知龔某能了結否

批示彙錄　○據武世珍等稟仰該商聲明何日被刧以便查辦○孫福珍等稟本衙門已設有工程總局以備各處工做所請應無庸議○葛沽天錫當廣昌當山西會館李桂臣等稟均如稟立案○商人師紹棠等稟仰赴官錢號上捐即可開設○劉萬清稟事隔數月無從查拿○陳大融稟仰將貲本先行呈驗並將該號章程開送查核准否再行酌辦○恒茂棧房稟仰即捕稟請照准與起運○鄭溶等稟設立巡捕其權操之巡捕官該商等何得率請應不准行○任則文稟設立補局其權操之巡捕官該民何得率請應不准行○張錦堂稟該商擬設油棧仰赴官錢號報捐後應准開設至所請賞發執照決不准行○侯麗生稟仰該商擬設燈幾盞報名實數以憑查核辦理○紳董宋寶善楊承烈稟該董擬在各段添保董事二員以資辦公仰傳知該職等來本衙門驗看

蘇州新聞

勸辦秦賑　○蘇省開辦秦賑請奬一節茲悉當道以省內一隅近已籌辦各項捐欵若再行募勸幾成弩末現擬札委幹員分赴各州廳縣設局勸辦故于日內札委同知許子泉司馬鑫赴上海又委知縣傅伯梅鑾周勤獻鼇吳兩大令赴蘇州各屬其餘各屬應委之員須俟續訪

各國新聞

南非近事　○前南斐洲大元帥伯爵羅畔芝於西本月五號起已入兵部衙門辦公矣○南非洲現已頒行軍律○現有農八

來自考納璸地方稱有特匪無數結隊成羣至鄉間搶掠馬匹及各種食物〇英人之在璸司密斯及蓋安司璸晉兩處者現皆遷移〇特匪現在本國聲勢甚爲洶湧〇英屬開澄登地方之英官現已一律嚴備以防意外之虞所有拿獲之特囚已陸續載往他處〇英國現在南非洲已出示招募兵士數營名爲新防軍隊英民投効者甚屬不少現已招成一隊矣路透電

京報補錄

山東巡撫臣袁世凱跪奏 爲聲明秋貢遲逾緣由擬請免進鮮貢並採辦綢緞一併恭進籲懇 天恩賞收以備應用恭摺仰祈
聖鑒事竊查山東省中秋貢品向係香 佛手恩麪博粉鳳尾菜及大二三四傻羊皮張每年均於七月中旬辦齊由省專差解京歷經
遵辦在案本年貢品仍查明往例敬謹備齊於七月十八日差弁齎遞詎料行至中途道路梗阻折回濟州稟報到臣正擬批飭探明路
徑繞道前進間適奉 鑾輿西幸之信前項貢品自應改解 行在第此番航延已逾半月及解至山陝呈遞爲日方長所有應進鮮貢
設有霉變轉失敬謹之道再四思維除恩麪博粉鳳尾菜各項羊皮仍照向例恭進外所有香 佛手二項擬懇 聖慈俯念道路遙遠
本年暫准免進出自 鴻施逾格抑臣更有進者山陝地方窮僻迥非京師可比現値 乘輿蒞止六宮扈從轉瞬天氣漸寒衣裘亟宜
豫備設本地無從採購各織造或一時織辦不全難免有誤要需山東雖非出產綢緞之區尚就地竭力採買已湊辦雜色綢緞一百六
十四袍褂料四十套雖絲染未能十分純淨恐非 御用所宜若以之充備 頒賞或尚堪用由報効不敢動支正款已一併由齎貢差
弁敬謹解交 行在軍機處代爲呈進稍伸犬馬微忱合無籲懇 天恩俯賜 賞收以備應用謹另繕貢單二件恭呈 御覽伏乞
皇太后 皇上聖鑒訓示謹 奏奉 硃批着賞收該衙門知道欽此

告白 余近知源和當自失城時被土匪逗搶數次看守鋪中人見人太多實攔阻不住只可任其搶掠街鄰看勢不好懇求 大日本
大人保護卽刻派兵數名到鋪中連放排槍兩次衆土匪始能四散奔逃隨後又懇求 大日本大人將貨物房一併封鎖及放
贖時又經 大日本大人開封驗看凡未經被搶之物無不聽人取贖並未有隱匿貨白等物此實在情形余知之余不得不代爲白之
敢告諸四方君子 陳潤生 張榮齋 張心齋 徐竹卿 高少波 喬耀庭 劉子衡 蕭竹坡 解曉江 閻桐彩仝啓

昨閱貴報有跡近招搖一條殊爲可異惟敝局甫經創立必須實事求是若此等人不特有礙局章抑且易于惑衆務祈將若輩姓名訪
確登報核辦是爲至幸 票鹽總局謹白

武齋洋行發賣烟煤焦炭煤末 如蒙賜顧請移玉襪子衚衕本行面議可也

瑞林祥元記綢緞洋貨店仍設估衣街中間路北先由便門賣貨

敦慶隆綢緞洋貨店仍設估衣街西口零整發莊

永年人壽保險公司告白

啓者本總公司在美國紐約埠開設多年生意興隆資本銀四百四十四兆三億三萬零八百八十元至於保過三十七萬三千九百三十四人共計銀一千九百四十二兆四億三萬零二百九十元足見資本之厚利益之多誠信相孚章程周密爲海內君子共相推許名國各埠均有分行中國各埠商口岸亦有巨商代理並另有總局於上海九江路第四門牌係英國中國保險業洋行專理現又在天津海大道瑞記洋行請王君專理本公司一切事務嗣後如有願保人壽者速請與王君面商可也 洋總理商倚士謹啓

新式煤油燈搧輪機器

啓者本行由英國自創點煤油燈扇輪機器出售現有樣子在本行 貴官商如欲購者即請駕臨本行帳房面議價值格外相宜只此一家並無二處特此佈聞 明義洋行主人謹啓

告白

不平人敬告於衆曰吾郡典業前經稟准　都統所有未被搶掠之協成各當均准取贖等因在案當商等標明家數以絕衆人之望減讓利息以掩貧民之口其計之巧固巳難逃公論巳不意近來更有巧之巧者德恒當源和當本在未搶之列者也其完全無缺郡人皆知之該當亦嘗自認之乃近遇自贖取珍貴之物者德恒則概不取贖揑詞無人管理源和竟以失字戳記蓋印謂金銀珠飾之屬均被搶掠一空噫該店尚有人心哉查津郡亂前富貴人家多以黃白等物寄放源和當中往往有値萬金取當本不及十金者亦有但取質票不取當本者一日被失不過付之　歎可恨我輩不富不貴半生心血悉被乾沒其何以生此等伎倆較諸土匪其惡更甚吾知受其害者郡人當必不少惟願齊心努力公赴都署稟請傳追該典舖雖有鬼蜮之能恐　都統當不肯爲不仁者庇也

陳潤生　程亦卿　饒舜民　張可成　全啓

春華泰啓

天津鍋店街春華泰洋貨鋪爲氏夫李階平手創氏夫臨故全數付託王鼎臣照章經理彼時氏有數子長子甫冠出學生意餘子讀書而鋪中之事向未過問令夏天津城破氏子出頭奔救得獲瓦今仍邀鋪掌王鼎臣經理乃數日以來無名揭帖四處蜂起皆指王鼎臣書言其中是非虛實氏與氏子不敢妄斷惟恐積久生患累及本櫃字號氏昔子敏軒年近三旬即督令率諸弟自行到鋪盤查貨物結算帳目凡在通街大例鋪規以內之事氏子自當清理若出鋪規以外之事皆王鼎臣本身所爲不與本號及母子相干衆口紛紛疑懼尤甚爲此廣爲告白俾衆周知

天津春華泰東李邊氏同子敏軒啓

德記磚瓦松木公司

現寓鼓樓東坐南聚成德錢局代辦專售松木單截連截方子磚瓦格外克己重廉不悞主顧

高士達洋酒飯店告白

本店開設海大道下德國界大營門內專辦各國洋酒各色點心呂宋烟各樣紙烟等物貨高價廉並辦英法大菜無論中外客商皆可賜顧特此登報佈告

本主人謹啓

聲明作廢

啓者自各國軍隊入城敝號遺失通惠銀號第五十七號公砝化寶一千兩德順湧憑帖三千兩一張二千兩一張開源憑帖一千兩一張逢源憑帖三千兩一張一千零二十六兩一張四白兩一張有儀堂韓姓票一千兩鈴鐺閣胡同房契一張忠義厚士莊合同一只織布局憑據二只長發萬借約一只長興義借約一只堤頭姜姓房契一只何泉三借約一張成發號借約二只西沽陸姓房契一紙西于庄錫姓地契二帋借約一帋巳經在都統衙門具稟聲明無論華人洋人等拾去均當作爲廢紙業蒙批準立案茲特登諸報端俾衆周知

天昌和主人啓

京都　六通棧告白

啓者六通棧開設京都崇文門外花市大街專辦東西兩口牛羊專賣各國糧臺定朝不悞價値格外公道如欲買者請本棧面議可也

恩利和牛羊公司

本號新開在海大道貽來牟機器磨房前專售牛羊肉牛肉每磅一毛二羊肉每磅一毛五祥茂條胰香水方胰價値格外公道賜顧者即請購取

本主人謹啓

天后宮北　義興順綢緞莊

本莊自貨顧繡綢緞綾羅紗絹哈喇大呢羽綾杉毛各樣花素洋布南貨雅扇桂母頭油香粉胰皂歸安貝松泉湖筆一概俱全　頭號杭箭綢　頭號摹本緞　紅梅茶每一吊二　紅茶九百六　紅茶櫥斤二百八　金百壽棉緻裙

大日本　北清貿易洋行

啓者本行由日本分設天津紫竹林海大道老茶市氣燈房衚衕作直報館院內現由本國自運各樣貨物一應俱全貨眞價實　貴客商願買者請至本行面議[illegible]値格外公道價[illegible]用何樣貨物定期不悞特此佈　聞

本行主人謹啓

告白

啓者本廠需用廠地屯冀以及散夫住房均係照章付租惟尙有廠地數處地主均未領租特此登報催領租價凡各地主見報速來本廠以便照章付給除稟都統衙門存案[illegible]特此聲明以便週知

大法國界官冀廠謹白

開口　魁豐冰窖

啓者本號向在開口開設歷有年所因　大日本開馬路將冰窖拆毀仍添挖新窖一分此冰窖設在南小營門外自拳匪倡亂將冰窖被焚巳經修理齊整兩處均仍照前章[illegible]設特此聲明不悞主顧

四方仁人君子得知啓者商等于九月間曾賣與永發裕陳三毡條七百八十七條每條合錢一千二百文除收下欠錢七百餘千而陳三安心坑人至今不還商等屢次向陳三討要而陳三左右支吾並不歸還商等是以于本月十八日在　都統衙門呈稟聲寃不意有陳三之親戚在都署司事受陳三之託竟將稟帖壓往此皆陳三所說之話後又經陳三煩人說合欲以每條作價一千零五十而陳三則又欲付銀以三千三百作價付銀洋則以兩千二百五十作價商等礙難收帳是以不得不登報鳴寃以待公道人評論是非且陳三將此項毡條賣與外國糧台均是一千八百文作價陳三已得利甚多而竟不付商等欠款並以洋官未付價錢爲辭則陳三之居心不良形同誆騙不問可知未審商等何日得出此寃氣也特此謹白

雙合毡店　益和毡店　源裕成毡店　玉順毡店　全啓

竊我王氏始祖諱伍世居山東青州府壽光縣自前明永樂二年擢授天津總鎮畿南督都任滿奉命遂居斯土卜塋地于西郊即今僧王爺祠西也及今傳世十有八代始祖忠義祠立位國史可查余居一十三代宗譜可據不料竟有不肖天津縣民人族兄王照同二子文郁文俊擅將始祖塋地盜典牛姓開設柴廠余身爲族中首領理應出頭根究本欲稟官究辦伊盜典父子並受典牛姓難辭應得之咎嗣經鄰里長者勸余將價同贖免傷骨肉體面遂如所請現今給價回贖並私寫僞字僞據註銷矣余稟官備案外理合登報闔族衆覽嗣後無論何支何派塋地均不須盜典盜賣如再有仿效王照父子典祖賣宗者余必率族攻究萬不能因循情面以驚將來此啓

王靜軒謹白

海大道

源興亨土莊

本號自運各省西土公班大土亞庄廣土黑白廣膏一概發莊零剪銷售如欲購者請移玉本莊面商貨高價廉不悞主顧此啓

永豐號面包舖

本號舖掌前住紫竹林同昌辦館因被火焚移居馬家口海大道同立東棧對門新機器磨房旁便是本號辦定鐵罐牛乃糖醬火食等物呂宋烟捲帑烟點心面包俱巳新鮮不悞主顧仕商賜顧者請到本號購取可也本號主人啓

法商

祥發號辦館告白

啓者本號開設天津紫竹林海大道育才館北專辦各國盒菜牛乃面包各樣烟捲一切雜貨物高價廉如蒙仕商賜顧者請移玉本號面議可也特此佈聞

本主人鈕桂芬謹啓

鴻宴樓飯莊

本樓開設海大道機器磨坊前包辦酒席[illegible]賣俱全定於十月廿日開張此佈

仁記洋行

啓者本行茲有船牌洋臘壹千箱每箱二十五包並有洋白面八百二十五袋出售特此佈聞

仁記洋行謹啓

日本名醫

橡村先生內外兩科醫道高明凡有診視病症者無不應手奏效洵爲當世之名醫現寓天津閘口下懸忠祠對過特此佈聞

門人公啓

新開美瑞洋行

啓者本行由外洋自運各色洋酒罐頭食[illegible]預冬織絨褲褂鞋襪佛藍絨項巾手套各樣胰皂洋燈料器鐵胎磁面各種器俱並各[illegible]鋼鐵洋釘洋鍬洋鋤白鐵水桶洋鐵火爐以及大米各種貨物莫不精美批售大宗格外價廉凡蒙賜顧者請至法租界大羅洋行對門第四十六號門牌便是

本行主人謹啓

英商

福照樓西棧代起行

啓者今歲因遭兵荒有本棧樓房被俄國人住守至今未曾遣出故此租賃西門北萬源棧內開張該門面書掛福照樓招牌爲記所有房間院中無不寬闊潔淨安寓回漢客商各分房所所有茶水飯菜另有廚坊代運出進口貨物搭座輪船車票以及華洋關稅均按本棧舊章無不公道專運北京各處雜貨等件盡用安實洋人押送如有短少失物俱按保險章程賠補其情與衆不同貴客商如欲搭運貨物者請至本棧面議可也特此佈聞

義利上行

自置美國茂生廠籃海烟捲零整一概出售價值格外公道緣天津自封河後品海烟與雜號等烟一概短少維本行自置之籃海烟尚有多數諸客商如欲購買此烟務須認明係美國所造非東洋等國之烟可比本行開設天津北門外東單街坐南向北便是

上行主人謹白

天津河東

同義棧

敬啓者本棧開設河東大王庄河邊係俄國租界內郎怡和洋行對河便是內有洋式棧房院內寬大無論粗細貨物均可存寄而棧租亦極相宜倘蒙合寶行辦棧及過路客商如有貨物寄存合請移玉至本棧帳房面議可也如欲保險以及別埠來貨各本棧均可代[illegible]洋關盤[illegible]稅銀及各種使費等項特此佈達

本棧主人告白

源利車船公司

本局設在天津閘口下江蘇外局內專攬京通大小車船貴官商光[illegible]者祈駕臨本局面議庶不致悞特此佈聞

本局謹啓

同順面包房

啓者本號開設海大道機器磨房內於本月十二日開市專做花旗面粉大小面包及各樣洋點心一應俱全仕商賜顧者即請購取可也特此佈聞

鴻義金珠店

啓者本號專做時式赤金紋銀軟翠堆壘鑲嵌首飾鳳冠酒器包葉度葉等物一概俱全開設天津府東門外天后宮南坐東向西便是

通源土莊

啓者本號出售各省西土并售黑白廣膏零整皆可如欲賜顧原箱者請移玉本號帳房面訂價値格外從廉

天津鍋店街東口

通源土莊謹啓

寄售洋書

各種俱全

如有賜顧者請移玉至北門外針市街南閣西玉盛合煤油舖面議可也

采金公司

本公司設在天津河北大衚衕買賣各處荒金條金隨時作價以京滬行情爲準倘賣客有收買出[illegible]者請至本公司面議格外公平

本公司

日 ◆ 商
福源銀號
本號開設在天津閘口下大街日本租界公署旁定於十二月初二日開張兌換銀兩海大道分號仍照舊交易特此佈聞

本號 分號 公啓

日 商
有馬洋行
本行自北山運來大本炭照市價格外從廉整躉零發均可保險運送凡仕商欲購者請至海大道牌坊南福源銀號面議特此謹啓

日 商
有信官車船總局
啓者設在天津閘口下大街勝水總局旁官車船同北代理福商雲集運往北京通州保府等處洋廣雜貨來往保險轉差洋人護送按貨估價保險諸商請至本局面□可也 附啓保府白溝河祁州等處運貨刻已通行有章 貴商賜顧駕臨本局面議運價格外從廉

天后宮內
裕康轉當局
本局議定大當五日歸典小當一月爲期各聽自便幷收買荒金潮銀首飾兌換洋元銀兩謹啓

本號前月運京雙[illegible]紅油鉛粉等貨各寶號欲用新到珠寶市口大津永盛成竹貨店內面議價值格外公道此布 天津范永和白

北浮橋西
襲勝茶園
京都新到
瑞慶恒班
特請京都上洋烟台蘇州杭州鎮江青江山西等處

頭等文武名角

十二月初五日早十一點鐘開演

十六紅 一聲雷 張吉仙 金香玉 十三旦 月月鮮 十四紅 金香翠 陳同喜 八綵旦 一陣風 七金子 廣華飛 吉慶 雲里飛 十七紅 小海紅

大辭朝 對銀盃 金剛山 走雪山 闖山 八蜡廟 衆武行

大米告白
敝行現由上海運到上等大包米在津出售批發格外公道如貴客零買兩三包自已食用者亦可購取請到海大道新英租界平和洋行面議多少均可價值格外公道

牙醫生
自幼在美國醫院專習牙科凡牙痛腮腫均能醫治若牙未落而風火蟲蛀者或用黃金白金銀鑲補永無後患如牙落一粒或數粒或全口各鑲就可任意食物照樣生成至用金托象皮托悉從客便寓海大道小樓英租界

江蘇毛瑞堂

東門外磯子衚衕
餘慶茶園
京都新到
吉慶班 永慶合
兩班合演

特請京都上洋烟台姑蘇等處

頭等文武名角

十二月初五日早十二點鐘開演

全班合演 油滑旦 萬蓉旦 五月鮮 十六紅 賽菊花 張□才 王□田 李□山 十里香 小金紅 于□報 白文奎 趙壽山 孫福林 徐天元

大賜福 遺翠花 罵金殿 靈官廟 祭長江 賣胭脂 舉鼎觀畫 攻潼關

侯家後老君堂西
永順茶園
特邀京都順福堂

京都姑蘇烟台等處坤角

每日准演

太平歌詞 西皮二簧

天后宮前
天慶茶園
特邀京都全喜堂

京都姑蘇烟台等處坤角

每日准演

太平歌詞 西皮二簧

閘口下大街
日 商
麗華茶園
特邀京都上洋姑蘇等處坤角

十一月廿六日早晚有座

時調大鼓 太平歌詞

北門西
金合茶園
特邀京都金福堂

京都姑蘇烟台等處坤角

每日准演

太平歌詞 西皮二簧

恒昌厚照像館
啓者本館暫借河北大街西茂盛店內專門能照一人三像一人四像每張價目諸君光顧請祈小號面商可也擇日開照再詳

像館主人謹白

京津塘沽火車開行時刻單
由天津開北京早十點四十分晚六點半到京

由北京開天津早七點半晚四點半到天津

由天津開塘沽早八點到塘沽十一點

又下午四點開到塘沽七點

由塘沽來津二次同時

大清郵政局收信時刻曉諭傳單

寄往何處	由	某日	收信時刻
北京	火車	每天	上午九點半
大沽	火車	每天	下午三點半
上海烟臺牛莊等處	火輪車船	初三	下午四點 七點
上海鎮江等處	早班	每禮拜一三五	上午十一點
煙臺	又	又	又

本局另有郵船一只專帶往來外洋烟台牛莊等處信件定於本月初三禮拜二收信由秦王島開往烟臺 信件寄往各處隨時送交在針市街分局內或紫竹林總局均可

十二月初四日銀洋行情

銀盤二吊九百九十文

洋銀二吊零八十

洋錢行情七錢

本埠每張大錢十二文　CHIHLI GAZETTE　外埠照遠近酌加寄費

直報
CHIH PAO

第五百六十三號

本館開設天津紫竹林海大道老菜市氣燈房巷內

光緒二十六年十二月初六日

西歷一千九百零一年正月廿五日　禮拜五

上諭恭錄　譯法國畢大臣致外務大臣書　路透電報
公使之意　英法立約　頗爲棘手　衛軍運餉
三誌昭文縣梟匪鄉民聚衆事　稅項起色　保衛爲懷
仍按舊制　以備觀瞻　礌田廣種　開築馬路
以昭核實　是何意見　實事求是　是猶試熱
何以堪此　所因何故　批示彙錄　浙江新聞
江西新聞　山頭新聞　各國新聞　京報補錄
各行告白

本館告白

啓者本館後幅各項告白第一日每字大錢五文至第七日每字三文半月每字二文半論月每字二文如論季論年價值格外從廉所有告白以五十字起碼則十字遞加前幅加倍近有售報人從中多索恐仕商未及週知特此聲明倘蒙仕商欲登告白者請至本館賬房面議可也　本報由十一月初一日起閱報諸公每月概收津滿錢七百廿文此佈

橫濱正金銀行

本銀行開設二十餘年資本金洋二千四百萬圓現收足金洋一千八百萬圓公積金八百萬圓專做仕商滙款押款存款借款利息格外公道存款長期短期利息酌爲等差惟比他行加厚總行設在橫濱又東京神戶長崎英之倫敦法之巴梨美之紐約舊金山以及佈哇孟買華則香港上海牛庄等處皆有分行凡通商口岸皆有妥實代辦之家倘蒙仕商欲滙款存款者請至本銀行面議可也特此佈告
天津分行謹白

法蘭其洋行

啓者本行開設在天津海大道興隆洋行傍首專售外國罐頭食物一應俱全貨眞價實倘蒙仕商賜顧請至本行面議價値格外公道各等牛奶各色餅干糖醬酒亭魚酒門魚洋臘皮皂白鹽各色洋酒等一切家用食物俱全特此佈聞
本行特白

佃戶領號領銀

啓者前報云着大王庄各佃戶將淸單交付庄頭現該庄頭已將淸單如數交到本署刻已按地畝房間均勻合算訖已按單編號仰各佃戶于本月初六日來署領號準于初八日按號付銀但爾等人位衆多倘齊到租界諸多不便必須分上午午後分開到紫竹林海大道等候至時本署先生與庄頭同至海大道領人至本署繙譯處領號每五人一領可也除由本繙譯處取保領過者仍有百余戶至時必須十二點以前來數十戶二點以後來數十戶爲妥仰各佃戶遵報來領切切特示
大俄國欽命倭大臣繙譯處孟漢卿謹白

上諭恭錄

十一月十九日　行在內閣抄奉　上諭李鴻章奏特參縱匪滋釁文武各官一摺永平府知府董煥著即行革職建昌營都司錫光巡防汛把總賈桂一着一併革職發往軍臺充當苦差以示懲儆欽此同日奉　上諭直隸永平府知府員缺着管廷獻補授欽此同日奉　上諭李鴻章奏臚陳知縣風節請旨獎勵等語直隸遷安縣知縣李映庚着開缺以知府仍留原省卽補欽此

譯法國畢大臣致外務大臣書

中報載上海徐家滙匯報云近得法國駐華使臣畢君致外務大臣書譯而登之留心時務者其亦先覩爲快乎其文曰西歷一千九百年六月二十日起至八月十四日止各國使館恒被敵兵圍困縱火穴地槍砲兼施而使館中僅有洋弁洋兵四百零九人圍禦西兵八十八所用者皆係鳥槍惟意兵有一口僅三十七米釐邁當之小砲及瑪克細砲一尊與美國各有連環砲一尊意日俄三國藥彈甚

少敵兵多至五六千人所用皆毛瑟槍砲位亦多藥彈不可數計拳匪工役羣然助之在京軍械庫任其取携不稍限止其攻使館時先後用去砲彈三千五百包槍彈多至數百萬粒吾儕微倖未亡實係天緣非人力所能亦非意料所及也西歷六月廿日總署請各使會議德使赴召被殺若各使俱往則必無一生還矣廿二日法德俄美四國之人齊至本使館分兵駐守作犄角之勢若執前議羣聚英使館必不半月而失陷又安有今日哉被困之初偶於鄰近空屋中搜得米麥甚多足資使館中九百人及教民二千四百人兩月之用不然吾儕必餓死無疑敵軍中亦有能發砲命中者幸已往天津使館墻垣木柵均不甚高倘敵人冒險踰越吾儕寡不敵衆勢必被其殄滅無遺至七月十七日起敵人始間日來攻誠爲幸事否則藥彈早罄安能坐待救援洋兵於八月十四日入京倘再遲二十四下鐘時吾儕已皆殞命因敵人掘一地道在英使館屋下計長五十四邁當此道一發定殺百人婦孺聾鬐集鄰房必無所逃命從此攻入俄法美三使館亦甚易易往年西歷七月爲京師多雨之時大軍難於調動今年除小雨數次外連日晴明涼爽故聯軍得早入京師是役也日人之功最著聯軍來京指引一切者日人使館被圍設法通信天津者亦日人回溯聯軍陷北倉後尚待增兵日人慫恿之始決意直達京邸京中教民被難之苦甚於西人意法英三國之兵合力救護而日兵先之日總兵某君才畧過人洵堪推重茲將死傷人數列後計英人八十二員名口死三人傷十九人俄人八十七員名口死四人傷十九人美人五十八員名口死七人傷十人德人五十一員名口死十二人傷十五人法人四十八員名口死十一人傷二十一人奥人三十五員名口死四人傷十一人意人二十九員名口死七人傷十二人日本人二十五員名口死五人傷二十人共計死五十三人傷一百十九人又團練西人死十二名傷二十三名此外分守北塘之法兵三十名武弁一員死五人傷九人又有守護仁慈堂之意兵十名武弁一員死六人傷三人目下事機未定未便確指壹是但知首禍二人一端王一董福祥一剛毅尚有從而和之者如李秉衡瀾公莊王之類自七月二十日起至八月十四日號令全出拳匪之手在在恣行焚掠慘殺教民卽安分平民不願入其黨及不肯輸貲者皆遭荼毒拳匪分贓不勻亦復互相殘殺津沽失陷後華官之悞信中國力足以敵天下者至此亦皆惶怖慶王榮祿向重邦交雖挽救有心而不敢出首因見許景澄徐用儀以棺殮德使獲罪袁昶聯元立山以不攻使館受刑故也畢君之言如此其中稍有觸目之處執筆人畧加删潤竊附於古人爲尊者諱之義知我罪我聽之他人可也

時事記要

路透電報　○西正月二十二號路透來電云於拜一天明一點十六分鐘時英后稍有轉機惟不能省事大屬可慮○拜一早晨七點三十五分鐘時英后親屬均至內宮守侍駕崩可待

二十三號路透電云拜一夜間女主病勢稍見減輕拜二日早晨亦仍稍輕云云

二十三號內宮傳云拜二日早晨八點時英后精力復減病勢轉篤○英廷現派義兵前赴南非利洲并飭加招義兵五千分赴前敵以解該處民兵之勞暨鄉勇復將重招○拜二下午四點鐘時宮報云女主氣息奄奄○於拜二卽正月二十二號下午六點半鐘女主駕崩其太子皇孫均侍於側○議院明日會議○國君當卽前赴倫敦敬聆遺訓登位云云

公使之意　○西正六號倫敦發來專電云駐京各國公使以中國政府既許所請各條欵所覆公文亦須用寶方足以昭誠實

英法立約　○英國某報云英法兩國近已新立一約內載法國許其在紐芳蘭島應有之權棄去而英人亦不得認銀秘亞爲其所屬云

頗爲棘手　○南友來函云現閩程和祥觀察奉派駐紮淸江浦辦理北路總轉運事宜係鹿尚書奏保所致聞觀察稟請劉峴帥籌給設局經費時峴帥謂該道督辦北路轉運係奉鹿尚書札委則設局經費亦當由鹿尚書籌給云云程觀察因此頗爲棘手有辭辦是差之意

衛軍運餉　○頃接官場友人來函云浙江衛軍明春兩月軍餉已由浙藩札委王大令宋一尹於上月某日由杭管解起程經蘇常內河運赴滬江聞滬江閩浙轉運局總辦陶蘭泉太守亦已將閩軍明春兩月軍餉及浙軍十一十二兩個月軍餉飭委員張寶棻潘運令於前日起解赴豫云○漢口轉運局督辦惲莘耘觀察前因事回常州原籍茲聞觀察已於上月中旬由鎮江仍返漢口辦理局務并擬兼辦奏晋義賑之舉○辦程軍門文炳咨調辦理五省衛軍糧台劉君曼太守因與王芍棠中丞意見不洽故有辭辦糧台之說

二誌昭々縣梟匪鄉民聚衆事　○昭文白茆支川等處梟匪鄉民聚衆情形業已兩誌報首茲復得友人來函云蘇省上台得信後即派營務處杜雲秋觀察許定臣參戎楊炳震大令等先後帶兵前往查辦復檄福山鎮王軍門星夜派南字營移駐支川等處彈壓所以匪衆僅至白茆即行解散否則有初七日入城搶掠之說此次滋事各犯已先後提獲二十餘人迭經張令會同楊令研訊供係丁關關爲首卽經派差下鄉提獲解訊迄今尙未供認中有沈少江者支川人素不安分此次提案嚴詰堅不吐供當由楊仲起大令喝上天平架良久遂致畢命次日以情急病死詳報上台當委常熟楊敬孫大令蒞驗大令以確係刑斃至今未允出結張令自沈少江刑斃後訊釋無辜者十餘人其餘丁關關等要犯及孫樹德堂帳房唐某一并解府訊究業於十二日起程現在滋事地方鄉民逃避一空瓜蔓株連未知作何了局

稅項起色　○日本報載稱西一千九百年正月一號至十二月二十六號止日本進口貨物稅較上年多八千三百六十五萬元統計貨物進口者估價值二百八十二兆四十萬元出口者値一百九十八兆七十五萬元

京津新聞

保衛爲懷　○日前李傅相政體違和兩紀報端茲聞傅相現已政體大安於十一月二十八日乘輿往各國欽使公署拜謁談議退兵之舉經美國欽使意欲卽爲退兵旋經傅相答云若刻下一經退兵誠恐土匪乘間搶刼實與商民有碍是以央緩明春再行退兵誠謂保衛之善政也

仍按舊制　○各部院應行帶領引　見各員仍按舊制由吏部奏請　欽派王大臣驗放現經吏部行知各部院開列堂銜務於卽日開送過部以憑繕摺奏請　欽派王大臣以便帶領驗放再行覆　命云

以備觀瞻　○昨日刑部署內有美界統領武官等四處觀望卽在大堂擺設照像機器先將刑部大堂兩旁各司等處房屋地勢概行照像繼至南北兩獄內獄神廟並監禁人犯監所一併照入像片以備觀瞻

福田廣種　○京師東安門外大甜水井居住劉善士設立慈善會所有本年聯軍入城時各街巷舖戶居民殉難陣亡兵丁及病斃男婦屍身有未經棺殮暫在街前院內浮厝者速赴本會報明如有力之家自行備棺成殮由本會發給執照以便抬埋如無力之家由本會發給棺木成殮屍身所有抬埋叢葬等費概行解囊資助誠爲廣種福田哉

開築馬路類誌　○昨經都署出示云及拆毀城墻起建馬路等語本報業將原示照錄矣伏査天津城係雍正二十五年所重修者迄今幾二百年而一旦被毀舊制無存使後人不免臨岐弔古之悲噫可歎已○又由鬧口至鐵橋造建馬路並令各項舖戶住家凡在界內者均按限自行拆毀云云昨見龍王廟渡口南靠河沿一帶房間業已拆毀二十餘處想不日卽成隙地矣噫昔年廣厦盡成瓦礫之場此日偏氓豈少飄搖之歎覩茲庶類良可哀已○自都署出示拆城以來業經興工動作所有靠城房間亦須一律拆去昨見靠城居住之民搬運傢俱挪移磚木七手八脚非常忙亂而節比鱗次之屋宇不數日可作平地觀也謂非土木之一刼乎在旁觀者莫不爲之三歎○又聞城垣之磚土拆落者係歸塡墊濠溝之用而各城根一帶橋樑係各舖戶自行修造近已拆城墊溝而各舖戶刻已雇夫將橋板橋柱自行拆去矣

以昭核實　○日前報端登有諭令拆房及指日可待二則本館但據訪事人所言援照有聞必錄之例登諸新聞茲據日本領

事官來函始悉顛末蓋拆城一事初非日本人傳諭拆去城根房屋亦非日本武員率人量地標識動工也此舉原由都統衙門出示開辦爲日本商人承攬領工其雇募華夫插旗標識皆係該商自爲辦理日本武員並未干預也玆已核實登諸報牘以供衆覽

是何意見 ○頃聞□北石橋某甲之妻雖屬中人姿而巧于修飾濃粧艷抹顧影自憐惟每日時立門前行同賣俏致使狂蜂浪蝶 不追未識爲家督者其亦知之否也

實事求是 ○聞近日□□之洋兵□夜巡防甚形嚴緊每至晚間十二點鐘時所有行人經過是地者便詳細盤詰蓋恐宵小混跡而洋兵之實事求是於此可見一斑

是猶試熱 ○日昨單街□塘內有某甲在該塘沐浴性喜熱水以湯□皆甲入未審水之涼溫便□入□池孰料後池水滾湯沸甲便痛不可忍急爲跳出衆視之甲巳遍身湯紅所幸尚未起泡衆皆□□大笑甲□負痛而出

何以堪此 ○訪事人云北洋橋柱記信局昨有洋兵二人突然進內翻箱倒篋竭力搜尋將青蚨搶去二十□千並衣物等件臨行之際刺傷信局二人所幸傷痕甚輕該兵乃揚長而去

所因何故 ○訪事人云昨見西關街□□□巡捕數人在該處見有帶□□線帽者即行搶刼□□□金線帽頭數十餘項但不知究因何故云

批示彙錄 ○據陳家振稟該商擬備洋兌換機器局現存銅錢仰向俄營兵官商辦○高廷福董河村等十一村稟查該莊距津較遠所請執照礙難照准○南倉紳董陳寶稟已函知聯軍兵官設法阻止○遊北大龍灣村稟仰候知附近聯軍兵官商辦○趙煜元稟仰報知附近聯軍兵官商辦○董事宋之銘稟各住戶設立更夫巡夜事屬可行至所請衣帽號記均不能照發○孫士元稟如有實據方可追究否則礙難照准○盧有富稟所請向□衙門□發船價礙應照准○商人天聚成等稟仰該商等遵示辦理勿違○商人王鶴橋商人同善堂孀婦杜氏稟准□立案○孫宋崗稟所請礙難照准○廣東商人合記號商人蕭培之于吉安桐發祥民人張樹三等所稟姑爲存記以後再行查辦○□□大稟查□□□難准理○孫光□稟所請斷不准行倘敢故違一經查去定行嚴辦

浙江新聞

循例驗看 ○新海防例捐指浙江試用縣丞錢□尹元鎬從九品曾少尹永昌於今春到省以來巳及半載刻奉惲中丞懸牌飭傳該二員於上月十二日到轅聽候驗看并遞履歷以便列册聽候序補

江西新聞

追紀廣豐劃匪事 ○前承江西友人遠貽雜鯉縷述匪亂情形節其大畧云本年六月閒匪劉家輻浙匪吳癩頭丑胡樹基暨匪陳鐵龍楊克化王先後樹旗倡亂嘯聚二萬餘人勾通解勇攻破二十八都楓嶺營連陷江山常山兩縣治進偪浙之衢州被圍三日始由官兵奮勇追擊回竄江西未幾又攻撲玉山縣治廣信府沓太守聞報電請中軍門派勇會同廣玉兩縣團丁剿殺匪勢窮蹙紛紛竄擾致數百里內焚掠之慘更甚於咸同閒粵寇幸廣豐團丁驍勇異常更得邑宰李明府團首俞鳳官周遠謨協力同心四出鵰剿生擒吳胡楊三匪首并匪黨三十餘人訊明正法奪得馬匹刀械槍砲旗幟無數陣殺多名其時劉匪巳爲閩軍所獲玉山亦擒殺不少刻下雖醜類尚未悉殄而廣豐廩生傳學景孝廉楊香山武生周綫恩民人管姓等皆乃心 君國奮不顧身聚而殲旃諒亦易易也

汕頭新聞

汕頭近事 ○訪友來函云黃岡教案賠欵巳紀前報玆悉此次賠欵非祗爲黃岡一案查以前潮嘉各屬縣民教積案共七十餘起其中因細故興訟毫無緊要者居多現經惠潮嘉道宗觀察督同瑞分轉語僉大令且與各國領事教士逐節詳商連黃岡教案共賠償：銀九萬數千元至西兵開礟擊斃之平民三人傷四人現經各領事議准死者共償銀二千元傷者共償銀一千元卽在應付賠

款內扣抵以資撫卹〇又云聞揭陽教案賠鏹五百元隨後接到該縣申文始知原案只報七八十元然已畫押無從更正〇又云朱觀察因潮屬教案滋多擬於郡城設立洋務局以便迅速審結現以經費難籌未能開辦〇又云春間傳相督粵時以汕頭爲通商大埠祇有巡檢一員不足以資鎮攝奏准仿照夏口廳章程將向駐庵埠之潮糧通判移駐汕頭仍兼管庵埠惟某別駕僅於秋間蒞汕一次至今未見移旌說者謂因瓜代在卽故也〇又云自時局不靖白川通蔚泰厚兩票號接號東來信以汕頭瀕海恐有他虞令卽收帳回晉邇來兩票號收齊帳目白川通各司友已摒擋動身蔚泰厚李君則以地方平靜生意興盛故行期暫緩云

各國新聞

給賜寶星 〇德皇近以黑鷹寶星一座賜其首相𡙡洛孛伯爵蓋因𡙡君於南非洲戰事力守局外故也

選用悔罪律 〇法國上議院近已選用微雷爾斯悔過律

節省糜費 〇南美洲智利國政府因近與南美洲各國業已訂成新約故擬裁減國中水師兵艦以節糜費將巡洋艦一艘賣與伊皦陶國又戰艦兩艘售與秘魯國又滅雷艇兩艘則售與日本國云譯文滙報

預計進款 〇日本報載稱台灣一千九百零一年進款約可得日洋二千[illegible]百萬元云

新尋銀礦紀聞 〇日本報載日本科麥牟透 譯音 地方近經[illegible]川銀礦[illegible]處[illegible]礦質業經礦學家考驗內有銀八十二成銅十七成金一成云

銀根稍鬆 〇倫敦專電云倫敦市面[illegible]銀根已稍鬆[illegible]因國債票[illegible]情形[illegible]

王孫派充統領 〇英君主近派其王孫約[illegible]爲[illegible]國[illegible]家水師兵統領[illegible]

京報補錄

頭品頂戴湖廣總督臣張之洞跪 奏爲特參馭兵不愼查匪不力之叅將請 旨革職恭摺具奏仰祈 聖鑒事竊臣訪聞湖南岳州文武衙署水陸兵勇多有富有票匪混迹其間署岳州營叅將秦三元營內卽所不免適准湖南撫臣俞廉三函達情節相符伏查長江一帶會匪素多近日富有票匪散票勾煽各種會匪皆往領票入會混入各營兵勇及長江水師者甚多迭經臣嚴飭水陸各營將弁嚴查密拿在案岳州爲南北兩省咽喉票匪最注意於此觀出匪首多係籍隸岳州蠱惑煽誘蓄謀甚深目前匪勢仍復眈眈思逞現查知該叅將所統練兵自名其中卽多係領有富有匪票者實堪駭異似此昏謬粗率一旦有警必致貽誤事機當此防務吃緊之際未便稍事姑容聞巴陵縣知縣所募營勇票匪亦多除該縣已由湖南撫臣俞廉三撤任另行奏叅外相應請 旨將署湖南岳州營叅將本任湖北撫標中軍叅將秦三元卽行革職以爲營務含糊查匪不力者戒理合會同湖南撫臣俞廉三湖北撫臣于蔭霖湖南提臣婁雲慶繕摺奏陳伏乞

皇太后 皇上聖鑒謹 奏奉 硃批著照所請兵部知道欽此

告白

余近知源和當自失城時被土匪迭搶數次看守之舖中人見人太多實攔阻不住只可任其搶掠街鄰看勢不好懇求大日本人保護卽刻派兵數名到舖中遣散排槍兩次之土匪始能四散奔逃隨後又懇求大日本大人將貨物房一併封鎖及放贖時又經大日本大人開封驗看凡未被搶之物無不聽人取贖並未人隱匿黃白之物此實在情形余知之余不得不代爲白之敢告諸四方君子 陳潤生 張蓉齋 張心齋 徐竹卿 高少波 喬耀庭 劉子衡 蕭竹坡 解曉江 閻桐彰仝啓

昨閱貴報有跡近招搖一條殊爲可異惟敝局甫經創立必須實事求是若此等人不特有礙局章抑且易于惑衆務祈將若輩姓名訪確登報核辦是爲至幸

票鹽總局謹白

瑞林祥元記綢緞洋貨店仍設估衣街中間路北先由便門賣貨

敦慶隆綢緞洋貨店仍設估衣街西口零整發莊

永平壽命保險公司告白

啟者本總公司在美國紐約埠開設多年生意興隆資本銀四百四十四兆三億二萬零八百八十元至於保險三十七萬三千九百三十四人共計銀一千九百四十二兆四億三萬零二百九十元足見資本之厚利益之多誠信相孚章程甚善早爲海內君子共相推許各國各埠均有分行中國各通商口岸亦有巨商代理並另立總局於上海九江路第四號門牌係專辦中國保險事宜現又在天津海大道瑞記洋行請王君專理本公司一切事務嗣後如有願保人壽者速請與王君面商可也

洋總理高尚志謹啟

新到煤油燈搧輪機器

啟者本行由英國自創點煤油燈扇輪機器出售現有樣子在本行 貴官商如欲購者即請駕臨本行帳房面議價值格外相宜只此一家並無二處特此佈聞

明義洋行主人謹啟

京都六通棧告白

啟者六通棧開設京都崇文門外花市大街專辦東西兩口牛羊專賣各國糧臺定期不悞價值格外公道如欲買者請到本棧面議可也

恩利和牛羊公司

本號新開在海大道貽來牟機器磨房前專售牛羊肉牛肉每磅一毛二羊肉每磅一毛五祥茂水方姨嫂價值格外公道賜顧者即請購取

本主人謹啟

聲明作廢

啟者自各國軍隊入城敝號遺失通惠銀號第五十七號公砝化寶一千兩德順湧憑帖一千兩三千兩一張二千兩一張開源憑帖一千零二十六兩逢源憑帖三千兩一張一千兩一張四白兩一張有儀堂韓姓票一千兩鈐鐺閣胡同房契一張忠義厚土地合同一只織布局憑據二只長發萬借約一只長興義一借約一只堤頭姜姓房契一只何氏三借約一張成發號借約二只西沽陸姓房契一紙西于庄楊姓地契二紙借約一紙已經在都統衙門具稟聲明無論華人洋人等拾去均當作爲廢紙業蒙批准立案茲特登諸報端俾衆周知

天昌和主人啟

漱泉生潤例

書畫屏四尺長者每扇二元大者遞增小者遞減

橫幅每尺方四角

楹聯一元五七言同八言加倍以上楷例也行草減半篆隸鐘鼎均照楷例減四停之一

花卉金魚供品均照楷例

翎毛花卉蘭石均照行草例

刻石字徑一分大者字三角二三分者一角

五仙四五分者一角

牙章均照石章例加倍

隨封加十分之二

凡不在例者另議

隨件惠潤定期來取無潤不應件交直報館帳房代收

告白

啟者本廠需用地屯糞以及散夫住房均係照章付租惟尚有廠地數處地主均未領租特此登報催領租價凡各地主見報速來本廠以便照章付給除稟都統衙門存案外特此聲明以便週知

大法國界官糞廠謹白

開口 魁豐冰窖

啟者本號向在開口開設歷有年所因大日將冰窖拆毀仍添冰窖一分在南此設窖在外將冰挖出照舊營業特此聲明不悞主顧

大后宮北 義興順綢緞莊

本莊自置顧繡綢緞羽紗哈喇大呢羽綾毛各貨樣花素洋布南香雅扇頭油粉姨安貝松糊筆一概俱全頭號杭寧綢緞頭號本一吊二梅茶每斤九百紅茶二百六紅百壽棉緞裙二百八

儒醫

駱坦如明府安徽人遊歷中外十餘年近因時事鉅艱立意南旋我等素識其脉理甚精著有成書無差迭見力爲挽留春之效力技凡請診一展方店街春華者開鍋知寓所泰號便

李敏軒
張小甫謹啟

德記磚瓦松木公司

現寓鼓樓東坐南聚成錢局代辦松木專售單截連方截子格磚瓦克巳外兼重不悞主顧

名醫回津

方司馬友莊先生皖江名士也兼岐黃通西法刀針向留在津門凡遇疑難之症均許手到回春人所共仰今夏緣避亂保陽因友人特同寓河北大街浮橋旁穆家衚衕三友棧東十點鐘至一二點鐘止隨時出診候十點

同鄉友人啟

竊我王氏始祖諱伍世居山東青州府壽光縣自前明永樂二年擢授天津總鎮畿南督都任滿奉命遂居斯土卜塋地于西郊即今僧王爺祠西也及今傳世十有八代始祖忠義祠立位國史可查余居一十三代宗譜可據不料竟有不肖天津縣民人族兄王照同二子文都文錢擅將始祖塋地盜典牛姓開設柴廠余身爲族中首領理應出頭根究本欲稟官究辦伊盜典父子並受典牛姓難辭應得之給嗣經鄰里長者勸余辦價回贖覓傷骨肉體面遂如所請現今給價回贖並將私寫僞字僞據註銷矣余稟官備案外理合登報圖族衆覽嗣後無論何支何派塋地均不須盜典盜賣如再有仿效王照父子典祖賣宗者余必率族攻究萬不能因循情面以驚將來此啓
王靜軒謹白

海大道

源興亨土莊

本號自運各省西土公班大土亞庄廣土黑白廣膏一概發莊零剪銷售如欲購者請移玉本莊面商貨高價廉不悞主顧 此啓

永豐號面包舖

本號舖掌前住紫竹林同昌辦館因被火焚移居馬家口海大道同立東棧對門新機器磨房旁便是 本號辦定鐵罐牛乃糖醬火食等物呂宋烟捲帋烟點心面包俱巳新鮮不悞主顧仕商賜顧者請到本號購取可也 本號主人啓

法商

祥發號辦館告白

啓者本號開設天津紫竹林海大道育才館北專辦各國盒菜牛乃面包各樣烟捲一切雜貨物爲價廉如蒙 仕商賜顧者請移玉本號面議可也特此佈聞
本主人鈕桂芬謹啓

鴻宴樓飯莊

本樓開設海大道機器磨坊前包辦酒席小賣俱全定於十月廿日開張此佈

仁記洋行

啓者本行茲有船牌洋臘壹千箱每箱二十五包並有洋白面八百二十五袋出售特此佈聞
仁記洋行詳啓

本名醫

橡村先生內外兩科醫道高明凡有診視病症者無不應手奏效洵爲當世之名醫現寓天津閘口下懸忠祠對過特此佈聞
門人公啓

新開美瑞洋行

啓者本行由外洋自運各色洋酒罐頭食物預冬織絨褲掛鞋襪佛藍絨項巾手套各樣胰皂洋綫料器鐵胎磁面各種器俱並各五鋼鐵洋釘洋鍬洋鋤白鐵水桶洋鐵火爐以及大米各種貨物莫不精美批售大宗格外價廉凡蒙賜顧者請至法租界大羅洋行對門第四十六號門牌便是
本行主人謹啓

英商

福照樓西代起行

啓者今歲因遭兵荒有本棧樓房被俄國人住守至今未曾遭出故此租賃西門北萬源棧內開張該門面書挂福照樓招牌爲記所有房間院中無不寬闊潔淨安寓回漢客商各分房所所有茶水飯菜另有廚坊代運出進口貨物搭座輪船車票以及華洋關稅均按本棧舊章無不公道專運北京各處雜貨等件盡用安實洋人押送如有短少失物俱按保險章程賠補其情與衆不同 貴客商如欲搭運貨物者請至本棧面議可也特此佈聞

義利上行

自置美國茂生廠鹽海烟捲零整一概出售價値格外公道緣天津自封河後品海烟與雜號等烟一概短少維本行自置之鹽海烟尚有多數諸客商如欲購買此烟務須認明係美國所造非東洋等國之烟可比本行開設天津北門外東單街坐南向北便是
上行主人謹白

天津河東

同義棧

敬啓者本棧開設河東大王庄河邊係俄國租界內即怡和洋行對河便是內有洋式棧房院內寬大無論粗細貨物均可存寄而棧租亦極相宜倘蒙合貨行號棧及過路客商如有貨物寄存者請移玉至本棧帳房面議可也 如欲保險以及別埠來貨者本棧均可代爲洋關整辦稅釐及各種使役等項特此佈達
本棧主人告白

源利車船公司

本局設在天津閘口下江蘇外局內專攬京通大小車船 貴官商光顧者新駕臨本局面議照不致悞特此佈聞
本局謹啓

同順面包房

啓者本號開設海大道機器磨房內於本月十二日開市專做花旗面粉大小面包及各樣洋點心一應俱全 仕商賜顧者即請購取可也特此佈聞

鴻義金珠店

啓者本號專做時式赤金紋銀軟翠堆壘鑲嵌首飾鳳冠酒器包葉度葉等物一概俱全開設天津府東門外天后宮南坐東向西便是

通源土莊

啓者本號出售各省西土并售黑白廣膏零整皆可如欲賜顧原箱者請移玉本號帳房面訂價値格外從廉天津鍋店街東口
通源土莊謹啓

寄售洋書

各種俱全

如有賜顧者請移玉至北門外針市街南閣西玉盛合煤油舖面議可也

朵金公司

本公司設在天津河北大衙斯買賣各處荒金條金隨時作價以京滬行情爲準倘 貴客有收買出賣者請至本公司面議格外公平
本公司啓

京津塘沽火車開行時刻單
由天津開北京早十點四十分晚六點半到京
由北京開天津早七點半晚四點半到天津
由天津開塘沽早八點到塘沽十一點
又下午四點開到塘沽七點
由塘沽來津二次同時

大清郵政局收信時刻曉諭傳單

寄往何處	由	某日	收信時刻
北京	火車	每天	上午九點半
大沽	火車	每天	下午三點半
上海煙臺牛莊等處	火車郵船	初三	下午四點
上海鎭江等處	早班	每禮拜一三五	下午七點
煙臺	又	又	上午十一點

本局另有郵船一只專帶往來外洋烟台牛莊等處信件定於本月初三禮拜二所有信由秦王島開往烟臺 信件寄往各處隨時送交在針市街分局內或紫竹林總局均可

十二月初五日銀行情
銀盤二吊九百九十文
洋錢行情七錢
洋銀二吊零八十

本埠每張大錢十二文　CHIHLI GAZETTE　外埠照遠近酌加寄費

CHIH PAO

直報

第五百六十四號

本館開設天津紫竹林海大道老棄市氣樓房巷內

光緒二十六年十二月初七日

西歷一千九百零一年正月廿六日　禮拜六

上諭恭錄
要事紀聞
地不愛寶
搶犯被獲
遷還鐵路
名貴何益
批示彙錄
各行告白
和議十二款譯文原稿照錄
擇地會議
乘時利見
法於掘盜
遷河之凍
將打一家
孔河新聞
衛案定罪
懸旗誌哀
都統示諭
何所取意
何故擇生
各國新聞
親王見使
重慶函述
施放棉衣
漢文示諭
兗傘紀聞
搶賊何多
京報補錄

佃戶領號領銀

啓者前報云着大王庄各佃戶將清單交付庄頭現該庄頭已將清單如數交到本署刻已按地畝房間均勻合算訖已按單編號仰各佃戶于本月初六日來署領號準于初八日按號付銀但爾等人位衆多倘齊到租界諸多不便必須分上午午後分開到紫竹林海大道等候至時本署先生與庄頭同至海大道領人至本署繙譯處領號每五人一領可也除由本繙譯處取保領過者仍有百余戶至時必須十二點以前來數十戶二點以後來數十戶爲妥仰各佃戶遵報來領切切特示

大俄國欽命倭大臣繙譯處孟漢卿謹白

上諭恭錄

十一月二十二日西安內閣抄奉　上諭內閣侍讀學士裴維安奏官軍紀律不嚴請旨懲辦一摺行軍以紀律爲先若如所奏官軍任意飽掠沿途搶奪婦女營官視若故常拔隊時隨處留遺至數百人之多實屬大干法紀若不嚴行懲辦無以申軍律而衛民生着岑春煊確切查明將該營官從嚴參辦滋事兵勇即行正法並飭屬妥籌資遣毋任流離失所欽此

和議十二款譯文原稿照錄

和議大綱十二款已登上月十八日本報茲閱中外日報所載較爲詳晰用特錄登以供衆覽昨承鷹京西友函云西歷十二月二十四號卽華歷十一月初三日由北京領銜欽使日斯巴尼亞欽差葛君會同各公使面交中國全權大臣慶王李傅相和議大綱十二款備有英法德漢四國文字各一分以法文爲憑漢文則爲譯文茲將譯文原稿備錄如左　本年五六七八等月卽光緒念六年四五六七等月間在中國北方省分釀成重大禍亂致成窮凶極惡之罪實爲史冊所未見之事殊悖萬國公法並與仁義教化之道均相悖謬

茲將其情節尤重者開列於左　一西歷六月二十日卽中歷五月念四日　大德國駐札中華便宜行事大臣內大臣男爵克因公前赴總署之時被奉命官兵戕害　二同日京師各使館被官兵與義和團匪勾通遵奉　內廷諭旨圍困攻擊直至西歷八月十四日卽中歷七月二十日聯軍救至方止而彼時中國　國家乃令使臣向各國政府宣傳航承保全使館之旨　三西歷六月十一日卽中歷五月十五日　大日本國使館書記生杉山彬奉差公出被官兵在城門戕殺又客居都中及各省之諸國人民均被拳匪官兵慘刑戕害淩虐或被圍攻僅賴極力抵禦方獲保全而其各項房舍無不毒遭焚刦　四各國墳塋之被汙瀆在京者爲最甚至墳塋被掘骸骨殘暴因以上各節遂至各國爲保衞各本國使臣以及人民之性命並戡定變亂起見遣派軍隊前來乃當此各國聯軍赴京之時遇中國軍隊抵敵祇得奮勇擊敗而中國既自表明悔過認責並願挽回因此事變所生情勢於是諸大國公定允如所請但由各國酌擬懲前毖後必須定而不移之要款施行今將各款臚列於左　第一款　原任德國克大臣被害一事　欽派親王專使前赴德京代表中國　皇帝國家慚悔之意遇害處所樹立銘誌之碑與克大臣品級相配用辣丁德華各文列敘中國　皇帝惋惜此等凶事之旨　第二款　西歷九月念五日卽中歷閏月初一日　上諭內及日後各國駐京大臣指出之人等皆須照應得之罪分別輕重盡法嚴懲以蔽其辜　諸國人民被戕害淩虐城鎭五年內概不得舉行文武各等考試　第三款　因日本使館書記生杉山彬被害中國　國家必須用優榮之典以復日本國政府　第四款　中國　國家須在各國墳塋曾遭汙瀆發掘之處建立銘碑以昭滌垢雪侮之意　第五款　運進中國之軍火暨專爲製造各種軍火之各種機料照諸國後定之則仍不准運入中國　第六款　凡有各國各會各人等以及爲他國執事之中國人民因近來各事身家財產所受公私各虧中國均認公平賠補中國　國家須籌定各國所能允從之理財辦法以爲航保如何賠補以上所開虧損以及如何措還國家措款之地　第七款　各國應分自主常駐兵隊保衞使館並將使館所在境界自行防守中國人民概不准在界內居住　第八款　京師至海道須留出來往暢行通道故與其有礙之大沽砲台一律削平　第九款　爲京師至海道暢通不使有斷絕之虞由諸國應分自主酌定數處備兵駐守　第十款　中國　國家務須在各屬廳州縣將聲明上開兩端之　諭旨張貼兩年俾衆周知　永禁軍民人等入仇視諸國各會違者問死至開列各犯所定罪名及殺害淩虐各國人之城鎭停止各項考試亦在此列中國　皇帝務須　諭旨一道通行布告以各省督撫文武大吏及有司官於所屬境內皆有保持平安之責如復肇傷害他國人民之亂再有違約之行必須立時彈壓懲辦否則該管官員卽行革職永不敍用亦不得借端開脫別給獎敍　第十一款　凡通商行船各約以及關乎通商各他事宜各國以修改爲有益者中國認與[illegible]更改　第十二款　總理各國事務衙門必須革故更新及諸國　欽差大臣覲見中國　皇帝禮節亦應一律更改其如何變通之處由諸國酌定中國照允施行　以上各款若非中國　國家允從足適各國之意各本大臣難許有撤退京畿一帶駐紮兵隊之望

穆　齊　姚　葛　康　畢　薩　薩　西　克　格

德　奧　比　日　美　法　英　義　日本　荷　俄

以上係照外國字母次第畫押

西歷一千九百年十二月二十二日

時事記要

親王見使　○譯文匯報載北京來電云恭親王日前至德使署謁見德公使本日醇親王亦進見德使晤談甚久而別按恭王乃光緒　皇上之姪醇親王則　皇上之弟也

要事紀聞　○同文滬報載某國擬請由北京移徙他處商議和局冀免日延一日蓋李傅相現在抱病事局停阻使非各國公呈哀的美敦於中國則難期李相病痊近者楚督張香帥力請　朝廷回蹕北京但上意非俟洋兵盡退北京方肯回鑾於是香帥又有遷都湖北荊州之請以該處界於沙市宜昌之間相距漢口尙遠非洋船所能卽到也茲聞　皇上之意亟欲回京但爲左右所牽率耳

擇地會議　○滬上西友得倫敦電云美國政府前請各國公使及中國議和大臣共來華盛頓議和一事聞與國政府大不以

爲然

衢案定罪　○浙屬衢州一案迭次拘解到省之犯計共有七十八名之多茲經讞員嚴行推鞫已有二十六名訊實皆係正兇故於上月十八日由惲中丞升座早堂按名提訊均各直認不諱飭卽各蓋指印分別還禁聽候部覆矣

重慶函述　○重慶來函云渝江日來並無新聞足紀但謠言百出均以遷都爲論然觀此間並無備辦足見其未必來川也英兵艦裴恩尼久駐渝江各西人在此均受益不淺故日遣派兵艦一艘巡防長江上游各埠似屬必不可少且可保英商在中國西方各省之商務如四川貴州雲南甘肅等處不至有隔絕之虞也譯字林西報

地不愛寶　○廣州安雅書局世說編云中國礦產甚饒所有多有特無人焉爲之開采遂至大利難興耳近日學中仁化縣生員關爵騰等竟聯名具稟撫轅聲請查封礦產經撫憲德大中丞大加批斥畧謂查得仁化縣屬楓樹坑煤礦前據善後局詳稱委員會縣查勘稟報與民間田園廬墓無碍業已批准給照開辦在案現在開採礦產奉　旨飭辦之事萬不准地方紳棍藉端阻撓該生等聯名請仍封禁苟非索規不遂卽係惑於風水之說要知五行百產久蘊必彰讀書之士宜通達古今講求時務不得執一孔之見囂囂與訟至詞內牽連搶擄各事尤屬飾詞聳聽著不准行云云按泰西講求礦政惟日孜孜人民利賴無窮日臻富厚豈於西國無害而獨於有害中邦耶中丞此批闡發詳明足破愚民之蒙蔽矣

乘時利見　○金陵訪事友人云前者北省拳匪肇亂中外遽啓釁端各京員恐蹈危機紛紛携眷出都另尋樂土迨聯軍入京兩宮西幸扈蹕臣庶寥落若晨星直至　鑾輿安抵太原始　傳諭各省疆臣通飭在籍京員迅赴行在供職各京員以此次出死入生雅不欲再罹危險雖有人諄諄勸駕而閒雲一片更無出岫之心邇者和議將次告成。兩宮回鑾期不甚遠昇平黼黻又有待於袞袞諸公是以不約而同共卜乘時利見日來紛紛然由原籍至省謁見兩江督憲劉峴帥者多若過江之　叩其所往率皆欲由江溯漢入關扈　蹕以策奇勳噫其眞如聖人所云君子有道則見者歟

津京新聞

懸旗誌哀　○昨據路透來電云英后於西正月二十二號黃昏時駕崩聞英后年逾八旬洵爲積勞所致各國人士聞之無不惋惜所有駐京欽使本津領事各官均懸半旗以誌弔哀云

施放棉衣　○頃聞順天府發欵趕做棉衣五千身現已工竣於十二月初一日按名散放計男婦小孩無褐之輩得有遮體之衣免受寒凍散施棉衣雖係官項然辦理此善舉者可謂功德莫大焉

搶犯被獲　○京師近日搶刦之案層見迭出幸經各國分界管轄派兵晝夜巡查無如宵小愍不畏法昨聞宣武門外萬壽寺宮地方經美界拿獲搶刦盜犯聶三等七名解至公廳審訊諒不日當送交刑部按律懲辦矣

甚於強盜　○京師訪事人云宣武門內油房胡同居住張某者衆皆以小張呼之自義和拳匪倡亂時乃小張遂至隱匿迨聯軍入城始得活命現居西安門內勾結匪黨專以詐索爲事日前探聽某人稍有資財卽指爲義和拳匪率領黨羽前往捆縛解至小張寓所聞已有十餘人均吊在房梁之上其有受刑不過者卽許給宋提數百金旋卽釋放如有不許錢財者無期出此牢籠矣現經法界深知其情謂若輩係知法犯法一經拿獲罪加一等未悉若輩能否歛跡俟訪再錄

都統示諭　○暫行管理津郡城廂內外地方事務都統竇偻靑法富司　爲再行出示曉諭事照得本衙門擬由閘口河邊起至鐵橋止建造馬路一條所有地段內各項房屋均限一個月內由各房主自行拆去曾於本年十月十二日出示曉諭在案茲本都統等訂於西歷二月初一日卽中歷十二月十三日一律全行拆盡俾得建造倘屆期地段內查有未拆之房應由本衙門僱工將房拆毀所有磚瓦木料等當卽入官不令原主收領爲此示仰閘口至鐵橋河沿居民知悉爾等務宜早自爲謀遵照勿違切切特示

光緒二十六年十二月初四日

漢文示諭 ○漢文司員丁 爲出示曉諭事照得閘口至鐵橋建造馬路所用地段內各房地價銀本衙門現訂於初六日在署發給各業主須於明日十一點鐘來轅在頭門聚集一俟派役帶赴工程總局給發收領爲此示諭各業戶知悉特示 光緒二十六年十二月初五日

交還鐵路 ○頃聞由北京至山海關之鐵路已於西歷正月十號由俄人交與聯軍統帥伯爵哇德西管理云

海河又凍 ○海河河道前因天氣和煖故至凍而復泮乃近自雨雪後連日奇寒河又結凍現由馬家口東去一帶盡占坤之初爻矣惟冰床一役尚無敢行者云

何所取意 ○訪事人云神機庫內向有土阜一區未審積自何年據鄉老傳云其阜與中營風鑑有益故能沿留至今乃昨見有夫役多人拆掘該阜執 者抬籠者甚形忙迫業已拆去一角矣至拆之何意及所拆之土運往何所俟訪明再布

亮傘紀聞 ○昨在小儀門西見有紅旗二柄紅緞傘一柄傘書闔閭安謐四字係西北隅宋某劉某及居民舖戶等送與法國步隊官鮑大人者是日特在該處亮新至送傘日期則尚未探悉也

多事何益 ○近日北關口河沿一帶有印兵多名在該處巡查見有溺便者卽爲揪拏昨有某甲者類庵人狀在糞廠溺便被二印兵抓住向東而去適一途人爲甲關說願出小洋二毛代其認罰而印兵亦將途人一併抓住正在衆人環視之際庵人乘勢逃逸遂將關說之人扭至官裏去旁視者咸以爲何必多事云

將打一家 ○據訪事人云有開娼窰之楊某名曰玉清於昨日率同類者三人赴四尊堂胡同某娼窰內買笑而該窰之龜奴輩皆識楊爲同道中人頗不加禮楊以其慢怠乃詬罵之又兼該窰內有與楊同行之劉某舊交妓積有宿仇因而用武幸有魯仲連一流人出爲排解楊等始恨恨而去聞各有邀集魚兵蟹將欲學金山寺水門之故事究未知有何隱情俟訪詳細再登

何故輕生 ○昨在鐵路前見一少婦投河自盡經岸人赶卽撈救而命已赴黃泉竟與湘妃爲伍矣至於所因何故訪明再布

搶賊何多 ○傳聞河北關上芮姓家昨夜突有多賊進院大肆搶刼而去又聞穆家胡同某甲家內亦遭明火似此地方不靖匪盜橫行想有該管之責者宜如何嚴辦也

批示彙錄 ○據朱王氏稟既稱爾子被毆何以匿不到案倘能嚴加約束不再滋事未嘗不可網開一面也○雲祺昌稟已准簽票傳追矣○馮祿平稟紅棗非輕而易舉之物該民甘被搶奪殊費索解姑准於初六日投發審處稟奪○蘇得勝稟銀洋被竊果何情狀仰於初六日來案面訴○于光璽稟蘇三合昨經札飭紳董查辦據稱蘇三合向稱安分卽日釋放該民有擔保之處應妥爲約束是爲至要○胡新泉稟張有光既將房間典與該商必有契據於初六日投案查核○張鄭氏稟黃大霸佔房產有無揑飾着携代契據於初六日投案查核○天豐恒稟中西合璧稟詞均已閱悉仰卽携帶清單並証人來案面詢再行傳質核斷○楊兆安等稟李寶業經限滿發放該民應不時勸誡毋任再行犯竊致罹官罰○鄭還安稟該商前控鄧秋水盜賣皮貨業經照准來案聲叙何以竟不投到茲據前情着仍候於初六日親詣本發審處稟訴確情再行核辦○于興源稟韓起發借[illegible]內鋪前稟已悉近日能否了結應卽邀人理結倘如前霸橫准於初六日來案稟究○于朝海稟拳匪擾亂殺戮成風業經執法嚴懲不稍寬宥該民所稟匪徒殺斃袁兒夫婦是否屬實着於初六日來案面稟飭捕指拿○沈張氏稟仍遵諭償付墊欵再行判結○謝家珍稟前據面稟佔地情形業經派捕嚴拏將張三行提到案乃該原告不曾投轅對質殊屬非是已查照章程釋放矣○劉承會稟薛恩榮設計誆騙雖保非一面之詞仰於初六日來案聲明再核○閻小江稟所稟是否聳砌能否理結須於初六日面訊確情○孟起發稟高二強留木料及李六盜去木料均悉着於初六日親投發審處偕捕傳質○欒中山李寶書稟夤夜搶刼大爲地方之害該段捕房何以漫無覺查該民何不鳴捕兜擒是否張大其詞仰於初六日來案稟報再奪○龐丕然稟喬春亭押追該民應俯首下心從速了結毋得糾纏延近健訟○張蘭舫楊樹華桑洪濤等稟谷陳抗阻大夥均已閱悉仍候於初六日親詣本衙門面訊再行票傳

蕪湖新聞

票匪正法 ○蕪湖訪友云本年七月康逆所糾富有票匪嘯聚白馬山揭竿倡亂官軍星夜剿捕旋將匪首郭懷松由海外誘回訊明正法當時郭匪供出其黨何少甫分售匪票招集羽黨至三百餘名之多事敗自白馬山竄至距上游九十里之荻港鎮向外委夏姓勒詐川資致夏驚悸成疾迨九月初二日何匪由大通附某輪船下駛妄思遠引高飛時蕪湖保甲總辦許紹青別駕已廣購線人伺輪船抵蕪卽率同總巡袁二尹登船擒獲移送蕪湖縣嚴刑訊鞫何匪自知無可狡展一一供招因卽釘鐐收禁在案本月初三日縣署接奉兩江總督兼南洋通商大臣劉峴莊制軍釘封文飭卽就地正法縣宰陳大令立卽照會城守營胡都戎及保衛精健各營官從獄中提出綁赴市曹處斬時甫天明居人猶在睡夢中比其家人得知則已身首異處一再哀懇始免懸首藁街

各國新聞

阻止游歷 ○英公爵約克前由本國前赴英屬澳大利亞本擬順道一往香港茲港中英官已得電悉約公爵刻因事阻留弗能到港游歷云譯捷報

失事船隻計數 ○據萬歷司月報十二月一號所記上年十月間共計失事船隻總數計帆船失事共一百零五艘其間擱淺者五十八艘碰沉者四艘遇火者一艘全船沉沒者三艘廢棄無用者五艘犯法充公者二十五艘查無下落者九艘又損壞之帆船不下二百三十七艘其間擱淺者四十一艘碰毀者六十二艘遇火者五艘破漏者五十七艘遭風者七十二艘輪船失事者計三十艘其間擱淺者十二艘碰毀者一艘遇火者三艘沉沒者一艘廢棄無用者一艘犯法充公者十二艘又損壞之輪船不下二百二十四艘其間擱淺者四十八艘碰毀者七十七艘遇火者十一艘破漏者六艘遭風者二十四艘機器鍋爐損壞者五十八艘譯字林西報

京報補錄

直隸布政使護理總督奴才覺羅廷雍跪奏爲遵旨奠醊藎臣覆命恭摺仰祈聖鑒事竊奴才於光緒二十六年八月二十一日准大學士榮祿咨開八月十六日准軍機大臣知會八月十三日欽此上諭崇綺著照尚書例賜卹任內一切處分悉予開復應得卹典該衙門查例具奏並著加恩予謚入祀昭忠祠派廷雍就近前往奠醊靈柩回旗時沿途地方官妥爲照料等因欽此同日又奉上諭李秉衡著照總督例賜卹任內一切處分悉予開復應得卹典該衙門察例具奏著加恩予謚入祀昭忠祠派廷雍就近前往奠醊靈櫬回籍時沿途地方官妥爲照料等因欽此恭錄咨行前來奴才當卽欽遵辦理查已故戶部尚書崇綺靈櫬浮厝保定省城關帝廟奴才遵於八月二十一日潔備牲醴前往該尚書靈柩前宣旨奠醊以慰忠魂其已故巡閱長江水師前四川總督李秉衡前於七月二十三日到省奴才率同城文武親往祭奠該家屬旋於二十七日扶櫬回河南安陽縣寄籍安葬欽奉前因已咨行河南撫臣轉行該家屬欽遵在案伏思崇綺李秉衡均係忠清亮直中外交推此次取義雖各不同而完節之概則一渥叨賜奠優卹倍見聖主褒忠勵節扶植綱常之至意除俟崇綺靈柩回旗時再飭沿途地方官妥爲照料外所有遵旨就近奠醊並陳明故督靈柩歸葬寄籍各緣由理合恭摺覆陳伏乞皇太后皇上聖鑒謹奏奉硃批知道了欽此

瑞林祥元記綢緞洋貨店仍設估衣街中間路北先由便門賣貨

敦慶隆綢緞洋貨店仍設估衣街西口零整發莊

泰□□□公司告白

啓者本總公司在美國紐約埠開設多年生意興隆資本銀四百四十四兆三億二萬零八百八十元至於保額三十七萬三千九百二十四人共計銀一千九百四十二兆四億三萬零二百九十元足見資本之厚利益之多誠信相孚章程甚善早爲海內君子共相推許今因中國各通商口岸亦有巨商代理並另立總局於上海九江路第四號門牌係專辦中國保險事宜現又在天津海大道□記洋行請王君專理本公司一切事務嗣後如有願保人壽者速請與王君面商可也　洋總理高尚志謹啓

新到□□燈扇輪機器

啓者本行由英國自創點煤油燈扇輪機器出售現有樣子在本行　貴官商如欲購者即請駕臨本行帳房面議價值格外相宜只此一家並無二處特此佈聞　明義洋行主人謹啓

京都 六通棧告白

啓者六通棧開設京都崇文門外花市大街路東專辦西口牛羊專賣各國羊糧臺定期不悞價值格外公道如欲買者請赴本棧面議可也

興利和牛羊公司

本號新開在海大道貽來牟機器磨房前專售牛羊肉牛肉每磅一毛二羊肉每磅一毛五鮮茂□姨香水方姨價值格外公道賜顧者即請購取　本主人謹啓

聲明作廢

啓者自各國軍隊入城敝號遺失通惠銀號第五十七號公砝化寶一千兩德順湧憑帖三千兩一張二千兩一張開源憑帖一千兩一張逢源憑帖三千兩一張一千零二十六兩一張四百兩一張有儀堂韓姓票一千兩鈴鐺閣胡同房契一張忠義厚土莊合同一只織布局憑據二只長發萬借約一只長興義借約一只堤頭姜姓房契一只何家三借約一張成發號借約二只西沽陸姓房契一紙西于庄楊姓地契一番借約一番已經在都統衙門具稟聲明無論華洋人等拾去均當作爲廢紙業蒙批準立案茲特登諸報端俾衆周知　天昌和主人啓

京濟代售直報

京都福興潤信局寓打磨廠鴻太店內　濟南府城福興潤信局寓西門內大街路東□家胡同內如　貴官商欲觀報者請向敝局購取分送不悞　天津福興潤信局謹白

文美齋告白

啓者本齋開設在天津北門外鍋店街路西□□號旁開張專辦各省紙料湖筆各省名人書帖徽墨詩箋等貨各色廉如蒙高□賜顧者請士商移玉本齋購取可也特此佈聞　文美齋主人謹啓

英華書室

專課英文地輿算學文法一切由八點至四點兼辦繙譯等件願學者請至針市街益豐棧內面議此佈

告白

啓者本廠需用廠地屯糞以及散夫住房均係照章付租惟街有廠地□處地主均本廠租特此登報催繳租價凡各地主見報速來本廠以便□章付給除票部統衙門存案外特此聲明以便週知　大法國界官糞廠謹白

開口 魁豐冰窖

啓者本號向在閘口開設歷有年所因大日本年馬路將冰窖拆毀仍添挖新窖一分此冰窖設在南門外當之拳匪倡亂將冰窖被焚已經修理齊整兩處均仍照前章程設特此聲明不悞主顧

天后宮北 義興順綢緞莊

本莊自置顧繡綢緞綾羅紗絹哈喇大呢羽綾毛□各樣花素洋布南貨雅扇□母頭油香粉鏡皂歸安貝松梟湖筆一概俱全
頭號杭甯綢
頭號摹本緞
紅梅茶每一吊二
紅茶九百六
紅茶楝斤二百八
金百壽棉襪裙

昨閱貴報有跡近招搖一條殊爲可異惟敝司南紳創立必須實事求是若此等人不特有礙局章抑且易將惑衆務祈將若輩姓名訪確登報核辦是爲至幸　票鹽總局謹白

德記磚瓦松木公司

現寓鼓樓東坐南聚成德錢局代辦專售松木單截連截方子磚瓦格外克已重廉不悞主顧

名醫回津

方司馬友莊先生皖江名士也精岐黃兼通西法刀針向留在津門數載凡遇疑難之症均許手到回春人所共仰今夏避亂保陽刻因友人緣請回津寓河北大街特浮橋旁穆家衚衕三友棧重症隨時出診門候十點鐘至一二點鐘止　同鄉友人啓

光緒二十六年十二月初七日　直報　第六版　三〇八〇

竊我王氏始祖諱伍世居山東青州府壽光縣自前明永樂二年擢授天津總鎮畿南督都任滿奉命遂居斯土卜塋地于西郊即令僧王翁祠西也及今傳世十有八代始祖忠義祠立位國史可杳余居一十三代宗譜可據不料竟有不肖大津縣民人族兄王照同二子文郁文僾擅將始祖塋地盜典牛姓開設柴廠余身為族中首領理應出頭根究本欲稟官究辦伊盜典父子並受典牛姓難辭隱得之咎嗣經鄰里長者勸余辦價回贖免傷骨肉體面遂如所請現令給價回贖並將私寫僞字僞據註銷矣余稟官備案外理合登報闔族眾覽嗣後無論何支何派塋地均不須盜典盜賣如再有仿效王照父子典祠賣宗者余必率族攻究萬不能因循情面以驚將來此啟

王靜軒謹白

海大道

源興亭土莊

本號自運各省西土公班大土亞庄廣土黑白廣膏一概發莊零剪銷售如欲購者 請移玉本莊面商貨高價廉不悞主顧此啟

泰豐號面包鋪

本號鋪掌前住紫竹林同昌辦館因被火焚移居馬家口海大道同立東棧對門新機器磨房旁便是 本號辦定鐵罐牛乃糖醬火食等物呂宋烟捲帶烟點心面包俱已細鮮不悞主顧仕商賜顧者請到本號購取可也 本號主人啟

法商

祥發號辦館告白

啟者本號開設天津紫竹林海大道育才館北專辦各國盒菜牛乃面包各樣烟捲一切雜貨物品價廉如蒙 仕商賜顧者請移玉本號面議可也特此佈聞

本主人 鈕梓芬謹啟

瀛宴樓飯莊

本樓開設海大道機器磨坊前包辦酒席小賣俱全定於十月廿日開張此佈

仁記洋行

啟者本行茲有船牌洋臘壹千箱每箱二十五包並有洋白面八百二十五袋出售特此佈聞

仁記洋行謹啟

本名醫

橡村先生內外兩科醫道高明凡有診視病症者無不應手奏效洵為當世之名醫現寓天津開口下窪忠祠對過特此佈聞

門人公啟

新開美瑞洋行

啟者本行由外洋自運各色洋酒罐頭食物預冬織絨褲紺鞋襪佛藍絨項巾手毯各樣帽皂洋燈料器鐵貽磁面各種器俱並各[illegible]鋼鐵洋釘洋鍁洋鍬白鐵水桶洋鐵火爐以及大米各種貨物莫不精美批售大宗格外當廉凡蒙賜顧者請至法租界大羅洋行對門第四十六號門牌便是

本行主人謹啟

英商

福照樓西棧代起行

啟者今歲因遭兵荒有本棧樓房被俄國人住守至今未曾遣出故此租賃西門北萬源棧內開張該門面書掛福照樓招牌為記所有房間院中無不覺闊潔淨安寓回漢客商各分房所所有茶水飯菜另有廚坊代運出進口貨物搭座輪船車票以及華洋關稅均按本棧舊章無不公道專運北京各處雜貨等件護用妥實洋人押送如有短少失物俱按保險章程賠補其情與眾不同 貴客商如欲搭運貨物者請至本棧面議可也特此佈聞

義利上行

自置美國茂生廠鹽海烟捲零整一概出售價值格外公道緣天津自封河後品海烟與雜號等烟一概短少維本行自置之鹽海烟尚有多數諸客商如欲購買此烟務須認明係美國所造非東洋等國之烟可比本行開設天津北門外東單街坐南向北便是

上行主人謹白

天津河東

同義棧

敬啟者本棧開設河東大王庄河邊係俄國租界內即怡和洋行對河便是內有洋式棧房院內寬大無論粗細貨物均可存寄而棧租亦極相宜倘 蒙各寶口號棧及過路客商如有貨物寄存者請移玉至本棧帳房面議可也。如欲保險以及別埠來貨者本棧均可代報洋關聲辦稅釐及各種使費等項特此佈聞

本棧主人告白

源利車船公司

本局設在天津開口下江蘇外局內專攬京通大小車船 貴官商光顧者請駕臨本局面議庶不致悞特此佈聞

本局謹啟

同順面包房

啟者本號開設海大道機器磨房內於本月十二日開市專做花旗面粉大小面包及各樣洋點心一應俱全 仕商賜顧者即請購取可也特此佈聞

鴻義金珠店

啟者本號專做時式赤金紋銀軟翠堆纍鑲嵌首飾鳳冠酒器包葉度葉等物一概俱全開設天津府東門外天后宮南坐東向西便是

通源土莊

啟者本號出售各省西土并售黑白廣膏零整皆可如欲賜顧原箱者請移玉本號帳房面訂價值格外從廉天津鍋店街東口通源土莊謹啟

寄售洋書

各種俱全

如有賜顧者請移玉至北門外針市街南閣西玉盛合煤油鋪面議可也

泉金公司

本公司設在天津河北大衙[illegible]買賣各[illegible]荒金條金隨時作[illegible]以京滬行情為準備 貴客有收買出賣者[illegible]至本公司面議格外公平

本公司啟

日　商

福源銀號

本號開設在天津闊口下大街日本租界公署旁定於十二月初二日開張兌換銀兩海大道分號仍照舊交易特此佈聞

本號　分號　公啓

日　商

有馬洋行

本行自北山運來大木炭照市價格外從廉整躉零發均可保險運送凡仕商欲購者請至海大道牌坊南福源銀號面議特此謹啓

日　商

有信官車船總局

啓者設在天津闊口下大街勝水總局旁官車船局並代理轎商雲集運往北京通州保府等處洋廣雜貨來往保險轉差洋人護送按貨估價保險諸商請至本局面議可也

附啓保府白溝河祁州等處運貨刻已通行有章貴商賜顧駕臨本局面議運價格外從廉

天后宮內

裕康轉當局

本局議定大當五日歸與小當一月為期各聽自便并收買荒金潮銀首飾兌換洋元銀兩謹啓

本號前月運京雙窨桂油鉛粉等貨各寶號欲用新鉬珠寶市口大津永盛成竹貨店內面議價值格外公道此布

天□范永和白

京津塘沽火車開行時刻單

由天津開北京早十點四十分晚六點半到京

由北京開天津早七點半晚四點半到天津

由天津開塘沽早八點到塘沽十一點

又下午四點開到塘沽七點

由塘沽來津二次同時

大清郵政局收信時刻曉諭傳單

寄往何處	由	某日	收信時刻
北京	火車	每天	上午九點半
大沽	火車	每天	下午三點半
上海煙臺牛莊等處	火車輪船	初七	下午四點七點
上海鎮江等處	早班	每禮拜一三五	上午十一點
煙臺	又	又	又

下次輪船由秦王島開往烟台定於初七日即禮拜六四點七點收信嗣後秦王島開往烟台輪船每逢禮拜二禮拜六下午四點七點發信紫竹林總局每早九點開門收信至下午四點鐘十點禮拜日下午二點開門收信至二點半止針市街分局每日早八點開門收信至晚十點鐘止

十二月初六日銀洋行情

銀盤二吊九百九十文

洋銀二吊零八十

洋錢行情七錢

大日本

北清貿易洋行

啓者本行由日本分設天津紫竹林海大道老菜市氣燈房衙衛在直報館院內現由本國自運各樣貨物一應俱全貨真價實貴客商願買者請至本行面議價值格外公道備現用何樣貨物定期不悞特此佈聞

本行主人謹啓

高士達洋酒飯店告白

本店開設海大道下德國界大營門內專辦各國洋酒各色點心呂宋烟各樣紙烟等物各貨高價□並辦英法大菜無論中外客備皆可賜特此登報佈告

本主人謹啓

大米告白

敝行現由上海運到上等大包米在津出售批發格外公道如貴客零買兩三包自已食用者亦可購取請到海大道新英租界中和洋行面議多少均可價值格外公道

牙醫生

自幼在美國醫院專習牙科凡牙痛腫均能醫治若牙未落而風火蟲蛀者或用黃金白金鑲補永無後患如牙落一粒或數粒或全口可任意寄鑲就無異生成至用金托象皮托悉從客便寓海大道小樓英租界

江蘇　毛瑞堂

北浮橋西

襲勝茶園

京都新到

瑞慶恒班

特請京都保府上洋烟台蘇州鎮江青江山陝等處頭等文武名角

十二月初七日早十一點鐘開演

賽黑燈　一門鳳　童子紅　十三紅　十四紅　月□□　月□□　□□□　□□□　自來□　八□□　二□□　七金子　張吉仙

解□威　串龍珠　春秋配　普頭會　□律　八里河　行武象

侯家後老君□西

□順茶園

特邀京都□順□堂

京都姑蘇烟台等處坤角

每日准演

太平歌詞　西皮二簧

天后宮前

天儀茶園

特邀京都全喜堂

京都□蘇烟台等處坤角

每日准演

太平歌詞　西皮二簧

閘口下大街

日　商

麗華茶園

特邀京都上洋姑蘇等處坤角

十一月廿六日早晚有座

時調大鼓　太平歌詞

北門西

金合茶園

特邀京都全福堂

京都姑蘇烟台等處坤角

每日准演

太平歌詞　西皮二簧

恒昌厚照像館

啓者本館暫借河北大街西茂盛店內專門能照一人三像一人四像每張價目諸君光顧請新小號面商可也擇日開照再詳

像館主人謹白

本埠每張大錢十二文　CHIHLI GAZETTE　外埠照遠近酌加寄費

直報

CHIH PAO

第五百六十五號

本館開設天津紫竹林海大道老棻市氣燈房巷內

光緒二十六年十二月初八日

西歷一千九百零一年正月廿七日　禮拜日

照錄南皮制軍申勸商人購機製茶札
條款酌議確聞
擬駛輪船
推運玄妙
斗店失慎
令人揣測
批示彙錄
京報補錄
鄂督嘉猷
粵紳貢品詳述
銀錢開盤
是否謠言
利期殆過
蕪湖新聞
各行告白
奏調公使
封印示期
添修鐵路
若將終身
氣豫一新
厦門新聞
路透電報
添兵駐防
慶賀萬壽
頌德又誌
履冰何益
以昭核實
各國新聞

照錄南皮制軍申勸商人購機製茶札

爲剴切申勸事照得中國出口土貨以茶葉爲大宗而漢口商務之盈絀尤專視茶業爲盛衰近年印度歐美東洋各處種茶漸多銷流漸廣雖茶質遠遜中國而外國人究心培植加工烘製洋茶貨價日高一日我茶出口年少一年若不及早整頓則必如他事終落人後原有大利盡爲外人奪去豈不可痛可危前經屢飭江漢關道悉心考究妥議詳奪並札委稅務司穆和德勸令華商集股仿照外洋烘製之法購機試辦旋據江漢關道詳據武昌府崇陽蒲圻通山咸甯興國等州縣及茶釐委員易守學浩豐茶業公所商董稟覆前來大率皆以機器製茶水味苦澀香氣不清止宜英國以外不能暢銷機器價貴成本難籌不若仍循其舊爲詞査華商性情但以襲故套圖小利爲事而憚於求精官場積習但以因循省事搪塞上司爲能而懶於振作當經批駁飭令再行悉心體察妥議詳奪在案茲已日久未見詳覆特再札催該商等須知中國茶葉所以至今仍勝於洋茶者乃中國土性天氣使然至於人工烘製則人事之不齊斷不若機器之一律若中國仍用舊法洋商必藉口人工不能停勻製法不能乾淨極力傳播煽惑務使各國盡銷洋茶而後已恐各國銷路日久皆將窒塞豈獨一英我若改用機器是製法與彼同而茶質較勝又何能與我爭衡乎謂若機器製茶香味全失此說最謬査洋人飲茶專取濃厚既爲消食又防傷胃先用鐵鍋熬成濃汁將飲之時注於甌內必加入洋糖兩塊再攙入牛乳一勺已別成一種風味卽使淸芬雋永如浙之龍井蘇之碧螺閩之蘭蕊配以中泠惠山之泉一用西法煎熬調和恐亦不能辨其爲何味矣西人所謂淸香豈如中國

詩人墨客品茶諸書所謂淸香耶況機器烘製其經火成熟與人工同而迅速停勻無烟氣無薰氣無馬糞氣則遠勝之何反至有損香味尤不可信若謂機器製茶止銷於英尤爲無稽妄說漢口烟筒林列者卽俄商以機器製茶之屋也數年來俄人亦漸購印度茶所買者卽皆機器之所製也近年溫州機器製茶味美價善洋𨨏盛稱該官商等獨未之聞耶至漢口茶商連報虧折大抵皆因零星小販太多資本不足重息假貸減價爭售致壞市面若各大商能集股購機製茶小販力薄不能購機勢必不能與之爭利是小販不禁自絕既無小販則華商不爲洋商挾制市面必日有起色矣前據稅務司穆和德面稟洋商之欲來漢試辦者甚多而華商皆畏葸裹足不肯集股本部堂聞之殊爲華商惜此事所需資本不甚過巨多則十萬少則六萬亦可試辦以漢口茶商之盛豈竟無一二有識有志之人爲中國挽回利權耶爲此札仰該關道務速再爲傳集各商極力勸喻籌辦以爲明年之計毋負本部堂勸導苦心務期議有端倪如有須官力維持保護之處本部堂定必竭力扶持倘商人集股不足本部堂亦可酌籌官款若干相助以期成此盛舉除札行江漢關道遵照傳集商人切實勸諭稟覆外合併札行爲此札仰該局卽便遵照毋違此札

時事記要

路透電報 ○西正月二十四五號路透來電云十八號特將德勿特已渡烏耳河與特軍相接○特人由克爾方滕退回者死傷共六十八人也○開勃滕境內除八縣之外餘皆以行軍法律治之凡有私藏[illegible]八者皆有罪焉○十九號有特兵三千在克羅里亞相聚○英將窠非爾之軍敗退特兵在烏洋特克死傷甚衆○二十三號英女主之駕崩也并無所苦其親屬俱侍於側文蔡司𤀹大牧師於是日下午卽爲誦經至駕崩方去○華盛頓之軍機處及議院均爲哀悼○二十四號殯葬之期尚未議定○拜一夜間女主不能安寢室門鎖閉惟醫士服役者准入其親屬於拜二一日召入三次自下午三點半時入侍至[illegible]崩方出女主臨崩仍係明白待後竟睡去

條欵酌議確聞 ○上海中外日報載得甯友確實消息云南洋大臣劉峴帥[illegible]就和議十欵中酌商數條又擬增一條告諸某國領事茲照錄其辭如左 一第二欵懲辦禍首一節[illegible]不如[illegible]國改[illegible]凡將各王公分別遠戍圈禁並永遠革爵子孫不准承襲其餘各員除就賢獲咎最重明正典刑外餘[illegible]分[illegible]時[illegible]難[illegible]辦者應暫緩辦 一第五欵禁運軍火器料一節中國既認保護商教之責不能不購製軍械嚴防土[illegible]此[illegible]否則不禁料物仍嚴禁私售濟匪 一第六欵賠償費用一節中國入不敷出患貧已久此項償欵各國酌定數目不宜過[illegible] 一第七欵使館留兵應酌定數目務宜從少以期賓主相安 一第九欵由各國酌定數處派兵駐守一節兵數[illegible]少尤[illegible]可[illegible]地方行[illegible]以免兵民猜忌 一第十一欵更改約章務使妥善無礙商民至計中國利權 一擬增一欵各[illegible]章不預[illegible]訟[illegible]定專條務求永遠相安之法

鄂督嘉猷 ○頃聞兩湖總督張香帥有電至京以和局[illegible]成關必須[illegible]從事所有新政亟行武備亟修均爲再造中興之據必須不爲和局所得乃爲妥愜云

奏調公使 ○昨得西安來電云李傅相以和議關係甚巨需員籌畫近特奏調駐朝鮮公使徐靜齋京卿前往北京以資臂助聞業已奉 旨允准矣

添兵駐防 ○前日倫敦來電載稱英國政府已准添印度兵隊三營駐防星加坡香港西倫等處之用所需軍費由理藩院撥給云

擬駛輪船 ○漢口友人來函云自 兩宮西幸長安挽粟飛芻須經漢口襄河之內帆船如林茲聞某西人擬在上海購備淺水快輪船若干艘行駛襄河以達內地日後風氣既開牟利之徒當有接踵而起者矣

粵紳貢品詳述 ○羊城紳士前因 兩宮西幸願備各種貢品解呈需用業志前報茲先將貢品詳列於下尚有稟稿及各紳銜名明日續錄進 呈銀米書畫端硯香珠紗綢鐘燈暨食品燕窩等共十六種開列淸單呈 奏 計開龍圓二萬元 廣東白米一

百包　書籍二十四種　內　御纂周易折中全部　欽定書經傳說彙纂全部　欽定詩經傳說彙纂全部　欽定周官義疏全部　欽定儀禮義疏全部　欽定禮記義疏全部　欽定春秋傳說彙纂全部　御批通鑑輯覽全部　欽定佩文韻府全部　十三經註疏全部　廿四史全部　通鑑紀事本末全部　通鑑長編紀事本末全部　宋史全部　元史全部　明史全部　唐貞觀政要全部　唐陸贄奏議全部　唐鑑全部　宋眞德秀大學衍義全部　明邱濬大學衍義全部　唐杜甫集全部　嶺南遺書全部　陳澧漢儒通義全部　名畫十二種　內明沈周山水畫册成部匣明文徵明沈周唐寅仇英便面畫册成匣　國朝王鑑豳風圖成匣　國朝惲壽平花卉畫册成匣　明文徵明寒林欲雪圖成軸　明文徵明雪山秋霽圖成軸　沈周柳亭習靜圖成軸　仇英松陰說法圖成軸　國朝王原祁倣元高克恭山水成軸　國朝王原祁倣元黃公望山水成軸　國朝王原祁倣元王蒙山水成軸　國朝王原祁倣元吳鎮山水成軸　端硯　匣　內四方底平硯成匣　子圖硯成匣　奇楠香珠四匣　內　奇楠街珠十串　奇楠念珠十串　廣織祥雲紗四匣　內明黃色祥雲紗八疋　荷花色祥雲紗八疋　湖水色祥雲紗八疋　本色祥雲紗八疋　廣州順德綢四疋　內醫色串綢八疋　明黃色串綢八疋　玉色串綢八疋　荷花色串綢八疋　廣製時辰鐘成對　廣製萬年福壽燈二對　廣州燕窩二十斤　瓊州魚翅一百斤　廣州豆蔻六十斤　肇慶春砂六十斤　慶州桂元四十斤　廣州荔枝四十斤

津京新聞

封印示期　○光緒二十六年十二月二十一日巳時封印二十七年正月十九日午時開印現經禮部行知各部院文武大小衙門暨各省督撫府尹將軍都統一體遵照矣

慶賀萬壽　○西歷正月二十五號即十二月初六日係德國國王萬壽佳辰現經德國統帥馬大將軍格大將軍先期傳知德界所轄各地面舖戶住戶商民人等各將門前所插德旗更換三尺長二尺半寬大旗夜間門前所點燈籠俱以黑白紅三色紙於十二月初五日一律備齊插掛門首以壯觀瞻云

推運玄妙　○欽天監欽遵　御製數理精蘊印造光緒二十七年歲次辛丑時憲書太歲在辛丑幹金枝土納音屬土歲德在丙合在辛丙辛上宜修造取土四日得辛一龍治水其年神方位吉凶皆宜知之遇有動作均可趨吉避凶子病符丑太歲寅劫煞卯災煞喪門五鬼辰歲煞巳官符午死符小耗未歲破大耗申蠶命酉大將軍白虎大煞飛廉戌歲刑亥太陰弔客甲伏兵乙大禍丙空丁空庚空辛空壬空癸空用特訪錄以備修造安葬之家俱按方向可知趨吉避凶矣

銀錢開盤　○頃聞京師銀市各商人已領護照復行重整開盤每兩足銀可易大個錢十三吊七百文洋銀每元易大個錢九吊五百文惟制錢每兩銀可易兩吊六百四十文至二路錢雖已市面通行使用然銀市並未開盤一準行情云

添修鐵路　○前門外東月墻西月墻東城根西城根東河沿西河沿一帶地方昨有洋官數員在該處測量地址插標木阡擬欲修築鐵路開行火車直達城內業經吩咐住戶華民朝陽閣廟宇僧人於十二月初三日起限三日將房屋一律騰出刻即開工興修並聞若拆毀廟宇及華民居住瓦房一間者給銀十兩云

頌德又誌　○昨在海大道見有東安縣紳民衣冠楚楚與英國駐津提督恭送軟匾二方銘傘二柄匾書德被羣生等字傘文則曰千秋感戴德被中華鼓樂喧闐抬赴福音堂裏去蓋誌感戴不忘之意云

斗店失愼　○日昨和順斗店一時失愼不戒於火祝融氏稅駕而來幸附近各水會竭力灌救始行熄滅計焚去廠房六間麥子數百石幸未殃及魚池云

是否謠言　○本埠自拆城以來所有緣城居住之民盡皆遷徙訪事人云昨見西北城隅已經拆落到底聞在該處掘出石碑一通碑文字跡模糊並聞於前明時所建此事居民言之紛紛惜予未見姑誌報端容俟續訪

若將終身 ○訪事人云西門北某甲之妻向與某有染甲則不之知也及失城後甲被抓充苦力至今未歸而其妻則將某招至家中朝夕與共頤釋所懷乃昨聞甲曾託人代信云此時現在獲鹿縣約在年前可歸不知甲若歸來則臥榻之側尚能容人酣睡否

履冰何益 ○昨在鄒家坑見某甲履冰而行不意甲之鞋底有鐵釘二枚而與冰相遇其滑非常因偶一失足竟至傾跌適其處有冰塊一堆竟將甲面碰破一塊雖傷不甚重而血已涔涔下矣

令人揣測 ○頃聞昨有某甲在北門西恩合落子館點曲連點切跳槽曲十餘個計費銀約數百元堪稱揮霍坐中人皆以其為某錢舖掌指之宜其揮霍若是也抑係數千兩銀條除付五十兩外所遺之銀使之所為耶

利期殆過 ○報載利重期迫一則云京中押舖規章其期固迫其利尚在定例而我津押舖遍貼報單或云代當局或云轉當局其實皆是押舖而其利也六分八分不等更須現扣試問其期竟有一月為滿者使用洋元出則加數入則去數多逾一日即要一月之利雖云六分八分按之加一尚多亦有押票題名號票不寫押本變其名曰憑物借錢認票不認人惟不聲明其利若干此外更有不出名而私自收押者利則尤重操是業者每尚自詡無力施捨以此便民較之京中其朘削貧民殆尤甚焉更宜如何非之

氣豫一新 ○聞有侯家後某相姑者前雖名著一時後已容光消滅門客跡稀而近日不知又遇何等熱客為之更衣易履狐裘煌煌足登絨靴頭戴絨帽公然不啻洋學生其趾高氣揚之態儼若富翁子遙遙擺擺如淑士國之氣象也殊令人捧腹焉

以昭核實 ○十一月二十九日報登批示彙錄內有陳汪氏劉張氏張印堂李萬有朱德昌趙文翰等稟債款不償有無憑據着携帶借券並中証人等於禮拜五即二十八日來案查核等語至本月初二日忽來韓姓手持雙合毡店益和毡店源玉成毡店玉順毡店等四家聲明債款不清之告白一紙仝人亦未細查姑照告白之例登諸報尾昨接都署來言雙合毡店等所稟已於二十九日批示矣本館細加詳查緣二十九日所載李萬有等批示即是雙合等四家毡店之稟而該店以人名字號混飾令人無從查悉現在案已了結至告白內稱托情將稟壓住等語皆係該店等揑造之詞不問可知特此登報以昭核實

批示彙錄 ○據趙興堂謝汝舟等稟穆文標查無其人亦從未辦過此項案件謝稟趙德魁亦聲叙不清無憑查核○王東升稟所保韓蔭潭並無其人查核呈詞如指韓儍八而言決不准釋○趙起發等稟陳二陳三業由該局董保放○田張氏稟業經限滿釋放矣○于海廷稟隨少棠陳三已由禁捷一具保出不悞傳喚甘結在案該氏所稟應無庸議○畢心培稟前准該商當堂討息應速行商辦秉公理結勿得遷延切切○信兆麟稟劉三苦丁期滿業經已期開釋○白玉青稟郭四即郭三已審實斬決矣該氏等妄保匪人應一並罰辦姑從寬免究

蕪湖新聞

遺愛難忘 ○蕪湖訪友云福廬袁爽秋京卿前任徽寧池太廣兵備道兼蕪湖關監督時遺愛在人口碑載道蕪人士自聞被戮之信即醵貲建醮並就赭山滴翠軒供奉本主以表哀思近日闔邑搢紳又聯名稟准當道就京卿所建尊經閣供設神位涓吉本月初一日奉安屆時搢紳士庶衣冠蹌濟將事虔恭文武印委各官亦呵殿遙臨竭誠奠 一路香花繚 旗幟 紛間以牌傘旗鑼十分熱鬧昔人峴山墮淚之碑恐亦無以過之矣

厦門新聞

電准養病 ○厦門道延少山觀察在省向許制帥請告病假兩月並赴粵省親各情屢志報端刻下觀察已經回厦交卸在即厦地人民以觀察到任以來興利除弊安內和外悉臻妥善今將去任情切攀轅紛紛聯名電稟許帥一再挽留而延觀察則一再以抱疾為請發電稟辭初八接督轅回電以厦道積勞致疾應准所請令紳等攀留肫摯足徵該道惠澤及民交卸後着在保商局養病就醫以順輿情而孚民望云云故觀察交卸後尚當小作勾留也

各國新聞

澳洲新政　○澳大剌亞洲建設聯邦政府已在希多尼都城舉行開辦大典推巴路敦爲內閣總理大臣兼任外部大臣云

俄事彙錄　○滿洲鐵路之倭命支線係自俄滿交界之倭命站起接至滿洲內地止目下修竣者已有一百五十九俄里矣○烏立米耶報者俄國最著名之新聞紙也該報館現在捐金一千一百十五留布寄交黑龍江總督其中以七百九十七留布爲資助傷兵之用所餘三百十八留布以賑恤陣亡兵士之家族○俄政府現以一百十七萬二千五百留布購得上等鋼製輪船一艘船身計重八千噸係在禮査特松船廠所造乃以供太平洋輪船公司之用者將於來春自奧德薩搭載軍士及糧食開往旅順海參崴等處○前者俄人潑潑夫新創無線電報法本年夏間波羅的海艦隊之水雷艇曾經演試果有實効是以現在東洋之各戰艦內均須如法安放且於旅順海參崴亦一律添置云　俄人前取奉天時奪得古書若干種寄回聖彼得堡現經名人評鑒謂書中有希臘文及古代俄羅斯文蓋蒙古人蹂躪歐洲時奪得之物而携至滿洲者也

京報補錄

袁世凱片　再據鹽運使豐紳泰詳稱　京師大兵雲集庫藏空虛凡屬官商士庶自當合力捐助現在悉力羅掘歷年節存廉俸共得銀二萬兩情願報效軍需存庫候撥以爲紳民之倡斷不敢仰邀　獎叙等情前來臣査該運司仰體時艱報効鉅欵洵屬出於至誠雖據稱不敢仰邀　獎叙究未便壅於　上聞理合附片陳明伏乞　聖鑒訓示謹　奏奉　硃批戶部知道欽此

裕長片　再光緒二十六年六月十九日承准軍機大臣字寄光緒二十六年六月十六日奉　上諭前經迭次寄諭各督撫派隊來京聽候調遣現在津沽軍情緊急畿輔各軍甚爲單薄所有各省派出勤王之兵著各督撫嚴催統帶各員星夜兼程北上毋稍刻延並將起程日期先行奏報將此由六百里加緊各諭令知之欽此遵　旨寄信等因知照到豫溯查奴才前派記名總兵蔣尚鈞督帶常五營入衛並將分起開拔沿途招募勇丁足額齊集彰德府點驗前進等情先後奏明在案當經飛催各營儘於六月初旬渡河而北順道添募補額新勇一面辦理行營軍裝衣帳需用各件馳赴彰德府城會齊嗣於十四日欽奉十一日　寄諭飭令蔣尙鈞統率五營星速北上藍斯明留豫辦理防務等因遵即恭錄分行並嚴飭蔣尙鈞申明軍律促令倍道北上亦在案現在據報各營業已齊集彰德府新舊勇丁均由蔣尙鈞逐一點驗足額並將應用新添軍裝忽促辦齊粗具規模其前站轉運車輛因天時亢旱已久四出催覓騾難足數現擬分起挨站接送以資周轉茲已定於六月十七十九二十等日由彰德府陸續出省遵行約計二十七八等日當可迤邐馳抵保定府除恭錄此次　諭旨嚴催蔣尙鈞迅赴保定府逕報軍機處外所有豫軍分起出境日期理合附片覆陳伏乞　聖鑒謹　奏奉　硃批知道了欽此

救濟會告白

本善會於上月中旬在河東鹽坨地方見有破棺一具曾登報章令該親屬安葬嗣因無人收管已經本善會掩埋在南園外義塚地標立記認今査得鹽坨義地旁又有棺材一具又小道子旁劈損棺柩四具仍限五日內該親屬趕緊安葬倘再躭延尸骸暴露於心何忍限十二日止本善會不忍置之飭工就地培土掩埋也

立成信局仍在北門西板橋胡同萬興棧內便是

告白

余近知源和當自失城時被土匪連搶數次看守舖中人見人太多實攔阻不住只可任其搶掠街鄰看勢不好懇求　大日本大人保護即刻派兵數名到舖中連放排槍兩次土匪始能四散奔逃隨後又懇求　大日本大人將貨物房一併封鎖及放贖時又經　大日本大人開封驗看凡未經被搶之物無不聽人取贖並未自隱匿黃白等物此實在情形余知之余不得不代爲白之敢告諸四方君子　陳潤生　張榮齋　張心齋　徐竹卿　高少波　喬耀庭　劉子衡　蕭竹坡　解曉江　閻桐彩仝啓

瑞林祥元記綢緞洋貨店仍設估衣街中間路北先由便門賣貨

敦慶隆綢緞洋貨店仍設估衣街西口零整發莊

永平壽命保險公司告白

啓者本總公司在美國紐約埠開設多年生意興隆資本銀四百四十四兆三億三萬零八百八十元至於保過三十七萬三千九百三十四人共計銀一千九百四十二兆四億三萬零二百九十元足見資本之厚利益之多誠信相孚章程甚善早爲海內君子共相推許各國各埠均有分行中國各通商口岸亦有巨商代理並另立總局於上海九江路第四號門牌係專辦中國保險事宜現又在天津海大道瑞記洋行請王君專理本公司一切事務嗣後如有願保人壽者速請與王君面商可也

洋總理高尚志謹啓

新到煤油燈搧輪機器

啓者本行由英國自創點煤油燈扇輪機器出售現有樣子在本行　貴官商如欲購者即請駕臨本行帳房面議價值格外相宜只此一家並無二處特此佈聞

明義洋行主人謹啓

京都

六通棧告白

啓者六通棧開設京都崇文門外花市大街專辦東西兩口牛羊專賣各國糧臺定期不悞價值格外公道如欲買者請本棧面議可也

恩利和牛羊公司

本號新開在海大道貽來牟機器磨房前專售牛羊肉牛肉每磅一毛二羊肉每磅一毛五詳茂條姨香水方姨價值格外公道賜顧者即請購取

本主人謹啓

聲明作廢

啓者自各國軍隊入城敝號遺失通惠銀號第五十七號公砝化寶一千兩德順湧憑帖三千兩一張二千兩一張源湧憑帖一千兩一張逢源憑帖三千兩一張一千零二十六兩一張四百兩一張韓姓票一千兩一張鈴鐺閣胡同房契一張有儀堂厚土莊合同一只織布局憑據二只長發萬借約一只長興義借約一只堤頭姜姓房契一只何景三借約一張成發號借約二只西沽陸姓房契一紙西于庄楊姓地契二帋借約一帋已經在都統衙門具稟聲明無論華人洋人等拾去均當作爲廢紙業蒙批准立案茲特登諸報端俾衆周知

天昌和主人啓

本號前月運京雙窨桂油鉛粉等貨各賣號欲用新鈔珠寶市口大津永盛成竹貨店內面議價值格外公道此佈

天津范永和白

謝相

江南覺覺子相法眞如神矣向遊京津關外久已馳名茲因京津多相者紛紛不靖蒙鑒非常本擬赴都我等挽留特此望諸公速往面談過午不候相資津錢吊貴加增大錢壹衙北口東[illegible]公館

友人　桂堯臣　沈昭甫　許松廷　王治臣　仝啓

告白

啓者本廠需用廠地屯糞以及散夫住房均係照章付租惟尚有廠地數處地主均未領租特此登報催領租價凡各地主見報速來本廠以便照章付給除稟部統衙門存案外特此聲明以便週知

大法國界官糞廠謹白

鬧口

魁豐冰窨

啓者本號向在鬧口開設歷有年所因開大日本開馬路將冰窨拆毀仍添挖新窨一分此冰窨設在南營門外因拳匪倡亂將冰窨被焚已經修理齊整兩處均仍照前章程設特此聲明不悞主顧

天后宮北

義興順綢緞莊

本莊自置顧繡綢緞綾羅紗絹哈喇大呢羽綾[illegible]毛各樣花素洋布南貨雅扇[illegible]母頭油香粉姨皂歸安貝松皂湖筆一概俱全頭號杭寧綢緞頭號摹本[illegible]梅[illegible]一吊二紅茶九百六紅茶[illegible]斤二百八金百壽棉被褥

德記磚瓦松木公司

現寓鼓樓東坐南聚成德錢局代辦專售松木單方連載子磚瓦格外克己重廉不悞主顧

名醫回津

方司馬友莊先生皖江名士也岐黃素通西法刀針向留在津門數載凡遇疑難之症均許手到回春人所共仰今夏避亂回保陽刻因友人特請回津寓河北大街浮橋旁穆家衕三友機[illegible]董症時出門候十點鐘至一二點鐘止

同鄉友人啓

京濟代售直報

京都福興潤信局寓打磨廠鴻太店內濟南府城局萬福興潤內信局大街西門東鄭家胡同院內如觀者貴官諸君欲閱購取分送不悞天津福興潤信局謹白

竊我王氏始祖諱伍世居山東青州府壽光縣自前明永樂二年擢授天津總鎮畿南督都任滿奉命遂居斯土卜塋地于西郊即令僧王爺祠西也及今傳世十有八代始祠忠義祠立位國史可査余居一十三代宗譜可據不料竟有不肖大逆縣民入族兄王照同二子文都文僕擅將始祠塋地盜典牛姓開設柴敞余身爲族中首領理應出距根究本欲稟官究辦伊盜典父子並受典牛姓難辭應得之給嗣經鄰里長名勸余辦價回贖免傷骨肉體面遂如所請現今給價回贖並將私寫僞字僞據註錯矣余稟官備案外理合登鬻圖族衆覽嗣後無論何支何派塋地均不須盜典盜賣如再有仿效王照父子典祠賣宗者余必率族攻究萬不能因循情面以驚將來此啓 王靜軒謹白

海大道

源興亨土莊

本號自運各省西土公班大土亞庄廣土黑白塵膏一概發莊零剪銷售如欲購者請移玉本莊面商貨高價廉不悞主顧此啓

永豐號面包舖

本號舖掌前住紫竹林同昌辦館因被火焚移居馬家口海大道同立東棧對門新機器磨房旁便是　本號辦定鐵罐牛乃糖醬火食等物呂宋烟捲帋烟點心面包俱巳新鮮不悞主顧什商賜顧者請到本號購取可也本號主人啓

法商

祥發號辦館告白

啓者本號開設天津紫竹林海大道育才館北專辦各國盒菜牛乃面包各樣烟捲一切雜貨物高價廉如蒙仕商賜顧者請移玉本號面議可也特此佈聞 本主人謹啓 鈕桂芬

鴻宴樓飯莊

本樓開設海大道機器磨坊前包辦酒席小賣俱全定於十月廿日開張此佈

仁記洋行

啓者本行茲有船牌洋臘壹千箱錫箱二十五包並有洋白面八百二十五袋出售特此佈聞 仁記洋行謹啓

本名醫

橡村先生內外兩科醫道高明凡有診視病症者無不應手奏效治爲當世之名醫現寓天津開口下懸忠祠對過特此佈聞 門人公啓

新開美瑞洋行

啓者本行由外洋自運各色洋酒罐頭食物預冬織絨褲褂鞋襪佛藍絨項巾手套各樣胰皂洋燈料器鐵胎磁面各種器俱並各色鋼鐵洋釘洋鍬洋鋤白鐵水桶洋鐵火爐以及大米各種貨物莫不精美批售大宗格外價廉凡蒙賜顧者請至法租界大羅洋行對門第四十六號門牌便是 本行主人謹啓

英商

福照樓西棧代起行

啓者今歲因遭兵荒有本棧樓房被俄國人住守至今未曾遷出故此租賃西門北萬源棧內開張該門面書挂福照樓招牌爲記所有房間院中無不寬闊潔淨安寓回漢客商各分房所所有茶水飯菜另有廚坊代運出進口貨物搭座輪船車票以及華洋關稅均按本棧舊章無不公道專運北京各處雜貨等件盡用妥實洋人押送如有短少失物俱按保險章程賠補其情與衆不同　貴客商如欲搭運貨物者請至本棧面議可也特此佈　聞

義利上行

自置美國茂生廠鑑海烟捲零整一概出售價值格外公道緣天津自封河後品海烟與雜號等烟一概短少維本行自置之鑑海烟尚有多數諸客商如欲購買此烟務須認明係美國所造非東洋等國之烟可此本行開設天津北門外東單街坐南向北便是 上行主人謹白

天津河東

同義棧

敬啓者本棧開設河東大王庄河邊係俄國租界內即怡和洋行對河便是內有洋式棧房院內寬大無論粗細貨物均可存寄而棧租亦極相宜倘　蒙各寶行舖棧及過路客商如有貨物寄存者請移玉至本棧帳房面議可也　如欲保險以及別埠來貨者本棧均可代報洋關整辦稅餉及各種使費等項特此佈聞 本棧主人告白

源利車船公司

本局設在天津開口下江蘇外局內專攬京通大小車船　貴官商光顧者請駕臨本局面議庶不致悞特此佈聞 本局謹啓

同順面包房

啓者本號開設海大道機器磨房內於本月十二日開市專做花旗面粉大小面包及各樣洋點心一應俱全　仕商賜顧者即請購取可也特此佈　聞

鴻義金珠店

啓者本號專做時式赤金紋銀軟翠堆纍鑲嵌首飾鳳冠酒器包葉慶葉等物一概俱全開設天津府東門外天后宮南坐東向西便是

通源土莊

啓者本號出售各省西土并售黑白廣膏零整皆可如欲賜顧原箱者請移玉本號帳房面訂價值格外從廉 天津鍋店街東口 通源土莊謹啓

寄售洋書

各種俱全

如有賜顧者請移玉至北門外針市街南閣西玉盛合煤油鋪面議可也

采金公司

本公司設在天津河北大衚衕買賣各處荒金條金隨時作價以京滬行情爲準備　貴客有收買出賣者請至本公司面議格外公平 本公司啓

日 商
福源銀號

本號開設在天津閘口下大街日本租界公署旁定於十二月初二日開張兌換銀兩海大道分號仍照舊交易特此佈聞

本號 分號 公啓

日 商
有馬洋行

本行自北山運來大木炭照市價格外從廉整躉零發均可保險運送凡仕商欲購者請至海大道牌坊南福源銀號面議特此謹啓

日 商
有信官車船總局

啓者設在天津閘口下大街勝水總局旁官車船[illegible]並代理福商雲集運往北京通州保府等處洋廣雜貨來往保險轉差洋人護送按貨估價保險諸商請至本局面[illegible]可也

附啓保府白溝河祁州等處運貨刻已通行有章貴商賜顧駕臨本局面議運價格外從廉

儒醫

駱坦如明府安徽人遊歷中外十餘年近因時事鉅艱立意南旋我等症其脈理甚精識慕無差迭見著手成春之效力爲挽留一展方技凡請診者問鍋店街春華泰號便知寓所

李敏軒 張小甫 謹啓

大日本
北淸貿易洋行

啓者本行由日本分設天津紫竹林海大道老菜市氣燈房衚衕仝直報館院內現由本國自運各樣貨物一應俱全貨眞價實貴客商願買者請至本行面議價値格外公道備現用何樣貨物定期不悞特此佈聞

本行主人謹啓

高士達洋酒飯店告白

本店開設海大道下德國界大營門內專辦各國洋酒各色點心呂宋烟各樣紙烟等物貨高價廉並辦英法大菜無論中外客商皆可賜顧特此登報佈告

本主人謹啓

大米告白

敝行現由上海運到上大包米在津出售批發格外公道[illegible]貴客零買兩三包自已食用者亦可購取請到海大道新英租界平和洋行面議多少均可價値格外公道

牙醫生

自幼在美國醫院專習牙科凡牙痛腮腫均能醫治若牙未落而風火蟲蛀者或用黃金白金粉鑲補永無後患如牙落一粒或數粒或全口者鑲就可任意食物無異生成至用金托象皮托悉從客便寓英租界海大道小樓

江蘇毛瑞堂

北浮橋西
襲勝茶園

京都新到
瑞慶恒班

特請京都保府上洋烟台蘇州鎮江青江山陝等處頭等文武名角

十二月初八日早十一點鐘開演

一陣風 十八紅 十三紅 金香翠 陳同喜 楊[illegible]林 八綠旦 王吉林 月月鮮 粉菊花 雲中羅 草上飛 雲里飛 一[illegible]旗 [illegible]黑[illegible] 童子[illegible] 二陣風

破紅州 馬蹄金 烟鬼嘆 遺翠花 血手印 衆武行 溪皇庄

侯家後老君堂西
永順茶園

特邀京都順福堂京都姑蘇烟台等處坤角每日准演

太平歌詞 西皮二簧

天后宮前
天慶茶園

特邀京都全喜堂京都姑蘇烟台等處坤角每日准演

太平歌詞 西皮二簧

閘口下大街
日 商
麗華茶園

特邀京都上洋姑蘇等處坤角十一月廿六日早晚有座

時調大鼓 太平歌詞

北門西
益合茶園

特邀京都金福堂京都姑蘇烟台等處坤角每日准演

太平歌詞 西皮二簧

恒昌厚照像館

啓者本館暫借河北大街西茂盛店內專門能照一人三像一人四像每張價目諸君光顧請祈小號面商可也擇日開照再詳

像館主人謹白

京津塘沽火車開行時刻單

由天津開北京早十點四十分晚六點半到京

由北京開天津早七點半晚四點半到天津

由天津開塘沽早八點到塘沽十一點

又下午四點開到塘沽七點

由塘沽來津二次同時

大淸郵政局收信時刻曉諭傳單

寄往何處	由	某日	收信時刻
北京	火車	每天	上午九點半
大沽	火車	每天	下午三點半
上海烟臺牛莊等處	火車輪船	初七	下午四點
上海鎮江等處	早班	每禮拜一三五	上午十一點
烟臺	又	又	又

下次輪船由秦王島開往烟台定於初七日即禮拜六四點七點收信嗣後秦王島開往烟台輪船每逢禮拜二禮拜六下午四點七點發信紫竹林局每早九點開門收信至下午四點鐘止禮拜日下午二點至二點半止針市街分局每日早八點開門收信至晚十點鐘止

十二月初七日銀洋行情

銀盤二吊九百九十文

洋銀二吊零八十

洋錢行情七錢

本埠每張大錢十二文　CHIHLI GAZETTE　外埠照遠近酌加寄費

CHIH PAO

直報

第五百六十六號

光緒二十六年十二月初九日

西歷一千九百零一年正月廿八日　禮拜一

本館開設天津紫竹林海大道老菜市氣燈房巷內

上諭恭錄
西電姑譯
貽誤軍機
兵房落成
鳴炮誌賀
印兵又來
茶館滋事
妙不可言
京報補錄
粵紳貢呈銀兩方物稟稿
全權電奏
譯電彙紀
行賄被責
都統示諭
宜急勸捕
意圖訛索
批示彙錄
各行告白
江督條陳
教案又起
姑誌所聞
指明古蹟
亦云幸也
永清來言
廈門新聞
聖怒森嚴
烟函照譯
發放俸銀
罪疑惟輕
馬賊十八記
情終近盜
有命在焉
各國新聞

上諭恭錄

十一月十六日　行在內閣抄奉　上諭正紅旗護軍統領着兜欽補授欽此同日奉　上諭善豫着補授廂黃旗蒙古副都統正藍旗蒙古副都統着溥興補授欽此同日奉　上諭據崑岡等奏遵旨續查殉難各員名懇恩賜卹一摺當諭令軍機處酌核具奏茲據該大臣等開單呈覽或臨難捐軀或闔門殉節允宜悉予褒揚以彰忠藎世襲三等恩公葆初著照例賜卹伊長子候選員外郎濂定著照郎中例賜卹次子候選筆帖式濂睿三子候選筆帖式濂密四子庠生濂安均著照主事例賜卹伊堂弟分發廣東鹽大使受恒著照知縣例賜卹葆初之母瓜爾佳氏妻宗室氏子婦巴澡染氏女二名並受恒之妻李氏女一名均著准其旌表正藍旗蒙古副都統兼公中佐領載齡着照都統例賜卹伊子戶部候補主事崇綬著照員外郎例賜卹三等侍衛崇坤着照二等侍衛例賜卹載齡之妻並子婦二名孫一名女孫二名均著准其旌表湖廣道監察御史宋承庠著追贈四品卿銜從優賜卹驍騎營參將兼公中佐領魁斌著照副都統例從優賜卹伊母及妻那氏妹一名子太光奇生二名女一名均著准其旌表鑾儀衛冠軍使文琭着照副都統例賜卹伊妻鈕氏妾玩氏女一名均着准其旌表兵部候補郎中魁麟着照四品例從優賜卹兵部候補主事王鐵珍刑部主事韓紹愈均着照員外郎例賜卹工部候補主事百慶着照員外郎例賜卹伊妻劉氏子聯泉女一名均著准其旌表副將用京師後營參將兼襲雲騎尉王長蔭著照總兵

例賜卹奉恩將軍宗室公中佐領札闌阿著照三品例賜卹伊子宗人府筆帖式樸誠著照主事例賜卹子婦舒覺羅氏女一名孫女一名均著准其旌表舉人宗室恕照伊子宗學副管繼勛四品宗室懋勳伊姪管勳世勳均著照四品官例賜卹伊妻禹佳氏女一名啓勳之妻宏耷氏均着准其旌表副將世襲騎都尉兼一等雲騎尉京城左營游擊王燮着照參將例賜卹候補知縣劉恭辰着照直隸州知州例賜卹驍騎校海整着照佐領例賜卹妻何佳氏着准其旌表護軍校鳳來着照護軍校例賜卹伊子親軍鳳鳴着照親軍校例賜卹鳳鳴之妻趙門佟氏並鳳來之女三名均著准其旌表鑾儀衛鳴贊鞭使英瑞著照六品官例賜卹該衙門知道編修支恒榮之妻樊氏及伊子懋慈著再行查明具奏欽此　十八日奉　上諭大理寺少卿著張亨嘉補授欽此

粵紳貢呈銀兩方物稟稿　續昨稿

具呈三品銜候選郎中黎國廉順德縣人五品銜內閣中書梁慶桂番禺縣人丁憂二品頂戴奏留廣西補用道陳昭常新會縣人爲恭備方物赴陝進呈　懇祈代奏　事竊紳等生長海邦沐浴　聖澤食毛踐土垂二百餘年淪肌浹髓捐糜罔報五月間恭閱電傳邸鈔伏悉拳匪內亂津沽告警　望　神京五內焦灼寢饋難安迨戰事迭興致勞　宵旰我　皇上恭奉　皇太后慈輿西幸駐蹕長安嶺海士民同攄忠憤粵東自唐臣張九齡宋臣崔與之明臣海瑞陳獻章皆以高標亮節著名前史流聞鄉邑遺澤至今紳等目擊時艱緬懷曩哲爰約同志輸集銀物貢獻　行在奔問官守上報　朝廷養士之恩下申臣民效忠之願學人質樸尚義聞此急公奉上之舉衆情踴躍旬月以來集有成效計在籍紳士三品銜候選郎中黎國廉敬備銀二萬兩升用道在任補用知府截取同知楊澧敬備銀二千兩五品銜候選教諭蘇乃成敬備銀一千兩五品銜內閣中書梁慶桂敬備銀一千員二品頂戴奏留廣西補用道陳昭常備銀一千員三品銜候選知府潘寶行敬備銀一千員國子監典簿銜廩生潘元敉備銀一千員安徽候補同知龍鳳鏢備銀五百兩二品銜江西督糧道鄧鎔鏡備銀四百兩鹽運使銜分省補用知府黃桂馨備銀五百員翰林院編修潘寶琳敬備銀三百兩翰林院庶吉士廣州駐防正黃旗漢軍黃誥敬備銀三百兩知府銜廣西補用同知許炳榛敬備銀三百兩同知銜四會縣知縣廣州駐防鑲藍旗漢軍崇經年敬備銀三百兩侍讀銜翰林院編修黃玉堂敬備銀二百兩侍讀銜內閣中書鄺寶銓敬備銀二百兩知府銜倅滿截取同知內閣中書黃葆熙敬備銀二百兩員外郎銜戶部候補主事易學清敬備銀二百兩五品銜博羅縣教諭黃[illegible]雋敬備銀二百兩貢士朱秉鈞敬備銀二百兩五品頂戴廣西試用州判張元溥敬備銀二百兩　此稿未完

時事記要

聖怒森嚴　○西安友人來信云九月二十五日　皇上因大阿哥見面時並不請　安回明　皇太后准用家法管教從重責打大阿哥四十棍瑾妃亦因失儀責打二十手掌錄新聞報

西電姑譯　○申報載上海字林西報云刻接北電內開各國開列議和子目多至二百數十條其中頗有窒礙難行之處　皇太后　皇上以爲准之既有傷體制拒之又恐生意外變端必得張劉二督臣調護維持方能妥洽而江鄂兩省職任綦重未便遽離因擬飭下慶王李傅相秉使商諸各西使擇一南北適中之地與二督臣就近籌商俾美善兼臻畧無畸重畸輕之弊執筆人按西報雖有此說然本館尚未得確實消息未敢信以爲眞姑譯登於此請閱者靜以俟之可也

全權電奏　○頃聞北電云慶王李傅相連日與各國欽使會商支目各款畧可通融辦理惟於董福祥未經懲辦各國頗嘖有煩言聞已據實電奏矣

江督條陳　○頃聞江督劉峴帥曾具摺奏請施行四事　一請平滿漢之見　二請各處開學堂　三滿漢人子弟均須進學堂　四革去滿人口糧准滿人任便營業

烟臺照譯　○西正月三號烟台來信云山東一省教士教民近經北省之變無以聊生者不知凡幾均經袁中丞設法拯救若

叢頌德無量

貽悞軍機　○湖北襄陽縣李竹吾大令祖蔭因欲發頭等電報與電局齟齬致將局中機器搗毀并封閉局二日稽延　行在機密要電觸怒江鄂兩帥及督辦盛京卿現已奉檄撤任委縣丞暫攝而盛京卿亦將電局委員撤差并聞李大令與局員均已專摺奏參矣

譯電彙紀　○倫敦十七日來電云俄國通信大臣決意欲將西比利亞之鐵路展長直接至黑龍江上游一帶○又電云英商部註明今年入口增多二十八兆五十萬磅英金出口增多二十七兆磅英金○德京十八日電云法國政府現將在華之軍務以及法軍隊等均交法海軍大臣會議一切善後事宜

教案又起　○浙嚴桐廬縣山民素性强悍號爲難治本年夏間有天主教士等由衢返省道出桐城爲匪圍困幾釀事端幸由邑尊聞警馳救得免于難茲聞又有匪人私設揭帖謂百子會首事等公仝會議於十一月十九日清晨拆毀教堂云云當經省憲訪聞立委前署桐篆之陳靜夫大令海仁洋務局員鍾子元大令靈仝往查拿并札府縣嚴行防守適値諸暨鄉間亦有民教尋釁之事故惲中丞又委中城保甲總巡李石朋大令寶　赴諸查辦另飭吳統領及周游戎過明趙都戎懷清率帶新前營綠軍分往桐諸兩處駐紮防堵矣

京津新聞

發放俸銀　○吏部傳知各部院京官承領本年秋冬二季俸銀每十兩均按六成放給業經通行各部院查明如有業已陣亡殉難病故出京者即行聲覆吏戶二部查核立將應領俸銀概行扣除以杜冒領弊端云

兵房落成　○京師來函云法人現在北海招募工匠人等修造兵房馬號廚房多間爲禦寒之計於是金鰲玉蝀諸不能不改舊觀矣

行賄被責　○京師各街巷自聯軍入城以來各國分界暫爲管轄晝夜撥派兵丁巡梭稽查每至夜間街巷往來行人必須手持燈籠方准任其行走如無燈籠及至九點鐘仍在街巷行走者即以犯夜論之昨聞英界所轄崇文門外花兒市羊肉口地方有崔某者於十二月初一夜間九點鐘時手持燈籠獨行其間當被印兵拿獲時旋給印兵番佛一尊央求將其釋放乃印兵將番佛接過仍將崔某解交磁器口法華寺英界公所看押次日堂訊時經印兵同稱昨夜被獲時給我番佛一尊央求將其釋放並將番佛呈出當經西官斷云可知行賄受賄一律治罪即將崔某以皮鞭從事兩腿皮肉皆破始行釋放乃近日行夜路者俱有戒心矣

姑誌所聞　○昨聞前門內礮兒胡同設有普醫院一所先生不知何許人也亦不詳其姓氏其果有普濟羣生之妙手與否尚不得而知也

罪疑惟輕　○訪事人云在順治門內西單牌樓見有枷號示衆之人犯二名口其封條之上書有偸盜禁城門釘字樣夫此二人按清律皆屬斬刑而僅予以枷號之罪美國其猶存之殆罪疑惟輕之意乎

鳴炮誌賀　○日昨午前忽聞炮聲隆隆然連作百響詢悉是日爲德皇萬壽之辰所有駐津軍隊排隊鳴炮並在津領事各府懸掛旗幟以成慶賀之典按西例每逢國家大典之期均須排隊鳴炮誌賀以振國威而成典禮云

都統示諭　○暫行管理津郡城廂內外地方事務都統竇倭靑法富司　爲出示曉諭事照得鹽坨所存鹽觔曾經本部統等於本年七月初十日出示嚴禁民人偸竊買賣並聲明不日即欲定章出售等因在案現經本都統等訂立章程嗣後售出鹽觔每包須納稅銀一兩一錢爲此示諭諸色人等知悉特示　光緒二十六年十二月初七日

指明古蹟　○昨報紀開築馬路類誌一則內云舊制無存使後人不免臨歧弔古之悲令人讀之聲淚俱下然後此肩挑負戴

可免阻隔繞越之艱行人往來更無擁塞泥濘之患迨後馬路一律告竣無偏無陂孰不蹈平履坦是遵是循鮮不戴德歌功惟思城內既去城裏四街只由鼓樓而分聞此鼓樓爲津古蹟俗傳云天津衛之宗寶鼓樓砲台鈴鐺閣砲台久已廢弛鈴鐺閣昨年被焚只有鼓樓尚在其爲古蹟者乃以建工精巧頂如覆釜上有兩層樓下有四面門他處鼓樓少有此式著爲古蹟馳名遐邇凡來我津者無不瞻仰惟禱此古蹟永存不朽云

馬賊十八記　○訪事人來云昨日見有日兵從海下擒來馬賊人犯十二名押赴城內經司胡同巡捕隊審訊而日官尚未審訊該匪乘隊從房逃去一人該日兵等均各持槍升諸屋頂四處偵尋該匪已杳不知所之矣

印兵又來　○昨在馬家口見印兵一支均係馬隊約有四五十人並有載物馬匹三十餘頭紛紛向海大道一路行去聞此軍係由保陽所歸或云由北京來者未知孰是

宜急勦捕　○訪事人云有穆某者從北京來一車兩馬載雜貨數百餘斤腰帶現銀數十兩行至韓家樹地方突有匪徒數十人各持槍械將穆某擊斃遂將貨物車馬現銀概行刼去刻聞穆某家人已赴都署禀報矣

亦云幸也　○昨早北城根西各夫役正在拆城墊濠之際適從濠中掘出死屍七具均係失城時所死者遂傳知屍親并禀告該管官已經備棺成殮而屍身沈埋時日至今始得棺木收藏雖云晚矣亦云幸也

情終近盜　○傳聞韓三者津道日本之買辦也於聯軍入城時韓即在日本隊裏充當苦力乘勢得有財寶後經薦升買辦遇有詞訟等事韓便從中舞弄近聞韓將道署各房科底卷盜出賣與某書吏得洋已屬不貲云云未知確否訪明再錄

茶館滋事　○昨日德美茶館于歛收茶資之際有某甲與洋兵不知因何用武拋壺擲碗其勢洶洶遂令滿台歌舞頃刻間燕走鶯飛及諸茶客亦皆雲散後聞某甲被洋兵刺傷之說未知確否俟訪再布

意圖訛索　○訪事人云昨有某甲勾結洋人在津道西富有茶園欲將該園佔據開設落子館該園掌雖知其設謀攪擾而以有洋人爲之護符未便以理相爭故該園掌已擬向都署具情禀控矣至將來作何結局俟訪再布

永清來言　○頃有友人來自永清縣者言該縣屬武家營拳匪頭目李振邦劉斬各庄拳匪張孝明即白臉張四及其羽黨王馬子王彥升韓德袁福林王萬順于太王會林谷仲林僧廣益馮相林段占元沈江呂五[illegible]虎山傅慶李四等均經該縣高大令拿獲就地正法餘黨逃竄地方至今頗稱安靖云

有命在焉　○拆城一節屢登報端昨見北城根一帶居民已經遷移他處惟有是處居住之某姓夫婦二人均年逾知命膝下子女皆無平日倚房爲生活故此不肯遷移仍在是處居住不料日昨有拆城夫將城朶推下適壓在該夫婦之房將房頂壓塌並將夫婦一同壓斃至如何處治容俟再佈

妙不可言　○日昨在小洋貨街見有甲乙二人不知因何口角致相用武旋將某乙鼻樑打破淋淋血下經路人勸解多時在甲乙猶各逞性後有一人詐稱有法巡捕查段者來矣二人聞之不勸而解皆往河沿蛇行而去見之者無不鼓掌大笑

批示彙錄　○鄭玉章于金榜等禀所請設立官爐鑄錢並請賞發轎車局執照均不准行○王兆驥禀所請設立洋藥緝私局斷難照准○劉運昌等禀仰遵照明示內日期速即遷移所請展限明春應無庸議○李慶祥等禀該商擬在鈴鐺閣街設立轉當局仰於本月初九日來本衙門面訊

厦門新聞

目無法紀　○厦屬同安縣轄境關帝廟前竹仔街亦廬居藥酒店夥日前與香店夥因細故口角遂至打架該處適有後營查街勇丁某甲目擊其事因逼近有某日商洋行恐其毀及洋貨等物當即上前極力排解酒店遂遷怒於勇回店邀約店夥多人商議報復旋將某勇誑至店中竟被用繩綑綁吊上屋樑任意拷打拳足交下某勇受傷甚重事爲鄰右聞知恐釀大事飛報營主楊覺齋軍門

派弁至店查看見勇倒臥地上氣息一綫乃急飛稟楊西垣軍門請示軍門怒其目無法紀當諭弁丁將受傷人擡至廈廳相驗囑其秉公照例重辦聞廳憲已飭差拘拿酒店主及各夥等到案嚴訊矣

各國新聞

士民擾亂　○香港報載稱英屬北婆羅洲士民近與西人爲難該處巡捕兵及西人多有被攻者

公司獲利　○某西字報載稱德國郵船公司去歲進欵除開銷外計得英金一百五十萬磅

准婦女充律師　○法國政府近已允准婦女充當律師譯文滙報

補授外部　○倫敦專電又云前俄國外部大臣穆烈維孚伯爵死後其缺向由藍蒙斯道孚伯爵署理刻下已奉俄皇派令補授矣譯文滙報

克埠新例　○英國在克郎皮亞埠定有他國人入居該埠新例已於昨日頒示故日本皇后丸抵克埠時所有日人均被阻止不准登岸惟於華人則係照坎拿人入居之例施行

京報補錄

奴才長順跪　奏爲吉林拳民無多現已燒燬長春伊通等處俄房及英法教堂戰事在卽兵力較單擬請各城分練旗隊以資守護恭摺馳陳仰祈　聖鑒事竊奴才前因中外開衅海氛不靖請暫事籠絡俄羅斯以安邊境業於本月十五日馳　奏在案蓋其時俄人不僅保護教堂且以修工爲事且深慮拳民之擾時求保護路工故也詎拜摺後旋聞奉天鐵嶺俄人爲拳民所困勢欲東竄據署伊通州知州朱兆槐稟稱十三日已刻有義和團小孩二名在城西天主堂門首各用雙手向空煽鼓頃刻火由內發焚燬淨盡並不傷人及延燒民房十七日又據長春府知府謝汝欽電稱府西小路榆樹俄修房屋午後忽然焚燒至夜救息訪查起火之由均稱屋闃忽响一聲繼見火燄人進火前不覺其爇亦未延及民房距民房數尺有紅綫在地環繞各等語十九日該府電稱又有城內天主堂城外耶穌堂二處溝俄房均於今日先後被拳民數人用扇向房煽動起火焚燒情事當詢以拳民何往則已無可踪跡矣奴才查拳民如此神勇固屬可喜然行踪甚秘不問兵備之有無到處起衅亦甚可憂吉林自興修鐵路以來俄人不下十餘處而我兵力甚單除防軍分守各邊練軍新軍扼要散布外省城久練之兵僅止靖邊親軍三營實屬不敷分布長春僅札親軍後營一營護城不過一二哨餘俱沿途散布若俄出長春昌圖兩車站之兵以相攻取則府城危矣奴才現於無可抽調之中撥出靖邊後路左營驍勇右營前往幇同謹守一面與壽山約俄如由三姓水路進兵則以吉林現有之兵盡力堵禦惟新練之兵現僅挑足旗隊五營其靖邊强軍二十營雖已招募大半尚未全行成軍卽使速成亦須練作戰兵斷不能分撥各城護守再四籌維祇有冷霽姓琿阿伯五城副都統烏拉總管各練旗隊一營雙城五常兩堡協領伊通佑領各練二哨專作護城之兵合無仰懇　天恩俯准所請以資防守並准將所需餉項動用公欵作正開銷至各府廳州縣每屬於團練各添練步隊百名前已附片陳明此時半已報册募墊所需餉項亦請一併作正開支除咨部查照外理合恭摺由驛馳陳伏乞

皇太后　皇上聖鑒訓示謹　奏奉　硃批知道了欽此

瑞林祥元記綢緞洋貨店仍設估衣街中間路北先由便門賣貨

敦慶隆綢緞洋貨店仍設估衣街西口零整發莊

永年壽命保險公司告白

啓者本總公司在美國紐約埠開設多年生意興隆資本銀四百四十四兆三億三萬零八百八十元至於保過三十七萬三千九百三十四人共計銀一千九百四十二兆四億二萬零二百九十元足見資本之厚利益之多誠信相孚章程甚善早爲海內君子共相推許各國各埠均有分行中國各通商口岸亦有巨商代理並另立總局於上海九江路第四號門牌係專辦中國保險事宜現又在天津海大道瑞記洋行請王君專理本公司一切事務嗣後如有願保人壽者速請與王君面商可也

洋總理高尚志謹啓

新到煤油燈搧輪機器

啓者本行由英國自創點煤油燈扇輪機器出售現有樣子在本行　貴官商如欲購者即請駕臨本行帳房面議價值格外相宜只此一家並無二處特此佈聞

明義洋行主人謹啓

京都　六通棧告白

啓者六通棧開設京都崇文門外花市大街專辦東西兩口牛羊專賣各國絨臺定期不悞價值格外公道如欲買者請本棧面議可也

恩利和牛羊公司

本號新開在海大道貽來牟機器磨房前專售牛羊肉牛肉每磅一毛二羊肉每磅一毛五詳茂條姨香水方姨價值格外公道賜顧者即請購取

本主人謹啓

聲明作廢

啓者自各國軍隊入城敝號遺失通惠銀號第五十七號公砝化寶一千兩德順湧憑帖三千兩一張二千兩一張開源憑帖一千兩一張逢源憑帖三千兩一張一千零二十六兩一張四百兩一張有儀堂韓姓票一千兩鈴鐺閣胡同房契一張忠義厚土地合同一只織布局憑據二只長發萬借約一只長興義借約一只堤頭姜姓房契一只何[illegible]三借約一張成發號借約二只西沽陸姓房契一紙西于庄楊姓地契二帋借約一帋已經往都統衙門具稟聲明無論華人洋人等拾去均當作爲廢紙業蒙批準立案茲特登諸報端俾衆周知

天昌和主人啓

本號前月運京雙簪桂油鉛粉等貨各賣號欲用新鋪珠寶市口大津永盛成竹貨店內面議價值格外公道此佈

天津范永和白

謝[illegible]

江南覺覺子相法眞如神奕向遊京津關外久已馳名茲因至津來相者紛紛不斷靈驗非常本擬赴都我等挽留特此望諸公速往面談過午不候相資津錢壹吊寓貴加增腐大衙北口東桂公館

友人　桂堯臣　沈昭甫　許松延　王治臣　仝啓

告白

啓者本廠需用廠地屯糞以及散夫住房均係照章付租惟尚有廠地數處地主均未領租特此登報催領租價凡各地主見報速來本廠以便照章付給除稟都統衙門存案各特此聲明以便週知

大法國界官糞廠謹白

開口　魁豐冰窖

啓者敝號開設開口西北南小營門外冰窖二處向於冬令此賣各洋行夏令應用冰塊現巳屆時藏冰備貴行各國糧台欲用冰塊者請至敝號預定價值格外從廉不悞主顧

天后宮北　義興順綢緞莊

本莊自置顧繡綢緞綾羅紗絹哈喇大呢羽綾羽毛各樣花素洋布南貨雅扇桂丹頭油香粉胰皂歸安貝松皐湖筆一概俱全

頭號杭寧綢

頭號摹本緞

紅梅茶每一吊二

紅茶九百六

紅茶梗斤二百八

金百壽棉襪裙

德記磚瓦松木公司

現寓鼓樓東坐南聚成德錢局代辦專售松木單截連截方子磚瓦格外克已重廉不悞主顧

名醫回津

方司馬友莊先生皖江名士也[illegible]岐黃兼通西法刀針向留在津門數載凡週疑難之症均許手到回春人所共仰今夏緣避亂保陽刻因友人特請回津寓河北大街浮橋旁穆家衚衕二友棧[illegible]症[illegible]時出診門候十點鍾至一二點鐘止

同鄉友人啓

京濟代售直報

京都福興潤信局寓打磨廠鴻太店內濟南府城福興潤信局寓西門內大街路東鄭家胡同內如貴官商欲觀報者請向敝局購取分送不悞天津福興潤信局謹白

竊我王氏始祖諱伍世居山東青州府壽光縣自前明永樂二年擢授天津總鎮畿南督都任滿奉命遂居斯土卜塋地于西郊部令僧王爺祠西也及今傳世十有八代始祖忠義祠立位國史可查余居一十三代宗譜可據不料竟有不肖天津縣民人族兄王照同二子文都文發擅將始祖塋地盜與牛姓開設窯廠余身為族中首領理應出頭根究本欲稟官究辦伊盜典父子並受典牛姓難辭應得之咎嗣經鄰里長者勸余將價同贖免傷骨肉體面遂如所請現令給價回贖并將私寫僞字僞據註銷矣余稟官備案外理合登報闔族衆覽嗣後無論何支何派塋地均不須盜典盜賣如再有仿效王照父子典祖賣宗者余必率族攻究萬不能因循情面以驚將來此啓

王靜軒謹白

海大道

源興亨土莊

本號自運各省西土公班大土亞庄廣土黑白廣膏一概發莊零剪銷售如欲購者、請移玉本莊面商貨高價廉不悞主顧此啓

永豐號麵包鋪

本號舖掌前住紫竹林同昌辦館因被火焚移居馬家口海大道同立東棧對門新機器磨房旁便是本號辦定鐵罐牛乃糖醬火食等物呂宋烟捲番烟點心面包俱已新鮮不悞主顧 仕商賜顧者請到本號購取可也

本號主人啓

法商

祥發號辦館告白

啓者本號開設天津紫竹林海大道育才館北專辦各國盒菜牛乃面包各樣烟捲一切雜貨物高價廉如蒙 仕商賜顧者請移玉本號面議可也特此佈聞

本主人謹啓 鈕梓芬

瀛宴樓飯莊

本樓開設海大道機器磨坊前包辦酒席小賣俱全定於十月廿日開張此佈

仁記洋行

啓者本行茲有船牌洋臘壹千箱每箱二十五包並有洋白面八百二十五袋出售特此佈聞

仁記洋行謹啓

日本名醫

橡村先生內外兩科醫道高明凡有診視病推者無不應手奏效海為當世之名醫現寓天津閘口下慇忠祠對過特此佈聞

門人公啓

新開美瑞洋行

啓者本行由外洋自運各色洋酒罐頭食物預冬織絨褲褂鞋襪佛藍絨項巾手套各樣胰皂洋燈料器鐵胎磁面各種器俱並各西鋼鐵洋釘洋鍬洋鋤白鐵水桶洋鐵火爐以及大米各種貨物莫不精美批售人宗格外價廉凡蒙賜顧者請至法租界大羅洋行對門第四十六號門牌便是

本行主人謹啓

英商

福照樓西棧代起行

啓者今歲因遭兵荒有本棧樓房被俄國人住守于今未曾遣出故此租賃西門北萬源棧內開張該門面書掛福照樓招牌為記所有房間院中無不寬闊潔淨安寓回漢客商各分房所所有茶水飯菜另有廚坊代運出進口貨物搭座輪船車票以及華洋關稅均按本棧舊章無不公道專運北京各處雜貨等件盡用妥實洋人押送如有短少失物俱按保險章程賠補其情與衆不同 貴客商如欲搭運貨物者請至本棧面議可也特此佈聞

義利上行

自置美國茂生廠籃海烟捲零整一概出售價值格外公道緣天津自封河後品海烟與雜號等烟一概短少維本行自置之籃海烟尚有多數諸客商如欲購買此烟務須認明係美國所造非東洋等國之烟可比本行開設天津北門外東單街坐南向北便是

上行主人謹白

天津河東

同義棧

敬啓者本棧開設河東大王庄河邊係俄國租界內卽怡和洋行對河便是內有洋式棧房院內寬大無論粗細貨物均可存寄而棧租亦極相宜倘蒙各寶行華棧及過路客商如有貨物寄存者請移玉至本棧帳房面議可也欲保險以及別埠來貨者本棧均可代辦洋關整辦稅銀及各種使費等項特此佈聞

本棧主人告白

源利車船公司

本局設在天津閘口下江蘇外局內專攬京通大小車船 貨官商光顧者請駕臨本局面議庶不致悞特此佈聞

本局謹啓

同順麵包房

啓者本號開設海大道機器磨房內於本月十二日開市專做花旗面粉大小麵包及各樣洋點心一應俱全 仕商賜顧者即請購取可也特此佈聞

鴻義金珠店

啓者本號專做時式赤金紋銀軟嵌堆纍鑲翠首飾鳳冠酒器包葉度葉等物一概俱全開設天津府東門外天后宮南坐東向西便是

通源土莊

啓者本號出售各省西土并售黑白廣膏零整皆可如欲賜顧原箱者請移玉本號帳房面訂價値格外從廉 天津鍋店街東口

通源土莊謹啓

寄售洋書

各種俱全

如有賜顧者請移玉至北門外針市街南閣西玉盛合煤油鋪面議可也

采金公司

本公司設在天津河北大衙衕買賣各處荒金條金隨時作價以京滬行情為準倘 貴客有收買出賣者請至本公司面議格外公平

本公司啓

光緒二十六年十二月初九日 直報 第七版 三〇九七

日商　福源銀號

本號開設在天津閘口下大街日本租界公署旁定於十二月初二日開張兌換銀兩海大道分號仍照舊交易特此佈聞

本號
分號　公啓

日商　有馬洋行

本行自北山運來大木炭照市價格從外廉整躉零發均可保險運送凡仕商欲購者請至海大道牌坊南福源銀號面議特此謹啓

日商　有信官車船總局

啓者設在天津閘口下大街勝水總局旁官車船局並代理福商雲集運往北京通州保府等處洋廣雜貨來往保險轉差洋人護送按貨估價保險諸商請至本局面商可也

附啓保府白溝河祁州等處運貨刻已通行有章　貴商賜顧　駕臨本局面議運價格外從廉

儒醫

駱坦如明府安徽人遊歷中外十餘年近因時事鉅艱立意南旋我等症其脈理甚精識慕無差迭見著手成春之效力爲挽留一展方技凡請診者問鍋店街春華泰號便知寓所

李敏軒
張小甫　謹啓

大日本
北清貿易洋行

啓者本行由日本分設天津紫竹林海大道老菜市氣燈房衚衕在直報館院內現由本國自運各樣貨物一應俱全貨眞價實　貴客商願買者請至本行面議價値格外公道倘現用何樣貨物定期不悞特此佈聞

本行主人謹啓

高士達洋酒飯店告白

本店開設海大道下德國界大營門內專辦各國洋酒各色點心呂宋烟各樣紙烟等物貨高價廉並辦英法大菜無論中外客商皆可賜顧特此登報佈告

本主人謹啓

大米告白

敝行現由上海運到上[illegible]大包米在津出售批發格外公道如貴客零買兩三包自已食用者亦可購取請到海大道新英租界平和洋行面議多少均可價値格外公道

牙醫生

自幼在美國醫院專習牙科凡牙痛腮腫均能醫治若牙未落而風火蟲蛀者或用黃金白金粉鑲補永無後患如牙落一粒或數粒或全口者鑲就可任意食物無異生成至用金托象皮托悉從客便寓英租界海大道小樓

江蘇　毛瑞堂

北浮橋西
襲勝茶園
京都新到
瑞慶恒班

特請京都保府上洋烟台蘇州鎮江青江山陝等處

頭等文武名角

十二月初九日早十一點鐘開演

蓋天紅　十六紅　金香玉　王吉林　十四紅　一陣風　十三紅　月月鮮　十二紅　八緣旦

張吉仙　二陣風　小海紅　七金子　雲里飛　童子紅　小慶壽

反唐邑　火烟駒　斬黃袍　算糧　三疑計

衆武行　飛坡島

侯家後老君堂西
永順茶園
特邀京都順福堂
京都姑蘇烟台等處坤角
每日准演
太平歌詞　西皮二簧

天后宮前
天慶茶園
特邀京都全喜堂
京都姑蘇烟台等處坤角
每日准演
太平歌詞　西皮二簧

閘口下大街
日商
麗華茶園
特邀京都上洋姑蘇等處坤角
十一月廿六日早晚有座
時調大鼓　太平歌詞

北門西
恩和茶園
特邀京都金福堂
京都姑蘇烟台等處坤角
每日准演
太平歌詞　西皮二簧

恒昌厚照像館

啓者本館暫借河北大街西茂盛店內專門能照一人三像一人四像每張價目諸君光顧請祈小號面商可也擇日開照再詳

像館
主人謹白

京津塘沽火車開行時刻單

由天津開北京早十點四十分晚六點半到京
由北京開天津早七點半晚四點半到天津
由天津開塘沽早八點到塘沽十一點
又下午四點開到塘沽七點
由塘沽來津二次同時

大清郵政局收信時刻曉諭傳單

寄往何處	由	某日	收信時刻
北京	火車	每天	上午九點半
大沽	火車	每天	下午三點半
上海煙臺牛莊等處	火車輪船	初七	下午四點七點
上海鎮江等處	旱班	每禮拜一三五	上午十一點
煙臺	又	又	又

下次輪船由秦王島開往烟台定於初七日即禮拜六四點七點收信關後秦王島開往烟台輪船每逢禮拜二禮拜六下午四點七點發信紫竹林總局每早九點開門收信至下午四點鐘止禮拜日下午二點至二點半止針市街分局每日早八點開門收信至晚十點鐘止

十二月初八日銀洋行情

銀盤二吊九百九十文

洋銀二吊零八十

洋錢行情七錢

本埠每張大錢十二文　CHIHLI GAZETTE　外埠照遠近酌加寄費

CHIH PAO

直報

第五百六十七號

本館開設天津紫竹林海大道老菜市氣燈房巷內

光緒二十六年十二月初十日

西歷一千九百零一年正月廿九日　禮拜二

上諭恭錄
陝函摘要
暹路告成
鐵路開工
馬賊十九記
以米作價
營口新聞
各國新聞
粵紳貢呈銀兩方物稟稿
奉諭晉京
清查田畝
慎重監犯
行人方便
娼窰何多
蘇州新聞
各行告白
苗民戕官
典籍飄零
妄自用刑
罪有難容
竟未成訟
江西新聞
草約畫押
請解匪目
體恤部員
戒之在鬬
繪形繪影
九郎後身
廣東新聞

上諭恭錄

十一月二十四日　行在內閣抄奉　上諭袁世凱奏特參庸劣不職文武各員請旨分別懲處一摺山東青州府知府李芳柳精力衰頹不親政事着勒令休致濰州知州蕭騰驤辦事竭蹶性好敷衍着開缺調省察看莒州知州葛鵬勒索行規濫用非刑利津縣知縣黃玉成信任家丁操守不嚴蒲台縣知縣裴維翰匡懦姑息近利營私署單縣知縣候補知縣吳昆昭縱匪養奸任意欺飾前署濟陽縣知縣候補知縣張朝琛縱容門丁需索鹽商卽用知縣林朝圻荒謬妄爲遇事生風記名總兵李福雲暱近宵小營務鬆懈臨清營都司侯振昭貪鄙暴戾行止不端登州中營守備韋文蔚粗暴任性膽大妄爲黃縣汛把總梁灼茂包庇匪徒不安本分均着卽行革職德州知州宋森蔭昨經錫良保奏已交軍機處存記茲據該撫以工爲趨避迹近取巧奏參著送部引見餘着照所議辦理該部知道欽此同日奉　上諭安徽鳳潁兵備道員缺着樊增祥補授欽此　二十五日奉　上諭山東青州府知府員缺著徐世光補授欽此

粵紳貢呈銀兩方物稟稿　續昨稿

日講起居注官翰林院侍讀丁仁長敬備銀二百元戶部候補主事楊裕芬敬備銀二百元三品銜刑部郎中黃紹賢敬備銀二百元候選員外郎黎廷輔敬備銀二百元國子監學錄舉人虞乃壇敬備銀二百元廣西候補知府張家齊敬備銀二百元選用直隸州州判廣

州駐防鑲藍旗滿洲拔貢李遠敬備銀二百元五品銜揭陽縣訓導盧近光敬備銀二百元英德縣教諭黃世珍敬備銀二百元廣西試用經歷馬慶銓敬備銀二百元內閣中書陳[illegible]周敬備銀一百兩同知銜河南試用即選知縣拔貢[illegible]敬備銀一百兩同知銜揀選知縣鄧家讓敬備銀一百兩舉人陳崇鼎敬備銀一百兩舉人張文炳敬備銀一百兩順德縣青雲文社敬備銀三千元南海縣學官敬備銀二千元東莞縣明倫堂敬備銀四百元共銀四萬八千元即將此項銀兩彙就本省選擇各物敬備米書畫端硯香珠紗綢鐘燈贄食品燕窩等共一十六種妥爲裝璜由三品銜候選郎中黎國廉五品銜內閣中書梁慶桂二品頂戴奏留廣西補用道陳昭常敬賫
恭 進以備採用廣西候補府經歷馬慶銓適奉差回里謹隨恭獻十一月十二日起程赴陝夙荷 大人惠民愛士澤被海隅紳等幸
隸 帡幪情殷報効伏乞 俯鑒愚忱據情代 奏俾災荒士庶得展瞻 天仰 聖之誠嶺海蒼黎共遂獻曝貢芹之願如蒙 允准
並請查照清單移行粵海部稅務司分別給發護照免予驗看沿途關卡釐廠一體免驗放行實爲公便上赴 大人台前核准施行
具呈三品銜候選郎中黎國廉五品銜內閣中書梁慶桂丁憂二品頂戴奏留廣西補用道陳昭常爲紳士續行敬備貢品銀兩請彙
奏事竊紳等昨以恭備方物赴陝進 呈懇請代 奏荷蒙 大人垂鑒愚忱俯如所請感佩同深粵東士民久沐 皇仁之雅化復叨
憲澤之栽培靡不鼓舞歡忻聞風向往茲有二品頂戴按察使銜江蘇遇缺題奏道蘇元瑞敬備銀一千元選優貢生譚祖任敬備銀二百元同知銜分省補用知縣譚學衡敬備銀二百兩番禺縣學宮敬備銀二千元四品銜翰林院編修黎榮翰敬備銀二百元續交前來該紳等情殷報効其於至誠未便阻其尊敬之忱理合呈請察核俯賜彙同前呈據情代 奏歡感靡涯再各紳等前共呈敬備銀四萬八千元內恭進龍元銀寶一萬六千元今續交三千六百元再由黎國廉梁慶桂陳昭常湊集四百元前後兩呈台共敬備銀五萬二千元續交之欵匆遽未能恭辦貢物謹添備龍元四千元核與原呈清單數目未符請代爲更正又清單書目內有續資政通鑑長編一行係屬誤字應行删去并改請爲通鑑長編紀事本末全部附於通鑑紀事本末之後又補用知縣譚學衡適由廣西邊防回粵同行赴陝合并陳明

時事記要

草約畫押 ○譯正月十六號字林西報載滬上華官近得官電云和議草約業已奉 諭畫押矣

陝函摘要 ○刻接西安友人來信云刻聞 皇上漸有獨行之權 慈意亦並無不洽意見而王大臣中尚有勾通內監力阻其事者惟王中堂調劑 兩宮頗着勤勞云○又云 皇上於日前召見王中堂詢問和局及緊要事件約三時許始出○岑中丞前以佐理需人特電致乃弟馥莊觀察令於所屬各員中擇其才猷敏練者酌保四五人預備奏調旋經觀察以人才難得兩字電覆○王中堂近日面奏 皇太后 皇上請破格用人共扶危局語甚痛切○各省京官日來赴 行在各衙門報名投到者甚多從前辦事人員時虞不敷今則漸形擁擠 雲就 日具見忠忱○粥廠設立後就食者日衆每有不繼之虞且紛擾喧嘩在所不免天顏咫尺宜如何設法防維也

奉 諭晉京 ○近聞東撫袁中丞近奉 朝命即須尅期晉京會同慶王李傅相與各國公使商議和欵之事

苗民戕官 ○近得貴州省函述是處苗民藉端起釁地方頗形不靖並聞已有華官三人被戕矣

請解匪目 ○西正月十一號倫敦發來專電云統帶小呂宋羣島美兵麥楷德提督近請美國政府將[illegible]呂宋羣島解往甘蒙島業經美國兵部照准矣

暹路告成 ○南洋新加坡叨報云歲在壬辰暹羅創建火車鐵路由高力以達昌眉鳩工從事業已有年現始大工告竣上月暹王親赴車站舉行落成之禮按此路險阻異常不過二百七十英里而工程竟閱八年有半所需欵項多至一千七百五十八萬五千餘元工役之病亡傷斃者不下七千人其中以華工爲多至西人之當工頭者祇斃三十五人云

清查田畝　○武昌友人來函云湖北江夏縣境青山鎭濱臨大江素稱澤國前經湖廣總督張香濤制軍籌撥鉅欵建築長堤使低窪之區一律變爲沃壤閭閻謳頌幾於有口皆碑邇者制軍以是處爲粵漢鐵路發軔之所將來開闢商埠需地孔多非將各業戶田畝逐一淸查恐不免爭端迭起因札委某員會同江夏縣陳介菴大令詳細丈勘凡執有印契者許卽檢呈以便酌給價値其無契者一律充公迨委員往勘時鄉民羣出阻撓竟將屑與擊毀幸大令督率差役馳往彈壓始得瓦解冰消聞是處界內居民約有數千戶墳墓纍纍皆須飭令遷讓刻下小民意存觀望恐難遽爾遵行也

京津新聞

典籍飄零　○聯軍入京後大內所藏書籍無人經管四方散佚日軍第二十一聯隊長見而惜之因擇得書若干種託第五師團司令部齎送回國以獻於宮內省茲將書名列後　仁宗叡皇帝清文聖訓一百十本仁宗叡皇帝聖訓一百六十一本仁宗叡皇帝漢文聖訓一百十本高宗純皇帝聖訓三百十九本文宗顯皇帝聖訓九十六本欽定全唐文一千三百本聖祖仁皇帝聖訓四十八本太祖高皇帝聖訓太宗文皇帝聖訓共二十本明史一百十二本御製擬白居易新樂府十二本諸子品節二十四本御選唐文醇二十本欽定大淸會典圖四十二本欽定大淸會典一百四十一本欽定大淸事例三百六十八本淵鑑類涵一百四十本唐類涵四十本欽定新疆識畧十本欽定佩文齋詠物詩選三十一本欽定春秋左傳讀本三十本宣宗成皇帝聖訓二百本世祖章皇帝聖訓十二本世祖憲皇帝聖訓四十本古杏齋鑒賞春明夢論錄共二十四本味餘書堂全集定本三十二本養正書屋全集定本四十九本樂書堂全集定本十二本畿輔河道水利叢書八本皇淸職貢圖九本御製詩三百四十一本御製詩餘集十本御製詩文全集十本世宗憲皇帝御製文集三十三本又御製文集九十四本又御製餘集十二本又御製全集四本又御製詩全集六本又御製詩三餘集四十本又御製詩餘集二十八本滿洲源流考八册

體恤部員　○現聞京官俸銀暨八旗滿蒙漢兵丁錢糧業已開放惟戶部書吏辦公人數衆多無不困苦異常昨經那少司農深恐其情閒欲提借庫欵開放飯食銀兩以濟苦危衆吏聞知莫不稱頌云

鐵路開工　○前報登前門外東月墻西月墻一帶拆毁房屋開工修築鐵路等情嗣經續聞近日將宣武門月墻鳥市舖房亦經拆毁並西便門內西城內坊官署亦被拆毁以備修築鐵路云

愼重監犯　○頃聞刑部近日已收案件監獄內業經收禁人犯每日經提牢廳部郞督派禁卒人等輪流稽查以復舊制

妄自用刑　○京師訪事人云法界所轄西直門內南草廠地方天豐和煤廠日前夕間因街前燃燈被風吹滅經巡捕砸門立將舖夥劉二鎖至安民公所審訊將劉二板責六十兩臂皮肉淀鮮血淋漓復又罰京錢二十吊以充公費迨舖主趙某知覺赶卽將罰欵如數交淸始將劉二釋放現在劉二因刑傷潰爛恐有性命之憂復經該巡捕等自知詐贓分肥妄用刑求恐釀命案又恐趙某上控遂將所罰之錢如數退還趙某堅執不納而該巡捕等執意不敢再收指望其禍消滅誰料劉二受此重傷命在旦夕不由趙某情急於十二月初一日繕就呈詞已赴欽使署中呈控想一經欽使審訊定必水落石出矣

戒之在鬬　○正陽門外東珠市口甲乙二人不知因何口角揪作一團甲恐不能取勝遂用脚向其下部踢去乙負痛而蹶移時方甦甲亦悔之無及矣嗣經魯仲連出爲調處吾恐非孔方兄不能作和事老

馬賊十九記　○昨午在關口街見日兵六七人押解人犯九名並馬車一輛其中有一人係以辮繩繫于車後且滿面傷痕隨車行走其餘則皆背縛兩手以三人之辮繫在一處日兵率之而行由南往北而去係送交都署據聞此犯係由海下獲來馬賊未知確否想一經都署訊問自能水落石出也○又聞辛庄村楊姓家內私造洋槍昨被德兵偵知卽派人將楊姓家內査抄並拿獲七人送至都署不知如何懲辦容俟續訪

行人方便　○拆毀城垣一則已經迭誌報端而西南城隅所拆之城口近日行人洋車出入者絡繹不絕酷似便門一般是以出入行人均免繞越程途之苦也

罪有難容　○昨有友人由北京來津者談及豐台該管之看丹村藥王廟住持僧人于今夏五月間該僧在廟內設壇招集無賴數百人並有是處地保安文煥率衆將該處火車站並　太后花車一併焚燒又將看車之工人陳姓等數十餘名口殺害所有火車物件均皆搶奪一空至今若輩聚在該廟內隱匿未知確否容俟訪再佈

繪形繪影　○昨見一西人帶同華人二名並携照像器具在北營門上望南而照行人觀者如堵照畢携具而去又近日北門外屢開照像館生意頗稱茂盛細審之乃常有洋兵照像皆携槍而立以照之訪悉爲久戍未歸以此照片帶回故里遍示親誼覩望如見其人之意夫洋兵來華億萬其各家屬倚閭倚門之望當不免也

以米作價　○訪事人云西頭楊家莊一帶前爲某國拆毀民房甚多現聞某國兵官以該處貧民太多而住房又被拆毀實屬可憫于是諭令各居民持契呈驗按房間多寡酌給白米若干以作賠償房價之意各居民自聞此信無不持契前往紛紛呈遞也

娼窰何多　○大凡水陸碼頭則有青樓曲巷故此津郡娼窰向不能禁惟其上等者向在侯家後一帶次則西關再次河北城內絕少近來竟無地無之居民稠密之區亦有娼窰卽如城內武學一帶皆明目張膽開設娼窰竟與居民環立相間既大不便尤爲引誘良家子女素聞娼窰向日使費極大近日想因無有使費故爾如是之多

竟未成訟　○前報所紀少婦在東來軒投河一則今悉在侯家後范店後門居住庵人周某之側室年甫二十九因終日口角婦實難忍其嘈咻並常有加以撻楚之事婦更不可禁故覓輕生之舉於臨行時腰纏多金藉以　其衣帶縫其鳳鞋與褲相連蓋恐爲水浪打去衣履也幸腰間爲金所墜未能立時逐浪而沒雖赶緊打撈得獲屍身舁至家中復爲成斂並聞婦家不願成訟故希圖了事以作罷論云

九郎後身　○近年來津郡風氣頗尚浮華是以少年輩喜著鮮明衣履粧飾頗類女郎有留齊眉穗劉海髮等名目不啻處女之青絲頭本不痛故擠紅點俗曰眉中俏恰似薛夜來曉霞之粧又有風流穗垂於兩鬢不亞蟬鬢堆鴉已爲不堪注目之醜態矣昨晚在侯家後河沿見一少年人美而且艷面鋪以粉眉塗以黛唇頰飾以脂香飄雲外行於市途人莫不立而觀之適遇洋兵三人見而悅之誤以爲黃九郎一流問汝肥路乎其立而不答只惟掩口而笑法兵乃大爲囉皂少年窘甚勉强爭脫狼狽而去洋兵亦迤邐而返後有通洋語者云肥路者卽諺云兎子之謂也衆皆大笑而散

營口新聞

營口來函　○訪友來函云亮子溝之馬賊已聚集至五百餘人各鄉富室咸被刦掠近日騷擾益甚復將田莊台河東數村之團會首百般淩虐勒索錢財當經會首等派人按戶湊集銀九十錠於冬月初一先供銀五十錠餘懇寬限至十五日一律奉納詎馬賊等收得銀錠後恐鄉民不將餘銀交納復將數村農人一百二十餘名農婦七十餘名備車十餘輛悉擄載以去其村屋數十間縱火焚燒聲言餘銀若不速交卽將男婦焚燒云云○又營口某銀號向雇有鏢夫多人嚴防警事前夜盜匪多人前往搶刦當備有小車一輛以備裝載掠得銀兩及抵該鋪門首見墻高壁聳踰越匪易乃勾繩於墻上牽之而上當將更夫執詢着引至藏銀處所而更夫引至之室實非藏銀所在盜匪極力搜索間鏢夫等已聞警而出羣鳴搶轟擊盜知有備急出院抵禦時鎗聲不絕聞於四野久之盜始退去俄人聞聲急往該鋪查問幸該鋪雇鏢備槍請有執照始得無事云○又云營園下某姓夫婦年俱七旬家景蕭條無子惟一女與一孫女日前有盜匪數人突入伊家向詢叟女年庚曾否許人叟答女已有偶繼詢女孫叟答尚未遂將叟女孫擄至故瓢窰內輪姦而去○又云日前有盜匪多人入東營某號鋪行刦嗣以中無所有向執事詢銀所在執事堅不吐實乃用洋油遍潑執事身上用火燒斃

蘇州新聞

紳捐解蘇　○蘇垣自七月十一日設立捐輸局除由首府縣勸捐紳富外又分札各府一律飭縣遵籌以濟時艱玆悉局中近據鎭江紳士候選知州劉夢熊州牧解來足紋三萬兩聲稱係前山東巡撫張大中丞所報効者當由該局如數兌收遵章給予收照云按蘇省辦紳富如中丞者誠不乏人安得盡如中丞之慷慨樂輸乎

部郎偕來　○現任兵部武選司郎中包延祺及刑部郎中翁炯孫兩部郎近由都中南下于十三日聯袂抵蘇同詣撫轅謁見聶中丞並分赴文武各衙門投刺拜謁聞翁部郎擬于卽日遄返虞山珂里然後同赴長安入覲　天顏云

江西新聞

示安民教　○南昌訪事友人云日前洋務局李少歷方伯丁少蘭觀察會銜發出告示一道文曰江西各處敎士傳敎歷有年所自本年北方肇釁風聲傳播以致各處匪徒乘機煽惑疊釀聚衆毀堂之案實屬不法已極現在和議將成各處敎士自必陸續回堂傳敎茲奉撫憲札飭此次敎士之來係已奉　旨與各國議和是以仍來傳敎以見與中國照常和好之心並無別故所有諸色人等務須以禮相待毋得任聽地痞播弄又起釁端試思直隸一帶何嘗不是太平世界祗因釁端偶開遂致生靈塗炭　宗社震驚覆轍當前可爲殷鑒惟望讀書明理之人爲閭境愚民講解譬喻以期民敎相安等因奉此除札飭各屬認眞妥籌保護外合行出示曉諭爲此示仰軍民人等一體知悉此後敎士回堂傳敎均當以禮相待至敎民居同一鄉非親族卽友鄰尤宜講信修睦盡釋嫌疑不得輕聽謠言藉端生釁倘敢再有聚衆滋鬧之事一經拿獲到案定卽立予嚴懲本司道爲安靜地方保全爾等身家起見不憚諄諄誥誡務當共體此心時時循省毋得法網自罹後悔無及至敎民雖從外國之敎仍爲中國之民亦當感戴　皇恩各安本分如果藉敎欺凌則是自外生成旣玷敎規又干憲典甚爲爾等不取自示之後務各父詔其子兄勉其弟出入守望無貳無疑皆爲　聖世良民共享昇平之福本司道實有厚望焉其各凜遵毋違特示

廣東新聞

米市價鬆　○粵省四鄉產米之區歲中收穫粗足自贍而民食糧米向賴外省輸運以濟要需本年晚稻豐收糶之米販舶船連檣而至現在米價計西江占米每石價銀三兩七錢蕪湖材米每石價銀三元其漲落之間不過數角較諸上年十一月間之米價畧鬆矣

各國新聞

建議開河　○西正月十三號倫敦來電云普魯士政府近擬開河以通勒雷恩哀爾壁兩河及其他水道統計需欵德金三百八千九兆馬克

國票跌價　○倫敦來電云英國中國國債票近復跌價

賞格

大美國欽命查察大臣柔　爲懸賞尋覓失贓事西本年正月十六日夜間有賊人由所住房內竊去前後雙蓋閤殼女金表一個表蓋上鑿有EEP三洋字又閤殼男金表一個前後面各鑿有WWE三洋字又三尺長金鍊一條一端有大金圈一個套有許多小玩物係西洋別子一個金小駱駝一個金十字一個白色小走獸一個金十字一個白色小獸一個金鑲嵌玻璃四葉小苜蓿花一個金小垂頭一個綠色小龜一個金鈴鐺一個金別子一個又男金表鍊一條一端有大金圈一端有表鑰鉤中間有橫別棍又皮表鍊一條帶銀鑰鉤又金手六子二個一嵌綠寶石一塊一嵌寶石三塊在中間寶石上有亞拉伯字母又珊瑚女項鍊一條帶有玉石珠二個並有珠子垂頭等又、鈕子二個又銀袖別子一對兩端有元球　以上各失物如有人知其下落前來本公館報信帶領起獲贓物立卽賞銀一百兩決不食言切切特諭　西歷一千九百零一年正月十七日

救濟會告白

本善會於上月中旬在河東鹽坨地方見有破棺一具曾登報章令該親屬安葬嗣因無人收管已經本善會掩埋在南園外義塚地標立記認今查得鹽坨義地旁又有棺材一具又小道子旁劈損棺柩四具又在廣仁堂左近無盖柩約有二十餘具統限五日內該親屬趕緊安葬倘再耽延尸骸暴露於心何忍限十三日止本善會不忍置之飭工就地培土掩埋也

立成信局仍在北門西板橋胡同萬興棧內便是

武齋洋行發賣烟煤焦炭煤末　如蒙賜顧請移玉磯子衚衕本行面議可也

瑞林祥元記綢緞洋貨店仍設估衣街中間路北先由便門賣貨

敦慶隆綢緞洋貨店仍設估衣街西口零整發莊

京都

六通棧告白

啓者六通棧開設京都崇文門外花市大街專辦東西兩口牛羊專賣各國糧臺定期不悞價值格外公道如欲買者請本棧面議可也

恩利和牛羊公司

本號新開在海大道貼來牟機器磨房前專售牛羊肉牛肉每磅一毛二羊肉每磅一毛五祥英除姨香水方姨價值格外公道賜顧者即請購取

本主人謹啓

聲明作廢

啓者自各國軍隊入城敝號遺失通惠銀號第五十七號公砝化寶一千兩德順湧憑帖三千兩一張二千兩一張兩源憑帖一千兩一張逢源憑帖三千兩一張一千零二十六兩一張四白兩一張有儀堂韓姓票一千兩鈴鐺閣胡同房契一張忠義厚土莊合同一只織布局憑據二只長發萬借約一只長興義借約一只堤頭姜姓房契一只何姓三借約一張成發號借約二只西沽陸姓房契一紙西于庄楊姓地契二番借約一番已經在都統衙門具稟聲明無論華人等拾去均當作爲廢紙業蒙批準立案茲特登諸報端俾衆周知

天昌和主人啓

本號前月運京雙窨桂油鉛粉等貨各豔號欲用新到珠寶市口大津永盛成竹貨店內面議價值格外公道此佈

天范永和白

開口

魁豐冰窖

啓者敝號開設開口西莊南小營門外冰窖二處向於冬令批賣各洋行夏令應用冰塊現已屆時藏冰備貴行各國粮台欲用冰塊各請至敝號預定價值格外從廉不悞主顧

華英書室

專課英文地輿算學文法一切由八點至四點兼辦繙譯等件願學請至針市街益豐棧內面議此佈

天后宮北

義興順綢緞莊

本莊自置顧繡綢緞綾羅紗絹哈喇大呢羽綾嗶毛各樣花素洋布南貨雅扇柱母頭油香粉燒皂胰安貝松泉湖筆一概俱全頭號杭寧綢頭號摹本緞紅梅茶每一吊二紅茶九百六紅茶極斤二百八金百壽棉襪裙

漱泉主人潤例

書畫

壽屏四尺長者每扇二元大者遞增小者遞減

中橫幅每尺方四角

楹聯一元五七言同八言加倍以上楷例也行草減半篆隸鐘鼎均照楷例減四停之一

花卉金魚供品均照楷例

墨卉蘭石均照行草例

刻石字徑一分大者字三角二三分者一角五仙四五分者二角

牙章均照石章例加倍　凡不在例者另議

隨封加十分之二

隨件惠潤定期來取無潤不應件交直報館帳房代收

神相

江南覺覺子相法眞如神矣向遊京津關外久已馳名茲因至津來相者紛紛不斷靈驗非常本擬赴都我等挽留特此望諸公速往面談過午不候相資津錢壹吊富貴加增寓大衙衙北口東棧公館

友人　韓堯臣　沈昭甫　許松廷　王治臣　仝啓

名醫回津

方司馬友莊先生皖江名士也精岐黃兼通西法刀針向留在津門救載凡遇疑難之症均許手到回春人所共仰今夏緣避亂保陽刻因友人特請回津寓河北大街浮橋旁穆家衚衕三友棧重症隨時出診門候十點鐘至一二點鐘止

同鄉友人啓

竊我王氏始祖諱伍世居山東青州府壽光縣自前明永樂二年擢授天津總鎮畿南督都任滿奉命遂居斯土卜塋地于西郊即今僧王爺祠西也及今傳世十有八代始祖忠義祠立位國史可查余居一十三代宗譜可據不料竟有不肖天津縣民人族兄王照同二子文都文俊擅將始祖塋地盜典牛姓開設柴廠余身為族中首領理應出頭根究本欲稟官究辦伊盜典父子並受典牛姓難辭應得之咎嗣經鄰里長者勸余辦價回贖免傷骨肉體面遂如所請現令給價回贖並將私寫偽字偽據註銷矣余稟官備案外理合登報闔族眾覽嗣後無論何支何派塋地均不須盜典盜賣如再有仿效王照父子典祖賣宗者余必率族攻究萬不能因循情面以驚將來此啓

王靜軒謹白

海大道

源興亨土莊

本號自運各省西土公班大土亞庄廣土黑白[illegible]膏一概發莊零剪銷售如欲購者請移玉本莊面商貨高價廉不悞主顧此啓

永豐號面包鋪

本號鋪掌前住紫竹林同昌辦館因被火焚移居馬家口海大道同立東棧對門新機器磨房旁便是本號辦定鐵罐牛乃糖醬火食等物呂宋烟捲紙烟點心面包俱巳新鮮不悞主顧 什商賜顧者請到本號購取可也

本號主人啓

法商

祥發號辦館告白

啓者本號開設天津紫竹林海大道育才館北專辦各國盒菜牛乃面包各樣烟捲一切雜貨物高價廉如蒙 仕商賜顧者請移玉本號面議可也特此佈聞

本主人鈕標芬謹啓

鴻宴樓飯莊

本樓開設海大道機器磨坊前包辦酒席小賣俱全定於十月廿日開張此佈

仁記洋行

啓者本行茲有船牌洋臘壹千箱每箱二十五包並有洋白面八百二十五袋出售特此佈聞

仁記洋行謹啓

日本名醫

橡村先生內外兩科醫道高明凡有診視病症者無不應手奏效洵為當世之名醫現寓天津閘口下愍忠祠對過特此佈聞

門人公啓

新開美瑞洋行

啓者本行由外洋自運各色洋酒罐頭食物預冬織絨褲褂鞋襪佛藍絨項巾手套各樣胰皂洋燈料器鐵胎磁面各種器具並各[illegible]鋼鐵洋釘洋鍬洋鋤白鐵水桶洋鐵火爐以及大米各種貨物莫不精美批售大宗格外價廉凡蒙 賜顧者請至法租界大羅洋行對門第四十六號門牌便是

本行主人謹啓

英商

福照樓西棧代起行

啓者今歲因遭兵荒有本棧樓房被俄國人住守至今未曾遭出故此租賃西門北萬源棧內開張該門面書掛福照樓招牌為記所有房間院中無不寬闊潔淨安寓回漢客商各分房所所有茶水飯菜另有廚坊代運出進口貨物搭座輪船車票以及華洋關稅均按本棧舊章無不公道專運北京各處雜貨等件盡用妥實洋人押送如有短少失物俱按保險章程賠補其情與眾不同 貴客商如欲搭運貨物者請至本棧面議可也特此佈聞

告白

啓者本廠需用廠地屯糞以及散夫住房均係照章付租惟倘有廠地數處地主均未領租特此登報催領租價凡各地主見報速來本廠以便照章付給除稟部統衙門存案外特此聲明以便週知

大法國界官糞廠謹白

天津河東

同義棧

敬啓者本棧開設河東大王庄河邊係俄國租界內即怡和洋行對河便是內有洋式棧房院內寬大無論粗細貨物均可存寄而棧租亦極相宜倘蒙各寶行辦棧及過路客商如有貨物寄存客請移玉至本棧帳房面議可也如欲保險以及別埠來貨者本棧均可代辦洋關報辦稅鈔及各種使費等項特此佈聞

本棧主人告白

源利車船公司

本局設在天津閘口下江蘇外局內專攬京通大小車船 貴官商光顧者所駕臨本局面議庶不致悞特此佈聞

本局謹啓

同順面包房

啓者本號開設海大道機器磨房內於本月十二日開市專做花旗面粉大[illegible]面包及各樣洋點心一應俱全 仕商賜顧者即請購取可也特此佈聞

鴻義金珠店

啓者本號專做時式赤金紋銀軟翠堆纍鍍欵首飾鳳冠酒器包葉度葉等物一概俱全開設天津府東門外天后宮南坐東向西便是

通源土莊

啓者本號出售各省西土并售黑白廣膏零整皆可如欲賜顧原箱者請移玉本號帳房面訂貨價格外從廉 天津鍋店街東口

通源土莊謹啓

寄售洋書

各種俱全

如有賜顧者請移玉至北門外針市街南關西王[illegible]合煤油鋪面議可也

德記磚瓦松木公司

現寓鼓樓東坐南聚成德錢局代辦專售松木[illegible]連議力子磚瓦格外克巳重廉不悞 顧 王

日商 福源◇銀號

本號開設在天津關口下大街日本租界公署旁定於十二月初二日開張兌換銀兩海大道分號仍照舊交易特此佈聞

本號 分號 公啓

日商 有馬洋行

本行自北山運來大木炭照市價格外從廉整躉零發均可保險運送凡仕商欲購者請至海大道牌坊南[illegible]源銀號面議特此謹啓

日商 有信官車船總局

啓者設在天津關口下大街勝水總局旁官車船局並代理福商雲集運往北京通州保府等處洋廣雜貨來往保險轉差洋人護送按貨估價保險諸商請至本局面商可也

附啓保府白溝河祁州等處運貨刻已通行有章 貴商賜顧駕臨本局面議運價格外從廉

桒金公司

本公司設在天津河北大衚衕買賣各處荒金條金隨時作價以京滬行情爲準倘 貴客有收買出賣者請至本公司面議格外公平

本公司啓

大日本 北清貿易洋行

啓者本行由日本分設天津紫竹林海大道老菜市氣燈房衚衕存直報館院內現由本國自運各樣貨物一應俱全貨真價實 貴客商願買者請至本行面議價值格外公道備現用何樣貨物定期不悞特此佈聞

本行主人謹啓

高士達洋酒飯店告白

本店開設海大道下德國界大營門內專辦各國洋酒各色點心呂宋烟各樣紙烟等物貨高價廉並辦英法大菜無論中外客商皆可賜顧特此登報佈告

本主人謹啓

大米告白

敝行現由上海運到上等大包米在津出售批發格外公道如貴客零買兩三包自已食用者亦可購取請到海大道新英租界平和洋行面議多少均可價值格外公道

牙醫生

自幼在美國醫院專習牙科凡牙痛臃腫均能醫治若牙未落而風火蟲蛀者或用黃金白金粉鑲補永無後患如牙落一粒或數粒或全口者鑲就可任意食物無異生成至用金托象皮托悉從客便寓英租界海大道小樓

江蘇毛瑞堂

北浮橋西

襲勝茶園

京都新到

瑞慶恒班

特請京都保府上洋烟台蘇州鎮江青江山陝等處

頭等文武名角

十二月初十日早十一點鐘開演

賽黑燈 十三紅 十四紅 自來紅 月月鮮 七金子 小海紅 一陣風 陳同喜 楊文林 八緣且 王吉林 雲里飛 張吉仙 二陣風 小慶壽 草上飛

桒武行 南北合

盜青 善寶庄

桒武行 喜春台

侯家後老君堂西

永順茶園

特邀京都順福堂

京都姑蘇烟台等處坤角

每日准演

太平歌詞 西皮二簧

天后宮前

天[illegible]茶園

特邀京都全喜堂

京都姑蘇烟台等處坤角

每日准演

太平歌詞 西皮二簧

關口下大街

日商

麗華茶園

特邀京都上洋姑蘇等處坤角

十一月廿六日早晚有座

時調大鼓 太平歌詞

北門西

恩和茶園

特邀京都金福堂

京都姑蘇烟台等處坤角

每日准演

太平歌詞 西皮二簧

京津塘沽火車開行時刻單

由天津開北京早十點四十分晚六點半到京

由北京開天津早七點半晚四點半到天津

由天津開塘沽早八點到塘沽十一點

又下午四點開到塘沽七點

由塘沽來津二次同時

大清郵政局收信時刻曉諭傳單

寄往何處	由某日		收信時刻
北京	火車	每天	上午九點半
大沽	火車	每天	下午三點半
上海烟臺牛莊等處	火車 輪船	初七	下午四點 七點
上海鎮江等處	早班	每禮拜一三五	上午十一點
烟臺	又	又	又

下次輪船由秦王島開往烟台定於初七日即禮拜六四點七點收信嗣後秦王島開往烟台輪船每逢禮拜二禮拜六下午四點七點發信紫竹林總局每早九點開門收信至下午四點鐘止禮拜日下午二點至二點半止針市街分局每日早八點開門收信至晚十點鐘止

十二月初九日銀洋行情

銀盤二吊九百九十文

洋銀二吊零八十

洋錢行情七錢

恒昌厚照像館

啓者本館暫借河北大街西茂盛店內專門能照一人三像一人四像每張價目諸君光顧請祈小號面商可也擇日開照再詳

像館主人謹白

本埠每張大錢十二文　CHIHLI GAZETTE　外埠照遠近酌加寄費

CHIH PAO

直報

第五百六十八號

光緒二十六年十二月十一日

西歷一千九百零一年正月三十日　禮拜三

本館開設天津紫竹林海大道老菜市氣燈房巷內

督札照錄　榮相辭職　西友問俗　難辭其咎　妙解人頤　巡捕官示　鑿冰冲冲　因疑致斃　日本新聞

路透電報　川督奏阻　譯英報論中國商務　有備無患　適從何來　馬賊廿記　如此其多　批示彙錄　京報補錄

老成將事　諭飭保護　夜行宜慎　畫虎不成　是何重案　別有隱情　南昌新聞　各行告白

奏請移鑾　鄂函摘錄　董田匪亂　便溺被罰　部統示諭　是何碑碣　行同明火　廣東新聞

本館告白

啓者本館後幅各項告白第一日每字大錢五文至第七日每字三文半月每字二文半論月每字二文如論季論年價值格外從廉所有告白以五十字起碼則十字遞加前幅加倍近有售報人從中多索恐仕商未及週知特此聲明倘蒙仕商欲登告白者請至本館賬房面議可也　本報由十一月初一日起閱報諸公每月概收津滿錢七百廿文此佈

橫濱正金銀行

本銀行向在日本開設二十餘年資本金洋二千四百萬圓現收足金洋一千八百萬圓公積金八百萬圓專做仕商滙欵押欵存欵借欵利息格外公道存欵長期短期利息酌爲等差惟比他行加厚總行設在橫濱又東京神戶長崎英之倫敦法之巴黎美之紐約舊金山以及布哇孟買華則香港上海牛庄等處皆有分行凡通商口岸皆有妥實代辦之家倘蒙仕商欲滙欵存欵者請至本銀行面議可也特此佈告　天津分行謹白

法蘭其洋行

啓者本行開設在天津海大道興隆洋行傍首專售外國罐頭食物一應俱全貨眞價實倘蒙仕商賜顧請至本行面議價值格外公道各等牛奶各色餅干糖醬酒亭魚酒門魚洋臘皮皂白鹽各色洋酒等一切家用食物俱全特此佈聞　本行特白

告白

啓者本局奉　北洋大臣委派駐津專管遞送北洋往來文牘函件並不干預外事如有假冒本局上下人等在外招搖等弊望即扭送本局稟請究辦幸勿自誤爲荷此白　北洋文報局啓

督札照錄

欽差商務大臣太子太傅文華殿大學士北洋大臣直隸總督部堂一等肅毅伯李　爲飭知事現據英使館華文參贊傑㘓遜呈遞節畧內稱固安縣稟教士赴固安查辦拳匪勒索賠欵請照會欽使查明有無其事一案經　全權大臣照會英國薩欽使今英欽差業已查明該教士等雖係由教士派往固安然但令其查明究竟教民因亂傷失產業性命若干並探問是否本地人民情愿自行籌欵賠償即行回京具報而已所有查拏義和團匪要索廟宇房屋地皮各欵及催令迅速照辦否則英兵赴縣坐催等情均係該教士等越權之事故已飭令該教士等尅日回京矣查天津條約第八欵內載內地傳教教民凡係良善之輩自應由中國地方官一體保護准其傳教行教等語倘入教華民被殺及產業被毀被盜中國地方官應設法緝拏兇手治以應得之罪並代爲索償被毀盜之產業英欽使甚愿聽中國地方官自行料理此案而洋教士似能幫助地方官了結蓋教士之意無非求和平了結此案庶免動用公牘驚動兩國政府不作爲官事辦理較便且於兩國有益英欽使不愿干預民教案件甚盼中國地方官秉公核辦英欽使所以將此案如此辦法並欲諭知全權大臣英欽使將近今亂事置之度外屏除成見仍愿秉公爲心敦睦爲懷等因據此查教民受害原應自赴地方官呈明請由應抵償人命賠還物產由地方官秉公辦理不得諉延今既由　英欽差議復前情應即通飭各屬一體查照如有華人妄稱奉英教士

或英欽差之命赴各州縣強索賠償滋擾即係假冒應由該州縣查拏訊辦並先出示曉諭除分別咨行外合行札飭札到該道即便查照通飭各屬一體遵辦此札　光緒二十六年十月十八日

時事記要

路透電報　○西正月二十七號路透來電云英報云自二十八號起各人俱應穿孝○兩議院於聞女主駕崩同願英君爲君并稱頌女主之德聞將於二月十四號重復聚議也○沙侯於二十六號在聖詹母司宮誓保英君當時各大臣在側亦皆設誓并行以口啜英君之手之禮○官場云英君今復愛將愰德第七之稱謂爲印度之皇○英廷朝臣奉命穿孝至六月二十號此外至一千九百零二年二月二十四號爲止即可減輕○女主之柩將於二月一號請行在文德賽爾於二號安葬云

老成將事　○南友來信云探得某制軍以和約十二欵內有改正覲見儀節一條有礙中國體制因電達李傅相請商諸各國公使即將此節刪除傅相深爲不然謂此等議論不免尚有書生積習云

奏請移鑾　○頃聞鄂中大吏前請遷都湖北之電奏達　行在時欽奉密　旨所籌不爲無見候和議定後再行察看情形等因嗣以聯軍仍駐京津聞　慈意不願回鑾故復電達　行在仍以移鑾鄂省爲請○又聞某制軍以武昌逼臨長江恐易爲各國所乘故續奏請暫駐宜昌東境之當陽縣地方以俟動靜　太后覽奏大爲嘉賞

榮相辭職　○聞榮中堂近以辦事掣肘　奏請辭職太后未准

川督奏阻　○聞川督奎制軍近日馳奏　行在力阻分宮亟請回鑾　太后閱奏謂鹿尚書曰素以奎俊爲忠誠今亦忍使予東陷虎口耶言次　慈顏頗爲不懌故日來有另　簡川督以備　幸蜀之說

諭飭保護　○頃聞河南巡撫于中丞日前奉有　電諭飭令保護各處教堂毋稍懈怠倘再有前項情事定惟各該地方官是問現已遵諭辦理矣

鄂函摘錄　○日前督轅得有陝電甚長香帥立請景中丞瞿方伯扎廉訪等至轅會商良久不知何事○香帥與前任甯藩瑞方伯相知有素茲因協理需人特於日前電請方伯赴鄂聞有委以要差之說○惲莘耘觀察於上月初九日回鄂後十五日得有家報知太夫人病勢增劇當即轉返毗陵局事由漢黃德道岑觀察暫代

西友問俗　○有某西人由廣東赴滬述及粵省民情年輕者皆謂日後不致再有亂事年老者不以爲然現新　簡之陶制軍浙江人其公子某亦最喜言維新現已乘某輪赴滬云譯字林西報

譯英報論中國商務　○英京太晤士報云年來中國北省英人商務漸有起色攷中國出口貨不過絲茶兩大宗邇來年減一年大有江河日下之勢惟北方貨物之出口者其情形較盛於腹地自天津通商後歷十五年商務已佔天下三分之一其中歸英商者四分之三北省著名口岸厥有三處曰天津曰牛莊曰烟台而天津實爲中國第二要口所惜天津牛庄兩處俄人在北省有虎視眈眈之勢若以目前利益論我英力爭中國北境較他人尤爲要圖耳

董田匪亂　○接温州友人來信云瑞安縣境董田村地方近有土匪揭竿起事與教民爲難鎮道各憲聞立即飭湯福翔副戎督率親兵前往彈壓新任中軍徐瑞堂游戎復督率練軍於上月間拔隊起程相機剿撫聞已將匪徒槍斃五人并擒斬匪首二名不日即可奏凱回郡矣

京津新聞

難辭其咎　○京師訪事人云頃聞官場傳云神機營萬字隊兵丁於聯軍入城時　兩宮巡幸西安該隊兵丁隨扈保駕者人數寥寥　慈顏甚怒諒於　回鑾後難免一番整頓也

有備無患 ○京師友人來信云北京經此浩刼屍氣所釀來春時疫必盛加之入冬以來旣未雨雪氣候又奇煖以是黃瘟痧疹諸証日漸增多若能預謀方藥徧處傳送或施當其厄或預先解避是在仁人君子大發惻隱耳

夜行宜愼 ○京師前門外　見胡同孫某自聯軍入城以來晝夜不安無可消愁於十二月初三夜間邀集友人三四輩着棋消悶迨棋局散場返寓乃時刻已逾九點矣甫經出門突遇洋兵巡夜至此忽以犯夜拏獲解至公廨再三央求挽說卽給洋銀五元始行釋放云

便溺被罰 ○京師崇文門外羊肉口地方有高姓者在是處便溺被印兵瞥見當卽扭至抽分廠英界公廨後罰充苦力一天至釋放時罰洋一元充公現聞街巷行人便溺者俱有戒心云

妙解人頤 ○訪事人云昨與友人談及時事其一曰今歲大刼可謂勵精圖亂矣其一應聲對曰發憤爲雌可作下聯否舉座譁然

適從何來 ○昔有劉某素操子平業昨行至前門內半壁街地方正在　手擊鼓之餘突有印兵五六人竟向該瞽者之頭上輪流用武霎時紅光迸露矣繼復奪其所擊之鼓劉雖目無所見而兩手堅持不遺餘力印兵等不覺勃然大怒羣批其指至血出遂攜其鼓閧然而去

畫虎不成 ○前門內前府胡同居住柳三者不法之徒也探知京東香河縣某富戶家道豐足柳便垂涎日久欲向詐索不得其門入步日前柳轉託其同類代請洋兵二十名僞稱隨同柳等赴香河縣買牛二千頭保護來京許酬洋兵若干金作保險之費於是同往該處向某富戶僞稱令同洋人前來設立保衛局令其爲鄉紳向各村捐歛欵項以資保衛云云豈料柳三等詐索各情□被某富戶識破卽將柳三同黨之劉六綑縛而柳等見勢不佳隨同洋兵回京沿途肆行搜刼滿載而歸迨返京後不料該羽黨等暗將贓物分肥均已逃避及洋兵尋找柳三追討酬金而柳三囊中空虛別無餘物倉皇失措亦作黃鶴之舉刻聞洋兵意欲□鎗傷其家屬並欲種火焚燒其房於是鄰居無不驚懼遷移噫如柳三者誠如諺云害人如害己也

都統示諭 ○暫行管理津郡城廂內外地方事務都統贊倭青富法司爲　出示曉諭事照得鹽坨所存鹽觔曾經本都統等於本年七月初十日出示嚴禁民人偸竊買賣並聲明不日卽欲定章出售等因在案現經本都統等訂立章程嗣後售出鹽觔每包須納稅銀一兩一錢五分爲此示諭諸色人等知悉特示　光緒二十六年十二月初九日

巡捕官示 ○都統衙門巡捕官談　爲出示曉諭事照得西沽武庫所存火藥等項現看管該德員訂於本月十一日一點鐘用火焚毀附近村民均須暫往他處躲避以免有震塌房屋蠹傷人口之事爲此示仰各附近村民知悉特示　光緒二十六年十二月初十日

馬賊廿記 ○昨報登拏獲海盜十二人一則今有友人由該處來津談及拏賊實在情形故濺筆以記之有范庄子孫姓者素與海盜相識遂作爲眼線赴東八縣一帶指名查拿因此得獲者十二人內有盜首殷泰山一名該盜總首黃金鏢劉得文馬鳳山馮振鏞等在該盜時常在東八縣各村庄遇有富戶卽著馮振庸前去保險稍不遂意卽勾結同黨搶刼在富戶受其害者實不可勝數又彙該匪出沒無常見洋兵一到卽行四散洋兵退去又復雲集因此稽延日久所以不能拏獲實犯一名自得孫姓眼線便拿獲十二名之多想亦天網恢恢所致耶

是何重案 ○訪事人云昨在都署前見有德兵捆獲華人四名洋槍一捆一併進入署內而去有謂係海洋被獲者是否如何究辦容俟再布○又昨在鎭署前見華巡捕押解二人一人坐洋車一人步行其坐車者滿面血痕一同向西而去聞係送往巡捕局者至其所因何事俟訪明再布

是何碑碣 ○前報是否謠言一則茲據訪事人云昨從東北城角行走見有石碣一通高約四尺上下彼時因城上正拆角樓

磚瓦齊落行人碍難近前故該碣所有字跡未能辨認俟他日再爲訪布可也

鑿冰沖沖　○昨在閘口西見有隙地一段堆積冰塊如山聞係爲某冰窖僱工由該處小河鑿來者擬在是處存儲作爲廠窖想不日當卽封土以待來年也按今冬寒暖得宜冰凍甚佳該行中人無不交相慶慰以爲轉年生意可占大有云

如此其多　○訪事人云有某甲者莫詳其姓氏咸以猴兒呼之家居河東陳家溝向作苦力爲生日前肩荷柴禾一担赴河西售賣得洋一元而歸行至河東某處遇二洋兵截住搜之索之而猴兒以其錢來匪易故堅執弗與致觸該兵之怒竟將槍刺抽出將猴兒髮辮割去並將洋元奪去而逃

別有隱情　○傳聞楊村上下各地方近日屢有村民被槍擊斃者如屯邸村馬庄子等處共擊斃五人不知其中有何隱情俟訪明晰再爲續佈

行同明火　○訪事人云初八日夜間河北鐵橋東開點心鋪之王姓家突有强賊三四人手持器械由房入院聲稱借銀洋百元等語王姓家人見賊等持械便卽鳴鑼喊救幸有衆街鄰赶至院內衆賊始行逸去

因疑致斃　○現聞津西北楊芬港村有某甲販賣舊銅錫爲業日昨肩負蔴袋一個內貯銅錫等物行至村外被洋兵瞥見疑其爲盜命令站住以便搜查所負何物在甲恐洋兵刦掠足便急行意圖避去洋兵隨卽開槍將甲擊斃云

批示彙錄　○據宋茂林稟仰該商於本月初十日來轅面訊○周志榮稟該商如係販買糧米仰赴官銀號遵照報捐應准開設如設斗店決不准行○蘇橋紳董杜硯農稟准與立案○張玉林等稟無事可派毋庸瀆請○徐永泰稟所請執照未便照發○楊以儉等稟已經議定未便再緩○范桐勳商人李鶴洲安毓桐魏佩鵬魏恩第張鐵笙民人王得勝周陳氏孟陳氏等稟先行存記以後再行查辦

南昌新聞

制軍清節　○南昌訪事友人云兩廣總督陶子方制軍由　行在　陛辭南下上月初七日節麾行抵潯陽初八日轉棹入內河初九日至吳城初十日至樵舍十一日距省三十里之王家渡先期南昌縣江雲新建縣孔顯儒兩明府奉到制軍手書大致謂鄙人素性淡泊不喜浮華今者道出江西身爲客官一切供張悉應屏除近復力疾從公不食葷腥酒筵亦無所用幷應毋庸餽遺況當　國事益艱時局日亟正吾輩臥薪嘗膽之秋作士民晝粥斷虀之志相與力袪積習共濟艱難尙憂弗逮更何忍稍從徽俗頹風擾及地主凡船隻價値及日用飮食均已照給自備斷不煩各有司絲毫破費其迎送鋪設暨開砲鼓樂等虛文俱應禁止沿途已經照辦省城亦卽遵行仍希轉告前途一律知悉各留有用之精神物力勿爲無謂之酬應周旋云云亮節淸風誠近世疆吏中不可多得者也

廣東新聞

漁船聯絡　○粤省匪徒有聯義堂等名目向新會江門一帶魚欄勒收行水銀三千兩各魚商於月之初一初二兩日一律罷市集衆籌商設法防範僉謂與其納欵匪人何如將此項購置軍械自行保護衆情允洽於是立定章程每魚一担販家抽費若干現聞已有端倪刻日舉辦幷立規條數則謂各魚船係夜間行駛必須在某處河面聯絡一氣預備鎗械守望相助倘遇盜賊搶奪留難則衆船合攻以資捍禦如有在塲被匪傷斃者由行中給銀若干安家云

日本新聞

日輪東渡　○日本在英京船廠定造快艦一艘名曰依須磨干近自英京竣工出澳駛返東洋經于昨日抵叨查該艦大九千八百噸抵馬力一萬四千五百匹船身長四百英尺闊六十八尺半深四十一英尺入水二十四英尺配烟通三枝每點鐘能行二十海

望七五載炭一千四百噸內配各式大砲及機器砲計三十六尊現只水手三百三十名聞此船係二等水師提督坐駕容兵弁五十二名小兵弁及海軍四百三十名是日在丹戎巴葛落炭聞于初五六便即遄返日本焉

未能照例 ○日本報載云每值西國元旦照例日皇及皇后有接見各國使臣今年因日皇少有不適此事以閣

京報補錄

喀拉沁札薩克多羅楞郡王奴才貢桑諾爾布跪 奏爲欽遵 諭旨練兵就地籌餉大概情形恭摺仰祈 聖鑒事竊奴才於光緒二十五年十二月初八日面奉 皇太后懿旨認眞練兵務要速成勁旅報効國家等因欽此奴才跪聆之下感奮莫名當此時事多艱强鄰逼處蒙古尤爲切膚之患奴才世守邊疆受 恩深重敢不殫竭血誠力圖報効惟念練兵必先籌餉奴才旗屬自光緒十七年兵燹之後艱苦異常又值 國家庫欵支絀之際遽請籌撥殊屬不易奴才再四思維惟有就地籌餉一法查奴才旗屬地面內有賀速溝大小槽碾溝除虎溝朱家溝板橋子五處金苗甚旺此外熟金礦產尚多若能逐漸開採其利甚厚但資本不輕近來華商往往與洋商合股流弊滋多奴才心竊恨恨自當首先禁絕遴委妥員專集華股仍用本地土法將各礦次第開採既可養無限之兵民又可收無窮之地利至於商股餘利仍查照京師路礦總局定章按一百分提二十五分報効 國家可否仰懇 天恩俯念籌欵維艱准將奴才旗屬賀速溝等處金礦用土法次第開採即將報効一欵留爲奴才練兵餉需一俟積有成數隨時奏報就餉源之多寡陸續挑練兵丁若干認眞訓練俾成勁旅無事則愼防守有事則備征調如蒙 俞允奴才遵卽將礦務練兵各事宜赶緊籌辦應如何因地因人務求實效之處再行妥議詳細章程繕晰具奏並由奴才分咨該管地方官查照辦理是否有當伏候 聖裁所有練兵籌餉大概情形緣由理合恭摺具陳伏乞

皇太后 皇上聖鑒 奏奉 硃批著照所請該衙門知道欽此

賞格

大美國欽命查察大臣柔 爲懸賞尋覓失贓事西本年正月十六日夜間有賊入由所住房內竊去前後雙蓋悶殼女金表一個表蓋上鏨有[illegible]三洋字又悶殼男金表一個前後面各鏨有WWR三洋字又三尺長金鍊一條一端有大金圈一個小玩物係西洋別子一個金小駱駝一個金十字一個白色小走獸一個金十字一個白色小獸一個金鑲嵌玻璃四葉小苜蓿花一個金小垂頭一個綠色小龜一個金鈴鐺一個金別子一個又男金表鍊一條一端有大金圈一端有表鑰鈎中間有橫別棍又皮表鍊一條帶銀鑰鈎又金手六子二個一嵌綠寶石一塊一嵌寶石三塊在中間寶石上有亞拉伯字母又珊瑚女項鍊一條帶有玉石珠三個並有珠子垂頭等又金鈕子二個又銀袖別子一對兩端有元球以上各失物如有人知其下落前來本公館報信帶領起獲贓物立即賞銀一百兩決不食言切切特諭 西歷一千九百零一年正月十七日

啓者本各報處本月初一起至初三日份各送一張彩時亦有三人經手程某趙某梁某別者經送無涉不送彩者別家經手從初四至今定閱各報陸緒不斷逢定送本津報彩并送彩目一張亦謂信實本津國聞報月內復出轍處經送直國二報均送和濟小彩一張看報要彩者速請掛號留條外埠賜函便寄可也逢在小號定閱報彩風雨不誤又接到上海新聞報 中報 東洋寶丹

本津北門內府署東各報處啓

救濟會告白

本善會於上月中旬在河東鹽坨地方見有破棺一具曾登報章令該親屬安葬嗣因無人收管已經本善會掩埋在南園外義塚地標立記認今查得鹽坨義地旁又有棺材一具又小道子旁劈損棺柩四具又在廣仁堂左近無蓋柩約有二十餘具統限五日內該親屬趕緊安葬倘再躭延尸骸暴露於心何忍限十三日止本善會不忍置之飭工就地培土掩埋也

瑞林祥元記綢緞洋貨店仍設估衣街中間路北先由便門賣貨

敦慶隆綢緞洋貨店仍設估衣街西口零整發莊

永年壽命保險公司告白

啓者本總公司在美國紐約埠開設多年生意興隆資本銀四百四十四兆三億二萬零八八十元至於保過三十七萬三千九百三十四人共計銀一千九百四十二兆兩億三萬零二百九十元足見資本之厚利益之多誠信相孚章程甚善早爲海內君子共相推許各國各埠均有分行中國各通商口岸亦有巨商代理並另立總局於上海九江路第四號門牌係專辦中國保險事宜現又在天津海大道瑞記洋行請王君專理本公司一切事務嗣後如有願保人壽者速請與王君面商可也
洋總理高尚志謹啓

新到煤油燈扇輪機器

啓者本行由英國自創點煤油燈扇輪機器出售現有樣子在本行 貴官商如欲購者即請駕臨本行帳房面議價值格外相宜只此一家並無二處特此佈聞
明義洋行主人謹啓

減價出售

本行開設英界麥加利傍專售洋酒各貨俱全今將各項貨開列於左
上金牛奶壹仟箱 白米地壹仟箱 牛奶伍伯箱 臘壹伯箱 羊皮皂貳伯箱 其餘各貨亦不細載如貴客光顧請至本行價值格外公道
義記行白

日商

鴻泰銀號

本號兌換銀兩買賣洋圓公平交易開設天津開口下大街勝水總局對過便是定於本月十二日開張庶不致悞
本店主人謹啓

京都

六通棧告白

啓者六通棧開設京都崇文門外花市大街專辦東西兩口牛羊專賣各國糧臺定期不悞價值格外公道如欲買者請本棧面議可也

恩利和牛羊公司

本號新開在海大道貽來羊機器磨房前專售牛羊肉牛肉每磅一毛二羊肉每磅一毛五祥茂條胰沓水方胰價值格外公道賜顧者即請購取
本主人謹啓

聲明作廢

啓者自各國軍隊入城敝號遺失通惠銀號第五十七號公砝化寶一千兩德順湧憑帖三千兩一張二千兩一張兩源憑帖一千兩一張逢源憑帖三千兩一張一千零二十六兩一張四內兩一張有儀堂韓姓票一下兩鈴鐺閣胡同房契一張忠義厚土合同一只織布局憑據二只長發萬借約一只長興義借約一只堤頭姜姓房契一只何數三借約一張成發號借約二只西沽陸姓房契一紙西于庄楊姓地契二爵借約一爵已經在都統衙門具稟聲明無論華洋人等拾去均當作廢紙業蒙批準立案茲特登諸報端俾衆周知
天昌和主人啓

天后宮北

義興順綢緞莊

本莊自置頭號綢緞綾羅紗絹哈喇大呢羽綾毛各樣花素洋布貨雅扇陽頭油香粉胰皂貝松湖筆一概俱全
頭號杭窗綢 頭號摹本緞 紅梅茶每一吊二 紅茶九百六 紅茶標斤二百八 金百壽棉徽磁

文美齋告白

啓者本齋開設在天津北門外鍋店街善銀號旁開張專辦各省紙料湖筆徽墨名人書帖各色詩箋貨高如蒙士商聯顧請修玉齋購收可也特聞
文美齋主人謹啓

開口

魁豐冰窨

啓者敝號開設閘口西北南小營門外冰窨二處向於冬令批賣各洋行夏令應用冰塊現巳居時藏冰備貴行各國糧台欲用冰塊者請至敝窨預定價值格外從廉不悞主顧

儒醫

駱坦如明府安徽人遊歷中外十餘年近因時事鉅艱立意南旋我等症其脈理甚精識慕無差迭見著手成春之效力爲挽留一展方技凡請診者開鍋店街存華泰號便知寓所
李敏軒 張小甫 謹啓

神相

江南覺覺子相法眞如神矣向遊京津關外久已馳名茲因至津來相者紛紛不斷靈驗非常本擬赴都我等挽留特此望諸公速往面談過午不候相貲津錢壹吊富貴加增廣大衙衙北口東桂公館
友人 桂堯 沈昭甫 許松廷 王治臣 仝啓

京濟代售直報

京都福興潤信局寓打磨廠鴻太店內濟南府城福興潤信局寓西門內大街東鄭家胡同內如貴官商欲觀報者請向敝局購取分送不悞天津福興潤信局謹白

竊我王氏始祖諱伍世居山東青州府壽光縣自前明永樂二年擢授大津總鎮畿南督都任滿奉命遂居斯土卜塋地于西郊即今僧王爺祠西也及今傳世十有八代始祖忠義祠立位國史可查余居一十三代宗譜可據不料竟有不肖大津縣民人族兄王照同二子文都文徵擅將始祖塋地盜典牛姓開設柴廠余身爲族中首領理應出頭根究本欲稟官究辦伊盜典父子並受典牛姓難辭應得之咎嗣經鄰里長者勸余辦價回贖免傷骨肉體面遂如所請現令給價回贖並將私寫僞字僞據註銷矣余稟官備案外理合登報闔族衆覽嗣後無論何支何派塋地均不須盜典盜賣如再有仿效王照父子典祖賣宗者余必率族攻究萬不能因循情面以驚將來此啓 王靜軒謹白

海大道

源興亨土莊

本號自運各省西土公班大土亞庄廣土黑白廣膏一概發莊零剪銷售如欲購者請移玉本莊面商貨高價廉不悞主顧此啓

永豐號面包舖

本號舖掌前住紫竹林同昌辦館因被火焚移居馬家口海大道同立東棧對門新機器磨房旁便是本號辦定鐵罐牛乃糖醬火食等物呂宋烟捲帶烟點心面包俱已新鮮不悞主顧 仕商賜顧者請到本號購取可也 本號主人啓

法商

祥發號辦館告白

啓者本號開設天津紫竹林海大道育才館北專辦各國盒菜牛乃面包各樣烟捲一切雜貨物品價廉如蒙 仕商賜顧者請移玉本號面議可也特此佈聞 本主人鈕桂芬謹啓

鴻宴樓飯莊

本樓開設海大道機器磨坊前包辦酒席小賣俱全定於十月廿日開張此佈

仁記洋行

啓者本行茲有船牌洋臘壹千箱每箱二十五包並有洋白面八百二十五袋出售特此佈聞 仁記洋行謹啓

日本名醫

橡村先生內外兩科醫道高明凡有診視病症者無不應手奏效洵爲當世之名醫現寓天津閘口下愍忠祠對過特此佈聞 門人公啓

新開美瑞洋行

啓者本行由外洋自運各色洋酒罐頭食物預冬織絨褲褂鞋襪佛藍絨項巾手套各樣胰皂十燈料器鐵胎磁面各種器俱並各洋鋼鐵洋釘洋鍬洋鋤白鐵水桶洋鐵火爐以及大米各種貨物莫不精美批售大宗格外價廉凡蒙賜顧者請至法租界大羅洋行對門第四十六號門牌便是 本行主人謹啓

英商

福照樓西棧代起行

啓者今歲因遭兵荒有本棧樓房被俄國人住守至今未曾遺出故此租賃西門北萬源棧內開張該門面書挂福照樓招牌爲記所有房間院中無不寬闊潔淨安寓同漢客商各分房所所有茶水飯菜另有廚坊代運出進口貨物搭座輪船車票以及華洋關稅均按本棧舊章無不公道專運北京各處雜貨等件盡用妥實洋人押送如有短少失物俱按保險章程賠補其情與衆不同 貴客商如欲搭運貨物者請至本棧面議可也特此佈聞

告白

啓者本廠需用廠地屯冀以及散夫住房均係照章付租惟尚有廠地數處地主均未領租特此登報催領租價凡各地主見報速來本廠以便照章付給除稟都統衙門存案外特此聲明以便遇知 大法國界官冀廠謹白

天津河東

同義棧

敬啓者本棧開設河東大王庄河邊係俄國租界內即怡和洋行對河便是內有洋式棧房院內寬大無論粗細貨物均可存寄而棧租亦極相宜倘 蒙合賃行號棧及過路客商知有貨物寄存請移千至本棧帳房面議可也 如欲保險以及別埠來貨者本棧均可代洋關墊辦稅鋪及各種使費等項特此佈達 主人告白

源利車船公司

本局設在天津閘口下江蘇外局內專攬京通大東船 貴官商光者新貿臨本局商議庶本致悞特此佈聞 本局謹啓

同順面包房

啓者本號開設海大道機器磨房內於本月十二日開市專做花旗面粉大小面包及各樣洋點心一應俱全 仕商賜顧者即請購取可也 特此佈聞

鴻義金珠號

啓者本號專做時式赤金紋銀軟翠堆纍鑲嵌首飾鳳冠酒器包葉度葉等物一概俱全開設天津府東門外天后宮南坐東向西便是

通源土莊

啓者本號出售各省西土并售黑白廣膏零整皆可如欲賜顧原箱者請移至本號帳房面訂價值格外從廉天津鍋店街東口通源土莊謹啓

寄售洋書

各種俱全

如有賜顧者請移玉至北門外針市街南閣西玉盛合煤油鋪面議可也

德記磚瓦松木公司

現寓鼓樓東坐南聚成德錢局代辦專售松木單截連截方子磚瓦格外克已重廉不悞主顧

日商

福源◇銀號

本號開設在天津開口下大街日本租界公署旁定於十二月初二日開張兌換銀兩海大道分號仍照舊交易特此佈聞

本號 分號 公啓

日商

有馬洋行

本行自北山運來大木炭照市價格外從廉整躉零發均可保險運送凡仕商欲購者請至海大道牌坊南福源銀號面議特此謹啓

日商

有信官車船總局

啓者設在天津開口下大街勝水總局旁官車船局並代理福商雲集運往北京通州保府等處洋廣雜貨來往保險轉差洋人護送按貨估價保險諸商請至本局面[illegible]可也

附啓保府白溝河祁州等處運保刻已通行有章貴商賜顧駕臨本局面議運價格外從廉

采金公司

本公司設在天津河北大衙街買賣各處荒金條金隨時作價以京滬行情爲準倘貴客有收買出賣者請至本公司面議格外公平

本公司啓

大日本

北清貿易洋行

啓者本行由日本分設天津紫竹林海大道老菜市氣燈房衙衛直報館院內現由本國自運各樣貨物一應俱全貨價實貴客商願買者請至本行面議價值格外公道倘現用何樣貨物定期不悞特此佈聞

本行主人謹啓

高士達洋酒飯店告白

本店開設海大道下德國界大營門內專辦各國洋酒各色點心呂宋烟各樣紙烟等物貨高價廉並辦英法大菜無論中外客商皆可賜顧特此登報佈告

本主人謹啓

大米告白

敝行現由上海運到上等大包米在津出售批發格外公道如貴客零買兩三包自已食用者亦可購取請到海大道新英租界平和洋行面議多少均可價值格外公道

牙醫生

江蘇 毛瑞堂

自幼在美國醫院專習牙科凡牙痛腿腫均能醫治若牙未落而風火蟲蛀者或用黃金白金粉鑲補永無後患如牙落一粒或數粒或全口者鑲就無異生可任意食物象皮托成至用金托悉從客便寓英租界海大道小樓

北浮橋西

襲勝茶園

京都新到

瑞慶恆班

特請京都保府上洋烟台蘇州鎮江青江山陝等處頭等文武名角

十二月十一日早十一點鐘開演

月月鮮 十四白 金香翠 陳同喜 花立 粉菊花 七金子 一陳風 李德枉 八綠旦 五毛 童子紋 十八紅 一盤雷 雲里飛 二陣風 草上飛

金水橋 鬧王樂 翠屏山 代殺山 少華山 代宿店 五雷陣 雙跑馬 大賣藝

侯家後老君堂西

永順茶園

特邀京都順福堂

京都姑蘇烟台等處坤角

每日准演

太平歌詞 西皮二簧

天后宮前

天慶茶園

特邀京都全喜堂

京都姑蘇烟台等處坤角

每日准演

太平歌詞 西皮二簧

開口下大街

日商

麗華茶園

特邀京都有福堂

特邀京都上洋姑蘇等處坤角

十一月廿六日早晚有座

時調大鼓 太平歌詞

北門西

恩和茶園

特邀京都金福堂

京都姑蘇烟台等處坤角

每日准演

太平歌詞 西皮二簧

恆昌厚照像館

啓者本館暫借河北大街西茂盛店內專門能照一人三像一人[illegible]

照像館主人謹白

京津塘沽火車開行時刻單

由天津開北京早十點四十分晚六點半到京

由北京開天津早七點半晚四點半到天津

由天津開塘沽早八點到塘沽十一點

又下午四點開到塘沽七點

由塘沽來津二次同時

大清郵政局收信時刻曉諭傳單

寄往何處	由	某日	收信時刻
北京	火車	每天	上午九點半
大沽	火車	每天	下午三點半
上海煙臺牛莊等處	火輪船	初七	下午四點 七點
上海鎮江等處	早班	每禮拜一三五	上午十一點
煙臺	又	又	又

下次輪船由秦王島開往烟台定於初七日即禮拜六四點七點收信嗣後秦王島開往烟台輪船每逢禮拜二禮拜六下午四點七點發信紫竹林總局每早九點開門收信至下午四點鐘止禮拜日下午二點半止針市街分局每日早八點開門收信至晚十點鐘止

十二月初十日銀洋行情

銀盤二吊九百九十文

洋銀二吊零八十

洋錢行情七錢

本埠每張大錢十二文　CHIHLI GAZETTE　外埠照遠近酌加寄費

CHIH PAO

直報

第五百六十九號

光緒二十六年十二月十二日

西歷一千九百零一年正月三十一日　禮拜四

本館開設天津紫竹林海大道老棧市氣燈房巷內

照復各國和議十款
起用舊相
尋獲新樹
市價紀數
馬賊二十一記
起土墊坑
附會之辭
廣東新聞
苗匪平靖
以資體恤
不法已極
有口皆碑
挾嫌相報
批示彙錄
各國新聞
西報立論
法員抗議
衙門有度
擬修幹路
莫貪便宜
未免多情
浙江新聞
各行告白
陝函記要
俄兵東來
減價售米
都統示諭
搶劫何多
喜極悲來
漢口新聞

本館告白

啓者本館後幅各項告白第一日每字大錢五文至第七日每字三文半月每字二文半論月每字二文如論季論年價值格外從廉所有告白以五十字起碼則十字遞加前幅加倍近有售報人從中多索恐仕商未及週知特此聲明倘蒙仕商欲登告白者請至本館賬房面議可也　本報由十一月初一日起閱報諸公每月概收津滿錢七百廿文此佈

橫濱正金銀行

本銀行向在日本開設二十餘年資本金洋二千四百萬圓現收足金洋一千八百萬圓公積金八百萬圓專做仕商滙欵押欵存欵借欵利息格外公道存欵長期短期利息酌爲等差惟比他行加厚總行設在橫濱又東京神戶長崎英之倫敦法之巴梨美之紐約舊金山以及布哇孟買華則香港上海牛庄等處皆有分行凡通商口岸皆有妥實代辦之家倘蒙仕商欲滙欵存欵者請至本銀行面議可也特此佈告　天津分行謹白

法蘭其洋行

啓者本行開設在天津海大道興隆洋行傍首專售外國罐頭食物一應俱全貨眞價實倘蒙仕商賜顧請至本行面議價值格外公道各等牛奶各色餅干糖醬洒亭魚洒門魚洋臘皮皂白鹽各色洋酒等一切家用食物俱全特此佈聞　本行特白

告白

啓者本局奉 北洋大臣委派駐津專管遞送北洋往來文牘函件並不干預外事如有假冒本局上下人等在外招搖等弊望卽扭送本局稟請究辦幸勿自誤爲荷此白　北洋文報局啓

照復各國和議十款

爲照會事照得本月初三日接該各國欽差全權大臣公議和約十二款業經本爵等電奏現奉 大皇帝電旨慶親王李鴻章 電奏並條款均悉曷深感慨值此時局艱危不得不委曲求全所有大綱十二款應卽照准其餘詳目仍應竭力磋磨該親王等務當勉爲其難惟力是視以期挽回全局欽此除恭錄知照外本爵等展閱各條款有尚須引申其義詳細聲明者並有體查中國情形不得不與諸貴國商酌者係爲永敦睦誼共保太平起見茲將各條開列於後望准照復是荷爲此照會須至照會者 第一款 此次肇禍由於民教不和懲前毖後當將永遠相安辦法公同妥議和平詳細章程以安遵守 第二款 內載諸國人民被戕害凌虐之各城鎮五年內概不得舉行文武各考試等語查各府廳州縣所管城鎮甚多查明何城何鎭地方如有戕害凌虐諸國人民之事按照條約將該城該鎭住籍人民不得舉行各考試其他城別鎭並無干涉仍應照常考試以分良莠而示勸懲 第三款 此次和約簽定批准之後凡外國兵隊除第七款酌留保衛各使館及第九款由京至海邊暢道酌留屯兵外所有在京以及在天津保定之兵請酌定日期全數撤回本國未撤之前不可分往各州縣城鎭至令居民驚懼無以爲生如有被軍隊拘留之地方官應卽釋回 第四款 各國現與中國重敦睦誼所有各軍隊占據北京之地面宮禁城垣衙署倉庫以及一切公家物件均應酌定日期全行交還中國國家 第五款 使

館屯紮衛隊酌定兵數詳訂約章以期彼此人民於安　第六欵　內凡各國各會各人等以及爲他國執事之中國人民所受公私各虧中國自應認賠惟中國所入賦稅有限亦各國所深知必須通盤籌畫此次賠欵爲數不少將來入口貨稅則不得不商議加增應如何加增之處俟後另議專章　第七欵　內載各使館所在境界自行防守中國人民概不准在界內蓋房等語此次境界係由何處起至何處止應將公所劃出並須先行勘定界址以便傳諭該處居民遷徙　第八欵　中國內地土匪隨地皆有且均執有洋鎗火器中國兵勇若無精利槍械僅恃內地土槍難以抵禦所有第五欵禁購外國軍火並製造各種器械似應酌定禁止年限一俟限滿仍可照常購買　第九欵　內載京師至海邊暢道諸國應分自主酌定數處留兵駐守等語以免附近居民驚懼至此暢道中國人民任便行走各國不得攔阻中國國家並力保護各國人民由津至海邊決不使有斷絕之虞如果保護得力三年後各國亦可酌量撤去各處駐守之兵隊　第十欵　內載凡通商行船各約以及關乎通商各事宜各國以修改爲有益者中國認與商議更改等語查各國以修改爲有益者自係中國與各國均有利益起見如果各國以修改爲有益者中國自應認與商議更改

時事記要

西報立論　○蘇報載譯字林西報云近日外間所傳和議消息謂中國政府已准議和全權大臣將各國所交之條欵會同各公使不日開議惟鄂督張香帥以條欵中多有令中國萬難允從者業已指出多條盡情駁斥與各國原議大相反背江督劉峴帥所商各節尚不十分立異若依劉峴帥之言則和議自不難了結但於　兩宮回鑾一節亦不能決定因聯軍若不悉數退出北京恐　兩宮萬不能有東歸之日也

陝函記要　○西安友人來函云現在隨扈大臣惟鹿芝軒尚書力主分宮勸　皇上亦力請　太后幸蜀王中堂則以爲必不可行　太后一全回京然董福祥由固原馳書榮相有不忍見　慈聖東陷虎口之說一時士大夫無識者皆以爲未可厚非竊慮　皇上不匱之孝思及王相謀國之遠猷終爲此輩所阻閡也○　皇太后以某大員貢物最佳甚爲欣賞顧謂大臣曰此人頗有忠心殊不易得○王中堂力保前廈門道惲莘耘觀察可重用鹿尚書亦有同心○　皇上擬令各直省於和議告成後遍設學堂報館以開風氣惟尚未宣示○西安某諸生講求時務頗有心得茲以時事日艱遂予已意縷具條陳數十欵請岑中丞代達九重以措詞未免過當因即擲還有見之者謂其揚揚灑灑不下數千言雖漢之賈誼宋之陳亮無以遠過

起用舊相　○傳聞翁叔平協揆有起用之信然協揆近以禪寂自怡空山梵　佛火闍蒲視身外事如夢幻如露電山中宰相未必肯再聽宣麻也

苗匪平靖　○友人來信云貴州省內銅仁縣及施南府苗子起事已誌前報現聞貴州巡撫已將苗匪平服幷將苗子應有之利益爲地方官所扣除者一概給予云

法員抗議　○上海中報載法京巴黎斯來電云日前法京下議院集議外藩費用一事某議員駁之曰朝廷日以增擴外藩爲事祇知侵占他人土地並不通核利害是非此等作爲不惟無益且耗費餉械所損實多我法於此若再不兢兢審愼則中國滇南境內恐花梳打之事不免復見於今茲矣又有某議員前曾久寓中國南邊是日亦詳論法國不應在滇南用詭計拓土大旨謂我法權力祇可在歐洲自守斷不能越境遠征以利他人土地按花梳打爲埃及蘇丹後路曩年英國進攻蘇丹時法人見英師前途被阻未能一蹴而至因遣其將繞出蘇丹之後先將花梳打據而有之迨英軍既破蘇丹其帥吉職那氏傳令法人速離此境於是英法幾致失和嗣法人自知力不能敵不得已而將其地讓與英人今法人在滇南所行之事頗與花梳打事相類故某議員有此言也

俄兵東來　○英太晤士報駐奧德薩訪事人報稱有俄國新兵四萬人將於本月十九號前來遠東此外尚有俄軍若干則由阜道起程云

尋獲新樹 ○日本報載稱英國治植物學家名顯理者近在雲南省某處尋出一種大樹爲他處所無該樹長至五千英尺之高其樹葉樹根等業已送往英國考驗治植學者名該樹爲伊藤奧利恩託立斯

京師新聞

以資體恤 ○刑部現復舊制業列前報茲聞諸堂憲深悉書差人等窘迫異常聞於本月初四日由飯銀處提銀千金按名散領每名缺主祇領十金散役可領四金未始非體邮之意云

啓門有度 ○現在北京內城南城等處城門夜間亦開其外城之門則自晚間七點鐘起至早晨五點鐘止關閉如有信差往來可稟明守門者開放

減價售米 ○闓慶親王已向聯軍取米五千包減價出售以濟京中貧苦窮民

市價紀數 ○昨有友人來自京師者言前數日北京市價如下 雞蛋每百枚洋銀一元兩角五仙 雞每頭兩角至兩角五仙不等 羊每頭四元至五元 梨每百枚兩元 煤每千斤八元 木炭每百斤兩元 磚每千塊八元

不法已極 ○京師訪事人云本月初五日清晨有東洵沿居住劉某者年逾耳順近因餬口無資由家携出銅器十餘件欲赴東曉市擺攤售賣行至前門外草廠二條胡同南口外地方突來匪徒三人手持利刃將劉某頭顱砍傷血流如注只存奄奄一息匪等便將銅器全行搶刦而逸旋經路人張某瞥見搶救多時漸覺蘇醒隨取藥敷傷將劉攙回寓所而劉姓婦子均感謝張某不置今聞劉之傷勢甚重恐有性命之憂噫近日竊盜之案層見迭出是在當軸者嚴行捕獲按法懲治庶可以清盜源云

擬修幹路 ○京師訪事人云彰儀門外蓮花池直至看丹豐台等處業經西人丈量地畝插標擬修火車幹路一條以與蘆保鐵路聯絡相通以利行旅諒不日即開工修築矣並聞丈量地畝內之房屋墳墓既須毀移至拆房遷墳有無發給銀兩俟訪再錄

都統示諭 ○暫行管理津郡城廂內外地方事務都統鑾傺青法富司 爲出示曉諭事照得本郡城廂內外各街不准張貼匿名揭帖各項居民如見本身房屋牆垣上有此揭帖須速前來本衙門巡捕官處稟報方可免究不然一經查出應向該房主是問爲此示仰諸色人等知悉特示 光緒二十六年十二月初十日

馬賊二十一記 ○頃聞近日靜海一帶馬賊猖獗異常勢甚兇焰常有刦搶等事甚至偵知某家富有某家小有即行聚夥刦搶並聞將富家人剝去衣服身澆煤油以火燃之蓋使其痛不可忍自行說出財物在於何處以便攫取也想若輩如此橫行恐湯網難寬難開一面也

有口皆碑 ○邇來各處搶刦路人之案層見迭出本報幾於筆難盡述而楊柳青距津不過二十餘里若輩竟敢目無法紀是以刦人傷命時有所聞昨聞青鎮石紳擬欲據情稟請在該鎮添募鄉勇數十名協同洋兵在津青一帶巡防以衛行旅而靖地方想石紳輸資保衛闔鎮以來幾於有口皆碑今又惠及行旅而石君之籌措善舉可謂無微不至也

莫貪便宜 ○訪事人云有某甲者每日持洋銀數元赴青鎮兌換番圖洋錢往返再行換細私錢以圖漁利不憶日前行至大稍直口地方突來匪徒三人各持手槍威嚇刦搶甲即魂不赴體隨將番佛雙手奉獻匪徒得贓呼嘯而去在甲只圖蠅頭之利竊爲知子毋一旦雙飛

搶刦何多 ○訪事人云河北窰窪地方某姓家於昨晚忽來匪徒多人持械進院搜搶飽載細軟婁時呼嘯而去似此居民受害良深不知有該管之責者急宜如何拿辦也

起土墊坑 ○前報紀中營前土阜被拆等情茲據訪事人云係某官派台司事僱工拆毀將所起之土均運往西南隅大坑以爲墊地之用並聞有將該阜拆平擬在中營修蓋舘事府之說未知是否俟有確耗再爲續布

挾嫌相報 ○訪事人云昨有某甲爲一白姓者揪往捕局指爲拳匪經巡捕等細爲根究知甲實非拳匪且其外貌溫文亦

類匪人行徑而且日于言語之間頗有誣指之跡遂經好事者力爲排解遂罷干戈至白與甲有何嫌疑遽欲誣以匪名當必另有委曲也俟訪明續登

未免多情 ○昨有某甲行至蘆家莊見一婦人年約三旬餘而明眸皓齒裝束整齊所謂徐娘雖老風致猶存者也甲遂色眼圓睜頻頻回顧不料爲該婦所見以其目炯炯若鼠子然遂以穢語相敬大放厥詞甲則僞爲不聞竟由曲巷中蛇行而逸

喜極悲來 ○頃聞河北三官廟前宋某者於日前爲其家人完婚賀客盈門觥籌交錯有賀客某甲酒量素豪雖喝八斤不易醉也昨甲並未多貪杯中物移時腹內絲絲作痛未及歸家竟而命赴黃泉矣甲家人即赴都署控告聞將宋某拘案質訊云適當洞房花燭之期遇此意外之變亦奇矣哉

附會之辭 ○津諺云能敎天津在不敎天津壞又云天津無有刀兵之苦只遭水火之災俗傳爲前明劉伯温先生之語近自拆城以來居民紛紛議論火災不難立見昨與友人談及帶衛歸海四字傳說而天津兩水連綿竟成澤國津人士付諸東流此解水災之語也而友人將四字解說帶解以待海謂上海謂天津衛待成上海之勢也辭雖近於附會於理尚有可原故泚筆以記之

批示彙錄 ○據王玉林稟事關法捕房應自向法捕官處稟請啓封仰即遵照○楊楊氏稟前已批飭不准毋得多瀆○金光第稟着十一日來案聲叙○龍文卿等稟已允令調處矣○劉長清稟業飭陳世發帮同張朝順向戴姓索償牛債如敢支吾准張長順來案追究該民置身事外無庸稟瀆○于興元稟即已了結嗣後應安分營生勿得滋鬧切切○劉張氏稟孫承誆騙錢項有何証據着十一日携帶來案查核○王桂升稟據稱表嫂被拐情形何人見証有無別情姑候十一日來案訊奪○賈廷合稟乘亂竊匿已成習見之事該民所稱王洛運賣之後復行訛索是否屬實仰於十一日來案面訊○謝家珍稟前將張六之弟張三提傳到案何以該原告竟不來質應將此案註銷○倪開三稟即已擬定未便率准○田孟堂稟土匪合謀搶刦復被毒打仰於十一日來案驗訊再行傳究

浙江新聞

預備迎送 ○新簡浙江學政李彬生文宗月初行抵清江浦時即有學轅差官巡捕等前往恭迓按驛至杭已於十八日清晨抵蘇仁錢兩邑尊得信後即在八旗會館整備行臺幷以文叔平宗師年內尚須蒞粵接篆一俟卸任即當束裝就道故又在湖墅碼頭等處紮就彩亭預備迎送云

點解軍裝 ○杭省軍需局內鎗械軍火素甚充足近因添兵防堵紛紛撥給幾至告罄故特移請潘芸孫觀察由上海製造局趕即代造新式後膛洋鎗數千桿刻已如數備齊當委胡酉生大令湘春赴滬領運至省於二十日點解交庫另需之硝磺係備配造火藥所用前委劉靖侯大令肇甲往江南采辦聞亦可即日解到矣

漢口新聞

漢上官塲紀事 ○漢口訪事友人云官塲傳述楚督張香濤制軍擬委員馳赴襄陽修造行台以備將來閱兵時行旌小駐○漢陽縣壤地寬博稽察難周時有奸人私鑄小錢入市混用府尊趙楚江太守聞之委朱二尹其樞嚴密査拿重懲不貸○武昌府同知長司馬病故遺缺經藩憲瞿賡甫方伯牌示以准補漢陽府通判童通守絢勳補授所遺漢陽府通判員缺以現署武昌府通判試用同知馮司馬啓鈞署理遞遺武昌府通判員缺飭新選是缺之祥通守泰赴任供職○秦中苦旱待振孔殷漢口轉運局除陸續將米運往散放外復裝運雜糧接濟撫憲景月汀中丞業經札委馮明府錫綬往赴陝州設局分運矣○前福建興泉永道漢口轉運總局憲惲莘耘觀察由白門返旆後即於上月十六日親赴兩院稟辭馳往江蘇公幹

廣東新聞

公司開辦 ○今春李傅相督粵時奏調前任星架坡總領事張弼士觀察振勳回粵帮辦商務觀察旋粵後即與馮曜東司馬

厚光禀請在廣東內地創設同益公司集資六十萬元購買機器製造紅磚瓦筒及士敏坭等物傳相以此爲興利之要旋卽批准并許以專利十五年期內兩廣所屬水陸地方無論中西商人不得仿效該公司製造磚坭等物俾得鼓勵羣情振興商務觀察奉批後卽請假回籍前月由籍至港移知馮君邀集各董會商一切定期來年正月十六日開辦上月初張君重赴南洋定購機器聘請工師俾屆期來署開局辦理聞其製造總局擬設在三水河口云

製造設局　○中國軍裝器械多購自外洋雖內地設有製造局而所出之鎗砲不能與泰西抗衡徒糜國餉以至有事而不能用何勝慨恨茲聞粵省上憲以國家多事有兵不可無械現擬另設一製造局招集商股專造手鎗並各種大砲仿歐西各國上等之品別省均可來廠購買日來已命屬員妥議章程矣

各國新聞

德人損失計數　○德國某報云此次因中國事件所有費用之欵以船費爲最其所徵調之船數計二十五艘每艘約以五十萬計是總額須一千三百購馬克也其次則推軍馬計共購四十頭每頭值價九百馬克至一千馬克故總額須三百六十萬馬克或至四百萬馬克兵士之衣服料每人需一百五十馬克全軍所用卽須三百二十五萬馬克又彈藥須二百萬馬克各項兵官每月薪俸約共需四十五萬馬克此外又有一百萬馬克爲戰時增賞之費兵丁什長等每月領餉約共需二十八萬五千馬克其犒賞費亦約在一百萬馬克以上餘如軍馬之飼料海船中之日食以二萬三千分計之亦須每月三百八十萬馬克然則以此論之此一年間德國所有損失之數蓋不下二億馬克之多也

旅居戶口人數　○據神戶工部局查報上年十二月底各國官商在神戶寄寓者計英商五百二十人其間男三百四十四名女一百七十六口德商一百五十四人其間男一百二十三名女三十一口美商一百五十八人其間男六十八名女六十四口葡商六十八人其間男五十名女十八口法商四十三人其間男二十七名女十六口又印度商民共二十八人統計西人在神戶僑寓者共一千六十八人此外另有華人一千六百五十二人其間男一千二百六十七名女三百八十九口云譯文滙報

輪船被火　○香港報載稱西威治輪船於正月三號被火該輪船並未有保險其水手等難保無縱火情弊惟尚未查實云

呂宋飛鴻　○呂宋來信云美國國家近已下命言近飛獵濱島名瓏惜憐及巴威斗爲二嶼不許民間前往伐木蓋此二嶼之材木極佳且所出之樹乳爲全球樹乳冠故美國國家欲收藏以待其盛焉

招買壯力騾子告白

大英國運糧台現在需用騾子多頭如有騾之家將精壯力大之騾由四年至八年者皆可選買當面付洋如騾年老瘦弱以及太大概不收買欲賣者送至海大道大營門外三義庄內本糧台驗看可也特此登報招買

賞格

大美國欽命查察大臣柔　爲懸賞尋覓失贓事西本年正月十六日夜間有賊人由所住房內竊去前後雙蓋閂壳女金表一個表蓋上鏨有EHP三洋字又閂壳男金表一個前後面各鏨有WWR三洋字又三尺長金鍊一條一端有大金圈一個套有許多小玩物係西洋別子一個金小駱駝一個金十字一個白色小走獸一個金十字一個白色小獸一個金鑲嵌玻璃四葉小苜蓿花一個金小垂頭一個綠色小龜一個金鈴鐺一個金別子一個又男金表鍊一條一端有表鑰鈎中間有橫別棍又皮表鍊一條帶銀鑰鈎又金手六子二個一嵌綠寶石一塊一嵌寶石三塊在中間寶石上有亞拉伯字母又珊瑚女項鍊一條帶有亞石珠三個並有珠子垂頭等又金鈕子二個又銀袖別子一對兩端有元球　以上各失物如有人知其下落前來本公館報信帶領起獲贓物立卽賞銀一百兩決不食言切切特諭　西歷一千九百零一年正月十七日

瑞林祥元記綢緞洋貨店仍設估衣街中間路北先由便門賣貨

敦慶隆綢緞洋貨店仍設估衣街西口零整發莊

永平壽命保險公司告白

啓者本總公司在美國紐約埠開設多年生意興隆資本銀四百四十四兆三億三萬零八百八十元至於保險三十七萬三千九百三十四人共計銀一千九百四十二兆四億三萬零二百九十元足見資本之厚利益之多誠信相孚章程甚善早爲海內君子共相推許各國各埠均有分行中國各埠商口岸亦有巨商代理並另立總局於上海九江路第四號門牌係專辦中國保險事宜現又在天津海大道瑞記洋行請王君專理本公司一切事務嗣後如有願保人壽者速請與王君商酌可也

洋總理高衛志謹啓

新到煤油燈搧輪機器

啓者本行由英國自創點煤油燈扇輪機器出售現有樣子在本行 貴官商如欲購者即請駕臨本行帳房面議價值格外相宜只此一家並無二處特此佈聞

明義洋行主人謹啓

減價出售

本行開設英界麥加利傍專售洋酒各貨俱全今將各貨開列於左項 上金牛奶壹仟箱 白來地壹仟箱 牛奶伍伯罐 洋臘壹伯箱 皮皂貳伯箱 其餘各貨亦不細載如貴客光顧請至本行價值格外公道

義福行白

日商 鴻泰銀號

本號兌換銀兩買賣洋圓公平交易開設天津閘口下大街勝水總局對過便是定於十二月十二日開張特此佈聞

本號主人謹啓

京都 六通棧告白

啓者六通棧開設京都崇文門外花市大街專辦東西兩口牛羊專賣各國粮臺定期不悞價值格外公道如欲買者請本棧面議可也

恩利和牛羊公司

本號新開在海大道貽來牟機器磨房前專售牛羊肉牛肉每磅一毛二羊肉每磅一毛五祥茂條姨香水方姨價值格外公道賜顧者即請購取

本主人謹啓

聲明作廢

啓者自各國軍隊入城敝號遺失通惠銀號第五十七號公砝化寶一千兩德順湧憑帖三千兩一張二千兩一張開源憑帖一千兩一張逢源憑帖三千兩一張一千零二十六兩一張四百兩一張有儀堂韓姓票一千兩鈴鐺閣胡同房契一張忠義厚土廠合同一只織布局憑據二只長發萬借約一只長興義借約一只堤頭姜姓房契一只何姓三借約一張成發號借約二只西沽陸姓房契一紙西于庄楊姓地契二帋借約一帋已經在都統衙門具禀聲明無論華洋人等拾去由當作爲廢紙業家批準立案茲特登諸報端俾衆周知

天昌和主人啓

聲明告白

五月匪亂由津回南路經交河縣被拳匪搶奪銀條二張計纍通恒存欠合記行平化寶銀三千兩又匯豐盛撥回粤交黃培之廣東通用銀三千六百二十二兩五錢均向前途說明作廢並禀明都統衙門批准存案特此達知

合記號 黃培之同啓

天后宮北 義興順綢緞莊

本莊自置顧繡綢緞綾羅紗絹哈喇大呢羽綾毛各樣花素洋布南貨雅扇桂用頭油香粉姨皂歸安貝松梟湖筆一概俱全 頭號杭甯綢 頭號摹本緞 紅梅茶每一吊二 紅茶九百六 紅茶斤二百八 金百壽棉襪裙

文美齋告白

啓者本齋開設在天津北門外鍋店街善銀號旁開張專辦各省紙料湖筆徽墨名人書帖各色詩箋貨高如蒙士商賜顧各請移玉本齋購取可也特此佈聞

文美齋主人謹啓

開口 魁豐冰窖

啓者敝號開設閘口西北南小營門外冰窖二處向於冬令批賣各洋行夏令應用冰塊現已屆時藏冰倘貴行各國糧台欲用冰塊者請至敝號預定價值格外從廉不悞主顧

名醫回津

方司馬友莊先生皖江名士也精歧黃兼通西法刀針向留在津門數載凡遇疑難之症均許手到回春人所共仰令夏緣避亂保陽刻因友人特請回津寓河北大街浮橋旁穆家衚衕三友棧重症隨時出診門候十點鐘至一二點鐘止

同鄉友人啓

京濟代售直報

京都福興潤信局寓打磨廠鴻太店內濟南府城福興潤信局寓西門內大街院東鄭家胡同內如 貴官商欲觀報者請向敝局購取分送不悞

天津福興潤信局謹白

竊我玉氏始祖諱伍世居山東青州府壽光縣自前明永樂二年擢授天津總鎮畿南督都任滿奉命遂居斯土卜塋地于西郊卽今僧王爺祠西也及今傳世十有八代始祖忠義祠立位國史可查余居一十三代宗譜可據不料竟有不肖大辛縣民人族兄王照同二子文都文俊擅將始祖塋地盜典牛姓開設柴廠余身爲族中首領理應出頭根究本欲稟官究辦伊盜典父子並受典牛姓難辭應得之咎嗣經鄰里長者勸余辦價回贖免傷骨肉體面遂如所請現令給價回贖並將私寫僞字僞據註銷矣余稟官備案外理合登報圖族衆覽嗣後無論何支何派塋地均不須盜典盜賣如再有仿效王照父子典祖賣宗者余必率族攻究萬不能因循情面以驚將來此啓

王靜軒謹白

海大道

源興亨土莊

本號自運各省西土公班大土亞庄廣土黑白[illegible]膏一概發莊零剪銷售如欲購者請移玉本莊面商貨高價廉不悞主顧此啓

承豐號面包鋪

本號鋪掌前住紫竹林同昌辦館因被火焚移居馬家口海大道同立東棧對門新機器磨房旁便是本號辦定鐵罐牛乃糖醬火食等物呂宋烟捲帋烟點心面包俱巳新鮮不悞主顧仕商賜顧者請到本號購取可也

本號主人啓

法商

祥發號辦館告白

啓者本號開設天津紫竹林海大道育才館北專辦各國盒菜牛乃面包各樣烟捲一切雜貨物高價廉如蒙仕商賜顧者請移玉本號面議可也特此佈聞

本主人鈕桂芬謹啓

瀛宴樓飯莊

本樓開設海大道機器磨坊前包辦酒席小賣俱全定於十月廿日開張此佈

仁記洋行

啓者本行茲有船牌洋臘壹千箱每箱二十五包並有洋白面八百二十五袋出售特此佈聞

仁記洋行謹啓

日本名醫

橡村先生內外兩科醫道高明凡有診視病症者無不應手奏效洵爲當世之名醫現寓天津閘口下愍忠祠對過特此佈聞

門人公啓

新開美瑞洋行

啓者本行由外洋自運各色洋酒罐頭食物預冬織絨褲褂鞋襪佛藍絨項巾手套各樣胰皂洋燈料器鐵胎磁面各種器俱並各[illegible]鋼鐵洋釘洋鍬洋鋤白鐵水桶洋鐵火爐以及大米各種貨物莫不精美批售大宗格外價廉凡蒙賜顧者請至法租界大羅洋行對門第四十六號門牌便是

本行主人謹啓

英商

顧照樓西棧代起行

啓者今歲因[illegible]兵亂有本棧樓房被俄國人住守[illegible]今未會遭出故此租賃西門北高源棧內開張設門面書挂顧照樓招牌爲記所有房間院中無不寬闊潔淨安寓回漢客商各分房所所有茶水飯菜另有廚坊代運出進口貨物搭座輪船車票以及華洋關稅均按本棧舊章無不公道專運北京各處雜貨等件盡用妥實洋人押送如有短少失物俱按保險章程賠補其情與衆不同貴客商如欲搭運貨物者請至本棧面議可也特此佈聞

告白

啓者本廠需用廠地屯糞以及撤夫住房均係照章付租惟尙有廠地數處地主均未領租特此登報催領租價凡各地主見報速來本廠以便照章付給除稟部統衙門存案外特此聲明以便週知

大法國界官糞廠謹白

天津河東

同義棧

敬啓者本棧開設河東大王庄河邊係俄國租界內卽怡和洋行對河便是內有洋式棧房院內寬大無論粗細貨物均可存寄而棧租亦極相宜倘蒙合寶行號棧及過路客商如有貨物寄存各請移玉至本棧帳房所議可也如欲保險以及別埠來貨者本棧均可代報洋關墊辦稅鈔及各種使費等項特此佈達

本棧主人告白

源利車船公司

本局設在天津閘口下江蘇外局內專攬京通大小車船貴官商光[illegible]者新駕臨本局面議庶不致悞特此佈聞

局謹啓

同順面包房

啓者本號開設海大道機器磨房內於十月十二日開市專做花旗面粉大小面包及各樣洋點心一應俱全仕商賜顧者卽請購取可也特此佈聞

鴻義金珠店

啓者本號專做時式赤金紋銀軟翠堆纍鑲嵌首飾鳳冠酒器包葉度葉等物一概俱全開設天津府東門外天后宮南坐東向西便是

通源土莊

啓者本號出售各省西土并售黑白廣膏零整皆可如欲賜顧原箱者請移玉本號帳房面訂價値格外從廉天津鍋店街東口

通源土莊謹啓

寄售洋書

各種俱全

如有賜顧者請移玉至北門外針市街南閣西玉盛合煤油鋪面議可也

德記磚瓦松木公司

現寓鼓樓東坐南聚成德錢局代辦專售松木單截連截方子磚瓦格外克巳重廉不悞主顧

日商

福源銀號

本號開設在天津閘口下大街日本租界公署旁定於十二月初二日開張兌換銀兩海大道分號仍照舊交易特此佈聞

本號 分號 公啓

日商

有馬洋行

本行自北山運來大木炭照市價格外從廉整躉零發均可保險運送凡仕商欲購者請至海大道牌坊南福源銀號面議特此謹啓

日商

有信官車船總局

啓者設在天津閘口下大街勝水總局旁官車船局並代理福商雲集運往北京通州保府等處洋廣雜貨來往保險轉差洋人護送按貨估價保險諸商請至本局面告可也附啓保府白溝河祁州等處運貨刻已通行有章貴商賜顧駕臨本局面議運價格外從廉

采金公司

本公司設在天津河北大衚衕買賣各處荒金條金隨時作價以京滬行情爲準倘貴客有收買出賣者請至本公司面議格外公平

本公司啓

京津塘沽火車開行時刻單

由天津開北京早十點四十分晚六點半到京
由北京開天津早七點半晚四點半到天津
由天津開塘沽早八點到塘沽十一點
又下午四點開到塘沽七點
由塘沽來津二次同時

大清郵政局收信時刻曉諭傳單

寄往何處	由	某日	收信時刻
北京	火車	每天	上午九點半
大沽	火車	每天	下午三點半
上海煙臺	火車	初七	下午四點
牛莊等處	輪船		午七點
上海鎮江等處	旱班	每禮拜一三五	上午十一點
煙臺	又	又	又

下次輪船由秦王島開往烟台定於初七日即禮拜六四點七點收信嗣後秦王島開往烟台輪船每逢禮拜二禮拜六下午四點七點發信紫竹林總局每早九點開門收信至下午四點鐘止禮拜日下午二點至二點半止針市街分局每日早八點開門收信至晚十點鐘止

十二月十一日銀洋行情
銀盤二吊九百九十文
洋銀二吊零八十
洋錢行情七錢

大日本

北清貿易洋行

啓者本行由日本分設天津紫竹林海大道老菜市氣燈房衚衕在直報館院內現由本國自運各樣貨物一應俱全貨真價實貴客商願買者請至本行面議價値格外公道倘現用何樣貨物定期不悞特此佈聞

本行主人謹啓

高士達洋酒飯店告白

本店開設海大道下德國界大營門內專辦各國洋酒各色點心呂宋烟各樣紙烟等物貨高價廉並辦英法大菜無論中外客商皆可賜顧特此登報佈告

本主人謹啓

大米告白

敝行現由上海運到上等大包米在津出售批發格外公道如貴客零買兩三包自已食用者亦可購取請到海大道新英租界平和洋行面議多少均可價値格外公道

牙醫生

自幼在美國醫院專習牙科凡牙痛腮腫均能醫治若牙未落而風火蟲蛀者或用黃金白金粉鑲補永無後患如牙落一粒或數粒或全口著鑲就可任意食物無異生成至用金托象皮托悉從客便寓海大道英租界小樓

江蘇 毛瑞堂

北浮橋西

襲勝茶園

京都新到

瑞慶恒班

特請京都保府上洋烟台蘇州鎮江青江山陝等處頭等文武名角

十二月十二日早十一點鐘開演

十三紅 月月鮮 十四紅 雲里飛 歪毛 十六紅 十八紅 月月紅 陳同喜 慶瑞 張吉仙 八緣旦 李總柱 一陣風 童子紅 七金子 二陳風

反長安 代登殿 盜保甲 打登州 下海投文 珍珠汗衫 衆武行遭三險

侯家後老君堂西

永順茶園

特邀京都順福堂

京都姑蘇烟台等處坤角

每日准演

太平歌詞 西皮二簧

天后宮前

天慶茶園

特邀京都全喜堂

京都姑蘇烟台等處坤角

每日准演

太平歌詞 西皮二簧

閘口下大街

日商

麗華茶園

特邀京都有福堂

特邀京都上洋姑蘇等處坤角

十一月廿六日早晚有座

時調大鼓 太平歌詞

北門西

恩和茶園

特邀京都金福堂

京都姑蘇烟台等處坤角

每日准演

太平歌詞 西皮二簧

英商

恒昌厚照像館

本館在河北大街暫寓西茂盛店內今擇臘月十九日開照專影一人兩像至四像電光放大磁片牙片手捲團扇書籍字帖另有中外國花彩衣服零物等件隨便應用諸君光顧請祈小號面商不悞特此

像館主人謹啓

本埠每張大錢十二文

CHIH PAO

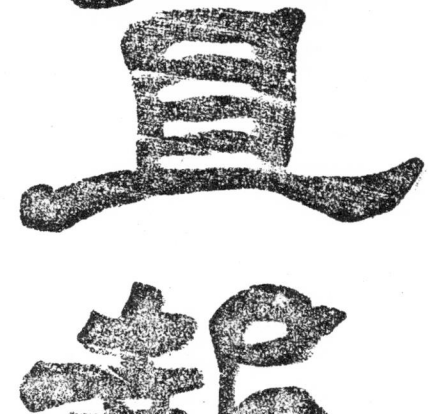

直報

第五百七十號

本館開設天津紫竹林海大道老菜市氣燈房街內

光緒二十六年十二月十三日

西歷一千九百零一年二月初一日 禮拜五

CHIHLI GAZETTE

外埠照遠近酌加寄費

書中國駐俄大臣楊星使諭民教不和後
要聞
和款子目
江督擬示
回鑾可待
枷號竊犯
履險如夷
人財兩亡
批示彙錄
京報補錄
陝函摘要
毀家紓難
共慶良辰
都統示諭
私錢被獲
各有所恃
蘇州新聞
各行告白
俄使告言
議撤釐厘
以敬服制
都署火警
不遺餘力
貽害甚深
金陵新聞
路透電報
進呈說帖
進呈銅仙
功德莫大
慎重之至
胡爲聲驚
慾火立消
朝鮮新聞

本館告白

啓者本館後幅各項告白第一日每字大錢五文至第七日每字三文半自八日起每字二文半論月每字二文如論季論年價值格外從廉所有告白以五十字起碼則十字遞加前幅加倍近有售報人從中多索恐仕商未及週知特此聲明倘蒙仕商欲登告白者請至本館賬房面議可也 本報由十一月初一日起閱報諸公每月概收津滿錢七百廿文此佈

橫濱正金銀行

本銀行向在日本開設二十餘年資本金洋二千四百萬圓現收足金洋一千八百萬圓公積金八百萬圓專做仕商匯款押款存款借款利息格外公道存款長期短期利息酌爲等差惟比他行加厚總行設在橫濱又東京神戶長崎英之倫敦法之巴黎美之紐約舊金山以及爪哇孟買華則香港上海牛莊等處皆有分行凡通商口岸皆有妥實代辦之家倘蒙仕商欲滙款存款者請至本銀行面議可也特此佈告

天津分行謹白

法蘭其洋行

啓者本行開設在天津海大道興隆洋行傍首專售外國罐啗食物一應俱全貨眞價實倘蒙仕商賜顧請至本行面議價值格外公道各等牛奶各色餅干糖醬酒亭魚酒門魚洋臘皮皂白鹽各色汽酒等一切家用食物俱全特此佈聞

本行特白

告白

啓者本局奉北洋大臣委派駐津專管遞送北洋往來文牘函件並不干預外事如有假冒本局上下人等在外招搖等弊望即扭送本局稟請究辦幸勿自誤爲荷此白

北洋文報局啓

書中國駐俄大臣楊星使諭民教不和後

錄申報

十一月二十七日申報錄中國駐俄大臣楊子通星使復與國弭兵社男爵蘇德乃來氏書謂此次中國亂事實因民教不和而起查教士來華原欲勸人爲善其意甚佳無如中國善良之輩均不願捨已從人其不可強之奉西教猶各國人民不可強之奉孔教也大凡入教者多係無賴莠民皆恃教爲護符爭訟攘奪欺壓平民積怨成仇匪伊朝夕一旦憤發不可遏抑鄙意爲務不妨日事擴充而奉教則宜各行其是庶幾兩不相擾永息爭端執筆人閱之不禁喟然而歎曰星使此言殆確有所見乎夫教士之來華傳教載在條約邇更綸音疊沛飭令各處地方官一律妥爲保護不啻三令五申凡我人民信者從之不信者聽之分道揚鑣並行不悖原無所勉強於其間也乃何以近年來教民齟齬之端層見疊出甚至毀教堂戕教士逞其私憤惟所欲爲西人懲前毖後謂非從嚴懲辦不能戢其囂競之心於是遇一案必要索多端不償其慾壑不止以爲若此則頑民當悚然知懼不敢復肆欺陵矣不意今夏拳匪之禍由山左延及直隸焚殺之慘駭人聽聞大局幾至糜爛是豈嚴刑峻法竟不能奪若輩之魄而服其心耶間嘗推究其故而知民之與教爲難者非有深怨積怨於教士也亦非因教士有強於民也特教民中不盡馴良或不免恃勢胡爲而受其欺者忿無可洩遂求逞於一朝耳是使承蘇德乃來氏之問據實陳明不稍隱諱庶冀當軸者有則改之無則加勉其用心良苦其用意殊深欲求息爭弭患之方誠無有善於此[illegible]夏秋間匪燄猖狂之際英相沙侯有見於此嘗在議院中戒諭各教士此後在華凡事宜三思而行其言頗甚合當各教士或亦有悔悟

心特教士不盡屬英則未聞沙侯之言者或尙不免疑信參半然無論其教爲天主爲耶穌而其勸人爲善則一沙侯有此善言爲英教士發正不徒爲英教士發蓋勸各教士以善猶是各教士勸人爲善之心也各教士欲廣其傳不惜在中國廣建教堂雖在僻壞遐陬無不星羅棋布孤身遠駐木鐸宏宣所恃教民爲之羽翼入主出奴之見勢難遽消不知孔子之教如日月經天江河行海故奉其教者類多克自振拔之士非異說所能動搖而彼奉西教者縱不必果如星使所言多係無賴莠民而其恃教爲護符之心則固昭然若揭夫教士欲得教民以宏與人爲善之願而教民之存心乃如此雖其中不乏恪守教規之輩而有玷教規足爲教士累者更所在多有惜乎教士未及盡知也今既由星使痛抉其弊此後傳教者倘能將此輩嚴加約束遇有與民涉訟者一律處以和平不稍偏袒庶於民無損於孔教無傷民教相爭於是乎弭則即以星使此言爲彼教之功臣也可涉筆及此知我罪我不暇計也

時事記要

路透電報　〇西正月二十九號路透來電云德皇今爲英之統兵大元帥在奧司包音過壽〇女主之靈於二月一號由奧司包音乘快船起行至炮次毛司兩行兵輪申炮致哀將於二號由火車前赴倫敦再更炮車至文得賽爾〇德韓禮慶土將親統水師一隊於女主殯葬之期助申哀炮〇愛德慢得第七已於上禮拜六在各處懸諭曉衆已爲英君等語〇英君曾送德皇一極等之寶星德皇已有今轉[illegible]與韓禮慶王德皇電致沙侯及羅伯深感英君之親親之意旋又電致羅伯云甚願與統兵大元帥爲伍也〇沙侯復德皇電云今因德皇來英親視女主舉英之人無不感激深願與德交篤也

和欵子目要聞　〇上海中外日報載聞和欵子目內有由西人通商總會擬去數十條茲已探得六條照錄如下　一請各省均造鐵路無論中外商人若有資本開辦即應允許　一請在京專立礦務總局無論何省礦產一經局中批准開採不拘中外商人均可承辦　一請將內地各釐金一律免抽　一請立內河各地船局無論中外商人均通行無阻惟內地厘金既免仍可抽收船鈔其費即充作建造鐵路公欵　一改關稅向章關上收稅均將貨物估本照收惟貨價漲落不同若於貨價正貴之時收稅而售出時貨價一落商人未免吃虧今應將各　衡定每年最貴最賤兩價折中合算作爲一定價目照此納稅　一轉口貨稅向例洋貨如進某口還一正稅後若於此口未行售完須另運他口則運出此口時須先還一半稅作爲存關予以存票於入他口時復納一半稅若貨在他口售完則先存此口之稅商人憑票向此口取還惟從前限期六月現擬改兩個月內即可憑票還銀

陝函摘要　〇西安來函云陝省民情困苦頗思爲亂幸岑中丞撫䘏有方得以無虞〇西安有某富商於　兩宮西幸時本擬報効鉅欵作爲建宮之用嗣以各國堅請回　鑾遂爾中止〇前奉　懿旨發出之振欵實由岑中丞報効〇撫標親軍屢有滋擾情事業由岑中丞嚴拏懲辦以儆將來

俄使告言　〇譯倫敦電云聞俄國駐美頭等公使格錫尼伯爵告美政府云俄政府並無與中國私行訂約且滿洲所屬各境日後亦必歸還中國斷不據爲已有也

進呈說帖　〇昨接華盛頓電述美議院中有議員斯圖爾君進呈說帖請於小呂宋屬地內設立一會審署用判員五名憑衆公舉每員每年匯寄薪俸二萬元俾能各盡其職辦理一切云

江督擬示　〇南京訪事來函云聞江督劉峴帥現欲出示曉諭所轄各屬百姓略以朝廷近與各國言和將次定議凡屬忠義臣民皆應仰體朝廷旨意嗣後遇有西人必當一視同仁一律優待云云想此諭一經頒行他省督撫必仿照辦理也譯字林西報

毀家紓難　〇官場昨得西安來信云陝省近適荒災而各屬地方均各安謐者皆賴陝撫岑中丞之力也蓋九月間皇太后到陝之時雖經降旨撥欵五萬兩穀一萬石解赴災區分別賑濟無如庫無點金倉無粒粟各官無從作無米之炊而岑中丞自將家產變賣並自行購買米穀多石分赴各災區廣爲散賑窮黎受惠不淺因是民心得以鎭靜而地方亦賴以安也譯字林西報

議抽舖厘　○滬江友人來函云湖北善後局司道現擬仿照廣東章程抽收舖面厘金至多不過四千極少以四百起捐零星小貿一律免派

進呈銅仙　○粵省銀賤錢荒圜法日壞市面難以流通民間常形支絀前督憲李傅相蒞粵之時目擊其弊設法挽回乃倣西法創鑄當十銅仙其規模圜廓精巧玲瓏現已通行換易市民稱便茲聞省中大吏將鑄成仙士裝璜數盒派弁解呈　行在以供　御覽想不日即將就道矣

京津新聞

回鑾可待　○日前報登　御膳房值差廚役等前往保定府等處接迎　聖駕等情昨據隨扈值差人等返京談及　皇上年內不能　回鑾實於十一月二十七日由長安啓鑾詣河南洛陽縣過年約於明春二三月內始能回鑾云

共慶良辰　○京師訪事人云德國欽使暨駐京諸統領武官自十二月初六七八等日在崇文門外東茶食胡同廣興園內大張筵宴齊奏外國音樂巧變外國戲法恭慶　德皇萬壽無疆同日德界紳民聚有多貲在前門外西河沿正乙祠演唱吉祥戲齣誠謂歌舞昇平氣象並備酒筵晝夜盡歡共慶良辰誠爲盛舉矣

以敬服制　○京師訪事人云崇文門外花兒市欖橄市磁器口各地方均屬英官暫轄刻因英國女皇薨逝所有該界舖戶居民門首過有黏貼紅紙報單堂號者一律刮去凡頭帶小帽之人如有紅結者槪行摘去更換藍結以敬服制云

功德莫大　○前門內大甜水井劉君鐵雲解囊由倉購運米石俱按原價平糶每日男婦糴米之人莫不感頌並施棺木掩埋殉難屍骸都中人民皆贊劉君不置云

枷號竊犯　○美界所轄地面昨於十二月初六日見有荷校人犯范五耿三二名封條以硃筆標書偸竊門釘枷號兩個月滿期責放每日派委華捕押解遊街示衆該犯係因偸竊西長安門門釘被獲枷示以爲偸竊官物者戒

都統示諭　○暫行管理津郡城廂內外地方事務都統竇倭靑法富司　爲出示曉諭事照得閘口至鐵橋馬路所用地段內房地價銀限七日各業主須來本衙門內工程總局收領淸楚逾期乃係自悞不再發給即係由十二月十一日起至十七日截止爲此示仰各業主知悉特示　光緒二十六年十二月十一日

都署火警　○昨日東方既白時忽聞響若槍聲酷似連環旋聞有銅哨木柝之聲審係火患趕旣詢問始知河北都署內不戒於火烟焰沖天不可向邇各水會齊驅灌救至巳刻祝融民稍爲收威各水會收拾激筒水梢全行歸局焚去署內廳樓約百餘間之數未移時東南風作餘燼復燃而都統派令巡捕赴各水會傳信救火直至申刻烈焰始消至於起火之由計焚去房間若干統俟訪明再爲續錄

愼重之至　○昨午經德武員焚燒武庫本報已將巡捕官示照登矣茲悉是日一點鐘時德員派兵用煤油柴艸等以爲引火之具將所有子藥庫盡行焚毀其炸彈之聲隆然作響直至下午四點鐘方止又派兵在西沽浮橋一帶把守凡有行人均不放過蓋恐有轟傷之虞所以如此愼重也

履險如夷　○前報紀海河又凍一節昨見馬家口一帶冰床分集乘坐之人亦時有所見惟馬家口上一帶河路皆係沿岸處結凍其中流則猶未凍而拖床者則皆沿河行走視之如夷亦可云冒險矣望乘坐者尙其愼旃

私錢被獲　○訪事人云昨有某甲從河東某處買得私錢十餘千肩任而行不料行至西方菴爲洋兵所見以其所負之錢無一官爐疑其爲私鑄奸民遂將甲揪至官裏去矣至如何了結俟訪再布

不遺餘力　○頃聞昨晚魚更二躍時巡捕在各處梭巡窺探聲言有洋官査賭盜恐巡捕偸安並在各處搔擾等事遂遍査各

段並茶肆花街在洋官可謂實事求是矣

胡爲擊斃 ○頃聞有崔二者不知何許人昨在城內戶部街日本界內被洋兵用手槍擊斃槍子從口而進由項後而出不知因何而致聞昨日該家人已經將屍身領去自行埋葬云

人財兩亡 ○訪事人云北營門內吳家台四和義客店所有西河來津辦貨客人皆在該店棲止昨有勝芳鎮某甲辦雜貨若千住在該店忽于初九日有土匪多人持械入店將貨物搶刼一空該客一時情急遂覓短見投河身死云

各有所恃 ○頃聞日昨在東門內道署前見有日本水夫與工程局車夫不知緣何互相叫罵各有所恃無恐之意致相用武旋有意大利兵見之知車夫爲官人便拔刀相助經日兵一併揪至道署裏去未悉如何究治云

貽害實深 ○傳聞紅橋地方有無賴之徒勾串外來土匪在該處隱匿遇有西河客商來津辦貨者伊等暗自跟隨至楊庄子漫窪即行搶刼各客商均形裹足不前至於各項貨物昂貴者皆受若輩之牽掣也不知有該管之責者亦有所聞否

慾火立消 ○有某甲者昨晚向侯家後河沿尋花問柳四處蜂遊正在興濃之際忽遇洋兵三人將甲截住徧加摸索遂將腰間銀表搶去而逸在甲亦未敢追尋悵恨而走竟將滿腹春情化作愁腸九曲矣

批示彙錄 ○據天合成稟韓傻八爲海洋大盜該商等妄行具保殊屬非是着即申斥○劉蘭軒稟着十一日携帶典契租摺呈驗再核○姜廷章稟屢次訊問尚未定擬差役等具能保釋該民無庸過慮○鄭炳奎稟吳八是何案犯原稟聲晰不清未便遽准○楊王氏稟已於楊楊氏稟內明白批駁矣仍不准理○朱德昌稟騙財行兇何人見証仰於十一日偕証來案訊質稟不遵式着即申斥○顧德茂陸輔廷稟譬大王盜賣木料如果屬實未便姑容准於十一日來案面訴指拿○韓山稟許給工值有無憑據仰於十一日親詣發審處面訴○孟廣起稟兩造有無轇轕着於十一日來案查訊

蘇州新聞

膏捐示諭 ○蘇府濮紫泉升府近據膏捐局董郭安庭觀察稟稱自上月二十一日起捐後分五日一收遵章繳捐者固多而籍詞推諉者亦復不少且有收閉歇聚閉隨開殊覺抗玩實與捐欵有碍故府尊特于念四日重申禁令剴切勸諭矣

籌辦陝賑 ○蘇省當道以陝西災荒議開賑濟委員籌勸茲有奏辦駐滬陝西義賑紳董施子英太守近由海上來蘇與聶護院籌墊賑欵以資接濟

米價漸昂 ○蘇省米市前以新穀登場漸次遞跌糙粳每石賤至二元三四角邇來市貨寥寥屯戶甚多以致逐步見漲近已至二元六七角矣

金陵新聞

軍帥莅寧 ○日前金陵省垣接到電信知新簡江寧京口駐防將軍增留守祺已由 行在請訓即日 陛辭取道荊襄泝江東下不日莅甯現任崇右庭軍憲即派福安兵輪並軍轅官弁馳往漢口恭迓元甯兩縣亦即預備接差事宜十月十九日省垣駐防各官自副都統協領佐領以下齊集下關迎接兩縣辦差人役在接官廳懸燈結綵陳設一新豬晴轉午始見軍艦遙莅各官均詣憲舟呈遞手版旋迎入八旗會館暫安驂從擇吉履新

朝鮮新聞

韓增兵力 ○朝鮮擴張兵備等情茲得漢城來信云韓廷濟州島增設防兵之舉益見決計施行單算此項軍餉一年內已需十二萬五千二百餘圓其餘所需經費尚未能詳按韓廷財政告乏之前者計算明年出入之欵尚短三百萬元今若再擴充兵備恐非得四五百萬元之借欵舉竟不能支持且既擴充兵力勢必增購軍械目下俄德諸國已群向韓廷兜攬此事承辦矣聞一切佈置之法均

出自武備學堂總辦李學均意見緣李在韓人中爲較諳兵事也

京報補錄

頭品頂戴署理陝甘總督陝西巡撫臣魏光燾跪 奏爲部議籌欵六條謹將甘肅情形斟酌分別辦理據實具陳恭摺仰祈 聖鑒事竊臣接督臣陶模移交前准部咨以帑項奇絀擬籌欵六條通行各省將辦理情形及籌集銀數專案奏明報部核辦等因具奏奉旨依議欽此欽遵咨行到甘業經轉行籌辦在案查原奏聲明歸部籌欵者一條歸各省籌辦者五條甘肅爲受協之省開銷滙費一條亦屬所無自應毋庸置議共計應行籌辦者四條據布政使岑春煊會同辦理釐金總局蘭州道黃雲等詳稱鹽務一條甘省向係招商領引納課兵燹後改課爲釐復加整頓節年收數較之從前課額尚有增加惟聽民販運納釐給票多係零星小販肩負 載資本既薄利息甚微本無巨商日乏常業實難按年勸辦捐輸土藥一條甘省釐金曾於光緒二十三年奉准部文按照原定濕漿二百斤合成乾土百斤徵銀五十兩嗣又加徵銀十兩每百斤徵六十兩益以另收鶯粟地稅成本愈重價值愈高地僻邊隅陸運艱遠經過各省層累加徵若照部議再加三成誠恐正商裹足轉見絀收奸買生心易滋流弊擬請暫行加收合成乾土百斤徵銀六十六兩如果行無窒礙察看漸次遞加以保餉源而恤商困烟酒一條查甘省烟酒釐金向係統入百貨收報蘭州出產水烟裝箱成石合重每百斤運銷他省本省收釐一道原舊每道徵銀一兩三分五釐嗣緣貨重滯銷經前督臣楊昌濬體察商情苦累核減三分五釐每道徵銀一兩本省三道合徵三兩部議加徵一倍迨長本重商買必去而之他素業驟荒小民之生計立窘擬請暫加二成每石徵銀三兩六錢以維持邊瘠利源至酒釐向章每百斤徵銀一錢五分均係下色青稞所造名曰燒酒釀者無多僅供本境自食從未運銷出省誠如部議係屬嗜好之物非日用所必需即價值稍昂尙於民生無礙應即遵照加徵一倍每百斤徵銀二錢以符部議此外洋藥土藥酒膏以及洋酒洋烟捲皆爲甘省商販所無毋庸另議辦法至田房稅契一條甘省每年報收僅數百兩蓋因地瘠民貧兵燹之餘招墾迄未復業荒地領種猶尙乏人世業農莊鮮有售買居多窰洞平地亦磚砌土築草蓋泥塗構置靡難遷移輒廢稅契遂覺寥寥然亦難保無需索侵吞諸弊如部議所云者由司通飭各屬實力整頓嚴禁需索出示曉諭買賣田宅隨時投稅從前白契予限三月投補隱匿查懲倘胥吏侵吞徵報不實予以參處並責成道府督察以期辦理日有起色以上各端均係體察地方情形斟酌分別擬辦惟釐收之豐絀歲有不齊整飭之規模時方初定即增收之成數均難預知司道等謹當督飭切實辦理核實具報涓滴歸公冀圖稗補於萬一各等情詳請奏咨前來臣查時局艱難庫帑奇絀部議籌欵六條苦心經畫冀可補苴甘肅歲受鄰協不能別議開源節流苟就各欵多籌一分亦可稍寬一分之力而地域所限商力物力各有所窮該司道等所稱均屬實在情形又不能不審度厥中期克有濟惟有督同司道飭屬暫照現章奉行嚴杜浮勒欺隱儘報收儲候部核辦除咨部外所有部議籌欵六條謹就甘省情形斟酌分別辦理緣由理合恭摺具陳伏乞
皇太后 皇上聖鑒 訓示謹 奏奉 硃批戶部知道欽此

賞格

大美國欽命查察大臣柔　爲懸賞尋覓失贓事西本年正月十六日夜間有賊人由所住房內竊去前後雙蓋悶殼女金表一個表蓋上鏨有ERP三洋字又悶殼男金表一個前後面各鏨有WWR三洋字又三尺長金鍊一條一端有大金圈一個套有許多小玩物係西洋別子一個金小駱駝一個金十字一個白色小走獸一個金十字一個白色小獸一個金鑲嵌玻璃四葉小首蓿花一個金小垂頭一個綠色小龜一個金鈴鐺一個金別子一個又男金表鍊一條一端有大金圈一端有表鑰鈎中間有橫別棍又皮表鍊一條帶銀鑰鈎又金手六子一個一嵌綠寶石一塊嵌寶石三塊在中間寶石上有亞拉伯字母又珊瑚女項鍊一條帶有玉石珠三個並有珠子垂頭等又金鈕子二個又銀袖別子一對兩端有亢球以上各失物如有人知其下落前來本公館報信帶領起獲贓物立即賞銀一百兩決不食言切切特諭　西歷一千九百零一年正月十七日

立成信局仍在北門西板橋胡同南口萬興棧內便是

瑞林祥元記綢緞洋貨店仍設估衣街中間路北先由便門賣貨

敦慶隆綢緞洋貨店仍設估衣街西口零整發莊

減價出售

本行開設英界麥加利傍專售洋酒各貨俱全今將各售開列於左　項上金牛奶壹任箱白來地壹仟箱牛奶伍伯札　洋臘壹伯箱　皮皂貳伯箱　其餘各貨亦不細載如本貴客光顧請至本行價值格外公道義福行白

日商　鴻泰銀號

本號兌換銀兩買賣洋圓公平交易開設天津閘口下大街勝水總局對過便是定於十二月十二日期特此佈聞　本號主人謹啓

京都　六通棧白告

啓者六通棧開設京都崇文門外花市大街專辦東西兩口牛羊專賣各國糧臺定期不悞價值格外公道如欲買者請本棧面議可也

恩利和牛羊公司

本號新開在海大道貽來牟機器磨房前專售牛羊肉牛肉每磅一毛二羊肉每磅一毛五祥茂條姨香水方姨價值格外公道賜顧者卽請購取　本主人謹啓

聲明作廢

啓者自各國軍隊入城敝號遺失通惠銀號第五十七號公砝化寶一千兩德順湧憑帖三千兩一張二千兩一張開源憑帖一千兩一張逢源憑帖三千兩一張一千零二十六兩一張四百兩一張有儀堂韓姓票一千兩鈴鐺閣胡同房契一張忠義厚土井合同一只織布局憑據二只長發萬借約一只長興義借約一只堤頭姜姓房契一只何袁三借約一張成發號借約二只西沽陸姓房契一紙西于庄楊姓地契二帋借約一帋已經在都統衙門具稟聲明無論華人洋人等拾去均當作爲廢紙業蒙批準立案茲特登諸報端俾衆周知　天昌和主人啓

聲明白告

五月匪亂由津回南路經交河縣被拳匪搶奪銀條二張計聚通恒存欠合記行平化寶銀二千兩又恒豐盛撥回粵交黃培之廣東通用銀三千六百二十二兩五錢均向前途說明作廢並稟明都統衙門批准存案特此達知　合記號　黃培之同啓

天后宮北　義興順綢緞莊

本莊自置顧繡綢緞綾羅紗綢哈喇大呢羽綾小毛各樣花素洋布南貨雅扇梓母頭油香粉姨皂歸安貝松皂湖筆一概俱全　頭號杭甯綢　頭號摹本緞　紅梅茶每一吊二　紅茶九百六　紅茶每斤二百八　金百壽棉徽裙

閘口　魁豐冰窖

啓者敝號開設閘口西北南小營門外冰窖二處向於冬令批賣各洋行夏令應用冰塊現已屆時藏冰尚賣行各國糧台欲用冰塊者請至敝號預定價值格外從廉不悞主顧

儒醫

駱坦如明府安徽人遊歷中外十餘年近因時事鉅艱立意南旋我等症其脉理甚精識慕無差迭見著于成春之效力爲挽留一展方技凡請診者間鍋店街春華泰號便知寓所　李敏軒　張小甫　謹啓

神相

江南覺覺子相法員如神矣向遊京津關外久巳馳名茲因至津來相者紛紛不斷靈驗非常本擬赴都我等挽留持此望諸公速往面談過午不候相貲津錢壹吊貴加增寓大御衙北口東桂公館　友人　梓堯　沈昭甫　許松廷　王治臣　全啓

華英書室

專課英文地與算學文法一切由八點至四點兼辦繙譯等件願學請至針市街益豐棧內面議此佈

竊我王氏始祖諱伍世居山東青州府壽光縣自前明永樂二年擢授天津總鎮畿南督都任滿奉命遂居斯土卜塋地于西郊即今僧王爺祠內也及今傳世十有八代始祠忠義祠立位國史可查余居一十三代宗譜可據不料竟有不肖人津縣民人族兄王照同一子文都文發擅將始祖塋地盜典牛姓開設柴廠余身為族中首領理應出頭根究本欲稟官究辦伊盜典父子並受典牛姓難辭應得之咎嗣經鄰里長者勸余辦價回贖免傷骨肉體面遂如所請現令給價回贖並將私寫僞字僞據註銷究余稟官備案外理合登報圖族衆覽嗣後無論何支何派塋地均不須盜典盜賣如再有仿效王照父子典祖賣宗者余必率族攻究萬不能因循情面以驚將來此啓

王靜軒謹白

海大道

源興亨土莊

本號自運各省西土公班大土亞庄廣土黑白廣膏一概發莊零剪銷售如欲購者請移玉本莊面商貨高價廉不悞主顧此啓

永豐號麵包舖

本號舖掌前住紫竹林同昌辦館因被火焚移居馬家口海大道同立東棧對門新機器磨房旁便是本號辦定鐵罐牛乃糖醬火食等物呂宋烟捲帋烟點心麵包俱巳新鮮不悞主顧仕商賜顧者請到本號購取可也

本號主人啓

法商

祥發號辦館告白

啓者本號開設天津紫竹林海大道育才館北專辦各國盒菜牛乃麵包各樣烟捲一切雜貨物高價廉如蒙仕商賜顧者請移玉本號面議可也特此佈聞

本主人謹啓

鈕桂芬

宴樓飯莊

本樓開設海大道機器磨坊前包辦酒席小賣俱全定於十月廿日開張此佈

仁記洋行

啓者本行茲有船牌洋臘壹千箱每箱二十五包並有洋白麵八百二十五袋出售特此佈聞

仁記洋行謹啓

日本名醫

橡村先生內外兩科醫道高明凡有診視病症者無不應手奏效洵為當世之名醫現寓天津閘口下愍忠祠對過特此佈聞

門人公啓

新開美瑞洋行

啓者本行由外洋自運各色洋酒罐頭食預冬織絨褲掛鞋襪佛藍絨項巾手套各樣胰皂燈料器鐵胎磁面各種器俱並各牌鋼鐵洋釘洋鍬洋鋤白鐵水桶洋鐵火爐以及大米各種貨物莫不精美批售大宗格外價廉凡蒙賜顧者請至法租界大羅洋行對門第四十六號門牌便是

本行主人謹啓

英商

福照樓西棧代起行

啓者今歲因遭兵荒有本棧樓房被俄國人住守至今未曾遺出故此租賃西門北萬源棧內開張該門面書挂福照樓招牌為記所有房間院中無不寬闊潔淨安寓回漢客商各分房所所有茶水飯菜另有廚坊代運出進口貨物搭座輪船車票以及華關稅均按本棧舊章無不公道專運北京各處雜貨等件盡用妥實洋人押送如有短少失物俱按保險章程賠補其情與眾不同 貴客商如欲搭運貨物者請至本棧面議可也特此佈聞

告白

啓者本廠需用廠地屯糞以及散夫住房均係照章付租惟尚有廠地數處地主均未領租特此登報催領租價凡各地主見報速來本廠以便照章付給除稟都統衙門存案外特此聲明以便週知

大法國界官糞廠謹白

天津河東

同義棧

敬啓者本棧開設河東大王庄河邊係俄國租界內即怡和洋行對河便是內有洋式棧房院內寬大無論粗細貨物均可存寄而棧租亦極相宜倘蒙各寶行號棧及過路客商如有貨物寄存者請移玉至本棧帳房商議可也如欲保險以及別埠來貨者本棧均可代雜洋關墊辦稅鎖及各種使費等項特此佈達

本棧主人告白

源利車船公司

本局設在天津開口下江蘇外局內專攬京通大小車船 貴官商光顧者祈駕臨本局面議庶不致悞特此佈聞

本局謹啓

同順麵包房

啓者本號開設海大道機器磨房內於本月十二日開市專做花旗麵粉大小麵包及各樣洋點心一應俱全仕商賜顧者即請購取可也特此佈聞

鴻義金珠店

啓者本號專做時式赤金紋銀軟翠堆纍鑲嵌首飾鳳冠酒器包葉度葉等物一概俱全舖設天津府東門外天后宮南坐東向西便是

通源土莊

啓者本號出售各省西土并售黑白廣膏零整皆可如欲賜顧原箱者請移玉本號帳房面訂價值格外從廉天津鍋店街東口

通源土莊謹啓

寄售洋書

各種俱全

如有賜顧者請移玉至北門外針市街南閣西玉盛合煤油鋪面議可也

德記磚瓦松木公司

現寓鼓樓東坐南聚成德錢局代辦專售松木單截連截方子磚瓦格外克已重廉不悞主顧

日商 福源銀號

本號開設在天津閘口下大街日本租界公署旁定於十二月初二日開張兌換銀兩海大道分號仍照舊交易特此佈聞

本號 分號 公啓

日商 有馬洋行

本行自北山運來大本炭照市價格外從廉略躉零發均可保險運送凡欲購者請至海大道牌坊南[illegible]源銀號面議特此謹啓

日商 有信官車船總局

啓者設在天津閘口下大街勝水總局旁官車船並代理顧商雲集運往北京通州保府等處洋廣雜貨往保險轉若洋人護送接貨估價保險諸商請至本局面啓可也附啓保府白溝河祁州等處運貨刻已通行有章貴商賜顧駕臨本局面議運價格外從廉

榮金公司

本公司設在天津河北大衙門買賣各處荒金條金隨時作價以京滬行情爲準衡貴客有收買出賣者請至本公司面議格外公平

本公司啓

大日本 北清貿易洋行

啓者本行由日本分設天津紫竹林海大道老榮市氣燈房衚衕[illegible]直報館院內現由本國自運各樣貨物一應俱全貨真價實貴客商願買者請至本行面議價值格外公道倘現用何樣貨物定期不悞特此佈聞

本行主人謹啓

高士達洋酒飯店告白

本店開設海大道下德國界大營門內專辦各國洋酒各色點心呂宋烟各樣紙烟等物貨品價廉並辦英法大菜無論中外客商皆可賜顧特此登報佈告

本主人謹啓

大米告白

敝行現由上海運到[illegible]大包米在津出售批發格外公道如貴客零買兩三包自巳食用者亦可購取請到海大道新英租界平和洋行面議多少均可價值格外公道

牙醫生

自幼在美國醫院專習牙科凡牙痛腫落均能醫治若牙未落而風火蟲蛀者或用黃金白金鑲補永無後患如牙落一粒或數粒或全口鑲就可任意食物與生成無異金托象皮托悉聽客便面議價值小營英租界海大道

江蘇毛瑞堂

北浮橋西 雙勝茶園

京都新到 瑞慶恒班

特請京都保府上洋烟台蘇州鎮江青江山陝等處頭等文武名角

十二月十三日早十一點鐘開演

合演全班[illegible]

大賜福 三擊掌 拾黃金 法門寺 代大堂 平江府 海潮珠 馬[illegible]湖 武行[illegible]

侯家後老君堂西 永順茶園

特邀京都[illegible]順福堂 京都姑蘇烟台等處坤角

每日准演

太平歌詞 西皮二簧

天后宫前 天福茶園

特邀京都全喜堂 京都[illegible]蘇烟台等處坤角

每日准演

太平歌詞 西皮二簧

閘口下大街 日商 麗華茶園

特邀京都有福堂 特邀京都上洋姑蘇等處坤角

十一月廿六日早晚有座

時調大鼓 太平歌詞

北門西 恩和茶園

特邀京都金福堂 京都姑蘇烟台等處坤角

每日准演

太平歌詞 西皮二簧

英商 恒昌厚照像館

本館在河北大街暫寓西茂盛店內今擇臘月十九日照影片一人兩像光放至四片手捲另帖片像字花彩衣等件外國籍中外官商各種磁扇圖片寄用便宜物件諸君光顧請面議小號不悞特此

像館主人謹啓

京津塘沽火車開行時刻單

由天津開北京早十點四十分晚六點半到京

由北京開天津早七點半晚四點半到天津

由天津開塘沽早八點到塘沽十一點

又下午四點開到塘沽七點

由塘沽來津二次同時

大清郵政局收信時刻曉諭傳單

寄往何處	由	某日	收信時刻
北京	火車	每天	上午九點半
大沽	火車	每天	下午三點半
上海烟臺牛莊等處	火輪船	初七	下午四點
上海鎮江等處	旱班	每禮拜一三五	下午七點
烟臺	又	又	上午十一點

下次輪船由秦王島開往烟台定於初七日即禮拜六四點鐘開船[illegible]往秦王島[illegible]信[illegible]

十二月十二日銀洋行情

銀盤二吊九百九十文

洋銀二吊零八十

洋錢行情七錢

本埠每張大錢十二文　CHIHLI GAZETTE　外埠照遠近酌加寄費

CHIH PAO

直報

第五百七十一號

本館開設天津紫竹林海大道老菜市氣燈房巷內

光緒二十六年十二月十四日

西歷一千九百零一年二月初二日　禮拜六

上諭恭錄
簡員襄議
奏開捐例
節烈可嘉
亦係馬賊
假勢詐索
令人難測
各國新聞
照錄奉天省通化縣稟稿
就近商議
事難照辦
人懷隱憂
法軍換防
因何自縊
批示彙錄
京報補錄
電線將成
甯海匪警三誌
僉木被獲
來福何來
何至若是
烟台新聞
各行告白
行在電音
衢案述聞
漸歸舊制
行路宜防
情近捐斂
堪稱揮霍
常州新聞

本館告白

啓者本館後幅各項告白第一日每字大錢五文至第七日每字三文半月每字二文半論月每字二文如論季論年價值格外從廉所有告白以五十字起碼則十字遞加前幅加倍近有售報人從中多索恐仕商未及週知特此聲明倘蒙仕商欲登告白者請至本館賬房面議可也　本報由十一月初一日起閱報諸公每月概收津滿錢七百廿文此佈

橫濱正金銀行

本銀行向在日本開設二十餘年資本金洋二千四百萬圓現收足金洋一千八百萬圓公積金八百萬圓專做仕商滙款押款存款借款利息格外公道存款長期短期利息酌爲等差惟比他行加厚總行設在橫濱又東京神戶長崎英之倫敦法之巴梨美之紐約舊金山以及布哇孟買華則香港上海牛庄等處皆有分行凡通商口岸皆有妥實代辦之家倘蒙仕商欲滙款存款者請至本銀行面議可也特此佈告　天津分行謹白

法蘭其洋行

啓者本行開設在天津海大道與隆洋行傍首專售外國罐頭食物一應俱全貨眞價實倘蒙仕商賜顧請至本行面議價値格外公道各樣牛奶各色餅干糖醬酒亭魚酒門魚洋臘皮皂白鹽各色洋酒等一切家用食物俱全特此佈聞　本行特白

告白

啓者本局奉北洋大臣委派駐津專管遞送北洋往來文牘函件並不干預外事如有假冒本局上下人等在外招搖等弊望即扭送本局稟請究辦幸勿自誤爲荷此白　北洋文報局啓

上諭恭錄

十一月二十七日　行在內閣抄奉　上諭岑春煊奏特參辦賑不力各員請旨懲處一摺本年陝西災重民情困苦承辦賑務各員宜如何認眞經理茲如所奏情形實屬玩視民瘼必應嚴加懲辦以儆效尤試用知縣哲臣着即行開缺署咸甯縣縣丞試用縣丞況守誠著革職永不叙用　南縣縣丞王世長著摘去頂戴開缺另補並撤去咸甯縣署任澄城縣知縣方術著撤去長安縣署任仍留省幫辦賑務以觀後效餘著照所議辦理該部知道欽此同日奉　旨殺虎口監督著海恩去欽此同日奉　旨張家口監督著松堮去欽此

照錄奉天省通化縣稟稿

昨接牛莊友人抄來通化縣陳大令璋條陳奉天吉林善後事宜稟稿一扣用特分日照錄如下　謹稟大人閣下敬稟者竊照奉天省城失守各大憲棄城遠走情形前經卑職恭具擬稿稟請代奏茲奉登萊青道憲鈞函抄示憲電內開奉天通化陳令擬稿已摘要電奏並將原擬稿飛咨樞垣希轉致等因蒙此仰見憲台庇蔭於根本之地拯民於水火之中不獨卑職感戴厚恩即億萬蒼生無不共被仁慈之德普效銜環結草矣現在情形探得吉林將軍與俄人和議聽其進省靜候京中和約商民尚無遭刧惟吉林奉天兩省邊野地方向有山戶結廬伐木開地人數既衆獨佔一方並不聽官約束向無詞訟告官而兩省地方官鞭長莫及亦置諸不理其頭目韓登舉聚

集萬人與俄人開仗時勝時敗互有傷亡奉天錦州屬境聞有華人與俄人開仗遼南吉岡民團亦與俄人接仗獲勝現尙固守其地近聞和局已定然尙無　簡放大員來奉收復地方辦理善後恐洋人與民團相仇干戈猶未已也奉省　福陵　昭陵樹木有被洋人砍毀者不知何國所爲未能探實宮殿內尊藏御物亦有動移毀失凡爲臣子者痛遭此變號哭捬膺無不深歎當事者之所爲不善也卑職探聞後因知俄國有將軍蘇姓者在省辦事當卽備具一函內敘兩國均應聽候和約中國　陵寢宮殿切勿稍動如能代爲看守中國必當感激等語嗣據差弁回通稟述俄官告稱俄國蘇將軍因事旋回旅順現在省城係希將軍代理俟　希將軍到省後再答回信云云未卜能否允從日夜爲之懸心溯查軍督增前因中外議和飭知各軍停戰各守邊界將所獲俄人六名送回以換金州被虜官員維時副都統晉昌在遼南前敵電阻而將軍未用其言派員將俄人送往未及換回於八月間晉都統由前敵回省與革員壽長商妥換赴前敵節制各軍詎壽長往至前敵無端將俄探截擊遂致決裂開戰壽長竟不能支敗回遼陽任令敗兵放火劫搶迨後遼陽失守距省尙一百二十里又不於中間擇要扼守帶領兵勇直奔省城旣抵省後所部敗回之兵復又在省放火搶擄諸大憲遂各棄省遠走城中爲之一空迨洋人進城始行將火救息此遼陽並省城失守情形可爲痛哭流涕者也今卑職因　陵寢宮殿無人守護並朝鮮行將起衅事關重大恭具擬稿仰求憲台據情代奏並聲請簡放熟悉地勢主持大體之員速行來奉俾得辦理善後敬謹守護卑職於奉善後事宜略有所見改立行省一節爲第一要政業已敘入擬稿內其餘尙有緊要數事條陳於後　一收集潰勇以免患生不測也查奉天軍務其舊有仁育兩軍平時已毫無紀律屢滋事端去年經欽差大臣李桼辦事後欽差回京積習如故此次軍興副　都統晉昌招集烏合之衆大都土匪溷迹其間統計連舊有各軍百有餘營未戰之前刼奪滋事業已民不堪命旣戰之下卽全軍潰遁到處放火搶擄當省城失守後外縣完全之區皆被蹂躪

此稿未完

時事記要

行在電音　○頃接南友來信云聞　行在政府以和欵緣起第二條內有遵奉　內廷諭旨圍困攻擊云云因特電致江督劉峴帥囑卽轉電各國公使辯明並無此事云○又云　朝廷以和議大綱十二條現卽照准其餘應度各國所必索者先自酌定免致臨時艱於應付故特諭飭江鄂兩督暨盛大臣妥愼會商後卽請各國公使咸蒞上海以便就近籌議一切

簡員襄議　○聞慶親王李傅相以和議事應付棘手非得熟諳交涉如盛宗丞者不足以資臂助故屢次電催入京惟宗丞以所辦各事頭緒紛繁年內恐不克成行云

就近商議　○頃聞友人來函云駐俄欽差楊子通星使現已奉　命爲全權議和大臣在聖彼得堡與俄國政府商議東三省俄兵撤退事宜云

電線將成　○西字報云今夏由河南以迄山東所設電竿均被匪人毀去以致南北消息阻不得通迨前任湖北巡撫調任河南巡撫于次棠中丞蔭霖將赴汴中卽飭所屬妥爲修整刻下已修至曹縣境大約不日卽可告厥成功矣

衢案述聞　○聞得衢州教案已由當軸擬定鮑道遣戍洪守革職永不敘用周都司正法解元鄭姓職員羅姓或可免罹重譴○又聞央政府因衢州教案欲請中國將前撫劉革道鮑照各罪嚴懲辦云

奏開捐例　○南友來信云頃聞鄂省當道因餉需支絀奏請開辦籌餉捐例章程仿照秦晉賑捐以廣招徠大約一經　批准卽可開局矣

事難照辦　○西正月十一號東京電云聞美國政府近請各國將各公使移往華盛頓議和日本政府亦接到美國公文述及是事但恐礙難照辦耳

甯海匪警三誌　○昨得甯海函云本月初三日水師管帶偵知著匪老吳在秋山下之慈聖寺會同防營並各村團丁兵民共

六百餘人攀藤捫葛分路進勤至則老吳已先颺去潛伏去寺數里之小庵蓋青密難尋百姓之爲匪耳目者亦衆也　初六日有匪黨數十名札於長灣塘岸待進港旨船久之不至忽來一小艇姑試一槍以鳴其技有老嫗坐於舵工之側者立時斃命初八日長亭鹽場某大使趁長街航船將次入郡駛至巡檢司地方突來數十匪過船搜索船中客貨及鹽尹衣箱被服一卷而空幸諸客未敢發聲亦不斃命鹽尹則並失去銅印僅僅留着體小衫猥狽不可言狀十月二十七日有由浙運松之官鹽船已出浙海爲匪船曳回大陳洋虜其出海帳房二人勒其斷指作血書交原船帶家血書云自二十七約至初三日爲止來洋錢二千元交海門朱大老放回活命初三不到卽將一人試槍　老吳近自己帶百餘人上西鄉後膛槍子屢戰並不缺乏聞皆係兵勇接濟云

京津新聞

漸歸舊制　○頃聞吏部辦理驗看驗放各官業經專摺請　旨定奪聞於明年正月二十八日帶領初次驗看二月初五初十等日帶領驗放似此歸復舊制諒各銀號收捐上兌各省印結公局經理結費各部院五六品京官出具同鄉印結査結識認等事暨銓曹承辦其事責任非輕俱有一番紛紛忙碌從此豐衣足食另更一番面目矣

節烈可嘉　○前門外草廠二巷居住郭某者於聯軍入城携眷避難時因其女公子年甫二九姍姍弱體舉步維艱正彼此不相顧之時遂將其遺落家園迨洋兵結隊闖入院中搜刼該女畏懼恐遭意外旋卽服毒殞命現經五城出示飭査據情呈報彙請　旌表以慰幽魂誠謂節烈可嘉云

人懷隱憂　○京師訪事人云自聯軍入城後所有各項鋪面俱被搶掠一空迨至軍務稍平各巷被搶空鋪均黏貼報單收買洋圓兌換銀兩比比皆是近日以來聞有前門外大李紗帽胡同王廣福斜街一帶收買洋圓之家乘間開出錢帖佈散街市並有南烟店突然高掛錢帖開寫寄存現錢條甚多隨常使用刻部中人民均云現屆年終在邇恐若輩乘機以數寸長條誆騙銀兩彼時難免去如黃鶴居人莫不隱憂矣今聞有督轄之責者欲預爲嚴禁以儆設局誆騙云

偸木被獲　○京師訪事人云禁城　天安門外兩旁　朝房甚多自聯軍入城後便無人管守所有椽檁柁柱窗櫺均被洋兵拆毀糜爛不堪入目日前有甲乙丙丁四人乘間到彼偸竊木料遂被巡捕拏獲解交美界公廨管押懲治未悉如何發落俟訪再錄

行路宜防　○聞友人云前門內戶部街北頭牛圈胡同時有匪徒攔路搶刼聞上月某日早有張某道經此處卽被刼去皮襖銀錢等件並持槍威嚇又某日有賈某亦于此地被刼去現銀一百餘兩有該管之責者宜如何嚴密査拿耶

亦係馬賊　○近日馬賊猖獗幾於無地無之本報已書不勝書昨聞有孟某者由靜海回家行至侯家台子迤南忽遇强賊二人手持快槍刼去帽頭一頂並錢物等件呼嘯而去所幸孟某尚未受傷云

法軍換防　○日昨在馬家口見有法兵念餘名滿面風塵後隨有苦力馬夫多人向紫竹林一路而去詢係由保陽而來並聞約五日後仍回保陽以便防堵云

來福何來　○訪事人云昨在東浮橋見德兵擁獲華人四名其中二人髮辮交結一人　臥於木板之上類受傷狀又一人手持來福槍一桿便向都署而去卒其中詳細情形俟訪再錄

情近捐歛　○前紀開賀又見一則內云混混張俊邦等出帖開賀其事原爲無賴輩託詞捐歛錢文而已在稍知體面者斷不爲此茲聞有河北關上齊春泉者伊兒曾充是處紳董昨見有齊春泉拜訂紅帖各處飛灑帖文大書特書茲因先兒僱苦力之事獨力難成請衆紳號資助一元云云令人可發一哂噫其邀紳號籌謝紳董耶抑或假紳董之名捐歛錢文耶

假勢訛索　○據訪事人云有葛二者不知何許人也近日勾串無賴多人向侯家後一帶娼寮訛索錢文稍不遂意卽行摔打在受其害者敢怒而不敢言有該管之責者當不知有所聞否

因何自縊 ○訪事人云昨在河北窰窪行宮前馬棚內見有男子自縊身死一具詢諸其人魏姓係襪子胡同某錢鋪之掌令被伊之家人得知即報知該管處後抬至家內棺殮至其中有無別情容俟續錄

何至若是 ○昨日向午時在山西會館後門口見有甲乙二人始而口角繼而動武詢係因同夥開設娼窰因交付房價其中呑錢若干以致打作一團後至捕局理論未知能否了事俟訪再錄

堪稱揮霍 ○有甲乙丙三人在德美落子館各交一妓日昨甲等在該園點曲即俗謂撮活均有此强彼勝之意揮霍異常甲賞洋五元乙賞洋十元丙便携僕一人手持布袋一個內貯多金隨後賞洋三十五元在甲乙二人以爲買巳之彩各懷忿怒致起各不相下之勢後經魯仲連一流人爲之了全其事始息焉

令人難測 ○訪事人云劉家胡同某媼前于避亂時聞將衣物等皆寄存于朱某之家乃媼于前日向朱索要朱云並無此事以致兩相爭辯刺刺不休媼以女流不能向朱爭論故往都署具禀呈控矣至能邀准與否俟訪再布

批示彙錄 ○據甯又彬禀着原被遵諭依期呈賬限十二日來堂訊斷如逾限期即將全案註銷切切毋悞○魏九來等禀巳於甯又彬禀內批示矣着即遵照○呂秉鈺禀華英文字禀均巳閱悉准於十一日來案面訊被告住址飭捕傳訊○房高氏禀騙詐情形如果確實殊屬欺狡着於十一日來案面訊確情再核○傅孟氏禀氏姪是否拳匪有無捏飾被搶物件有何憑據着十一日來案面訊○高升禀該民船價王錫川等盡行領去何不自向理討是否捏砌着於十一日來案訊奪○張玉其禀禀詞不甚近情俟十一日來案面質後再請註案

烟台新聞

烟台近事 ○烟台訪事友人云今夏某洋行主招人赴天津工作適拳匪禍起人心皇皇該工人與行主稍有齟齬幾滋事故幸稅務司賈君出爲排解地方賴以安靜事後商民人等公製圍屏恭送以表感佩之忱○烟街素無當鋪惟押店數家皆係廣東潮州等處人所開盤剝貧民莫此爲甚前雖屢經人控告而若輩神通廣大開設如常近忽經官勒閉人心無不快然○前有威海某船駛至奉天洋面被盜刼去近日盜匪將船駛回威海口避風適爲船主所見因即呈報央官派兵往拿盜匪竟敢開槍拒捕被洋兵擊斃數名擒獲五名即以原船運載來烟解交華官訊辦○邇來銀價日賤而洋圓尤甚鷹銀每圓向值銀七錢者今減至六錢七八分若龍銀則只值六錢五分上下狡黠者因受虧過甚竟有鎔作寶銀者○本月十二日天容如墨居民無不以爲滕六君將惠臨矣詎未幾即氣候轉暖細雨霏霏越兩晝夜始止至今風和日暖無異春初天氣是誠從來所未有者也○本月某日有一小船停泊口內不虞先有一匪船在彼及夜深匪人移舟相近一躍而登舟子不敢聲張任其飽掠颺去○本月十九日午刻有西國某大員由口外經過各國兵船皆聲砲致敬

常州新聞

催科文告 ○安慶訪事友人云日前懷甯縣姚大令以本屆冬漕開徵日久愚民尙多觀望爰撰成三言告示諄諄勸誡俾各激發天良其文曰

勸爾民 完糧早 完了糧 多少好 人不欺 官不找 保不追 差不擾 雞不驚 狗不吵 穿粗衣
行也好 吃淡飯 肚也飽 試問爾 何等好 不完糧 多煩惱 火簽出 飭差保 鎖到縣 受刑拷 一面枷 示衆曉
親戚罵 朋友笑 妻兒怨 累二老 不花錢 難取保 受凌辱 如糞草 試問爾 惱不惱 爾懷民 素純良 未到任
我已曉 苦積習 相沿早 迭出示 預先告 好百姓 已遵敎 奈愚民 多執拗 來年完 不爲遲 今年完 恨太早
那知道 例載明 年內淸 年內掃 當今世 時事艱 軍需緊 國帑少 不加徵 待爾好 應完糧 何不早 上憲催
牌文到 寅時解 不過卯 爾小民 當共曉 勸爾民 除錮弊 有多糧 完多少 早赴櫃 莫取巧 掣串回 樂逍遙

粗粗語　細思討　願吾民　完糧早

各國新聞

病院計數　○日々報載廣島豫備病院自陽歷去年六月廿七日開院以來至十二月廿三日共收容患者五千七百六十一人內國人一百廿名與國人　名現在收容患者一千二百九十二人內有法國人十六名云

法人先見　○現據法廷所頒黃皮書册內記自一千八百九十九年七月二十九日至一千九百年十月三十日所有與中國事件關係之文牘都三百六十二種首明法政府辦理中國事件之宗旨與駐在中國之法國使臣領事等所有通信禀報之如何盡力次言去年之初中國尚未大亂以前法國外部大臣戴爾加式接到外交官報告義和團匪之事當三月中旬法外部曾經知照各國言義和團匪之可危勸各國速派兵艦多艘停泊直隸灣以張聲勢乃英相沙士不電侯答以爲時尚早當徐察形勢待時而動云云又言是年四月初四日據駐在柏林之法公使來電云德外部大臣必羅向伊言山東雖有騷擾之狀但不日可即鎭定云據此等書件觀之似此次中國事件惟法國先得信息且戴爾加式能洞察其禍之必成建防患未然之策惟稍有不可解者昨年十一月十九日德國總理大臣必羅在國會中演說中國事件時曾言德國首以支那禍變之先機通知各國希望早日設法等語則又與此黃皮書册之所載不無矛盾處也

俄國雄畧　○近日聖彼得堡某新聞云俄政府擬自賽馬康德起築一鐵路接通直隸灣以與西比利亞鐵路對峙欲使一億萬之支那國民與歐州俄羅斯聯絡此舉如成不但於商業上能斷他國之利益即於兵畧上亦大有異圖此時若再默視任所欲爲則支那四百州其終爲俄人俎上之魚乎

京報補錄

奴才色楞額跪　奏爲驗收挑挖旱河工程並完竣日期恭摺仰祈　聖鑒事竊查熱河向有歲修光緒十二年因山水暴發冲淤河身並將兩岸虎皮石墻一並冲刷當經前任都統宗室謙禧　奏明籌欵派員興修十三年六月　奏報工竣摺內聲明嗣後旱河歲修應照本年定章由熱河道會同河屯協副將修辦俾得兩有監察庶幾工能核實應需欵項每年仍以三千兩爲度必須涓滴歸公事竣榜示通衢如有浮冒准商民稟控查辦等因　奏奉　諭旨允准在案茲據熱河道福謙河屯協副將德春詳稱所有光緒二十六年旱河工程遵照新章於本年三月十九日興工至四月二十五日止一律如式挑挖完竣詳請驗收當經奴才督率熱河道福謙河屯協副將德春及在工各員等逐加履勘驗得本街旱河由廣仁嶺以下自二道溝西山嘴起至東大河口共六段湊長二千五十五丈寬四尺及九尺並三丈又二丈五尺及三丈七尺五寸不等挖深一尺五寸及二尺又在石洞子溝旱河一道自上河口起至東大河口止共二段湊長三百六十丈寬三丈挖深一尺又裴家溝旱河一道自普甯寺西山嘴起至東大河口止計長三百丈寬二丈七尺挖深一尺又獅子溝旱河一道自殊像寺起越布達拉札什倫布等廟及官兵營房至東大河口止共四段湊長六百六十丈寬六丈挖深一尺五寸以上需夫工運腳銀二千九百八十四兩六錢二分核與原估所報均屬相符已照奏定章程即由道庫旱河生息項下如數動撥茲據具詳請奏　前來奴才覆核無異除照章榜示通衢册結送部核銷並咨直隸督臣查照外理合恭摺具陳伏乞　皇太后　皇上　聖鑒謹　奏奉　硃批該部知道欽此

賞格

大美國欽命查察大臣柔　爲懸賞尋覓失贜事西本年正月十六日夜間有賊人由所住房內竊去前後雙蓋閤殼女金表一個表蓋上鏨有EMP三洋字又閤殼男金表一個前後兩面各鏨有WWE三洋字又三尺長金鍊一條一端有大金圈一個套有許多小玩物係西洋別子一個金小駱駝一個金十字一個白色小走獸一個金十字一個白色小獸一個金鑲嵌玻璃四葉小苜蓿花一個金小垂頭一個綠色小龜一個金鈴鐺一個金別子一個又男金表鍊一條一端有大金圈一端有表鑰鈎中間有橫別棍又皮表鍊一條帶銀鑰鈎又金手六子二個一嵌綠寶石一塊一嵌寶石三塊在中間寶石上有亞拉伯字母又珊瑚女項鍊一條帶有玉石珠三個並有珠子垂頭等又鈕子一個又銀袖別子一對兩端有元球以上各失物如有人知其下落前來本公館報信帶領起獲贜物立即賞銀一百兩決不食言切切特諭　西歷一千九百零一年正月十七日

立成信局仍在北門西板橋胡同南口萬興棧內便是

瑞林祥元記綢緞洋貨店仍設估衣街中間路北先由便門賣貨

敦慶隆綢緞洋貨店仍設估衣街西口零整發莊

減價出售

本行開設英界麥加利傍專售洋酒各貨俱全今將各項貨開列於左　上金牛奶壹仟箱　白來地壹仟箱　牛奶伍伯箱　洋臘壹伯箱　皮皂貳伯箱　其餘各貨亦不細載如貴客光顧請至本行價值格外公道　義福行白

日商　鴻泰銀號

本號兌換銀兩買賣洋圓公平交易開設天津閘口下大街勝水總局對過便是定於十二月十二日開張特此佈聞　本號寄賣上洋新到老號廣土整莊出售價值格外便宜按時行每包減價二兩仕商如賜顧者請移玉至敝號面議可也庶不致悞　本號主人謹啓

天后宮北　義興順綢緞莊

本莊自省顧繡綢緞綾羅紗絹哈喇大呢羽綾小毛各樣花素洋布南貨雅扇桂母頭油香粉姨皂歸安貝松梟湖筆一概俱全　頭號杭甯綢　頭號摹本緞　紅梅茶每一吊二　紅茶九百六　紅茶檳斤二百八　金百壽棉磁碟

聲明作廢

啓者自各國軍隊入城敝號遺失通惠銀號第五十七號公砝化寶一千兩德順湧憑帖三千兩一張二千兩一張聯源憑帖一千兩一張逢源憑帖三千兩一張一千零二十六兩一張四百兩一張有儀堂韓姓票一下兩鈴鐺閣胡同房契一張忠義厚土地合同一只織布局憑據二只長發萬借約一只長興義借約一只堤頭姜姓房契一只何貳三借約一張成發號借約二只西沽陸姓房契一紙西于庄錫姓地契二帶借約一呂巳經在都統衙門具稟聲明無論華人洋等拾去均當作爲廢紙業蒙批準立案茲特登諸報端俾衆周知　天昌利主人啓

三義土莊

啓者本號自運各省西土黑白烟膏寄賣安樂堂紫背金牛戒烟丸開設天津北門外太平街坐北向南便是　本莊謹啓

聲明告白

五月匪亂由津回南路經交河縣被拳匪搶奪銀條二張計聚通恒存銀合記行平化寶銀二千兩又恒豐盛撥回粵號交黃培之廣東通用銀三千六百二十二兩五錢均向前途說明作廢並稟明都統衙門批准存案特此達知　合記號　黃培之　同啓

京都　六通棧告白

啓者六通棧開設京都崇文門外花市大街專辦東西兩口牛羊專賣各國粮臺定期不悞價值格外公道如欲買者請本棧面議可也

恩利和牛羊公司

本號新開在海大道貽來牟機器磨房前專售牛羊肉牛肉每磅一毛二羊肉每磅一毛五祥茂條姨香水方姨價值格外公道賜顧者即請購取　本主人謹啓

閘口　魁豐冰窖

啓者敝號開設閘口西非南小營門外冰窖二處向於冬令批賣各洋行夏令應用冰塊現已屆時藏冰倘貴行各國粮台欲用冰塊者請至敝號預定價値格外從[illegible]不悞主顧

名醫國津

方司馬友莊先生皖江名士也精岐黃兼通西法刀針向留在津門醫載凡遇疑難之症均許手到回春人所共仰今夏緣避亂保陽刻因友人特請回津寓河北大街浮橋旁穆家衛衙三友棧董症兹時出診門候十點鐘至一二點鐘止　同鄉友人啓

竊我王氏始祖諱伍世居山東青州府壽光縣自前明永樂二年擢授天津總鎮畿南督都任滿奉命遂居斯土卜塋地于西郊即今僧王爺祠西也及今傳世十有八代始祖忠義祠立位國史可查余居一十三代宗譜可據不料竟有不肖天津縣民人族兄王照同二子文都文俊擅將始祖塋地盜典牛姓開設柴廠余身爲族中首領理應出頭根究本欲稟官究辦伊盜典父子並受典牛姓難辭應得之咎嗣經鄰里長者勸余辦價同贖免傷骨肉體面遂如所請現今給價同贖並將私寫僞字僞據註銷矣余稟官備案外理合登報闔族衆覽嗣後無論何支何派塋地均不須盜典盜賣如再有仿效王照父子典祖賣宗者余必率族攻究萬不能因循情面以驚將來此啓

王靜軒謹白

海大道

源興亨土莊

本號自運各省西土公班大土亞庄廣土黑白廣膏一概發莊零剪銷售如欲購者請移玉本莊面商貨高價廉不悞主顧此啓

永豐號麵包舖

本號鋪掌前住紫竹林同昌辦館因被火焚移居馬家口海大道同立東棧對門新機器磨房旁便是本號辦定鐵罐牛乃糖醬火食等物呂宋烟捲帋烟點心麵包俱已新鮮不悞主顧　仕商賜顧者請到本號購取可也

本號主人啓

法商

祥發號辦館告白

啓者本號開設天津紫竹林海大道育才館北專辦各國盒菜牛乃面包各樣烟捲一切雜貨物高價廉如蒙　仕商賜顧者請移玉本號面議可也特此佈聞

本主人謹啓 鈕樸芬

鴻宴樓飯莊

本樓開設海大道機器磨坊前包辦酒席小賣俱全定於十月廿日開張此佈

大米告白

敝行現由上海運到上　大包米在津出售批發格外公道如貴客零買兩三包自已食用者亦可購取請到海大道新英租界平和洋行商議多少均可本行又新到美字老牌煤油出售價値格外公道

日本名醫

橡村先生內外兩科醫道高明凡有診視病指者無不應手奏效洵爲當世之名醫現寓天津閘口下慇忠祠對過特此佈聞

門人公啓

新開美瑞洋行

啓者本行由外洋自運各色洋酒罐頭食物預冬織絨褲褂鞋襪佛藍絨項巾手套各樣胰皂十燈料器鐵胎磁面各種器俱並各色鋼鐵洋釘洋鍬洋鋤白鐵水桶洋鐵火爐以及大米各種貨物莫不精美批售大宗格外價廉凡蒙賜顧者請至法租界大羅洋行對門第四十六號門牌便是

本行主人謹啓

英商

福照樓西棧代起行

啓者今歲因遭兵荒有本棧樓房被俄國人住守至今未曾遭出故此租賃西門北萬源棧內開張該門面書挂福照樓招牌爲記所有房間院中無不寬闊潔淨安寓回漢客商各分房所所有茶水飯菜另有廚坊代運出進口貨物搭座輪船車票以及華洋關稅均按本棧舊章無不公道專運北京各處雜貨等件盡用妥實洋人押送如有短少失物俱按保險章程賠補其情與衆不同　貴客商如欲搭運貨物者請至本棧面議可也特此佈聞

告白

啓者本廠需用廠地屯糞以及散夫住房均係照章付租惟尙有廠地數處地主均未領租特此登報催領租價凡各地主見報速來本廠以便照章付給除稟部統衙門存案外特此聲明以便週知

大法國界官糞廠謹白

天津河東

同義棧

敬啓者本棧開設河東大王庄河邊係俄國租界內即怡和洋行對河便是內有洋式棧房隙內寬大無論粗細貨物均可存寄而棧租亦極相宜倘　蒙合寶行號棧及過路客商如有貨物寄存者請移玉至本棧帳房面議可也　如欲保險以及別埠來貨者本棧均可代與洋關墊辦稅鈔及各種使費等項特此佈達

本棧主人告白

源利車船公司

本局設在天津開口下江蘇外局內專攬京通大小車船　貴官商光由者所駕臨本局面議庶不致悞特此佈聞

本局謹啓

同順麵包房

啓者本號開設海大道機器磨房內於本月十二日開市專做花旗面粉大小面包及各樣洋點心一應俱全　仕商賜顧者即請購取可也特此佈聞

鴻義金珠店

啓者本號專做時式赤金紋銀軟翠堆鑿鑲嵌首飾鳳冠酒器包葉度葉等物一概俱全開設天津府東門外天后宮南坐東向西便是

通源土莊

啓者本號出售各省西土并售黑白廣膏零整皆可如欲賜顧原箱者請移玉本號樣房面訂價値格外從廉天津鍋店街東口通源土莊謹啓

寄售洋書

各種俱全

如有賜顧者請移玉至北門外針市街南閣西玉盛合煤油舖面議可也

德記磚瓦松木公司

現寓鼓樓東坐南聚成華錢同代辦專售松木單截運截方子磚瓦格外克已重廉不悞主顧

直報 光緒二十六年十二月十四日 第八版 三一三八

日商

福源銀號

本號開設在天津閘口下大街日本租界公署旁定於十二月初二日開張兌換銀兩海大道分號仍照舊交易特此佈聞

本號 分號 公啓

日商

有馬洋行

本行自北山運來大木炭照市價格外從廉整躉零發均可保險運送凡仕商欲購者請至海大道牌坊南福源銀號面議特此謹啓

日商

有信官車船總局

啓者設在天津閘口下大街勝水總局旁官車船局並代理福商雲集運往北京通州保府等處洋廣雜貨來往保險轉差洋人護送按貨估價保險諸商請至本局面[illegible]可也

附啓保府白溝河祁州等處運貨刻已通行有章貴商賜顧駕臨本局面議運價格外從廉

寀金公司

本公司設在天津河北大街買賣各處荒金條金隨時作價以京滬行情爲準倘貴客有收買出賣者請至本公司面議格外公平

本公司啓

京津塘沽火車開行時刻單

由天津開北京早十點四十分晚六點半到京

由北京開天津早七點半晚四點半到天津

由天津開塘沽早八點到塘沽十一點

又下午四點開到塘沽七點

由塘沽來津二次同時

大清郵政局收信時刻曉諭傳單

寄往何處	由	某日	收信時刻
北京	火車	每天	上午九點半
大沽	火車	每天	下午三點半
上海烟臺牛莊等處	火車輪船	初七	下午四點 七點
上海鎮江等處	旱班	每禮拜一三五	上午十一點
烟臺	又	又	又

下次輪船由秦王島開往烟台定於初七日即禮拜六四點七點收信隨後秦王島開往烟台輪船每逢禮拜二禮拜六下午四點七點發信紫竹林郵局每早九點開門收信至下午四點鐘止禮拜日下午二點至二點半針市街分局每日早八點開門收信至晚十點鐘止

十二月十三日銀洋行情

銀盤二吊九百九十文

洋銀二吊零八十

洋錢行情七錢

大日本

北清貿易洋行

啓者本行由日本分設天津紫竹林海大道老菜市氣燈房衚衕北直報館院內現由本國自運各樣貨物一應俱全貨真價實貴客商願買者請至本行面議價值格外公道倘現用何樣貨物定期不悞特此佈聞

本行主人謹啓

高士達洋酒飯店告白

本店開設海大道下德國界大營門內專辦各國洋酒各色點心呂宋烟各樣紙烟等物貨高價雜並辦英法大菜無論中外客商皆可賜顧特此登報佈告

本主人謹啓

仁記洋行

啓者本行茲有船牌洋臘壹千箱每箱二十五包並有洋白面八百二十五袋出售特此佈聞

仁記洋行謹啓

牙醫生

江蘇毛瑞堂

自幼在美國醫院專習牙科凡牙痛腮腫均能醫治若牙未落而風火蟲蛀者或用黃金白金粉鑲補永無後患如牙落一粒或數粒或全口各鑲就可任意食物無異生成至用金托象皮托悉從客便寓海大道小樓英租界

北浮橋西

襲勝茶園

京都新到

瑞慶恆班

特請京都保府上洋烟台蘇州鎮江青江山陝等處頭等文武名角

十二月十四日早十一點鐘開演

十四紅 十六紅 月月紅 金香玉 慶寶 七金子 童子紅 一陣風 雲里飛 陳同喜 八緣旦 張吉仙 金娃娃 十三旦 月月鮮 一陣風 自來紅

讓城都 東宮掃雪 衆武行神洲擂 雙搖會 全本十萬金

侯家後老君堂西

永順茶園

特邀京都順福堂

京都姑蘇烟台等處坤角

每日准演

太平歌詞 西皮二簧

天后宮前

天慶茶園

特邀京都全喜堂

京都姑蘇烟台等處坤角

每日准演

太平歌詞 西皮二簧

閘口下大街

日商

麗華茶園

特邀京都有福堂

特邀京都上洋姑蘇等處坤角

十一月廿六日早晚有座

時調大鼓 太平歌詞

北門西

恩和茶園

特邀京都金福堂

京都姑蘇烟台等處坤角

每日准演

太平歌詞 西皮二簧

英商

恆昌厚照像館

本館在河北大街暫寓西茂盛店內今擇臘月十九日[illegible]照專影一人兩像至四像電光放大磁片牙片手捲圖扇書籍字帖另有中外國花彩衣服琴物等件隨便應用諸君光顧請祈小號面商不悞特此

像館主人謹啓

本埠每張大錢十二文 CHIHLI GAZETTE 外埠照遠近酌加寄費

CHIH PAO

直報

第五百七十二號

本館開設天津紫竹林海大道老榮市氣燈房巷內

光緒二十六年十二月十五日

西歷一千九百零一年二月初三日 禮拜日

宮門邸抄
陝函摘要
京卿回華
指日興修
懸燈結彩
助桀爲虐
路劫何多
批示彙錄
照錄奉天省通化縣稟稿
調軍赴陝
議論丁捐
定邀嘉獎
申炮誌哀
罰洋了事
幾成雲散
廣東新聞
美致鄂電
俄皇之言
盜犯押禁
法軍何往
舞弊宜懲
行竊何益
各國新聞
路透電報
撥欵治事
出示安民
傳聞失寔
所因何事
拘案究治
予有戒心
京報補錄

宮門邸抄

行在宮門抄 ○光緒二十六年十月初十日 召見軍機 十一日 召見軍機 十二日 召見軍機董福祥 十三日 召見軍機 十四日陝西學政沈衛請 訓 江西學政吳士鑑請 訓 定公遞遺摺 召見軍機 吳士鑑 沈衛

照錄奉天省通化縣稟稿 續昨稿

其所練神武軍義和軍潰敗後甚至有營哨官督隊搶掠不特一式快槍且有車載開花炮者通化縣勝水河地方被神武軍潰勇搶掠紳團練勦捕詎潰勇用開花炮轟擊團練傷亡甚衆勝水河一帶市房被火焚燒皆爲灰燼後經卑職督隊將其擊散始竄他處現在各軍潰勇皆在圍場並邊江山荒等處嘯聚槍炮齊全將來糧食告盡四出紛擾攻城佔地不可不爲慮到辦理善後宜速招集潰勇給以口糧一面急調外省嚴明紀律之軍三四十營鎮守地方然後將所招潰勇收其軍械陸續遣散以杜大患一官錢局官帖宜設法收回以免傾累商民也亟宜預爲核計查奉天甲午軍興大軍雲集鋪商因應付現錢未能周轉將錢帖收回不出市面爲之閉塞前任將軍裕因時制宜設立華豐官錢局於商民兵勇均有裨益原爲一時權宜本不可以經久迨中日議和裕將軍甫經收復遼地未及將局撤收卽調任福州嗣是官錢局積弊叢生所開錢帖分放各鋪商吃利兌換銀兩勒扣銀價甚至賣空買空以致銀價大長復大落商民交困怨聲載道而局中當事官商積盈巨富矣前任將軍依察知其弊於二十三年冬將華豐官錢局撤收市面甫有起色元氣尚未能復未幾而又設立華盛官錢局其中弊端較之華豐有過之無不及也敝政難革一至於斯查華盛官錢局所開之錢帖大約計不下東錢

千餘萬吊以奉天省城十吊銀價計之計銀一百餘萬兵燹之後被燒遺失者約有若干則不可憑空計之以數辦理善後若以前所出官帖照舊行使則斷無此理若作爲廢紙一概勾銷則商民之受累何窮似非善政儻按數收回則欲無所出此時將項支絀奉天金銀庫糧餉處被搶一空商民被搶被燒慘遭兵刼亦何忍心再辦勸捐今於萬難之中思得一法宜暫時設立善後官票局開寫大小銀票將華盛官錢局錢帖按幾成減扣收回抵付錢票以便商民使用其開局章程一切從減所開銀票止准僅敷收回華盛錢帖之數不准多開並不准向舖商放用吃利買賣銀兩劃清界限專爲收回華盛官帖一事而設俟後籌有款項再將銀票一律收回官票局立卽撤收此爲辦理善後因時補救以免傾累商民　此稿未完

時事記要

路透電報　○西正月三十一號路透來電云英君降諭云二月二號舉國素服各行各業於是日關閉○約克公爵暨夫人澳洲之遊或可前往也○倫敦電云舉國人民俱服重孝至三月六號爲度過此則服可減等以四月十七號爲止○德皇已請英君爲抓拱營伍之統帥蓋女主曾亦有此榮名於女主送殯之時該營亦將有隊伍護送也○德李蘇將軍等之隊已抵克蘭威廉日內當必開戰該處地勢崎嶇且特人軍糧又足逐之使去甚非易易

陝函摘要　○聞西安　行在現悉　大內宮殿一律修葺完竣各大員主回　鑾之議者漸多　皇太后每於　召見臣工時語及　京師亦頗動歸東之意○端王在寧夏現無動靜外間傳聞董軍叛亂一節亦無形迹可指○陝省某生所上條陳聞其理財一策尤爲扼要大旨以民債爲體以鈔票爲用而歸宿于設商部皆取現在已行之事逐條疏證章程周密斟酌盡善容當覔得原稿以公天下

調軍赴陝　○廣東來簡云聞雲南提督馮萃亭宮保奉諭管帶弁勇一萬五千名開差赴陝仍令扈　駕回鑾宮保奉到電諭業已偕同公子隨員等由滇返粵以便招集舊部萃軍一俟募足三十營咨請粵憲借撥軍裝配帶齊全卽涓吉首途遵陸西征馳詣行在叩聆　聖訓然後拔隊北行以清蹕道云

美致鄂電　○近聞美國政府日前致鄂督張香帥電云敝國深不欲貴國賠款過巨致民間貧困商務不能起色請貴大臣轉商各國使公妥爲酌斟云

撥欵治事　○京師訪事人云駐京各國欽使集議暫代管理京師事務議由中國戶部每月撥出銀二萬兩充一切經費其中五千五百兩交與日人

京卿回華　○滬江官場友人來函云日內上海招商局須專派一輪赴仁川迎接幇辦議和事宜出使朝鮮徐晉齋京卿回華以便襄理一切云

議論丁捐　○現聞各省督撫因國庫支絀擬仿照廣東官員辦理於各城鎭抽收人丁捐一切章程現已繕就恐此等捐項舉行後官民之齟齬難免也譯字林西報

俄皇之言　○中俄密約之說正在盛傳一時乃俄皇近日忽又有諭旨一道交與兵部大臣轉寄黑龍江沿路總督及關東省總督玩其詞旨有足異者其大要曰卿等當遵照朕旨不但不得吞併中國土地再如八月十九日朕所下諭旨中謂俟覾列國之舉動不至能爲妨害則滿洲境內之俄兵當以漸撤退卿等卽當仰體此意務將滿洲用兵之事早[illegible]結局[illegible]圖保[illegible]地方之[illegible]寧及秩序目下俄國之在滿洲其最要者在使俄國所築鐵路不至中輟且可早成卿等部下諸員務須設法保護使容易修繕且早日興工卿等所佔取土地不可施行俄國之政治其宜慰撫人民使安然各就力役勿令我兵虐待平民其人民之身命財產及風俗等勿令我兵擾之是爲至要云　見同文滬報

京津新聞

出示安民 ○[illegible]兵入京市情衰敗直至和局重定始得漸復舊觀昨得京師采訪友人錄示順天府府尹及步軍統領巡視五城察院會銜告示云爲曉諭事照得現在京師地面以[illegible]姓安謐爲第一要義本衙門等現與外國統兵大臣商明應允住戶商民自此以後永[illegible]示仰[illegible]民人等知悉爾等務必照常開市各營生業凡遷徙他處者迅[illegible]一體保衛閭閻安集良善章程列後其各凜遵毋違特示 一凡逃徙他處居民現應從速搬回毋庸[illegible]慮 一凡舖商工藝各項人等從前所開號舖一律照常開張公平交易 一現在暫管界內擬開粥廠貧民就近赴食此項粥廠皆有外國巡兵保護 一現在內城外城暫管界內畧分數段每段中選舉公正紳董協同洋兵官辦事 一凡設立中國巡丁協同[illegible]巡捕查街[illegible]項巡丁毋得擅行辦事由[illegible]巡捕總局斟酌數目再行發給執照號衣倘有敢假造執照號衣者從嚴懲辦 一每段舖商工藝各項人等均赴[illegible]段洋巡捕總局領取護照以安生業而杜滋擾 一凡舖戶賣給洋兵每日所用物件按照時價立公平價單掛出以憑交易 一無論何項人等誰敢攪擾舖商住戶就近邀同巡丁報明洋巡捕查辦決不寬貸凡遇居民所有財物必然保護不准洋兵搶奪及土匪生事該民均可信而不疑 一地段現歸暫行管理凡遇詞訟事件一經控告巡捕總局審斷時准由舉出紳董聽審 一商民中倘有傳染病症者由紳董赶緊報明本段巡捕總局設法醫治不使遍染他處凡洋醫洋藥均屬妥當毋庸疑惑 一以上情形均屬切要務使舖 住戶一律安居樂業 一以上各節暫行酌定辦法將來有增減之處隨時出示曉諭以奠民生 光緒二十六年十一月 日

指日興修 ○京師訪友云所有城中各地面官廳現欲仍復舊制等情已列前報嗣經訪聞各街巷原設官廳自聯軍入城時均被拆毀現經步軍統領衙門派委勘驗諒不日提用公欵飭官商木廠一律開工興修以備値差公所云

定邀嘉獎 ○頃聞東陵守陵官員來京領餉談云自聯軍至陵欲拆陵寢經守陵官以該處所產蜂蜜餽送一百數十簍於是聯軍並未騷擾乃守陵官裕君辦理陵務甚爲妥協諒不日據情另[illegible]嘉獎云

盜犯押禁 ○京師訪事人云本月初六日經[illegible]界公廨派撥英兵二十餘名押解盜犯秦某等六名送交刑部暫爲禁押俟審明實情後由英界公廨提出再行正法云

傳聞失寔 ○前紀京師報國寺拆取木料等情茲聞實因聯軍拆取木料等件以作柴薪之用前報乃係傳聞特此登報以昭核實

懸燈結彩 ○京師德界所轄崇文門內東單牌樓一帶各舖商門首懸燈結彩並雇彩匠在牌樓上高紮五色綵結懸掛大小福壽燈三層約計共有二百六十餘個爲慶 德皇萬壽起見明燭煇煌頗壯觀瞻故補錄之

中炮誌哀 ○英國女皇於西正月二十二號駕崩各情已紀本報茲聞於西二月二號卽華歷本月十四日爲女皇安葬之辰所有駐津英領事暨各國軍官於是日齊集氣燈房拋球場內並帶英兵多名每一分鐘鳴炮一聲共計炮聲約奏關之譜以爲中視哀忱云

法軍何往 ○訪事人云日昨在河北大街見有法兵一隊往北而去帶有砲車並大車六十餘輛至於開往處尚不得而知也

所因何事 ○訪事人云日昨有河東混混劉某者在侯家後地方不知因何與一李姓者口角被巡捕瞥見一併抓赴官裡去未知作何了局俟訪再錄

助桀爲虐 ○訪事人云某斗店舖掌曹某者于五月間曾在其門首楊姓房內設立壇口自爲大師兄在街市强索錢文硬歛糧米並殺死賣絨花一家人口皆係該壇匪徒所爲聞郭三已將曹某供出以後不知如何俟訪再佈

罰洋了事　○訪事人云有穆某等在茶店口穆姓烟館內抓獲賭犯數人旋有好事者出向穆等關說每人認罰洋銀一元方爲釋放

舞弊宜懲　○訪事人云昨早在河北紅橋稅局前見有巡捕數人將局內司事差役人等全行拘入都署訊辦或係舞弊所致或因他故若是俟訪明確再爲續佈

拘案究治　○訪事人云河北大街明盛店內住二人一係日本裝束一係紳民式樣居人莫識端倪於昨日突有數人將店門堵住遂將二人拘獲官裏去詢係因借勢招搖之故云

路刦何多　○傳聞有匪徒多人手持洋槍每日在四座窖一帶攔路刦搶所得貨物銀錢甚多並聞傷人無數云云至於如何拿辦之處是所望於當軸者

幾成雲散　○頃聞閘口麗華茶園係有日商之股份聞係每日須付二三元之譜乃昨日該日商竟到該園令其收市並用紙寫落子閉店四字貼于門外將所有茶客盡行逐出嗣有多人勸解始復演唱據聞係因該園掌連日未付日商之錢故至有此舉云

行竊何益　○訪事人云西沽粥廠近日時有匪人于晚間偸取房檀門窻等項乃昨晚有甲乙丙三人于夜間又往粥廠行竊竟爲洋兵所見遂用槍將甲等盡行擊斃令其同赴豐都矣

予有戒心　○昨晚魚更二躍時有某妓之夥計與該妓沽藥行至五彩號胡同被匪人冒然將該夥批頰打去隨將腰間遍搜摸去靑蚨一串並藥方一紙揚長而去又單街子地方有甲乙二人由西向東而行突來匪三人將甲扭住搜去洋元五枚而逸乙便趁勢遠遁矣

批示彙錄　○據魏春第禀此項木價法官既稱伊未經手碍難再行給信理討○劉運昌禀仰卽遵示辦理勿庸再瀆○王兆驥禀前已批駁勿庸再瀆○高學仁禀其中恐有轇轕未便備案○張鴻儒禀查此案據庫務司稱此物實係偸稅應卽照例入官所請發還之處應勿庸議○天達厚禀俟有持票取銀再行査辦此時所請立案未便照准○任則文禀仍不准行勿庸多瀆○劉玉山禀仰赴日本領事署商辦○王桐禀仰覔妥保具禀聲明再行核辦○楊泰和王耀曾解錫庚禀距津較還本衙門無從查辦○邵文炳禀業經遵章納捐碍難請減○張廷俊王春明劉玉林等禀准與立案

廣東新聞

錢局暫停　○廣州訪事友人云前者大憲以錢價日昂設局府署前添鑄當十銅圓藉以補其不足每龍銀一圓兌當十銅圓一百枚每人只以二圓爲率嗣以此項銅圓行使市廛大可獲利爭相羅致非强有力者幾至無從兌取某日藩憲丁方伯查悉此中弊竇擬卽妥爲整頓爰飭暫行停鑄一面懸牌示衆云照得官鑄當十銅圓以補制錢之不足前經派員在府署前設立錢局以便居民兌換行使原爲維持圜法有裨貧民起見乃本司目覩該局情形地方太嫌窄隘而豪强之輩攔門擁擠更番易換得以藉此牟利大失本局立法之意亟應暫行停止俟另設法籌辦總期便民利用合行示諭爲此諭仰軍民人等一體知悉所有現設日沽錢局定於本月初十日暫行停止另擇寬敞地面妥定章程再行知照特示

曉諭捐章　○廣東藩憲兼辦海防善後總局日前出有示諭一道畧謂奉　旨勸辦紳捐以來現復詳奉　督撫奏明援照兩江成案照新海防例減一成五品以下按三成實銀核收四品以上按四成實銀核收道府無論何項出身均照四成實銀核收州縣遇缺先班次仍與道府以下各官一律以八成實銀上兌銜封貢監仍照二成實銀核收除刋備實收蓋印存局備塡及分札各屬委員實力勸辦外合再示諭闔省紳富人等知悉須知此次欽奉　特旨勸辦捐輸係因時局艱難籌濟軍餉況復准照新海防例核減一成凡席豐履厚之家皆應竭力圖報幸勿遲疑云

賢者多勞　○秦太守秉直自蒙李傅相奏調赴粵委辦廣東全省營務處兼緝捕總局提調後前月又奉兼督德中丞札巡各江捕務甫於十一日回省覆稟中丞又以惠州府屬前遭會匪煽亂今雖敉平而善後事宜猶須幹練之員妥籌辦法方能肅清伏莽復飭太守往東江會同地方文武酌量一切太守遵於十六日由省啓程東趨古循矣賢者多勞太守有焉

各國新聞

外部參贊易人　○西十二月二十二號印京電云印度外部參贊喀甯海蒙君近已告退其缺業經印度總督遴派巴蒙承充矣

暫緩加稅　○法國政府前擬加印度加非胡椒進口之稅玆聞此舉須俟明年七月初始行起辦云

記美海軍費　○一千九百一年法國預算海軍經費計三億二千七百六十八萬九千五百三十法郎克較上年實增一千五百十三萬九千二百九十八法郎克且俟議院議准後更擬新築頭等戰船二艘及水底魚雷艇八艘至美國海軍經費計七億八千七百萬元較上年增多三十元其爲數之鉅尤爲得未曾有聞其中有一千三百萬元係爲製造新船之用

練兵遣戍　○前議再練印度步兵三營業經政府允准刻因尚不敷用擬於三營之外再練兩營該兵練成卽將遣戍馬利的翼斯新加坡香港錫蘭等處其欵係由英國戶部籌給

禁止日人進口　○英屬坎拿大政府近定亞洲人民進口一律當昨日日本皇后輪船到時內有日人甚多均不准登岸惟華民則天經阻止蓋華民進口已有前例照辦矣路透電

京報補錄

袁世凱片　再東省海口林立英德逼處較甲午年以前情形尤爲吃緊當甲午之役僅禦一國本省先後募兵不下五十營客軍協防者亦有四十餘營今與各國開釁尤須嚴密設備所有原練之武衛右軍七千人祗可扼守青　批禁德人新練之先鋒隊二十營分布西南各路防敵斷我運道而東北各海口殊嫌空虛武定所屬　子口與大沽咫尺相望尤關緊要甲午亦曾駐十數營以防敵人登岸東竄現實無營可撥昨已派員馳赴曹沂一帶迅募壯丁四營趕緊編練擬飭駐防　子口惟東省庫儲支絀籌餉綦難臣與藩運兩司詳商無論何欵姑先挪用以濟急需俟事平後再行酌量裁撤仰懇　俯賜勅部查照立案除分別咨行外理合附片具陳伏乞　聖鑒訓示謹　奏奉　硃批該部知道欽此

劉坤一片　再據總統武衛先鋒左軍湖北提督張春發來咨奉　旨募勇赴淮所需軍械擬請飭撥前膛來福槍二千枝鉛藥五千磅銅火二十萬顆紙二萬張鉛子一千八百七十五斤又後膛馬梯呢鎗三千枝藥彈六十萬顆等因查南洋現存軍火本屬無多惟該軍關繫緊要玆値成軍伊始自應如數撥給以資應用除飭金陵軍械所照數撥交來員領運回營外理合附片陳明伏乞　聖鑒謹　奏奉　硃批該部知道欽此

賞格

大美國欽命查察大臣柔　爲懸賞尋覓失贓事西本年正月十六日夜間有賊人由所住房內竊去前後雙蓋閤殼女金表一個表蓋上鏨有EHP三洋字又閤殼男金表一個前後面各鏨有WWR三洋字又三尺長金鍊一條一端有大金圈一個套有許多小玩物係西洋別子一個金小駱駝一個金十字一個白色小走獸一個金十字一個白色小獸一個金鑲嵌玻璃四葉小首蓿花一個金小垂頭一個綠色小龜一個金鈴鐺一個金別子一個又男金表鍊一條一端有大金圈一端有表鑰鈎中間有橫別棍又皮表鍊一條帶銀鑰鈎又金手六子二個一嵌綠寶石一塊一嵌寶石三塊在中間寶石上有亞拉伯字母又珊瑚女項鍊一條帶有玉石珠三個並有珠子垂頭等又金鈕子一個又銀袖別子一對兩端有元球　以上各失物如有人知其下落前來本公館報信帶領起獲贓物立即賞銀一百兩決不食言切切特諭　西歷一千九百零一年正月十七日

立成信局仍在北門西板橋胡同南口萬興棧內便是

瑞林祥元記綢緞洋貨店仍設估衣街中間路北先由便門賣貨

敦慶隆綢緞洋貨店仍設估衣街西口寄整發莊

減價出售

本行開設英界麥加利傍專售洋酒各貨俱全今將各貨開列於左　項上金牛奶壹仟箱　白小地壹仟箱　牛奶伍伯花洋臘壹伯箱　皮皂貳伯箱　其餘各貨亦不細載如貴客光顧請至本行價值格外公道　義福行白

日商　鴻泰銀號

本號兌換銀兩買賣洋圓公平交易開設天津閘口下大街勝水總局對過便是定於十二月十二日開張特此佈聞　本號寄賣上洋新到老號廣土整莊出售價值格外便宜按時行每包減價二兩仕商如賜顧者請移玉至敝號面議可也庶不致悞　本號主人謹啓

天后宮北　義興順綢緞莊

本莊自置顧繡綢緞綾羅紗絹哈喇大呢羽綾毛各樣花素洋布南貨雅扇桂母頭油香粉姨皂歸安貝松象湖筆一概俱全　頭號杭甯綢　頭號摹本緞　紅梅茶一吊二　紅茶每九百六　紅茶梗斤二百八　金百壽棉纖褶

聲明作廢

啓者自各國軍隊入城敝號遺失通惠銀號第五十七號公砝化寶一千兩德順湧憑帖三千兩一張二千兩一張開源憑帖一千兩一張逢源憑帖三千兩一張一千零二十六兩一張四百兩一張有儀堂韓姓票一千兩一張鈴鐺閣胡同房契一張忠義厚主合同一只織布局憑據二只長發萬借約一只長興義借約一只堤頭姜姓房契一只何三借約一張成發號借約二只西沽陸姓房契一紙西于庄楊姓地契二番借約一番巳經在都統衙門具稟聲明無論華人洋人等拾去均當作爲廢紙業蒙批準立案茲特登諸報端俾衆周知　天昌和主人啓

三義土莊

啓者本號自運各省西土熙白烟膏寄賣安樂堂紫昔金半戒烟丸開設天津北門外太平街老北向南便是　本莊謹啓

聲明告白

五月匪亂由津回南路經交河縣被拳匪搶奪銀條二張計聚通恒存欠合記行平化寶銀三千兩又恒豐盛撥回粵號交黃培之廣東通用銀三千六百二十二兩五錢均向前途說明作廢並稟明都統衙門批准存案特此達知　合記號　黃培之同啓

京都　六通棧告白

啓者六通棧開設京都崇文門外花市大街專辦東西兩口牛羊專賣各國粗臺定朝不悞價值格外公道如欲買者請本棧面議可也

恩利和牛羊公司

本號新開在海大道貽來牟機器磨房前專售牛羊肉牛肉每磅一毛二羊肉每磅一毛五祥茂條姨香水方姨價值格外公道賜顧者即請購取　本主人謹啓

閘口　魁豐冰窖

啓者敝號開設閘口西並南小營門外冰窖二處向於冬令批賣各洋行夏令應用冰塊現已屆時藏冰備貴行各國糧台欲用冰塊者請至敝號預定價值格外從廉不悞主顧

儒醫

駱坦如明府安徽人遊歷中外十餘年近因時事鉅艱立意南旋我等延其脉理甚精識慕無差迭見著手成春之效力爲挽留一展方技凡請診者問鍋店街春華泰號便知寓所　李敏軒　張小甫　謹啓

告白

啓者本行由上海運來上白大米千包貴客光顧另躉皆可其價格外公道　海大道興隆洋行特白

竊我王氏始祖諱伍世居山東青州府壽光縣自前明永樂二年擢授天津總鎮畿南督都任滿奉命遂居斯土卜塋地于西郊即今僧王翁祠西也及今傳四十有八代始祖忠義祠立位國史可查余居一十三代宗譜可據不料竟有不肖天津縣民人族兄王照同二子文郁文俊擅將始祖塋地盜典牛姓開設柴廠余身爲族中首領理應出頭根究本欲稟官究辦伊盜典父子並受典牛姓難辭應得之咎嗣經鄰里長者勸余將辦價同贖免傷骨肉體面遂如所請現令給價同贖並將私寫僞字僞據註銷矣余稟官備案外理合登報闔族衆覽嗣後無論何支派塋地均不須盜典盜賣如再有仿效王照父子典祠賣宗者余必率族攻究萬不能因循情面以驚將來此啓 王靜軒謹白

海大道

源興亨土莊

本號自運各省西土公班大土亞庄廣土黑白廣膏一概發莊零剪銷售如欲購者請移玉本莊面商貨高價廉不悞主顧此啓

永豐號麵包鋪

本號鋪掌前任紫竹林同昌辦館因被火焚移居馬家口海大道同立東棧對門新機器磨房旁便是本號辦定鐵罐牛乃糖醬火食等物呂宋烟捲帋烟點心面包俱已新鮮不悞主顧 仕商賜顧者請到本號購取可也 本號主人啓

法商

祥發號辦館告白

啓者本號開設天津紫竹林海大道育才館北專辦各國盒菜牛乃面包各樣烟捲一切雜貨物高價廉如蒙仕商賜顧者請移玉本號面議可也特此佈聞 本主人謹啓 鈕梓芬

鴻宴樓飯莊

本樓開設海大道機器磨坊前包辦酒席小賣俱全定於十月廿日開張此佈

大米告白

敝行現由上海運到上 大包米在津出售批發格外公道如貴客零買兩三包自已食用者亦可購取請到海大道新英租界平和洋行面議多少均可本行又新到美孚老牌煤油出售價值格外公道

日本名醫

橡村先生內外兩科醫道高明凡有診視病症者無不應手奏效洵爲當世之名醫現寓天津閘口下懸忠祠對過特此佈聞 門人公啓

新開美瑞洋行

啓者本行由外洋自運各色洋酒罐頭食物預冬織絨褲褂鞋襪佛藍絨項巾手套各樣胰皂燈料器鐵胎磁面各種器俱並各鋼鐵洋釘洋鍬洋鋤白鐵水桶洋火爐以及大米各種貨物精美批售大宗外洋貨莫不廉凡蒙賜顧者價格請至法租界大羅洋行對門第四十六號門牌便是 本行主人謹啓

英商

福照樓西棧代超行

啓者今歲因遭兵荒有本棧樓房被俄國人住守至今未曾遭出故此租賃西門北萬源棧內開張該門面書掛福照樓招牌爲記所有房間院中無不寬闊潔淨安寓個漢客商各分房所所有茶水飯菜另有廚坊代運出進口貨物搭座輪船車專以及華關稅按本棧舊章無不公道專運北京各處雜貨等件盡用安實洋人押送如有短少失物俱按保險章程賠補其情與衆不同 貴客商如欲搭運貨物者請至本棧面議可也特此佈聞

告白

啓者本廠需用廠地屯糞以及散夫住房均係照章付租惟尚有廠地數處地主均未領租特此登報催領租價凡各地主見報速來本廠以便照章付給除稟部統衙門存案外特此聲明以便週知 大法國界官糞廠謹白

破城時失迷聚源堂字據一張係前開拔維興洋行寶辦穆少堂號票雄二八經收計銀五百兩業已向穆張二入言明已失此據如出作廢又失聚興台錢舖存銀札只亦向以錢舖掛失特此聲明作廢 聚源堂謹白

天津河東

同義棧

敬啓者本棧開設河東大王莊河邊係俄國租界內即怡和洋行對河便是內有洋式棧房均內寬大無論粗細貨物可可有寄面棧租亦棧楣偷 蒙寶行此棧及過路客 如有貨物寄存各請移玉至本棧帳房面議可由 如欲保險以及別埠來貨者本棧均可代運洋關墊辦稅單及各預使曾等項特此佈達 本棧主人告白

源利車船公司

本局設在天津開口下江蘇外局內專攬京通大 車船光貴官商 者新局商議致庶不致悞特此佈聞 本局謹啓

同順麵包房

啓者本號開設海大道機器磨房內於本月二十日開市專做花旗麵粉大 面包及各樣 點心一應俱全 仕商賜顧者請即取可也特此佈聞

鴻義金珠店

啓者本號專做時式赤金紋銀軟翠堆鑾鑲嵌首飾應冠酒器包葉度葉等物一概俱全設天津府東門外天后宮南坐東向西便是

通源土莊

啓者本號出售各省西土并售黑白廣膏零整皆可如欲賜顧原者請移玉本號帳房面訂價值格外從廉 天津鍋店街東口 通源土莊謹啓

德記磚瓦松木公司

現寓鼓樓東坐南聚成德錢局代辦專售松木單截達截方子磚瓦格外克巳重廉不悞主顧

北浮橋 商

襲勝茶園

京都新到

瑞慶恒班

特請京都保府上洋烟台蘇州鎮江青江山陝等處頭等文武名角

十二月十五日早十一點鐘開演

李德杠 八緣旦 趙銀堂 十三紅 十四紅 十六紅 蓋天紅 月月紅 月月鮮 童子紅 金香翠 賽英玉 一陣風 七金子 粉菊花 雲里飛 賽黑燈

段橋亭 全連本台蝴蝶盃 准演 文武代打

侯家後老君堂西

永順茶園

特邀京都順福堂

京都姑蘇烟台等處坤角

每日准演

太平歌詞 西皮二簧

天后宮前

天慶茶園

特邀京都全喜堂

京都姑蘇烟台等處坤角

每日准演

太平歌詞 西皮二簧

閘口下大街 日商

麗華茶園

特邀京都有福堂

特邀京都上洋姑蘇等處坤角

十一月廿六日早晚有座

時調大鼓 太平歌詞

北門西

恩和茶園

特邀京都金福堂

京都姑蘇烟台等處坤角

每日准演

太平歌詞 西皮二簧

英商

恒昌厚照像館

本館在河北大街暫寓西茂盛店內今擇臘月十九日開照專影一人兩像至四像電光放大磁片牙片手捲團扇書籍字帖另有中外國花彩衣服零物等件隨便應用諸君光顧請祈小號面商不悞特此 像館主人謹啓

大日本

北清貿易洋行

啓者本行由日本分設天津紫竹林海大道老栄市氣燈房衚衕在直報館院內現由本國自運各樣貨物一應俱全貨眞價實 貴客商願買者請至本行面議價值格外公道倘現用何樣貨物定期不悞特此佈聞 本行主人謹啓

高士達洋酒飯店告白

本店開設海大道下德國界大營門內專辦各國洋酒各色點心呂宋烟各樣紙烟等物貨高價廉並辦英法大栄無論中外客商皆可賜顧特此登報佈告 本主人謹啓

仁記洋行

啓者本行茲有船牌洋臘壹千箱每箱二十五包並有洋白面八百二十五袋出售特此佈聞 仁記洋行謹啓

牙醫生

自幼在美國醫院專習牙科凡牙痛腮腫均能醫治若牙未落而風火蟲蛀者或用黃金白金粉鑲補永無後患如牙落一粒或數粒或全口著鑲就可任意食物無異生成至用金托象皮托悉從客便寓英租界海大道小樓 江蘇毛瑞堂

日◇商

福源銀號

本號開設在天津關口下大街日本租界公署旁定於十二月初二日開張兌換銀兩海大道分號仍照舊交易特此佈聞 本號 分號 公啓

日商

有馬洋行

本行自北山運來大木炭照市價格外從廉整躉零發均可保險運送凡仕商欲購者請至海大道牌坊南福源銀號面議特此謹啓

日商

有信官車船總局

啓者設在天津關口下大街勝水總局旁官車船局並代理福商雲集運往北京通州保府等處洋廣雜貨來往保險轉差洋人護送按貨估價保險諸商請至本局面尚可也 附啓保府白溝河祁州等處運貨刻已通行有章 貴商賜顧 駕臨本局面議運價格外從廉

栄金公司

本公司設在天津河北大衙門買賣各處荒金條金隨時作價以京滬行情為準備 貴客有收買出賣者請至本公司面議格外公平 本公司啓

京津塘沽火車開行時刻單

由天津開北京早九點三十分晚六點半到京
由北京開天津早七點半晚三點半到天津
由天津開塘沽早七點半到塘沽十一點
又下午四點開到塘沽七點
由塘沽來津二次同時

大清郵政局收信時刻曉諭傳單

寄往何處	由	某日	收信時刻
北京	火車	每天	上午九點半
大沽	火車	每天	下午三點半
上海煙臺 牛莊等處	火車輪船	初七	下午四點 七點
上海鎮江等處	早班	每禮拜一三五	上午十一點
煙臺	又	又	又

下次輪船由秦王島開往烟台定於初七日即禮拜六四點七點收信嗣後秦王島開往烟台輪船每逢禮拜二禮拜六下午四點七點發信紫竹林總局每早九點開門收信至下午四點鐘止禮拜日下午二點至二點半止針市街分局每日早八點開門收信至晚十點鐘止

十二月十四日銀洋行情
銀盤二吊九百九十文
洋銀一吊零八十
洋錢行情七錢

本埠每張大錢十二文　CHIHLI GAZETTE　外埠照遠近酌加寄費

CHIH PAO

直報

第五百七十三號

光緒二十六年十二月十六日

西歷一千九百零一年二月初四日　禮拜一

本館開設天津紫竹林海大道老棗之甫氣憐房街內

宮門邸抄
薩帥意見
允賑教民
主政留京
仍復舊觀
雙層利益
姑妄聽之
各國新聞
照錄奉天省通化縣稟稿
電詢使才
擬建鐵路
優郵忠魂
馬賊二十二記
防患未然
批示彙錄
京報補錄
東撫賢勞
武昌商埠
拆城修路
魏闕後影
狐假虎威
漢口新聞
各行告白
兵權已削
榮膺懋賞
親王聽樂
怨聲載道
一時晦氣
悲喜交集
廈門新聞

宮門邸抄

行在宮門抄　〇十月十五日寧夏副都統成鶴謝　恩福建按察使吳重熹請　訓陝西布政使端方陝西按察使樊光遞均謝　恩趙舒翹請假五日　召見軍機成鶴吳重熹　十六日王中堂謝授大學士　恩鹿傳霖謝調補戸部尚書　恩陝西巡撫岑春煊謝加尙書銜　恩李廷簫謝護理陝甘總督　恩張請　訓趙舒翹等同鄉官謝　恩　召見軍機李廷簫　十七日成都副都統恩存謝　恩河南南陽鎮總兵姚旺謝　恩　召見軍機恩存姚旺

照錄奉天省通化縣稟稿　續昨稿

一改變營制以鑒覆轍也查奉天地方從前馬賊擾亂民不聊生光緒元年前署將軍崇文勤公調直隸古北口練軍剿平馬賊以爲奉軍以記名提督前高州鎮總兵左忠壯公統領其軍直至甲午計二十年地方平靜兵民視若一家毫無侵犯至今父老言及左公猶爲感激嗣於光緒十年東三省設立旗隊練兵一萬五千人營制均用旗員旗兵奉天爲盛軍計五千人原定章程地方賊匪不用其兵寔備大敵然其兵平日已爲商民所畏直至甲午計十年靡餉數百萬中日之戰各軍有不戰而敗者有未敵而逃者惟盛軍旗隊前敵更無所用朝廷知其弊立即裁撤甲午之後設立仁育兩軍每軍各十營成軍後漫無紀律滋擾閭民其害不可勝言去年臘月省城錢鋪被刼即仁字軍兵勇所爲後經緝獲訊供認搶正法取供作爲已革之兵然暗訪蹤跡拿獲時起有號衣確係營兵商民人人共知其營規可想此次軍興副都統晉昌添募神武義和各軍大部招集土匪寔流而爲下焉現在辦理善後斷非練兵不可此時奉天情形萬不

宜本地練兵且餉欵亦無所籌應請抽調外省得力營頭選派久歷戎行平時講究紀律之員統領其軍無論若干營若干軍皆歸奉省總督節制以期事權歸一免再紛岐如此則近年積弊可除而於餉欵亦有着落一州縣宜選擇賢員久任其事也查州縣爲親民之官承上治下原極有關國計民生不可不愼選得人奉天近年以來同通州縣員缺未有一年不動者且有一年之中數調數撤者去年岫巖州一缺自春徂秋疊更范鳳威王四任甫經涖事旋卽撤回無論何等賢能之員措置亦難見效且恐有庸劣之人慮及不能久長專意罔利以爲被撤地步如此更動吏治焉有起色內地十八行省未聞有似此調動員缺者卽鄰省之吉林亦無此政何獨奉天一省爲然甚不可解奉省同城大憲過多俗稱爲九大家者皆體制平行當軸者改重情面屬員卽各走門徑五部副都統均是旗缺堂廉不重其內眷與同鄉屬員內眷互相往來聲氣易通棋局仕途或者其在此乎奉天不畧立行省吏治積弊終不可除嗣後凡署授各缺須先審別賢否賢者與之必終其任而責其效不肖者去之不必以缺相試如有一時不能鑒計則改絃易轍所不能無然亦何至通省之員皆不能鑒定通省之缺均須改易乎民爲邦本親民之官得人自不致貽誤民生卽不致虧損國帑一整頓驛站以通文報也查奉天驛站與內地不同係歸盛京兵部管理派郎中一人充驛站監督有驛站之名無驛站之實光緒初年前任將軍崇文勤公奏定章程驛站歸州縣管轄未幾文勤公終於任所定章程旣廢現在上下一切文書驛站皆不接收均另設舖司派舖兵步行遞送遇有緊要公文未免稽遲亟應整頓驛站查照奏定章程改歸州縣管轄以期速通文報

此稿未完

時事記要

兵權已削　○申報載西安采訪時事之友人來信云敬聞　皇上擬飭甘軍總統董福祥統帶勇士六營回甘肅原籍遣散歸農其餘部丁各營暫交新任江西九江鎭總兵張總戎行志接統仍歸榮仲華中堂節制但日內尙未奉　明詔也

德帥意見　○前請停戰一節已紀前報茲聞瓦德西元帥之意以爲近日聯軍之舉動其實已屬停戰惟行軍必須操演萬不能廢今爲演習之故偶至附近村落卽有不法之華人聚而相抗故不得已以兵力擊退之聯軍之於華人決非有毫末加害之意也故中國政府與其要請聯軍早停戰事不如曉諭人民不可抵抗聯軍之爲愈計不出此而徒指聯軍近日之舉動爲戰時之舉動彼中國政府之意豈非欲令聯軍調離北方一帶乎然照目下情形欲令撤退聯軍則萬不能行之事也　見同文滬報

電詢使才　○頃聞江督劉峴帥日前得有　行在某大臣來電詢問出使人才旋經峴帥以江南候補道陶榘林浙江候補道左孝同兩觀察電覆

東撫賢勞　○德州友人來信云聞山東巡撫袁慰亭中丞近因和局將成深恐各屬匪徒或有仇教情事致與大局有碍除札飭各府州縣實力保護外復於夜間親往城廂內外嚴密巡查務使外人得所居民安枕如中丞者可謂加人一等矣

榮膺懋賞　○新簡湘藩余晉珊方伯昨日奉到　行在　上諭賞加頭品頂戴一時詣行轅恭賀者甚爲熱鬧按方伯前任滬道時東南立約保全最多才識旣長勤勞卓著荷　九重之綸綍膺極品之殊榮方伯誠無愧焉

允賑教民　○英國教士李提摩太君近得一電內云慶王李傅相已允准各國公使之請故飭令山西巡撫設法賑濟該處被難教民云

擬建鐵路　○俄國萊尋載華俄道勝銀行近向中國政府領造伯喀爾　譯音　湖至旅順口鐵路約明此線歸該銀行籌欵建造三十六年之內該銀行經理限滿後中國政府卽可向之購回如不願購回則仍歸原主管理三十年後中國政府可不用價而將此線領回　譯字林西報

武昌商埠章程　○鄂督張香帥擬在武昌北門外自行開設商埠業已具奏奉旨允准已紀前報茲得其札行江漢關道岑觀察公文并開辦章程五條大要摘錄如下　爲札飭事照得距武昌北門十里以外之河岸地方往年經美國人測量漢粤鐵路時定此

地爲鐵路起點故將來該地必爲商務繁盛之中樞當經本部堂具奏請旨允准在武昌北門外十里地方擇地自開商埠以裕民生而興商務等因十月初八日奉上諭著照所請欽此本部堂當經札催江夏縣會同產業局前往勘覷形勢迅速詳細禀復茲據禀復前來并抄呈開辦章程五條經本部堂披閱之下尙屬妥協堪行合行札飭江漢關道備文抄送章程會言各國領事札到該道立便遵行切切勿違此札年月日　計開章程五條　一本部堂係遵奉諭旨准在距武昌北門外十里地方自開商埠因特遴派委員擇定地址先行勘明境界現已飭令繪圖貼說詳細具禀俟禀到後再行通知各國領事再由各領事通知各國商民　二選定地址以內不問爲官地爲私地悉歸現設之會丈局管理該局專司丈地注册及交付地券等事俟地圖繪成後擇定日期當再照會各領事并望各領事預告商民如有願租地者至日齊赴該局呈明註册無論中外商民凡有租地之事由官局經理以免日後紛擾其以產業向他人抵押借貸者亦須報明官局若所租之地爲民間私地由租地者將其租金交納官局由官局核定以若干成給原地主領取而酌留若干以供新開商埠內通溝渠築碼頭修隄防開馬路及設立巡捕房等之用如此則庶可日臻繁昌而中外人民均沾其利也　三此新界係中國自開商各國商民無彼此之區別可以一體雜居平等相待故各國不必爲其商民特行限定地界　四治理新界章程及其保護商民之章程當由總督酌定其施行之日亦當預先知照官局中更添設工程局一併兼理刑事其租地之商民應按公平無欺之捐章酌收月捐以充官局用費　五租地之注册法及其租地之年限與繳納地租之法均照他處租界章程辦理本章程大半仿岳州租界章程俟訂定後再當備文照會　以上係輾轉傳鈔與原文必多歧誤之處閱者諒之

京津新聞

親王聽樂　○德文報傳單載十二月初一日醇親王隨帶其弟二人於本日赴德國使館聽樂由此觀之親王赴德一節中國必能辦到然須俟各條款俱經照辦後方能議及此事也

主政留京　○昨友人來自京師者述及史季超主政當京城失陷時爲聯軍所得强以巡街事委之十月間其父佳若大令在籍病故電訃到京引中國奔喪禮謀諸聯軍不允不得已仍留京中所言如此似非子虛外間前傳主政已赴　行在殆未確也

優卹忠魂　○京師訪友來信云頃由西安行在來京者云　太后現已面諭軍機王大臣速將許袁等五人應如何優卹之處會議具奏聞係外人所請或言　皇上之意

拆城修路　○京師訪事人云崇文門外稅務司官署自前朝建立迄今數百餘年後改爲總理稅務之所刻因修築鐵路暢行火車昨日經英兵督同夫役數十名將稅務司官署拆毀原爲修築鐵路直達崇文門以內並聞永定門崇文門西便門等處城墻均須拆毀云云是否確實容俟續訪

怨聲載道　○京師訪事人云前門外草廠十條胡同居住傳家琦者戶部廂黃旗經書也素日把持公務與該旗擬什戶串通一氣每於造册承領錢糧時從中飽入私囊者不一而足現經各官整頓無奈陽奉陰違所有從中尅扣浮冒情弊仍然不少以致該旗兵丁無不怨聲載道受其尅扣者但敢怒而不敢言祇得隱忍而已現聞有管轄之責者業經深悉其情擬欲破除情面痛革弊端設法懲辦矣至若輩能否逍遙法外均俟續訪再佈

仍復舊觀　○京師城內各地面所設協尉官廳向派驍騎校管轄而城外官廳委派候補守備雲騎尉千總把總外委等員弁駐班管轄皆有緝捕之責乃自聯軍入城以來各地面官廳與彼洋兵佔住設立巡捕公所以資保衛閭閻也頃聞近日各地面屢有匪徒肆行搶刼之案甚多現擬將各地面官廳一律交回華官管理現經步軍統領衙門箚飭京營各汛弁兵於本月十六日仍復舊制各按地面官廳輪流值班當差云

馬賊二十二記　○昨有友人來自榆關者談及上月抄該處駐紮印兵馬隊暨日兵若干人在山海關附近某處與馬賊多人

鏖戰甚烈日兵五人印兵二人騾九頭俱經槍斃幸有救兵馳至馬賊死者七人其餘俱已逃散云

魏闕後影　○昨有友人從豐潤來云及該處現有爲某令起建生祠之說因某令財親刑重吏民無不畏之故亦無敢阻止者聞已採妥地基指日當卽鳩工起建約至明春卽可落成此亦開國以來第一佳話也

一時晦氣　○昨有某甲行至洋貨街遇洋兵二名均着藍呢敝衣遽令甲行免冠禮而甲因未能解悟致干該兵之怒竟在甲之肩頭敬以老拳甲遂狼狽而逸夫比時同行多人而獨甲受其侮殆亦有幸有不幸與

雙㕍利益　○訪事人云河東魁升茶館每日客盈庭頗稱得利乃近日該茶館掌櫃又復集諸茶客或作葉子戲或以牙牌賭點且時有卜夜之歡所抽頭錢皆爲該舖掌所有若此獲利可云好生涯也

防患未然　○聞日前闔津公所內各首事與都署洋官會商各水會事件並添攜器俱救灾章程並聞有會所在馬路界內者另行擇地起蓋云云誠防患未然之舉也至訂定如何章程俟有續聞再佈

狐假虎威　○訪事人云侯家後河沿趙某娼窰內日前有車夫寶有王二等在該窰內百般訛索並將他客逐出甚至宿妓不出貲錢等事該窰掌影畏懼奚似當不知以香佛多少尊始能了其事也

悲喜交集　○日昨行至城內水月菴後見一孝婦倚門啼泣焚化白蝴蝶而院中又復賓朋聚飲喜氣盈門令人難測其故詢之鄰右據云此周某也係秋後從河東移居此地者乃兄於城陷時竭盡心力得庫金無算因舊居之地恐漏洩春光故過別枝以避之不憶月前患失血症一病不起此婦卽其妻也而兩弟席此多金近皆娶婦是日卽合　之夕乃大婦不免悲從中來有歎死者徒勞生者獨歡而淚痕難禁不覺與聲俱出矣此可謂一則以喜一則以悲可見非義之財致足累人也

姑妄聽之　○本埠自拆城垣以來於是街談巷論物議紛紛有謂水灾難免或謂火患迭乘種種妄談殊難任信昨據傳聞西南城隅拆至丈餘之地拆出大蝎一隻計重約四斤八兩有餘不知置之何處此事實駭聽聞亦卽付諸姑妄言之姑妄聽之已耳

批示彙錄　○馬燮春閣秀卿稟均准存案○鍾鏡清稟查該處距津較遠本衙門碍難准理○高得勝等稟該商販賣牛羊肉生意仰赴官銀號報捐卽准開設至請設立羊肉行告示旗幟等均不准行○張桂林稟仰該車夫指明究係何人欠爾車價詳細稟復○溫榮泰稟仰報知本段紳董查明稟復○盧金鈺稟仰該商於本月十六日上午十點鐘攜帶當票來轅查辦

漢口新聞

官常紀事　○訪友來函云候補道江觀察聯葑現奉陝甘總督崧制軍奏調赴甘委充營務處要差已於日前東裝西上○又云陝省荒歉異常中丞又奉　旨添辦雜糧以資接濟已檄委連太守捷馮大令錫綬馳往南陽陝州等處設局採運○又云署武昌府通判馮司馬啓鈞緝捕票黨最爲得力現奉檄調署漢口通判本任漢口通判童州駕則升署武昌同知

解糧赴陝　○漢口訪事友人云漢口轉運局憲惲莘耘觀察因秦中待食孔殷將第十四批糧米漕米各五千石委賴明府汝驤押解西上已於上月十二日取道襄河望三秦進發矣

實事求是　○漢口訪事人云鄂省由紅關至青山一帶土堤綿亘三十里前者大憲飭屬分段興修茲已報竣本月某日湖廣總督張香濤制軍勘得堤身尚未十分堅固復委彭太守覺先估計工程重行修築誠實事求是之至意也

廈門新聞

操演漁團　○二月某日爲廈紳編集漁團操練之第一期由各紳恭請廈道延少山觀察提督楊西園軍門鹽停張仲華太守并　關稅務司等同往觀操時則漁划三十餘艘均已一律排齊一聞傳令卽操俱川槳如飛前往頗稱靈捷直至日暮畢事各官分道而散按廈地四面環海盜匪出沒無常過緊甚難破獲今者有此漁團最便追緝此後盜風或可稍息也

興工迅速　廈門打鐵路兩經大火燒去房屋一百餘家後現在已由各業主僱招水木工匠即日蓋造層樓矗立上接霄漢鳥革翬飛氣象較前更爲宏大大約再遲旬日可以一律告竣惟廈俗蓋屋每多侵佔街道官地以爲已有是以前數日各屋安設門限時奉聽鼓派委李達三二尹帶同丈量手並地保差勇前往逐一勘量各予界限云

各國新聞

香烟宜慎　○現有人查得香烟內雜一種油質吸之令人頭炫眼昏及各種害生之事如將此煙置于百分之二　水內遂見有似炭養輕等質分而有油氣此氣最易受病不僅烟油之爲害也衛生者不可不加慎焉　錄日新報

立代煤　○英國倫敦量地公司有某君論及凡電氣公司所用水氣不必盡用煤斤代以立　亦有成效有某公司善用此法計每年共用立六千墩其中百分之九十二係取之他處者餘則皆由巳出如碎帋敗草雜以他物等燒之之法用一種火爐水氣即由爐管而出先權立　後載以車用轉運法運入漏斗由斗而入火爐一日可燒八九十墩任其自燒不必另加以別種炭質祗須爐內熱度至八百二十度之間即無妨碍所燒之物其中出灰百分之三十二此灰可成爲凝結之體再以別種膠泥相和即成一種至善之鋪地泥料至所出之氣盡可供電氣之用也譯格致西報

醫學多才　○昨閱日本辛丑一月報載日本第二高等學校醫學科第十二回卒業生去年十一月廿二日執行卒業生三十五人又第三高等學校醫學科同日執行卒業生六十九名又第五高等學校醫學科同日卒業生六十人又第一高等學校醫學科同月廿四日卒業生九十七名別有藥學科七名按共得卒業生二百六十八名云

茶稅待減　○香港報又載英國政府刻下議及茶稅減輕之事

京報補錄

臣長萃臣劉恩溥跪　奏爲通州米價騰貴據情代請　賞發漕糧以資平糶恭摺仰祈　聖鑒事竊據通永道沈能虎詳稱轉據通州紳董王大洤等聯名稟稱通州爲京津往來要路人民甚多今年麥田禾稼透雨糧價本已昂貴加以干戈未定各處征調日繁通境人心惶惶素鮮蓋藏謀食維艱叩求轉詳即就目下所驗漕糧　賞發二萬石仿照　京部平糶局章程在城內設局平糶以抑市價而慰民心等情由該道詳請具　奏前來伏查通州附近　京畿爲咽喉重地值此人心浮動之時誠恐民食維艱羣黎無所托命有關大局係屬實在情形合無仰懇天恩　賞發漕糧平解二萬石交通永道具領在通州城內設局平糶以濟民生而廣　皇仁出自逾格　鴻慈惟此項浙江漕糧截至五月二十九日止所有驗收之米均經臣等督飭隨收隨運業經掃數撥運到橋如　恩旨俞允應由臣等札令通永道派員赴橋領運回通設局平糶其已經運橋之腳價照舊開銷其糶價擬令就近在通庫交納所有通州糧價昂貴據情代請　賞發漕糧以資平糶緣由理合恭摺具陳伏乞　皇太后　皇上聖鑒再臣劉恩溥駐通未克呈遞膳摺合併陳明謹　奏奉　旨已錄

立成信局仍在北門西板橋胡同南口萬興棧內便是

瑞林祥元記綢緞洋貨店仍設估衣街中間路北先由便門賣貨

敦慶隆綢緞洋貨店仍設估衣街西口零整發莊

永平壽命保險公司告白

啓者本總公司在美國紐約埠開設多年生意興隆資本銀四百四十四兆三億三萬零八百八十元至於保款三十七萬三千九百三十四人共計銀一千九百四十二兆九億三萬零二百九十元足見資本之厚利益之多誠信相孚章程甚善早爲海內君子共相推許各國各埠均有分行中國各通商口岸亦有巨商代理並另立總局於上海九江路第四號門牌係專辦中國保險事宜現又在天津海大道瑞記洋行請王君專理本公司一切事務嗣後如有願保人壽者速請與王君面議可也　洋總理高尚志謹啓

日商

鴻泰銀號

本號兌換銀兩買賣洋圓公平交易開設大津閘口下大街勝水總局對過便是定於十二月十二日開張特此佈聞　本號寄賣上等新創者號廣土整莊出售價值格外便宜按時行每包減價二兩仕商如賜顧者請移玉至敝號面議可也庶不致悞　本號主人謹告

天后宮北

義興順綢緞莊

本莊自置頭等綢緞綾羅紗綢哈喇大呢羽綾小毛各樣花素洋布南貨雅扇桂丹頭油香粉胰皂歸安貝松湖筆一概俱全　頭號杭甯綢　頭號摹本緞　紅梅茶每一吊二　紅茶九百六　紅茶袖斤二百八　金百壽棉纖褡

鴻宴樓飯莊

本樓開設海大道機器磨坊前包辦酒席小賣俱全定於十月廿日開張此佈

漱泉生潤例

書譜　壽屏四尺長者摺扇二元大者遞增小者遞減　橫幅每尺方四角　楹聯一元五七言同八言加倍以上楷例也行　草減半篆隸鐘鼎均照楷例減四停之一　花卉金魚供品均照楷例　墨卉蘭石均照行草例　刻石字徑一分大者字三角二三分者一角　五仙四五分者角　牙章均照石章例加倍　凡不在例者另議　隨封加十分之二　隨件惠潤定期來取無潤不應件交直報館　幔房代收

京濟代售直報

京都福興潤信局萬打磨廠鴻太店內濟南府城福興潤信局萬西門內大街路東鄭家門同內如貴官商欲觀報者請向敝局購取分送不悞天津福興潤信局謹白

三義土莊

啓者本號自運各省西土黑白烟膏寄賣安樂堂紫合金半成烟丸開設天津北門外太平街路北向西便是　本莊謹啓

聲明告白

五月匪亂由津回南路經交河縣被拳匪搶奪銀條二張計紮通和存欠合記行平化寶銀三千兩又值豐盛撥回學交黃培之廣東通川銀三千六百二十二兩五錢均向前途說明作廢並稟明都統衙門批准存案特此達知　合記號同啓　黃培之

京都

六通棧告白

啓者六通棧開設京部崇文門外花市大街專辦東西兩口牛羊專賣各國糧臺定期不悞價值格外公道如欲買者請本棧面議可也

恩利和牛羊公司

本號新開在海大道貽來全機器磨房前專售牛羊肉牛肉每磅一毛二羊肉每磅一毛五祥茂條姨香水方姨價值格外公道賜顧者郎請購取　本主人謹啓

閘口

魁豐冰窖

啓者敝號開設閘口西北南小營門外冰窖二處向於冬令批賣各洋行夏令應用冰塊現已屆時藏冰備賣行各園糧台欲用冰塊者請至敝號預定價值格外從廉不悞主顧

文美齋告白

啓者本齋開設在天津北門外鍋店街[illegible]善銀號旁開張專辦各省紙料湖筆徽墨名人書帖各色詩箋[illegible]貨高[illegible]齋如家士商賜顧[illegible]請移玉本齋購取可也特此佈聞　文美齋主人謹啓

告白

啓者大行由包海運蓮上白其米千也賣客外[illegible]另海皆可與價格行公道人道本隆洋上特白來

雙興洋點心鋪告白

本號開設在[illegible]后雲霞落子館對過專做外國大小甜面點及各樣十錦洋點心一應俱全價値格外公道 仕商賜顧者即請購買可也特此佈聞

仁記洋行

啓者本行茲有船牌[illegible]臘壹千箱每箱二十五包並有洋白面八百二十五袋出售特此佈聞

仁記洋行謹啓

牙醫生

自幼在美國醫院專習牙科凡牙痛腮腫均能醫治若牙未落而風火蟲蛀者或用黃金白金粉鑲補永無後患如牙落一粒或數粒或全口各鑲就可任意食物無異生成至用金托象皮托悉聽客便寓英租界海大道小樓

江蘇毛瑞堂

海大道 源興亨土莊

本號自運各省西土公班大土亞庄廣土黑白廣膏一概發莊零剪銷售如欲購者請移玉本莊面商貨高價廉不悞主顧此啓

永豐號面包鋪

本號鋪掌前任紫竹林同昌辦館因被火焚移居馬家口海大道同立東棧對門新機器磨房旁便是本號辦定鐵罐牛乃糖醬火食等物呂宋烟捲帶烟點心面包俱巳新鮮不悞主顧 仕商賜顧者請到本號購取可也

本號主人啓

法商 祥發號辦館告白

啓者本號開設天津紫竹林海大道育才館北專辦各國盒菜牛乃面包各樣烟捲一切雜貨物高價廉如蒙 仕商賜顧者請移玉本號面議可也特此佈聞

本主人謹啓 鈕梓芬

大米告白

敝行現由上海運到上等大包米存津出售批發格外公道如貴客零買兩三包自巳食用各亦可購取請到海大道新英租界平和洋行面議多少均可本行又新到美字老牌煤油出售價値格外公道

日本名醫

櫟村先生內外兩科醫道高明凡有診視病症者無不應手奏效洵爲當世之名醫現寓天津閘口下慈忠祠對過特此佈聞

門人公啓

新開美瑞洋行

啓者本行由外洋自運各色洋酒罐頭食物預冬織絨褲褂鞋襪餅藍絨項巾手套各樣胰皂燈料器鐵胎磁面各種器俱並各鋼鐵洋釘洋鍬洋鋤白鐵水桶洋鐵火爐以及大米各種貨物莫不精美批售大宗格外價廉凡蒙賜顧者請至法租界大羅洋行對門第四十六號門牌便是

本行主人謹啓

英商 福照樓西棧代起行

啓者今歲因遭兵荒有本棧樓房被俄國人住守至今未曾遣出故此租賃西門北萬源棧內開張該門面書挂福照樓招牌爲記所有房間院中無不寬闊潔淨安寓回漢客商各分房所所有茶水飯菜另有廚坊代運出進口貨物搭座輪船車票以及華洋關稅均按本棧舊章無不公道專運北京各處雜貨等件盡用妥實洋人押送如有短少失物俱按保險章程賠補其情與衆不同 貴客商如欲搭進貨物者請至本棧面議可也特此佈聞

告白

啓者本廠需用廠地屯糞以及散夫住房均係照章付租惟尚有廠地數處地主均未領租特此登報催領租價凡各地主見報速來本廠以便照章付給除稟都統衙門存案外特此聲明以便週知

大法國界官糞廠謹白

聚源堂謹白

破城時失迷聚源堂字據一張係前開拔維晏洋行賣辦穆少堂張雲樵二人經收計銀五百兩業巳向穆張二八言明巳失此據如出作廢又失聚興合錢舖存銀札只亦向後錢舖掛失特此聲明作廢

聚源堂謹白

天津河東 同義棧

敬啓者本棧開設河東大王庄河邊係俄國租界內郎怡和洋行對河便是內有洋式棧房陸內寬大無論粗細貨物均可存寄而棧租亦極相宜倘蒙[illegible]貲行[illegible]棧及過路客商如有貨物寄存各請移[illegible]至本棧房[illegible]議可由如欲保險以及別埠來貨者本棧均可代補洋關墊辦稅鎮及各稱便費等項特此佈達

本棧主[illegible]

源利車船公司

本局設在天津關口下江蘇外局內專攬京通大小車船 貴官商光顧者新駕臨本局面議庶不致悞特此佈聞

本局謹啓

鴻義金珠店

啓者本號專做時式赤金紋銀軟翠堆纍鑲嵌首飾鳳冠酒器包葉度葉等物一概俱全開設天津府東門外天后宮南坐東向西便是

通源土莊

啓者本號出售各省西土拼售黑白廣膏零整皆可如欲賜顧原箱者請移玉本號帳房面訂價値格外從廉

天津鍋店街東口

通源土莊謹啓

德記磚瓦松木公司

現寓鼓樓東坐南聚成德錢局代辦專售松木單截運截方子磚瓦格外克巳[illegible]廉不悞主顧

寄售洋書

各種俱全

如有賜顧者請移玉至北門外針市街南閣西玉盛合煤油鋪面議可也

日商

福源銀號

本號開設在天津閘口下大街日本租界公署旁定於十二月初二日開張兌換銀兩海大道分號仍照舊交易特此佈聞

本號 分號 公啓

日商

有馬洋行

本行自北山運來大木炭照市價格外從廉躉售零發均可保險運送凡仕商欲購者請至海大道牌坊南福源銀號面議特此謹啓

日商

有信官車船總局

啓者設在天津閘口下大街勝水總局旁官車船並代理各商雲集等運往北京通州保府等處洋廣雜貨通往保險轉運洋人護送按貨估價保險諸商請至本局面議可也附啓保府白溝河鄚州等處運貨刻已通行有章貴商賜顧駕臨本局面議運價格外從廉

采金公司

本公司設在天津河北大街新買賣各處荒金條金以隨時作價爲京滬行情公道准有收買出賣客者請至本公司面議格外公平

本公司啓

大日本

北清貿易洋行

啓者本行由日本分設天津紫竹林海大道老菜市氣燈房衙衙在直報館院內現由本國自運各樣貨物一應俱全貨真價實貴客商願買者請至本行面議價值格外公道倘現用何樣貨物定期不悞特此佈聞

本行主人謹啓

高士達洋酒飯店告白

本店開設海大道下德國界大營門內專辦各國洋酒各色點心呂宋烟各樣紙烟等物貨高價與並辦英法大菜無論中外客商皆可賜顧特此登報佈告

本主人謹啓

同順辦館面包房

啓者本號開設海大道機器磨房內專做花旗面粉及大樣洋面包點心各應俱全點中一各樣點心國八件糟大糕件什長元顧者即商賜取可也請購特此佈聞

減價出售

本行開設英界麥加利傍專售洋酒各貨俱全今將各貨開列於左上金牛奶壹箱白糖地伍伯壹仟牛奶壹伯伍伯箱臘壹伯貳伯皮其餘各貨亦不細載如賣客光顧請至本行價值格外公道義福行白

北洋橋西

寶勝茶園

京都新到

瑞慶恒班

特請京都保府上洋烟台蘇州鎮江青江山陝等處頭等文武名角

十二月十六日早十一點鐘開演

全班合演 十三紅 蓋九紅 龔英玉 陳同喜 楊文旦 八綠桂 李德桂 十六香 金香翠 十四子 一陣風 草上飛 雲里飛 小金子

萬壽堂 殺府逃國 拜門 玉堂會 代會審 忠孝牌 衆武行 潮金頂

侯家後老君堂西

永順茶園

特邀京都順福堂

京都姑蘇烟台等處坤角

每日准演

太平歌詞 西皮二簧

天后宮前

天慶茶園

特邀京都全喜堂

京都蘇烟台等處坤角

每日准演

太平歌詞 西皮二簧

閘口下大街

日商

麗華茶園

特邀京都有福堂

特邀京都上洋姑蘇等處坤角

十一月廿六日早晚有座

時調大鼓 太平歌詞

北門西

恩和茶園

特邀京都金福堂

京都姑蘇烟台等處坤角

每日准演

太平歌詞 西皮二簧

英商

恒昌厚照像館

本館在河北大街暫寓西茂盛店內今擇臘月十九日兩人照像影一人放光電至西專片手捲另磁像片字帖衣圍扇畫外國花等件顧便有中國籍彩物等光不但照人新小號面君諸悞特此佈

照像館主人謹啓

京津塘沽火車開行時刻單

由天津門北京早九點三十分晚六點半到京
由北京閘天津早七點半晚三點半到天津
由天津閘塘沽早七點半到塘沽十一點
又下午四點閘到塘沽七點
由塘沽來津二次同時

大清郵政局收信時刻曉諭傳單

寄往何處	由	某日	收信時刻
北京	火車	每天	上午九點半
大沽	火車	每天	下午三點半
上海煙臺牛莊等處	火車輪船	初七	下午四點 七點
上海鎮江等處	旱班	每禮拜一三五	上午十一點
煙臺	又	又	又

下次輪船由秦王島開往烟台定於初七日即禮拜六四點七點收信關後秦王島開往台論船每逢禮拜二禮拜六下午四點七點發信紫竹林局每早九點開門收信至下午四點鐘止禮拜日下午二點至二點半止針市街分局每日早八點開門收信午晚十點鐘止

十二月十五日銀行情

銀盤二吊九百九十文

洋銀二吊零八十

洋錢行情七錢

本埠每張大錢十二文　CHIHLI GAZETTE　外埠照遠近酌加寄費

CHIH PAO

直報

第五百七十四號

本館開設天津紫竹林海大道老棻市氣燈房巷內

光緒二十六年十二月十七日

西歷一千九百零一年二月初五日　禮拜二

宮門鈔抄
陝函摘錄
觀察薦賢
西人佳話
將軍胡□
異國鬥帽
循名核實
營口新聞
照錄奉天省通化縣禀稿
志在東山
比□商局
錦心繡口
東函繼述
辮髮遭劫
傷及龜奴
江西新聞
致電浙撫
都察院示
薇旌行色
移棄□聞
刦案何多
莫明其妙
各國新聞
廷寄風聞
爭權紀聞
父顯子榮
都統示諭
法兵息事
犬也何辜
心高自混
京報補錄

功崇救濟

並以津地早寒敝堂上海棉衣未到□先行救濟會津局發來棉衣褲五百套交敝堂代放茲又發來津錢三百零六千大米五十石亦經敝堂於昨日起錢米並施散婺婦孤兒從此饑寒可免得過殘年又聞救濟會諸善士羅擔埋施棺各事實力辦理當此□邦善款維艱之時□處相助爲理足徵善舉奉行實深欽佩謹綴數語以誌銘悅　天津河北廣仁堂謹志

宮門鈔抄

行在宮門抄　○十月十八日長春恩存各齋調授缺　恩賞桂麐調授廣西思恩府知府　恩　召見軍機□春黃□麐十九日　召見軍機二十日寧夏副都統成鶴請　訓江南織造增崇請　安寶芬謝授四川川東道　恩賞舒翹續假五日　召見軍機寶芬增崇成鶴二十一日　召見軍機二十二日榮中堂等代奏陳邦瑞謝准其抵銷　恩增崇謝以關差道府用　恩　召見軍機增崇二十三日　記名提督馬安良請　安內務府堂郎中增崇謝　恩　召見軍機馬安良

照錄奉天省通化縣禀稿　續昨稿

一各司所人員宜定額數以清界限也查奉天總督係盛京將軍一人兼之集文勤公奏定□□地方事宜均歸總管主政用總督關防旗務歸將軍主政用將軍印信劃清界限□極清楚所有奏稿文案等務發審糧餉軍械等處應用道府同通州縣民員宜留司員筆帖式等項旗員協佐防校筆帖式等項旗員[illegible]檔□等項應用仍用旗員並將民員[illegible]文案[illegible]發審糧餉軍械

等差使旗員與民員相兼並用有旗員總辦民員總辦旗員會辦幫辦民員會總幫總旗員委員民員委員督轅各項差使遂致旗民並用杳旗員協佐防校筆帖式等官皆是本地之人以本地人而辦督轅地方之事積弊可知且各局所人浮於事不特虛糜薪水抑且意見紛岐事多窒碍前任將軍依奏定總辦以下至委員各項額數事出因公本極妥善無如甫經奏定旋卽添派額外總辦額外會辦幫辦額外委員核計人數較前有增無減而　朝廷不知也奉天吏治如是經此次大變之後若不改立行省積弊恐難永除應請嗣後凡督轅辦理地方事宜各項差使純用道府同通州縣民員不准本地旗員參雜並用庶幾挽回積習以期救弊補偏一徵收各項稅務不宜用本地旗員紳士以杜弊端也查奉天各項稅捐名目不一有斗秤捐糧捐大烟捐大烟畝捐鹽捐山貨稅木稅參稅山繭稅燒鍋稅從前皆歸東邊道昌圖府及地方各州縣經理嗣後改定章程或用候選人員或用本地旗員旗員紳士積弊叢生悉難枚舉又有牛馬稅一項其已辦者向歸旗員經理然皆肥入私囊究於充公有限此後亟應痛除前弊仍歸督署遴派廉明公正之員無論旗籍民籍承辦其事所有未開辦者亦卽通飭一律開辦增此巨欵自於庫帑大有裨益至於整頓稅捐數目見諸奏報者較前加多然皆加捐於商民亦非征榷平允之道應請將各項稅捐澈底澄清詳查每年所入若干歸於實用者若干統歸督轅委民員經理或歸地方官或另行委員核實辦理以除積弊而裕餉源

此稿未完

時事記要

廷寄風聞　○頃聞近有　廷寄飭南洋大臣轉商各公使者計有三欵一親王不能置之死地一砲台祇能移砲位不能拆砲台一停鄉試不能停會試

陝函摘錄　○西安來信云大阿哥近日不甚讀書頗以狎暱宦豎爲樂　太后及　皇上皆屢戒之○某尚書於中樞機務不甚諳習極求外任鬱鬱不樂或勸其自行奏懇則又曰國步方艱未敢陳請○撫署左近民居現皆他徙其屋皆由官賃以備各衙門值宿及當差各員弁居住並於署後添造配屋多間然尚擁擠不敷○現因馳赴　行在人員日多致房租驟貴與　行宮相近處尤不易覓長安居不易引用古語而已不謂今日成讖

志在東山　○近聞孫壽州相國接奉　朝命後卽於十一月初由趙州遄赴西安　行在聞孫相國意俟和議大定後仍須乞骸歸籍云

致電浙撫　○滬上友人來函云日前駐滬英總領事因衢州一案接到駐京公使來電當卽轉電浙撫云鎭道府營四官犯及紳犯　羅　鄭一王均須明正典刑前撫劉升藩榮宜一併革職永不敘用並須遣戍至兩人家產亦宜一併查抄作爲遇害各教士撫卹之費餘如統帶團練各紳亦宜一律嚴懲並將家產查抄入官亦作爲撫卹教士之欵○又聞英領事電致浙撫云聞諸暨有匪首周庚在東鄉搶刼教民並有吊打情事除電達敝國公使外請貴撫從速嚴行查辦免罹大禍○浙撫覆電英領事云諸暨土匪肇事業已派知府馳往會同地方官嚴行查辦此事本部堂自應認眞辦理請貴總領事放心可也

爭權紀聞　○譯字林西報載現聞西安鹿尙書岑巡撫二人意見不同岑巡撫於　內廷較鹿更蒙見重且操有全省兵權鹿自揣力不能敵近又請　旨電飭雲南提督馮萃亭尅日帶兵一萬五千人前往西安聞馮軍門未必果行究竟將來如何情形此時誠難懸揣也

觀察薦賢　○聞黑龍江將軍薩留守卽擬由滬進京先與俄公使面商一切並受方畧於李傅相然後赴任又聞留守因交涉需材擬請蔡和甫觀察同行觀察以現當要差未能如約薦毘陵洪印之明府自代現洪已回籍部署行裝矣

比開商局　○廣東商務報云近有比利時國商人糾集資本三千二百五十萬佛郎開設公司專意經營中國及阿非利加洲商務其中三分之一係比人所集餘皆出自　法德三國商人公司董事將來擬在非洲中央江巽地方創興鐵路以便南北往來並赴

中國尋一港口開設銀行比主頗注意其事准駐美比總領事北傑氏條陳選派幹員若干人至香港查探商務撥出十萬佛郎爲一年經費

京津新聞

都察院示 ○五城察院示諭 新年在邇 萬象回春 門聯泥污 祓除陳因 速換桃符 再慶良辰 弔吏以賀 諭爾四民 議約將成 法令重申 漸復舊制 通緝匪人

父顯子榮 ○聞黃愼之學士留京辦理交涉頗爲西人所重聞慶邸業已竭力奏保並訴寃抑 太后爲之動容云其公子名中慧派充慶邸隨員與外人亦甚接洽

西人佳話 ○京師訪事來信云頃聞西國人傳云美國政府多以聯軍俟和局草約畫押後便可離京不俟中國將各國所要條欵照辦後始行撤兵以便兩宮從速回鑾政府早日復設否則聯軍一日不退 兩宮一日不回國事將日形衰弱必至諸事[illegible]弛也

錦心繡口 ○自拳匪肇亂迄今將盡半載所有朝野臣民捐軀矢節者難以數計洵爲忠烈凜然可嘉是以海內文人墨客或論詩以弔忠魂或作賦而旌烈節竹簡芸編諸多罕覯昨承京友函寄京中文友設立勵志文社俟此課佳章評出當卽登報以供衆覽茲將本月課題並社中章程照錄於下 論題 周雖舊邦其命維新論 詩題 許公景澄 袁公昶 徐公用儀 聯公元 立公山 各詠一首不拘體韻 章程 一課期暫時每月一課初一日出題十五日齊卷二十五日將所取名次登報以供衆覽 二花紅每一名十元第二名六元第三名四元第四第五名各三元六名至十名各二元十一名至二十名各一元二十一名至三十名各五角視收卷之多寡定所取之人數然三十名則有增無減也 三收卷處所城外南大街鐵雲平糶南局木廠胡同鐵雲平糶東局城內大甜水井鐵雲平糶中局北新橋寶公寺鐵雲平糶北局護國寺西溝沿鐵雲平糶西局一概不取號費交卷卽掣取收條俟案發後在交卷之處付獎卽以收條爲憑 四卷子格式用大白摺子謄寫無論字之優劣總須楷書行草不錄 五閱卷皆敦請績學名家不敢自閱 六署名無論名號別號均可須自署於卷面

薇旌行色 ○本報十二月初五日登簡在帝心一則新 簡直隸藩司周玉山方伯馥於十一月間由川起程已抵上海茲聞電音方伯行旌已到烟台現由烟台開赴秦王島指日可盼履新直屬官紳士庶之去而思來而慕也久矣合亟登報以慰羣情

都統示諭 ○暫行管理津郡城廂內外地方事務都統竇倭青法富司 爲出示曉諭事照得伊小路李小套二名均係東安縣人曾在該處爲盜搶刦民人財物並作惡多端孫四又名高振德亦係東安縣人前在該縣充當拳匪曾有戕殺教民情事飽連喜曾在東安縣境爲匪肆行搶奪現經 英國統領緝獲審實定以斬首之罪於本月十六日十一點鐘在西門外法塲地方行刑爲此示仰諸色人等知悉特示 光緒二十六年十二月十六日

德軍胡往 ○訪事人云日前晌午時在河北大關見有德兵一隊隨帶車輛向北而去不知開往何處俟訪再登

東函纖述 ○十月廿二日本報登嘖有煩言一則實因友人來云慰帥以接濟京津官幕有備欵二萬金之說茲復據友人函云其欵實無如此之多慰帥之意原以接濟愛面目正經官友恐其倉卒逃難末路窮途既不肯俯首向人又值逢兵戈載道舉步艱難故備數千金爲接濟其初擬以每人一口給銀十兩後則改爲六兩實因人數較多經費不給也至尙會臣觀察之託其友衡君經理不過接見領欵者以便當面交給特恐無賴者冒充故必取在德之官幕委員營員之保結實以艱難之時少一虛假卽可多濟一人故明察暗訪必求其眞有報稱人數不符其眞則減足眞數而給領又有初開辦卽遞條呈報其人尙在下游爲其關切之友代遞者比其人到德而經費已少故按人每名十金之批領皆作六金支發不能如初矣前友之說想係在德領資之人不如己意遡作此無稽之謠達於貴館此事余深知其情且知經手之難故敢爲之白說若當時放欵者確有不公之處不妨明以教我云

移案紀聞　○前報紀劉家胡同某媪控告朱某等節茲悉已經都署批准乃昨日都署又將此案移交日本巡捕隊令該捕員就便親訊至其作何判斷尙未探悉俟訪再布

法兵息事　○昨友人在西門外見有印度兵一名以所穿靑毡衣挾于懷內適有某甲貿貿然來與印兵相撞將其所挾之衣碰落于地印兵遂將甲揪住謂其爲搶刦者非欲送至官裡不可不料有法兵二名旁觀多時心甚不平竟將印兵推開放甲而去印兵見甲旣去無可如何遂亦恨恨而去云

異國門楣　○訪事人云東門內某甲所生一女年已及笄尙未字人昨聞甲將日本某隊兵丁招贅于家妻之以女並聞該兵自入贅後頗能循子婿禮且于琴瑟亦甚和洽云

辮髮遭刧　○訪聞十四日午後有王姓者一人口操某語其髮甚盛行至溜米廠地方遇法兵五人將其髮辮割去並搶去洋錢四元兵勇宜守營規中外一理惜未抓獲該兵向法兵官一訴耳

刦案何多　○昨有友人自河間來者言及近日行路甚屬艱難各處匪徒攔路刦搶是以往來客商均形裹足昨有西河客商二十餘人行至窩棚靑淀上地名張家莊突有匪徒七人手持無烟快鎗攔阻不但將所有銀錢刦去並將二十餘人衣服盡皆剝下赤條條一絲不挂而友人未致遭刦亦有幸有不幸云爾

犬也何辜　○昨友人云城內水月庵前見有某國武官二員各持手槍在該處各衙衕擊斃犬隻七八頭噫犬之守夜不爲無功何竟槍斃乃爾

循名核實　○前報紀德美落子館携僕點曲者今悉其人穆姓其甲乙二人係洋學生因彼此揮霍有各不相下之勢故在臺下以番佛鬥法後經茶肆主人竭力勸免事乃寢息

傷及龜奴　○訪事人云日昨侯家後四喜堂胡同某娼窰有洋兵四人近內意在買笑而妓等各懷畏懼之心竟隱匿不見該兵等慾火難捺便加搜索龜奴等亟力攔阻之致觸該兵之怒便出槍刺亂砍將龜奴砍傷五人鬨然散去七十鳥亦未敢追究只得含混罷事

莫明其妙　○訪事人云昨晚侯家後有某甲四五人因尋花與某乙口角致相用武甲等隨將皮襖脫去露出巡捕號衣皆紅袖者勢甚兇湧異常旋將乙扭住聲言非送入都署懲辦不可幸有和事老竭力勸免乙便乘間去迄後甲等自言係穆庄子人如有不服者任其尋找云云揚長而去

心高自混　○友人傳云豐台河廳署內辦差人以心高被拐其人崔姓因派差出署收騾馬稅務忽與金某晉某三人換帖爲弟兄晉某云現今我有弟兄兩位日後必受一人提拔崔問何人晉某言現在馬玉昆兄弟他已高升何能忘我弟兄好處前者馬大人在天津時派專差兩次找我弟兄二人此時因在前敵恐或性命不保未給回信現今如有錢財卽可投他處去必有好處遂敎崔某回署取其銀兩東西投山西大哥馬玉昆處崔某乃取東西交于二位蒙兒金某以搬取家眷先行崔與晉恐事有變因擬前往見馬大哥將事言明再作計較行至天津晉某詐稱有病在店三日至初七早晉某將崔某銀兩衣服全行拐去崔投本地張姓將事言明並云此事明白悔之已晚張向各處覓至十一日將晉某尋着至其所拐財物已成空空妙手崔姓在街上將此事言明用刀將晉某砍傷死活不知張姓復將崔某領回家去不知其將何了結也

營口新聞

營事兩記　○訪友來函云某姓者貧家也夜被俄兵刧去洋元若干元洋布一屋某家尙儲有鷄子若干俄兵分食後復分食巡捕而巡捕旣食後惟恐事發被累急向俄兵官處首告當經俄官飭傳俄兵審訊明確將俄兵一名梟首○又云資善堂董趙太如李牧王文卿國學辦理善堂粥廠不遺餘力現復在該寺補修正屋十餘間半爲養病所半爲女粥廠貧婦暨童男女之就食者共

百有餘人而男粥廠貧男就食者共有九百餘人云

江西新聞

江西近事　○訪友來函云省屬歷年以來教案層見疊出近日各主教奉有領事電飭查江西各處教堂教民傷害人命財產統共若干趕緊電覆以便核辦各主教親詣各處查勘後統計不下數百起至所失財產一時驟難明晰云○又云某縣令以禮去官交代準趲本縣回籍守制因任內教案太多辦理棘手奉省台札飭留同辦理教案俟清結後始得遄回

各國新聞

爲淵毆魚　○日本朝日新聞報稱爪亞各地荷官薄待華人怨氣難申不得已于近日遣人到日本東京向日官歎請該地華人欲入日本籍者計約六萬人顧日本國派員前往辦理云云按荷屬原有日本領事駐紮然此等事領事原無是權想華人難堪苛待故迫而爲此也惟日廷勢必得荷領事咨文方能派員前往是耗一傳竊恐目前之壓力更甚吾甚爲同胞旅荷者危焉

黨員被議　○日本報載客臘六日進步黨總務委員會中村彌六氏依決議受處分除名緣氏以布引丸事件及中國亡命士孫逸仙件付紳士有所躁動故受除名處分云

京報補錄

南洋通商大臣兩江督臣劉坤一護理江蘇巡撫布政使臣聶緝槼跪奏爲遵旨開辦江寧籌餉捐輸以佐軍需恭摺馳陳仰祈聖鑒事竊臣等承准軍機大臣字寄光緒二十六年六月二十日奉上諭御史劉嘉樸奏請勸捐助餉一摺現在軍務緊急需餉孔殷各省紳商食毛踐土當能激發天良毀家紓難著各督撫遴選公正紳耆設法勸辦有能倡捐鉅資者奏請破格優獎其餘按照海防捐例分別獎敘並須妥定章程嚴防弊竇於裕餉之中仍寓恤民之意是爲至要欽此等因當經恭錄行司飭遵去後茲據江南布政使恩壽籌議詳覆前來臣等覆查江蘇一省濱海臨江防務最關緊要與內地情形迥不相同自軍務起後不得不添募勇營以資抵禦清淮一帶陳鳳樓各軍先後奉調北上更須增營填紮嚴密布置統計各處防勇及各標練兵增募一萬餘人需款浩繁加之購運京米認籌銀十五萬兩直隸軍餉派籌銀三十萬兩現雖自計騰挪冀免違誤實有岌岌不可終日之勢再四籌思除勸捐外實無開源之策惟近日捐輸早成弩末欲求踴躍必須變通溯查光緒二十一年海防戒嚴江甯辦理籌餉捐輸共勸集銀一百二十餘萬兩用能撥濟各項要需無虞缺乏自海防捐例加成以來收數頓形短絀當此需款萬急之時若再拘於定章恐徒有開捐之虛名而無收捐之實效臣等與司道公同商酌所有核獎章程凡報捐銀款至一萬兩以上者應專摺奏請特恩獎敘其在一萬兩以下擬請照新海防例減成核收凡四品以上實官暨各項班次花樣照籌例四成實銀核獎五品以下三成核獎知縣遇缺先花樣八成實銀核獎道府兩項無論何項出身均照四品以上實缺四成核獎其餘銜封貢監翎枝等項仍照各省振捐之例核收均准其移獎子弟所收捐款一俟集有成數以一半留備部撥一半留爲本省添軍辦防之需仍以一年爲限限滿即行停止似此酌量辦理庶於鼓舞之中仍寓限制之意於防務餉需均有裨益合無仰懇天恩俯念餉項萬分艱窘非減成核獎不足以昭激勸而集鉅資敕部核議辦理以濟餉需謹合詞恭摺馳陳伏乞皇太后皇上聖鑒謹奏奉硃批著照所請戶部知道欽此

立成信局仍在北門西板橋胡同南口萬興棧內便是

瑞林祥元記綢緞洋貨店仍設估衣街中間路北先由便門賣貨

敦慶隆綢緞洋貨店仍設估衣街西口零整發莊

永年人壽保險公司告白

啓者本總公司在美國紐約埠開設多年生意興隆資本銀四百四十四兆三億二萬零八八十元至於保險者三十七萬三千九百三十四人共計銀一千九百四十二兆四億三萬零二百九十元足見資本之厚利益之多誠信相孚章程甚善早為海內君子共相推許各國各埠均有分行中國各通商口岸亦有巨商代理並另立總局於上海九江路第四號門牌係專辦中國保險事宜現又在天津海大道瑞記洋行請王君專理本公司一切事務嗣後如有願保人壽者速請與王君面議可也

洋總理高尚志謹啓

日商

鴻泰銀號

本號兌換銀兩買賣洋圓公平交易開設天津關口下大街勝水總局對過便是定於十二月十二日開市特此佈聞　本號寄賣上海新到老號廣土整莊出售價值格外便宜按時行市如包減價二兩仕商如賜顧者請移玉至敝號面議可也庶不致悅　本號主人謹啓

大后宮北

義興順綢緞莊

本莊自省顧繡綢緞綾羅紗絹哈喇大呢羽綾紗毛各樣花素洋布南貨雅扇桂母頭油香粉姨皂歸安貝松皁湖筆一概俱全
頭號杭爵綢
頭號摹本緞
紅梅茶每一吊二
紅茶九百六
紅茶每斤二百八
金百壽棉緞裙

鴻宴樓飯莊

本樓開設海大道機器磨坊前包辦酒席小賣俱全定於十月廿日開張此佈

前登報內敘有忠義厚合同一昏原係敝號與忠義厚夥作外股生意合同並非忠義厚本號合同因有悅錯俾眾周知　天昌和又白

告白

啓者本行由上海運來上白大米千包貴客光顧另躉皆可其價格外公道海大道興隆洋行特白

神相

江南覺覺子相法真如神矣向遊京津關外久已馳名茲國至津來相者紛紛不斷靈驗非常本擬赴都我等挽留特此望諸公速往面談過午不候相資津錢壹吊富貴加增　寓大衚衕北口東桂公館

友人　梓堯臣　沈昭甫　許松廷　王治臣　全啓

草房出售

現有草房六十餘間出售座落北閣外如願買者請至大溝頭西穆宅便知

三義土莊

啓者本號自運各省西土黑白烟膏奇貨安樂常紫金丹戒烟丸開設天津北門外太平街坐北向南便是　本莊謹啓

聲明告白

五月匪亂由津回南路經交河縣被舉匪搶奪銀條二張計眾通由存欠合記行半化實銀二千兩又恒豐盛撥回粵號交黃培廣東通用銀三千六百二十二兩五錢均向前途號門發並稟明都統衙門批准存案此達知

合記號　黃培　同啓

京都

六通棧告白

啓者六通棧開設京都崇文門外花市大街興辦東西兩口牛羊專賣各國糧臺定期不悅價值格外公道如欲買者請本棧面議可也

恩利和牛羊公司

本號新開在海大道貽來牟機器磨房前專售牛羊肉牛肉每磅一毛二羊肉每磅一毛五祥茂條胰香水方胰價值格外公道賜顧者即請購取　本主人謹啓

閘口

魁豐冰窖

啓者敝號開設閘口西並南小營門外冰窖二處向於冬令批賣各洋行夏令應用冰塊現已屆時藏冰備覽行各國糧台欲用冰塊者請至敝號頭定價值格外從廉不悅主顧

儒醫

駱坦如明府安徽人遊歷中外十餘年近因時事鉅艱立意南旋我等症其脉理甚精識慕無差迭見著千成春之效力爲挽留一展方技凡請診者開鍋店街春華泰號便知寓所

李敏軒　張小甫　謹啓

華英書室

專課英文地與算學文法一切由八點至四點鐘辦繙譯等件願學請至針市街益豐棧內面議此佈

雙興洋點心舖告白

本號開設侯家后雲霞落子館對過專做外國大小甜面包及各樣十錦洋點心一齊俱全價値格外公道 仕商賜顧者即請購買可也特此佈聞

仁記洋行

啓者本行茲有船牌□臘壹千箱每箱二十五包並有洋白面八百二十五袋出售特此佈聞 仁記洋行謹啓

牙醫生

自幼在美國醫院專習牙科凡牙痛腮腫均能醫治若牙未落而風火蟲蛀者或用黃金白金粉鑲補永無後患如牙落一粒或數粒或全口者鑲就可任意食物無異生成至用金托象皮托悉從客便寓英租界海大道小樓

江蘇 毛瑞堂

海大道 源興亨土莊

本號自運各省西土公班大土亞庄廣土黑白廣膏一概發莊零剪銷售如欲購者請移玉本莊面商貨高價廉不悞主顧 此啓

永豐號面包舖

本號舖掌前住紫竹林同昌辦館因被火焚移居馬家口海大道同立東棧對門新機器磨房旁便是本號辦定鐵罐牛乃糖醬火食等物呂宋烟捲各種點心面包俱已新鮮不悞主顧 仕商賜顧者請到本號購取可也 本號主人啓

法商 祥發號麵館告白

啓者本號開設天津紫竹林海大道育才館北專辦各國盒菜牛乃面包各樣烟捲一切雜貨物品價廉如蒙仕商賜顧者請移玉本號面議可也特此佈聞 本主人謹啓 鈕梓芬

大米告白

敝行現由上海運到上□大包米在津出售批發格外公道如貴客零買兩三包自己食用者亦可購取請到海大道新英租界平和洋行商議多少均可本行又新到美字老牌煤油出售價值格外公道

日本名醫

橡村先生內外兩科醫道高明凡有診視病症者無不應手奏效洵爲當世之名醫現寓天津閘口下愍忠祠對過特此佈聞 門人公啓

新開美瑞洋行

啓者本行由外洋自運各色洋酒罐頭食物預冬織絨褲褂鞋襪佛藍絨項巾手套各樣胰皂□燈料器鐵胎磁面各種器俱並各細鋼鐵洋釘洋鍬洋鋤白鐵水桶洋鐵火爐以及大米各種貨物莫不精美批售大宗格外價廉凡蒙賜顧者請至法租界大羅洋行對門第四十六號門牌便是 本行主人謹啓

英商 福照樓西棧代起行

啓者今歲因遭兵荒有本棧樓房被俄國人住守至今未曾遷出故此租賃西門北萬源棧內開張該門面書挂福照樓招牌爲記所有房間院中無不寬闊潔淨安寓回漢客商各分房所所有茶水飯菜另有廚坊代運出進口貨物搭座輪船車票以及華洋關稅均按本棧舊章無不公道專運北京各處雜貨等件盡用妥實洋人押送如有短少失物俱按保險章程賠補其情與衆不同貴客商如欲搭運貨物者請至本棧面議可也特此佈聞

告白

啓者本廠需用廠地屯糞以及散夫住房均係照章付租惟尚有廠地數處地主均未領租特此登報催領租價凡各地主見報速來本廠以便照章付給除稟部統衙門存案外特此聲明以便週知 大法國界官糞廠謹白

破城時失迷聚源堂字據一張係前開拔維晏洋行賣辦穆少堂張雲樵二人經收計銀五百兩業已向穆張二人言明已失此據如出作廢又失聚興合錢舖存銀札貝亦向該錢舖掛失特此聲明作廢 聚源堂謹白

天津河東 同義棧

敬啓者本棧開設河東大王庄河邊係俄國租界內即怡和洋行對河便是內有洋式棧房院內寬大無論粗細貨物均可存寄而棧租亦極相宜倘蒙各寶行號棧及過路客商如有貨物寄存者請移玉至本棧帳房面議可也如欲保險以及別埠來貨者本棧均可代報洋關墊辦稅鈔及各種使費等項特此佈達 本棧主人告白

源利車船公司

本局設在天津閘口下江蘇外局內專攬京通大小車船貴官商光顧者祈駕臨本局面議庶不致悞特此佈聞 本局謹啓

鴻義金珠店

啓者本號專做時式赤金紋銀軟翠堆纍鑲嵌首飾鳳冠酒器包葉度葉等物一概俱全開設天津府東門外天后宮南坐東向西便是

通源土莊

啓者本號出售各省西土幷售黑白廣膏零整皆可如欲賜□原箱者請移玉本號帳房面訂價値格外從廉 天津鍋店街東口 通源土莊謹啓

德記磚瓦松木公司

現寓鼓樓東坐南聚成德錢局代辦專售松木單截運截方子磚瓦格外克巳重廉不悞主顧

寄售洋書 各種俱全

如有賜顧者請移玉至北門外針市街南閣西玉盛合煤油鋪面議可也

日商

福源銀號

本號開設在天津閘口下大街日本租界公署旁定於十二月初二日開張兌換銀兩海大道分號照仍舊交易特此佈聞

本號 分號 公啟

日商

有島洋行

本行自北山運來大木炭照市價格外從廉整零發售均可保險運送凡往商欲購者請至海大道牌坊南源源銀號面議特此謹啟

日商

有信官車船總局

啟者設在天津閘口下大街勝水總局旁官車船代理商客集運往北京通州保府等處洋廣雜貨保險轉運洋人護送按貨估價保險諸商請至本局面議可也

附啟保府白溝河鄚州等處運貨刻已通行有章程貴客駕臨面議運價格外從廉

本局啟

泉金公司

本公司設在天津河北大街買賣各處荒金條金隨時作價以滬行情為準備收買出賣有客者請至本公司面議格外公平

本公司啟

大日本

北津貿易洋行

啟者本行由日本分設天津紫竹林海大道老菜市氣館房鋪衛直報館院內現由本國自運各樣貨物一應俱全貨價實貴客商願買者請至本行面議價值各樣外公道價現用何貨物定期不悞特此佈聞

本行主人謹啟

高士達洋酒飯店告白

本店開設海大道下德國界大營門內專辦各國洋酒各色點心呂宋烟各樣紙烟等物各貨高價大廉並無英法外客特論中外賜顧皆可登報此佈

本主人謹啟

同順號館麵包房

啟者本號開設海大道機器磨房內專做花旗麵包及粉大樣點心各應各樣點心中一國各樣件零大元糕糟長賜顧者請諸君購取可也特此佈聞

減價出售

本行開設英界麥加利洋行傍售各酒各樣俱全今將各種頂上金山列於左白地牛奶壹佰箱牛奶壹佰箱貳佰箱亦不細載其餘貨物光顧諸君價值格外公道本行謹白

北洋橋西

襲勝茶園

京都新到

瑞慶恆班

特請京都保府上洋烟台蘇州鎮江青江山陝等處

頭等文武名角

十二月十七日早十一點鐘開演

全班合演 十三天仙 十一月 萬壽 十四七 十八 金八 陳英 子 一竄 上 草 雲 七 金子 風 飛 飛 雲

天官賜福 殺廟 逃國 江計 東 拾驛 安金 神州擂 眾武行

侯家後老君堂西

永順茶園

特邀京都 鴻順堂

京都姑蘇烟台等處坤角

每日准演

太平歌詞 西皮二簧

天后宮前

天仙茶園

特邀京都全喜堂

京都姑蘇烟台等處坤角

每日准演

太平歌詞 西皮二簧

閘口下大街

日商

麗華茶園

特邀京都有福堂

特邀京都上海姑蘇等處坤角

十一月廿六日早晚有座

時調大鼓 太平歌詞

北門西

恩和茶園

特邀京都金福堂

京都姑蘇台等處坤角

每日准演

太平歌詞 西皮二簧

英商

恆昌厚照像館

本館在河北大街內暫寓西茂盛店今擇於臘月十一九日專照人像電光放大照片影像手捲團扇至外國書籍字帖花彩衣服中扇瓷片件等物諸君光顧隨便新小川號諸君不顧請像館主人謹啟特此佈悞

京津塘沽火車開行時刻單

由天津開北京早九點三十分晚六點半到京

由北京開天津早七點半晚三點半到天津

由天津開塘沽早七點半到塘沽十一點

又下午四點開到塘沽七點

由塘沽來津二次同時

大清郵政局收信時刻曉諭傳單

寄往何處	北京	大沽	上海煙臺牛莊等處	上海鎮江等處	煙臺
由	火車	火車	火輪船	早班	又
某日	每天	每天	初七	每禮拜一三五	又
收信時刻	上午九點半	下午三點半	下午四點	午七點	上午十一點

下次輪船由秦王島開往煙台定於初七日即禮拜六四點鐘收信每逢禮拜二四六下午四點收信由秦王島開往煙台至下午二點半止紫竹林郵政局每日早八點鐘開門收信至下午十點鐘止

十二月十六日銀行行情

銀盤二品九百九十文

洋銀一品零八十

洋錢行情七錢

本埠每張大錢十二文

CHIHLI GAZETTE

外埠照遠近酌加寄費

CHIH PAO

直報

第五百七十五號

本館開設天津紫竹林海大道老菜市氣燈房巷內

光緒二十六年十二月十八日

西歷一千九百零一年二月初六日　禮拜三

宮門邸抄
償息有欵
賠欵紀聞
洋人好德
團中之蠹
好人難作
綁票又見
日本新聞

照錄奉天省通化縣禀稿
軍費浩繁
俄兵計數
何以報德
學館懸旗
保障一方
大開茶館
京報補錄

難進易退
吏部將遷
急宜解散
日兵可嘉
民婦聲冤
蘇州新聞
聯賦

要事彙紀
罪臣匿跡
可肅觀聽
彼何人斯
逃則更苦
甲實無賴
武昌新聞
各行告白

宮門邸抄

行在宮門抄　〇十月二十四日馬安良謝授新疆伊犁鎭總兵　恩　召見軍機二十五日王中堂謝授體仁閣大學士　恩　召見軍機二十六日那王代奏謝　恩　召見軍機二十七日　召見軍機二十八日　召見軍機二十九日河南按察使鍾培請　安並謝　裴維安謝授內閣侍讀學士　恩　召見軍機鍾培

趙舒翹續假十五日

照錄奉天省通化縣禀稿　續昨稿

一興辦礦務以籌餉欵也查奉天地方五金煤礦皆有苟能辦理得法大利所在來源不絕無如近年開辦金礦係屬商辦所用之人大都誑騙商股强佔民地零星湊股資本無多不知苗之所在不知質之厚薄聚集匪徒騷擾民間其害不可勝言三五年來鄉民受害無

窮商股本盡被乾沒而於報解歸公則毫無所得如此辦法萬不可再蹈覆轍要知開辦金礦必須深開石隔始獲線路非機器不爲功也應請招集大商股分聘礦師測線苗購機器仿照西法認眞興辦盡地利之宜以開餉源較之別項籌款更有把握一開墾荒地以安難民也查奉天圍荒業已奏准開辦然從前弊端太甚去年經將軍增並欽差大臣李奏參貪辦可爲前鑒但恐此後督辦不得其人又蹈覆轍此次軍務民間慘遭兵刼較之甲午之役何啻十倍應請力除從前弊端認眞開辦使兵燹後無業民人領地開墾以全其生安插難民實爲辦理善後要政以上十條卑職管見所及仰懇憲恩俯念根本重地分別代爲電奏飛咨如蒙允准卑職不敢以一人私心感激卽億萬蒼生共戴生成之德矣理合肅詞稟請憲台查核俯賜分別代爲奏咨實爲公德兩便伏乞垂鑒卑職璋謹稟光緒二十六年十月初九日　按陳大令係陳雨人廉訪之猶子陳慶雲軍門之姪孫當奉天闔境官吏棄城而逃陳令獨率數千人拒守通化謀及全局蓋亦一雄奇士也

時事記要

要事彙紀　○頃接西安來函云　太后本擬召江督劉峴帥入贊機密嗣經王榮二相國諫阻○聞鹿尙書甚不滿於江督及其大員屢以爲言然實無瑕可蹈也○現在陝省飢民較前倍多岑中丞躊躇數日未得善法安置○閩省紳民士庶多以　兩宮移幸成都爲妥不知是何用意○西安某生近又續上條陳爲某當道岑中丞所格仍不得達人多感歎之○字林西報得安慶來函云皖撫王中丞近日接到　行在某大員私函云述及　太后現已宣示各軍機定於明年二月回京幷有不願再預朝政之語○又云武昌來簡云自西歷去年十一月糧米之運往　行在道經漢口者不下二十萬石惟於西歷本月初間運抵西安者祗有五千石餘存之米現雖陸續運往然未知何日可解抵西安也○又西安電云閩浙總督許筠帥現被某言官具摺嚴叅不知何事

償息有欵　○茲聞　國家由山海關至營口鐵路所借英之欵項其利息約三十餘萬此項中國已籌有底欵擬卽將利息付還英國之說

軍費浩繁　○譯東報載英特一役英軍軍費甚繁約計每禮拜須用英金三百萬磅云

難進易退　○蘇報載稱禮部尙書孫大宗伯抵陝後首以親政爲言　太后頗有不懌謂此事須由上意非臣下所可陳請嗣後切勿再言自干罪戾尙書惶悚失望遂有俟和議告成卽行解組之意

罪臣匿跡　○上海新聞報載接陝西友人十月初五日來函云已革山西巡撫奉　旨正法之毓賢現在藏匿之處倏忽變幻令人難於捉摸三原縣有劉某者爲富不仁久爲里黨不齒乃毓賢與之爲私好現竟隱匿其家安然無事雖外面有知者毓並無所懼怯云

賠欵紀聞　○近聞江西闔省各教堂今歲凡爲亂民拆毀焚毀應估値賠償者計天主堂須銀八十三萬兩耶穌堂須銀四萬兩合福音堂計之大約總在九十萬兩左右

俄兵計數　○俄國官報云刻下俄國軍隊之分駐直隸滿洲及西伯利亞部中國邊境者計將校三千九百員士卒十七萬三千名大砲三百四十餘尊歷經戰鬥死傷者計至西歷去年十一月初旬止陣斃將校二十三員士卒二百五十六名傷將校六十七員士卒一千三百零五名云

京津新聞

吏部將選　○吏部衙門係專辦陞選調補功過降罰等案自聯軍入城以來俱已停辦現在各省督撫業將賑務報捐職官暨保薦人才叅劾各案奏報　行在吏部核辦惟有應查原案及現議降革叅罰之案　行在吏部無案可稽現在京中吏部衙門聞有洋人欲佔刻下擇在前門內西城根顯學堂義塾作爲吏部公所諒不日一律照常舉辦公牘規復舊制云

可讀觀聽　○十二月十二日德國二次演砲之期在永定門外南苑內齊隊演砲於是日九點鐘至一點鐘砲聲隆隆貫耳又十四日八點鐘大清門內直至午門前英法德美奧俄日義比意大利荷蘭西洋印度十三國兵隊齊集　禁城內鎗砲之聲聯絡不絕雲時駐京各國欽使乘輿皆至觀閱隊伍齊整並攜照像機器將各國隊伍排列操演形勢俱照入像片以壯觀瞻

洋人好德　○京師節近立春天氣仍屬嚴寒於十二月十三四等日狂風肆虐黃沙迷目寒氣逼人無衣無褐者瑟縮之狀令人憫惻經某西人數人瞥見皆出洋銀三四角共成善舉矣

何以報德　○京師訪事云頃聞德界公廨交拏人犯夏景春霍起鳳王振標耿四等數名密派巡捕即往前門外西河沿一帶地方嚴行緝拏者緣夏景春勾結霍起鳳等十數名於十一月二十三日晚間帶領德兵數名在京北昌平州東營村向蘇成貴家各持洋鎗刀械蜂擁入院詐稱後隨德國兵一百餘名前來要銀一萬兩如若躭延不給欲將蘇之妻女一併搶走彼時蘇見其來勢兇惡祇得跪地哀求饒恕當經夏景春執意不允即喝令黨羽霍起鳳等搶去現銀一千二百兩洋烟盒四個烟鎗二隻棉被七床並牽去騾子一頭黑馬一匹臨走時夏景春聲言待至十二月初間務將下餘銀八千八百兩湊齊倘再支吾不給定將爾全家殺死蘇某被嚇魂不附體唯唯聽命夏景春等率帶黨羽佯倘而去待至十二月初六日夏景春率領黨羽復向蘇索討銀兩時蘇已因威嚇成疾經其家人再三央求緩期定將全數應命並經夏景春等吩咐下次倘再不給祇得帶領洋人前來搜掠云云隨在高麗營地方又向某富戶搶銀千餘金於初十日潛逃京中經州官某刺史訪聞夏景春前在境內肆行搶刦被獲收禁正在拷訊之際旋即乘間越獄脫逃尙在嚴緝之際乃胆敢仍行搶刦是以行知關文通緝現經德界聞有勾結德兵搶刦情事德政府刻即嚴拏諒若輩難逃法網也

急官解散　○近日都中謠言四起紛紛傳說某大兵有變已至涿州駐紮又謂在京北一帶者又說深州一帶某鄉民頗有積蓄屢被人誣指爲義和拳匪肆行詐索因受欺無地洩忿現已資助糧餉廣置器械復設壇口喝令鄉鄰練習拳術欲爲大變於是哄傳都城甚民等無不驚懼皆盼干戈甯靜倘有此變深恐華民復遭兵燹惟望當軸者急行設法解散以全大局庶爲上策耳本館有聞必錄實恐造謠者滋生事端故特錄訪以供查察無使滋蔓爲要

彼何人斯　○昨在海大道見有商民送萬名傘及軟匾者傘書共荷生成四字匾書澤深河海四篆字上欵書賈克勝先生德政下欵書宮南北巷單街鍋店街衆鋪商同叩等字送至隆茂洋行對過院內彩亭鼓樂頗極喧闐云

閨中之蠹　○頃聞薊州苑家口楊某甲乙等五月間皆爲拳匪首領所部百餘人經聯軍鎮攝甲乙等解巾釋刃改名民團外假公正之名內藏虎狼之勢詐稱與聯軍籌辦支應籍端挨戶苛斂有南人夏某者宦遊燕都病故後遺妻妾各一其子年甫九六齡寄居該處甲乙等偵知夏某子母孤孀家道充裕因率多人向婦勒索金資婦畏兇惡出資賄賂藉以囑托詎甲乙視得財甚易又向孀婦索金若干婦云囊空無力甲乙不肯甘休聲言擬將房屋焚毀聞孀婦已攜子潛逃其側室被甲乙等扣留勒贖云云傳聞如是果爾甲乙罪惡誠不可逭矣俟訪詳確再行佈聞

學館懸旗　○昨在閘口風神廟見日出學館內懸升各項旗幟似有慶賀之事詢之居人迄無知者姑誌報端以待訪明再布

日兵可嘉　○訪事云昨有某國兵丁不知在何處吃醉手使槍刺在侯家後地方逢人便刺幸有日兵將該兵獲送都署不知如何罰落容訪再佈

逃則更苦　○訪事云鼓樓西板家胡同苦力十餘名有印兵四人督飭工作苦力俱用鐵鍊繫足如中國脚鐐狀詢諸途人云係因常有苦力在押逃逸等事故用是刑以禁之並聞近日亦不准苦力家人窺探云

好人難作　○訪事云漁人甲乙二人前在海河一帶鑿凌眼數處以垂釣前日有洋兵二人乘醉涉冰偶一失神陷入凌眼甲乙等見之急往撈救得蘇更生該兵見甲乙等皆爲漁人意凌眼爲其所鑿即行大怒意謂甲乙等若不在此治魚行人何至陷入凌眼因各出鎗刺將甲乙等刺傷而去甲乙等旋即斃命轉聞業經兩家親屬隨赴都署控告矣

保障一方　○近聞東大沽孔子斌守戎貧而無力乃能使聯軍悅服保障一方無焚掠之慘無鋒鏑之憂實難能而可貴也境在鄉人無以爲報由郝家庄草頭沽西開福神街十字街等處醵資公送匾額六方中有感恩戴德保障一方等字樣東沽一帶除送匾額歌頌外更送萬民衣傘以誌弗諼功德及人可傳不朽矣

民婦聲冤　○訪事人昨早在古樓東華姓門首見一婦人年約四旬向意大利兵官聲冤隨有巡捕揪扭甲乙二人詢爲該婦所控者並詢係因家務旋經行文一併送交都署核辦矣至其所控何人已否了結俟訪再登

甲實無賴　○昨晚侯家後慶樂飯店內有華人某甲串通洋兵在內搔擾初則倚翠畏紅繼而雲行雨施不名一錢且嘈雜不休店掌恐滋事端云赴捕局請兵彈壓甲始懼乃率洋兵逸去

綁票又見　○西河之側濱河村者各聚落以十數按次序類名以舖其二舖郭姓名象乾者靜邑武庠生也家頗裕前次畿南拳匪到處設爐生家有傭工人擬練拳生立辭去識力頗正鄉之正人皆重之及洋兵過境生家應待頗洽鄉鄰賴以無恙詎月初某日忽有人剝啄其門生啓關出應遽爲所縛生呼救其父驟出亦被縛諸匪蜂擁向淀村以去嗣聞生家煩人出貲贖命匪黨索銀一萬生家出銀一千匪尚未允云

大開茶館　○日昨閘口下麗華落子館適當燕語鶯歌之際突有洋兵二人進內登臺聲鑼擊鼓足板手絃而娘子軍中雜以天蓬元帥歌妓等遂作風流雲散而顧曲諸君亦賦落花流水又晚十一點鐘時有崔某者不知何許人羣以崔三爺呼之與某甲同在該園因乘酒興欲點曲六十個雖經該園舖掌勸解而崔若秋風過耳且肆叫罵繼則竟與舖掌用武飛壺擲盞推椅翻棹嗣經憲兵隊派人前來將崔與甲暨舖掌等一併抓去彼時將舖掌與某甲皆已釋放而崔則至次早經某錢鋪出具保結始能釋放至今尚未知作何了結也俟有續聞再爲登佈

蘇州新聞

委員稽查　○蘇省聽鼓貧員每逢年終向給薪水銀兩以資度歲今屆先由藩憲札委各員分別查明以便屆時撥給所委各員名單全錄如左　八旂奉直順天知縣恩樸山大令　山陝甘肅知縣張毓璇大令　廣東知縣廣曜門大令　廣西雲貴知縣陸蔭宇大令　四川通判任澤甫通守　湖南知縣趙省潛大令　湖北知州張會叔刺史　江西同知黃小霽司馬　福建知縣陳翌清大令　河南通判陳仲陶別駕　山東同知高瞻湖司馬　皖南知縣俞得甫大令　皖北知縣倪實夫大令　杭州知縣華春榮大令　湖州知縣吳俊卿大令　寧波知縣陳翼安大令　金衢嚴溫台處知縣劉廣熙大令

調辦捐差　○辦理上海糖捐局知府許東餘太守星璧近自滬上差次來省謁見三大憲卽奉牙釐局司道陸朱兩憲札飭調委鎮江府下游厘捐局總辦惟所遺糖捐一差另委何人尚未見有明文云

煙膏罷市　○蘇垣各煙膏店請停膏捐未奉憲准故於二十五日罷市一天邀齊同業互相集議未識究能邀免否或謂餉需攸關恐無可挽回矣

武昌新聞

沙堤旭日　○沙市訪事人云湖北武昌縣人某甲携妻某氏在沙市開設粉麪館連生三女甲心甚惡之前年忽舉一男不覺喜甚筵開湯餅熱鬧非常詎料甫及一年卽因病夭逝甲忿恨之餘竟持刀剁爲數段盛之壇內投入江流泊上月下旬某日又生一女呱呱者甫墮地甲呼問穩婆曰男耶女耶穩婆不知其故答云女也甲卽攫兒擲之地下用刀劃傷恨恨而出穩婆駭而却走其妻亦驚悸欲死噫忍心害理如某甲者殆亦世之不經見者歟○沙市招商局各輪船所裝之貨向來堆積局前木柵內現因貨物擁擠特就近購地一方建築堆棧大約不日卽可興工矣○近來市上銀根甚緊百貨騰貴幾倍於前計上熟白米每石需錢四千文中熟者三千六

七百文次者三千三四百文居民之數米而炊者莫不愁眉雙鎖矣

日本新聞

出游有期 ○日本報云日本皇子爺擬出外游歷後以中國亂事因而暫擱大約今春卽可成行也

預計國用 ○台灣總督兒玉君核計該省本年國用共須二十一兆之譜

陸相渡台 ○玉兒陸相於本月十號乘台南丸由神戶啓程回台云

火柴暢銷 ○西歷一千九百年十二月廿八號日本橫濱一埠所到美國火柴幾於銷售殆盡推原其故皆因美廠製造得法或遇陰雨亦無妨礙故人多樂購焉譯東報

京報補錄

奴才長順跪 奏爲革員才堪任使前次被參冤抑籲懇 天恩破格錄用以收得人之效恭摺仰祈 聖鑒事竊維今日時勢艱難需材孔亟所有整頓營務籌備餉糈辦理交涉各事宜非有深明大體諳練之員不足以資措理我 皇太后 皇上求賢若渴迭經 諭令臣工切實保薦奴才受 恩深重既有所知何敢安於緘默茲查有花翎二品頂戴已革奉天候補道余濬初爲前吉林將軍銘安所識拔光緒三年以同知 奏調來吉派充文案翼長兼糧餉 酒木稅各局務彼時吉省甫設地方規模略具該員幫同銘安實力整頓地方積弊爲之一祛其才具猷爲曾經銘安奏陳 睿鑒歷保花翎知府銜以同知留吉補用後因不避嫌怨被人 奏參經前 盛京將軍崇綺查無實據奏奉 諭旨以原班歸部選用嗣經 欽差練兵大臣穆圖善 奏調至奉委派總理文案旋以本班留派全營翼長仍兼充各差所有巡防布置添兵籌餉以及接濟前敵軍械餉糈該員無不盡心籌辦晝夜辛勤不遑寢饋維時奴才奉 命調赴前敵力因遼瀋親見其辦事敏捷有條不紊大軍雲集之際肆應咸宜於危城風警之中鎭定若素故嘗與諸將言如該員者眞精神異常才堪大用也軍務定後經裕祿臚陳該員實事 奏請送部引 見均有奏牘可稽詎前 盛京將軍依克唐阿到任未久誤聽人言竟以該員攬權納賄罔上營私 奏參奉 旨革職永不敍用公論咸以人材爲可惜伏思前將軍銘安崇綺穆圖善裕祿等均守正不阿認眞辦事何敢率行保獎況崇綺查劾最嚴公正允著果有前項情弊又焉能爲之曲諱是該員被參冤抑不辯自明查奉天被劾道員張錫鑾前廣東雷瓊道楊文駿等獲咎情節較重一經臣工 奏保胥蒙 天恩錄用良以使功使過 朝廷各具權衡與其拔登新進何如起用老成該員任勞任怨膽識俱優洵爲營務地方中不可多得之員現在吉省整頓防練各軍辦理鐵路交涉事件正急用敢不揣冒昧可否仰懇 天恩俯准將該員交部帶領引 見恭候 諭旨量材錄用或卽交奴才差遣委用之處出自 鴻施奴才爲人材難得起見是否有當理合恭摺具陳伏乞 皇太后 皇上聖鑒訓示謹 奏

聯賦

集聯照登 ○御膳雞供三卵充飢傷菜色 道員被害一頭示衆裹蒲包 馬統領帶隊衝先奈孤掌難鳴敗非失策 聶軍門縱兵擄搶雖一身能殉死有餘辜 羅道生利獲萬金那知衆口怨讐幸生難免 石元士名傾六國始信一方保障惟士爲能 裕制軍信神殃民綽綽有裕 方觀察敵軍徵服落落大方 官棄城兵離城未能衆志成城宜乎城破宜乎城毀 中竇地外爭地竟至諸郡分地還問地主還問地租 地蛋何忽陷忽亭高城變土平隘巷成街闠 物牛亦有禍有福家禽無遺獺野鶩任翩飛 何方弱女突如來蔽先天神嚴肅後接洋客殷勤舉母翻爲鴇母 各鎭壯丁驟然集方纏紅帶還威施執白旗效順舉民確屬妖民 停歲科將除斯文轉不如度曲調絃爭賞笑 習繙譯求通洋語誰復念祖功宗德守論謀 穿窄袖用銀元華夏反常勢必至東西交勝 燬教堂燒鐵路內丁當令怎能不玉石俱焚 發冤兒用迴避牌洋兵前導 修路加寬買賣市房土人含酸 肆鴻留爪軒兵燹餘生客妄擬

立成信局仍在北門西板橋胡同南口萬興棧內便是

瑞林祥元記綢緞洋貨店仍設估衣街中間路北先由便門賣貨

敦慶隆綢緞洋貨店仍設估衣街西口零整發莊

武齋洋行發賣烟煤焦炭煤末　如蒙賜顧請移玉襪子衚衕本行面議可也

新到煤油燈搧輪機器

啓者本行由英國自創點煤油燈扇輪機器出售現有樣子在本行　貴官商如欲購者即請駕臨本行帳房面議價值格外相宜只此一家並無二處特此佈聞　明義洋行主人謹啓

日商

鴻泰銀號

本號兌換銀兩買賣洋圓公平交易開設天津開口下大街勝水總局對過便是定於十二月十二日開張特此佈聞　本號寄寶上運新到老號廣土整莊出售價值格外便宜接時行每包減價二兩仕商如賜顧者請移玉至敝號面議可也庶不致悞　本號主人謹啓

天后宮北

義興順綢緞莊

本莊自置顧繡綢緞綾羅紗絹哈喇大呢羽綾外毛各樣花素洋布南貨雅扇桂母頭油香粉姨皂歸安貝松泉湖筆一概俱全　頭號杭寗綢　頭號摹本緞　紅梅茶每一吊二　紅茶九百六　紅茶欖斤二百八　金百壽棉皺裙

告白

啓者本行由上海運來上白大米千包貴客光顧另臺皆可其價格外公道　海大道興隆洋行特白

神相

江南覺覺子相法眞如神矣向遊京津關外久已馳名茲因至津來相者紛紛不斷靈驗非常本擬赴都我等挽留特此望諸公速往面談過午不候相資津錢壹吊富貴加增　廣大衚衕北口東桂公館　桂堯臣　沈昭甫　許松廷　王治臣　友人全啓

名醫回津

方司馬友莊先生皖江名士也精岐黃兼通西法刀針向留在津門數載凡遇疑難之症均許手到回春人所共仰今夏緣避亂保陽刻因友人特請回津寓河北大街浮橋旁穆家衚衕一友棧重症隨時出診門候十點鐘至一二點鐘止　同鄉友人啓

前登報內敘有忠義厚合同一帋原係敝號與忠義厚夥作外股生意合同並非忠義厚本號合同因有悞錯俾衆周知　天昌和又白

三義土莊

啓者本號自運各省西土黑白烟膏發賣安樂堂紫膏金半成烟丸開設天津北門外太平街來北向德便是　本莊謹啓

聲明告白

五月匪亂由津回南路經交河縣被拳匪搶奪銀條二張計聚通恆存欠合記行平化寶銀三千兩又恆豐盛撥回粵號交黃培之廣東通用銀三千六百二十二兩五錢均向前途說明作廢並呈明都衙門批准存案特此達知　合記號　黃培之同啓

京都

六通棧告白

啓者六通棧開設京都崇文門外花市大街專辦東西兩口牛羊專賣各國糧臺定期不悞價值格外公道如欲買者請本棧面議可也

恩利和牛羊公司

本號新開在海大道貽來牟機器磨房前專售牛羊肉牛肉每磅一二毛羊肉每磅一毛五祥茂條姨香水方姨價值格外公道賜顧者郎請購取　本主人謹啓

開口

魁豐冰窖

啓者敝號開設開口西北南小營門外冰窖二處向於冬令批賣冬洋行夏令應用冰塊現已屆時藏冰備　貴行各國糧台欲用冰塊者請至敝號預定價值格外從廉不悞主顧

草房出售

現有草房六十餘間出售座落北閘外如願買者請至大溝頭西穆宅便知

鴻宴樓飯莊

本樓開設海大道機器磨坊前包辦酒席小賣俱全定於十月廿日開張此佈

興洋點心舖告白

本號開設侯家后雲霞落子館對過專做外國大小甜面包及各樣十錦洋點心一應俱全價值格外公道仕商賜顧各即請購買可也特此佈閧

仁記洋行

啓者本行茲有船牌丫臘壹千箱每箱二十五包並有洋白面八百二十五袋出售特此佈閧 仁記洋行謹啓

牙醫生

自幼在美國醫院專習牙科凡牙痛腮腫均能醫治若牙未落而風火蟲蛀者或用黃金白金粉鑲補永無後患如牙落一粒或數粒或全口者鑲就可任意食物無異生成至用金托象皮托悉從客便寓英租界海大道小樓

江蘇毛瑞堂

海大道 源興亨土莊

本號自運各省西土公班大土亞庄廣土黑白廣膏一概發莊零剪銷售如欲購者請移玉本莊面商貨高價廉不悞主顧此啓

永豐號面包舖

本號舖掌前住紫竹林同昌辦館因被火焚移居馬家口海大道同立東棧對門新機器磨房旁便是本號辦定鐵罐牛乃糖醬火食等物呂宋烟捲呑烟點心面包俱巳新鮮不悞主顧仕商賜顧者請到本號購取可也 本號主人啓

法商 祥發號辦館告白

啓者本號開設天津紫竹林海大道育才館北專辦各國盒棗牛乃面包各樣烟捲一切雜貨物高價廉如蒙仕商賜顧者請移玉本號面議可也特此佈閧 本主人謹啓 鈕桂芬

大米告白

敝行現由上海運到上大包米在津出售批發格外公道如貴客零買兩三包自已食用者亦可購取請到海大道新英租界平和洋行面議多少均可本行又新到美孚老牌煤油出售價値格外公道

日本名醫

橡村先生內外兩科醫道高明凡有診視病症者無不應手奏效洵爲當世之名醫現寓天津閘口下懸忠祠對過特此佈閧門人公啓

新開美瑞洋行

啓者本行由外洋自運各色洋酒罐頭食物預冬織絨褲褂鞋襪佛藍絨項巾手套各樣胰皂十燈料器鐵胎磁面各種器俱並各[illegible]鋼鐵洋釘洋鍬洋鋤白鐵水桶洋鐵火爐以及大米各種貨物莫不精美批售大宗格外價廉凡蒙賜顧者請至法租界大羅洋行對門第四十六號門牌便是 本行主人謹啓

英商 福照樓西棧代起行

啓者今歲因遭兵荒有本棧樓房被俄國人住守予今未曾遺出故此租賃西門北萬源棧內開張該門面書挂福照樓招牌爲記所有房間院中無不寬闊潔淨安寓回漢客商各分房所所有茶水飯菜另有廚坊代運出進口貨物搭座輪船車票以及華洋關稅均按本棧舊章無不公道專運北京各處雜貨等件盡用妥實洋人押送如有短少失物俱按保險章程賠補其情與衆不同貴客商如欲搭運貨物者請至本棧面議可也特此佈閧

告白

啓者本廠需用廠地屯糞以及散夫住房均係照章付租惟倘有廠地數處地主均未領租特此登報催領租價凡各地主見報速來本廠以便照章付給除稟部統衙門存案外特此聲明以便週知 大法國界官糞廠謹白

破城時失迷聚源堂字據一張係前開拔維晏洋行賣辦穆少堂張雲樵二八經收計銀五百兩業已向穆張二八言明已失此據如出作廢又失聚興合錢舖存銀札只亦向該錢舖掛失特此聲明作廢 聚源堂謹白

天津河東 同義棧

敬啓者本棧開設河東大王庄河邊係俄國租界內郎怡和洋行對河便是內有洋式棧房院內寬大無論粗細貨物均可存寄而棧租亦極相宜倘蒙合寶行號棧及過路客商如有貨物寄存者請移玉至本棧帳房面議可也如欲保險以及別埠來貨者本棧均可代報洋關墊辦稅鈔及各種使費等項特此佈達 本棧主人告白

源利車船公司

本局設在天津閘口下江蘇外局內專攬京通大小車船貴官商光紳者祈駕臨本局面議庶不致悞特此佈閧 本局謹啓

鴻義金珠店

啓者本號專做時式赤金紋銀軟翠堆纍鑲嵌首飾鳳冠酒器包葉度葉等物一概俱全開設天津府東門外天后宮南坐東向西便是

通源土莊

啓者本號出售各省西土并售黑白廣膏零整皆可如欲賜顧原箱者請移玉本號帳房面訂價値格外從廉天津鍋店街東口通源土莊謹啓

德記磚瓦松木公司

現寓鼓樓東坐南聚成德錢局代辦專售松木單截連截方子磚瓦格外克巳重廉不悞主顧

寄售洋書

各種俱全

如有賜顧者請移玉至北門外針市街南閣西玉盛合煤油舖面議可也

京津塘沽火車開行時刻單

由天津開北京早九點三十分晚六點半到京

由北京開天津早七點半晚三點半到天津

由天津開塘沽早七點半到塘沽十一點

又下午四點開到塘沽七點

由塘沽來津二次同時

大清郵政局收信時刻曉諭傳單

寄往何處	由	某日	發信時刻
北京 保府	火車	每天	上午八點半
大沽	火車	每天	下午三點半
上海烟臺 牛莊等處	輪船	每禮拜二六	下午四點 午七點
上海鎮江等處	早班	每禮拜一三五	上午十一點
烟臺	又	又	又

秦王島開往烟台輪船每逢禮拜二禮拜六下午四點七點發信

紫竹林總局每早九點開門收信至下午四點鐘每禮拜日下午二點至二點半針市街分局每日早八點開門收信至晚十點鐘止

十二月十七日銀錢行情

銀盤二吊九百九十文

洋銀二吊零八十

洋錢行情七錢

本埠每張大錢十二文　CHIHLI GAZETTE　外埠照遠近酌加寄費

CHIH PAO

直報

第五百七十六號

本館開設天津紫竹林海大道老棗市氣燈房巷內

光緒二十六年十二月十九日

西歷一千九百零一年二月初七日　禮拜四

奏報逆犯在湘中立會滋事查拿懲辦情形摺

西報傳聞　奏保革員　豫災殊甚　路透電報
兵艦記聞　俄國度支　南澳教案　沙洋安電
侍郎出獄　德界獲盜　戶部錄案　北京民政
鞭皮得當　發審司示　巡官執法　日兵拏賭
馬賊二十三記　貪利妄害　西河近事　口碑載道
高抬租價　後婚員毒　金陵新聞　是何晦氣
吉林新聞　日本新聞　各行告白　杭州新聞

本館告白

啓者本館後幅各項告白第一日每字大錢五文至第七日每字三文半月每字二文半論月每字二文如論季論年價值格外從廉所有告白以五十字起碼則十字遞加前幅加倍近有售報人從中多索恐仕商未及週知特此聲明倘蒙仕商欲登告白者請至本館賬房面議可也　本報由十一月初一日起閱報諸公每月概收津滿錢七百廿文此佈

橫濱正金銀行

本銀行向在日本開設二十餘年資本金洋二千四百萬圓現收足金洋一千八百萬圓公積金八百萬圓專做仕商滙欵押欵存欵借欵利息格外公道存欵長期短期利息酌爲等差惟比他行加厚總行設在橫濱又東京神戶長崎　英之倫敦法之巴梨美之紐約舊金山以及布哇孟買華則香港上海牛庄等處皆有分行凡通商口岸皆有妥實代辦之家倘蒙仕商欲滙欵存欵者請至本銀行面議可也特此佈告　天津分行謹白

法蘭其洋行

啓者本行開設在天津海大道興隆洋行傍首專售外國罐頭食物一應俱全貨眞價實倘蒙仕商賜顧請至本行面議價值格外公道各等牛奶各色餅干糖醬酒亭魚洒門魚洋臘皮皂白鹽各色洋酒等一切家用食物俱全特此佈聞　本行特白

功崇救濟

前以津地早寒敝堂上海棉衣未到之先荷救濟會津局發來棉衣褲五百套交敝堂代放茲又發來津錢三百零六千大米五十石亦經敝堂於昨日起錢米並施散嫠婦孤兒從此饑寒可免得過殘年又悉救濟會津局醫藥平糶掩埋施棺各事實力辦理當津郡善欵維艱之時處處相助爲理衆善奉行實深欽佩謹綴數語以誌謝忱　天津河間廣仁堂謹志

本局移在鹽坨藥王廟西鐵路岔道口路西便是發售九槽原煤每噸英洋六元五毛特此週知　礦務津局謹白

招領鹽包告白

啓者前俄軍握踞大津塘沽大沽北塘蘆臺等處所蓄存之鹽包現奉大俄國政府之諭特委本銀行專爲代理並無分派別行衆辦如各鹽主欲認領其鹽請函致本銀行商議庶不致悞特此佈聞　天津道勝銀行謹啓

告白

本行碼頭及卸貨等事如有人願承充者即覓殷實保人來行帳房面定可也　太古帳房啓

畢公現欲請華人買辦一名爲管理行中出口皮貨等件欲就者請到天津印字館面議可也

奏報逆犯在湘中立會滋事查拿懲辦情形摺

今秋康梁諸逆所設自立會黨在漢口勾通匪類陰肆邪謀天誘其衷旋卽敗露種種逆蹟前曾列入報章初不料湘省匪徒四出蔓延其兇狡有更甚於漢口者昨從西安　行在內閣鈔錄湘撫俞中丞奏摺歷陳罪狀幾於擢髮難窮奈何各省不明順逆之徒猶以維新領袖目康梁阿附其間甘受惡名而不惜乎其摺曰頭品頂戴湖南巡撫臣俞廉三跪奏爲漏網逆犯創立會名糾黨滋事査拿懲辦情

形恭摺仰祈 聖鑒事竊查湖北地方素多匪類然皆軍營散勇無業游民結會放飄偸竊刦搶聚集稍衆或竟拒捕抗官不過苟圖得財其聯盟簿據語句雖多悖逆行爲亦極兇强然手無利器巨貲胸無遠謀大志是以旋起旋滅未至蔓延自康有爲等包藏禍心搆造邪說創爲自立民權種種妄語迷亂人心一時 薄少年佻達士子罔弗被惑推戴迨該犯等逆蹟敗露亡命海隅仍復怙惡不悛布散流言謬立黨會誑騙貲財爲數甚鉅本年因聞北方多事伺隙思逞於上海地方將所立保國會易名自立會造有富有匪票分遣逆黨於沿江沿海各省到處散放鼓其猖狂悖謬之語誘致昔被迷惑之文人出其外洋騙得貲財勾結江湖會匪沿江各省莠民痞匪靡然從風此自立匪徒始事之緣由也臣於本年六月初間微有風聞因其間多涉宦裔士林頗出尋常意計之外未經得有實據不便卽時宣揚疊次密電督臣暨鄰近各省詢問消息適安徽之大通湖北之新隄同時起事新隄匪黨於七月二十二日竄擾湖南臨湘縣屬灘頭地方拒斃防勇二名臣聞報立飭駐紮岳州之信字旗參將陶廷樑加派統帶新軍健字營提督張慶雲帶隊馳往會合鄂省派出之武愷靖威等營毋分畛域圍攻兜捕並飭署岳常澧道顏鍾濟及委候補直隸州知州陳國仲前往督同署臨湘縣知縣趙從嘉將保甲事宜認眞整頓淸團淸族實力稽查該匪等驚惶潛遁復竄至臨湘縣沅潭地方縱火焚掠延及盤金督銷各分卡並將司事傷斃張慶雲帶勇馳剿始各潰散張慶雲等隨將臨湘縣境及鄂屬與湘省交界之崇陽監利等縣分路拼搜先後擒獲匪首黃南陽李壽全及僞稱青岡王之曾廣文僞金剛王王昌平等多名訊據供認俱係紅教會匪聽從自立會匪黨勾結滋事隨於軍前正法梟示收繳富有匪票及紅匪飄布數百張現仍嚴緝在逃匪首王秀芳等務獲懲辦此剿捕新隄等處業已起事匪黨之情形也其散放富有票之匪黨臣前經風聞卽飭管帶新兵兩隊現署臣標右營遊擊劉俊堂選派精壯勇丁暗地探訪查獲匪首李英一名臣卽親提到署督率委員悉心研訊稍得端倪復獲匪首譚翥一名磨審三晝夜匪黨密計陰謀遂盡情透露惟時湖北亦已破案准督臣電知前來臣復加派新募緝勇並委候補知縣沈瀛暨密飭訊出匪黨藏匿地方文武員弁上緊緝拏旋據派出弁勇陸續拏獲僞充富有山帮辦徐崑僞充坐堂之逃勇陳保南爲匪黨探聽消息之易瑞林散放匪票之李廣順到案發交藩臬兩司督同長沙府研訊明確並究出先曾犯案飭發湘陰縣監禁之莫海樓復有通匪情事

此稿未完

時事記要

路透電報 ○西二月二三號來電云吉靑那將軍電云特將德勿替又將攻開勃靠龍來矣克魯克斯在泰班徐之北四十邁與之接仗其詳細尙不可知○日日報云德勿替統兵甚衆已入開勃靠龍來境內矣○約克公爵現患癱瘓故女主出殯不克親臨○女主出殯共護送之兵計三萬二千三百八十五名○英君聞將親臨議院云○克魯克斯於二十九號在威爾空之南與德勿替將軍對敵約戰數時之久而勝負未得聞也○法蘭溪將軍之馬隊現在德扯過亞暨賴吐爾鐵路之間縱橫無阻云云

西報傳聞 ○譯字林西報載西安來函云當北亂起事時趙舒翹及剛毅曾往勸勵拳匪使之解散迨覆 命時面奏 太后稱述拳匪之忠勇現趙舒翹恐懼異常電致浙江撫台惲中丞謂拳匪起事伊從未與聞幷請惲中丞將各國所開懲辦官員單內商請領事毋列其名云

奏保革員 ○前日接張家口來函云奉 旨發充已革道員沈敦和在張家口地方調處交涉事宜居民頗有德之者竟有擬爲建立專祠之舉而察哈爾都統則專摺奏請 朝廷復爲起用未知能邀 俞允否也

豫災殊甚 ○譯字林西報載河南來信云豫省今年雨雪愆期亢旱已久至今未沛甘霖目下田中麥盡枯槁明年之米穀亦恐歉收現米糧異常昂貴飢民無可覓食甚有鬻妻賣子者殊堪憫惻云

沙洋安電 ○湖北之沙洋地方距沙市東北有一百二十里爲河南陝西水陸往來之要衝該地向未安設電線現擬自沙市分設一線以達該處總辦沙市電報局已奉督辦盛丞堂之命前往勘視情形矣聞所需材料皆係購自日本而由沙市之營兵運往內

地云

兵艦記聞　○駐紮中國海面法國水師艦隊近經法水師提督分爲三大隊其第一隊駐紮北直隸海灣計大小兵艦八艘聞有一艘遣駐長崎另有一二艘遣往烟台其第二隊駐紮上海計大小兵艦五艘該艦隊等當巡防長江並上海以南至福州爲止其自福州至安南東京各埠則歸於第三隊軍艦巡防該隊計亦大小兵艦五艘至某兵艦一艘及他商輪等則不在前數之列也譯文滙報

俄國度支　○倫敦念六日電云俄國大藏大臣出有諭單述及俄國於一千九百年出兵中國及西比利亞黑龍江等處軍費共用俄洋六千二百萬羅卜○又聞俄人現籌洋八千二百萬羅卜以便西歷本年修理東三省被毀鐵路之用

南澳教案　○茲聞南澳島民日前亦曾拆毀教堂教屋當經粵省大憲委員馳赴該處會同南澳廳海司馬親詣勘明酌補銀四萬四千元作爲了結惟當鬧教時候法國兵輪駛至雲澳海旁曾放大砲轟斃土人三命並傷四名亦須撫恤死傷現擬死者每人恤銀一千元三命三千元傷者四人共一千元除扣還撫恤銀外實償銀四萬元云

京津新聞

北京民政新章　○日前哇德司統帥發出軍令一通譯錄如左北京爲各國軍所佔奪故其間管理民政與一國所自佔奪者不同各國軍雖分在所佔界內各行管理民事但近來居民漸多且氣候益塞故向來所用之法覺未十分妥協且在此國界內視爲適宜之處置而在他國界內有不免因之受害者故論目下情形各軍之利益不可不期公同而統一今舉其事項之要者如左　一公共之安寧及紀律　二救助貧民及保護人衆　三衛生之事　四財務及稅務　以上各項若得華官協同襄辦則諸事較爲便利華官之於此舉亦夙所深望且彼等己從聯軍總統之勸告發有告示然華官於奉行或裁奪各種事件勢必與各界內之西官自爲交涉此實最難之事蓋各國長官其意見必不一致往往時有所齟齬也故本統帥之意必先設一衙門以融和各國軍之意見即以現所指定之各將官爲長其下置民政委員一名而以通中語或[illegible]語之武員一名隨同襄辦此等委員之職務權限應如左　一委員先就北京民事會同商議且須令華官得與其列　二會議後由各委員報於本界內之長官請示飭遵　三既奉長官批准則各委員即行齊集議定但視允者多數以爲率　四既經會議定妥再由委員報於本界內長官與華官但該華官係在各界內歸該界巡捕署之指揮監督者又民政委員不得與各界內之兵隊及巡捕署逕行交涉　五委員可自立辦事章程各人分定辦事界限其委員長許有議決之權

侍郎出獄　○近有友人來津者云當聯軍入京後數日前侍郎徐致靖尚在刑部獄內迨聯軍巡監見諸人皆去惟一老人仍正襟危坐獄中聯軍異之詢知爲戊戌維新時之得罪大臣乃勸之出徐云吾受恩最重而獲罪亦至重雖　皇帝蒙塵然吾未奉恩命詎敢遽出聯軍極力曳之行始不得已而出獄亦足見侍郎之風骨矣

德界獲盜　○十二月十三日德界拿獲搶刧盜犯李三等十七名口並起獲贓証一併解送德國知府衙門按法懲辦諒不日即正典刑矣

戶部錄案　○戶部公所現因署中各司處所有歷年業經辦過成案及本年七月一切應辦案件因聯軍入城後均被焚燒無存現經戶部通行各省督撫府尹將軍都統將歷年行知各案暨現在應辦各案速即一律抄錄補行知照以備存貯檔案云

日兵拏賭　○十二月十三日崇文門內東西牌樓地方經日兵拏獲聚賭人犯一百數十名皆係每五名以蔴繩牽穿辮項而行解往交道口日界公廨管押懲辦至如何結局俟訪再錄

鞭皮得當　○日前報登西直門內南草廠天豐和煤舖劉某因巡捕向其詐贓妄用刑求等情嗣經舖主趙某控於法國欽使署中派委繙譯官前往安民公所追詰該巡捕等堅不承認旋經繙譯官云爾等既不承認我實無法銷差只可將爾等重責解往法國政府聽候懲辦比有巡捕衆口指出係玉某所爲當將玉某以皮鞭從事重責四十立即斥革以儆妄爲

發審司示　○都統衙門發審司員易　爲出示諭遵事照得本年二月一號卽華十二月十三日辰刻本衙門不戒于火延及本發審處凡本司員經審一切案卷亦以救護不及付之一炬事關檔案未便聽其散佚合亟出示曉諭從速清釐以重訟獄爲此示仰各色人等知悉如有案未判結尙需伸理准于禮拜五日來案面訴其案已定擬須待存查者卽摘叙案由備繕稟帖循例投本衙門稟箱聽候辦理勿違特示　光緒二十六年十二月十七日

巡官執法　○訪事云昨有都署副巡捕官乘車赴紫竹林辦公行至南斜街地方有洋兵四名囉唣行路華人被捕官瞥見遂卽下車將該洋兵揪扭二名逃走二名被獲二兵尙欲爭鬥幸有是處站崗意兵上前將二兵拏獲送至都署不知如何發落容訪續錄

口碑載道　○近聞友人來云滄州商辰卿刺史愛民如子疾惡如仇夏間拳匪之亂刺史深知其妄預先查拏盡法懲治迨至聯軍入境拳匪已淨絕根株民得安居未遭擾擾遠近共知又云靑縣周大令世銘亦如商刺史眞能執法嚴辦拳匪萬民稱頌有口皆碑洵不愧爲民父母矣

馬賊二十三記　○有友人來自海下云由土城至大沽一帶等處地方時有馬賊出入頭戴靑緞軟巾身着窄袖短襖鬢垂大紅絨球背負快槍三五成羣全無避忌其人多操山左語日在四處刼搶噫盜賊蜂起行旅視爲畏途矣

貪利妄害　○前報紀焚武庫各節茲聞自焚後該處居民羣往火場掘取廢鉛銅帽等項或傳其事經某員聞知遂謠傳有將該莊焚燒之說聞該莊居民皆將所掘各物復送往原處以期弭禍未知能轉禍爲福否也

西河近事　○近聞津埠西北百餘里水而國漁而村者東淀中勝芳外惟臺頭黃岔兩村爲著名其地港汊紛歧蘆荻彌望藏奸易戢奸難該處昔多萑莽豪客地使然也近沐王化久爲良民矣今歲春夏間山東拳術蔓衍畿南謠言四起民惑之嗣爲聯軍盪平而黃岔台頭皆解散從良聯兵亦未或擾及冬月間不知何故與教民彼此爲難各有所傷遲日復鬥並有洋兵被傷之說該二村亦被轟擊死者死逃者逃火其澤延燒數十里外悉望見近聞復有外來匪徒勾結土匪晝夜在子牙河近淀各村綁票搶刼除昨報記二鋪郭生被綁外其大六分村一帶多有被刼之家俟訪再佈以爲出其途者知有戒心牧其民者尙其知所保障哉

是何晦氣　○訪事人云侯家後江叉胡同有砍傷一人血跡模糊仰臥於地或云係酗酒兵丁所爲俟訪再錄

高抬租價　○近日北門西沿城一帶房間業經拆淨隨將木料各移他處所有舖戶等皆遷移佐近地方暫爲居住故刻下北門外一帶房間無不高抬其價云

後婚眞毒　○瑯琊後裔洋貨行人素有迷症前妻病死遺一子繼娶一妻爲再醮婦帶來二子長者與婦年似相埒次亦翩翩皆善彈唱日共歡樂未知二子果爲該婦親生否然自婦入門後黑心符出蘆花變生不知何故將前子趕出致如乞丐爲其所帶之子聘娶一媳頗賢淑貌較婦美婦吹毛求疵百般挫辱不准夫婦交言破城後該夫得小有婦益驕虐聞現將其子媳送歸娘家聲言爲子另卜佳耦其子亦無可如何瑯琊翁亦無敢作聲以故鄰右多鄙之云云信如人言若人可作後婚殷鑒矣

金陵新聞

諭和民教　○江督劉峴帥昨頒示諭曉示軍民略謂中外勸教通商已歷多年尙能耦俱無猜彼此不生嫌隙此次大開兵釁實緣北匪倡亂開罪友邦致貽　兩宮之憂倉卒出巡流離遠徙現在和局將有成議中外敦睦如初轉瞬商埠宏開吾民利源日廣嗣後凡與外人晉接務宜敬禮有加倘敢侮慢不恭甚或妄與爲難定卽從重治罪云云剴切勸導弭患無形洵今日善後之要圖歟

許上條陳　○江督劉峴帥遵　旨籌募陝賑遞來轅中收受官紳條陳籌捐之稟先後不下數十件蓋緣元甯兩縣曾奉憲飭著令曉諭紳富有能進籌捐良法行之無弊裨益急賑准爲奏請奬叙之語故踵門獻策者頗多茲聞峴帥察核諸稟無非紙上空談礙難施行云

房捐被駁　○劣紳吳某前因稟上條陳得委督辦團練旋因苛勒滋事撤委近又陳請開辦房捐以濟陝賑擬不分紳富商民均派令按照房租分别捐助督憲以現在城內商團已由市房出費民力有限何堪再行派捐且該紳前創路工捕房亦曾收及房捐覆轍非遥何堪再蹈況該紳屢次僨事豈再有覬覦以致駁斥不准云

杭州新聞

改建藥廠　○杭州訪事友人云本年十月某日小雲棲製造廠因舂藥不慎火燄猝發傷斃工人多名防軍局憲查得廠中向來設臼太多各房雖有牆垣間隔然苦不甚高厚一經失事貽患匪輕爰稟請撫憲將臼房重行改造每房安置四臼其外繞以崇垣添置水缸若干口以備不虞札委黃别駕融恩總理其事刻已繪圖請撫憲定奪大約不日卽可興工矣

浙學受篆　○杭州訪事友人云新任浙江提督學政李大宗師蔭鑾於上月二十二日由西安　行在　陛辭東下抵杭州奉太夫人及瀛眷暫駐八旗會館次日頒發紅諭涓吉二十五日午刻接受關防屆期十一點鐘時宗師排導詣學轅杭州府朱小笏率同仁和錢塘兩縣主暨各學教官先在官廳伺候迨宗師駕臨行拜門禮然後至大堂更換朝服望　闕謝　恩太守及府學教授翁廣文以金奉前任文宗師之命將關防文卷齎送前來宗師謹敬收受展拜升座各官以禮參謁隨由書吏差役分班叩賀禮畢退堂卽命人持帖拜會文宗師茗談片刻然後辭别回行轅

吉林新聞

吉省市情　○廣東商務報云邇來吉林省垣米價日漸昂貴每斗值吉林市錢三吊七百文金葉每兩值銀三十七八兩標金每兩值銀三十五六兩砂條金每兩值銀三十二三兩金砂每兩值銀二十八九兩銀價則每兩值吉林市錢二吊九百五六十文烟土頂上者每兩值吉林市錢一吊五百有奇其次一吊二百餘文烟葉自去臘至今每百斤自吉林市錢五六吊起貴至三十餘吊不等燒酒每百斤值吉林市錢十一吊油每百斤值吉林市錢十二吊

日本新聞

美日同種　○東報載格物蒙言美國土人係古時中國日本船中爲風飄流至美國而得大陸遂下居於此其後族類蕃衍以至於今有一事足徵其言不謬昔有日人從美國帶一土人回日本神戶充當　廐之戢其面貌行藏酷肖日人頗有日人而與摻日語者蓋該以爲日人也該美人謂爲相詈常奮拳毆之東人恐生禍端乃設法使其獨居一室拒絕國人與之交接云錄蘇報

漁船遭刼　○日本報載稱日本某海岸漁船六十艘漁人四百十八人於西十二月十號出口捕魚徒遇大風悉數沈沒獲救者祇十八人其餘均不知下落云

橫濱遇風　○本月五號晨刻大雨不絕入夜又起暴風至翌日勢仍猛幸無甚損害之物僅住古　電杆一枝被風折斷云

居留神戶外人計數　○西十二月三十一號查得旅居日本神戶外人之數共計二千七百十二人其內華人一千六百五十二人云

橫濱賀軍艦近狀　○目下橫濱賀軍港中停泊者計朝日敷島八島鎮遠諸戰艦外又有淺間八雲高砂等各艦爲開港以來向所未有之壯觀以上各艦均係老於航海者現在急於修理故該處各廠均日夜趕造甚形忙碌云

臺南匪耗　○日本報載一月四日台北來電云二日夜台南縣嘉義竹頭崎警察署有土匪五十人襲來共激戰數時之久巡查三人戰死擊斃土匪二十一人云

朝鮮近事　○日本報載一月二日韓京來電云宮內府近由德國聘入醫士一名月給俸七百元現已決定又尚農商工部及軍部與機器局等擬聘法國人數名則尚未議妥云

立成信局仍在北門西板橋胡同南口萬興棧內便是

瑞林祥元記綢緞洋貨店仍設估衣街中間路北先由便門賣貨

敦慶隆綢緞洋貨店仍設估衣街西口零整發莊

貳齋洋行發賣烟煤焦炭煤末 如蒙賜顧請移玉礮子衕衕本行面議可也

新到煤油燈搧輪機器

啓者本行由英國自創點煤油燈扇輪機器出售現有樣子在本行 貴官商如欲購者即請駕臨本行帳房面議價值格外相宜只此一家並無二處特此佈聞

明義洋行主人謹啓

日商

鴻泰銀號

本號兌換銀兩買賣洋圓公平交易開設天津閘口下大街勝水總局對過便是定於十二月十二日開張特此佈聞 本號寄賣上洋新到老號廣土整莊出售價值格外便宜按時行市每包減價二兩仕商如賜顧者請移玉至敝號面議可也庶不致悞

本號主人謹啓

天后宮北

義興順綢緞莊

本莊自置顧綢緞綾羅紗絹哈喇大呢羽綾小毛各樣花素洋布南貨雅扇桂母頭油香粉姨皂歸安貝松皁湖筆一概俱全頭號杭甯綢頭號摹本緞紅梅茶每一吊二紅茶九百六紅茶梗斤二百八金百壽棉黻裙

告白

啓者本行由上海運來上白大米千包貴客光顧另躉皆可其價格外公道海大道興隆洋行特白

前登報內叙有忠義厚合同一帶原係敝號與忠義厚夥作外股生意合同並非忠義厚本號合同因有悞錯俾衆周知天昌和又白

前讀報中所載朋比為奸一則因知邱胡二人係被人所賣不過為人粗俗招此物議余等與邱往僅咫尺知之最詳且性直尚義自拳匪肇亂之時河北關上衆紳高議辦巡更事宜因邱剛正可靠約出總理其事至應募人夫不得不慎加選差因之結怨於人者在所不免當日所有在事諸公現皆感頌不已今邱因有此誣枉頗為抱愧余等見而憐之故特為登報代白

陳少卿柴訪臣鮑蔭尚全啓

儒醫

駱坦如明府安徽人遊歷中外十餘年近因時事鉅艱立意南旋我等症其脈理茫精議慕無差迭見著下成春之效力為挽留一展方技凡請診晉間鍋店街春華泰號便知萬所

李敏軒 張小甫謹啓

三義土莊

啓者本號自運各省西土黑白烟膏寄賣安樂堂紫普金半成烟丸開設天津北門外太平街坐北向南便是

本莊謹啓

聲明告白

五月匪亂由津回南路經交河縣被拳匪搶奪銀條二張計聚通恒存欠合記行平化寶銀三千兩又恒豐盛撥回粵號交黃培之廣東通用銀三千六百二十二兩五錢均向前途說明作廢並稟明都統衙門批准存案特此達知

合記號 黃培之 同啓

京都

六通棧告白

啓者六通棧開設京都崇文門外花市大街中辦東西兩口牛羊專賣各國粮臺定朝不悞價值格外公道如欲買者請本棧面議可也

恩利和牛羊公司

本號新開在海大道貼來牟機器磨房前專售牛羊肉牛肉每磅一毛二羊肉每磅一毛五祥茂條姨香水方姨價值格外公道賜顧者卽請購取

本主人謹啓

開口

魁豐冰窖

啓者敝號開設開口西並南小營門外冰窖二處向於冬令批賣各洋行夏令應用冰塊現已屆時藏冰備貴行各國糧台欲用冰塊者請至敝號預定價值格外從廉不悞主顧

草房出售

現有草房六十餘間出售座落北關外如願買者請至大滸頭西穆宅便知

鴻賓樓飯莊

本樓開設海大道機器磨坊前包辦酒席小賣俱全定於十月廿日開張此佈

雙興洋點心舖告白

本號開設侯家后雲霞落子館對過專倣外國大小甜面可及各樣十錦洋點心一應俱全價值格外公道　仕商賜顧者即請購買可也特此佈聞

仁記洋行

啓者本行茲有船牌羊臘壹千箱每箱二十五包並有洋白面八百二十五袋出售特此佈聞
仁記洋行謹啓

牙醫生

自幼任美國醫院專習牙科凡牙痛腮腫均能醫治若牙未落者而風火蟲蛀或用黃金白金粉鑲補永無後患如牙落一粒或數粒或全口各鑲就無異生成可任意食物象皮托至用金托悉從客便寓英租界海大道小樓
江蘇毛瑞堂

海大道 源興亨土莊

本號自運各省西土公班大土亞庄廣膏黑白發莊一概銷售零剪購者如欲移玉請面商本莊價廉貨高主顧不悞此啓

永豐號麪包舖

本號舖掌前住紫竹林同昌辦館因被火焚移居馬家口海大道同立東棧對門新機器磨房旁便是本號辦定鐵罐牛乃糖醬火食等物呂宋烟捲帋烟點心面包俱已新鮮不悞主顧　仕商賜顧者請到本號購取可也
本號主人啓

法商 祥發號辦館告白

啓者本號開設天津紫竹林海大道育才館北專辦各國盒菜牛乃面包各樣烟捲一切雜貨物高價廉如蒙　仕商賜顧者請移玉本號面議可也特此佈聞
本主人鈕梓芬謹啓

大米告白

敝行現由上海運到上[illegible]大包米在津出售批發格外公道如貴客零買兩三包自巳食用者亦可購取請到海大道新英租界不和洋行面議多少均可本行又新到美字老牌煤油出售價值格外公道

日本名醫

橡村先生內外兩科醫道高明凡有診視病症者無不應手奏效洵爲當世之名醫現寓天津閘口下愍忠祠對過特此佈聞
門人公啓

新開美瑞洋行

啓者本行由外洋自運各色洋酒罐頭食物預冬織絨褲褂鞋襪佛藍絨項巾手套各樣胰皂[illegible]燈料器鐵胎磁面各種器俱並各[illegible]鋼鐵洋釘洋鍬洋鋤白鐵水桶洋鐵火爐以及大米各種貨物莫不精美批售大宗格外價廉凡蒙賜顧者請至法租界大羅洋行對門第四十六號門牌便是
本行主人謹啓

英商 福照樓西棧代起行

啓者今歲因遭兵荒有本棧樓房被俄國人住守至今未曾遣出故此租賃西門北萬源棧內開張該門面書挂福照樓招牌爲記所有房間院中無不寬闊潔淨安寓回漢客商各分房所所有茶水飯菜另有廚坊代運出進口貨物搭座輪船車票以及華洋關稅均按本棧舊章無不公道專運北京各處雜貨等件盡用安實洋人押送如有短少失物俱按保險章程賠補其情與衆不同　貴客商如欲搭運貨物者請至本棧面議可也特此佈聞

告白

啓者本廠需用廠地屯冀以及散夫住房均係照章付租惟尙有廠地數處地主均未領租特此登報催領租價凡各地主見報速來本廠以便照章付給除稟都統衙門存案外特此聲明以便週知
大法國界官冀廠謹白

破城時失迷聚源堂字據一張係前開拔維晏洋行賣辦穆少堂張雲樵二人經收計銀五百兩業已向穆張二人言明已失此據如出作廢又失聚興合錢鋪存銀札只亦向該錢鋪掛失特此聲明作廢
聚源堂謹白

天津河東 同義棧

敬啓者本棧開設河東大王庄河邊係俄國租界內即怡和洋行對河便是內有洋式棧房院內寬大無論粗細貨物均可存寄而棧租亦極相宜備　蒙各寶行號棧及過路客商如有貨物寄存各請移玉至本棧帳房面議可也　如欲保險以及別埠來貨者本棧均可代繳洋關墊辦稅鈔及各種使費等項特此佈達
本棧主人告白

源利車船公司

本局設在天津閘口下江蘇外局內專攬京通大小車船　貴官商光顧者新駕臨本局面議庶不致悞特此佈聞
本局謹啓

鴻義金珠店

啓者本號專做時式赤金紋銀軟翠堆纍鑲嵌首飾鳳冠酒器包葉度葉等物一概俱全開設天津府東門外天后宮南坐東向西便是

通源土莊

啓者本號出售各省西土并售黑白廣膏零整皆可如欲賜顧原箱者請移玉本號帳房面訂價值格外從廉
天津鍋店街東口
通源土莊謹啓

德記磚瓦松木公司

現寓鼓樓東坐南聚成德錢局代辦專售松木單截運截方子磚瓦格外克巳重廉不悞顧主

寄售洋書

各種俱全

如有賜顧者請移玉至北門外針市街南閣西玉盛合煤油鋪面議可也

北浮橋西
襲勝茶園
京都新到
瑞慶恒班

特請京都保府上洋烟台蘇州鎮江青江山陝等處

頭等文武名角

十二月十九日早十一點鐘開演

十三旺　金香翠　一陣風　金娃娃　陳同喜　金香玉　十四可　王吉林　八緣旦　張吉仙　雲里雁　賽英[illegible]　一陣風　小海紅　七金子　一聲雷　薛國棠

罵金殿　桃山洞　清風亭　男起解　拾玉鐲　雙包案　衆武行

侯家後老君堂西
永順茶園
特邀京都順福堂
京都姑蘇烟台等處坤角
每日准演
太平歌詞　西皮二簧

天后宮前
天仙茶園
特邀京都全喜堂
京都姑蘇烟台等處坤角
每日准演
太平歌詞　西皮二簧

閘口下大街
日商
麗華茶園
特邀京都有福堂
特邀京都上洋姑蘇等處坤角
十一月廿六日早晚有座
時調大鼓　太平歌詞

北門西
恩和茶園
特邀京都金福堂
京都姑蘇烟台等處坤角
每日准演
太平歌詞　西皮二簧

英商
恒昌厚照像館

本館在河北大街暫寓西茂盛店內今擇臘月十九日開照專影一人兩像至四像電光放大磁片牙片手捲團扇書籍字帖另有中外國花彩衣服零物等件隨便應用諸君光顧請祈小號面商不悞特此
像館主人謹啓

大日本
北清貿易洋行

啓者本行由日本分設天津紫竹林海大道老菜市氣燈房衚衕仵直報館院內現由本國自運各樣貨物一應俱全貨眞價實貴客商願買者請至本行面議價值格外公道倘現用何樣貨物定期不悞特此佈聞
本行主人謹啓

高士達洋酒飯店告白

本店開設海大道下德國界大營門內專辦各國洋酒各色點心呂宋烟各樣紙烟等物貨高價廉並辦英法大菜無論中外客商皆可賜顧特此登報佈告
本主人謹啓

同順辦館面包房

啓者本號開設海大道機器磨房內專做花旗面粉大小面包及各樣洋點心一應俱全中國各樣點心大八件糟糕長元糕　仕商賜顧者即請購取可也特此佈聞

減價出售

本行開設英界麥加利傍專售洋酒各貨俱全今將各售開列於左項上金牛奶壹仟箱白來地壹仟箱牛奶伍伯箱洋臘壹伯箱皮皂貳伯箱其餘各貨亦不細載如貴客光顧請至本行價值格外公道
義福行白

日商
福源◇銀號

本號開設在天津閘口下大街日本租界公署旁定於十二月初二日開張兌換銀兩海大道分號仍照舊交易特此佈聞
本號　分號　公啓

日商
有馬洋行

本行自北山運來大木炭照市價格外從廉整躉零發均可保險運送凡仕商欲購者請至海大道牌坊南福源銀號面議特此謹啓

日商
有信官車船總局

啓者設在天津閘口下大街勝水總局旁官車船局北代理總商雲集運往北京通州保府等處洋廣雜貨來往保險轉差洋人護送按貨估價保險諸商請至本局面[illegible]可也
附啓保府白溝河祁州等處運貨刻已通行有章貴商賜顧駕臨本局面議運價格外從廉

采金公司怡順號

本公司現移於新浮橋北行宮西買賣各色荒金條金隨時定價以京滬行情爲準　貴商交易請至本公司面議格外公平
本公司啓

京津塘沽火車開行時刻單

由天津開北京早九點三十分晚六點半到京
由北京開天津早七點半晚三點半到天津
由天津開塘沽早七點半到塘沽十一點
又下午四點開到塘沽七點
由塘沽來津二次同時

大清郵政局收信時刻曉諭傳單

寄往何處	由	某日	發信時刻
北京　保府	火車	每天	上午八點半
大沽	火車	每天	下午三點半
上海煙臺牛莊等處	輪船	每禮拜二六	下午四點　七點
上海鎮江等處	早班	每禮拜一三五	上午十一點
煙臺	又	又	又

秦王島開往烟台輪船每逢禮拜二禮拜六下午四點七點鐘發信
紫竹林總局每早九點開門收信至下午四點鐘止禮拜日下午二點至二點半止
針市街分局每日早八點開門收信至晚十點鐘止

十二月十八日銀洋行情

銀盤二吊九百九十文
洋銀二吊零八十
洋錢行情七錢

本埠每張大錢十二文　CHIHLI GAZETTE　外埠照遠近酌加寄費

CHIH PAO
直報

第五百七十七號

本館開設天津紫竹林海大道老棧市氣燈房巷內

光緒二十六年十二月二十日

西歷一千九百零一年二月初八日　禮拜五

奏報逆犯在湘中立會滋事查拿懲辦情形摺
派往謝過
勸命留學
佈勢詐贓
美日軍情
錢如流水
批示彙錄
各行告白
湘函摘要
淮北地震
西人意見
卜晝卜夜
拘獲漏稅
浙江新聞
俄兵計數
票匪解省
都統示諭
猶是馬賊
婦惡欺姑
廣東新聞
路透電報
兵艦行蹤
勿負善舉
馬賊廿四記
酒鋪抓彩
偸兒妙手
各國新聞

奏報逆犯在湘中立會滋事查拿懲辦情形摺　續昨稿

又據湘潭縣拿獲散放富有匪票及勇犯砸搶傷斃棄之仇標卽仇長庚等署岳常澧道顏鍾驥拿獲著名匪首李如海均各隨時就地

正法續據委員沈瀛在武陵縣獲匪石竹亭跟緝至龍陽縣弋獲蔡鍾浩劉陽縣訪獲唐才常胞弟文生唐才中益陽縣拿獲方成祥徐德慈利縣拿獲姚小琴九谿營拿獲李生芝汪保初即汪楚珍先後押解至省發交司局推鞫以唐才中蔡鍾浩方成祥徐德四名所供最爲詳悉蓋康有爲竄伏外洋時或潛至濱海地面改立自立會散放富有票其勾結會匪即稱富有山倚梁啓超弟子湖北已獲正法之唐才常糾合內地各項匪徒私分地段僞設官職漢口曰賓賢公襄陽曰慶賢公沙市曰制賢公荊州曰集賢公岳州曰益賢公長沙曰招賢公其餘各處皆立有名目僞稱新造自立之國分立五軍唐才常僞稱欽差湖北湖南江蘇安徽江西等省各軍總統已獲正法之林奎僞稱武昌中軍總統在逃之湖北試用縣丞沈克　即沈愚溪爲僞右軍總統陳說即桃源縣已革廩生陳猶龍爲僞左軍統領龍山縣人唐仰吾即唐奎林爲僞右軍帮辦常德一帶之事與現獲之唐才中同爲僞右軍帮統兼稽查會員催辦餉械事權較重於唐奎林在逃之鳳凰廳附生朱茂芸湘鄉縣人龔超同爲僞右軍營務會員蔡鍾浩即蔡樹瑞詭名松陰次郎同逸匪唐仰吾在常德一帶煽誘兼辦匪中僞文案各有僞職容再細加研究分別懲辦至僞充湖南糧臺之安徽桐城人浙江試用巡檢汪光炘即汪堯汶本名汪鎔詭名金容四郎業已聞拿自盡大抵此項匪徒中有二等一係文人皆曾在各處學堂肄業及經出洋學生與康有爲交往素密一係痞匪及內地舊有之會匪痞徒貪利亡命與之聯合臣業將在逃首要匪犯姓名詳開清單懸立重賞咨行通緝並示諭被誘愚民繳票首悔前有匪首譚鰲悔過投營將譚翥及李廣順指拿到案臣立准免罪一體給賞仍節叙事由張貼告示俾匪黨觀感自新且使互相猜忌務在嚴辦首要解散脅從雖經供及姓名查無確據者概不株累此查拿散放富有匪票之情形也伏査逆犯梁啓超先年充當湖南時務學堂教習傳播邪言餘燄所及以常德及澧州屬慈利縣爲甚故匪黨以湘籍爲最多其蔡鍾浩與逸匪文生趙必振何來保陳猶龍陳應軫等皆常德府屬之人而李生芝於事敗之後復於慈利縣糾合沙市匪徒成十餘營意圖再舉匪中至有慈利官班子之號徒黨繁猥可以概見似此浸淫蔓延誅不勝誅以臣愚昧之見惟有先將保甲一層切實辦理先行別清良莠方有措手之處至團練丁壯前曾有稟請自備薪糧募勇團練冒領軍火者均經嚴詞駁斥竊恐不逞之徒暗圖藉此滋事俟保甲稍有成效次第舉行一面會同學政臣吳樹梅將書院章程詳籌更定講明正學專以程朱爲主以滌汚俗而正人心端本澄源莫要於此至此次匪徒本約各府州縣同日起事牽掣兵力七八月間長沙岳州等處訛言繁興人心惶惑幾有不可安居之勢該匪黨與既衆貲用亦多布散極廣用計極惡爲歷來所未有設非仰賴　天威及早破獲其貽患殆將不可勝言所有出力員弁可否容臣擇尤酌保數員以示奬勵出自　逾格鴻施謹會同湖廣總督臣張之洞恭摺由驛馳陳伏乞　皇太后　皇上聖鑒謹奏九月初一日奉　硃批覽奏已悉辦理尚爲迅速所有出力員弁准其擇尤酌保毋許冒濫欽此

時事記要

路透電報　○西二月四六號來電云於女主出殯之日英君暨德皇均着英國大元帥之服率同親王等乘馬隨從是日天氣清朗○特將德勿替帥領兵三千名車輛極多過泰班徐南去○有兵數隊由橘河之北向南進發○官報云橘河境內又見新來之兵數隊似將有攻鬨勃萊龍來之意橘河之南所紮英兵今皆戒防○鬨勃萊龍來之總督今命該處所有英人於特人來攻一節俱出助戰○特兵千名已佔毛得方滕之營英人欲救不能英兵行至烏隣力緊兵官兵丁均被生擒云云

派往謝過　○醇親王已派往德國謝過業列前報茲聞戶部那少司農桐奉　欽命派往日本國謝過諒於明春一同起程前往云

湘函摘要　○蘇報載湘省各屬教案已不下二十餘起當道仍不設法保護後患何堪設想○衡州各屬土匪蜂起披猖闔紳商士庶大半與之勾通○胡通政所辦團練尚無成效可觀○零陵之匪雖已解散而防守仍嚴以免死灰復燃

俄兵計數　○文匯報載俄國現在滿洲並西比利亞邊境各屬者共計十二萬人云

兵艦行蹤　○出海關本非軍港不便於停泊兵船是以各國兵船之在該地者甚少不過留一二艘巡視近海而已日本自千歲艦與同橫須賀後業已一艦不存俄僅有一二艘停泊旅順其餘俱在上海長崎英亦僅有二三艘停泊威海衛其餘俱在香港至日美意各國則有數艘在芝罘餘均在上海馬尼拉蓋一因天氣酷寒北方海面無良港一因目下形勢已不必停留兵船於北方也錄同文滬報

勸令留學　○東亞同文會爲募集南京同文書院肄業生特派人分往國中各府縣勸令同志前來中國遊學所至之處凡二府三十二縣有志之士多願嚮從十數縣已經議定或有尙未議妥而縣廳與縣會之間業已商畧定者今詳舉如左　一議定用公費游學者一府十六縣四十三人　一議定用私費遊學者三縣四人　一擬用公費遊學者六縣十五人內外　一擬用私費遊學者二縣人數未定　一擬用私費或公費俱尙未定者二縣六人　一本年內未能決定者七縣　一尙未查明者四縣

淮北地震　○接南友來信云有客從徐海來揚述及上月初五日上午十一點鐘時海州所屬板浦等處同時地震窻櫺門扇震震有聲約歷三秒時即止然居民已驚駭非常矣

票匪解省　○金陵友人來函云自康逆創設自立會派匪私售富有票事敗後大憲通飭各屬嚴拏匪首立正典刑懸首藁街者先後不知凡幾沿江一帶此輩不敢厠足輒竄避淮揚高寶鹽埠等處率皆野性故態依然邇者新勝營管帶徐寶山都戎在裏下河緝捕私梟薦見會匪三人仍在散放匪票立即派勇拘獲委某弁解赴省垣上月某日戾止即趨詣督轅面稟一切督憲劉峴帥飭將三匪押發上元縣研訊確實口供詳候核辦想一經訊實不免駢首市曹矣

京津新聞

勿負善舉　○十二月十四日朝陽門內祿米倉　大俄國散放貧民米糧已列前報茲聞大俄國自十四起至除夕止每日九點鐘至十二點鐘止開倉放米時約有男婦貧民共計一萬數千名擁擠不堪強者皆可擠進每人領米二十餘斤負米而返弱者無力擁擠只可空袋而歸者約有八千數百名口惟望總理善舉諸公嚴行彈壓若再似此擁擠恐難免有擠斃之虞務須先事預防是爲至要也

倚勢詐贓　○前門內西長安街地方有重載木料車一輛徐徐而行忽被巡捕攔阻去路扣留不放指爲洋人欲留木料需用旋經隨車之某甲向其央求即給朱提二金始行釋放噫近日巡捕詐贓分肥之事屢有所聞有總巡捕之責者必當嚴密稽査以除弊端也

西人意見　○據上海字林西報云某日各國駐京使臣會議咸謂和約未定以前所有保定府城宜援照天津都統署章程暫派德法武員二人會同治理民事

都統示諭　○暫行管理津郡城廂內外地方事務都統寶倭青富法司　爲出示曉諭事照得本月二十日德國弁兵欲在跑馬場東南一帶空曠地方操演砲位操塲四圍均有兵丁站立阻止民人闖入免有危險之事屆期附近各村民均須愼重不得擅往該處觀看并須遵聽該弁兵等吩示操練完竣如有未炸炮彈該民人等亦不得擅自拾取須赴德國營盤稟報聽候德營自取收回爲此示仰馬塲附近各村民知悉特示　光緒二十六年十二月十八日

馬賊二十四記　○前報二十二記馬賊云在榆關與日兵印兵襲擊等節茲又接榆關來函云係前月二十二日午後在山海關北約二里許地方有馬賊三百餘人與洋兵相戰勢甚猖狂嗣經日本當地守備派出步兵枝隊前往救援始將馬賊擊退云

美日軍情　○訪事人昨在河東火車站見有美兵二十餘名下火車向紫竹林而去詢係由通州撤防回津又日本軍隊或一二十人或十數人不等逐日搭赴火車向東方開去至於開往何處尙不得而知也

卜晝卜夜　○拆城各節前報屢布昨有友人于晚八點鐘由南門外西城根行走見是處有許多工人拆磚掘土乘月下經營其拆城當有竣工限期歟抑其工人爲博加工之利歟否則胡不辭勞也

猶是馬賊　○昨有友人云距楊村十八里地名梅廠地方近日有匪徒聚衆在各處搶刼客商詐索富戶有津人馬某者自城陷時携眷逃至該處避難帶有箱籠多件被匪等偵知於某日聚衆約四十餘人手持快槍將馬之箱籠搶刼一空呼嘯而去噫聯軍在邇若輩竟敢明目張膽太無忌憚矣

酒舖抓彩　○天后宮南有一日本酒舖門前密布商旗懸之街口華人圍繞甚形擁擠詢係該日商用各項點心茶菓之類包成紙包多寡不一以爲得彩之物予洋一角以爲抓彩之費至其作何抓法無從探視

錢如流水　○藥王廟前某水舖內昨有洋兵三人進內將水舖內人打傷搶其現錢而逸

拘獲漏稅　○訪事云針市街巡捕局日昨拘獲一人聞係販貨漏稅者已送都署懲辦矣

婦惡欺姑　○訪事云校軍廠後耿姓之妻虐待其姑每日爭吵不休日昨不知何故將其姑推翻在地竭力毆打幸有鄰人解勸方得息事而猶盛怒不休云

偸兒妙手　○金花園西陳姓家昨有偸兒進內將屋中衣物席捲一空迨陳某知覺而已杳如黃鶴矣

批示彙錄　○李湘泉稟准予調處並限十五日理結稟覆○徐楊氏稟姑媳既經分爨自應各不相擾徐谷氏如果聽唆詐索殊屬欺逆着該抱告於廿四日親詣發審處據實稟訴查奪○王鳳禮等稟仰報知附近聯軍兵官查辦○萬和號稟仰該商人並中保來本漢文司員處面訊○日興昌等稟既經出有明示仰該商等遵示辦理示內章程未便再改○王幼軒稟已經給信礙難再給洋信理討○劉李氏稟所請執照未便照發○劉德明稟仰該商並覓舖保來本漢文司員處面訊確情再核○于燮有等稟所欠工價仰赴附近俄官理討本衙門不能准理○韓崔氏稟先行存記後再行查辦○高少堂稟該商販賣米粮仰赴官銀號報捐後應准開設如係斗店斷難照准○張玉林稟無事可派毋庸多瀆○李忠翰東全居等稟所失租房各摺准與存案○于自芳無事可派毋庸多瀆○方國鈺稟准予傳案質訊○齊王氏稟仍着落中人調處易地而居免滋訟累倘劉王氏如前虐待再行來案稟究○瑞舉人王家煦翟德閻同德等稟該紳監等所保施三孫長齡孟永生閻七果否出自情願抑係受人囑託仰於廿四日來案面詢再行核釋○宋治安趙慶春陳永錫等稟均准於廿四日投發審處面訊確情再行傳質○甯建忠稟據稟盜賊各情恐有捏飾着暫於廿四日投發審處與請訊奪○李唐山稟王蘭品託各保險是否屬寔扣租不付是否合例仰於廿四日來案面訊○武張氏稟前因彼此互控業諭紳董理處何以未經稟覆武楊氏竟有勾串典房之事仍着約同趙紳並從前息和紳董妥爲理結如不輸服准該氏於廿四日來案聲訴○李邸氏稟錢甚細微惟稱恃强詈罵殊屬非是准於廿四日來案面訴○源[illegible]棧趙五稟兩造備詞各執仰於禮拜五日投案質訊○田貫元稟事隔多日何以今始控追李三隱匿米舖是否屬寔着於廿四日來案訊奪○佟沈氏稟爾弟平日安分何人見証准於下禮拜二日約令來案面賞○朱序三稟未失物件不妨央人理說代行交付如果並未隱匿該氏何執不應准於廿四日來案諭斷○孫小峯稟着於廿日來案集訊○曹恩慶稟已擬定押禁十月矣該民無庸多瀆

浙江新聞

統領銷差　○杭省工兵營管帶張副戎寶源近奉惲中丞調統護軍衛隊後所遺工兵營另委劉統領忠樑接帶惟統領新由閩省來浙途中勞頓致染清恙當即請假調理直至上月廿六日始赴轅銷假云

諸令又撤　○諸暨夏間教案至今仍未斷結前邑尊倪愚山大令望重因之撤任另委葉詠霓大令昭教接署日來又有匪徒仇教情事當奉省憲札委李石朋大令寶　前往查辦上月廿六日奉黎方伯懸牌將葉大令撤任即飭李大令署理並限將前案訊結嚴懲匪徒以敎民敎云

角洋飛漲　○杭市行用小洋惟浙江湖北廣東三省所鑄可以通用餘雖貼水亦無人收日前每一英洋可兌小洋十一角五六分近忽連日飛漲僅兌十角零七分惟　錢市因官錢局源源鼓鑄每元仍可易一千零五十文云

措繳弓帑　○前署常山縣知縣潘子卿大令今春卸篆時核算交代虧短捐欵甚鉅迭經藩憲札催在案茲將期年四參期滿榮百衡方伯飭令何葆鼎大令守追現於上月二十八日開庫卯期繳到大錢二千一百千文由庫塡給批回收據稟報銷案矣

親莅踏勘　○仁和縣陳吉士大令現於上月二十六日傳帶快役親兵出武林門下鄉勘案聞因爭地涉訟稟請莅丈或云有某姓家被竊鉅贓故往履勘未識孰是

廣東新聞

涓滴無遺　○爲牌示事照得土綢繡巾管項釐費現經本局稟明厘務總局自本月二十一日起照案仍歸本行協恭堂代抽代繳一切抽收數目悉照向章並不加增如有走私之人須由該行指名稟出由本局究辦合行曉諭週知爲此牌仰土綢繡巾行商人等知悉以後凡有土綢貨物一經進店卽赴協恭堂報完厘費塡給報單倘有匿報走漏一經查出或被指稟定將該店查封重罰決不寬貸各宜凜遵毋違特示

踴躍捐輸　○粤省大憲以餉項支絀籌措良難各項貨商凡可增抽以裕國課者莫不次第整頓如臺砲經費一項着令承認商人盡力報効共濟時艱并委李子香直刺赴各善堂會商辦理刻巳辦有頭緒各商亦踴躍樂輸直刺將商辦情形稟覆大憲聞七十二行中現有三十七行加認經費約增餉銀七萬兩

船隻報單　○據廣東海關報稱該關上年秋季到有西商輪船八十七艘內河船三百四十四艘帆船六艘華商輪船四百四十艘內河船五十三艘云

各國新聞

海外奇譚　○英人丹忌利士構樓閣於域多厘部土木丹靑窮極華侈有歐翁者與東南海人服賈英京垂五十年通英語自英商鳩工庀材之日以至落成俱目擊之心豔羨其壯麗每過其門輒流連而不忍去如是者非一日英人窺之日稔竊訝此老何不憚煩日者翁復至瞻眺徘徊英人揖翁而進曰公日踵吾門目灼灼注視者何也歐曰僕羨君享神仙之福瓊樓玉宇冠絕人間故不勝眷戀耳英人曰嗟乎余脫死地而出生天蓋不知幾經磨折而後有此樂也公豈欲聞之乎歐應之曰唯唯英人曰余少有遠志壯年執贄於某洋輪積蓄纔百餘金適該輪主販湖絲累鉅萬將往温哥華余亦盡出囊貲販絲冀博什一啓輪數日將抵巴拿地方巨浪掀天忽睹海中一小島輝煌金碧光怪陸離輪主展地輿圖察之訝曰有此名區竟不登載何也乃相約停輪率諸人裹餱糧携杯羹以攬其勝余以膳夫得寓目焉遊興未闌腹餒思食命余治膳具　燔甫畢覺島嶼震動有聲諸人大懼爭欲狂奔返輪余亦驚駭非常然必須收拾整理不得已殿其後詎轉瞬間已失輪船所在唯見驚濤駭浪澎湃於天光雲影中旁有峭壁千里矗立無際余時仍肩炊具躡絕巘履層巖弛擔息神徐圖良策然深山大澤寂無人蹤豐草長林時有獸跡自分化爲異物必不敢望歸骨故鄉矣　此稿未完

立成信局仍在北門西板橋胡同南口萬興棧內便是

瑞林祥元記綢緞洋貨店仍設估衣街中間路北先由便門賣貨

敦慶隆綢緞洋貨店仍設估衣街西口零整發莊

貳齋洋行發賣烟煤焦炭煤末 如蒙賜顧請移玉禳子衚衕本行面議可也

永年壽命保險公司告白

啓者本總公司在美國紐約埠開設多年生意興隆資本銀四百四十四兆三億三萬零八百八十元至於保險三十七萬三千九百三十四人共計銀一千九百四十二兆四億三萬零二百九十元足見資本之厚利益之多誠信相孚章程甚善早爲海內君子共相推許各國各埠均有分行中國各通商口岸亦有巨商代理並另立總局於上海九江路第四號門牌係專辦中國保險事宜現又在天津海大道瑞記洋行請王君專理本公司一切事務嗣後如有願保人壽者速請與王君面議可也

洋總理高尙志謹啓

日商 鴻泰銀號

本號兌換銀兩買賣洋圓公平交易開設大津開口下大街勝水總局對過便是定於十二月十二日開張特此佈聞 本號寄賣上洋新到老號廣土整莊出售貨值格外便宜按時行每包減價二兩仕商如賜顧者請移玉至敝號面議可也庶不致悞

本號主人謹啓

天后宮北 義興順綢緞莊

本莊自置顧繡綢緞綾羅紗絹哈喇大呢羽綾什毛各樣花素洋布南貨雅扇桂母頭油香粉姨皂歸安貝松湖筆一概俱全 頭號杭甯綢 頭號摹本緞 梅茶每斤一吊二 紅茶九百六 紅梗茶斤二百八 金百壽棉襖褂

告白

啓者本行由上海運來上白大米千包貴客光顧另蒞皆可其價格外公道海大道興隆洋行特白

前讀報中所載朋比爲奸一則因知邱胡二人係被人所賣不過爲人粗俗招此物議余等與邱住僅咫尺知之最詳且性直尚義自拳匪擾亂之時河北關上衆紳宴議辦巡更事宜因邱剛正可靠約出總理其事至應募人夫不得不愼加選擇因之結怨於人者在所不免當日所有在事諸公現皆感頌不已令邱因有此誣枉頗爲抱愧余等見而憐之故特爲登報代白

陳少卿柴訪臣鮑蔭甫全啓

名醫回津

方司馬友莊先生皖江名士也精岐黃兼通西法刀針向留在津門數載凡遇疑難之症均許手到回春人所共仰今夏緣避亂保陽刻因友人特請回津寓河北大街浮橋旁穆家衚衕三友棧重症隨時出診門候十點鐘至一二點鐘止

同鄉友人啓

華英書室

專課英文地輿算學文法一切由八點至四點兼辦繙譯等件願學請至針市街益豐棧內面議此佈

三義土莊

啓者本號自運各省西土黑白烟膏寄賣安樂堂紫背金半戒烟丸開設天津北門外太平街坐北向南便是

本莊謹啓

聲明告白

五月匪亂由津回南路經交河縣被拳匪搶奪銀條二張計京平通和存欠合記行平化寶銀三千兩又恒豐盛撥回粵號交黃培之廣東通用銀三千六百二十二兩五錢均向前途說明作廢並稟明都統衙門批准存案備此達知

合記號
黃培之同啓

京都 六通棧告白

啓者六通棧開設京都崇文門外花市大街專辦東西兩口牛羊專賣各國糧臺定期不悞價値格外公道如欲買者請本棧面議可也

恩利和牛羊公司

本號新開在海大道貽來牟機器磨房前專售牛羊肉牛肉每磅一毛二羊肉每磅一毛五祥茂洋胰香水方胰價値格外公道賜顧者即請購取

本主人謹啓

閘口 魁豐冰窖

啓者敝號開設閘口西北南小營門外冰窖二處向於冬令批賣各洋行夏令應用冰塊現已屆時藏冰備貴行各國糧台欲用冰塊者請至敝號預定價値格外從廉不悞主顧

草房出售

現有草房六十餘間出售座落北閣外如願買者請至大溝頭西穆宅便知

鴻宴樓飯莊

本樓開設海大道機器磨坊前包辦酒席小賣俱全定於十月廿日開張此佈

雙興洋點心舖告白

本號開設侯家后雲霞落子館對過專做外國大小甜面包及各樣十錦洋點心一應俱全價値格外公道仕商賜顧者即請購買可也特此佈聞

仁記洋行

啓者本行茲有船牌洋臘壹千箱每箱二十五包並有洋白面八百二十五袋出售特此佈聞

仁記洋行謹啓

牙醫生

自幼在美國醫院專習牙科凡牙痛腮腫均能醫治若牙未落而風火蟲蛀者或用黃金白金粉鑲補永無後患如牙落一粒或數粒或全口者鑲就無異生可任意食物威至用金托象皮托悉從客便寓英租界海大道小樓

江蘇毛瑞堂

海大道 源興亨土莊

本號自運各省西土公班大土亞庄廣土黑白雲膏一概發莊零剪銷售如欲購者請移玉本莊面商貨高價廉不悞主顧此啓

永豐號面包舖

本號舖掌前住紫竹林同昌辦館因被火焚移居馬家口海大道同立東棧對門新機器磨房旁便是本號辦定鐵罐牛乃糖醬火食等物呂宋烟捲帶烟點心面包俱巳新鮮不悞主顧仕商賜顧者請到本號購取可也

本號主人啓

法商 祥發號辦館告白

啓者本號開設天津紫竹林海大道育才館北專辦各國盒菜牛乃面包各樣烟捲一切雜貨物高價廉如蒙仕商賜顧者請移玉本號面議可也特此佈聞

本主人鈕桂芬謹啓

大米告白

敝行現由上海運到上等大包米在津出售批發格外公道如貴客零買兩三包自已食用者亦可購取請到海大道新英租界平和洋行面議多少均可本行又新到美孚老牌煤油出售價値格外公道

日本名醫

橡村先生內外兩科醫道高明凡有診視病症者無不應手奏效洵爲當世之名醫現寓天津閘口下懸忠祠對過特此佈聞

門人公啓

新開美瑞洋行

啓者本行由外洋自運各色洋酒罐頭食物預冬織絨褲褂鞋襪佛藍絨項巾手套各樣胰皂十燈料器鐵胎磁面各種器俱並各和鋼鐵洋釘洋鍁洋鋤白鐵水桶洋鐵火爐以及大米各種貨物莫不精美批售大宗格外價廉凡蒙賜顧者請至法租界大羅洋行對門第四十六號門牌便是

本行主人謹啓

英商 福照樓西棧代起行

啓者今歲因遭兵荒有本棧樓房被俄國人住守至今未曾遷出故此租賃西門北萬源棧內開張該門面書掛福照樓招牌爲記所有房間院中無不寬闊潔淨安寓回漢客商各分房所所有茶水飯菜另有廚坊代運出進口貨物搭座輪船車票以及華洋關稅均按本棧舊章無不公道專運北京各處雜貨等件盡用妥實洋人押送如有短少失物俱按保險章程賠補其情與衆不同 貴客商如欲搭運貨物者請至本棧面議可也特此佈聞

告白

啓者本廠需用廠地屯糞以及散夫住房均係照章付租惟尙有廠地數處地主均未領租特此登報催領租價凡各地主見報速來本廠以便照章付給除稟都統衙門存案外特此聲明以便週知

大法國界官糞廠謹白

破城時失迷聚源堂字據一張係前開拔維晏洋行賣辦穆少堂張雲樵二人經收計銀五百兩業已向穆張二人言明已失此據如出作廢又失聚興合錢舖存銀札 只亦向該錢舖掛失特此聲明作廢

聚源堂謹白

天津河東 同義棧

敬啓者本棧開設河東大王庄河邊係俄國租界內即怡和洋行對河便是內有洋式棧房院內寬大無論粗細貨物均可存寄而棧租亦極相宜倘 蒙各寶行號棧及過路客商如有貨物寄存各請移玉至本棧帳房面議可也 如欲保險以及別埠來貨者本棧均可代辦洋關墊辦稅鈔及各種使費等項特此佈達

本棧主人告白

源利車船公司

本局設在天津閘口下江蘇外局內專攬京通大小車船 貴官商光顧者祈駕臨本局面議庶不致悞特此佈聞

本局謹啓

鴻義金珠店

啓者本號專做時式赤金紋銀軟翠堆纍鑲嵌首飾鳳冠酒器包葉度葉等物一概俱全開設天津府東門外天后宮南坐東向西便是

通源土莊

啓者本號出售各省西土并售黑白廣膏零整皆可如欲賜顧原箱者請移玉本號帳房面訂價値格外從廉

天津鍋店街東口

通源土莊謹啓

德記磚瓦松木公司

現寓鼓樓東坐南聚成德錢局代辦專售松木單截連截方子磚瓦格外克巳重廉不悞主顧

寄售洋書

各種俱全

如有賜顧者請移玉至北門外針市街南閣西玉盛合煤油舖面議可也

日商

福源銀號

本號開設在天津閘口下大街日本租界公署旁定於十二月初二日開張兌換銀兩海大道分號仍照舊交易特此佈聞

本號 分號 公啓

日商

有馬洋行

本行自北山運來大木炭照市價格外從廉整躉零發均可保險運送凡仕商欲購者請至海大道牌坊南福源銀號面議特此謹啓

日商

有信官車船總局

啓者設在天津閘口下大街勝水總局旁官車船局並代理福商雲集運往北京通州保府等處洋廣雜貨來往保險轉差洋人護送按貨估價保險諸商請至本局面者可也

附啓保府白溝河祁州等處運貨刻已通行有章 貴商賜顧 駕臨本局面議運價格外從廉

采金公司怡順號

本公司現移於新浮橋北行宮西買賣各色荒金條金隨時定價以京滬行情爲準 貴商交易請至本公司面議格外公平 本公司啓

大日本

北淸貿易洋行

啓者本行由日本分設天津紫竹林海大道老菜市氣燈房衚衕仔直報館院內現由本國自運各樣貨物一應俱全貨眞價實 貴客商願買者請至本行面議價値格外公道倘現用何樣貨物定期不悞特此佈聞 本行主人謹啓

高士達洋酒飯店告白

本店開設海大道下德國界大營門內專辦各國洋酒各色點心呂宋烟各樣紙烟等物貨高價廉並辦英法大菜無論中外客商皆可賜顧特此登報佈告 本主人謹啓

同順辦館面包房

啓者本號開設海大道機器磨房內專做花旗面粉大小面包及各樣洋點心一應俱全中國各樣點心大八件糟糕長元糕 仕商賜顧者卽請購取可也特此佈聞

減價出售

本行開設英界麥加利傍專售洋酒各貨俱全今將各貨開列於左 項上金牛奶壹仟箱白來地壹仟箱牛奶伍伯箱洋臘壹伯箱皮皂貳伯箱其餘各貨亦不細載如貴客光顧請至本行價値格外公道 義福行白

北浮橋西

襲勝茶園

京都新到

瑞慶恒班

特請 京都 保府 上洋 烟台 蘇州 鎮江 青江 山陝 等處

頭等文武名角

十二月二十日早十一點鐘開演

全班合演 一陣風 小海紅 十三紅 蓋天紅 十四紅 八綠旦 陳同喜 金香翠 雲里雁 賽英玉 活黑蹬 七金子 小海紅 一陣風 二陣風

獻瑞 七星廟 漢陽院 闖山 三上轎 衆武行 八蜡廟

侯家後老君堂西

承順茶園

特邀京都順福堂

京都姑蘇烟台等處坤角

每日准演

太平歌詞　西皮二簧

天后宮前

天慶茶園

特邀京都全喜堂

京都姑蘇烟台等處坤角

每日准演

太平歌詞　西皮二簧

閘口下大街

日商

麗華茶園

特邀京都有福堂

特邀京都上洋姑蘇等處坤角

十一月廿六日早晚有座

時調大鼓　太平歌詞

英商

恒昌厚照像館

本館在河北大街暫寓西茂盛店內今擇臘月十九日開照專影一人兩像至四像電光放大磁片牙片手捲團扇書籍字帖另有中外國花彩衣服零物等件隨便應用諸君光顧請祈小號面商不悞特此

像館主人謹啓

京津塘沽火車開行時刻單

由天津開北京早九點三十分晚六點半到京

由北京開天津早七點半晚三點半到天津

由天津開塘沽早七點半到塘沽十一點

又下午四點開到塘沽七點

由塘沽來津二次同時

大清郵政局收信時刻曉諭傳單

寄往何處	由	某日	發信時刻
北京 保府	火車	每天	上午八點半
大沽	火車	每天	下午三點半
上海煙臺 牛莊等處	輪船	每禮拜二 六	下午四點 下午七點
上海鎮江等處	旱班	每禮拜一 三 五	上午十一點
煙臺	又	又	又

秦王島開往烟台輪船每逢禮拜二禮拜六下午四點七點發信

紫竹林總局每早九點開門收信至下午四點鐘止禮拜日下午二點至二點半北針市街分局每日早八點開門收信至晚十點鐘止

十二月十九日銀洋行情

銀盤二吊九百九十文

洋銀二吊零八十

洋錢行情七錢

本埠每張大錢十二文
CHIHLI GAZETTE
外埠照遠近酌加寄費

CHIH PAO

直報

第五百七十八號

本館開設天津紫竹林海大道老菜市氣燈房巷內

光緒二十六年十二月廿一日

西歷一千九百零一年二月初九日 禮拜六

臚陳道員譚文煥惡蹟請旨革職片
籌辦陝捐訪函照譯
盼撥津貼
幸有印兵
馬口餞行
居心何忍
批示彙錄
各國新聞
英界散米
印兵何來
竊及洋兵
予之有道
廣東新聞
各行告白
豫中近狀述聞
有備無患
彙西河事
罰作苦力
此女何辜
厦門新聞
批准祭案
俄國增兵
洋兵動靜
寒鴨多驚
敗家之子
均屬胡爲
福州新聞

臚陳道員譚文煥惡蹟請旨革職片

錄中報

直隸候補道譚文煥罪惡滔天人皆側目當合肥使相秉節蒞任即批飭就地正法以儆兇頑乃未經明正典刑先被拳兵所戮雖人心得以大快而波及藩司廷方伯未免海底寃沈茲從行在內閣覓得方伯彈章鋒鍔稜稜詞嚴義正可見當日方伯並無庇護拳匪之意悞遭戕害當亦天下所切齒傷心者也其文曰廷雍片再直隸候補道譚文煥原係行伍出身冒捐道員因案革職嗣又開復分發直隸其平日行止荒謬聲名惡劣久爲仕途所不齒前以天津開釁該員與拳匪互相標榜乘勢招搖竟敢擅開局庫將快利軍械任拳匪搶奪一空至其訛索富商誘娶民女種種劣跡路人側目天津失陷後該員復持督署令箭號召拳匪數千人盤踞獨流一帶附近各處拳會均恃該員爲護符擾害地方勢將倡亂正在查辦間忽於本月初十日據稽查保甲委員報稱該員率領著名拳匪數千人進省闖

城紳民驚慌卽時紛紛遷徙出城該員旋來謁見奴才於廣坐中嚴加詰責始猶巧言飾辯繼亦理屈詞窮悖悖而出奴才卽派員帶兵前往該員寓所看守回報該員卽時逃逸奴才慮其逃後必將滋亂當派統領范天貴帶隊追襲行至高陽地面該匪等逞兇抗拒格斃八人該員由間道遁去生擒一人混名三只手者解省訊明供詞語多悖逆當卽正法人心始定伏查中外開釁肇自拳匪該員猶敢號召拳衆乘機圖亂若不嚴加懲辦恐拳匪兇燄日張後患無已除嚴密查拿並將該犯供摺呈送 行在軍機處備查外相應請 旨將直隸候補道譚文煥卽行革職嚴拿俟拿獲到日訊明嚴辦以申法紀而定民心理合附片陳明伏乞 聖鑒訓示謹 奏奉 硃批譚文煥著卽行革職嚴拿務獲訊明懲辦欽此

時事記要

批准叅案 ○頃聞鄂省當道因衡州教案奏叅衡永郴桂道隆文都司王鼎華均革職衡州府知府裕慶開缺以同知降補聞已奉 旨批准矣

籌辦陝捐 ○江督劉峴帥以陝西災區甚廣急需籌欵解往賑濟欽奉 上諭興辦捐輸先就省垣設立籌餉捐局飭由司道札府行縣曉諭紳富投局捐報又委道員多人四出勸募並委在籍紳士分司省垣捐事如能籌有成數准照江寧藩司恩藝棠方伯詳定章程勸至五千兩賞給外獎至二萬兩賞給內獎以酬勞勩

訪函照譯 ○文滙報載西正月十二號山東訪事來信云青島傳稱卽墨縣美國教會悉已仍舊傳教其賠欵業已取到計得大錢五百千云○天主教墳地在濟南者前經土人掘毁中國官塲刻擬將大錢一千串作爲修理被毁石像之費幷將各墳地加種樹木○聞袁中丞告德人云除曹州府外所有山東境內各處均可任意來往不致遭害蓋袁中丞業已諭令地方官格外保護聞教士由青島往沂州府屬各處者已有二人法國教士由烟台前往青州府者一人美教士羅君前歸平度州看視舊居所遺各物竟無一存卽壁上鐵釘用以懸掛古畫者亦經土人悉數拔去卽此可知該處情形矣

豫中近狀述聞 ○河南荒歉情形業已畧紀前報茲有人月前由該處來者述稱豫中今年荒情非如往年歉收之可比目下大麥每斤售錢四十二文高粱二十六文麥粉四十文其他已可概見矣農民存穀在家不敢出糶既防土匪搶掠又懼西兵攻犯入境瞻顧却慮觀望不前其實則急於求售蓋存銀穩於存穀也無如買主亦稀緣市井蕭條艱於輸轉故耳況値盜賊橫行無有敢携物離家求售於十里之外者鄉民日無所事但以聚衆刦肆爲生有人自與村來者述云該鄉中掠刦之徒彼能記憶其姓名有六十餘人然此僅一小鄉耳其大者更可想見甚有北方逃勇路經該處所携馬匹衣服必被搶一空始放柴薪近亦異常昂貴甚有拆屋以炊者飢民每以子女求售白銀一元便可購得女孩一口○分巡黃河北境三府之岑觀察近已將其衙門移設正德府俾安該處百姓之心並經出示慰諭其民以聯軍聞彼之來業已遠遁爾百姓可勿驚惶矣該道本年夏間嘗出示以西人曾經被控挖眼剖心切勸衛等教民早離彼鬼夷爲是云云○華軍現在屯聚河南北境者計當不下二萬人聞皆江浙兩湖之勤王軍也其間駐紮於正德北向者居多供給所則設於衛輝前經出示曉諭各鄉百姓各開濠溝以自衛蓋以備聯軍侵犯入境也

俄國增兵 ○二十二日海參威來電云俄國近有陸兵二萬五千名由奧得薩調往海參威及旅順等處據言係因屯駐東方之俄兵已屆瓜期故調此項兵士前往承乏也

京津新聞

盼撥津貼 ○京師各部院書皂人等應領飯食銀兩各省具已解往 行在刻下部中各署應分飯食銀無欵籌畫現因年關在邇値差人等莫不窘迫異常業經吏部奏請由 行在撥銀二萬兩以資津貼莫不望眼將穿未悉年內可能解到以濟困危否

英界散米 ○京師訪事人云英界所轄宣武門內甬道迤西至屯絹胡同一帶按照稽查戶口清册挨門散給米票每日十點

鑛向戶部街照票領米莫不感頌云

有備無患　○頃聞崇文門內東四牌樓一帶地方所搭貿易席棚各攤林立現經日兵督令一律拆去免遭池魚之殃可謂先事預防矣

洋兵動靜　○十二月十六日德兵一隊往京師東便門而去是否撤回天津俟訪再錄並聞英國駐京兵丁定於明春三月始能撤除云

幸有印兵　○禁城　天安門外御河橋河內冰凝數寸近自聯軍入城以來閒雜人等任其出入往來概不嚴禁以致時有中國華民幼童溜冰爲樂近日天稍和暖冰不堅固十七日復有一童在冰上行走將至河心忽然冰開身陷冰窟之中幸兩手架於冰上不致深入河底兩岸觀者如堵但不敢捨身往救是童在水失聲哀號旋經印兵拋繩挽其兩袖將冰鑿開始行撈出得慶更生履冰之戒可不愼旃

印兵何來　○訪事人云昨日黃昏時在南門外見有印度兵押解載物馬匹約六七十頭後又有印度步兵一隊約有百餘人均由西來向紫竹林一路行去聞此軍由保陽來其馬匹係備轉運什物之用云

彙西河事　○昨有友人來自勝芳者言及近日沿河搶劫情形惟臺頭一村實屬可惡而該村地名小廟子地方有匪徒楊某明者勝芳人也前曾充過捕役其羽黨士高子邢桂連等近日均手持快槍在該村附近搶刦來往客商兇惡已極是以來往行人無不愁眉雙鎖○昨有西河客商由津販買雜貨約値萬餘千之譜其貨俱以拖床裝載行至臺頭地方突遇匪徒多人霎時將貨物搶掠一空始呼嘯而去○又某甲者從勝芳販得白菜數千觔亦以拖床載運行至韓家樹地方忽而坍陷所幸某甲與撐夫均未遭滅頂之險○近日西河一帶匪徒刦搶行人之案層出迭見而楊柳青鎭石紳與勝芳鎭某巨紳會籌派撥鄉勇多名由楊柳青至勝芳沿河一帶分撥巡查俱以楊芬港爲限界是以來往行人較前頗稱安當云

寒鴨多警　○訪事人云有自西路來者傳聞勝芳鎭西寒鴨浦地方一帶聚有匪徒多人遇有來往運貨者手持快槍攔路刦搶口稱頭目大王李小安子黃蠻明王虎王豹等輩均屬兇惡異常所望當軸者急行查辦也

馬口餞行　○訪事人云昨在馬家口見一日官站立高埠處而項下纏以紅綢類似軟匾並見有日出學館學生約百餘人圍繞其前隨有日兵多名排列一旁而學生等俱以東語交談並行免冠之禮歷時許該日官乘車去迄衆學生與日兵亦閧然而散詢諸繙譯始悉日官卽某憲隊之隈元君是日回國故衆學生與日兵在該處餞行云

竊及洋兵　○訪事人云昨在城內水月庵北有意大利兵帶同繙譯挨門搜索詢諸繙譯始知該兵於駐札處失去水缸一口洋燈一盞恐爲鄰近人偸去故有此一番搜索云

罰作苦力　○訪事人云關下王大巧者于五月間曾習練拳術又乘勢搶奪財物甚夥刻有人在都署指控聞已經都統訊問故罰作苦力半年云

敗家之子　○頃聞有王某者曾于失城時攫得外財若干甚爲得意近日又在侯家後種得錢樹子數株誘集富家郎晝夜聚賭日得抽頭多金並聞凡在該處欠有賭債無力償還者卽可向王借錢以極大之息扣算有某少年向王借金佛郞十枚日以番餅二枚爲息云云王所得之利固厚彼少年者亦可謂敗家之子矣語云敗家之產易圖如是如是

居心何忍　○前報紀堤頭村炭經紀王姓者今夏在北五村設立壇口率人在老龍頭與洋兵翻役行至河東某處見一婦人手持洋書卽指爲奉敎之眷口立時用刀將該婦砍爲數段拋諸河該婦家人訪知亦不敢向伊理論人言嘖嘖無不髮指其餘劣蹟多端俟訪再布

予之有道　○前報紀奸人難作一則玆訪友云昨聞甲乙家屬在都署控告業經傳訊在案玆又聞甲等之妻于昨日又往該

管營主處控告經某武員查核屬實遂許以每日令兩家按營領洋銀若干以爲度日之資俟將來籌有善策另爲安置云

此女何辜　○訪事云西門外童發娼窰內日昨有多人欲行毆鬭詢之知緣童發新買一女覩爲錢樹子令作皮肉生涯該女不從童遂笞之故有多人前來勸解云

均屬胡爲　○訪事人云有唐某者在侯家後九道灣劉大手娼窰內宿妓致欠開錢三個該窰掌屢向唐催討唐本囊澀無詞以對適唐之族人家臨喪事唐引爲已任故將窰掌領其族門指示窰掌認以爲眞越日登唐族門討索在唐之族人茫無所知因之口角劉便率領魚兵蟹將吵鬧不休在唐無非藉端搪賬而劉卽假以訛索聞唐之族人欲赴部署鳴冤不知如何可以了結云

批示彙錄　○據王子明脚行頭役張起元等陳廷選等稟所請立爐鑄錢脚行頭役設立官船局各事均不准行○高學仁稟仰來本漢文司員處據實聲叙明白再核○于華廷稟案已完結未便再請立案○李忠翰稟所失租摺准與備案○李文友稟此係家務細故未便准理○王文祥稟事隔一載有餘無憑查辦○隋秉元范馨麟等稟無事可派毋庸多瀆

廣東新聞

軍令如山　○高州鎭總兵統領介字營勇馬介堂軍門所部營勇除調赴外縣分隊緝捕外其餘各兵均在省駐紮東校場以資防守聞有營勇某甲湖南人偷竊營中洋槍并槍子等物潛往發沽事發被獲由馬軍門諭飭營官卽日將甲綑縛正法以肅營規而昭炯戒

父老犒軍　○碣石鎭統領福軍劉淵亭軍門奉大府札委調撥福軍分營前往西樵禾首山及惠州歸善稔山陸豐等處駐紮防守四路緝捕已紀前報茲探聞劉軍門督率親軍衛隊一營前往西樵節官山雲瀛書院爲大營併分小營駐紮附近一帶嚴緝盜黨軍門隨往拜會鄉中各紳士籌商辦理善後事宜甚爲妥洽是處紳民欽仰軍門威望多以羊豕白酒送至營前請爲犒軍之用云

潮民好鬥　○廣東潮屬民風慓悍動輒械鬥去臘普甯縣屬械鬥至數十鄉之多已屬駭人聞聽不謂近日揭陽縣之鬥案較之普甯爲尤甚其始因挖挑溪沙起釁互相鬥殺已數月之久兩造所斃人命聞已有二四百之多該處地方與普甯縣接壤兩縣令恐鬥久釀成大患業已會銜馳禀請兵前往以遏亂萌矣

厦門新聞

嚴禁私鑄　○探聞日前厦門接奉閩督許筠帥頒來文告示一道飭卽懸掛文曰照得福省制錢極少市面不敷週轉本年夏間經本部堂會同將軍奏請仿照廣東鑄造紫銅當十大錢章程在閩開爐委員督辦自行鼓鑄以挽市面收回利權并以補救圜法之不足而資週轉法至善也惟近聞有等不肖奸徒私行設爐僞鑄串同錢店攙私使用魚目混珠以僞亂眞致碍官鑄大干例禁聞之深堪痛恨查例載私鑄制錢爲首者斬立決爲從者絞監候差保得賄容隱知風不報者發極遠充軍禁律何等森嚴豈容爾等藐法妄爲除飭差保嚴密查拏外爲此出示曉諭各色人等知悉自示之後如有蹈履前轍其速改過自新倘執迷不悟一經覺察或被控告定當照例重辦治罪決不姑寬其各凜遵切切勿違

茶稅記聞　○厦門每年有銷武彝一種茶葉爲數不少爲閩海關進口所徵茶稅之一大宗向來此項茶稅定章分上中下三等上等者每袋徵稅銀四錢中三錢下二錢惟有奸商希圖取巧或以上等中以中報下現被閩關委員依佐領查悉其弊因卽諭茶商餉項爲　國家正供現當籌餉之時豈容取巧朦混捏報自此次示後倘敢仍前作弊一經查出貨則充公人則議罰因小失大未免自貽伊戚等語然各茶商以無弊可作卽又具禀懇求謂茶葉利薄近數年折本甚夥請爲減稅體恤商艱云云經依委員批諭此次運來之茶爾等僉稱爲中茶自應照每袋抽稅二錢章程照完以後如何辦法仰該茶商等從速會商另議新章禀覆核奪以重稅課而示體恤所議新章限一月定奪不得遲延

福州新聞

考拔眞才 ○訪友來函云兼理船政大臣日前札飭提調沈觀察定期將船政前後學堂各學生考選眞才按班錄用一時講求算學駕駛管輪測繪諸法者莫不先期報名以備投考十五十六兩日許筠帥委孫觀察道仁崔總戎祥奎在南校場官廳面試學生到者前學堂三人後學堂九人測繪書院六人各廠輪練生九人聞此次因各營有教習懸缺未經補授入選者即可補充故各學生尤躍躍欲試云

派生赴台 ○福州自創設東文學堂以後每年均派有學生赴日本東京學校學習本年又派盧葆銘孫昌潤陳燦華三名赴台灣國語學校學習均於日前起行

認捐述聞 ○自酒柴燈膏煤炭洋油磚瓦等捐紛紛踵起凡具呈督轅者半多牟利紳商搜剔百物以創捐訥課爲詞冀得邀准領辦近又有林天禧包辦羊稅翁茂安認繳綱捐羅協興創設火柴官牙林敬承擬外洋印稅其間或准或否原無一定乃細如雞蛋之微亦有稟請抽捐助餉者許帥以爲數無多恐其無益于公有累於民概不准行然捐款至千金以上亦必飭善後局詳議以憑核奪○又云酒捐 節已經酒商陳祥春等認繳開局舉辦陳同慎尚赴稅釐局嘵嘵瀆請局員以陳同慎已領諭戳竟遷延數月毫無把握因經府廳縣轉給陳祥春開辦已將此案統歸府署辦理故令將前領諭戳繳府呈局以便領回押櫃期票二千元云○又云柴捐一案前由柴商分帮金泉和每年認繳餉項四千元該欵由仲錢撥出三千元又每把另抽五毫加繳一千元稟請善後局統歸專辦等情業由善後局核准詳請制台示諭不料晋江縣柴商林益合等呈請藩司准其分辦並稱有每把抽捐一文五毫之事周子迪方伯以呈內所言不符局案未便准予所請

各國新聞

海外奇談 續昨稿○棲遲浹旬糧食告罄山花野果甘之如飴一日者覺飢腸轆轆雷鳴不可復耐忽牛脯從空下墜余爲訝天賜歡喜欲狂惟烹飪計窮 涎欲滴焦思冥想乃悟石能激火因爇切炙之煞費經營始供咀嚼飽嘗後旋見一巨鳥從東南方至凌霄振翼天日蔽虧鳳翥鵬摶未足罕譬爰集嶺表將飛未翔余竊念古人附鳳攀龍嘗聞其語矧斯巨翅更易爲功倘能藉彼扶搖或者爰得我所計既決乃逡巡至前鳥若無所覩余遂解帶繫鳥足鳥覆翼之未幾果展翅排空高入雲際余此時覺罡風甚惡寒逼肌膚且鳥腋下臊穢不可復聞心中作惡滋且死幸鳥迴旋欲墮惟俯視則彌慢山谷中皆蛇也小者如臂大者如椽竊慮寄迹是間必遭毒噬詎巨鳥甫下羣蛇疾馳頃刻無蹤似畏撲啄余稍釋然因去其縛憩息逾時驚魂略定瞥見山石光芒射目咄咄逼人精采絕倫巨細不一隨手掇拾擇其大者滿貯囊中無何陡聞有聲若連珠響震山岳余躍然而喜曰吾生矣然轉念地僻大荒安得鎗聲徹耳豈白雲深處眞有人家耶試往覘之以窮其變於是登峰造極跋涉重巒轉一山坳遙望之果見野人三四輩方欲急趨而往覺彼將舉鎗向余轟擊余急麾手止之及近前睹野人遍體黃毛語啁哳不可辨猶幸尙諳英文乃携余歸各以樁壘宣意余始知前果腹之物固其所棄將以飼鳥而 鑽石者彼意余逐鳥而奪其貨故仇視余將殺之也 此稿仍未完

立成信局仍在北門西板橋胡同南口萬興棧內便是

瑞林祥記綢緞洋貨店仍設估衣街中間路北先由便門賣貨

敦慶隆綢緞洋貨店仍設估衣街西口零整發莊

武齋洋行發賣烟煤焦炭煤末　如蒙賜顧請移玉襪子衚衕本行面議可也

永平壽命保險公司告白

啓者本總公司在美國紐約埠開設多年生意興隆資本銀四百四十四兆三億三萬零八百八十元至於保險三十七萬三千九百三十四人共計銀一千九百四十二兆四億三萬零二百九十元足見資本之厚利益之多誠信相孚章程盡善早為海內君子共相推許各國各埠均有分行中國各通商口岸亦有巨商代理並另立總局於上海九江路第四號門牌係專辦中國保險事宜現又在天津海大道瑞記洋行請王君專理本公司一切事務嗣後如有願保人壽者速請與王君面議可也　洋總理高尚志謹啓

日商　鴻泰銀號

本號兌換銀兩買賣洋圓公平交易開設天津閘口下大街勝水總局對過便是定於十二月十二日開張特此佈聞　本號寄賣上等新到老號貴土整莊出售價值格外便宜按時行每包減價二兩仕商如賜顧者請移玉至敝號面議可也庶不致悞　本號主人謹啓

天后宮北　義興順綢緞莊

本莊自置顧繡綢緞綾羅紗絹哈喇大呢羽綾各毛各樣花素洋布南貨雅扇桂母頭油香粉姨皂歸安貝松泉湖筆一概俱全　頭號杭甯綢　頭號摹本緞　紅梅茶每一吊二　紅茶九百六　紅茶匯斤二百八　金百壽棉蘇褡

告白

啓者本行由上海運來上白大米千包貴客光顧另躉皆可其價格外公道海大道興隆洋行特白

神相

江南覺覺子相法眞如神矣向遊京津關外久已馳名茲因在津來相者紛紛不斷靈驗非常本擬赴都我等挽留特此望諸公速往面談過午不候相資洋錢壹吊富貴加增廟大衙衙北口東桂公館　友人　桂堯臣　沈昭甫　許松廷　王治臣　仝啓

儒醫

駱坦如明府安徽人遊歷中外十餘年近因時事鉅艱立意南旋我等症其脉理甚精識慕無差迭見著手成春之效力爲挽留一展方技凡請診者間鋪店街春華秦號便知萬所　張小甫　李敏軒　謹啓

京濟代售直報

京都福興潤信局萬打磨廠鴻太店內濟南府城福興閘信局萬西門內大街路東鄭家胡同內如貴官商欲觀者請向敝局購取分送不悞天津福興潤信局謹白

三義土莊

啓者本號自運各省西土黑白烟膏批賣安樂堂紫背金半成烟丸開設天津北門外太平街坐北向南便是　本莊謹啓

聲明告白

五月匪亂由津閘南路經交河縣被拳匪搶奪銀條二張計梁通商存欠合記行平化寶銀三千兩又匯豐盛撥回學交黃培之廣東通用銀三千六百二十二兩五錢均向前途說明作錢非領明都統衙門批准存寄省此達知　黃搭之　合記號　同啓

京都　六通棧告白

啓者六通棧開設京都崇文門外花市大街專辦東西兩口牛羊專賣各國糧臺定期不悞價值格外公道如欲買者請本棧面議可也

恩利和牛羊公司

本號新開在海大道貽來傘機器磨房前專售牛羊肉牛肉每磅一毛二羊肉每磅一毛五祥茂[illegible]姨香水方姨價值格外公道賜顧者即請購取　本主人謹啓

閘口　魁豐冰窖

啓者敝號開設閘口西北南小營門外冰窖二處向於冬令批賣各洋行夏令應用冰塊現已屆時藏冰備當行各國糧台欲用冰塊者請至敝號預定價值格外從廉不悞主顧

草房出售

現有草房六十餘間出售坐落北關外如願買者請至大[illegible]頭西穆宅便知

鴻寶樓飯莊

本樓開設海大道機器磨坊前包辦酒席小賣俱全定於十月廿日開張此佈

雙興洋點心舖告白

本號開設侯家后雲霞落子館對過專做外國大小甜面包及各樣十錦洋點心一照俱全價值格外公道仕商賜顧者即請購買可也特此佈聞

仁記洋行

啓者本行茲有船牌半臘壹千箱每箱二十五包並有洋白面八百二十五袋出售特此佈聞 仁記洋行謹啓

牙醫生

自幼在美國醫院專習牙科凡牙痛腫均能醫治若牙未落而風火蟲蛀者或用黃金白金粉鑲補永無後患如牙落一粒或數粒或全口者鑲就可任意食物無異生成至用金托象皮托悉從客便寓英租界海大道小樓 江蘇毛瑞堂

海大道 源興亨土莊

本號自運各省西土公斑大土亞庄廣土罌白廣膏一概發莊零剪銷售如欲賜者請移玉本莊面商貨高價廉不悞主顧此啓

永豐號面包舖

本號舖掌前住紫竹林同昌辦館因被火焚移居馬家口海大道同立東棧對門新機器磨房旁便是本號糖定鐵罐牛乃糖醬火食等物呂米烟捲香烟點心面包俱已新鮮不悞主顧仕商賜顧者請到本號購取可也本號主人啓

法商 祥發號辦館告白

啓者本號開設天津紫竹林海大道育才館北專辦各國盒菜牛乃面包各樣烟捲一切雜貨物高價廉如蒙仕商賜顧者請移玉本號面議可也特此佈聞 本主人謹啓 鈕椿芬

大米告白

敝行現由上海運到上[illegible]大包米在津出售批發格外公道如貴客零買兩三包自己食用者亦可購取請到海大道新英租界平和洋行面議多少均可本行又新到美字老牌煤油出售價値格外公道

本局移在鹽坨藥土廟西鐵路岔道口路西便是發售九槽原煤每噸英洋六元五毛特此週知 礦務洋局詳白

新開美瑞洋行

啓者本行由外洋自運各色洋酒罐頭食物預冬織絨褲掛鞋襪佛藍絨項巾手套各樣胰皂燈料器鐵胎磁面各種器俱並各和鋼鐵洋釘洋鍬洋鋤白鐵水桶洋鐵火爐以及大米各種貨物莫不精美批售大宗格外價廉凡蒙賜顧者請至法租界大羅洋行對門第四十六號門牌便是 本行主人謹啓

英商 福照樓西棧代起行

啓者今歲因遭兵荒有本棧樓房被俄國人仕守仝今未曾遭出故此租賃西門北萬源棧內開張該門面書挂福照樓招牌為記所有房間院中無不寬闊潔淨安寓同漢客商各分房所所有茶水飯菜另有廚坊代運出進口貨物搭座輪船車票以及華[illegible]關稅均拔本棧舊章無不公道專運北京各處雜貨等件盡用妥實洋人押送如有短少失物俱按保險章程賠補其情與案不同貴客商如欲搭運貨物者請至本棧面議可也特此佈聞

告白

啓者本廠需用廠地屯冀以及散夫住房均係照章付租惟倘有廠地數處地主均未領租特此登報催領租價凡各地土見報速來本廠以便照章付給除稟都統衙門存案外特此聲明以便週知大法國界官冀廠謹白

天津河東 同義棧

敬啓者本棧開設河東大王庄河邊係俄國租界內即怡和洋行對河便是內有洋式棧房陪內寬大無論粗細貨物均可存寄而棧租亦極相宜倘蒙各寶行號棧及過路客商如有貨物寄存者請移玉至本棧帳房面議可也如欲保險及別埠來貨者本棧均代報洋關墊辦稅釐及各種使費等項特此佈達 本棧主人告白

源利車船公司

本局設在天津開口下江蘇外局內專攬京通大小車船貴官商光顧者祈駕臨本局商議庶不致悞特此佈聞 本局謹啓

鴻義金珠店

啓者本號專做時式赤金紋銀軟翠堆纍鑲嵌首飾鳳冠酒器包葉度葉等物一概俱全開設天津府東門外天后宮南坐東向西便是

通源土莊

啓者本號出售各省西土并售黑白廣膏零整皆可如欲賜顧原箱者請移玉本號帳房面訂價値格外從廉天津鍋居街東口通源土莊謹啓

德記磚瓦松木公司

現寓鼓樓東坐南聚成德錢局代辦專售松木留樣運鐵力子磚瓦格外克已重廉不悞主顧

寄售洋書 各種俱全

如有賜顧者請移玉至北門外針市街南閣西玉盛合煤油舖面議可也

破城時失迷聚源堂字號一張係前開拔維晏洋行賣辦穆少堂張雲樵二人經收計銀五百兩業已向穆張二人言明已失此據如出作廢又失聚興合錢舖存銀札只亦向後錢舖掛失特此聲明作廢 聚源堂謹白

日商

福源銀號

本號開設在天津閘口下大街日本租界公署旁定於十二月初二日開張兌換銀兩海大道分號仍照舊交易特此佈聞

本號 分號 公啓

日商

有馬洋行

本行自北山運來大本炭照市價格外從廉整零發均可保險運送凡仕商欲購者請至海大道牌坊南福源銀號面議特此謹啓

日商

有信官車船總局

啓者設在天津閘口下大街勝水總局旁官車船局並代理福商雲集運往北京通州保府等處洋廣雜貨來往保險轉差洋人護送按貨估價保險諸商請至本局面議可也

附啓保府白溝河祁州等處運貨刻已通行有章 貴商賜顧 駕臨本局面議運價格外從廉

采金公司怡順號

本公司現移於新浮橋北行宮西買賣各色荒金條金隨時定價以京滬行情爲準 貴商交易請至本公司面議格外公平 本公司啓

大日本

北淸貿易洋行

啓者本行由日本分設天津紫竹林海大道老菜市氣燈房衚衕在直報館院內現由本國自運各樣貨物一應俱全貨眞價實 貴客商願買者請至本行面議價值格外公道倘現用何樣貨物定期不悞特此佈聞

本行主人謹啓

高士達洋酒飯店告白

本店開設海大道下德國界大營門內專辦各國洋酒各色點心呂宋烟各樣紙烟等物貨高價廉並辦英法大菜無論中外客商皆可賜顧特此登報佈告

本主人謹啓

同順辦館面包房

啓者本號開設海大道機器磨房內專做花旗面粉大小面包及各樣洋點心一應具全中國各樣點心大八件糟糕長元糕仕商賜顧者卽請購取可也特此佈聞

減價出售

本行開設英界麥加利傍專售洋酒各貨俱全今將各貨開列於左項上金牛奶壹仟箱白來地壹仟箱牛奶伍伯紅洋臘壹伯箱皮皂貳伯箱其餘各貨亦不細載如賣客光顧請至本行價值格外公道

義福行白

北浮橋西

雙勝茶園

京都新到

瑞慶恒班

特請京都保府上洋烟台蘇州鎮江青江山陝等處

頭等文武名角

十二月廿一日早十一點鐘開演

一陣風 賽英玉 金香玉 王吉林 十三紅 小月香 粉菊花 月月紅 慶寶 十四紅 八綠旦 十六[illegible] 壽張 雲中燕 張吉仙 二兩鳳 秋吉慶

反延安 牧羊山 坐宮 衚衕會 登殿 代反長安 黃河陣 衆武行

侯家後老君堂西

永順茶園

特邀京都順福堂

京都姑蘇烟台等處坤角

每日准演

太平歌詞 西皮二簧

天后宮前

天繡茶園

特邀京都全喜堂

京都姑蘇烟台等處坤角

每日准演

太平歌詞 西皮二簧

閘口下大街

日商

麗華茶園

特邀京都有福堂

特邀京都上洋姑蘇等處坤角

十一月廿六日早晚有座

時調大鼓 太平歌詞

英商

恒昌厚照像館

本館在河北大街暫借西茂盛店內今擇臘月十九日開照專影一人兩像至四像電光放大磁片半片手捲團扇書籍字帖另有中外國花彩衣服零物等件綢便應用諸君光顧請祈小號面商不悞特此

像館主人謹啓

京津塘沽火車開行時刻單

由天津開北京早九點三十分晚六點半到京
由北京開天津早七點半晚三點半到天津
由天津開塘沽早七點半到塘沽十一點
又下午四點開到塘沽七點
由塘沽來津二次同時

大淸郵政局收信時刻曉諭傳單

寄往何處	由	某日	發信時刻
北京 保府	火車	每天	上午八點半
大沽	火車	每天	下午三點半
上海煙臺 牛莊等處	輪船	每禮拜二六	下午四點 七點
上海鎮江等處	旱班	每禮拜一三五	上午十一點
煙臺	又	又	又

秦王島開往烟台輪船每逢禮拜二禮拜六下午四點七點發信

紫竹林總局每早九點開門收信至下午四點鐘止禮拜日下午二點至二點半止 針市街分局每日早八點開門收信至晚十點鐘止

十二月二十日銀洋行情
銀盤二吊九百九十文
洋銀二吊零八十 洋錢行情七錢

本埠每張大錢十二文　CHIHLI GAZETTE　外埠照遠近酌加寄費

CHIH PAO

直報

第五百七十九號

本館開設天津紫竹林海大道老菜市氣燈房胡內

光緒二十六年十二月廿二日

西歷一千九百零一年二月初十日　禮拜日

上諭恭錄
要事彙志
稽查來歷
方伯將來
破甑不顧
酒後無德
廈門新聞

書鄭侍御請囘
劃辦苗匪
領米不易
幸未成災
因何被毆
以昭核實
日本新聞

鑾宣示日期摺後
弭兵新例
長安市價
日見其少
忍飢十日
清江新聞
各國新聞

日使述事
統帥閱操
未獲賭具
自作自受
武昌新聞
各行告白

上諭恭錄

十二月初二日　行在內閣抄奉　上諭古蒙額着調補西安右翼副都統所遺鑲白旂蒙古副都統着瑞增補授欽此

書鄭侍御請囘　鑾宣示日期摺後

國有人君猶天之有北辰也北辰爲周大之主衆星悉環而向之卽知人君爲舉國之主萬姓必仰而企之蓋謂樞機所繫居其所而未可遷移者也然特論其常未觀其變耳我　朝入關翦逆定鼎燕京扆山帶海形勢天成南面荆揚北枕遼瀋西瞰秦晉東攬青徐環望如屏畿輔居適中之地所以車塵馬足所至如歸爭名者於朝爭利者於市轂相擊肩相摩咸於一人乎是主況我　皇太后兩朝

訓政日理萬幾深仁厚澤儼女中堯舜之後生我　皇嗣統以來歐亞諸大邦不憚萬里梯航來敦邦誼但能撫馭多方當保千載相安之局不謂市寵者流忽伺　慈齡衰耄釁起干戈以內變而招外侮亂生頃刻猝不及支　皇躬以孝先天下不得不奉　聖母西巡留餘地以圖恢復然而鑾輿一去仕宦去朝商賈罷市工匠廢業戶籍偕逃人皆悵然靡所依歸如嬰兒之違慈母正以見人心之弗去也則念民爲邦本將復轉蹕東旋乎況各國要以扈歸而後和議甫能大定故羣情屬望更切雲霓李劉張袁諸臣公關心全局均有作速　回鑾之請雖奏章未能宣示第觀鄭侍御情詞懇摯既求先示定期復營陪都於河洛其主意何深且遠耶雖然吾特惜未躋其位未及其時并未度其義耳使其貴爲權要當禍亂隱伏之時而遽面折廷爭扼之使不得發即使燎原難撲倘當迎聯軍北向先使建將固扞宮闈隨即單騎出都稟　天子罪己之詔謝諸國逞怒之心庶幾凶鋒可戢而廷闕可安當不使播遷至此侍御既無其位失其時雖萬言亦無補矣夫以　太后垂簾前後將五十載內除巨憝外勦諸凶久已成中興之業豈奸黨挾爭權之計熒惑　聖聰竟墮術中而不之覺無如一時誤聽挽救無謀致使　兩宮蒙塵萬里而事勢人心之所繫一日不歸則京師一日不靖且恐延緩日深勢必釀成偏安之局然則侍御之策不已透髓切膚乎抑思周宣離鎬京其歸也必俟吉甫成功之日明皇幸蜀其歸也必俟汾陽報捷之期既不能固守邦基棄而他適與其中途而返冒危險以荅强鄰何如臨難不驚高鎮靜以持大局斯卽各國情甘保護以禮相迎徽欽北巡之辱明英土木之危諒不致見諸今日特念高年頤養不耐憂勞此非　重聖所甘遽行亦非羣臣所敢力請而況時屆嚴寒顧使　媼之賢以耄耋而處危疑棲皇於雪嶺冰天之下揆諸尊親大義我　皇不忍爲也爲今之計當請儲君奉養　重慈暫駐秦中以享含飴之樂坐待承平我　皇上翠華東指言旋故都侍衛擁之於前重臣輔之於側出與諸軍相見宣言勞慰以白無疑洋人夙崇大信當不致貽憂於意外行見海外介冑之士欣覩天顏畿內抃頌之氓咸呼萬歲未非轉禍爲福之一機也前聞保陽尙書奏請　兩宮分處其卽寓斯意乎有言責者盍陳書以決之

時事記要

要事彙志　○探得各國以和約大綱雖經中國全權大臣簽押恐不可恃若中朝不從速議結則將另籌辦法○聞俄人既允將東三省仍交還中國又允在東三省所用之兵費亦不向中國索償○探得　朝廷已許各國將莊王毓賢正法趙舒翹革職永不敘用云

剿辦苗匪　○近聞苗匪在湖南邊境大肆猖獗湘撫愈中丞業已遣派兵勇多營馳往剿辦矣

弭兵新例　○上海徐家匯滙報云泰西萬國弭兵會條約訂成之後議定由同盟之國各派委員四人專辦各國交涉事宜如兩國或有齟齬則在四員中選任欽差調停其事務使寧人息事曲直分明如曲者不肯聽從則欽差得調各國義師共伐無道惟失和之兩國不能簡派欽差聞日本朝廷欲以使臣本野氏爲調停委員而以洋員戴尼孫等副之

日使述中國事　○同文滬報載日本前任駐華公使西男爵抵東京後所述北京近事較屬確實茲錄如下　京津及津榆兩鐵路向歸三四列强所分管今則京津鐵路已全歸德人之手管車□及驛夫等均用德國人言語不通諸多不便至津榆鐵路殆已似俄人所有之物亦無言語格格之苦但已定十一月二十三日始交付德人是自北京至榆關一路已全屬於德國矣惟現在戰事未停以前各國仍不失其監理之權也至於議和之事在今日尚不便明言然其中有數事可以說明者各國全權大臣與中國全權大臣第一次會見實在十一月初三日是日各使臣以擬定條款交與中國全權大臣即外間所傳之十六款是也　此云十六款未知有誤字否　中國全權大臣旋即電奏行在雖各款已經承諾然尚未有正式之回答公文故列國使臣更行開會聚議議定後照會中國全權大臣請備正式公文確切回答此距予出京時之前二日事也　按即十三日　又和約內所附各子目失之太苛故尚須修改其文義不甚明晰故中國全權大臣必須與各使會見第二次以便逐條解釋至遲在近數日內必已會議矣但李中堂年老多病身體衰弱又

因某日食大饅頭三枚致成痢疾故其會見之期或須展延亦未可知也又賠款一節乃和議中最難之題將來列國之於此事或有如何爲難之處尚不可知但在予未出京以前列國尙屬意見相同惟不詳其以後情形耳裁釐金及改鹽稅兩端幷不在和約條款內但將來議及賠款之時中國度支又如彼奇窘自不得不議及于此聞中國政府之意似以爲欲允此請當將關稅之某項改其值百抽五者[illegible]以爲此兩稅之抵目下已在考查中國政府或遂容易承諾亦未可定然釐鹽兩款爲中國歲入大宗向以供兵餉軍械之用一但[illegible]此中國勢必萬分爲難且人民之反抗亦最甚故若中國不允則列國之於此事亦必不十分堅索也若夫中俄密約之事其爲眞爲僞在今日俱不便言予祇能答以不知而已西公使又言昔予在使館被圍時方設法禦敵之際忽一流彈飛來中予之脛但係曲折落來致失彈力故毫未受傷誠幸事也

京津新聞

稽查來歷　○京師日界暫轄地安門外各街巷每十戶立一戶牌凡有某戶每夕至九點鐘有事未回家者須赴公所報明若有親戚住下亦須一律報明如有來歷不明之人卽赴公所報明立卽嚴密查拿按法懲辦以除奸宄倘有容留來歷不明之人一經查出惟總理戶牌之家查究

領米不易　○京師朝陽門內祿米倉自十二月十四日起每日九點鐘至十二點鐘止散放糧米已列前報茲聞近日領米男婦甚衆擁擠不堪愈加人數衆多以致竟在貧夜持袋而往迨至午後擁擠不上祇得空袋而歸者聞於十二月十六日擠傷男婦四名口雖不致有性命之憂然已爲食傷身矣

長安市價　○京師近日銀價高昂每兩松江銀可易當十大個錢十四吊零八十文制錢可易兩吊八百二十文英洋每元可易大錢九吊八百文龍洋每元可易大錢九吊七百文白麵每斤四百八十文小米麵每斤三百二十文白米每斤五百六十文老米每斤二百二十文猪羊肉每斤一吊二百八十文燒酒每斤一吊二百八十文惟蔴油每斤一吊二百四十文其餘開門七件無一不貴長安市景又爲一變云

統帥閱操　○聯軍統帥哇德西伯爵于前日由京赴山海關閱視德兵演操畢旋由山海關乘火車於本月二十日來津二十一日早十點鐘時哇帥赴土墻外馬廠地方看視駐津德兵操演馬步炮三隊操演均皆精壯整齊聞統帥在津少作勾留卽赴保陽看操再赴北京云

方伯將來　○本月十七日報紀薇旌行色一則新簡直隸藩司周玉山方伯馥薇旌北指由上海抵烟台比時聞已開向秦王島茲據訪友云聞方伯薇旌二十一日可以行抵秦王島想一二日間由島可抵津埠矣

幸未成災　○訪事云日前侯家後李某院內因晚炊不戒於火延及烟梱房山等處幸有多人撲救火德君始行返駕又昨早是庵內皇姓家失愼突然火起幸有衆善水會赶到竭力救息未延鄰右亦幸事也

日見其少　○自聯軍入城以來而各城門均有各國兵丁看守司閽司閉以查奸宄各城門洋兵常川換隊總以十餘名七八名不等近見各城門兵丁有減至二三名或一二者名甚屬寥寥無幾云

未獲賭具　○訪事人云日前塘子胡同澡塘對門每日聞有以梁山泊作戰場者適戲局方歇爲二洋兵偵知有賭梯樓而覦未獲証據乃罷此可爲該主人幸矣

破甑不顧　○昨在鼓樓東見某甲手提磁壺一把因偶然失手墮之于地甲見壺已摔破遂俯身將壺提摘下從容而去竊窺其意似無惋惜之態噫破甑不顧孟叔達而後無聞焉不圖甲之所行竟若相類惜乎無林宗其人者爲之成就其學耳

因何被毆　○訪事云昨晚侯家後有宋某不知因何被人毆傷血跡模糊向西而去未悉何往俟訪再錄

忍飢十日　○聞津西勝芳鎮自聯軍入境該處紳耆督率壯丁剿辦團匪時有某甲前曾爲壇口充役以供匪等指使後見其勢敗遂即逸去以其時剿捕甚急乃避入劉某院內空房中隱匿十餘日水米不曾入口微存一絲之氣亦不敢出後經其家人偵知每夜間踰垣竊送湯水餌之始慶復生後又潛逃他處而去語所謂七日不食則歸冥路者亦未必盡然也

自作自受　○訪事云昨在古樓北大街見有法兵二十餘人圍繞華人一名向北而去審其人狀若苦力但不知所犯何罪云

酒後無德　○訪事人云昨晚周家坑地方有以老婦人提壺沽水忽遇洋兵三四人盡皆酩酊大醉以致步履欹斜並將腰間佩帶槍刺抽出在街飛舞致將該婦人頭顱刺破鮮血淋漓而下幸經路人見之將該婦人攙扶回家用藥敷治云

以昭核實　○前紀舞弊宜懲一則茲復據訪事人來云是日被抓之人乃係別案人犯前登稅局之人被抓實係誤報特此登報以昭[核]實

清江新聞

清江來函　○訪友來函云日來運河水勢加漲五尺有餘云○又云嚴廣文作霖過浦會紀本報茲悉廣文瀕行由松帥於賑餘項下撥交陝賑銀一萬兩附寄陝撫衙門廣文即於日前成行○又云連日漕河各書及各局辦理交卸事宜甚形忙冗○又云前淮揚海道謝子受觀察元福已於上月十八日束裝西赴　行在○又云漕河各書辦公清苦經松帥捐廉發銀二千兩交店生息以爲各書津貼○又云同仁當典因日來銀根緊急周轉不靈已於日前停當待贖○又云補用守備吳守戎德麒前曾因公被議茲經開復守戎奉到飭知後已於十七日赴轅叩謝

武昌新聞

文宗過鄂　○武昌訪事人云新簡江西提督學政吳大宗師士鑑由陝西　行在請　訓南下上月某日行抵鄂中江夏縣陳介庵大令特派辦差丁役在皇華館鋪備供張敬謹遠迎宗師旋乘輿入城詣督撫轅拜謁并遍拜司道各官大約須小駐文旌然後乘軺蒞任也

委查鹽務　○武昌訪事人云湖北應城縣素產膏鹽向由大府派員設局城中征收課稅嗣將鹽局裁撤改歸德安府同知鞠司馬就近征收司馬視事以來力加整頓以致商情不洽時有怨聲近日因事與應城縣聶大令牴牾大令忿甚通稟大憲謂司馬敗壞鹽法滋擾商民司馬聞之亦即具稟互訐湖廣總督張香帥以案情重大亟須澈底根求特於上月下旬會商撫憲景月汀大中丞札委候補道任小棠觀察馳往查辦

廈門新聞

廈事彙紀　○訪友來函云閩省新鑄之紫銅當十大錢定例放發兵餉搭配數成并准民間完納錢糧稅厘一體通用刻下廈地各營向省請餉由省發來餉銀萬餘內中搭配當十紫銅錢四千餘串已於日前到廈延少山觀察恐放發後兵勇上街購物民間不爲收用轉滋事端特諭廈廳先行出示曉諭一體收用不得阻難致干咎戾云云○又云新授廈門道徐乃秋觀察兆豐已於十一月十九日坐元凱兵船到廈涓吉於念二日午時接印視事闔廈文武各員均往行轅參謁道賀聞徐觀察以廈爲通商要口交涉案件繁多因飭劉永棠大令隨同蒞廈辦理將來通商各事○又云延道台前擬開辦外洋輪船公司故由省調來飛捷輪船先行試辦嗣以飛捷年久失修須入塢修理方可行駛初由工程師估價五千迨飛捷入塢拆卸後工程師以船內機器全壞增價至四萬金經觀察再四商榷允以七千金小加修理茲已於日前出塢開行進省○又云新任同安縣王擴中大令讓之於日前到廈後即涓吉念五日接印視事○又云閩省今年水災甚大待賑孔殷雖奏請開辦賑捐無如捐者寥寥故許帥前特派員分往小呂宋新加坡各埠勸捐茲聞所派之

員已在彼捐有成數惟迄今不見銀欵寄閩是以許帥刻又札委黎伯峨太守前往飭各委將成欵速速匯閩以資接濟太守已於日昨到厦擬不日乘輪出洋云○又云厦門拐案層見迭出無一破案者茲經張太守將差嚴比始於日前拿獲張姓拐犯一名當於昨日發站木籠遊街示衆○又云厦防禾山各鄉雖經陳耀秋部郎及陳敦五孝廉等創設團練奈水程遼遠照料不及海盜㕥乘潮漲之夕船近鄉行刼陳部郎等乃諭令各鄉編造巡船大社獨造一艘小社二三社合造一艘計得十三艘復就鄉中選有素諳水性者數十名補充團勇大船配勇二十名小船配勇十名八名不等均就鄉之大小捐貲創造使之聯絡一氣互相扶助一面稟請觀察倫團勇獲有贓盜送案者須會同提台賞給功牌頂戴以昭激勸鄉民藉以自衛莫不踴躍從公上月初十日部郎因巡船告成請楊西園宮保延少山觀察張仲華司馬到招商局躉船上校閱各船操演閱畢提道各賞五十金司馬賞二十金共已有二十金交部郎酌奪獎賞以示鼓勵

日本新聞

車壓斃命　○日本報載一月十九日夜九時十三分由橫濱至新橋開行之汽車在高島訂四丁目五丁目間通行鐵橋之際有一男子竟爲轢死查其年歲約廿二三至其姓名住所無知之者嗣經市役所將該尸引渡他處云

下谷火災　○日本報載一月某日晚十一時下谷區豐住訂三十三番邸日本鐵道株式會社所存鐵道材木等項場所不知爲何人放火經鄰近往救始行撲滅云

各國新聞

海外奇談續昨稿　○余乃備陳苦況且盡獻希世之珍言苟得生入玉門便爲天幸吾以不貪爲寶願以所得鑽石爲壽何如野人睹此璀璨晶瑩知非鳥所能弋獲喜而信之謙遜再三祇允留其半余力辭不受野人復書以告我言彼等曾設一火鑽公司獲利千餘萬今更益此定當雄視五洲明日請會計籯餘畫而爲二鴻溝以東者爲漢以西者爲楚年終溢息則春色平分云余察其意誠遂可其議勾留數月會有某輪船返國余遂殷勤話別而歸既抵里門恍如隔世他人處此必將息影蓬廬矣詎余膽氣愈壯遠遊之念曾不少衰日者復有亞洲之行束裝就道登輪後聞輪主與舟師相齟齬蓋彼欲趨道遠而垣者此欲趨道近而危者各執一詞故力爭不決也後卒趨近道冒險而前余以溝壑餘生實恃死生有命迨輪抵蘇陀境果見有物似猴非猴奇形怪狀浮游水面百十成羣舟人戲以餅餌投之怪物噓氣一呼響應者以千萬計登時風濤大作雲霧晦冥地覆天翻遂及於溺余急抱持片板隨波逐流意謂必死是鄉詎浮沈數刻復登彼岸爲日耳曼界是日適日皇女擇壻團觀者如堵墻咸冀相攸便當尚主余亦於稠人中厠足不意遽邀青盼得選東床余念到處能安猶勝天涯萍梗上前奏曰臣異鄉孤客卑莽微軀猥蒙賜以婚姻竟不棄其寒賤受之實虞隕越鄙之唯恐不恭云云日皇大喜羣臣以下咸免冠賀即日成婚閨房之間亦殊敦篤日者主忽告我言頃聞有舶司稟報港口有一巨輪漂流至此中貯數萬湖絲惜淹漬不堪適用等語乍聆之下棖觸予懷亟往視之則當年故物也始知前游海島實是魚泡海市蜃樓變幻成境魚被火炙搖尾沈輪輪主諸人必葬魚腹計氈拿詎日耳曼不知其幾萬里巨魚之巨必百倍鯨鯢矣因相與嗟歎久之　此稿仍未完

錦標誰屬　慨自鶴唳陡驚鶯歌頓歇每憶章台之柳色遂興杜牧之春情歌舞地近上重與風月場誰堪作主往懷既輟故態復萌爰集騷壇擬由蕊榜凡此南華粉黛北里臙脂儘可彙品分評按名誌譽判青樓之優劣做白氏之風流惟是紫閣見聞恐有多歧亡羊之憾加之疏於物色不免有一遺白之譏遲書總起于報端冀邀同志速定羣芳之聲價惠我好音幸勿遲遲是爲切切此啓　紅樓夢未醒主人啓

茲擬以嘉平既望起至明正既望訖以爲投遞信函之期其例則以所品定者分爲五品由超逸妙能而各品之中又分之以五等譬若仙乎其仙者則首書某名次書仙品二字次圈以五圈不及等者其圈遞減餘四品同其函則投至直報館或交各處附近送報人亦可並隨封加津錢三十文以爲值付報館刷印工資並非藉此以趨利也期滿日本主人尚須逐條大闡以期核實乃可錄榜附登

立成信局仍在北門西板橋胡同南口萬興棧內便是

瑞林祥元記綢緞洋貨店仍設估衣街中間路北先由便門賣貨

敦慶隆綢緞洋貨店仍設估衣街西口零整發莊

武齋洋行發賣烟煤焦炭煤末　如蒙賜顧請移玉磯子衚衕本行面議可也

新到煤油燈扇輪機器

啓者本行由英國自創點煤[illegible]燈扇輪機器出售現有樣子在本行　貴官商如欲購者即[illegible]駕臨本行帳房面議[illegible]價值格外相宜只此一家並無二處特此佈聞

明義洋行主人謹啓

源利車船公司

本局設在天津關口下江蘇外局內專攬京通大小車船　貴官商光[illegible]者新駕臨本局面議應不致悞特此佈聞　本局謹啓

告白

啓者本行由上海運米上白大米千包貴客光顧另[illegible]其皆可價格外公道海人道興隆洋行特白

北京代售本報處

京都前門外玻璃廠小沙土園路東又在前門內刑部街[illegible]帽胡同北頭大院內路北又前門外興隆街草帽二條胡同路東又在宣武門外保安寺街中間路北南橫街圓通觀西隔壁又宣武門外騾馬市東頭路北六處代售如購閱報者每日分送不悞特此佈聞

澂泉生潤例

書畫

壽屏四尺長者每扇二元大者遞增小者遞減

橫幅每尺方四角

楹聯一元五七言同八言加倍以上楷例也行草減半篆隸鐘鼎均照楷例減四停之一

花卉金魚供品均照楷例

墨卉蘭石均照行草例

刻石　字徑一分大者字三角二三分者一角

五仙　四五分者二角

牙章　均照石章例加倍

隨封加十分之二　凡不在例者另議

隨件惠潤定期來取無潤不應件交直報館

帳房代收

名醫回津

方司馬友莊先生皖江名士也精岐黃兼通西法刀針向留在津門數載凡遇疑難之症均許手到回春人所共仰今夏緣避亂保陽刻因友人特請回津寓河北大街浮橋旁穆家衚衕三友棧重症隨時出診門候十點鐘至一二點鐘止

同鄉友人啓

三義土莊

啓者本號自運各省西土黑白烟膏發賣安樂堂紫金丹戒烟丸開設天津北門外太平街坐北向南便是　本莊謹啓

聲明告白

五月匪亂由津回南路經交河縣被拳匪搶奪銀條二張計聚通[illegible]存欠合記行平化[illegible]銀二千兩又恒豐盛攙回粵[illegible]交黃培之廠東通用銀三千六百二十二兩五錢均向前途說明作廢並與明都統衙門批准存案照此遵知

合記號　黃培之同啓

京都　六通棧告白

啓者六通棧開設京都崇文門外花市大街出辦東西兩口牛羊專賣各國糧臺定期不悞價值格外公道如欲買者請本棧面議可也

恩利和牛羊公司

本號新開在海大道貽來傘機器磨房前專售牛羊肉牛肉每磅一毛二羊肉每磅一毛五祥茂[illegible]胰香水方胰價值格外公道[illegible]賜顧者即請購取

本主人謹啓

開口　魁豐冰窖

啓者敝號開設開口西北南小營門外冰窖二處向於冬令批賣各洋行夏令應用冰塊現已囤時藏冰備賣行各國糧台欲用冰塊者請至敝號預定價值格外從廉不悞主顧

草房出售

現有草房六十餘間出售座落北關外如願買者請至大溝頭西穆宅便知

[illegible]宴樓飯莊

本樓開設海大道機器磨坊前包辦酒席小賣俱全定於十月廿日開張此佈

雙興洋點心舖告白

本港開設侯天后雲霞落子館對過專做外國大小甜麵南及各樣十錦洋點心一應俱全價值格外公道仕商賜顧者即請購買可也特此佈聞

仁記洋行

啓者本行茲有船牌洋臘壹千箱每箱二十五包並有洋白麵八百二十五袋出售特此佈聞
仁記洋行詳啓

牙醫生

自幼在美國醫院專習牙科凡牙痛腿腫均能醫治若牙未落而風火蟲蛀者或用黃金白金粉鑲補永無後患如牙落一粒或數粒或全口者鑲就可任意食物無異生成至用金托象皮悉從客便寓英租界海大道小樓
江蘇 毛瑞堂

海大道 源興亨士莊

本號自運各省西土公班大土亞庄廣土黑白[illegible]膏一概發莊零剪銷售如欲購者請移玉本莊面商貨高價廉不悞主顧此啓

永豐號麵包舖

本號舖掌前住紫竹林同昌辦館因被火焚移居為家口海大道同立東棧對門新機器房旁便是本號辦定鐵罐牛乃糖醬火食等物呂宋烟捲帶烟點心麵包俱巳新鮮不悞主顧仕商賜顧者請到本號購取可也
本號主人啓

法商 祥發號辦館告白

啓者本號開設天津紫竹林海大道菁才館北專辦各國盒菜牛乃面包各樣烟捲一切雜貨物高價廉如蒙仕商賜顧者請移玉本號面議可也特此佈聞
本主人 鈕桂芬 謹啓

大米告白

敝行現由上海運到上海大包米在津出售批發格外公道如貴客零買兩三包自已食用者亦可購取請到海大道新英租界平和中行面議多少均可本行又新由美孚老牌煤油出售價值格外公道

本局移在鹽坨藥土廟西鐵路後道口路西便是發售九槽原煤每噸英洋六元五毛特此週知
礦務灤局 謹白

新開美瑞洋行

啓者本行由外洋自進各色洋酒罐頭食品預備冬織絨褲掛鞋襪佛藍絨項巾手套各樣膹皂燈料器鐵胎磁面各種器俱並各碼鋼鐵洋釘洋鍬印鋤白鐵水桶洋鐵火爐以及大米各種貨物英不精美批售人宗格外貴廉凡蒙賜顧者請至法租界大羅洋行對門第四十六號門牌便是
本行主人謹啓

英商 福照樓西代起行

啓者今歲因遭兵荒有本棧樓房被俄國人住守至今未曾遺出故此租賃西門北源棧內開設門面書挂福照樓招牌記所有房院中[illegible]無不潔淨[illegible]客房[illegible]飯菜[illegible]代運[illegible]按本棧[illegible]各貨物[illegible]進關出北京[illegible]押賠補[illegible]欲搭運貨物者請至本棧面議可也特此佈聞

告白

啓者本廠需用地皮以及散夫僱工[illegible]照章付給[illegible]地租[illegible]本廠[illegible]各主[illegible]以便[illegible]特此佈告[illegible]大法國租界[illegible]
謹白

日商 鴻泰錢號

本號兌換銀兩買賣洋圓公平交易開設天津開口下大街勝水總局對過便是定於十二月十二日[illegible]開市[illegible]特此佈聞[illegible]
本號主人謹啓

天津河東 同義棧

敬啓者本棧開設河東大王庄河邊俄國租界內即怡和洋行對河便是內有各式棧房[illegible]貨物[illegible]可以[illegible]保險[illegible]此佈達
本棧主人告白

大后宮北 義興順綢緞莊

本莊自運顧繡綢緞羽紗大呢線縐[illegible]各色[illegible]紅茶[illegible]金百壽[illegible]

鴻義金珠[illegible]

啓者本號專做時式赤金銀紋[illegible]向西便是

通源土莊

啓者本號出售各省西土[illegible]

聚記磚瓦松木公司

現在[illegible]

日商
福源銀號

本號開設在天津閘口下大街日本租界公署旁定於十二月初二日開張兌換銀兩海大道分號仍照舊交易特此佈聞
本號 分號 公啓

日商
有馬洋行

本行自北山運來大木炭照市價格外從廉整躉零發均可保險運送凡仕商欲購者請至海大道牌坊南福源銀號面議特此謹啓

日商
有信官車船總局

啓者設在天津閘口下大街勝水總局旁官車船局並代理福商雲集運往北京通州保府等處洋廣雜貨[?]往保險轉差洋人護送按貨估價保險諸商請至本局面可也附啓保府白溝河祁州等處運貨刻已通行有章貴商賜顧駕臨本局商議運價格外從廉

朵金公司怡順號

本公司現移於新浮橋[?]行宮西買賣各色荒金條金隨時定價以京滬行情爲準貴商交易請至本公司面議格外公平
本公司啓

大日本
北津貿易洋行

啓者本行由日本分設天津紫竹林海大道老菜市氣燈房[?]衛[?]直報館院內現由本國自運各樣貨物一應俱全貨眞價實貴客商願買名請至本行面議價値格外公道倘現用何樣貨物定期不悞特此佈聞
本行主人謹啓

高士達洋酒飯店告白

本店開設海大道下德國界大營門內專辦各國洋酒各色點心呂宋烟各樣紙烟等物貨高價[?]並辦英法大菜無論中外客商皆可賜[?]特此登報佈告
本主人謹啓

同順辦館面包房

啓者本號開設海大道機器磨房內專做花旗麪粉大[?]面包及各樣洋點心一應具全中國各樣點心大[?]件糟[?]長元糕仕商賜顧者即請購取可也特此佈聞

減價出售

本行開設英界麥加利傍[?]售洋酒各貨俱全今將各貨開列於左項上金[?]奶壹仟箱白[?]地壹仟箱牛奶伍伯[?]洋臘壹伯箱皮皂貳伯箱其餘各貨亦不細載如貴客光顧請至本行價値格外公道
義福行白

北浮橋西
襲勝茶園

京都新到
瑞慶恒班

特請京都保府上洋烟台蘇州鎮江青江山陝等處頭等文武名角
十二月廿二日早十一點鐘開演
[illegible]

對　黃　十　女　接　帘　全　本
銀　華　賣　起　蝴　蝶　盃
盃　山　藝　解　文　武　代　打

侯家後老君堂西
永順茶園

特邀京都順福堂
京都姑蘇烟台等處坤角
每日准演
太平歌詞　西皮二簧

天后宮前
天慶茶園

特邀京都全喜堂
京都[?]蘇烟台等處坤角
每日准演
太平歌詞　西皮二簧

閘口下大街
日商
麗華茶園

特邀京都有福堂
特邀京都上洋姑蘇等處坤角
十一月廿六日早晚有座
時調大鼓　太平歌詞

英商
恒昌厚照像館

本館在河北大街暫借西茂盛店內今擇臘月十九日單照專影一人兩像至四像電光放[?]磁片牙片手捲團扇書[?]字帖另合中外國花樣衣服等物等件並便應用諸君光顧請新小號面酌不悞特此
像館主人謹啓

京津塘沽火車開行時刻單

由天津開北京早九點三十分晚六點半到京
由北京開天津早[?]點半晚三點半到天津
由天津開塘沽早七[?]半到塘沽十一點
又下午四點開到塘沽七點
由塘沽來津二次同時

大清郵政局收信時刻曉諭傳單

寄往何處	由	某日	發信時刻
北京、保府	火車	每天	上午八點半
大沽	火車	每天	下午三點半
上海煙臺、牛莊等處	輪船	每禮拜二	下午四點
		禮拜六	下午七點
上海鎮江等處	旱班	每禮拜一三五	上午十一點
煙臺	又	又	又

秦王島開往烟台輪船每逢禮拜二禮拜六下午四[?]七發信紫竹林[?]局每早九點開門收信至下午四點鐘[?]禮拜日下午二點至二點半北針市街分局每日早八點開門收信至晚十點鐘止

十二月廿一日銀[?]行情
銀盤二吊九白九十文
洋銀二吊零八十
洋錢行情七錢

本埠每張大錢十二文　CHIHLI GAZETTE　外埠照遠近酌加寄費

CHIH PAO

直報

第五百八十號

本館開設天津紫竹林海大道老菜市氣燈房巷內

光緒二十六年十二月廿三日

西歷一千九百零一年二月十一日　禮拜一

奏陳康唐諸逆黨勾結會匪陰謀作亂先期破獲擒戮渠魁摺
路透電報　和約簽押　慰問老臣　奏請回鑾
和議子目近聞　維持大局　專使將歸　密約條款
西人好德　查拏造謠　各施醫藥　忠厚之言
都統示諭　巡捕官示　劫匪正法　是何案犯
坨鹽將徒　好名太甚　此何聲也　幸未被誤
以靖地方　醉傷花線　洋兵捉賭　鎮江新聞
漢口新聞　各國新聞　各行告白

奏陳康唐諸逆黨勾結會匪陰謀作亂先期破獲擒戮渠魁摺

頭品頂戴湖廣總督臣張之洞湖北巡撫臣于蔭霖跪奏爲康黨謀逆創設自立會勾結長江兩湖會匪同時作亂先期破獲擒誅渠魁現派營四路剿捕飭令繳票解散恭摺馳奏仰祈聖鑒事竊查自北方開戰以來各省匪徒咸思蠢動臣等欽遵諭旨保守疆土欲防外侮必須先靖內匪當即增募營勇分路籌防七月初旬湖北巴東縣樂鄉縣果有會匪糾衆豎旗起事正在派兵剿辦旋聞安徽大通已有大股會匪突起焚刦其勢甚熾湖北沔陽州之新堤蒲圻縣之蕭欆岡湖南臨湘縣之灘頭均有會匪搶掠團起民間大爲驚擾荊州沙市以及嘉魚麻城等縣亦均有會匪謀亂情事各匪聚衆點名打造刀械製備號衣儲積米糧一似籌財甚爲充裕者並聞有私運外洋軍火之說當經遴派員弁營勇分路密查剿捕以武穴爲下游門戶會匪淵藪並派營勇輪船前往查拏防遏同時各省拏獲各匪皆領有富有票此票乃仿照哥老會散放票布辦法其票係上海洋紙石印寫刻篆印皆極精工票上橫書富有二字直書憑票發

並典錢一千文前有編號後有年月背有暗口號圖章二顆用在湖北者又鈐楚字圖章其會名蓋暗寓富有四海之意實屬悖妄已極凡領票者均勾串一氣互爲聲援據匪首之散票者誑人云持有此票即可向匪首處領錢一千文以後附乘太古怡和輪船不索船價並云中國即將大亂以後持票即可保家以故各省匪首趨之若鶩旋經査出乃大逆康有爲一人主使調度其夥黨分布各省輾轉煽惑其巢穴即在上海英租界內設有國會總會入會者亦不盡康黨沿江沿海各省皆有國會分會而分會中以漢口之分會爲最大蓋武漢當南北適中之地居長江之上游而兩湖會匪又最多故先於武漢舉事其會名曰自立會其軍名曰自立軍勾煽二江兩湖等處哥老會匪糾衆謀逆定期七月二十九日武昌漢口漢陽三處同時起事約定新堤蒲圻之匪速起大股前來接應岳州沙市之匪遙爲聲援先於二十七日訪有端倪密飭員弁在漢口李愼德堂及寶順里內拿獲兩湖分會總匪首唐才常係督辦南部各省總會又督辦南部各省軍務處林圭係統帶國會中軍李虎生係總窩戶當時在唐才常寓所起獲軍械火藥僞印僞札僞示及富有票多張又入會各匪姓名簿又購買洋槍刀械用款雇募奸細分往各城各營各局充當內應月支薪水招募會匪自稱發餉川款各項帳簿又各省匪黨往來逆信又洋文自立會辦事規條皆在唐才常屋內搜獲並同時在漢口漢陽拿獲同夥謀逆之哥老會匪首瞿河淸向聯陞等發交營務處司道武昌府江夏縣公同審訊該匪等供認創設自立會勾結哥老會散放富有票同夥謀逆不諱當將該匪首唐才常等二十名正法示儆旋在嘉魚拿獲匪黨蔣國才搜獲富有票黄旗及各匪口號名單又正副會長康梁僞諭及供出各匪姓名續據湖南拿獲會匪頭目李英譚翥等供稱康有爲唐才常梁起超李金彪楊鴻鈞師馬炳等唐才常派爲上海總糧臺聽說康有爲孫汶派令入會并糾合大刀會孫汶已到山東此事是康有爲爲總康有爲以唐才常爲總唐才常以辜仁傑即辜洪恩師馬炳即師襄爲總湘省閙拿自盡之汪鎔派爲長沙總糧臺各糧臺之錢均是康有爲接濟等語　此摺未完

時事記要

路透電報　○西二月七八號來電云英將堪勃爾在密多勃格與特兵五百名接戰旋即敗之而去馬兵死於是役者十八名員弁傷一人而步兵之死傷者共十八名也○奧皇云中國之戰事與歐洲之和局絕無關礙○英君已命德嗣子爲大海軍隨員○日日報云皮波二將軍帥領兵丁二千大砲七尊已入開勃葉龍來境內矣○德皇與英君同赴蔡爾林告斯車站之時英人均敬之以禮德皇於六號早晨已鼓輪而返黑鷹寶星德皇已賜羅伯英兵輪護送德皇至夫樂興云○俄皇接見日使○英快船名華蘭斯省已出毛爾他調赴南非洲聽用○南非洲英兵患病死者甚多○據云英廷將派馬兵三萬接應吉青那將軍義兵或將有萬人可用南非洲可聚八千他屬五千其餘之數則將由本國調充云○吉青那爵帥電云㕘將德勿替現仍在泰班徐之北○英君暨后將於七號遷居馬爾布魯宮中○法蘭溪將軍現追逐敵兵至阿斯特丹

和約簽押　○前月二十六日東京得北京電云慶王已於本日將批准條款之上諭交付各國使臣上面蓋有御璽其草約內彼此亦署名畫押矣

慰問老臣　○西安來電云探得　兩宮近悉李傅相以憂勞過甚致政躬不豫特於日內下　旨慰問矣

皖撫奏請回　鑾　○近聞皖撫王芍農中丞日前電奏　朝廷請於年內定期回　鑾以維人心而安大局已邀　俞允

和議子目近聞　○中外日報載和議子目內有一款云東三省仍交還中國天津亦歸華官轄理不爲各國公地但須將各租界大加推擴　又一款云各國所索賠款約五十年淸償惟此項尚須另立專條　又一條款云各國教案賠款歸滋擾教案之各省地方官分起認賠不列國家賠款條內

維持大局　○英京倫敦來電云某日美國南省紡紗局主約集三十八人稟呈議政院略謂現在我美措置中國時事頗合機宜惟朝廷必須維持大局勸令中國大開門戶准各國一律通商至滿洲尤爲緊要所關務使開關貿易不知議政院中人將何以答之

專使將歸　○西正月十七號倫敦專電云聞美國所派赴華專使洛格熙君近經美政府調回帮同外部大臣海若翰君辦理中國交涉○又云美國上議院刻擬籌欵十萬元以爲日後修理駐華使署經費之用云

中俄密約條欵　○探得中俄兩國政府訂有密約九欵議妥奉天事件係由俄員哥羅師脫威代君爲關東總督西歷喀西夫君之代會同奉天將軍增留守祺商訂者茲將其條約原文錄左　俄羅斯國願照左開各欵許中國官吏在奉天府及盛京全省有治理民事之權　第一奉天將軍當在前記地方整頓善後事宜且於修築鐵路之工程扶助俄國　第二奉天將軍於前記地方內凡與攻戰軍有關係之一切俄人俱加優相待且以房屋及糧食供給彼等　第三奉天將軍當向前記地方之中國兵士將其軍械收回且遣散其俄軍尙未佔取之機器局內所存軍裝各物俱以交付俄國兵官　第四奉天將軍當於俄官面前將盛京省內所有俄軍尙未佔取之各炮台及各營壘一律拆毀又於各處火藥局亦照此辦法　第五俄國政府以希望盛京省內能恢復事變前之情狀爲主現在俄軍所有佔取之牛莊及滿洲境內之各地當交還中國地方官　第六中國爲整頓地方起見應在前記地方內設立巡捕由奉天將軍管轄　第七俄國當擇官員中有統馭一切之權力者一名駐紮奉天府奉天將軍遇有緊要事件應向該俄官詳細知照　第八若中國覺察前記地方內將來或有變亂爲中國力所不能彈壓者奉天將軍可知照駐紮奉天之俄官且可請其派兵援助　第九本約依俄文爲憑　錄同文滬報

京津新聞

西人好德　○京師訪友云近日大俄國在祿米倉放米貧民甚爲擁擠等情業經疊列前報茲聞本月十八日有貧婦某氏赴倉領米被擠詎料該婦身懷六甲以致將胎擠落呱呱者竟舉一男當經洋人瞥見以此嚴寒天氣誠恐產婦致受風寒卽給洋銀一元棉衣一件老米一石並令車將產婦送回噫好生之念中外一心出自異邦尤爲可貴矣

查拏造謠　○近日都中謠言四起紛紛傳說某大兵有變各情已列前報頃聞復行傳說德勝門甕城禁止行人出入又謂城墻已安大砲云云以致居民人心慌慌頗有寢食俱廢之勢昨經李傅相密派委員嚴行查拏遇有妄造謠言之人立卽拏獲正法以爲惑衆者儆經憲諭後謠言始息云

各施醫藥　○醫道創自神農親嘗百草辨識寒溫原爲代天行化以療疾病人命至重豈可草率將事近來都中有等醫生旣不諳望聞問切之緣又不明君臣佐使之妙徒恃數劑古方卽高自位置以漁利蠅頭比至臨診竟不能辨明寒熱甚至倒置陰陽專貪醫金置人命於不問心何忍也頃聞各國分駐境界特延國手名醫設立施醫院每日淸晨施診並施藥劑遇有病症之人不能前來診治者可延至寓所診治一槪不收車資誠謂好行其德矣

忠厚之言　○京師自聯軍破城後洋車愈增愈多現已約有千數百輛以致道路擁擠時釀事端昨聞本月十七日有前門內宋家胡同楊某行經東交民巷地方被洋車撞倒致將額角磕破血流如注並將皮馬褂撕破當經車夫將楊某扶起深爲恐懼連呼老爺恐其問罪不料楊某寬洪大量毫無怒意曰汝本苦力人況實非出於有心責汝何益言畢佯徜而去一時旁觀者無不稱爲忠厚長者云

都統示諭　○暫行管理津郡城廂內外地方事務都統寶𠈌靑法富司　爲出示曉諭事照得歲暮除夕暨新正初一初二初三共四日本衙門停辦公事爲此示仰各項民人知悉特示　光緒二十六年十二月二十一日

巡捕官示　○都統衙門巡捕官謨　爲出示曉諭事照得駐紮西沽武庫德國弁兵現欲退往他處所有庫內餘存銅鐵錫等項現經德國武員交與德商博濟爾經管不准附近各村民前往竊取如敢違抗一經知覺定必嚴辦爲此示仰各村民知悉特示
光緒二十六年十二月二十一日

[illegible]勁匪[illegible]法

○[illegible]陀地方日前經法軍拿獲刼匪二名訊明後卽行就地正法云

[illegible]何案犯

○[illegible]事人[illegible]昨早城內板橋胡同有印兵拿獲四人扭入捕局詢之該處有云係在街上出恭者被抓云云不知究竟[illegible]何犯也

[illegible]坨鹽梢徒

○[illegible]事人[illegible]昨在河東鹽坨見有某國人在該處丈量地基直至鹽坨盡處後又往居家口下某某丈量據聞係擬將坨[illegible]盡行[illegible]該莊者[illegible]否俟有確聞再布

[illegible]好名[illegible]

○[illegible]前[illegible]後影一則紀該處爲某令起建生祠各節茲又聞此役係有甲乙等人爲某令[illegible]切齒[illegible]某令暗付甲等爲之經營意謂但博榮名不妨沒奈何稍有消耗也特是幾年辛苦始飽官囊而一役未成先[illegible]堵[illegible]豈[illegible]好名之累耶噫異已

[illegible]此何聲也

○[illegible]月二十日晚九點鐘時轟聲振耳赶卽查視有謂係水師營後砲子炸裂者有云係地雷者其說不一[illegible]俟細訪

[illegible]幸未[illegible]

○前紀唐兒莊有詐稱辦團訛索等事已經兩紀本報茲聞有溫某等四五人適因有事赴西河一路途經其處正值[illegible]拿[illegible]係以溫某人非本地[illegible]詐索同夥卽一併拿去研訊再四並無別詞押禁月餘始行剪髮釋放狼狽而去云

[illegible]

○訪事云九[illegible]向午時在鐵橋見有西洋兵丁牽帶華民數人送至都署有謂係土棍羣毆被獲者又有日兵拘獲[illegible]人謂係犯賭被抓者均送都署懲辦晚間又有德兵一人牽拉一華人內有一人頭被毆傷血迹模糊拘送都署後不知如何[illegible]俟續訪再佈

醉[illegible]綠

○訪事云日前有洋兵一人已入醉鄉在侯家後欲尋花問柳不知溫柔鄉居於何處正在偵探時適遇某甲向作花街引綫[illegible]跑合者被洋兵扭住命其領入青樓甲乃導入王老之娼窰內以圖便中逃逸不料該兵酒狂便出手槍亂擊正中甲背子彈穿[illegible]致命鴇奴等急赴捕局喊救當卽去有巡捕多名將洋兵拿獲送入都署未知作何了結矣

[illegible]兵捉賭

○訪事云日前大王廟擺渡口有李某等五六人作葉子戲正在手握多張論强談弱忽來洋兵二人抓賭各葉賭具驚[illegible]者不知以後抓往官裡去否俟訪再佈

鎮江新聞

[illegible]楊

○鎮江訪事友人云總辦鎮江下游釐捐局楊大令錫江因捐數比較不足經上憲撤去差使另委許星璧明府接[illegible]明府[illegible]上月二十八日由省蒞鎮牋期本月初一日進局視事○本月某日丹徒縣莫輿香明府出示定於初四日祭倉開廠徵收漕米○今夏鎮郡時疫流行死亡相繼府尊向子振太守特捐鶴俸就府署前設立官醫局施診給藥以惠病人現屆隆冬疫氣已退太守遂示期本月初一日將局裁撤○鎮江青皮之多甲於他處本月某日府尊向子振太守特飭書吏繕就六言告示遍貼街頭其文云鎮郡青皮流氓屢次擾害商民雖經嚴拿示禁仍未匿跡消聲遇事拆梢打降專以訛詐爲生此等兇惡棍徒實屬法不容輕爲再出示曉諭各謀正業經營現經嚴諭保甲一體巡查留心敢再逞兇滋事立卽嚴拿重懲愼勿聽之藐藐本府令出惟行旋又出禁賭六言示諭曰賭博爲害地方疊經示禁煌煌現聞城廂內外仍有喝雉喧譁一經陷入賭局無不傾傢蕩產甚至流爲匪僻難免盜賊窩藏特此諄諄曉諭愼勿沉溺如常嚴諭各段保甲一體認眞巡防各宜回頭改過豈可禁令[illegible]嘗倘再怙惡不悛定卽嚴加懲創○常鎭通海道兼鎭江關監督長久山觀察以現屆冬令宵小易於竊發兼之大馬頭畔近有匪徒縱火情事爰面諭丹徒縣主莫明府及保甲各員務將各處柵門一律修整每夜限二更關鎖不得任人出入並添派各員分段梭巡○鎮江府向子振太守初以經費不敷擬將城內都廟粥廠停止後見江北貧民來者衆多因與各紳董商議仍照章賚粥振之先期出示曉諭定於本月初一日開杓

豐年預兆

○鎮江自冬節以後天氣乾旱農民望雪甚殷至前月二十八日下午時彤雲密布寒氣砭人似有釀雪之意入夜

滕六君果稅駕而來通宵達旦白戰無譁次晨推窗一望簷牙屋角間約積雪寸許迨至初一日晨大公又作玉戲至晚而止又得[illegible]三寸有餘一時父老輩額手稱慶咸以為瑞雪應時焉

起收茶捐　○鎮江西城外冬賑局粥廠舉辦多年近因經費不敷欲向各業籌加捐款乃以年來市面凋零各項捐款繁多勢成弩末該局委員翁知事毓珪不得已具稟府憲略謂蘇松等處向有茶捐名目今查鎮城內外葷素茶館開設甚多生意繁盛若能以每茶一碗捐錢一文庶使積少成多不無裨助如蒙准行應責成該業董事郭有盛邵春鉦等承辦限一月一繳藉濟粥廠之用向太守閱稟深為嘉許[illegible]飭執事郭有盛等承辦定於十二月初一日起捐按月彙數呈繳外并代出示曉諭咸使周知矣

重申禁令　○[illegible]售淫書久干例禁迭經鎮江府縣各憲出示嚴禁在案無如言者諄諄聽者藐藐近又有一等不肖之徒將著名極淫[illegible]書改換名目擺列[illegible]銷最足為風俗人心之害現為丹徒縣莫嶼香大令訪悉除飭差查拿外復示仰書賈書攤人等略謂自示之後務[illegible]各種淫書連同底稿提即焚燬勿再出售倘敢故違一經查拿到案定予按例嚴辦決不寬貸是亦[illegible]頓風化之一端也

漢口新聞

首官場　○漢口訪事友人云湖督署漢[illegible]瑪小村別駕[illegible]吉上月二十[illegible]日接篆○[illegible]黄州[illegible]總局丁太守柔克因病欠[illegible]項[illegible]被[illegible]已如數繳清湖廣總督[illegible]增入[illegible]請[illegible]○管帶[illegible]全營方翰[illegible]軍門前奉督憲張香濤制軍委[illegible]率全軍[illegible]北上[illegible]嗣又委候補縣丞錢[illegible]若干以[illegible]兹二[illegible]已[illegible]至直隸井陘縣[illegible]交納[illegible]省[illegible]差矣○漢[illegible]轉[illegible]六兩[illegible]押解西行向襄河進發○漢陽游擊[illegible]雲生游戎前[illegible]襄河上下游查[illegible]五現已事竣於上月下旬某日回[illegible]○[illegible]督張香濤制軍以時屆冬令[illegible]小叢生[illegible]謝友鵠軍門督率江安營勇丁分駐黄州黄石港圻州武穴等處加意嚴防○[illegible]候補道[illegible]虎觀察奉省憲札委辦理漢陽鋼藥廠事務擇吉上月二十六日到差○前任禮智司巡檢曹蘭舫少尹調署朱河主簿[illegible]茲已交卸[illegible]省[illegible]仍回本任大約不日可履新矣

各國新聞

海外奇談續昨稿　○居[illegible]主忽遘疾日漸羸殆俗例妻死葬砧不得獨生葬之日并舉其夫以殉余聞[illegible]惴惴懼詎延醫罔效匝月而薨計無可逃束手待斃自維蟄沈江海不作雞夷再履巉巖未遭蛇虺今竟亡於彼婦之手豈非天耶痛哭自撾且悔且恨惟不欲速朽者例得多携美食并所有生平玩好悉置泉臺余遂厚儲數月之糧仍冀稍延殘喘既底窀穸則巨[illegible]冢纍纍密邇居民發葬處日皇及后次第與余握手別畢蓋已啓生壙以待三良矣余恨無羽翼負此昂藏悲悼之餘轉任曠達遂縋而下工人取脩綆懸屍并饋送器物已覆土而掩之穢氣蒸蒸遺骸狼藉看看白骨萬念俱灰昏憶故園寸心如割蓋不自知其為生不自知其為死也羈留既久亦漸相安然惟恐老饕終成餓殍會有携食殉妻以葬者殺而奪之朝夕所需不復以絕糧為慮但迢迢鄉井無望生還沈沈夜台長此終古每一念至為之泫然一日者忽有物長頸烏喙四足斕斑形類海狗竄身入穴吮齧古髏余初慮[illegible]人以刃自[illegible]及窺其意不惡心始略安轉念此物適從何來必有徑道余盡隨其後或重見天日亦未可知遂略携珍寶俯伏蛇行伺其出而隨之循途而出約二里許已抵巖畔加[illegible]日岸適有英輪在焉余喜不自勝[illegible]趨詣之則輪主固余稔識者相見慰問余備述顛末并以實告囑令携舟人復入囊括所有而出瓜分後[illegible]仍與數十萬金舟人以次咸有賞賚歡聲若雷蓋自此海外歸來不敢作[illegible]浪乘風想矣然回念備嘗險阻卒獲安全皆此兒囊以為紀老公其謂我何歐始為之危繼為之喜終為之手舞足蹈不禁肅然起敬曰君有此堅忍沈毅之力故能履險如夷天既以勞苦困乏玉汝於成故能享此瑯嬛福地非偶然也言訖歐欲告別英人復挽留之携手歷[illegible]一一通指示其結構之精微細密之[illegible]妙[illegible]有[illegible]歎賞不置也　已完

瑞林祥元記綢緞洋貨店仍設估衣街中間路北賣貨

敦慶隆綢緞洋貨店仍設估衣街西口路南

行發賣烟煤焦炭煤末 如蒙賜顧請移玉

啟者本齋開設在天津北門外鍋店街專辦各省紙料湖筆徽墨名人書帖各色詩箋如蒙賜顧請移玉本齋購取可也特此佈聞 文美齋主人謹啟

雙興洋點心舖告白

本號開設侯家后雲霞落子館對過專做外國大小甜面西及各樣十錦洋點心一[illegible]俱全價值格外公道 仕商賜顧者即請購買可也特此佈聞

仁記洋行

啓者本行茲有船牌洋臘壹千箱每箱二十五包並有洋白面八百二十五袋出售特此佈聞

仁記洋行謹啓

牙醫生

自幼在美國醫院專習牙科凡牙痛腮腫均能醫治若牙未落而風火蟲蛀者或用黃金白金粉鑲補永無後患如牙落一粒或數粒或全口者鑲就可任意食物無異生成至用金托象皮托悉從客便寓英租界海大道小樓

江蘇毛瑞堂

海大道

源興亭土莊

本號自運各省西土公班大土亞庄廣土黑白廣膏一概發莊零剪銷售如欲購者請移玉本莊面商貨高價廉不悞主顧此啓

永豐號面包舖

本號舖掌前住紫竹林同昌辦館因彼火焚移居馬家口海大道同立東棧對門新機器磨房旁便是本號辦定鐵罐件乃糖醬火食等物呂宋烟捲香烟點心面包俱已新鮮不悞主顧 仕商賜顧者請到本號購取可也

本號主人啓

法商

祥發號辦館告白

啓者本號開設天津紫竹林海大道育才館北專辦各國盒菜牛乃面包各樣烟捲一切雜貨物高價廉如蒙 仕商賜顧者請移玉本號面議可也特此佈聞

本主人 鈕赫芬 謹啓

大米告白

敝行現由上海運到上海大包米存津出售批發格外公道如貴客零買兩三包自已食用者亦可購取請到海大道新英租界平和洋行面議多少均可本行又新到美孚老牌煤油出售價値格外公道

本局移任鹽坨藥土廟內鐵路岔道口路西便是發售九槽原煤每噸英洋六元五毛特此週知

礦務津局詳白

新開美瑞洋行

啓者本行由外洋自運各色洋酒罐頭食物預冬織絨褲褂鞋襪佛藍絨項巾手傘各樣臘皂[illegible]燈料器鐵胎磁面各種器俱並各[illegible]鋼鐵洋釘洋鍬洋鋤白鐵水桶洋鐵火爐以及大米各種貨物莫不精美批售大宗格外價廉凡蒙賜顧者請至法租界大羅洋行對門第四十六號門牌便是

本行主人謹啓

英商

福照樓西棧代起行

啓者今歲因遭兵荒有本棧樓房被俄國人住守仝今未曾遺出故此租賃西門北萬源棧內開[illegible]該門面書挂福照樓招牌爲記所有房間院中無不寬闊潔淨安寓回漢客商各分房所所有茶水飯菜另有廚坊代運出進口貨物搭座輪船車票以及華[illegible]關稅均按本棧舊章無不公道專運北京各處雜貨等件盡川妥寶洋人押送如有短少失物俱按保險章程賠補其情與衆不同 貴客商如欲搭運貨物者請至本棧面議可也特此佈聞

告白

啓者本廠需用廠地屯糞以及散夫住房均係照章付租惟尙有廠地數處地主均未領租特此登報僱領租價凡各地主見報速來本廠以便照章付給除稟部統衙門存案特此聲明以便週知

大法國界官糞廠謹白

日商

鴻泰銀號

本號兌換銀兩買賣洋圓公平交易開設天津開口下大街勝水總局對過便是定於十二月十二日開[illegible]特此佈聞 本號寄賣上[illegible]新到老號廣土整莊出售價値格外便宜按時行每包減價二兩仕商如賜顧者請移玉至敝號面議可也庶不致悞

本號主人謹[illegible]

天津河東

同義棧

敬啓者本棧開設河東大王庄河邊係俄國租界內郎怡和洋行對河便是內有洋式棧房院內寬大無論粗細貨物均可存寄而棧租亦極相宜倘 蒙台寶行號棧及過路客商如有貨物寄存各請移玉至本棧帳房面議可也 如欲保險以及別埠來貨者本棧均可代辦洋關墊辦稅銀及各種使費等項特此佈達

本棧主人告白

天后宮北

義興順綢緞莊

本莊自置顧[illegible]綢緞綾羅紗絹哈喇大呢羽綾[illegible]毛各樣花素洋布南貨雅扇[illegible]母頭油香粉綾皂歸安貝松線湖筆一概俱全

頭號杭[illegible]綢

頭號摹本緞

紅梅茶[illegible]一吊二

紅茶九百六

紅茶[illegible]斤二百八

金百壽棉線緒

鴻義金珠號

啓者本號專做時式赤金紋銀軟翠堆纍鑲嵌首飾鳳冠酒器包葉度葉等物一概俱全[illegible]設天津[illegible]東門外天后宮南坐東向西便是

通源土莊

啓者本號出售各省西土并售黑白廣膏零整皆可如欲賜[illegible]原箱者請移玉本號帳房面訂價[illegible]格外從[illegible] 天津鍋店街東口

通源土莊謹啓

德記磚瓦松木公司

現寓鼓樓東坐南聚成德錢房代辦專售松木單截達截方子磚瓦格外克已重廉不悞主顧

日商

福源銀號

本號開設在天津閘口下大街日本租界公署旁定於十二月初二日開張兌換銀兩海大道分號仍照舊交易特此佈聞

本號
分號　公啓

日商

有馬洋行

本行自北山運來大木炭照市價格外從廉整躉零發均可保險運送凡仕商欲購者請至海大道牌坊南福源銀號面議特此謹啓

日商

有信官車船總局

啓者設在天津閘口下大街勝水總局旁官車船[illegible]並代理轉商雲集運往北京通州保府等處洋廣雜貨來往保險轉差洋人護送按貨估價保險諸商請至本局面[illegible]可也

附啓保府白溝河祁州等處運貨刻已通行有章　貴商賜顧駕臨本局面議運價格外從廉

吳金公司怡順號

本公司現移於新浮橋　行宮西買賣各色荒金條金隨時定價以京滬行情爲準　貴商交易請至本公司面議公平格外本公司啓

大日本

北清貿易洋行

啓者本行由日本分設天津紫竹林海大道老菜市氣燈房衚衕在直報館院內現由本國自運各樣貨物一應俱全貨眞價實　貴客商願買者請至本行面議價值格外公道備現用何樣貨物定期不悞特此佈聞
本行主人謹啓

高士達洋酒飯店告白

本店開設海大道下德國界大營門內專辦各國洋酒各色點心呂宋烟各樣紙烟等物貨高價廉並辦英法大菜無論中外客商皆可賜顧特此登報佈告
本主人謹啓

同順辦館麵包房

啓者本號開設海大道機器磨房內專做花旗麵粉大小面包及各樣洋點心一應俱全中國各樣點心大八件糟糕長元糕仕商賜顧者即請購取可也特此佈聞

減價出售

本行開設英界麥加利傍專售洋酒各貨俱全今將各貨開列於左　項上金牛奶壹仟結白來地壹仟箱牛奶伍伯[illegible]　洋臘壹伯箱　皮皂貳伯箱　其餘各貨亦不細載如　貴客光顧請至本行價值格外公道
義福行白

北洋橋西

襲勝茶園

京都新到

瑞慶恒班

特請京都保府上洋烟台蘇州鎮江青江山陝等處

頭等文武名角

十二月廿三日早十一點鐘開演

雙[illegible]才　金香翠　一陣屏　十六[illegible]　十三[illegible]　二兩風　雲里飛　晳國棠　八綠旦　陳[illegible]　蓋天紅　錦英玉　金香玉　七金子　十三[illegible]　小海紅　慶振

對銀盃　寶華山　大賣藝　女起解　接文　當蝴武　全蝶代　本盃打

侯家後老君堂西

永順茶園

特邀京都順福堂

京都姑蘇烟台等處坤角

每日准演

太平歌詞　西皮二簧

天后宮前

天慶茶園

特邀京都全喜堂

京都姑蘇烟台等處坤角

每日准演

太平歌詞　西皮二簧

閘口下大街

日商

麗華茶園

特邀京都有福堂

特邀京都上洋姑蘇等處坤角

十一月廿六日早晚有座

時調大鼓　太平歌詞

英商

恒昌照像館

本館在河北大街暫借西盛店內[illegible]十一月十八九日[illegible]照像[illegible]特此[illegible]
像館主人謹啓

京津塘沽火車開行時刻單

由天津開北京早九點三十分晚六點半到京
由北京開天津早七點半晚三點半到天津
由天津開塘沽早七點半到塘沽十一點
又下午四點開到塘沽七點
由塘沽來津二次同時

大清郵政局收信時刻曉諭傳單

寄往何處	由	某日	發信時刻
北京 保府	火車	每天	上午八點半
大沽	火車	每天	下午三點半
上海烟臺牛莊等處	輪船	每禮拜二六	下午四點七點
上海鎮江等處	旱班	每禮拜一三五	上午十一點
烟臺	又	又	又

秦王島[illegible]往[illegible]台輪船每逢禮拜二禮拜六下午四點[illegible]七點發信
紫竹林總局每早九點開門收信至下午四點
鐘[illegible]禮拜日下午二點半[illegible]針市街分
局每日早八點開門收信晚十點鐘止

十二月廿二日銀行情
銀盤二吊九百九十文
洋銀二吊零八十
洋錢行情七錢

本埠每張大錢十二文

CHIHLI GAZETTE

外埠照遠近酌加寄費

CHIH PAO

直報

第五百八十一號

本館開設天津紫竹林海大道老菜市氣燈房巷內

光緒二十六年十二月廿四日

西歷一千九百零一年二月十二日 禮拜二

英皇維多利亞述
苗匪又起
嚴貪仇教
醉飽之失
英兵撤卡
葬於魚腹
蕪湖新聞
英美近聞
京員待南紀數
銀價日昂
印兵又來
更夫不勤
日本新聞
嘉謨入告
記列國艦隊
巡捕章程
將奈子何
城磚可畏
賭風發兮
各國新聞
漕運折回
英論華事
我朝獨多
日本紀元
是否詐騙
山東新聞
各行告白

英皇維多利亞述

錄申報

滬上英總領事署接英京倫敦計電驚悉英皇維多利亞於華歷十二月初三日之晚六點二刻時駕崩先是十一月二十九日維多利亞忽患寒疾急召御醫診脈奏稱厥勢非輕恐春秋已高血氣衰竭弗藥之喜尚難豫占至是乃漸入膏肓以致易簣一時倫敦暨蘇格蘭三島以及歐墨非亞各屬地凡屬英國官紳士庶罔不素冠縞韠痛悼良深蓋以維多利亞自臨御以來偉烈豐功震耀寰宇兵強國富迥越前朝故能使億兆傾心如喪考妣焉謹按維多利亞誕生於一千八百十九年五月二十四號即中國嘉慶二十四年四月

某日爲先皇翹而治第三之女孫而偉良第四之女姪偉良第四在位七年前星未耀遽於一千八百三十八年六月廿八號宴駕維多利亞晨睡未醒忽有叩門入謁者驚而起則羣臣郎奉以登大寶蓋年方一十有八也迨一千八百四十年與薩客都渴波洱邦王子阿勒白諧嘉偶宮闈唱和垂廿二年誕生王子四人公主五人而阿勒白旋於一千八百六十年不祿迄於今維多利亞在位已六十有四年春秋八十有二矣滬上自聞噩耗凡有英人市肆卽於昨日閉戶舉哀各國下碇浦江中兵船及總領事署一經照會俱下半旗正午十二下鐘時砲聲隆然震於江濱數以百計絡繹若貫珠蓋泰西哀悼之禮宜爾也海濱下士景仰徽猷敬伸紙濡豪表彰一二當維利多亞之登極也國中黨類旗鼓各張鴟義矯虔日益恣橫維多利亞乃金甌枚卜愼簡宰臣棟梁之才咸登朝宁又以鄰邦聘問沙漠宣威使才將才皆不可少爰爲之闢門籲俊茅茹彙征用能使濟濟英賢同時登進變則干戚常則敦槃文治武功蔚爲中興大一統之盛業其簡賢使能之良規有如此者英吉利一島國耳古名潑烈敦黑子彈丸不甚恢擴維多利亞乃聯絡商會闢印度爲新疆萬里方興咸歸版籍自是而歐美非亞諸屬地以次擴充通國人民不遠數萬里之遙爭輸財賄林林總總此往彼來屬地之多竟逾一千二百萬方里其開疆拓土之宏功有如此者自來育民之道以興學爲先必使敎化宏開始得納民于軌物維多利亞御極之初卽籌撥經費數萬磅肇興學校定例孩提五歲以上父兄必送入塾中由是創師範學堂設高等官學興格致書院開化莠善堂建書樓以啓迪諸儒行日報以開民智祇計倫敦一處學生多至四百萬人卽至白髮諸生紅閨弱女亦無不春戈秋版絃誦琅然其右文興學之盛心有如此者泰西以商戰立國而商之根本在農工英國商業之隆以印度爲巨擘而澳大利亞坎拿大二埠萬商雲集其富阜之象亦皆月異而歲不同至於航海來華列肆貿易英商占至百之七十餘分自餘諸國祇分占廿分有奇良由維多利亞留意農工多方培植工人新製一器則給憑以專其利農人新獲一種則下詔以褒其功用能使攻木攻金攻革攻石之工無一不運其巧思鉤心門角而布帛粟菽材木薪蒸亦年盛一年爭先捆載出口其興商惠工之美政有如此者天下惟國富而後兵强英之物産多矣人工亦可謂衆矣維多利亞乃起而董勸之先之以礦政繼之以路工由是行輪船興紡織敎民稼穡導民懋遷設銀行以利轉輸駛郵船以通消息海關權政務便於民貨之入口者稅之出口者免之有害於民而無益於國者重征之不數十年而商務已蒸蒸日上綜計製造物品歲値八百兆金磅興販貨物歲値六百五十兆金磅國庫所儲歲入一千四百兆金磅貸與外人之債積至二千五百兆金磅歷計五大部洲中繁富當首屈一指其理財裕國之宏猷有如此者泰西販奴之風由來已久幼童之貧無恒業者更流爲匪類游手好閒至於暗[illegible]跛之流日行乞街頭不得一飽維多利亞慨然曰一夫不獲時予之辜屬在縲絏而可任流離失所乎于是下鬻奴之禁開習藝之園老幼廢疾者養之鰥寡惸獨者䘏之合境內之攘攘熙熙咸使得所依歸免致飢寒轉徙其化頑恤貧之盛德有如此者猶恐閉關謝客無以結友邦也偃武修文無以禦外侮也敎化未普無以化狉榛而進文明也爰於此六十四年中簡使修好以睦强鄰蒐乘峙糧以飭戎政建敎堂遣敎士普宣善敎以化梗頑凡茲愷澤所施允合頌聲載道何圖昊天不弔降此鞠凶龍去點湖攀髯莫及爰將女中堯舜駿烈鴻勳緯以文言登諸報牘閱者其亦知彼國之新猷式煥俗美化行巷舞衢歌家給人足者胥由宮闈之令德而非頌禱之浮詞乎至于繼維多利亞而主英邦者係大世子威烈斯生于一千八百四十一年冬其后爲丹主竭力天第九之長郡主涓吉昨日正午繼統踐阼故滬上復國徽高揭升砲二十一門賀之云

時事記要

嘉謨入告　○頃得金陵友人手簡云日前江督劉峴帥馳奏　朝廷請於和議告成後仿照日本報律準士民等在各省會及通商口岸設立報館以開風氣聞已　俞允諒不日可見明文矣

漕運折回　○金陵來信云本月初一日江安糧道松儲憲竣押解光緒二十五年江安兩省漕船回省當詣督轅稟見劉峴帥陳明黃河淺涸舟滯難行且北通州倉廒衙門現被各國聯軍所駐難於前進奉督電飭南旋再由漢口運解往西上云

苗匪又起　○接長沙府來函云在湖南及貴州交界之處苗子現又揭竿肇亂與官兵接戰官兵敗北三次故現稟湘撫俞中丞再添兵五千名前往剿滅矣譯字林西報

英美近聞　○倫敦十八號來電云英美兩國現擬查實所云在華各國軍隊肆行殘虐究竟有無其事○又云和約既已定議則美政府甚願約令各國在華一律停戰並將北京各屬軍隊撤退云

記列國艦隊　○東報載在東洋之列國艦隊因五月事變列國俱增派軍艦數艘現在各艦之噸數計英國十四萬三千噸俄國十萬噸德國八萬七千噸法國七萬四千噸共計四十萬四千噸至日本一國除水雷艇外單計軍艦噸數現在已有二十二萬噸矣

譯英議員論華事　○英京倫敦來信云西歷上月十四號倫敦下議院闢門會議時議員華頓暢論英德兩國所訂條約并云英廷萬不宜向　中朝請將獲咎之員置之重典蓋歐洲列國遇有此等情事斷無有此不情之請也至於償銀一事則當向　中朝要索推廣商途爲要時又有議員詰問廷臣曰近聞俄人在黑龍江一帶酷待無辜華民置之死地不知我英曾向俄廷責問否外部大臣答曰無之按俄人虐待黑龍江一帶華民最爲慘酷竟將七八千人推入江中溺斃殘忍如此實爲亘古所未聞從前俄土之戰因土國虐待崇教民人而起英前相格公與土國不睦亦由虐待教民之故夫土國自虐其本國之民各國尚起而較論竟至禍結兵連今俄人無故而虐及華民至於如此其甚乃不聞各國有一言向其結責噫豈皆畏俄之勢而不敢與言乎可勝慨哉可勝慨哉

嚴查仇教　○聞浙江諸暨匪徒現又有仇教情事除由上憲派兵前往駐紮保護外經榮方伯將該縣知縣葉詠霓大令昭敦撤任札委李石朋大令署理並委楊伯新太守陳靜甫大令龔稼生大令同往嚴查又以陳龔兩大令前署桐廬奉化等縣辦理教案訪拿土匪頗著幹練故令隨同太守赴諸處將夏間教案一併辦結云

京津新聞

京員待南紀數　○頃據救濟會中人述及現在京員留困都門急待回南者計江蘇一百二十八人浙江一百三十八人廣東五十五人廣西二十二人湖北五十一人湖南二十四人江西四十六人福建四十一人山東四十二人四川三十一人雲南十四人河南二十八人貴州十三人安徽五十三人共計六百七十八人

巡捕章程　○前者德帥哇德西大帥發出軍令創設地方衙門而由各國軍派出武員一名在該衙門會同治理民事云云曾紀前報茲聞除法國一國外其餘已派員協議并將議定章程發出張貼惟法界內不在此限法界係照樣另行出示云　一北京外城門爲軍務上起見自夜七點鐘至晨五點鐘即行閉鎖　二華人至八點鐘以後無故不得出街若有不得已事故必須外出則當手提燈籠遇巡捕上前盤問即據實回答又不許三人以上同行違則拘入捕房懲罰有不從者可用武力强拘之或有殺傷情事亦罪在本人不在巡捕　三外國捕頭及中國副捕頭其左腕俱用白色記號上記華字凡捕頭之命令不得違拗否則予以嚴罰　四有華人屍骸拋棄街內或僅有掩埋表面者當掘出各送往坟地安葬又華人有將屍骸久留家內者宜限令剋期安葬　五凡煙館娼寮一律封禁違禁者或私赴此等地方者俱予以嚴罰　六華人或有不得已事故須燃放火炮等事須經捕房允准否則不得擅行又藏有軍器者宜在附近捕房繳出有不遵者或在身畔及屋內搜出軍器者俱予以嚴罰　七華人或被其本國人掠奪盜竊及種種不法以致擾其生業傷其身命損其房屋者許在最近捕房投控或直將其人扭交捕房　八華人有勸外國兵加害於其本國人者或因復仇起見及其餘一切緣故在捕房誣告本國人者一律嚴罰

我朝獨多　○本朝某先達筆記有曰歷朝獨多而我　朝所無者權相大閹我　朝獨多而歷朝所無者忠臣孝子烈女節婦良以　朝廷有褒揚之典斯忠孝節烈相高洵足以萬古流芳矣頃聞順天府尹憲設立採訪局詳查捐軀殉難忠臣孝子貞女烈婦一經輶軒之採即荷　旌表之榮諒不日詳細訪查據情上聞奏請　旌表矣

醉飽之失　○京師自聯軍破城各國分界管轄日前有洋兵飲酒滋事業經嚴禁賣酒各節已列前報茲聞本月十八日前門外有洋兵三人皆在醉鄉摔傷東洋車一輛晚間五點鐘復在兵部窪地方各持利刃亂砍於是該舖戶一齊閉門罷市次晨仍行照常生意云

銀價日昂　○京師近日銀價高昂日甚一日本月十九日清晨銀市開盤每兩松江銀可易當十大錢十四吊三百四十文英洋每元可易大錢十吊零一百文龍洋每元可易大錢九吊八百文

將奈之何　○天氣和煖河道雖凍不堅屢有陷入冰窟情事已列前報茲聞阜成門外護城河兩岸頭各用木板一塊以防冰凌消水也而履冰者習若無覩仍前玩之本月十八日有范某父子用小車載運磚塊推過其冰因見冰漸融化將磚卸落令其子推空車履冰而過行至中間人車同陷冰窟中杳無踪影其父望河痛哭非常無法可施觀者亦徒爲咋舌頓足立視而已冰之陷人險於虎尾哉

日本紀元　○華歷光緒二十六年十二月二十三日卽東歷明治三十四年二月十一日也是日爲日本第一代神武天皇卽位之日凡日本之駐津埠者自官商以及駐津兵隊莫不高懸雙旗以慶紀元令節云

英兵撤卡　○南門洞自美兵撤隊後卽歸英國印兵設卡並有換班之兵四五人在門汎兵房內居住乃昨由南門行走見印兵皆已撤退並無一人守卡想因近自拆城以來便門太多無庸設卡耶

印兵又來　○昨午四點鐘在海大道見印兵步隊一枝約六七十人均穿土灰軍衣後有馬匹百餘頭有載子藥箱者有載軍裝衣物者由北往南而去聞此軍係由保陽撤回云

城磚可畏　○據訪事人云昨日上午八點鐘有拆城工人等在東北城角由城上拆下城磚多塊適墩下亦有操作工人竟爲城磚所擊受傷者約有七八人之譜其中是否有傷重者俟訪明再布

是否詐騙　○訪事云昨有某甲在城內火神廟南將劉某揪住指爲拳匪並稱其兄曾被伊等所害等語經魯仲連輩出爲排解甲非索洋銀若干不可尚未知了結否也

葬於魚腹　○訪事人昨在鐵橋迤東藥王廟前見一七八齡童子在冰上撿拾柴禾因前數日天氣融和河冰大有解凍之勢該童子致陷冰窟中有篙師見之隨以篙投之冀其挽篙而上彼時該童迫不及待墮落下去竟葬魚腹矣

更夫不勤　○自城廂內外各居民門首燃點更燈以來偸兒竊燈之事屢有所聞乃於添設更夫以後偸燈者較甚於前昨晚城內東南隅更燈被偸兒竊去有十餘盞之多其中公私兩判私者爲居民自掛之燈公者爲紳董所設聞欲着意大利兵挨門搜燈試問居民自設之燈被偸兒竊去者其將何處搜索耶更夫若能勤爲巡查宵小自不難斂迹何至有失燈之事乎

賭風發兮　○近來賭局林立本報已載不勝載昨聞洋貨街某店內近亦招賭抽頭係晚間閉戶後始行聚集徹夜不休緣其院宇深密故敢肆無忌憚云

山東新聞

東事兩記　○訪友來函云德州知州宋刺史森蔭當今夏拳匪犯德時宋曾電請主撫當由袁慰帥嚴詞申斥旋卽撤任近經慰帥奏參而山西巡撫錫中丞忽保宋交軍機處存記聞者異之○又云濟南各處郵政局向走阜班歸烟台海關遙制唯以信件極少間日一發以致滯遲異常總須膠濟鐵路告成後方可迅速也

蕪湖新聞

營規整肅　○蕪湖崔紳于今秋八月初赴甯請撥督標衡字右營五百人出洪梅卿副戎管帶至蕪駐防以來每月餉銀三千

餘兩均歸蕪湖籌防局官紳籌付迄今數日副戎約束嚴明每日操演二次頗稱認眞蕪地酒肆烟館從未見該營勇踪跡以故地方頼以安靖居民咸頌崔紳及洪副戎之德于不置云

鳩茲得雪　○蕪湖天時自上月廿六日陰雲如幄寒氣侵肌入夜天公玉戲直至次晨始止平地積雪不下數寸一時農家者流咸覺欣然色喜謂來歲之豐收可卜云

日本新聞

食鹽產額　○台南鹽務管內十一月間食鹽產額上等三千二百廿九斤下等十四萬五千四百十七斤其賠償金共有五百七十五員三十錢一釐由本年小信起到十一月止產出總額上等七千六百六十八斤下等九十三萬七千八百七十四斤總共九十四萬七千五百四十二斤其賠償金共有一千七百三十六員三十六錢八厘又聞本島食鹽配運內地者以臺南打狗布袋嘴北門嶼等各鹽務局內所產充之既於十一月由汕頭丸配運一百四十五萬斤本月由臺東丸配運五十萬斤云査台島食鹽比內地所產品質精良最宜製造藥液水及豆油然內地人尙未屬望於台島鹽專用中國所產這次總署特將台島鹽配運內地內地人偏知台島食鹽之有意思將來內地人各處大得台島鹽之銷路開闢利源可期而俟也

物亦知時　○臺俗有烏魚每於冬至前後十日盛出聞是魚因感大氣嚴寒自黃河而下非臺產也每至節屆冬至卽有是物就寒暑而論一年是之中寒者半暑者亦半冬至之寒不異於他時之寒是感寒氣之說亦不盡然矣然信魚之稱則確乎不可易以其來而有時也

異產又聞　○臺南第三區蓄薯崎街林某之妻孕足十月數日前分娩得一肉塊落褥蠢動不已視之則無頭無手宛如蘿蔔下垂兩小根逾時而毈胎衣既下復連產落石子十四五塊五色燦然鄉人稱異事謂之生魚子云

各國新聞

降爲輿臺　○西報云歐人僱傭皆稱日本人爲最妙或取其性情和婉無屈強氣也然竟有天潢之貴甘就役於人爲跟丁且又不肯自埋沒其本來面目者斯可謂奇矣倫敦某富室所役二人一命爲長隨一理庖廚等事皆自言係日本國時某親王世子初來倫敦學習語言文字工藝等學本志願甚大後因慘遭家難侯門寂寞二人者學既未成資斧竭絕遂淪落天涯不得已而執斯役今已十年於茲矣現每年雖得工金五十磅不足敵往時一日之費而初時每當暮雲春樹未嘗不回首鄉國黯然消魂不勝身世之感至今已久習成慣轉覺無面見江東父老而有此間樂不思蜀之概矣其言雖如此然二人皆好人以王爺派呼之究不知其何心縱其主人所使工作亦呼爲王爺否則不悅之云遽達於面目有時曰某王爺爲吾納履曰某王爺爲吾作食坐客聞者莫不掩口葫蘆夫以貴淪賤無人不欲掩其跡人情也未聞杜根公沙穆曾自道眞姓名者而此二人偏恐失其王爺派抑亦奇矣○印度前時王族現在英京爲傭者亦甚多緣英自得印度彼王族皆式微乎昔既驕養性成胸無學問勢有不得不忍隱爲此者也但倫敦中現尙有一人在某家爲傭其父今爲印度某藩王所轄人民至百萬此人本嫡出應襲封者乃甘流於倫敦爲傭役父數召之不回亦不肯向學人謂別抱一種性質其臟當與常人有異吾則謂此人者生有賤骨他日果使襲封則此百萬人民晦氣到了

密酒有毒　○據西字報言[illegible]屬里哇布等處居人近有一種奇病頗覺駭人聽聞患之卽如服毒一般醫者束手窮思極想莫明其故由是各醫家互相討論皆以爲既非疫癘之氣與人相侵必係日用飲食不能精潔之故乃又相與多方考驗不遺餘力後來考出該地有一種密酒盛行於世因取此酒細加察驗果含有毒質飲之輒能中人蓋此一家所製密酒用過鼠藥太多云云所言如是惟此一家究係何種標頭亦并不言及今姑就原文譯之

敦慶隆綢緞洋貨店仍設估衣街西口零整發莊

武齋洋行發賣烟煤焦炭煤末如蒙賜顧請移玉襪子衚衕本行面議可也

永年人壽保險公司

啓者本總公司在美國紐約埠開設多年生意興隆資本銀四百四十四兆三億三萬零八百八十元至於保險三十七萬[illegible]千九百二十四人共計銀一千九百四十二兆四億三萬零二百九十元足見資本之厚利益之多誠信相孚章程甚善早爲海內君子共相推許各國各埠均有分行中國各通商口岸亦有巨商代理並另立總局於上海九江路第四號門牌係專辦中國保險事宜現又在天津海大道瑞記洋行請王君專理本公司一切事務嗣後如有願保人壽者速與王君面議可也

洋總理高尚志謹啓

新煤油燈扇輪機器

啓者本行由英國自創點煤油燈扇輪機器出售現有樣子在本行 貴官商如欲購者即請駕臨本行帳房面議價值格外相宜只此一家並無二處特此佈聞

明義洋行主人謹啓

源利車船公司

本公司設在天津開下江蘇專局內外口京通大攬小車船商官光貴者祈駕本局面致議臨本庶不特悞此佈聞 本公司啓

啓者敝堂今夏代售上海廣益彩票因拳匪生事敝堂失迷五十餘張日後如有對號者聲明作廢各彩公司章程均係六個月爲限過期作廢紙若三四月在敝堂購取者有對號單早亦對過五月未對者至明年有太古行內萬寶號來津攜單面對爲憑不虧當日之名如破城時對號單寄津失迷亦無法可設全憑天良二字君子諒之日後再有託售彩票中西友人有根有派方可託經售 經售西書處紫氣堂啓

神相

江南覺覺子相法眞如神矣向遊京津關外久已馳名茲因至津來相者紛紛不斷靈驗非常本擬赴都我等挽留特此望諸公速往面談過午不候相資津錢壹吊富貴加增大衚衕北口東桂公館

友人 桂堯臣 沈昭甫 許松廷 王治臣 仝啓

北京代售本報處

京都前門外琉璃廠小沙土園路東又在前門內刑部街草帽胡同北頭大院內路北又前門外興隆街草帽二條胡同路東又在宣武門外保安寺街中間路北南橫街圓通觀西隔壁又宣武門外騾馬市東頭路北六處代售如購閱報者每日分送不悞特此佈聞

名醫回津

方司馬友莊先生皖江名士也精岐黃兼通西法刀針向留在津門數載凡遇疑難之症許手到回春人所共仰今夏緣避亂保陽刻因友人特請回津洋河北大街浮橋旁穆家衚衕二友棧重症隨時出診門候十點鐘至一二點鐘止

同鄉友人啓

三義土莊

啓者本號自運各省西土黑白烟膏寄賣安樂堂紫背金半戒烟丸開設天津北門外太平街坐北向南便是 本莊謹啓

聲明告白

五月匪亂由津回南路經交河縣被拳匪搶奪銀條二張計聚通恒存欠合記行平化寶銀三千兩又恒豐盛攙回粵號交黃培之廣東通用銀三千六百二十二兩五錢均向前途說明作廢並稟明都統衙門批准存案特此達知

合記號 黃培之 同啓

京都

六通棧告白

啓者六通棧開設京都崇文門外花市大街東專辦東西兩口牛羊專賣各國粮臺定期不悞價值格外公道如欲買者請本棧面議可也

恩利和牛羊公司

本號新開在海大道貽來牟機器磨房前專售牛羊肉牛肉每磅一毛二羊肉每磅一毛五祥茂條姨香水方姨價値格外公道賜顧者即請購取 本主人謹啓

開口

魁豐冰窖

啓者敝號開設開口西花南小營門外冰窖二處向於冬令批賣各洋行夏令應用冰塊現已居時藏冰尙貴行各國粮台欲用冰塊各請至敝號預定價値格外從廉不悞主顧

鴻宴樓飯莊

本樓開設海大道機器磨坊前包辦酒席小賣俱全定於十月廿日開張此佈

英華書室

專課英文地學算學與文法一切由八點至四點兼辦繙譯等件願學者請至針市街豐益棧內面議此佈

雙興洋點心舖告白

本號開設侯家后雲霞落子館對過專做外國大小甜面包及各樣十錦洋點心一應俱全價値格外公道　仕商賜顧者卽請購買可也特此佈閱

仁記洋行

啓者本行茲有船牌洋臘壹千箱每箱二十五包並有洋白面八百二十五袋出售特此佈聞
仁記洋行謹啓

牙醫生

自幼在美國醫院專習牙科凡牙痛腮腫均能醫治若牙未落而風火蟲蛀者或用黃金白金粉鑲補永撫後患如牙落一粒或數粒或全口者鑲就可任意食物無異生成至用金托象皮托悉從客便寓英租界海大道小樓
江蘇毛瑞堂

海大道　源興亨土莊

本號自運各省西土公班大土亞庄廣土黑白膏膏一概發莊零剪銷售如欲購者請移玉本莊面商貨高價廉不悞主顧此啓

永豐號麵包舖

本號舖掌前住紫竹林同昌辦館因被火焚移居馬家口海大道同立東棧對門新機器磨房旁便是本號辦定鐵罐牛乃糖醬火食等物呂宋烟捲帋烟點心面包俱已新鮮不悞主顧　仕商賜顧者請到本號購取可也
本號主人啓

法商　祥發號辦館告白

啓者本號開設天津紫竹林海大道育才館北專辦各國盒菜牛乃面包各樣烟捲一切雜貨物高價廉如蒙　仕商賜顧者請移玉本號面議可也特此佈聞
本主人鈕桂芬謹啓

大米告白

敝行現由上海運到上大包米在津出售批發格外公道如貴客零買兩三包自已食用到亦可購取請者海大道新英租界平和洋行面議多少均可本行又新到美孚老牌煤油出售價値格外公道

本局移在鹽坨藥土廟西鐵路岔道口路西便是發售九槽原煤每噸英洋六元五毛特此週知
礦務津局謹白

新開美瑞洋行

啓者本行由外洋自運各色洋酒罐頭食物預冬織絨褲褂鞋襪佛藍絨項巾手套各樣胰皂燈料器鐵胎磁面各種器俱並各鋼鐵洋釘洋鍬洋鋤白鐵水桶洋鐵火爐以及大米各種貨物莫不精美批售大宗格外價廉凡蒙賜顧者請至法租界大羅洋行對門第四十六號門牌便是
本行主人謹啓

英商　福照樓西棧代起行

啓者今歲因遭兵荒有本棧樓房被俄國人住守今未曾遺出故此租賃西門北萬源棧內開設該門面書挂福照樓招牌爲記所有房開院中撫不寬闊潔淨安寓回漢客商各分房所所有茶水飯菜另有廚坊代運出進口貨物搭座輪船車票以及華關稅均按本棧舊章無不公道專運北京各處雜貨等件盡用妥實洋人押送如有短少失物俱按保險章程賠補其情與衆不同　貴客商如欲搭運貨物者請至本棧面議可也特此佈　聞

告白

啓者本廠需用廠地屯冀以及散夫住房均係照章付租惟尙有廠地數處地主均未領租特此登報催領租價凡各地主見報速來本廠以便照章付給除稟部統衙門存案外特此聲明以便週知
大法國界官冀廠謹白

日商　鴻泰銀號

本號兌換銀兩買賣洋圓公平交易開設天津開口下大街勝水總局對過便是定於十二月十二日開特此佈聞　本號寄賣上新到老號廣土整莊出售行値格外便宜按時當每包減價二兩仕商如賜顧者請移至敝號商議可也庶不致悞
本號主人謹

天津河東　同義棧

敬啓者本棧開設河東大王庄河邊係俄國租界內卽怡和洋行對河便是內有洋式棧房院內寬大無論粗細貨物均可存寄而棧租亦額相宜備　蒙合寶行號棧及過路客商如有貨物寄存各請移玉至本棧帳房商議可也　如欲保險以及別埠來貨者本棧均可代報洋關墊辦稅錄及各種使貨等項特此佈達
本棧主人告白

天后宮北　義興順綢緞莊

本莊自置顧繡綢緞綾羅紗絹哈喇大呢羽綾毛各樣花素洋布南貨雅扇明頭油香粉燒皂歸安貝松潮筆一概俱全
頭號杭將綢
頭號摹本緞
紅梅茶每一吊二
紅茶九百六
紅茶斤二百八
金百壽棉纖裙

鴻義金珠店

啓者本號專做時式赤金紋銀軟翠堆纍鑲嵌首飾鳳冠酒器包葉度葉等物一概俱全開設天津府東門外天后宮南坐東向西便是

通源土莊

啓者本號出售各省西土幷售黑白廣膏零整皆可如欲賜顧原箱者請移玉本號帳房面訂價値格外從廉
天津鍋店街東口
通源土莊謹啓

德記磚瓦松木公司

現寓鼓樓東坐南聚成德錢局代辦專售松本單截連截方子磚瓦格外克已重廉不悞主顧

日商

福源銀號

本號開設在天津開口下大街日本租界公署旁定於十二月初二日開張兌換銀兩海大道分號仍照舊交易特此佈聞

本號 分號 公啓

日商

有馬洋行

本行自北山運來大木炭照市價格外從廉整躉零發均可保險運送凡仕商欲購者請至海大道牌坊南福源銀號面議特此謹啓

日商

有信官車船總局

啓者設在天津開口下大街勝水總局旁官車船局並代理福商雲集運往北京通州保府等處洋廣雜貨來往保險轉差洋人護送按貨估價保險諸商請至本局面可也附啓保府白溝河祁州等處運貨刻已通行有章貴商賜顧駕臨本局面議運價格外從廉

余金公司怡順號

本公司現移於新浮橋行宮西買賣各色荒金條金隨時定價以京滬行情爲準貴商交易請至本公司面議格外公平

本公司啓

京津塘沽火車開行時刻單

由天津開北京早九點三十分晚六點半到京
由北京開天津早七點半晚三點半到天津
由天津開塘沽早七點半到塘沽十一點
又下午四點開到塘沽七點
由塘沽來津二次同時

大清郵政局收信時刻曉諭傳單

寄往何處	由	某日	發信時刻
北京 保府	火車	每天	上午八點半
大沽	火車	每天	下午三點半
上海煙臺牛莊等處	輪船	每禮拜二六	下午四點 七點
上海鎮江等處	旱班	每禮拜一三五	上午十一點
煙臺	又	又	又

秦王島開往烟台輪船每逢禮拜二禮拜六下午四點七發信

紫竹林總局每早九點開門收信至下午四點鐘止禮拜日下午二點至二點半止針市街分局每日早八點開門收信至晚十點鐘止

十二月廿三日銀洋行情

銀盤二吊九百九十文

洋銀二吊零八十 洋錢行情七錢

大日本

北淸貿易洋行

啓者本行由日本分設天津紫竹林海大道老藥市氣燈房衚衕在直報館院內現由本國自運各樣貨物一應俱全貨真價實貴客商顧買者請至本行面議價值格外公道備現用何樣貨物定期不悞特此佈聞

本行主人謹啓

高士達洋酒飯店告白

本店開設海大道下德國界大營門內專辦各國洋酒各色點心呂宋烟各樣紙烟等物貨高價並辦英法大菜無論中外客商告可賜顧特此登報佈告

本主人謹啓

同順辦館麵包房

啓者本號開設海大道機器磨房內專做花旗面粉大小面包及各樣洋點心一應俱全中國各樣點心大八件糟糕長元糕仕商賜顧者即請購取可也特此佈聞

減價出售

本行開設英界麥加利傍導售洋酒各貨俱全今將各貨開列於左項

上金牛奶壹仟箱 白來地壹仟箱 牛奶伍伯 洋臘壹伯箱 皮皂貳伯箱 其餘各貨亦不細載如賓客光顧請至本行價值格外公道

義福行白

北浮橋西

襲勝茶園

京都新到

瑞慶恒班

特請 京都 保府 上洋 烟台 蘇州 鎮江 青江 山陝 等處

頭等文武名角

十二月廿四日早十一點鐘開演

慶金一十十二雲薈八陳 蓋蓋金七十小慶
香陣六三陣更國綠同 天英香金三海
才翠鳳紅紅鳳飛棠旦喜 紅玉玉子紅紅振

對賣十女接寅全本
銀華賣起蝴蝶盃
盃山藝解文武代打

侯家後老君堂西

永順茶園

特邀京都順福堂

京都姑蘇烟台等處坤角

每日准演

太平歌詞 西皮二簧

天后宮前

天慶茶園

特邀京都全喜堂

京都姑蘇烟台等處坤角

每日准演

太平歌詞 西皮二簧

開口下大街

日商

麗華茶園

特邀京都有福堂

特邀京都上洋姑蘇等處坤角

十一月廿六日早晚有座

時調大鼓 太平歌詞

英商

恒昌厚照像館

本館在河北大街暫借西茂盛店內今擇臘月十九日照專影一人兩像至四像畱光放磁片牙片手捲圖扇書籍字帖另有中外國花衣服等物等件便應用諸君光顧請新小號面商不悞特此

像館主人謹啓

本埠每張大錢十二文

CHIN PAO

直報

CHIHLI GAZETTE

外埠照遠近酌加寄費

第五百八十二號

本館開設天津紫竹林海大道老索市氣燈房巷內

光緒二十六年十二月廿五日

西歷一千九百零一年二月十三日　禮拜三

上諭恭錄　續奏陳康唐諸逆黨勾結會匪陰謀作亂破獲摺
要事彙志　陝函摘要　鄂督迎鑾述聞　罪臣匿迹
擬開賽會　北京被圍末記　自拆爲得　砲坊冷落
僞洋何多　棍宜重懲　造謠正法　割辮遊街
潑油誌盜　薇旌過境　馬賊廿五記　死生有異
其贓在項　死非無故　逃婚可異　混混被提
以昭核實　批示彙錄　廣東新聞　外國新聞

上諭恭錄

十二月初八日　行在內閣抄奉　硃諭現因時事艱難下詔求言原期廣益集思有裨大局近日工部主事夏震武條奏多未能按切時勢能言而不能行昨據鹿傳霖面奏夏震武復劾王文韶請治重罪王文韶朝廷任用有年克勤厥職辦理洋務尚能分別輕重斟酌緩急何得以傳聞臆度之詞率請將大臣置之重典殊屬冒昧姑念迂儒不達時務雖其言過甚而心尚懷忠免其置議本日洪嘉與條奏繁徵博引雖間有可采究多窒碍難行總之書生之見不免沽名毋庸再行瀆奏嗣後言事諸臣務當擇其補偏救弊切實可行者詳細敷陳以副下詔求言之至意特諭欽此

奏陳康唐諸逆黨勾結會匪陰謀作亂先期破獲擒戮渠魁摺　續昨稿

查蔣國才匪單內係康有爲爲正龍頭梁起超爲副龍頭並據唐才常供上海國會總會頭目係廣東人容閎此外各處所獲哥老會匪供詞供出康有爲唐才常爲首者不計其數查獲逆信僞札及各匪供詞尚有沈克　陳讜林杰即林邦盛容閎李松芝夏鍾浩汪楚珍

張堯卿戴保延均爲謀亂兩湖之大頭目蔡俊傑即蔡立三又名蔡鄭即大道滋事首匪當即密札鄂省及密咨各省查拏並照會各國領事在案並准大學士直隸總督臣李鴻章湖南巡撫臣俞廉三咨查出訊出康有爲唐才常容閎等勾匪作亂私運軍火情形大畧相同及准兩江總督臣劉坤一安徽巡撫臣王之春咨富有票匪擾亂長江派兵剿捕起獲匪票僞示私運軍火各情形與鄂省所查皆相符　查此項自立會匪唐才常等以康逆私黨窟穴上海設立總會自立總糧臺往來沿江沿海各處廣散銀錢購通會匪計謀兇狡實黟紛繁其附黨往來書信大旨謂北方有警乘此煽動沿江沿海各省各種會匪同時作亂其同謀勾結之人各省皆有其購械募匪之歎查簿內有歎計洋銀一萬五千餘元用去已將及萬元聞康有爲詐騙糾集之歎共有洋銀六十萬元安排以廿萬元用之長江所散放之富有票就兩湖地方查出供出者已有二萬餘張事發後兩三日尙有人向李慎德堂投遞匪黨逆信經稅務司郵政局查獲數起其僞札謂指定東南各行省爲新造自立之國其華洋文規條內有曰不認滿洲爲　國家其僞印文曰中國國會分會駐漢之印又曰中國國會督辦南部各省總會之關防又曰中國國會督辦南部各路軍務處之關防又曰統帶中國國會自立軍中左右前後等營各關防其逆信內有曰以湖北爲中軍以安徽爲前軍以湖南爲後軍唐才常身邊小篋內搜出僞號令告示稿有曰焚燬各衙署佔奪槍砲廠刦掠局庫佔踞城池焚戮三日封刀安民派將固守再籌進征其逆信內有曰沿途亦可刦掠其開用僞關防札稿內有曰業經稟明滬會篆刻關防一顆內刊中國國會督辦南部各省總會字樣於庚子年七月初八日開用等語唐才常等到案各供認不諱至其平空造言捏誣狂吠誘毀　兩宮悖逆兇悍筆不忍書令人髮指該會匪等以自立爲名號以焚戮刦掠爲條規以富有票爲引誘以哥老會紅燈會及各省各種會匪爲羽翼意欲使天下民生同時糜爛實爲兇毒已極又查僞札有云國會深凜危亡等語實屬狡詐膽宕該匪創爲國會造此詭辭冀以誑誘躁妄之文士鼓動無知之愚民尤爲可惡竊維目前時事雖棘上下同心力圖振作尙可勉籌補救之方若該會匪各省蠭起則中國眞將有危亡之勢矣今該會匪既已自稱爲新造之國公然自立不認　國家是明言不爲我　皇上之臣子矣乃尙敢託保國之名以逞其亂國之謀不獨中國忠義臣民不受其欺凡各國明理曉事之人恐亦不受其欺也近日鄂省江皖各省滋事之匪查其逆信票據供詞皆係自立會匪之黨皆係領有富有匪票之人其合縣約期濟械助費分據地方安排接應均經查有實據李慎德堂前門在英租界內當日查拏各匪之時由英領事簽字派令巡捕協同往拏當場眼同起獲各種謀逆作亂器械憑據華洋人等衆目共覩因此各國領事皆深知此輩實與哥老會匪合夥必應查拏以免擾害地方除湖北湖南兩省隨時密查嚴拿外此外沿江沿海各省皆有分會其往來於上海者尤多應由各省自行查拏已將先後疊次查出供出緊要各匪首姓名籍貫隨續開單分咨各省　體懸賞嚴拿務獲重辦以懲亂逆而安大局　此摺未完

時事記要

要事彙志　○聞陝撫岑中丞近日　慈眷益隆權勢益重　行在政策均歸主持○又聞王中堂暨江鄂兩督近經某部主事二人羅織奏參甚至以東南互保之約指爲漢奸此摺雖留中不發而此二主事極爲　太后所眷注也○探得朝議俟[illegible]子[illegible]宮保抵　行在後擬令統率勤旅相機行事

陝西摘要　○西安來函云日前　皇太后電諭崑中堂速將[illegible]桐宋慶等死難情形詳細查明覆具奏聞尙未聲覆榮中堂頗以岑中丞所辦事件諸多未妥屢在　太后前陳奏　太后均置不問○近日米價每石十八千文其餘各項食物較畧有增減○飢民因粥廠委員任意扣勢將哄鬧經岑中丞飭令滿御梓[illegible]前往彈壓一面將該廠委員撤差聽候嚴辦○[illegible]方伯甚與岑中丞不合然同舟共濟未[illegible]示異

鄂督迎鑾述聞　○探得鄂督張香帥業經兩次電奏　行在力請　兩宮暫幸鄂省駐　蹕荊襄漢沔之交以觀外情再定進止傳聞　太后意頗爲所動

罪臣匿迹 ○已革山西巡撫毓賢由陝於三原縣東里劉姓已見報端茲聞因鹿芝軒尚書與主講關中書院彭小皐觀察新結姻親彭與東里劉姓夙有戚誼尚書與毓爲莫逆交謂其無罪而就死地因輾轉相託劉姓故敢於藏匿云

擬開饗會 ○京現在籌議擬於西曆明年在倫敦開創中國饗會其事係由某商經理至其局面能否展拓須俟數月後各路鳩集如何方能定奪目下地方尚未商定云譯文滙報

海關人員北京被圍始末記 ○海關於本年第三季憲報內有將西六月一號至西八月三十一日北京亂事列爲專條所誌之事多外間所未聞者其言曰西一千九百年六月九日海關郵政人員及各項西教習等遵總稅務司赫德之諭均往總監督公館避難以防拳匪攻擊並與保護使署之奧法日三國防兵協力防守十三日拳匪已進京城所有城內各教堂均被拳匪開炮攻擊而西人之防護遂益戒備至十九日總理衙門函致總稅務司稱有西官勒令將大沽炮台交與西人一節此實明明與我挑戰爲此照會貴監督所有北京供職洋員儘於二十四點鐘內須離北京即二十日下午四點鐘也二十日總稅務司函覆總理衙門云以此情形而觀海關人員自當附入使署惟本監督署內存有四十年來之緊要文契又有貴重之簿册多本應請貴衙門飭員帶兵防護勿使遺失云云遣僕持書送往彼時該僕所騎之馬適尾隨德欽使之後行至某處德欽使忽被拳兵槍擊該僕遂撥馬逃回公館時正十點鐘以致此信未曾送去是日奧署防兵於午後三點鐘亦舍去其本國使署與總稅務司公館內避難人員均遷至英國使署是時公館內無人居住至四點鐘拳匪遂將炮轟擊圍攻之事即自此始計海關郵政教習人員及其妻子逃至英使署避難者海關西員十六名女十五名華僕八名郵政西員七名同文館教習七名又女肆名二十一日新關團練兵與使署防兵互相保護按新關團練兵之薪水本由中國政府發給以受中國政府薪水之人而攻擊中國官兵誠爲可異二十五日西人挐去生受傷七月一日西人懷軋納被害三日西人路克受傷十二日西人美根受傷二十一日接到總理衙門來函畧謂焚毀總稅務司公館深爲抱歉并問總稅務司之下落等語此時中國兵適擬竭力殺害總稅務司及其屬下計新關內之人爲官兵所被害者一人受傷者三人嗣又接總理衙門來函謂上海造册處稅務司戴樂君稟明南洋大臣謂總稅務司之事無人辦理甚爲不便彼擬接辦一切稅務等因現南洋大臣來函請示茲特函詢總稅務司當如何辦理次日總稅務司函覆總理衙門謂余及手下之人現在英使署至總稅務司之事可委造册處稅司及上海稅務司二人合辦 此稿未完明日續登

京津新聞

自拆爲得 ○京師訪友云西便門內一帶經某西國人勘丈地基插標修築鐵路等情已列前報茲聞宣武門外頭廟一帶經鐵路公司招募土工於本月十七日開工每日工作之人不勝忙碌該處民房但已拆毀不少並聞如房屋有碍修築者限一月內令房主自行拆毀倘有違限若經公司拆毀者所拆本料磚瓦等物變價充公房主不得領取

砲坊冷落 ○京師行商賈輻輳舊届除夕饋賀新年及祭祀需用鞭砲動以萬萬各砲作坊莫不晝夜趕做忙碌不息刻屆歲暮以各國兵隊未退雖婚娶之家既不燃放鞭砲以此例去恐至新年亦無敢燃放鞭砲者此行貿易較往年不免冷落矣

僞洋何多 ○京師近日以來各街巷錢店羊燭店首飾攤凡收買一圓之家屢被匪人以僞洋易錢者不勝枚舉受騙之人皆敢怒而不敢言正在無從捉摸之際於本月十九日宣武門外西茶食胡同某洋藥店內有某甲以僞洋易錢當經舖主看出僞鼎即將某甲扣留送交巡捕局資訊據供現由上海販運僞洋數百萬元俱係龍元其英元約有十成之三某習錢業者稍不留意難免入其牢籠矣某甲既已被獲不難澈底根究也

棍宜重懲 ○京師城內各行生意向以前門外爲首屈一指然列肆而居者俱良懦買賣市上常有一種無賴混徒深知其中情事任憑意造播弄是非恃爲生計遇有可欺之戶輙出頭爲之編事訂架動耗人酒食等費數十千不與則相逼勒儘可釀成人命夫化日光天良懦安業詎爲和平盛事今乃抱屈無算當軸者果何以設法嚴禁爲市廛造無窮福耶

造謠正法 ○日前京師謠言四起各情已列前報茲聞都中紛紛傳說德勝門已安砲位老團復出達兵案在張家口外種種謠言以致人心浮動復行驚懼現經英界出示曉諭嗣後再有匪徒妄造謠言者派捕拏獲立即正法云云於是謠言始息

割辮遊街 ○頃聞奧國繙譯官富某因勾結匪人肆行詐索被人控告訊得實情即將富某割去髮辮枷號七日遊街示衆枷滿釋放云

潑油誅盜 ○美界所轄宣武門外南橫街寶隆糧店於本月十九日黃昏時被匪徒帶領洋人數名撞門入室施放洋鎗各持利刃砍開銀櫃搜刼白銀三百數十金攜贓逃逸該店掌趕即赴美界公廨禀報飭捕嚴緝尚未弋獲現經美界出示曉諭舖商住戶華民人等知悉嗣後倘有匪徒勾引洋人持械搶刼時即以胭脂水攙和煤油向其潑之以備公廨按照胭脂水痕跡易行拏獲云云諒似此雷烈風行若輩不難破獲也

薇旌過境 ○新簡直隸藩司周玉山方伯馥並其公子緝之觀察暨徐壽明星使於二十三日由秦王島至塘沽下午六點鐘乘坐火車抵津駐節於海大道紅樓旁張公館二十四日早即乘火車北上入都矣

馬賊廿五記 ○昨有友人自海下來言該處馬賊甚形猖獗匪首郭金榜匪中有名草上飛者以保險訛索等事種種不法實堪令人髮指昨日有該賊等十餘人手持槍械向展家莊訛索詎料該莊戒備甚嚴亦有火槍等械致與賊等鏖戰歷兩時許兩造各有傷夷奈寡不敵衆馬賊始倉皇敗去

死生有異 ○頃有人由楊村來者談及一事令人髮指今夏五月間有鐵路監工之唐山人郝某帶領木作頭董樹芳等數十餘人行至楊村地方被是處拳匪杜八率衆將董樹芳數十餘人盡行殺害拳匪內適有一人前在鐵路作工與郝識認暗將郝某釋放得以逃脫噫郝某與衆同行而死生有異死生亦大矣豈亦有幸有不幸也

其贓在項 ○訪事云日昨下午俟家後泰山菴前有洋兵搶得某甲番餅五枚甲向日捕訴說明白日捕將洋兵獲住掌其頰遍身搜索並無贓物甲大窘復搜之贓物從頭布內搜出日兵即將洋兵扭去不知作何發落矣

死非無故 ○傳聞日前水師營外有死屍二具詢之土人云係偸兒向營內行竊被槍擊斃云云未知確否俟訪再佈

逃婚可異 ○訪事人云頃聞南門外趙某者山左人微有積蓄曾聘某氏女許以代女家製備粧奩等件約以日前迎娶輿夫棚彩一概定妥至婚期賀喜親友踵集其門遍尋新郎不知去向何處衆皆散去或云趙係因喜事虧累被債所迫而逃者未知確否俟訪再錄

混混被捉 ○訪事人云頃聞近日河東陳家溝老爺廟一帶混混橫行無忌偵知有刦搶得財者便行訛索有拂其意者即扭至鍋夥內用繩吊其拇指懸於樑上施以非刑日前被巡捕將混混安某等捉入官裡去不知如何發落俟訪再佈

以昭核實 ○昨報所紀城磚可畏一則所言東北隅實係東南之誤緣拆城夫役將城墻挖空而城上之[illegible]稍不經心難免壓斃砸傷之患二十三日早十點鐘時夫役正在工作之時城上[illegible]合土塊忽墜落下致[illegible]夫役[illegible]膀砸傷聞該工頭出洋十五元以十元作棺殮之資一以五元作養傷之費從事夫役尚慎旃哉

批示彙錄 ○據馮彥青禀王[illegible]詐索情殊可惡應移請巡捕官讀大人核辦○李東來禀張子馨[illegible]捷等搜拾劉[illegible]案既稱代爲[illegible]息准予從寬銷案並須勸導張等安分守法毋得重蹈故轍致干嚴究○龐丕然禀該民屢次瑣瀆並不邀人理結其兒好訟惟香春亭抗不遵斷亦[illegible]猝猾准再傳案訊辦○四合順李星垣等禀所陳盜賣煤觔及索賠草辮銀兩有無實據仰于禮拜五日親詣本發審處聽訊再奪○韓[illegible]五王飄軒宋奎文梁子厚等禀該民等分控銀價各情諒必均有憑據仰于禮拜五日攜帶來案查驗後再行傳追○張文鴻禀金馨爲女定之禮業非已有何得以人已物故便欲退還請傳之處碍難照准○宋茂林禀事關英營着禀請該管兵官查辦本發審處未便准理○朱序三禀日本隊長既能據理審訊[illegible]二十七支兩[illegible]憑否專案乃俟[illegible]訊後再奪

廣東新聞

籌辦善後　○訪友來函云自粵中大吏札飭碣石鎮劉淵亭總戎將所部之福軍六營分赴南海新會及惠州府屬辦理土匪後總戎卽親統四營弁勇東往古循歸善海豐陸豐三縣屬境擇要建營撥勇駐守惟西樵山迭爲亡命淵藪今雖或已受降或已就戮而羽黨依然嘯聚出沒欲辦善後事宜必妥籌善法方克著効是以總戎自帶親軍衛隊馳往西樵假官山墟雲瀛書院暫駐一面傳見各鄉紳耆詳詢土匪情形以便相機剿辦

持槍威嚇　○有某觀察者筮仕某省携同眷屬趨履新任道出省垣假靖海門外佛照樓客棧爲行轅行李甚富前晚更籌初定有匪類五六人遍身羅綺直入觀察臥房觀察方欲詰問各匪嚇之以鎗搜得貴重物件復挾觀察同行由棧後門直至河干已有小舟停櫂接濟各匪致聲珍重携贓下舟鼓棹而逸當時棧伴及觀察家人雖有見者猶疑爲好友過訪臨流握別嗣觀察呆立水濱驚魂既定呼喊有賊衆始詢悉情由歸檢行裝所失頗屬不貲云

鬧教正法　○南海縣裴明府下鄉催科就近查辦要案至今尚未返署上台清釐案牘查有死罪犯十二名均應押往西樵就地正法遂委員會營督帶兵役由縣監將犯提縛乘舟解赴沙頭書院交裴明府辦理明府查照札開案由卽親出曠野監視行刑飭令劊子手將六犯梟首懸桿餘六犯裝入站籠如法處死聞內有馮亞南一名係起意煽聚愚民鬧教毀搶事後由鄉紳綑交審訊明確是以發回犯事地方行刑示衆云

外國新聞

絲額比較　○據美國紐約近報一千九百年十一月止所有入口中日兩國新絲額共一萬二千八百担計日本絲六千六百八十一担比前歲減去五千零九十九担中國絲三千二百五十四担比前歲減去二千七百七十三担廣東絲二千八百六十五担比前歲減去二千三百七十九担通計減至一萬零二百五十一担比之昨年約減及強半云

錦標誰屬

慨自鶴唳陡驚鶯歌頓歇每憶章台之柳色遂興杜牧之春情歌舞地近已重興風月場誰堪作主往懷既輟故態復萌爰集騷壇擬開蕊榜凡此南朝粉黛北地臙脂儘可彙品分評按名誌譽判青樓之優劣傚白氏之風流惟是羣園見聞恐有多歧亡羊之憾加之跡於物色不免餘一遺白之譏迺書緣起于報端冀邀同志速定羣芳之聲價惠我好音幸勿遲遲是爲切切此啓 紅樓夢未醒主人啓

茲擬以嘉平既望起至明正既望訖以爲投遞信函之期其例則以所品定者分爲五品曰仙曰超極妙能而各品之中又分之以五等譬若仙乎其仙者則首書芳名次書仙品二字次圈以五圈不及等者其圈遞減餘四品同其函則投至直報館或交各處附近送報人亦可並隨封加津錢三十文以爲他日付報館刷印工資並非藉此以趨利也期滿日本主人尚須逐隊大閱以期核實乃可錄榜附登

看報送彩送書

茲因臘月初一起售報代送上海和濟小彩每份一張本月十三正是開彩之期至明正初五前後錄報聲明頭四彩如今早信微遲念餘日由申至津非小號遲期看報接閱辛丑正月初一起逢向敝處送信留條定閱本津直報各送小彩一張正月十五送治痢新書一部決不失信一月內送兩種約費津文四百看報一分文不取若單購治痢新書每部津資三百此書係名醫搜選各種痢症提要靈驗非俗醫林稱許士農工商友人得此書遇症稱便余因破城後多見患各種痢証發願心託友重新裝訂千部廣行方便無論本津外埠在各報處定閱直報明正照樣奉送報資原價書係白送可見信實無比如別家經手無涉若付報資費心別短數別給鵝眼小錢倘給短數錢莫願領書不送各要公道請想明正續售直報可得力乎亦謂報紙多暢 接到新聞報 申報 東洋寶丹 各樣徽墨 天津府署東各國報館寄售各報總處啓

瑞林祥元記綢緞洋貨店仍設估衣街中間路北先由便門賣貨

敦慶隆綢緞洋貨店仍設估衣街西口零整發莊

武齋洋行發賣烟煤焦炭煤末 如蒙賜顧請移玉襪子衚衕本行面議可也

永平壽命保險公司告白

啟者本總公司在美國紐約埠開設多年生意興隆查本銀四百四十四兆二億三萬零八百八十元至於保滿三十七萬三千九百三十四人共計銀一千九百四十二兆五億三萬零二百九十元足見資本之厚利益之多誠信相孚章程甚善早爲海內君子共相推許各國各埠均有分行中國各通商口岸亦有巨商代理並另立總局於上海九江路第四號門牌係專辦中國保險事宜現又在天津海大道瑞記洋行請王君專理本公司一切事務嗣後如有願保人壽者速請與王君面議可也 洋總理高尚志謹啓

聲明告白

啓者昌記公司昨日失竊天利增六十七號公砝平化寶銀條一紙計銀一百兩正業已掛號作爲廢紙恐未週知特此登報聲明 昌記公司啓

三義土莊

啓者本號自運各省西土熟白烟膏寄賣安樂堂紫省金平成烟丸開設天津北門外太平街坐北向南便是 本莊謹啓

聲明告白

五月匪亂由津回南路經交河縣被拳匪搶奪銀條一張計緊通裕存欠合記行平化寶銀一千兩又恒豐盛撥回粵交黄培之匯票一通用銀三千六百兩二十二兩五錢均向前途兌明作廢並稟明都統衙門批准存案特此達知 合記號黄培之同啓

京都 六通棧告白

敬者六通棧開設京都崇文門外花市大街專辦東西兩口牛羊專賣各國[illegible]價格公道如欲買者請本棧面議可也

惠利和牛羊公司

本號新開在海大道貽來牟機器磨房前專售牛羊肉牛肉每磅一毛二羊肉每磅一毛五[illegible]水力碩饅値格外公道賜顧者即請駕取 本主人謹啓

開口 魁豐冰窖

啓者敝號開設開口西北南小營門外冰窖二處向於冬令批發各洋行夏令需用冰塊向已屆時發冰倫貴行各國領台欲用冰塊者請至敝號預定價値格外從廉不悞主顧

草房出售

現有草房六十餘間出售座落北閘外如願買者請至大溝頭西穆宅便知

雙興洋點心舖告白

本號開設侯家后雲霞落子館對過專做外國大小甜面包及各樣十錦西點心一概俱全價值格外公道仕商賜顧者即請購買可也特此佈聞

仁記洋行

啓者本行茲有船牌[illegible]臘壹千箱[illegible]箱二十五包並有洋白面八百二十五袋出售[illegible]此佈聞 仁記洋行謹啓

牙醫生

自幼在美國醫院專習牙科凡牙痛腮腫均能醫治若牙未落或川面風火蟲蛀者黃金白金粉鑲補永無後患如牙落一粒或數粒或全口者鑲就無異生成可任意食物至用金托象皮托悉從客便寓英租界海大道小樓

江蘇毛瑞堂

海大道 源興亨土莊

本號自運各省西土公班大土亞庄廣土黑白廣膏一概發莊零剪銷售如欲購者請移玉本莊面商貨高價廉不悞主顧此啓

永豐號面包舖

本號舖掌前任業竹林同昌辦館因被火焚移居馬家口海大道同立東棧對門新機器磨房旁便是本號辦定鐵罐牛乃糖醬火食等物呂宋烟捲帶烟點心面包俱巳新鮮不悞主顧仕商賜顧者請到本號購取可也 本號主人啓

法商 祥發號辦館告白

啓者本號開設天津紫竹林海大道育才館北專辦各國盒菜牛乃面包各樣烟捲一切雜貨物高價廉如蒙仕商賜顧者請移玉本號面議可也特此佈聞 本主人鈕桂芬謹啓

源利車船公司

本公司設在天津閘口下江蘇外局內專攬京通大小車船貴官商光顧者請駕臨本局面議庶不致悞特此佈聞 本公司啓

大米告白

敝行現由上海運到上等大包米在津出售批發格外公道如貴客零買兩三包自巳食用者亦可購取請到海大道新英租界平和洋行面議多少均可本行又兼[illegible]美字老牌煤油出售價值格外公道

本局移住鹽坨藥王廟西鐵路岔道口路西便是發售九槽原煤每噸英洋六元五毛特此週知 礦務津局謹白

新開美瑞洋行

啓者本行由外洋自運各色洋酒罐頭食一預冬織絨褲褂鞋襪佛蘭絨項中手套各樣胰皂[illegible]料器鐵胎磁面各種器俱並各[illegible]鋼鐵洋釘洋鐵洋鋼白鐵水桶洋鐵火爐以及大米各種貨物莫不精美此售大宗格外宜廉凡蒙賜顧者請至法租界大羅洋行對門第四十六號門牌便是 本行主人謹啓

告白

啓者本廠需用廠地屯糞以及撒夫住房均係照章付租惟倘有廠地數處地主均未領租特此登報催領租價凡各地十見報連來本廠以便照章付給除[illegible]部繳衙門行案禀特此聲明以便週知 大法國界官糞廠謹白

儒醫

駱坦如明府安徽人遊歷中外十餘年近因時事鉅艱立意南旋我等疑其脈理甚精識慕無差迭見著手成春之效力為挽留一展方技凡請診者間鍋店街存華泰號便知寓所 李敏軒 張小甫謹啓

日商 鴻泰銀號

本號兌換銀兩買賣洋圓公平交易開設天津閘口下大街勝水總局對過便是定於十二月十二日開張特此佈聞本號寄賣上[illegible]新出貨土整莊出售按時行市價值格外便宜包減[illegible]仕商如賜顧者請移至敝號面議可也庶不致悞 本號主人謹啓

天津河東 同義棧

敬啓者本棧開設河東大王庄河邊行俄國租界內朗怡和洋房對河便是內有洋式棧物院內寬大無論粗細貨相均可存寄而棧租亦極相宜[illegible]各貨行并棧存過路客商如有貨物寄存各請移至本棧帳房面議可也貴客如欲保險以代別埠來墊者本棧均可稱辦洋關項[illegible]稅及各使費等[illegible]特此佈達 棧主人告白

天后宮北 義興順綢緞莊

本莊自置顧繡綢緞綾羅紗絹哈喇大呢羽綾[illegible]毛各樣花素洋布南貨[illegible]頭油香粉[illegible]皂[illegible]俱全[illegible]頭號二號[illegible]茶[illegible]每斤[illegible]九百二百六百八百[illegible]

鴻義金珠[illegible]

啓者本號專做時式赤金紋銀軟翠堆[illegible]鑲嵌首飾鳳冠酒器包葉度葉等物一概俱全開設天津府東門外天后宮南坐東向西便是

通源土莊

啓者本號出售各省西土并售黑白廣膏零整皆可如欲賜顧原銷者請移玉本號帳房面訂價值格外從廉 天津鍋店街東口 通源土莊謹啓

德記磚瓦松木公司

現寓鼓樓東坐南崇成同德錢[illegible]代辦[illegible]售[illegible]單截[illegible]截方[illegible]磚瓦[illegible]外克[illegible]重[illegible]不悞顧[illegible]

侯家後老君堂西

永順茶園

特邀京都順福堂

京都姑蘇烟台等處坤角

每日准演

太平歌詞　西皮二簧

天后宮前

天[illegible]茶園

特邀京都全喜堂

京都姑蘇烟台等處坤角

每日准演

太平歌詞　西皮二簧

閘口下大街

日商

麗華茶園

特邀京都有福堂

特邀京都上洋姑蘇等處坤角

十一月廿六日早晚有座

時調大鼓　太平歌詞

英商

恆昌厚照像館

本館在河北大街暫借西茂盛店內今擇臘月十九日帶照專影一人兩像至四像電光放大磁片牙片手捲圖扇書綉字帖另有中外國花彩衣服零物等件隨便應用諸君光顧請祈小號面商不悞特此

像館主人謹啟

英商

福照樓西棧代起行

啟者今歲因遭兵荒有本棧樓房彼俄國人往守至今未曾遣出故此租賃西門北萬源棧內開設該門面書掛福照樓招牌為記所有房間院中無不寬闊潔淨安寓回漢客商各分房所所有茶水飯菜另有廚坊代運出進日貨物搭座輪船車碼以及華關稅各按本棧舊章無不公道專運北京各處雜貨等件盡用妥實洋人押送如有短少失物俱按保險章程賠補其情與眾不同貴客商如欲搭運貨物者請至本棧面議可也特此佈聞

大日本

北清貿易洋行

啟者本行由日本分設天津紫竹林海大道老菜市氣燈房衚衕直報館院內現由本國自運各樣貨物一應俱全貨價實貴客商願買者請至本行面議價值格外公道價現用何樣貨物定期不悞特此佈聞

本行主人謹啟

高士達洋酒飯店告白

本店開設海大道下德國界大營門內專辦各國洋酒各色點心呂宋烟各樣紙烟等物貨高價廉並辦英法大菜無論中外客商皆可賜顧特此登報佈告

本主人謹啟

同順辦館麵包房

啟者本號開設海大道機器磨房內專做花旗麵粉大小麵包及各樣洋點心一應具全中國各樣點心大八件糟樣長元糕仕商賜顧者即請購取可也特此佈聞

減價出售

本行開設英界麥加利傍專售洋酒各貨俱全今將各貨開列於左項上金牛奶壹仟箱白蘭地壹仟箱牛奶伍伯箱洋臘壹伯箱皮皂貳伯箱其餘各貨亦不細載如賣客光顧請至本行價值格外公道

義福行白

日商

福源銀號

本號開設在天津閘口下大街日本租界公署旁定於十二月初二日開張兌換銀兩海大道分號仍照舊交易特此佈聞

本號　分號　公啟

日商

有馬洋行

本行自北山運來大本炭照市價格外從廉整躉零發均可保險運送凡仕商欲購者請至海大道牌坊南福源銀號面議特此謹啟

日商

有信官車船總局

啟者設在天津閘口下大街勝水總局旁官車船局並代理福商雲集運往北京通州保府等處洋廣雜貨來往保險轉差洋人護送按貨估價保險諸商請至本局面議可也

附啟保府白溝河鄚州等處運貨刻已通行有章貴商賜顧駕臨本局面議運價格外從廉

桒金公司怡順號

本公司現移於新浮橋行宮西買賣各色荒金條金隨時定價以京滬行情為準賣商交易請至本公司面議格外公平

本公司啟

京津塘沽火車開行時刻單

由天津開北京早九點三十分晚六點半到京

由北京開天津早七點半晚三點半到天津

由天津開塘沽早七點半到塘沽十一點

又下午四點開到塘沽七點

由塘沽來津二次同時

大清郵政局收信時刻曉諭傳單

寄往何處	由	某日	發信時刻
北京　保府	火車	每天	上午八點半
大沽	火車	每天	下午三點半
上海煙臺　牛莊等處	輪船	每禮拜二　六	下午四點　七點
上海鎮江等處	旱班	每禮拜一三五	上午十一點
煙臺	又	又	又

秦王島開往煙台輪船每逢禮拜二禮拜六下午四點七點發信

紫竹林總局每日早九點開門收信至下午四點鐘止總局每日下午二點至二點半止針市街分局每日早八點開門收信至晚十點鐘止

十二月廿四日銀行情

銀盤二吊九百九十文

洋銀一吊零八十

洋錢行情七錢

本埠每張大錢十二文　CHIHLI GAZETTE　外埠照遠近酌加寄費

CHIH PAO

直報

第五百八十三號

本館開設天津紫竹林海大道老棄市氣燈房巷內

光緒二十六年十二月廿六日

西歷一千九百零一年二月十四日　禮拜四

上諭恭錄　路透電報　請簡專使　會匪煽動　京卿被拿　守在滄州　洋兵捕賊　因財致禍　外國新聞

續奏陳康唐諸逆黨勾結會匪陰謀作亂破獲摺

新君紀事　禁設繙譯會　北京被圍始末　持非其械　馬賊廿六記　奸宄宜詰　批示彙錄　各行告白

和議述聞　閩督被參續述　行在禮節　査拿賭犯　突兆焚知　幸有鄉鄰　浙江新聞

陝函摘要　魏督尚留　隨扈值差　美獲搶犯　匪無忌憚　傷主風聞　福州新聞

上諭恭錄

十二月初一日　行在內閣抄奉　上諭崑岡等奏代遞遺疏一摺理藩院尚書懷塔布持躬恪愼練達老成由廕生供職部曹荐陞卿貳擢任正卿補授總管內務府大臣宣力有年克勤厥職前因患病疊次賞假方冀調理就痊長承恩眷茲聞溘逝軫惜殊深加恩着追贈太子少保銜照尚書例賜卹任內一切處分悉予開復應得卹典該衙門察例具奏伊子廕生耆年着賞給郎中俟及歲時分部行走用示篤念藎臣至意欽此同日奉　上諭雲南臨安開廣道員缺着劉春陽補授欽此○初二日奉　上諭理藩院尚書着世續補授欽此同日奉　上諭廂紅旗漢軍副都統着會章補授欽此同日奉　上諭左翼前鋒統領着秀吉調補希朗阿着調補廂黃旗護軍統領所遺正藍旗護軍統領着景灃補授欽此同日奉　上諭善耆着調補廂紅旗滿洲都統所遺廂黃旗蒙古都統着溥倫補授欽此

奏陳康唐諸逆黨勾結會匪陰謀作亂先期破獲擒戮渠魁摺　續昨稿

至唐才常供出同謀之人甚多凡係查無實據者概不株連其軍民人等誤領富有票者准其向官司營局團紳首士繳票銷毀卽免追究予以自新若觀望藏匿不繳者查出匪黨定行重辦自漢口匪首伏誅後各路匪徒聞之震懾惟富有票散出太多其悍黨匪首尚多漏網現已訪知仍復潛蹤往來上海長江一帶刷故散謀力圖糾衆報復沙市岳州常德灃州一帶匪徒尚在煽惑窺伺新堤之匪竄擾

湖南之臨湘巴陵湖北監利之朱河等處其監利沙洋𡻕城嘉魚崇陽巴東長樂之匪仍飭各營分投搜剿解散其襄陽棗陽隨州應山等處界連豫邊素多刀匪豫省年來荒旱飢民頗衆亦遂有會匪開堂放飄之事自七月以來藉閙教爲名嘯聚焚刦自立會匪滋事後查有匪首潛往孝感應山河南信陽州一帶謀刦北上諸軍軍火並煽誘河南飢民來漢滋事現又訊出有匪首往襄樊一帶煽動刀匪已添募馬步各營沿邊嚴防串越入境卽拿八月內四川巫山縣有匪千餘人滋事亦經派營會合川軍相機剿捕臣等伏查康逆近年遁逃海外布散邪說久思煽動奸人擾亂中國以逞其報復之志茲因各國搆兵以爲有機可乘遂敢遣其黨羽分赴沿江沿海各省勾結匪徒作亂而湖北尤爲該匪注意所在値此時局危急一經煽動立卽四路響應兩月以來武漢商民惶擾遷徙一夕數驚幸仰賴
朝廷威福先期破獲禽誅渠魁巨黨多名各處聚集援應之匪先後擊散陸續禽斬匪目數十人目前人心粗定惟有仍一面督飭各軍各州縣嚴防密拿解散脅從一面照會各國領事布其逆亂罪狀囑其轉告外部勿爲所惑目前據各領事定從前謂康梁爲志士今已知康梁爲匪徒各國斷不幫助庇獲此實由該逆等稔惡窮凶天奪其魄爲悖亂盜賊之事布悖亂盜賊之言奸謀逆跡盡行敗露已爲各國所屛棄誅戮之期當不遠矣惟是湖北數月以來自北方有警長江人心惶惑各匪四散陸續增募兵勇數十營上游則界四川之宜昌下游則界江西之武穴南則界湘之荊州北則界漢之襄陽隨州當陽應山𡻕城中路則沔陽新堤沙洋嘉魚蒲圻崇陽監利皆爲會匪出沒之所皆須派營駐守隨時相機剿捕並派營前赴湖南之岳州河南之棗陽州越境勦捕巡防以固藩籬各屬請兵請械應接不暇羅掘多方增兵既多增餉尤鉅種種艱難急迫晝夜不遑惟有竭力鎭撫相機籌辦隨時與湖南撫臣兩江江西安徽督撫臣互相知會合力辦理以維上游大局至此次查獲擒獲自立會匪渠魁暨分路防剿捕獲領有富有票之游匪首要各員弁發奸弭亂俾沿江沿海各省得以周知爲備似尚有裨大局合無仰懇　天恩俯准臣等查明奏請　優獎以示鼓勵出自　鴻慈所有擒誅自立會匪總頭目查拿各匪目分路勦捕飭令繳票解散情形恭摺馳驛奏陳伏乞　皇太后　皇上聖鑒謹奏

時事記要

路透電報　○西二月十號來電云太晤士報云約克公爵暨夫人已准於三月杪赴澳洲矣○特兵小隊現仍前往開勃箕龍來境內各處有兵二百名已由密都布格之北經過將往克爾哩亞也德里蘇將軍統帶強兵往克爾哩亞進發現距該處甚近○荷國女主在荷京完姻○英君入議院而各大臣與焉○義大利之辦事大臣已自告退○南非洲日昨來電云英軍中病死者有六十二人之多也

新君紀事　○英新君至駕幸乾姆宮沙侯率同諸大臣等多人發誓於新君之前禮畢諸臣魚貫而入在新君前行嗅手禮以示遵誓○又諭云新君建號曰意得哇第七並兼統印度君主○又諭云君主意得哇降諭云在廷大小臣工仍各照常供職○又諭云在廷大小臣工例應穿着素服自本年正月起至六月爲止再由六月至明年正月止着半素公服○又諭云前日新君主在議院宣言故君恩德上下議院均讚美有加議以國喪故停至下月十四號再行辦公譯二十六日路透電

和議述聞　○日本報載接京電云聞中國之意允照和約中第一欵至第五欵先行照辦其餘懲辦罪魁一節擬賜莊王自盡毓賢正法端郡王永遠圈禁至撤兵之舉擬請各國從速但各使之意以爲撤兵過早必致再成擾亂還蹕反多阻礙云

陝函摘要　○西安來函云　御膳房每日備辦　御膳均係牛羊肉其羊又屬山羊腥羶甚重現在　皇太后每日　御膳較前在京約減十分之四○　阿哥經杖責後仍不甚讀書習武　皇上亦置之不問　內廷日議軍國之事亦不暇及此○又云目下　行在各大臣積不相能亦各不相讓以岑鹿而論當兩人初遇時頗爲心心相印近則互相猜嫉不啻視如仇敵矣至王中堂日來　慈眷漸衰所以一切未能如志祗可隨和他人之意見而已　皇上聖躬近日少覺違和　太后尚無定志於各言官指陳之說竟有靡所適從之勢○又云秦撫岑雲階中丞奏請飭四川礦務大臣李鐵船京卿親往南洋各埠勸流寓華商捐輸巨欵核奬實

官聞己奉 旨俞允

請 簡專使 ○聞慶親王近以英國大喪特致電西安奏請 簡派大員爲頭等專使赴英弔唁并賀新君繼統之喜

禁設繙譯會 ○字林西報云鄂督張香帥電致駐日本欽使李木齋閣學謂有維新黨人在東京設立繙譯會業已興辦請卽轉商日政府設法禁止云

閩督被參續述 ○前紀閩督許制軍被言官糾參多款茲聞已交江督劉宮保查辦矣

魏督尙留 ○昨得西安電信云滇督魏午帥尙留西安聞須護 駕回京再行赴任云

會匪煽動 ○近得江右友人來簡云袁州平鄉縣屬刻下有湖南哥老會匪蠢動雖經該縣顧大令設法撫慰恐一時尙難平復云

海關人員北京被圍始末記 續前稿 ○二十五日又接總理衙門來函內附上海稅務司亞倫君所發之電報據稱上海頗爲安靜並問總稅務司之消息二十七日赫稅務司又接總理衙門來函外有蔬菜等物二十九日西人溫德適於辦公之時受傷三十日又接總理衙門來函內附英京倫敦發之暗碼電報西八月二日英使署接到總理衙門堂官許景澄及袁昶正法之消息又接天津稅務司七月二十八日所發之信謂援兵將到七日又接總理衙門來函內有赫稅務司之家信由倫敦發來者十日又接到總理衙門堂官徐用儀及聯元正法之消息十三日卽提督葛賽利未抵京師之前又接總理衙門來函內有上海漢口烟台各稅務司所發之電八月十四日各國援兵始至而圍攻使署之事亦遂停止十五日署理同文館法文教習談師丹倫君助法兵在北塘攻擊華兵之時受傷十七日總理衙門堂官盡行逃散此時北京已無政府總理衙門領袖各大員亦已隨 太后而逃時又接總理衙門寄總稅務司之函詢其當如何措置二十日總稅務司赫德出有示諭一道謂本總稅務司當於二十二日重辦公事並須再行委派辦事人員同日又出一諭獎勵海關郵政及同文館三處出力禦敵人員其諭曰北京海關郵政同文館新舊供職人員知悉現賀爾各人與爾家屬人等幸得至今安然無恙爾等能於敵人圍攻之時各人同心協力會合使署防兵互相守護本監督實深感不已也譯西十二月二十一號字林西報

京津新聞

行在禮節 ○頃聞隨扈值差人傳云光緒二十七年正月初一日元旦令節 皇太后 皇上駕前應行禮節一律停止惟受賀禮節凡隨扈者俱在便殿行禮以崇體制

隨扈値差 ○ 皇上巡幸 西安駐蹕洛陽現屆新年在遛鑾儀衛雲麾使俱有應値差次昨聞業經鑾儀衛委派雲麾使冠軍使四十員校尉六十名已於十二月初旬由京起程前往承値 御前各差諒刻下均可隨扈輪班値差矣

京卿被拿 ○京師訪友來簡云前大理寺卿常明經聯軍訪悉前曾通匪當經拿獲屢訊無供因念係中國三品大員交總理衙門管押旋經總署奏明奉 旨交慶王李傳相訊鞫有無通匪情事再行請 旨定奪

持非其械 ○近聞某國兵隊中失去利刃洋鎗等械數件正在巡査之際於本月十七日美界巡捕率同勇夥巡夜至西交民巷經巡兵瞥見華捕手持拐子鎗數杆俱非華捕所應持軍械旋將該華捕等八名一併解至八爺府管押次晨釋放五名尙有二名被押未悉如何發落俟訪再錄

德拿賭犯 ○本月二十日前門外朱毛胡同有賭局一處招集賭友十數輩正在呼盧喝雉之際被德界巡捕偵知立卽拏獲賭犯杜某等十二名並起獲賭具一併解送德界公廨管押至如何結局俟訪再錄

美獲搶犯 ○本月二十日刑部署前見有美兵解送搶刦盜犯蘇禿仔等五名送交刑部收禁隨經探悉該犯等係因搶刦刑

紅井張姓家銀兩衣物現被破獲嚴訊實情諒不日卽行正法矣

守在滄州　○傳聞新任天津府爲陳以培太守補授於月前在滄州接印雖履新任而公務甚屬寥寥云

馬賊廿六記　○前報紀山海關附近有馬賊戕害英日兩國兵丁旋經日軍遣隊出伐一節茲又接電云現接到該軍牒報稱賊已逃向桃林口而去曩有日兵四名不知下落刻已尋出屍身二具尚有兩人仍屬存亡未卜也○又云日軍在桃林口附近捕得馬賊數名據供馬賊大半已潰往承德一帶尚有小半在附近掠奪餬口云○又牛庄馬賊等乘俄軍預備冬營之際日在奉天牛庄各地四出搶奪各縣等多請俄人保護

突兆焚如　○昨晚魚鼓初躍時忽見火燄蔽天旋經巡捕到各水會送信救火詢係北門內戶部街王姓馬號不戒於火經附近各水會齊趨灌救所幸彼時風稍微未致殃及鄰佑云

匪無忌憚　○訪事人云前報紀土匪頭目大王李小安子黃德明王虎士豹等在北營門內某處伏身探訪要事與馬賊串通意欲行刼某巨室噫城廂內外執法者如此森嚴該匪等竟敢來此刺探何胆大也

洋兵捕賊　○訪事人云日昨見有洋兵一隊向西開去傳聞係往靜海剿捕馬賊等因未知是否俟訪再佈

奸宄宜詰　○本埠混混藉端滋事昔日廣布謠言以操練義和拳爲由藉以脅制良懦今復廣結黨羽以剿除義和拳匪爲名藉以搶刼富民現在年關伊邇客商舖戶類多收歛貲財清算帳目若輩趁忙迫之際兼乘兵燹初平以擄掠爲剿辦或勾結外來游手好閒之輩以誘愚民嫖賭卽以行刼或多方訛詐種種奸計百變無窮實皆混混爲之符恃所在皆有無時不然所望執法者爲之嚴行究詰也

幸有鄉鄰　○訪事云關口魏姓家日昨三更後忽有强徒進內手持洋槍意欲搶刼幸鄰人齊集始行驚走云

傷主風聞　○頃聞韓家樹有土匪率領多人手持快槍到北鄉龔姓家行刼龔姓之婦頗識其面婦大言曰汝非某人耶胡遽出此該匪大恐急以刀向婦連砍數次該婦立斃其家屬尚未敢控告云云人言如是確否俟再訪佈

因財致禍　○趙家場某標行人於失城時掠得衣物便自大闊其闊眠花宿柳大肆奢華至今金盡牀頭身染穢病於此見不義之財非以福之適以禍之禍福何嘗惟人自招之而已矣

批示彙錄　○據梁井氏稟梁鮑氏與氏子梁文翰互控一案業經本發審處諭派王雨村約同李子恒妥爲調處秉公理結現甫接到稟覆應候譯閱後再行集案判斷○楊張氏稟據稟勒指會貲情形殊多轇轕着持據自行理討無用傳追○甯建忠稟稟單均已閱悉究竟贓物藏匿何地有無懷疑仰于禮拜五日來案面訊後再核○孟廣起稟傳初不給洋銀必有緣故應于禮拜五日親詣發審處聽候訊奪○邵閻氏稟業將邵捷押禁該氏應聽候訊無庸多瀆○郭少嵐稟聲叙如情均悉准于存案○李寶式稟巡捕訛索爲近來最壞氣習殊不可長已移請譚大人查辦矣○劉永令劉紹唐李順劉尹氏等稟如稟均已閱悉仍候禮拜五日分起來案面訊詳情再行傳訊○張世恩稟張圭子搶去銀洋實堪痛恨備陳欺瞽情形尤足令人矜憫准于禮拜五日來轅面質發票捕傳○魏小雅等稟李生厚稟已移送巡捕官候譚大人發落該紳董無庸干預○李光傳稟前經票傳呂二生到案何以該民竟不投質業准房主保釋又請傳追是否情有不甘抑係逞力健訟始准于禮拜五日來轅面訊○馬雲亭稟田孟堂誣控馬丁二人旣有聞見准于禮拜五日投發審處質証

浙江新聞

進貢絲綿　○浙省土產之絲綿向例辦貢以備內用茲因兩宮西狩需用尤多貢件均宜先行進呈刻奉榮方伯委員采辦得上等絲綿數箱委鮑大令步瀛承領管解兼程赴陝恭獻行在以備方物云

核獎翎銜　〇紹興南塘通判高梅坡別駕燿祖前於山西籌賑時慨捐鶴俸以惠災黎刻由藩憲核獎花翎并加知府升銜須給實收別駕隨專丁到省稟知叩謝矣

駐守要口　〇浙西乍浦爲海口門戶向有雄師駐紮口外沿海之南灣砲臺尤關緊要玆因管理之弁另有遺調奉惲松帥札委馬守戎方來接管並飭嚴行駐守不得疎懈以重邊防守戎隨於初三日稟辭赴乍到差矣

福州新聞

福州近事　〇訪友來函云福州府謝太守啓華於接署府篆後并奉委兼辦洋務事宜因於日前照會各國領事聲明以後如有交涉事件務請和衷辦理云云〇又云鰲峯書院掌教陳弢庵閣學業經辭館不就適前年鳳池書院掌教張珍午侍御丁外艱回籍許筠帥遂延之以爲鰲峯主講〇又云閩轄馬限山週圍數里皆有法國各　員與在工人等棲止不料附近鄉民每乘黑夜舁屍盜埋掘土太淺未逾旬日即被牛羊蹂躪暴露屍骸穢氣薰蒸來往行人諸多窒礙近經杜監督目擊代爲掩埋並稟請船署將該山一帶由保甲局及威營勇丁隨時稽查嚴行示禁不准各色人等盜葬死屍云〇又云省會新設官錢局業經開辦各錢鋪向之兌換當十紫銅錢者源源而至但開鑄伊始接濟不及官局乃牌示期限以三六九等日兌換俟鼓鑄充足再行逐日兌換〇又云城內各當典質民物向例八千以上者每千按月行息一分六厘八十千以上行息一分四厘未及八千者行息二分現經該商公議自十一月初一日起無論大小各票概歸行息二分

外國新聞

商情聯絡　〇美日兩國貿易近年駸駸日進而兩國貿易之各公司各商人迄今未能確查彼此資產信用等項誠憾事也近駐紐約內田領事報稱該地興信所議與東京及大坂之興信所聯絡一氣定一交換揭報之章程刻下已互相商議云譯東報

附件

讀黃帝本紀　〇古稱三皇五帝三皇在位皆年十萬上下而遺事無一可紀者固知荒渺無足取信不僅如列子所稱若存若亡已也司馬遷史記放而不錄誠然〇五帝舊說伏羲神農黃帝顓頊帝嚳司馬遷獨自黃帝紀起後益之以堯舜二人爲五帝〇史記黃帝姓公孫號軒轅古人每以號之著者爲姓故又稱軒轅氏軒轅正妃名　嫘祖子二十五人得姓者十四人〇帝顓頊即黃帝之孫帝嚳即黃帝之曾孫帝堯即黃帝之元孫帝舜即黃帝第九代孫夏禹即黃帝之元孫殷湯即黃帝裔孫史記十七世疑屬十八代孫也周武王即黃帝裔孫史記十九世疑屬二十代孫也秦始皇即黃帝裔孫史不記何世〇黃帝在位百年而崩年百一十一歲是十一歲即能習用干戈教熊羆貔貅　虎以與神農帝三戰得志於阪泉徵師諸侯禽殺蚩尤于涿鹿也上古大蚺大木之世界嬗爲大鳥大獸之世界而後人類以生黃帝時去大鳥大獸世界未遠人類狉狉榛榛渾渾噩噩與游牧部落何異爲之君長者宜必有橫絕一世之勢力而后衆同推戴下樂爲用迨夫人皆附巳而后宏施德政與民休息同我太平凡黃帝以下諸君皆然不獨湯武易代始爲逆取順守也史記黃帝生而神靈弱而能言長而敎敏成而聰明習用干戈以征不享敗炎帝禽蚩尤諸侯咸尊以天子此皆在未即位前年十一歲事亦可考見黃帝誠有過人之質稟矣〇神農氏世稱炎帝其敎民耕農已而后稷之先身嘗百草以定醫藥恰是聖哲之所爲乃史記其世衰諸侯相侵伐暴虐百姓而神農氏弗能征又記炎帝欲侵凌諸侯諸侯咸歸軒轅不亦近於失政之所爲乎黃帝三戰敗之以征誅而易代此即後世湯武伐罪救民之藍本也炎帝他失德不可考若據以上云云又頗類夏帝孔甲諸侯畔之之事中古載籍無稽後世談者傳信傳疑各有所托即如戰國滕文公時但有許行其人號召徒侶爲神農之言售欺當世矣司馬遷生於漢代去古愈遠其創修史記未能多得神農氏遺事藉以傳信勢也今據所記數言乃皆炎帝失政之事不免令入致疑則有存而不論可耳　此稿未完

啓者敝號瀋陽存義公匯號因避亂於十二月初七日由山海關搭坐火車來津及至下火車倔坐東洋車行至河東興隆街口巡捕房處該華洋巡捕聲稱恐行李等件內有犯禁之物均已打開查驗並無禁物即爲放行彼時天色已暮倉猝之際遺失帳匣內瀋陽各號欠款存據三十一張　計開失各錢舖收欠條並會票等單　謙震亨欠二十六年九月初一日貳仟壹伯肆拾兩　臘月二十五日貳仟壹伯肆十兩　三千二百一十兩共三紙　廣泰公欠二十六年九月初一日一萬零七百兩　臘月十五日二千一百四十兩共二紙　永生茂欠二十六年九月初一日一千零七十兩　臘月二十五日一千零七十兩共二紙　廣聚增欠二十六年九月初一日五千三百五十兩　臘月二十五日五千三百五十兩共二紙　還泉福欠二十六年九月初一日一千零七十兩一紙　淵泉溥欠二十六年九月初一日五千三百五十兩一紙　源生泰欠二十六年臘月二十五日二千一伯肆十兩一紙　義泰長欠二十六年臘月二十五日一萬零七百兩　五千三百五十兩共二紙　大德蚨欠二十六年九月初一日三千二百一十兩一紙　合盛東欠二十六年九月初一日三千二百一十兩一紙　乾[illegible]亨欠二十六年臘月二十五日五千三百五十兩一紙　景星齋欠二十六年九月初一日二千一百四十兩一紙　萬億恒欠二十六年九月初一日一千零七十兩一紙　大德隆欠二十六年九月初一日三千二百一十兩一紙　廣泉泰欠二十六年臘月二十五日五千三百五十兩一紙　聚元潤欠二十六年臘月二十五日五千三百五十兩　四千二百八十兩共二紙　義聚成欠二十六年臘月二十五日二千一百四十兩一紙　廣泉永欠[illegible]十六年九月初一日七千四百九十兩一紙　廣增達欠二十六年九月初一日五千三百五十兩一紙　大[illegible]蚨[illegible]十六年七月初一日逾期五千三百五十兩　四千二百八十兩共二紙　崇厚菴翁欠二十六年六月十八日逾期一千六百兩一紙　鮮俊英翁欠二十五年臘月初一日逾期五百兩一紙　溥傳路翁欠二十六年五月二十日逾期一千零一十五兩一紙　共計銀一十[illegible]萬八千六百七十五兩　外大德通二十六年六月初由營會瀋票二千一百四十兩一紙[illegible]已在　都統衙門存案作廢並函知瀋陽　欠款　號倘此存據無論到華洋人等之手均作廢紙並信達瀋陽相契之家在華洋衙門存案作廢此存據並票雖在[illegible]瀋華洋衙門存案作廢外令特登報俾衆週知倘有仁人君子拾去也無所事請送到估衣街德生錦後院存義公內必有重謝決不食言特此聲明

瀋陽存義公具

看報送彩送書

茲因臘月初一起售報代送上海和濟小彩每份一張本月十三正是開彩之期至明正初五前後錄報聲明四彩如今皐信微遲念餘日由申至津非小號遲期看報按閱辛丑正月初一起逢向敝處送信留條定閱本津直報各送小彩一張正月十五送治痢新書一部決不失信一月內送兩種約置津文四白看報分文不取若單購治痢新書每部津貲三百此書係名醫搜選各種痢症捷要靈驗非俗醫林稱許士農工商友人得此書遇症稱便余因破城後多見患各種痢症發愿心託友重新裝訂千部廣行方便無論本津外埠各報處定閱直報明正照樣奉送報資原價書白送可見信實無比如別家經手無涉若付報資費心別短數別給鵝眼小錢倘給短數錢莫顧彩書不送各要公道請想明正經售直報可得力乎亦謂報紙多暢接到新聞報

申報　東洋贅丹　各樣徽墨

天津府署東各國[illegible]館寄售各報總處啓

武齋洋行發賣烟煤焦炭煤末

如蒙賜顧請移玉[illegible]子衚衕本行面議可也

聲明告白

啓者昌記公司昨日失竊天利增六十七號公砝平化寶銀條一紙計銀一百兩正業已掛號作爲廢紙恐未週知特此登報聲明

昌記公司啓

三義土莊

啓者本號自運各省西土黑白烟膏寄賣安樂堂紫普金半戒烟丸開設天津北門外太平街坐北向南便是

本莊謹啓

聲明告白

五月匪亂由津回南路經交河縣被拳匪搶奪銀條二張計聚通恒存欠合記行平化寶銀三千兩又恒豐盛攙回粵號交黃培之廣東通用銀三千六百二十二兩五錢均向前途說明作廢並稟明都統衙門批准存案特此達知

合記號　黃培之　同啓

京都　六通棧告白

啓者六通棧開設京都崇文門外花市大街專辦東西兩口牛羊專賣各國糧臺定期不悞價值格外公道如欲買者請本棧面議可也

恩利和牛羊公司

本號新開在海大道貽來牟機器磨房前專售牛羊肉牛肉每磅一毛二羊肉每磅一毛六鮮茂條燒香水方燒價值格外公道賜顧者卽請購取

本主人謹啓

開口　魁豐冰窖

啓者敝號開設開口西並南小營門外冰窖二處於冬令批賣各洋行夏令應用冰塊現已屆時藏冰倘賣行各國糧台欲用冰塊者請至敝號預定價値格外從廉不悞主顧

草房出售

現有草房六十餘間出售座落北閣外如願買者請至大溝頭西稷宅便知

雙興洋點心舖告白

本號開設侯家后雲霞落子館對過專做外國大小甜面[illegible]及各樣十錦洋點心一應俱全價值格外公道仕商賜顧者即請購買可也特此佈聞

仁記洋行

啓者本行茲有船牌洋臘壹千箱每箱二十五包並有洋白面八百二十五袋出售特此佈聞
仁記洋行謹啓

牙醫生

自幼在美國醫院專習牙科凡牙痛腮腫均能醫治若牙未落而風火蟲蛀者或用黃金白金粉鑲補永無後患如牙落一粒或數粒或全口者鑲就無異生成可任意食物用金托象皮托悉從客便寓英租界海大道小樓
江蘇毛瑞堂

海大道 源興亨土莊

本號自運各省西土公班大土亞庄廣土黑白廣膏一概發莊零剪銷售如欲購者請移玉本莊面商貨高價廉不悞主顧此啓

永豐號面包舖

本號舖掌前任紫竹林同昌辦館因被火焚移居馬家口海大道同立東棧對門新機器磨房旁便是本號辦定鐵罐牛乃糖醬火食等物呂宋烟捲香烟點心面包俱巳新鮮不悞主顧仕商賜顧者請到本號購取可也
本號主人啓

法商 祥發號辦館告白

啓者本號開設天津紫竹林海大道育才館北專辦各國盒菜牛乃面包各樣烟捲一切雜貨物高價廉如蒙仕商賜顧者請移玉本號面議可也特此佈聞
本主人鈕桂芬謹啓

有信洋行

近在閘口下新開有信官車船總局恰與敝行字號相同並不連號緣有多人至敝行詢問同號否故予恐交往買賣之虞倘有舛錯兩不相宜特此佈閩
紫竹林有信洋行謹啓

源利車船公司

本公司設在天津閘口下江蘇外局內專攬京通大小車船貴官商光臨者新本局面議無不致悞特此佈聞
本公司啓

大米告白

敝行現由上海運到上大包米在津出售批發格外公道如貴客零買兩三包自巳食用者亦可購取請到海大道新英租界平和洋行面議多少均可本行又新到美孚老牌煤油出售價値格外公道

新開美瑞洋行

啓者本行由外洋自運各色洋酒罐頭食物預冬織絨褲掛鞋襪佛藍絨項巾手套各樣胰皂燈料器鐵胎磁面各種器俱並各鋼鐵洋釘洋鍬洋鋤白鐵水桶洋鐵火爐以及大米各種貨物英不精美批售大宗格外價廉凡蒙賜顧者請至法租界大羅洋行對門第四十六號門牌便是
本行主人謹啓

告白

啓者本廠需用廠地屯糞以及散夫住房均係照章付租惟倘有廠地數處地主均未領租特此登報催領租價凡各地主見報速來本廠以便照章付給除稟部統衙門存案外特此聲明以便週知
大法國界官甕廠謹白

瑞林祥元記綢緞洋貨店仍設估衣街中間路北先由便門賣貨

敦慶隆綢緞洋貨店仍設估衣街西口零整發莊

日商 鴻泰銀號

本號兌換銀兩買賣洋圓公平交易開設天津閘口下大街勝水總局對過便是定於十二月十二日開市特此佈聞本號寄寶上新到老號廣土格莊出售價值裕外便宜按時行色包減價二兩往商如賜顧者請移玉至敝號的議可也應不致悞
本號主人謹啓

天津河東 同義棧

敬啓者本棧開設河東大王庄河邊係俄國租界內即怡和洋行對河便是內有洋式棧房際內寬大無論粗細貨物均可存寄而棧租亦極相宜倘蒙各寶行號棧及過路客商如有貨物寄存者請移玉至本棧帳房面議可也如欲保險以及別埠來貨者本棧均可代報洋關墊辦稅餉及各種使費等項特此佈達
本棧主人告白

大后宮北 義興順綢緞莊

本莊自置顧繡綢緞綾羅紗絹哈喇大呢羽綾[illegible]毛各樣花素洋布南貨雜扇桂桂頭油香粉姨皂路安貝松線湖華一概俱全頭號杭寧綢頭號摹本緞紅梅茶每一吊二紅茶九百六紅茶梗斤二百八金百壽棉襪裙

鴻義金珠店

啓者本號專做時式赤金紋銀軟翠堆纍鑲嵌首飾鳳冠酒器包葉度葉等物一概俱全開設天津府東門外天后宮南坐東向西便是

通源土莊

啓者本號出售各省西土并黑白廣土膏零整皆可如欲賜顧原箱者請移玉本號帳房面訂價値格外從廉
天津東口鍋店街通源土莊謹啓

德記磚瓦松木公司

現寓鼓樓東坐南聚成德錢局代辦專售松木單截連截方子磚瓦格外克巳重廉不悞主顧

日商 福源銀號

本號開設在天津閘口下大街日本租界公署旁定於十二月初二日開張兌換銀兩海大道分號仍照舊交易特此佈聞

本號
分號 公啓

日商 有馬洋行

本行自北山運來大木炭照市價格外從廉整躉零發均可保險運送凡仕商欲購者請至海大道牌坊南福源銀號面議特此謹啓

日商 有信官車船總局

啓者設在天津閘口下大街勝水總局旁官車船並代理商雲集運往北京通州保府等處洋廣雜貨來往保險轉差洋人護送按貨估價保險諸商請至本局面議可也 附啓保府白溝河鄚州等處運貨刻已通行有章 貴商賜顧駕臨本局面議運價格外從廉

減價出售

本行開設英界麥加利傍專售洋酒各貨俱全今將各貨開列於左 計開上金牛奶壹仟箱白來地壹仟箱牛奶伍伯箱洋臘壹伯箱皮皂貳伯箱其餘各貨亦不細載如貴客光顧請至本行價值格外公道 義福行白

京津塘沽火車開行時刻單

由天津開北京早九點三十分晚六點半到京
由北京開天津早七點半晚三點半到天津
由天津開塘沽早七點半到塘沽十一點
又下午四點開到塘沽七點
由塘沽來津二次同時

大清郵政局收信時刻曉諭傳單

寄往何處	由	某日	發信時刻
北京 保府	火車	每天	上午八點半
大沽	火車	每天	下午三點半
上海烟臺牛莊等處	輪船	每禮拜二六	下午四點 下午七點
上海鎮江等處	旱班	每禮拜一三五	上午十一點
烟臺	又	又	又

秦王島開往烟台輪船每逢禮拜二禮拜六下午四點七點發信
紫竹林總局每早九點開門收信至下午四點鐘止禮拜日下午二點至二點半止針市街分局每日早八點開門收信至晚十點鐘止

十二月廿五日銀洋行情
銀盤二吊九百九十文
洋銀二吊零八十 洋錢行情七錢

大日本 北清貿易洋行

啓者本行由日本分設天津紫竹林海大道老菜市氣燈房衚衕作直報館院內現由本國自運各樣貨物一應俱全貨眞價實貴客商願買者請至本行面議價值格外公道倘現用何樣貨物定期不悞特此佈聞 本行主人謹啓

高士達洋酒飯店告白

本店開設海大道下德國界大營門內專辦各國洋酒各色點心呂宋烟各樣紙烟等物貨高價廉并辦英法大菜無論中外客商皆可賜顧特此登報佈告 本主人謹啓

同順辦館面包房

啓者本號開設海大道機器磨房內專做花旗麵粉大小麵包及各樣洋點心一應具全中國各樣點心大八件糟糕長元糕 仕商賜顧者即請購取可也 特此佈聞

采金公司怡順號

本公司現移於新浮橋北行宮西買賣各色荒金條金隨時定價以京滙行情爲準 貴商交易請至本公司面議格外公平 本公司啓

[illegible]宴樓飯莊

本樓開設海大道機器磨坊前包辦酒席小賣俱全定於十月廿日開張此佈

侯家後老君堂西 承順茶園

特邀京都順福堂
京都姑蘇烟台等處坤角
每日准演
太平歌詞 西皮二簧

天后宮前 天[illegible]茶園

特邀京都全喜堂
京都姑蘇烟台等處坤角
每日准演
太平歌詞 西皮二簧

閘口下大街 日商 麗華茶園

特邀京都有福堂
特邀京都上洋姑蘇等處坤角
十一月廿六日早晚有座
時調大鼓 太平歌詞

英商 恒昌厚照像館

本館在河北大街暫借西茂盛店內今擇臘月十九日開照專影一人兩像至四像電光放大磁片牙片手捲團扇書籍字帖另有中外國花彩衣服奢物等件隨便應用諸君光顧請祈小號面商不悞特此 像館主人謹啓

英商 福照樓西棧代起行

啓者今歲因遭兵荒有本棧樓房租俄國人住守至今未曾遣出故此被賃西門北萬源棧內開設該門面書挂福照樓招牌爲記所有房間院中無不寬闊潔淨安寓回漢客商各分房所所有茶水飯菜另有廚坊代運出進口貨物搭座輪船車票以及華口關稅均按本棧舊章無不公道專運北京各處雜貨等件盡用妥實洋人押送如有短少失物俱按保險章程賠補其情與衆不同 貴客商如欲搭運貨物者請至本棧面議可也 特此佈聞

本埠每張大錢十二文　CHIHLI GAZETTE　外埠照遠近酌加寄費

CHIH PAO

直報

第五百八十四號

光緒二十六年十二月廿七日

西歷一千九百零一年二月十五日　禮拜五

上諭恭錄　奏保人才　華俄訂約　武官認眞　閣學[illegible]來　紅橋火災　東淀多匪　金陵新聞

路透電報　預計償欵　解交衣帽　設賭問斬　都統示諭　尙可存身　一併送案　日本新聞

西安近狀　旁觀議論　紀元慶賀　愼防煤毒　華洋無擾　幸聽人勸　釋放苦力　附件

榮相電告　留守出缺　大德之德　羊肉價漲　馬賊廿七記　搶犯送案　批示彙錄　各行告白

本館告白

啓者本館後幅各項告白第一日每字大錢五文至第七日每字三文半月每字二文半論月每字二文如論季論年價值格外從廉所有告白以五十字起碼則十字遞加前幅加倍近有售報人從中多索恐仕商未及週知特此聲明倘蒙仕商欲登告白者請至本館賬房面議可也　本報由十一月初一日起閱報諸公每月槪收津滿錢七百廿文此佈

啓者由閘口至鐵橋本衙門所造馬路應用地段內房地價銀各業主須於華歷臘月全數收領清楚不然過期卽不發給特此告白

都統衙門啓

橫濱正金銀行

本銀行向在日本開設二十餘年資本金洋二千四百萬圓現收足金洋一千八百萬圓公積金八百萬圓專做仕商滙欵押欵存欵借欵利息格外公道存欵長期短期利息酌議等差惟此他行加厚總行設在橫濱分行東京神戶長崎英之倫敦法之巴梨美之紐約舊金山以及佈哇孟買華則香港上海牛庄等處皆有分行凡通商口岸皆有妥實代辦之家倘蒙仕商欲滙欵存欵者請至本銀行面議可也特此佈告

天津分行謹白

法蘭其洋行

啓者本行開設在天津海大道興隆洋行傍首專售外國罐頭食物一應俱全貨眞價實倘蒙各色餅干糖醬酒亭魚酒門魚洋臘皮皂白蠟各色洋酒等一切家用食物俱全特此佈聞

仕商賜顧請至本行面議價值格外公道各等牛奶

本行謹白

華文英文東文

稽古書院內新開華文英文東文書塾擬招正課生六十名每人每月交公費三元附課生九十名每人每月交公費二元願學者限十日內來塾詳閱章程以便擇期入學

稽古書院同人公啓

招領鹽包告白

啓者前俄軍握踞天津塘沽大沽北塘蘆臺等處所藏存之鹽包現奉大俄國政府之諭特委本銀行專爲代理並無分派別行兼辦如各鹽主欲認領其鹽請函致本銀行面議庶不致悞特此佈聞

天津道勝銀行謹啓

上諭恭錄

十二月初五日　行在內閣抄奉

上諭據崑岡等奏遵旨續查殉難各員名懇恩賜卹一摺當諭令軍機處查核具奏茲據該大臣等開單呈覽或臨難捐軀或闔門殉節允宜懸予褒揚以彰忠烈廂紅旗漢軍副都統色普徵額着照都統陣亡例從優賜卹內閣侍讀學士松林着照三品卿陣亡例從優賜卹副參領兼公中佐領松壽着照參領陣亡例從優賜卹伊子候補驍騎校官陞格爾照例賜卹伊妻富察氏及伊堂兄崇勛之妻瓜爾佳氏並女二名均着准其旌表　東陵禮部員外郎連陞著照四品官例賜卹伊弟鑾儀[illegible]鳴贊鞭官連福着照六品官例賜卹伊子領催札拉芬伊姪馬甲札拉窄均着照陣亡例賜卹伊弟連林連厚伊姪札隆阿札拉豐阿札克丹及連福之妻徐氏連貴胞兄之子婦瓜爾佳氏並女二名連福之子婦富氏及女一名均着准其旌表兵部員外郎蔭德賀着照四品官例賜卹戶部主事賢慕着照員外郎例賜卹伊妻康氏着准其旌表理藩院主事英順着照員外郎例賜卹戶部漢堂主事才保着照員外郎例賜卹伊

弟戶部候補筆帖式德保著照主事例賜卹才保之妻賀氏並女二名及其弟德保之妻歐氏母孟氏均著准其旌表副護軍參領全通著照參領例賜卹伊子候補筆帖式潤普著照主事例賜卹伊妻覺羅氏子婦嬉郎哈氏爾們氏及女二名均著准其旌表鍾育營都司楊光第著照遊擊例賜卹二品頂戴公中佐領達斌著照參領例賜卹太廟五品官富亮著照四品官例賜卹捍節處藍翎侍衛潤志着照三等侍衛陣亡例從優賜卹四品頂戴候補印務章京驍騎校德綿着照佐領陣亡例從優賜卹署理委協散騎軍校常粹著照佐領例賜卹雲騎尉富珠倫着照四品官陣亡例從優賜卹光祿寺署丞多文着照署正例賜卹驍騎校熙良着照五品官例賜卹六品頂戴護軍札靈阿着照五品官例賜卹伊子內閣中書玉彬着照主事例賜卹伊妻赫舍哩氏伊子婦多羅特氏伊子玉懋玉楨均着准其旌表五品頂戴聲兵張進忠着照五品官例賜卹候補筆帖式岡齡着照主事例賜卹伊妻鍾卓氏及其姊均着准其旌表兵部筆帖式覺羅伊鏗顯之母溫都氏伊妻奎佳氏及其女愛新覺羅氏均着准其旌表伊兄文生員伊薩布着照例賜卹驍騎校恭璞着照五品官陣亡例從優賜卹伊妻趙氏女二名均着准其旌表驍騎校瑞明着照五品官例賜卹伊子廂白旗蒙古印務筆帖式領催保山著照六品官例賜卹領催保庠著照例賜卹保春並伊妻韓氏女一名均著准其旌表該部知道欽此同日奉 上諭正白旗滿洲副都統著吉恒調補宜祥著調補正紅旗滿洲副都統所遺廂黃旗蒙古副都統著文泰補授欽此同日奉 上諭信恪著補授江甯將軍所遺密雲副都統著馬什補授欽此同日奉 上諭禮部尚書著敬信兼署欽此 初六日奉 上諭太常寺少卿著高慶恩補授欽此 初七日奉
上諭本日禮部奏明年元日儀節請旨一摺朕欽奉 慈禧端佑康頤昭豫莊誠壽恭欽獻崇熙皇太后懿旨現在駐蹕西安 宗廟社稷及宮中 神位 聖容前元旦應行禮節均未能舉行言念及此寤寐難安予復何心祭賀乃皇帝以元旦令節禮不可廢再三籲懇允如所請是日皇帝率同王公百官在便殿行禮畢後皇帝御便殿王公百官按班行禮伏念朕恭奉 慈輿蒙塵於外北瞻 宗社尤切疚心惟欽奉 懿旨敬當勉遵是日朕亦御便殿王公百官按班行禮所有一切典禮著概行停止該部即遵諭行欽此同日奉
旨浙江巡撫著余聯沅署理迅速赴任惲祖翼著俟余聯沅到浙後再行交卸欽此

時事記要

路透電報 ○西二月十二十三號來電云吉青那將軍電云將波他帥領兵二千名在包斯威爾攻擊道林將軍互戰甚勇後特兵敗北而其將斯甫替及兵丁念人死焉其被傷者亦復不少均被囚矣英兵之死於斯役者二十四人傷者五十三名○美國開河之約英廷不允○約克公爵須俟由澳洲回方能正威斯親王之稱○英廷現發借契計十一兆磅按三厘付息以國家進欵擔保准於一千九百零五年還清○約克公爵現已漸痊已回英京矣○西正月三十號德勿替將軍統領特兵二千五百名在葉巴斯布格與英藩兵七百名接戰而敗之矣於此可見德勿替仍向南進攻也○前者洋人所擄中國之物今將送還中國國家也

西安近狀 ○西正月十號即十一月二十日北京來信云據西安來電所稱數事如下 一 皇太后不願回京刻作遲都成都之計 一 御前獻納之臣可恃者甚少近已電調北京大員某某等二人前往西安 三陝西大饑其情形又不及前民之無告者均無以賑之 四陝西拳匪經端中丞勤除者近已絕迹其兵近在某處與拳匪一戰殺斃三百人活擒者頗多譯字林西報

榮相電告 ○接西安來函云榮中堂業電致各督撫畧云諸大吏受恩深厚各宜激發天良將各本省應解之欵項米糧各種必不可少之貢物解赴西安以備御用如接奉此電後竟仍視爲具文不敢照辦甘心違上則必干 太后之嬰怒也譯字林西字報

奏保人才 ○聞楚督張香帥具摺密保特用道鄭蘇龕已革編修梁鼎芬漢黃德道岑春蓂可大用並有勝任十倍之語

預計償欵 ○美國某日報云近聞本國上議院議員莫江氏預計列國政府向中國索償之欵畧謂我美但得洋銀二百萬圓足矣若英德二國則須各得一億圓以上其餘各國合計當在五千萬圓左右統而計之約須洋銀二億圓

旁觀議論 ○京津西字時報云各國所遞之和議各欵已經中國允從但中國此次北方擘亘古未有之奇禍實由無知官長

所釀成各大國在華調停和約並未查明根由設法帮助中國改革舊政設立新學以保中外將來之利益眞令人不可解譯字林西報

留守出缺 ○字林西報得福州來電云鎭閩將軍善留守於本月初八日早因病出缺云

華俄訂約 ○日本某報載華俄在奉天所訂滿洲條約如下 俄國政府應許中國在奉天仍舊設官以下各欵兩國俱宜照遵 一盛京將軍增應在奉天各處佈置一切務使地方平靜庶日後俄國在彼建造鐵路可以無虞 二盛京將軍增看待該處俄人應格外和洽俄人住屋糧食一切增將軍更須一體照料 三盛京將軍增宜將該處所有華兵遣散軍裝火器未經俄人取獲者亦宜交出 四奉天各處如有砲台營寨未爲俄人佔據者悉宜拆毀 五牛莊及滿洲各處刻已爲俄人所據者如俄政府以爲該處業已平靜即可交與華官管理 六華官宜雇用巡捕照料地方該巡捕即歸將軍管理 七俄國應設俄官一員在奉天駐紮各事悉歸管理如有一切緊要消息盛京將軍宜即時呈報 八如華民爲巡捕者尚不敷用或有不能彈壓情形盛京將軍宜即時知會駐紮奉天俄官發兵前來協助 九此約以俄文爲憑盛京將軍增祺俄員某代俄水師提督亞勒賓夫月畫押

京津新聞

解交衣帽 ○刻屆歲暮在邇日前經鑾儀衛行知工部領取駕衣一百二十件皮帽一百二十頂業已解交 行在以備校尉等穿用承當 元旦禮節要差以崇體制

紀元慶賀 ○京師訪友云月之二十三日爲日本國第一代神武天皇即位之期日本駐北京軍隊於是日鳴砲慶賀先期出示曉諭華民人等毋許驚慌遷避倘有無知之人妄造謠言者即按軍法從事聞是日午前十點鐘至一點鐘砲聲隆隆貫耳猶足令聞聲者想神武聲威懷前皇而不忘也

大德之德 ○德界管轄各地面派員稽查遇有貧寒之家查明戶口徧名口每日給米十斤散給米票每十日持票赴兵部街領米之人不絕於途皆頌德官之德云

武官認眞 ○京師雖爲首善之區而人烟稠密良莠不齊明火搶刦之案層見疊出各街巷自聯軍破城各國分界管轄後設有巡捕專司稽查盜賊查拿奸宄而盜匪仍不免肆行無忌頃聞各國統領會商嚴飭各巡捕公所嚴飭各段巡捕務須認眞晝夜巡查以安市廛而弭盜賊並經武官每夜親帶洋兵巡緝數次期盡厥職以故近日城內夜間各街巷擊柝之聲連還不絕經此一番整頓庶可高枕無憂矣

設賭問斬 ○崇文門內東四牌樓地方經日界綁出斬決人犯秦某等七名固悉該犯等因勾結洋人爲匪開設賭局等情審擬問斬並究出某日兵與該賭局包攬承保無患今經日界公廨將某日兵解回本國嚴加管束矣

愼防煤毒 ○京師近日狂風怒號寒氣逼人文人墨客無不暖酒圍爐以消嚴寒頃聞阜成門內王府倉兒胡同王某於月之二十二日因天氣奇寒臨睡時將火爐中多加煤炭以壯暖氣王某遂於睡鄉中染受煤毒次晨久卧不起家人撬門而入見已氣絕體氷矣生煤火者尚其愼之又愼哉

羊肉價漲 ○京師近屆年關諸物無一不貴近聞羊隻缺少因張家口一帶有洋兵數隊在彼駐紮以致喇嘛廟張家口兩處所產羊隻存留甚多不能運京是以羊肉每斤需京錢一吊六百文揣此情形諒除夕羊肉之價有漲無跌每斤約需漲至兩吊有零云

閣學來津 ○頃聞張閣學燕謀准於二十七日由北京乘坐火車來津並聞仍駐節於海大道本公館云

都統示諭 ○暫行管理城廂內外地方事務都統賓儒壽法富司爲 出示曉諭事照得本衙門僅管理天津城池暨土墻以內地方現將天津縣屬境暨寧河縣屬之新河以南一帶地方全行管轄界內居民盡行保護該民人等亦當恪遵本衙門所訂律章辦理茲將各處地方劃分五段第一段係津城並土墻內以及附近土墻之三四里地方所有村鎭開列於後蕭廠東于莊辛莊白廟小于

莊大直沽田莊小孫莊四角寺堤頭大紅橋西于莊西沽新莊大覺菴楊莊小園大闕東樓小王莊西樓佟家樓三義莊賀家口小劉莊第二段謂之城北段第三段謂之城南段係由楊家莊起至老米店止此兩段以河爲界第四段謂之軍粮城段係由楊家莊起至葛沽止第五段謂之塘沽段係由葛沽起至渭濱止另有地圖一紙粘貼於下城外四段每段俱添設司員一員駐紮第二段名曰城北段司員現派　充補第三段名曰城南段司員現派賈立爾充補均駐天津第四段名曰軍粮城段司員現派德格特充補駐軍粮城第五段名曰塘沽段司員現派渥勒塞芬充補駐塘沽各段內一切事務統歸各司員辦理民間事故已在司員衙門呈控審判各節該民等若不悅服亦可來本衙門上控各司員衙門均設有收禀箱隻華歷明年正月初七日以前各村莊須公舉紳董三名充當村正開列該紳董等銜名清單禀報司員衙門存案初十日以前該司員等親往各村與各紳董商辦每村應設華捕若干名幷號衣欵式須與天津相同各項事宜至各村民人田產光緒二十七年暫免上忙錢粮如有稅釐等項均歸司員徵收給予收條爲據本衙門幷四司員衙門西國官員幷文案繙譯及各項差役均不准收納民人禮物如違查出懲辦該民人等亦不得暗中餽贈爲此示仰各項民人知悉特示

華洋無擾　○有友人來自保陽者據云近日省垣頗覺安靖藩臬督署及寬闊民房等處皆有洋兵居住並有保陽練軍囘省在城內與洋兵出入並無避忌兩不相擾云

馬賊廿七記　○頃聞友人傳云津南三十餘里之李庄有王長榮者於月之初間來有馬賊若干人突入其家王長榮見勢不佳隱匿僻處王父並王妻逃避不及被賊執縛剝去上衣用火炙燒問其銀錢所在二人被燒不勝痛楚告其處搜取白銀五十兩洋錢四十元現錢百餘吊偕倘而去聞其賊首爲郭姓名金榜云○又聞馬賊等在八里台各莊民戶家搶刼訛索有該鄉居住馮車子者前日被馬賊等以繩索捆縛用煤油澆燒並將其妻女用刀威嚇追詢銀錢所在噫八里台距城不過數里之遙若輩便如此橫行恐惡貫滿盈必有破獲之日也

紅橋火災　○本月念四日晚十點鐘時紅橋担頭關地方不戒於火當時火烟冲天是處水會齊集亟力灌救始獲撲滅焚去草房數十間並聞有燒斃小孩一名之說幸未延燒別家云

尚可存身　○龍王廟擺渡口一帶房間現已拆毀多處前報已紀茲聞該處所用之地係由河沿拆起其房間稍深地基稍廣者除馬路佔用外前面尚能留峙少許以故該處鋪戶有後面雖已拆去而臨街門面尚可照舊貿易者

幸聽人勸　○訪事云河東之黃扛地方有一洋兵叩人門戶爲該段德兵所見向前攔阻該兵似頗不服始與德兵辨語繼而各以洋槍相擊幸兩未被傷經華人勸解始各散去

搶犯送案　○訪事云昨在東門外見有東北隅地方巡捕押解人犯三名向都署一路行去聞此三人係前夜在東北隅某家執杖搶刼爲該段巡捕所獲者故于次日送交都署懲辦云

東淀多匪　○昨有友人由清河乘坐冰床而來云東淀中台頭楊汾港一帶頗覺不靖時有匪徒身披羊裘頭帶金邊帽頭腰帶六輪手槍或背負快槍攔刼行人貨物行李等件出其途者均有戒心云

一併送案　○訪事云昨有某甲在鼓樓北爲洋兵由腰間搜去銀洋若干甲即知會該段日兵經日兵將洋兵抓獲與甲一併送至該管處矣至如何了結俟訪再佈

釋放苦力　○都署案下人犯其因案情罰充苦力者甚多昨據訪事人云見有苦力由署內放出者約有三十餘名紛然四散或云係期滿釋放或云因已及華歷歲杪故特釋放度歲恩施格外云

批示彙錄　○據傳孟氏禀孟廣起爲氏內戚所控練拳搶物各情諒不虛誣准于禮拜五日投本衙門請捕指拿○陳瑞符禀鋪房既係已產丁姓租與蕭姓不妨自向丁姓理論並可親覓蕭姓兌租倘不遵依准禮拜五日來案面訴○時永和禀前已畧訊尚無確實憑証未便偏聽一面之詞遽准重究着靜候集訊可也○穆國安等禀已于時永和禀內明白宣示矣○元和棧宋錦禀案經判定

着速籌銀賠繳毋得違抗干咎

金陵新聞

加惠窮黎　○省垣大憲循照舊例撥欵委員開廠散粥惟今年因四鄉皆遇旱荒本城小民亦多失業故各粥廠就食之人較諸往年多至數倍幸上憲早慮及此飭令各廠委員預將廠中進出之路闢除寬廣隨到隨散派兵役獲送出門不准停留飢民雖衆各廠開辦以來尚未有擁擠傷人之事云

貧員苦況　○金陵需次人員多於他省差缺有限勢難遍及故浮沈宦海專賴年終例差爲卒歲資者甚夥有候補縣丞某二尹見今歲上憲將例差裁革一家數口號寒啼飢毫無生趣日前遂購阿芙蓉膏一盞背人吞服霎時畢命身後所需咸賴同官助賻孤妻弱子慘痛異常乃二尹死不數日方伯旋有無差貧員年終各給銀二十四兩之示嗟哉二尹何不忍死須臾也是可憐矣

日本新聞

東瀛寒經　○日本訪事友人云邇來西海道長崎一帶牛疫盛行日前大浦西田伊太郎家倒斃一頭又某姓牛乳棚內倒斃小牛一頭平山權八家亦有牛一頭患疫經獸醫往視以爲確係傳染之症立即將牛撲殺日來醫生及各巡查已分赴四鄉遍行查驗矣○長崎九州商業銀行分店因本地調欵維艱擬再分設三角銀行刻已招集資本金十萬元其任事者爲大谷高寬林田淸太郎近藤德太郎吉田宗德原田圭一五人

附件

讀黃帝本紀續昨稿　○史記注謂蚩尤古天子又曰冢在壽張縣民常十月祀之復有肩髀冢在鉅野縣大小與壽張全因被黃帝禽殺身體異處故分葬据此則蚩尤亦一有力能用衆者○黃帝既爲天子天下有不順者黃帝從而征之平者去之披山通道未□宗西至於空□

看報送彩送書

茲因臘月初一起售報代送上海利濟[illegible]
彩如今畢信微遲念餘日由申至津非[illegible]號遲期看報接閱辛丑正月初一把逢向敝[illegible]送信留條定閱本津直報
各送小彩一張正月十五送治痢新書一部決不失信一月[illegible]送兩種約置津文四百看報[illegible]分文不取若單購治痢新書每部津貲三
百此書係名醫搜選各種痢症提要靈驗非俗醫林稱許士農工商友人得此書遇症稍便余因破城後多見各種痢症發願心託友
重新裝訂千部廣行方便無論本津外埠在各報處定閱直報明正照樣奉送報資原價書[illegible]白送可見信實無比如別家經手無涉若
付報資費心別短數別給鵝眼小錢備給短數錢莫願彩書不送各要公道請想明正經售直報可得力乎亦謂報紙多暢接到新聞
報　申報　東洋寶丹　各樣徵還　天津府署東各國[illegible]館寄售各報總處啓

武齋洋行發賣烟煤焦炭煤末

如蒙賜顧請移玉襪子衚衕本行面議可也

聲明告白

啓者昌記公司昨日失竊天利增六十七號公砝平化寶銀條一紙計銀一百兩正業已[illegible]號作爲廢紙恐未週知特此登報聲明

昌記公司啓

三義土莊

啓者本號自運各省西土黑白烟膏寄賣安樂堂紫[illegible]金半成烟丸開設天津北門外太平街坐北向[illegible]便是

本莊謹啓

聲明告白

五月匪亂由津回南路經交河縣被拳匪搶奪銀條二張計款通領存欠合記行千化寶銀三千兩文百豐盛撥回粵號參貫培之廣東道月銀三千六百二十二兩五錢均向前途號明作發並稟明都統衙門批准存案特此達知

合記號黃培之同啓

京都 六通機告白

啓者六通機開設京都崇文門外花市大街[illegible]口東西兩[illegible]牛羊專賣各國績臺定期不悞價値格外公道如欲買

恩利和牛羊公司

本號新開在海大道貽來牟機器磨房前專售牛羊肉牛肉每磅一毛二羊肉每磅一毛六祥茂條鹼香水方胰價値格外公道賜顧者即請購

[illegible]三八謹啓

閘口 魁豐冰

啓者敝號開設開口西北南小營門外冰窖二處向於冬令批賣各洋行夏令應用冰塊現巳屆時藏冰備賣行各國粮台欲用冰塊者請[illegible]

草房出售

現有草房六十餘間出售座落北閣外如願買者請至大溝頭

[illegible]我于[illegible]祖諱伍世居山東青[illegible]附[illegible]光縣自前明永樂二年擢授天津總鎮畿南督都任滿奉命遂居斯士卜塋地于西郊即令僧王翁祠西也及今傳世十有八代始祖忠義祠立位國史可沓余居一十三代宗譜可據不料竟有不肯天津縣民人族兄王照同二子文都文儉擅將始祖塋地盜典牛姓開設柴廠余身為族中首領理應出頭根究本欲禀官究辦伊盜典父子並受典牛姓難辭應得之給嗣經鄰至長者勸余辦價回贖免傷骨肉體面遂如所請[illegible]信回贖並將私寫偽字偽據註銷矣余禀字[illegible]合登綠闔族衆覽嗣後無論何支何[illegible]須盜典盜賣如再有仿效王照父子曲[illegible]余必率族攻究萬不能因循情面以驚將來[illegible]王靜軒謹白

海大道

源興亨土莊

本號自運各省西土公班大土亞庄廣土黑白廣膏一概發莊零剪銷售如欲購者請移玉本莊面商貨高價廉不悞主顧此啓

永豐號麵包鋪

本號領學前住業竹林同昌辦館因被火焚移居馬家口海大道同立東棧對門新機器磨房旁便是　本號辦定鐵罐牛乃糖醬火食等物呂宋烟捲帶烟點心面包俱巳新鮮不悞主顧仕商賜顧者請到本號購取可也　本號主人啓

法商

祥發號辦館告白

啓者本號開設天津紫竹林海大道育才館北專辦各國盒菜牛乃面包各樣烟捲一切雜貨物高價廉如蒙　仕商賜顧者請移玉本號面議可也特此佈聞　本主人鈕桂芬謹啓

鴻宴樓飯莊

本樓設海大道機器磨坊前包辦酒席小賣俱全定於十月廿日開張此佈

仁記洋行

啓者本行茲有船牌洋臘壹千箱每箱二十五包並有洋白面八百二十五袋出售特此佈聞　仁記洋行謹啓

日本名醫

橡村先生內外兩科醫道高明凡有診視病痲者無不應手奏效洵為當世之名醫現寓天津閘口下懸忠祠對過特此佈聞　門人公啓

新開美瑞洋行

啓者本行由外洋自運各色洋酒罐頭食物預冬織絨褲褂鞋襪佛藍絨項巾手套各樣胰皂洋燈料器鐵胎磁面各種器俱並各鋼鐵洋釘洋鍬洋鋤白鐵水桶洋鐵火爐以及大米各種貨物莫不精美批售大宗格外價廉凡蒙　賜顧者請至法租界大羅洋行對門第四十六號門牌便是　本行主人謹啓

英商

福照樓西棧代起行

啓者今歲因遭兵荒有本棧樓房被俄國人住守至今未會遣出故此租賃西門北萬源棧內開張該門面書挂福照樓招牌為記所有房間院中無不寬闊潔淨安寓回漢客商各分房所所有茶水飯菜另有廚坊代運出進口貨物搭座輪船車票以及華洋關稅均按本棧舊章無不公道專運北京各處雜貨等件盡用妥實洋人押送如有短少失物俱按保險章程賠補其情與衆不同　貴客商如欲搭運貨物者請至本棧面議可也特此佈聞

神相

江南覺覺子相法眞如神矣向遊京津關外久已馳名茲因至津來相著紛紛不斷靈驗非常本擬赴都我等挽留特此望　諸公速往面談過午不候相資津錢壹吊富貴加增　寓大御衙北口東宋宅

友人　桂堯臣　沈昭甫　許松廷　王治臣　仝啓

天津河東

同義棧

敬啓者本棧開設河東大王庄河邊係俄國租界內郎怡和洋行對河便是內有洋式棧房院內寬大無論租細貨物均可存寄而棧租亦極相宜備　蒙合實行號棧及過路客商如有貨物寄存者請移玉至本棧暖房面議可也　如欲保險以及別埠來貨者本棧均可代[illegible]洋關盤辦稅銀及各稽使費等項特此佈達　本棧主人告白

源利車船公司

本局設在天津閘口外下江蘇局內導攬京通大小車船　貴官商光者新駕臨凡局面號應不致悞特此佈聞　本局謹啓

同順麵包房

啓者本號開設海大道機器磨房內於本月十二日開市專做花旗麵粉大小麵包及各樣洋點心一應俱全仕商賜顧者即請臨取可也特此佈聞

鴻義金珠店

啓者本號專做時式赤金紋銀軟翠堆鏨鑲嵌首飾鳳冠酒器包葉度葉等物一概俱全開設天津府東門外天后宮南坐東向西便是

通源土莊

啓者本號出售各省西土并售黑白廣膏零整皆可如欲賜顧原箱者請移玉本號帳房面訂價值格外從廉天津鍋店街東口通源土莊謹啓

寄售洋書

各種俱全

如有賜顧者請移玉至北門外針市街南閣西玉盛合煤油[illegible]面議

天津名[illegible]

河東錦衣衛橋王骨科蘇晉三先生今移居內市口[illegible]

東門外襪子衚衕
餘慶茶園
吉陞班 永盛合
兩班合演
特請京都頭等文武名角
十二[illegible]初二日早十二點鐘開演

全班合演 [illegible]菊仙 十六紅 青菊花 張聚才 十里香 花[illegible]立 白文全 張[illegible]七 王潤田 李德山 金鳳山 一杆旗

大賜福 鳳鳴關 [illegible]掃[illegible] 三廿[illegible] 賣絨花 魚藏劍 二度梅 萬佛山

侯家後老君堂西
永順茶園
特邀京都順福堂
京都姑蘇烟台等處坤角
每日准演
太平歌詞 西皮二簧

天后宮前
天慶茶園
特邀京都全喜堂
京都姑蘇烟台等處坤角
每日准演
太平歌詞 西皮二簧

閘口下大街
日商
麗華茶園
特邀京都上洋姑蘇等處坤角
十一月廿六日早晚有座
時調大鼓 太平歌詞

北門西
益合茶園
特邀京都金福堂
京都姑蘇烟台等處坤角
每日准演
太平歌詞 西皮二簧

恒昌厚照像館
啓者本館暫借河北大街西茂盛店內專門能照一人三像一人四像每價[illegible]諸君光顧[illegible]新式小樣[illegible]開照再詳
照像館主人謹白

德記磚瓦松木公司
現寓鼓樓東坐南聚成錢局專辦代售松木連方子[illegible]鐵[illegible]磚瓦克已外廉童叟不欺[illegible]

大日本
北清貿易洋行
啓者本行由日本分設天津紫竹林海大道老菜市氣燈房衚衕作本報館院內現由直國自運各樣貨物一應俱全貨員價實貴客商願買者請至本行面議價値格外公道俻現用何樣貨物定期不悞特此佈聞
本行主人謹啓

朵金公司
本公司設在天津河北大衚衕買賣各處荒金條金隨時作價以京滬行情爲準倘有貴客收買出賣者請至本公司面議格外公平
本公司啓

天后宮內
裕康轉當局
本局議定大當五日歸典小當一月爲期各聽自便幷收買荒金潮銀首飾兌換洋元銀兩謹啓

牙醫生
自幼在美國醫院專習牙科凡牙痛腮腫均能醫治若牙未落而風火蟲蛀者或用黃金白金粉鑲補永無後患如牙落一粒或數粒或全口者鑲就可任意食物無異生成至用金托象皮托悉從客便寓英租界海大道小樓
江蘇毛瑞堂

十二月初一日銀洋行情
銀盤二吊九[illegible]九十文
洋銀二吊零八十
洋錢行情七錢

本局另有郵船一只專帶往來外洋烟臺牛莊等處信件定於本月初三開往由秦王島開往烟臺信件寄往各處隨時送交在針市街分局內或紫竹林總局均可

寄往何處	由	[illegible]	[illegible]
北京	火車	每天	上午九點半
大沽	火車	天	下午三點半
上海烟臺牛莊等處	火輪車	初三	下午四點
上海鎮江等處	旱班	每禮拜一三五	上午十一點
煙臺	又	又	又

京津鐵路
由天津開往北京早[illegible]
由北京開往天津早[illegible]
由天津開往塘沽早八[illegible]
又下午四點開到塘沽
[illegible]

大米告白
敝行現由上海運到上岸大包米在津出售批發格外公道如貴客零買兩三包自已食用者亦可購取請到海大道新英租界平和洋行面議多少均可價值格外公道

日 商
福源銀號
本號開設在天津閘口下大街日本租界公署旁定於十二月初二日開張兌換銀兩海大[illegible]特此[illegible]舊交[illegible]佈聞
本號 分號 公啓

日 商
有馬[illegible]行
本行自北山運來大木炭照市價格外從廉整躉零發均可保險運送凡仙商欲轉[illegible]特[illegible]此謹啓

日 商
有信官車[illegible]局
啓者設在天津閘口下大街勝水[illegible]並代[illegible]北京通州保[illegible]處洋廣雜貨來往保[illegible]轉差洋人護送按貨估價保險[illegible]商請至本局面[illegible]附啓保府白溝河祁州等處[illegible]已通行有[illegible]貴[illegible]賜顧[illegible]駕臨本局面議運價格外從廉

光緒三十年正月

大清光緒三十年正月初九日　CHIHLI GAZETTE.

本館開設天津紫竹林英界海大道廣東路
每月報價收洋六角　外埠遠近酌加寄費

CHIH PAO
直報
第一千六百七十六號
主筆總理賈祿福

宮門邸抄

新正月初六日　倫貝子前往美國賽會請　訓　徐會澧等同鄉官謝　恩　意公續假五日　普公續假十日　召見軍機　倫貝子　文年遞封奏一件　昨日已初刻大西洋國使臣白朗穀覲　見呈遞國書同日已正刻美國使臣康格英國使臣薩道義法國使臣呂班德國使臣穆默日本國使臣內田康哉義國使臣嘎釐納比國使臣姚士登和國使臣希特斯大西洋國使臣白朗穀等覲　見賀年　初六日巳正刻稅務大臣赫德主教官林懋德劉克明覲　見

新正月初七日　亨公請假十日　恩公續假十日　全福續假二十日　掌儀司奏十一日祭　奉先殿載撫行禮　召見軍機　皇上明日卯初二刻升　中和殿看版　本日美國使臣康格帶領精琦等　覲見

上諭恭錄

新正月初七日內閣奉　旨溥倫現在出差所管正藍旗滿洲都統着芬車署理欽此

要件

局外公法

卷一　局外中立之義

局外中立界說〇局外中立謂我國值他國交戰均不干預戰事無論遲行干預與主使他人干預均爲不合公法其對戰國

今日本報另印附張不取分文

投函用箋

本館留此空格以備閱報諸君倘有時事新聞以及△叢雜話請書上面空格剪出加封寄與△館以便酌登不取分文也　本館告白

二

一律看待不得厚於此而薄於彼藉以維持和平之局

局外中立始於何時○如我國既自認爲局外矣應以何日爲始當就審知兩國已經開戰始有局外之義倘事起倉猝他國尚未知悉則戰國不得責備他國以局外之義蓋局外之起點以戰不戰爲斷倘兩國因事齟齬戰釁未定之時無所謂局外也

局外中立之宣告○國家值戰國啓釁之際欲爲局外之國當由外務部或駐使咨會列國與戰國聲明政府之對兩戰國一視同仁續守邦交不敢渝盟一面示諭本國人民及寄居之外國人民須一律遵奉局外之規條然咨會示諭與否本無輕重按之國際公法雖未經咨會示諭亦當守局外之義其遵例宣告者不過外使諸國曉然於我之宗旨內使人民體認其應遵之規則藉悉戰時彊界耳

卷二　局外中立之權

局外中立國之權利○一局外者所派公使領事等官駐居戰國一如平日倘所駐境內變爲戰地戰國均應妥爲保護惟不得干預戰事阻撓戰事苟無此等舉動戰國不得拘拿局外之外交官

一局外之外交官在受圍之地方仍受戰國之保護可隨時任意出境亦得與該本國涌遞書函惟該外交官所發郵函電信若於戰機稍有窒礙者戰國亦可阻止

一局外之使署領事署若在戰地仍得懸挂本國旗章戰國軍隊不得發砲攻擊或焚燬拆卸并不得覇佔勒租駐宿軍隊

一局外之軍艦及官艦雖在公海仍有治外之法權其在戰國海界內亦如之如局外之公家艦顯違公例致阻撓戰事戰國政府須遣外交官會商辦理不得逕遣兵隊向局外船艦冒昧理論致害局外之特權

一戰國待寄居敵國之客民一如敵國人民之例至其身家私產一律保全不得稍有侵害若戰國藐視此項公例虐待客民局外者必須嚴詞理論得伸雪而止

一局外國商船爲戰國軍艦所截阻經其盤查果係違犯戰爭公例立即押送戰時法衙秉公審斷將該船及禁貨一律入官惟其截查與審訊之法均須按照公例如違背公例該船主貨主所屬之國向該戰國嚴行理論得如數賠償而止

一戰國非經局外之允准不許軍隊軍艦入局外國陸境及領海倘經准甲國隊艦入境須勒住乙國不得對甲國隊艦施行戰事

一戰國不得在局外國水陸境內招募屯駐軍隊與購買製造軍艦軍械（以上所言軍械俱兼子藥而言）及一切直供戰事之物料若戰國在局外國一切舉動有關於預備攻敵之基礎者不論何事均可由局外國禁阻

一懸局外國旗之商船載有商貨即使該貨主係戰國人除禁貨照例入官外其餘不得捕拿

一懸戰國旗之商船載有商貨如該物主係局外國人除禁貨照例入官外其餘不得捕拿

一局外國軍艦護送本國商船途遇戰國軍艦應由艦長聲明商船內並無禁貨船內應置文憑一應完全並無違式則戰國軍艦不得臨船查問

一局外國應示諭本國人民及旅居客民恪守所頒局外法例所有沿邊陸境禁止戰國兵隊闖入倘敗軍逃入境內當收其軍器而留禁之不准其任意回國至領海暨口岸內海等處與陸地規則稍異須設防範戰國艦隊規則

附錄北美合衆國日斯巴尼亞國交戰時日本政府所頒上諭

現値美日啓釁朕冀與兩國續守邦交特頒行局外中立之規條無論本國臣民暨旅居本國人均須遵照國際法之原則與所頒之規條認眞奉行以完公正中立之義如敢抗違不特戰國照例辦理本國無從庇護本國法衙亦按章懲處不貸

應行禁止事宜如左

一民船領受戰國緝捕商船民船之執照

二私投戰國海陸軍或干預料理軍務或充軍需運船緝捕船之船員（船員謂自船主以至水手）

三運送投軍及干預料理軍務充當船員等人至境外者或雖未運送已與人明訂有約者

四將船隻租賣與戰國或代爲轉運軍械或代爲裝船或帮辦以上各事以供其戰爭緝捕之用

五私給戰國各等軍艦以軍械者所有物料可直供戰爭之用者仍以軍械論　此項規條自出示之日起一體遵辦

防範戰國艦隊事宜如左

一緝捕船禁止駛入本國海界其因暫避風濤修補傷損缺乏粮炭等事則准其入境倘風濤已定修補完竣糧炭購備應即勒令出境

二戰國軍艦不得在本國海界內交戰及屯踞海軍倘有關涉戰事利用本國領海一切皆爲厲禁

三戰船暨軍需運船進口若非關涉戰事准其駛入有約之口岸限其停泊一晝夜其因暫避風濤修補傷損缺乏糧炭等事准破例展限限滿即退出海界不得於停泊限內擴充戰備

四戰船暨軍需運船帶同所捕敵船若因暫避風濤修補傷損缺乏糧炭等事准其進口者仍不得驅逐虜俘登岸或將所捕船隻貨物交給別人

五戰船暨軍需運船不准在境內招募兵丁購買軍械及可直供戰事之物料若補修補船隻其工程之限度以能駛回該國最近之口岸爲限

六戰船暨軍需運船准在口岸購買糧炭及航海船料其購買額粮以能駛回該國最近之口岸爲額其購買煤炭者當核其前次採買之期已閱三月始准該船再購

七如兩戰國艦同時碇泊本國口岸甲國船隻須俟乙國船隻出口閱一晝夜由本國海軍官或地方官妥爲照料始准出口　此項章程俟頒行之日起一體遵照

一戰國若侵犯局外權利無論誤犯故犯應由外交官提問伸雪責令賠償倘所侵犯係在局外境內則局外者即可施以兵力以捍衛主權其侵犯權利之人除全權大臣外一律捕拿其奪獲物件應由局外訊明辦理

一在公家海面不論事關務與否戰國不得侵犯局外權利若在敵境及軍隊佔領之地則可遇時稽察仍不得動用局外私

產及破毀私產卽局外船隻亦不得動用倘爲軍務自衞起見欲動用鐵路不必俟業主允否惟動用之時先宣告必須動用情狀暨日後賠償之據始准動用　未完

專件

安徽宿松縣崔大令縷陳辦理教案情形稟

敬稟者竊查奉教華人雖係教會仍屬華民應歸地方官管轄并福音教會不願干預公事教內之人與教外之人涉訟均由地方官秉公辦理曾奉通飭遵照在案查卑縣地方近來入教者實難數計而入教之人藉教生事遇有細故興訟層見迭出卑職到任後亟思設法整頓以期地方相安乃有卑縣美國福音堂係湖北人紀堂充當牧司凡有教內人詞訟無不干預或親身進署請託或送信意存要挾卑職身爲民牧具有天良無論教與不教彼教此教均屬子民遇事酌理准情無不悉心持平審斷以致不遂其願屢與卑職齟齬卑職曾將紀堂情形函致九江福音堂長老恒吉知照滿期稍事約束教民或可斂跡矣詎於十一月初一日未刻接九江福音堂長老恒吉來信閱其言詞殊出情理之外責備卑職袒護羅馬教畏懼羅馬教之聲勢閱竟不勝駭異除照抄來信謹呈憲鑒外卑職查得信內郭大火案十月三十日午後接生員齊均平帶弟作霖投案驗有傷據稱作霖挑糞回歸路遇郭念福等口角爭毆塡單諭候傳訊卑縣距九江府城計程一百三十里何以九江教堂備知報驗情由卽於十一月初一日發信初二日未刻遞到察核情形前信是否係九江教堂所發實難揣度現在郭大火案於初四日據職員黃雲慶等公稟調處了事取具息結回送案經批准息銷在卷所有章桂春一案查得此造章桂春係太湖縣福音堂教民彼造劉景信係太湖徐家橋天主堂教民章劉二姓民係太宿交界地方案因劉景信家婦女與章桂春路遇口角用鐵糞鍤毆傷章桂春起衅節經卑職傳案查訊本不難酌量斷結因劉景信之子宗供供稱石灰店帳簿被章炳松等攔路奪去現無下落章炳松等均居太邑迭經移提未到致未審結至信內所指之章拱辰等本屬案外無干乃因集訊時據地保供指彼時劉景信家中羊隻被章姓牽去寄頓章拱辰家經紳董理處在章拱辰家牽還水牛黃牛各一頭章仲彬卽章仲冰係劉宗貴供指在場搬搶滋事之人是以暫行看管均不得謂之受誣惟是章桂春一案若仍由卑職審問雖予持平斷結該教堂頗存成見斷不能平服其心卑職思維再四維有據實稟陳仰祈憲恩准予札派委員來縣抑或解省發交讞局審辦之處統候憲裁伏思美國福音堂不准干預詞訟本有明文並乞憲台准予咨明美國領事官善爲傳諭務使該教堂約束教民詞訟實在情形縷晰稟陳仰祈訓示祇遵

附呈九江福音堂長老恒吉原函　逕啓者敝教在貴治開堂傳教所有記名者均訓以確守教規不准肇衅滋事近日屢聞羅馬教有逼害敝堂教友之事不一而足并遣人密訪各情甚合符節特此函請貴縣遇事秉公持平辦理不必畏懼羅馬教之聲勢亦不可聽從司鐸一面之詞任意偏袒務須的實查明詢及地方紳耆庶無冤屈敝教友郭太火卽文志禍自飛來係羅馬教平空揑架不能傳案又敝教友章桂春受傷一案章拱辰章仲彬因作中勸和反受誣告搶帳簿之波累管押在案着卽開釋似此信從羅馬教陷害良民不分曲直今而知貴國官吏毫無識見不知約章既不能與國同休戚又不能爲民憂慮形同木偶是所不解若上台中丞官也

皖撫誠批　天主耶穌兩教黨同伐異由來已久該縣果能遇事持平辦理教士應無可致喙何致屢有齟齬所稟已自相乖舛況章桂春一案核如來稟所稱誠非難辦乃該縣始而延不訊結今復張皇失措尤屬聽斷無能應先記大過一次以示薄

懲仰洋務總局即移會藩司註册飭知一面遴員前往會同該縣提訊明確秉公斷結具詳並飭太湖縣一體傳解以期迅速所請照會領事之處應俟該印委等辦結稟復再行酌奪仍將委員銜名報査均毋違延切切

按此案已由省委朱司馬有寬會縣訊結於十二月十八日回省銷差

緊要電音

升旗認罪　○倫敦西二月二十二號來電云路透訪事人由埃登(譯音)電稱英國輪船公司名蒙古利亞(譯音)者在紅海遇俄國頭等戰艦一艘滅魚雷艇四艘內中有一魚雷艇直前擬欲將該公司船檣斷兩截因公司船逃駛甚速未被擊中由是俄艦全隊追捕卒未能蔑俄兵艦隨即掛炮擊之旗蒙古利亞見之遂即停輪俄艦由是派滅魚雷艦人登該公司船査明後升旗認罪云云

旅順俄事　○路透訪事人得俄政府護照准其前進旅順該訪事報稱俄官申明旅順所有佈置可禦敵國兩年云云

俄增兵力　○俄國聲稱日俄開仗一節俄國並未預備故此間已緊急加增兵力云云

保守鐵道　○俄國已在遼東之北嚴行佈置保守該處鐵道云云

俄簡滿帥　○俄提督克洛畢金(譯音)已奉俄廷諭旨開去兵部大臣之缺陞授滿洲陸軍大元帥之缺云云

法收俄捐　○法國各報館已代俄國捐收紅十字會救濟善欵云云

英法勿預　○法國某報云日俄戰爭英法兩國務要各勿干預兩國祇可辦其應辦之事云云　以上路透

日艦擊沉　○頃據巴黎西二月二十三號來電云日艦與俄艦在高麗深馬浦兩軍對壘而日軍二等戰艦一艘魚雷艇一艘被俄軍擊沉而二等戰艦一艘亦受重傷云云　哈吧

緊要新聞

俄違公法　○據東京傳云上海港內有俄國炮艦一艘蘇松太道曾遵照局外中立之例請其於二十四下鐘內開駛出口而口外則有兩日本兵船迎敵俄官不依蘇松太道之請仍舊停泊港內故該道已稟明上憲電達政府聞政府於日前已派員面商俄使一切未知作何辦理云云

按局外中立之例中國雖有權令其開駛出口亦有權不准日本派兵艦在上海口外迎敵蓋兩處均係中國海境何得作為戰場華官既逐俄艦出口獨不逐日本兵艦出中國海境之外殊屬奇怪

海軍派往　○中國已派海軍戰艦數艘駐泊直隸海灣聞已由上海動輪前去矣

俄調重兵　○本館頃得最新之消息云俄官稱俄國將於此五十日內調五十萬兵每日派火車十二輛每輛載兵八百人由俄國前赴遼東等處駐守俄國此舉將來鴨綠江境內不免作為大戰場云云

遼瀋俄事　○蓋平海城遼陽及其他之地方俄國近來建築房屋以充俄國軍隊住宿之用其工事甚為切緊

又云遼陽地方已被俄人強奪車輛一千餘輛其內一百至二百之車輛專用以為每日搬運彈藥糧食至鳳凰城之事俄國向鴨綠江輸送軍隊自第一次以至今日在遼陽之軍隊行動最為不定如駐屯該處之第十五聯隊之二中隊於西二月中旬離去遼陽且從旅順口來之第九聯隊之四中隊亦離去遼陽

又云浦鹽斯德之俄國守備隊司令官於西二月三日通告駐在該處之日本貿易事務官川上君云本司令官遵照業已受領之本國命令不論何時均可宣言以浦鹽爲合圍地故住居於港內之日本人當預備隨時遷移若有仍願居住此處者當再發命令均移住於哈吧羅夫喀譯大坂每日新聞

俄艦被緝　○日本報云日俄海戰以來兩國各公司輪船嚴加警戒前日在日本青森近海輪船中浦口被俄艦擊沈今聞日本水師拿獲俄國輪船五隻其名如下

一夜嘎的利斯拉弗號　義勇艦隊噸數五千六百二十七噸

二墨克典號　東洋鐵路輪船公司噸數八百八十一噸

三希兒嘎號　俄國貿易工業公司輪船噸數三千九百五十二噸

四阿兒那號　東情輪船公司噸數一千三百九十七噸

五亞歷山達號　捕鯨輪船

東風將解　○今日塘沽冰祗有五寸厚云云

北　京

局外定界　○中國布置局外中立地界應在大淸河以西現雖未定然在溝邦子鐵道局之英人皆言俄兵來時一同西行并聞袁馬兩宮保之兵兩三日內出關東來云

聖心關切　○元旦某邸入朝　皇太后垂訓練兵事宜及籌欵章程到底如何辦法等語某邸叩頭畢即詳細奏對一切情形　皇太后謂現在用兵之際你當將自爲之

頒示局外　○日俄交戰中朝曾下局外中立之旨三道恭繕分頒各省着各督撫轉飭各府州縣一體欽遵云

示禁私刻　○那尙書示諭云每屆　皇太后　皇上萬壽之期向由禮部將　恩詔條欵刊刻刷印頒行海內不料各書坊貪利之輩私行刷印出售今歲　皇太后七旬萬壽將　恩詔條欵定於月之十五日頒發如有私行刷印出售者若經查覺立懲不貸云云

烏臺團拜　○都察院衙署於月之初八日團拜各科道監察均於是日一體謁見堂官其禮節儀制甚屬嚴肅較之別署尤爲齊楚也

嵩祝援舊　○今歲爲　皇太后七旬萬壽庫欵雖虛大典難廢日昨某邸奏請仍照昔年六旬萬壽一律辦理需欵應由內庫撥發云云　兩宮聞奏頗有不豫之色遂蹙眉而言曰方今遼東干戈未見大定似宜停止云

爭產害命　○五城兵馬司讞官日昨接刑部某司照會會同驗屍一案聞係左安門外有邱姓者於光緒二十五年七月間因分散家產未勻致將其弟陰害遂即掩埋並未聲張不料客歲邱某之叔向伊假貸未遂其志其叔遂將此事鳴之於官業經讞官研究送部該部以案關人命又適數年故照會五城定於月之十三日會驗云

外埠新聞

揚　州

約束警兵　○新招巡警營兵丁駐紮運署公廨小校場逐日操練兩次無敢懈惰其有入市購物者必預先領籌方許暫離營次回營後仍將原籌繳銷足見管官約束之嚴不至有騷擾市廛之患也

湖　北

學生卒業　○將弁學堂舊學生今冬已屆卒業之期總辦寶子廉觀察特稟明制軍考試諸生以定卒業之程度以便給予文憑制軍命於前日考試各門午親至學堂行卒業禮儀聞該學生等程度能及卒業者不過二十餘人制軍均擬派入各營充當哨官仿日本仕官見習之例一年之後再給予薪水並保獎官階云

厦　門

巡水警察　○李勉帥到閩以來以警察一事爲地方要政已行文各屬催令一體舉辦現保商局提調張文川太守以厦門洋面遼闊小划習慣訛詐雖屢經官府出示諭各小船載運番客行李物件不得訛索敲詐然無人督察則仍陽奉陰違故張太守籌一善法仿照延鸞察租輪巡洋保護商客之法而變通之特於本月初向某洋行租一小火輪每月租金二百七十元煤炭一切自備委印楚卿哨官爲管駕小輪內用親兵二十餘名每晨由厦開出港外至就近同安安海石碼石潯等口洋面往來巡駛以緝海盜而護商旅至下午仍駛回厦泊碇名之曰水警察云

香　港

整頓港防　○本港政府邇日因俄日齟齬恐致決裂趕速將港防整頓本港南便邊防前六月內已大進步惟非因目下事勢起見英國駐華艦隊前三四月內已準備一切巡艦傾亞路付列日內載有戰艦告羅利瓜代兵士前來大約須暫駐東方聞尚有戰艦三艘奉調來港云

本埠新聞

督轅紀事　○新正月初八日制台見　通永鎮李安堂　統領樂字營段日陞　營官梁得勝　福建興泉永道袁大化　海防同知嚴士琦　多倫知同祝芾　署鷄澤縣楊轂成　定興縣𦊅國瑄　寶坻縣張國祥　候補府繆鍾洛

車站紀事　○常備軍開差於昨日由省乘加車起程至下午三點鐘頭次到津二次五點到津三次六點鐘四次加車八點鐘共計由省開運兵弁加車四次均行保津連夜並不停車直赴灤州再分往榆關內外駐防○新任南樂縣潘大令江於昨早由津乘火車前赴新任○又署灤州韋刺史扆於昨早由津乘火車回任○又候補府阮楨元太守於前日由京乘晚車到津○又候補道曹觀察同喇嘛鮑君於昨早由津乘快車赴榆關○又常備軍統領吳鳳嶺副戎於昨早由京乘火車來津

委署鎮篆　○天津鎮吳鎮戎長純奉委督理常備軍右鎮營務所遺天津鎮缺直督袁宮保于日前扎委楊鎮戎慕時署理云

官場調動　○通永鎮李安棠鎮軍調往山東所遺通永鎮一缺袁宮保委董履高鎮軍署理駐滄州樂字營統領雷振春觀察奉委常備軍統領樂字營一缺委段日陞總戎統帶所遺鐵路一缺派王義才統領段日陞總戎於前日由津起程前往滄州接任其餘各員日內均行到任

續錄團拜　○昨紀在津之豫籍人員團拜一則於初八日早十一點鐘袁宮保出門赴該處團拜慶賀新春以示敦睦鄉誼宴會極一時之盛主賓盡歡而散宮保復於十二點半鐘乘輿答拜通城各官至一點餘鐘回署云

凌虐自盡　○河北獅子林居民楊喜壽之妻素為其姑某氏凌虐不堪日前苛責更甚楊妻寔難忍受投缸自盡至家人查覓時而已一縷冤魂赴枉死城中去矣當經該處地保查知報縣於初八日早蒙縣委員大令督仵檢驗云云

詐索被獲　○西北馬路城隍廟西一帶今有土棍小馬四與張四等每日在各賭攤歛資詐稱用作差費旋被巡警三局二隊巡弁將馬張二人獲局究訊幸經鄰右懇保從寬開釋乃嚴禁該處不准再設賭攤云

工程局示　○示諭事照得本局工廠儲備之所物料繁多均關緊要乃局內所差張玉擅自到廠取用煤油箱五個殊屬胆大妄為本應重究姑念係屬明取從寬照五倍罰銀二元五角為擅取公物者戒嗣後廠中如有失漏物料倫者自有應得之罪而該管人或疎於防範或通同作弊亦一體從嚴究辦為此示諭在局當差人等一體凜遵自示之後爾等各守本分勤慎當差毋得稍滋弊竇自取罪戾切切特諭

租　界

西禮落成　○本埠新學書院主人赫立德君已於該書院內新設華北博物院及藏書樓各一所定於本月十二日下午三點鐘請北京駐華英公使舉行落成之禮云云

京　報　照　錄

○○臣孫家鼐張百熙榮慶跪奏為請旨簡派京師大學堂總監督以專責成而收實效恭摺仰祈聖鑒事伏查上月二十五日湖廣督臣張之洞附片奏陳擬請於京師專設總理學務大臣以統轄全國學務其京師大學堂另設總監督一員請旨簡派三四品京堂充選俾專管大學堂事務等因二十七日奉旨管學大臣着改為學務大臣欽遵在案查京師大學堂為各省學堂弁冕風聲所樹首善同瞻總監督差使除管理仕學師範兩館外尚應籌辦豫科及經營學堂分科地步事繁責重關係極為緊要非得學識閎通夙負清望之大員不足以資董率而重學務相應請旨簡派京師大學堂總監督緣由謹繕摺具陳伏乞皇太后皇上聖鑒訓示俾臣等得將應辦事宜悉心綜核所有請旨簡派京師大學堂總監督緣由謹繕摺具陳伏乞皇太后皇上聖鑒謹奏奉旨已錄

天津各項股票	行情單	買賣各項股票經紀永裕洋行具
天津[illegible]農有限公司	上屆每股攤得利息四分	每股賣主付價銀一百三十兩
天津自來水有限公司	上屆每股攤得利息三分半	每股賣主索價銀一百四十四兩
天津濟安自來水有限公司	頭一年創辦	每股賣主索價銀一百三十兩
天津煤氣燈有限公司		每股買主仍舊售價銀九十五兩
利順德飯店有限公司	上屆每股攤得利息二十分	每股買主付價銀一百五十兩
天津汽水有限公司	上屆每股攤得利息十分	每股賣主索價銀一百二十八兩
蟻克蘭尼飯店有限公司	上屆每股攤得利息七分	每股售過價銀五十兩
天津雲飛馬車有限公司	頭一年創辦	每股賣主價銀二十六兩
天津印字館有限公司	上屆每股攤得利息五分	每股仍舊索價銀五十五兩
唐山礦務有限公司	上屆每股攤得利息五分	每股買主上海銀五兩八錢
大沽駁船有限公司	上屆每股攤得利息二分	每股賣主赴價銀三十六兩

關內外鐵路總局告白

啓者本局火車開行時刻自初九日至十一日仍照新年放假章程減行准之十二日以後全路火車開行時刻一律照常特此佈聞

車務處啓 51

錄前清國提督軍務麥士尼致華英文法合璧撰作主人書

許氏華英文法合璧獨出冠時上足以副 皇太后明詔之所欲為下足以佐當今勖學者之日力書中備採各語取証為法智倡明中國經術使維新士庶讀之既能通文又能深明大義其為世所寶貴而爭購者又何疑焉

錄欽命三品銜二等雙龍寶星上海郵政司前福建水師學堂教習鄧致書

許君思進於時之所宜著有華英文法合璧一書甚為美備欲得實學者留心讀之必有得焉

右書為許君翥屏所著明英文名物動作區別形況之異用與華文義例若合符節許君以事屬創始不能見信於人特薈萃中國經史比儗揭示以為是編以視坊市前行之數種英文法譯本遜乎遠矣 寄售處天津直報館

時利和河小輪船有限公司

訂於正月十二日兩點鐘在英租界廣東路福安里第三號本公司集議凡我股東屆時即請光臨為禱

鍾青谿謹啓 46

失物聲明

敝號寓河北宏盛店去歲臘月二十六日午後失去衣物並字號戳五個誠恐匪兌銀錢應聲作保已赴縣備案如有意外與敝號無干

東口恒德永啓

天津紫竹林 萬寶票行批發

江南票頭彩三萬 正月份開彩
北票頭彩五萬 正月念二開彩
粵東票頭彩四萬元 正月十三開彩
京鐵捐附彩共計七張其餘小彩末尾彩不可勝數望速來對號取洋

本行開設天津紫竹林經歷十餘載收兌大小彩票批發各省彩票無不格外公道屢售頭二三四大彩不下四十次久已遐邇馳名今又分枝一號在天津估衣街西口路北開張現有正月份江南湖北粵東票遠近賜顧請來面訂是荷去歲十二月份江南湖北兩處票對號單已到查對本行售出之湖北票獲中七八彩粵東票對號單已到請來對號取洋

本行謹啓

寶元彩票公司告白

啓者本彩票公司仍設在天津河東奧國租界首次開彩日期定於西歷三月二十八號彩票每張共十條售大洋六元每條售大洋六角天津寄售處〇河東東浮橋口生記錢舖 河東興隆街永昇銀樓 紫竹林直報館 公易洋行 利順德飯店 益聞報館 天津印字館 法租界牛康木飯店 晉和祥紙烟公司 大德國書信館 北京寄售處〇前門外大街體乾堂藥舖 東珠市口世聚昌木行 琉璃廠聚寶票行 觀音寺華洋大藥房 崇文門內立中洋行 德國大飯店特此佈告俾衆週知

寶元彩票公司啓

光隆綢緞洋貨莊

開設估衣街中間路北大牆門面自置綢緞顧繡紗羅紬蟒本朝各省衣刀絨洋氈斗篷欄杆一切各色布匹零整一概躉賣貨色剔選加高價值格外從廉以昭久遠此白 本號售龍井雨前各種細茶皮絲名烟加料大小皮箱帳匣

西賓行

啓者本行新到英法國磁器料器並有罐頭火食點心各樣頂好聘禮之物洋人用數刀叉台布木器各種家俱鐵床廚房火爐妙鍋閒盤頂好洋煤及呂宋烟蘇蘭草包烟捲海墨烟嘴各顏色絲絨緞雜色花洋貨真價實一概不欺全諸君仕商賜顧者請來敝行面議可也

天津紫竹林西賓館洋行謹啓

關內外全路逐日火車開行時刻

請推看

凡慢車經過各站均停片刻其快車小站不停其餘小車站開車時刻亦及錦營路等早到無悞

快車 北京至榆關
北京開上午七點
天津新站開十點零七
天津老站開十點廿五
塘沽開十一點四十五
唐山開二點十一分
灤州開三點三十七分
昌黎開四點四十分
到榆關六點二十分

慢車 北京至塘沽
開下午二點十分
六點二十四分
六點四十五分
到八點十分

慢車 天津至榆關
開六點二十五分
開六點四十五分
開八點三十三分
開十二點十分
開二點二十五分
開三點五十五分
到六點四十二分

慢車 天津至唐山
開十一點四十二分
開十二點二十二分
開二點十分
到五點十七分

慢車 唐山至榆關
開上午六點
開八點零五分
開九點五十分
到十一點五十八

快車 榆關至北京
榆關開上午七點
昌黎開八點四十八分
灤州開九點五十三分
唐山開十一點三十分
塘沽開一點四十分
天津老站開三點十分
天津新站開三點三十
北京六點二十分

慢車 塘沽至北京
開六點五十五分
開八點三十八分
開八點五十六分
到一點十二分

慢車 榆關至天津
開上午五點
開七點十八分
開八點四十四分
開十二點三十分
開四點十分
開六點三十四分
到六點四十四分

慢車 唐山至天津
開上午六點十分
開九點二十六分
開十一點零七分
到十一點二十七分

慢車 榆關至唐山
開十二點十八分
開二點二十九分
開四點十七分
到六點五十分

豐台至通州
豐台開上午七點
到通州八點五十五分
豐台開下午三點十五
到通州五點零五分

通州至豐台
通州開上午九點零五
到豐台十點五十分
通州開下午五點十五
到豐台七點二十分

榆關至營口
榆關開上午七點
錦州開十一點卅三分
溝帮子開二點
到營口五點

營口至榆關
營口開上午七點
溝帮子開十點廿分
錦州開十二點四十一分
到榆關五點五十八

中國鐵路總局告白

光緒三十年正月初九日

泰來專辦廣東

同春堂黃務恒馳名丸散膏丹　啟奇匙巧鎖姑蘇十番響器　告白

同春堂黃務恒為廣東良醫也所製文武靈丹救濟中風急閉竅通有起死回生之功萬應時症奏效神丸霍亂時症立止牙痛八寶珀保嬰丹小兒急驚風熱危急關鎖症立能保安立止牙痛寸步楠心氣痛丸不但止痛多服斷根人參再造丸治風癱症指常痛即止藥丸不患生病飛引如神

參燕麥冬胃山楂丸味甘而消食無滯積食滯之患真乃養生妙品

專治男婦老少咸宜常服開胃消食無滯積食滯之患真乃養生妙品

疹丸散治五淋白濁一服止痛再服全愈

…飛引五分每粒飛引一分不患生病

行服之立可挽回造化數日可健步如常

可以不學能醫略云無論發在何處部位如癱瘓橫…狐疝老鼠等瘡…有陰陽之別照法施治萬症萬全認定陽癰初起紅腫…痛未潰者…治驗論瞭如指掌

雙料獨紅毛膏陰疽初起皮色不變漫腫無頭…潰後瘡口低陷經年不歛治用陰疽解凝膏接服…所列陰疽熊麝

巨勝子丸古稀之年服如少壯年少一服立見奇功婦人服扶坤寶育丸立止諸般帶下調經…玉定…宜男種子

寶等名目頗多不能盡錄付恩丸藥為…扶危之要品本號在…承辦貨料真

名目頗多…天津鍋店街洪泰承辦…

上海分此　久福源綢緞抄莊

本莊現到有新到新式花素各種綢緞及應時紗羅各色俱全今又添售南式各樣壽器代售洋廣南貨并各色絲光蔴法布等物餘貨一切不及細述售價公道貨色精美俱勝別家以廣招徠如蒙賜顧請移玉

天津海大道泰來洋行隔壁認明本莊招牌為幸　再本莊代做貴客男女時式新衣工精料美訂不期悞　本莊主人謹啟

樂壺洞北馬路大街

聚慶園酒席處

本園新添　米粉雞米　粉肉等菜　新鮮拾錦　火鍋扒猪　頭扒雞扒　抓尖拾錦　燒麥小賣　一概俱全　本園謹啟

德和板廠

本號新到桂木杵木榆木等色道板七千餘件壯貨係由東洋購來木性堅固修造合宜至於價值較比東商滿松格外從廉賜顧者請駕臨昌號面議可也

做買…天津窪閘口　東德和板廠啟

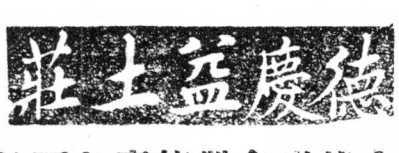

德慶益土莊

本號自運各省頂高西土并公啟者今由閩東整齊熬售外名手精製各種冷膏煙膏格外帶來伊犁廣膏寄售拾兩龍洋十元白貢冷鏡水煙膏拾兩八人龍洋七元陝西漿每元一兩開設估衣街七胡同內中間路西大門便是　本號主人謹啟

177

二合承新衣莊

自置綢緞皮棉紗衣專做嫁衣男女一概賣衣開設天津估衣街西路北萬壽宮便是

四遠馳名

本號代售…名補…明…湖…彩…天…口…大…街記…謹啓

壽世濟陰丸

專治婦人諸般雜症虛損勞弱崩漏淋濁赤白帶下經血不調肚腹疼痛腰眼酸痛…胸中悶…飲食不和嘔吐酸水頭痛日…汗大後神…也

麝茸繡地膏

專貼婦人胎前產後經血崩漏淋瀝赤白帶下腰腹疼痛瘕瘕瘀瘀不孕…骨蒸勞熱虛損…等症貼臍上…年屢經驗名已久…屢試屢驗名…方來稱善…世無雙矣

小兒金丹

專治嬰兒諸般急慢驚風神昏天吊感冒風寒發冷發燒停食吐乳腹痛瀉泄口瘡不食凡一切小兒百病之功難盡述服之無不立效洵為保嬰一聖藥矣

犀茸百補丸

此丸溫而不熱清而不塞專治男婦陰虛火動之症中氣不足喘急上衝咳嗽吐痰肺痿咽喉聲啞目昏汗熱耳鳴跳頭眩盜汗四肢困倦飲食不思以至吐血咯血等傷每不…諸虛百損五勞七傷稱第一…一丸白水送下皆堪名也…仙藥誠哉皆補至天津…仕光顧者請至天津…衛口老德記大藥房批售…

已壽堂謹啟

181

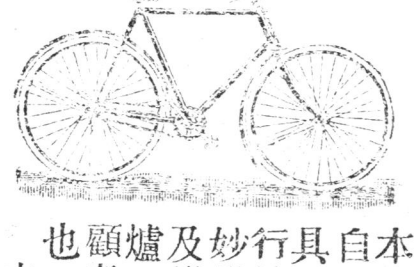

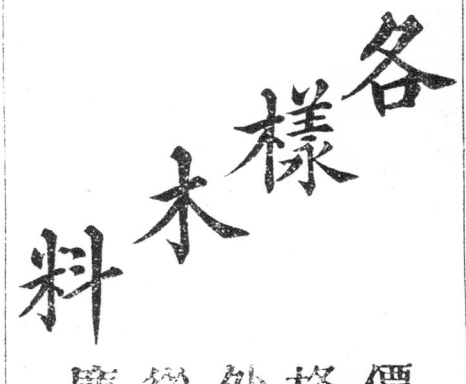

天津雲飛馬車有限公司

本行出賃頭等馬車馬匹如有來行租用馬車馬匹或按日或按禮拜或按月租賃均聽其便本行并買賣馬匹騾子凡有馬之人欲託本行代爲豢養者爲價極其公道其代豢養之馬匹亦必格外留心照看俾使茁壯無恙

天津雲飛馬車有限公司 法租界 得律風一百五十六號

天津 公易 英租界 洋貨莊

啓者本行開設英租界中街已數年於茲專辦官紳仕商屋中陳設及一切需用裝璜等事倘蒙賜顧即函知本行當派妥人前徃估備辦整齊及各項工匠無不應時工作前曾歷辦行轅舖墊陳設頗稱嘉許本行並備項好聘禮之物外洋各種器具軍中應需物件桌椅傢俱玩物保險鐵屋新到銀櫃洋錢箱洋燈地氈白洋毯各樣綢緞等件價值與別家格外從廉恐商未及週知特此登報佈

公易洋行謹啓

啓者本公司售賣之縫衣機器凡刊有本商標者乃係眞貨除總公司開設在天津外其北京保定烟台唐山等處均經設有分行賜顧者請就近購買爲幸

勝家公司啓 70

魁豐冰窖

本號開設在閘口西歷有年所今在日本界大仙茶園後並南小營門外添設分號兩處諸君如欲定冰者請到閘口西本櫃面議可也

本主人啓 207

聲明鯨吞逃匿

鍋店街近仁里內燮興和洋貨舖已經歇業該舖掌劉楚珍趙翼臣盜去貨物圖章逃匿無蹤刻下四家財東已俻公稟請差嚴拿預料伊等在外招搖生事借貸等情倘有此節該號東等不但不認其中必有朋比爲奸情弊亦不免羅織在案也特登報端以俾明達者警察

燮興和舖東等公具 22

天津 慶泰元土莊

本莊精選各省西土客發客照行價發多特請良東精工自養冷籠澄清公膏每兩能入洋七叉每兩銅一吊三百叉冷龍龍字宮膏每拾兩每八九八義必膏東土圓圓貳兩義俠西土每貳貳五錢貨仕商賜顧者特殺一式開設大街宮北大街坐西向東門面便是

本莊主人謹啓 99

天津西門南 慶泰恒西土莊

本號減價出舊積貨項高西土每兩合銅子三十六個冷籠西土烟每兩合銅子六十六個均係陳老積土童叟無欺概不去零 6

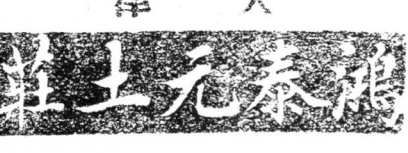

天津馬家口北洋醫院前　慶興戲園

雙盛合班

161 正月初九日早演

李玉亭　三奎官　一陣風　飛來鳳　金翠英　金月英　劉永春　雙處　劉吉祥　呂月樵　劉吉慶

藥王卷　探皇靈　潮金頂　董家山　御菓園　牧羊卷　大名府

初九日晚六點鐘演

全班　三盞燈　榮喜　張二奎　劉吉慶　一陣風　劉吉祥　小雙處　劉永春　呂月樵　劉長林

大賜福　珍珠彩　大登殿　魚腸劍　取金陵　洪洋洞　連環套

座落襪子胡同閩津會館　仙茶園

大吉升名班

12 新正月初九日早演

邢永喜　蘇文奎　楊德奎　小黑　劉全喜　王翠琴　小禿紅　五元紅　小蔡培　譚均培　俊永龍　陳長興

斬黃袍　黃鶴樓　二龍山　斷橋　燭影計　探母　三公　四本鐵鷄

初九日晚六點鐘演

邢永喜　陳家林　程永龍　徐天元　金福仙　小蘭芬　曹桂芬　裕鴻如　黃處　五月仙　草上飛

紅逼宮　借趙雲　四美圖　十二紅　伐齊東　贈珠　硃砂痣　玉堂春　盜墓

開設北馬路官銀號旁　大觀茶園

雲仙全班

170 新正月初九日早演

趙紫雲　靈芝仙　賈玉書　七仙旦　孫福祥　小長奎　張長奎　杜雲美　九金培　杜雲卿　一盞燈

戰樊城　血手印　浣沙計　雙跑馬　定軍山　滿台飛　三疑計　佘唐關

初九日晚六點鐘演

小九如　馮子梅　小金豆　七仙旦　孫福祥　一盞燈　張長奎　杜雲　杜雲　牛春化　溜溜旦　王登科

殺府　文昭關　畫春園　紫霞宮　白良關　拾十鐲　紫赤宮

開設閘口日本租界　大仙茶園

鴻慶名班

新正月初九日早演

全班　薛喜芬　二毛旦　達子　一杆旗　彩上飄　王少奎　王　黛玉　恩曉峯

五福堂　黃鶴樓　打面缸　寧武關　十字坡　跪樓　雅觀樓　罵金殿　獨木關

209 初九日晚六點鐘演

全班　美壽柱　吉勝魁　王少魁　郭蝶仙　花四寶　林貴麟　白文李　陳月樓　劉廷　小春來

大賜福　岳家莊　一棒雪　打龍袍　蝴蝶夢　雙搖會　硃砂痣　公　頭二本鐵鷄

由各埠輪船來電放行日期

通州　初八日　由上海　太古行

進口輪船到秦皇島

富平　初四日　由上海各處　開灤礦務局

出口輪船由秦王島往各處

膠州　初四日　往上海　旅順　怡和行

永平　初五日　往秦皇島　開灤礦務局

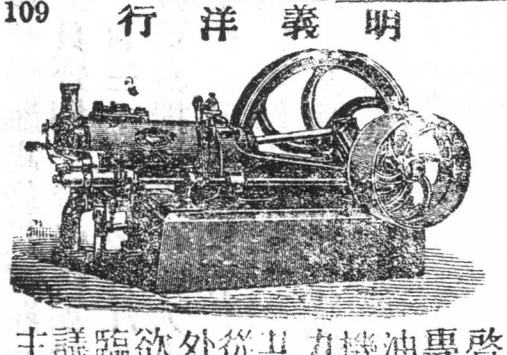

富平　初六日　往上海　開灤礦務局

CHIH PAO 直報

第一千六百七十七號

主筆總理賈祿福

本館開設天津紫竹林英界海大道廣東路
每月報價收洋六角 外埠遠近酌加郵費

投函用箋

本館留此空格以備閱報諸君倘有時事新聞以及秘叢佳話請書上面空格剪出加封寄與本館以便酌登不取分文也
本館告白

宮門邸抄

新正月初八日　芬車謝署缺　恩　植公請假十日　禮部奏派捧詔　派出王中堂　關防衙門奏十五日　皇上明日寅正表恭王行禮　侍衛處奏派稽查壇墻　派出黃伯　奎俊　英慈　松鶴　誠全　祥年　召見軍機
至　太廟行禮

論說

破咄咄大怪談坐井觀天論

予近觀中國所有各報每有譯件之條所譯者均從西報譯出或從西電繙來莫不以爲出奇制勝緊要新聞大書題目以標新異惜乎所譯僅得皮毛每失本相致廬山面目有非眞之訕疊經本報指摘其疵以冀譯者留心免豕亥之訛損報館聲名也近來日俄戰事所有勝負情狀或出日報之誇張或由俄報之譽揚各有祖護其國固有未能深信其必然必確者但報館有守有聞必錄之義是以本館每有傳聞之語登諸報端中有疑竇者皆按其事末加批註以誌其疑免使閱者之騰議也本館所報戰事皆宗倫敦巴黎之路透哈吧電報及各西報所述採登以供衆覽蓋路透哈吧暨各西報係局外之人無所偏護所述頗得其確試問不特中國各西報亦宗路透哈吧之電卽上海爲總匯之區華文各報亦莫不皆宗其說[illegible]透哈吧之

今日本報另印附張不取分文

電報爲天下五大洲所共信最公道最確實之電音也本館在津開設多年亦最早爲京津各報館之祖紀事最爲的確秉筆最爲公直向主中立之權不阿之義今有後輩之人不自揣見識淺陋坐井觀天妄肆雌黄訐本館所登路透哈吧之電以爲虛揭日人傳言及日報之語以証實殊不知有各爲其國而偏袒固不足深信也倘果屬非虛則近日遍觀各電與前日報所述大相逕庭偏護之明徵人皆知之卽如該報所言五尺童子無不知之以蠡測海以管窺天不謂是乎至所辯以日本所復俄國末次公文直與哀的美敦書無異果爾則何以日本嗣後復遞哀的美敦書於俄也無怪俄之發言布告各國以日本違背萬國公法局外人觀者曲直自有公論奚容某報爲之狡辯哉至復云西二月八號日本送兵仁川被俄艦先開砲擊一節此言果確則俄人背違公法天下當有公論然京津以及上海並五大洲中外各報暨路透哈吧等電音並未述及今該報忽飄空揷入謂可信也耶最不可解者該報既以本報所登路透哈吧電音爲不確何以該報上亦標明西電而用緊要黑圈所紀之事皆本館午報及直報所述也自相矛盾令人齒冷閱其目則題曰咄咄大怪談本館不禁啞然故不憚煩一一爲之剖解以破其惑以除其怪蓋取子不語怪之意云爾

要件

局外公法　續昨稿

卷三　局外中立國之責任

一局外者不得干預戰事亦不得接濟兵丁船艦軍械金銀及直供戰事之物料若民間私行借助則與政府無涉

一局外者私許甲戰國以某項利益縱非顯違局外公例乙戰國亦有一律均沾之權局外者不得拒斥乙國要索

一局外者於兩戰國均有維持版圖之義無分彼此若甲戰國軍隊軍艦及其平民逃入境內例得保護其人與物倘被乙戰國追究無庸交出應在境內安撫逃軍禁其赴戰及修備戰事俟戰局告終後釋之回國

附錄陸戰規條

第五十七條　中立國如在境內收有敗逃兵士應安置於距戰地最遠之處　此項兵士亦可拘置本國營壘或砲臺或特設處所　凡武員如肯宣誓收者不遣決不自去則可無庸拘禁任其自由

第五十八條　中立國與兩戰國雖未訂立收養逃兵條約亦當存博愛之心以食物被服等給養收留之兵士　給養之費應俟戰局告終向該戰國取償　逃軍入境不得帶同俘虜若有俘虜應行釋放以平民看待

一局外者於本國海界內有保護戰國船艦之權除有時因事禁止進出口外（如禁追者進口禁後至者出口之類）其因避風修補購物及避追擊而寄泊境內者皆無限制隻數至軍艦本有治外之權該艦縱有捕獲俘虜貨物亦准其進口除該俘脫出艦外應照商船辦理其在艦內者局外不得認作平民

一局外者應禁戰國假道攻敵若係疾病瘡痍之人應許其假道或收留撫䘏

一局外應禁止戰國在境內募兵或採辦軍械及直供戰事之物料

一局外國民若多往戰國私充兵丁形迹可疑應行出示阻止不准效尤

一局外者應禁止戰國在本國海陸界內交戰及預修戰備

一局外國民仍得與戰國通商如常倘國民抗害軍務不利於戰國應設法彈壓若其事在局外境外則由戰國自行懲辦戰國不得向局外理論本國亦不任其責

一局外國民私往投軍戰國可待之以敵不得向局外理論本國亦不任其責

一局外國民代戰國販運軍械各項其事與局外政府無涉者戰國不得向局外理論祇由戰國自行拿捕

一局外船隻在本國境外者不得拒戰國之搜查

一局外船隻倘有偏徇甲戰國助其軍務之實據乙戰國可拿捕該船并禁貨監赴法衙按國際公法審辦該船主貨主之政府不得過問

一局外船隻若駛泊戰地或戰國口岸戰國一律拿問其載有禁貨進口雖不寄泊敵地亦一律拿問

一局外船隻抗阻搜查者一律拿問

一局外船隻如有下開可疑情形者即行拿問

一船中應立之文憑忽有兩分不審孰眞孰僞又有僞寫塗改之迹者（文憑指執照之類係局外國所發給）

二船中不置應立之文憑或隱匿文憑或毀棄文憑

三間見軍艦所發停駛之信而仍不停駛希圖免查者

四強抗搜查者

五所呈文憑未足爲證明該船是否屬某國籍者　未完

緊要電音

傷兵就醫　○益聞報接香港西二月二十二號來電云英國兵艦名安飛都來的（譯音）由高麗深馬浦載到香港俄國受傷兵弁計一百四十名其中有四十名受重傷者均送入皇家醫院醫治餘另雇一輪船並派海軍人員護送到哥倫博（譯音）地方云云

各國准備　○倫敦西二月二十三號來電云日本開仗而各國謹守局外之例甚爲嚴密○瑞典國現已整頓兵營並於緊要口岸建築砲台○日斯巴尼亞國亦增厚堪那利（譯音）海島之兵力○葡萄牙國亦派兵艦前來遠東云云

俄又增兵　○又電云俄國聖彼得堡傳稱提督夷分那乎（譯音）自簡命入土耳其後俄國又增厚巴墨（譯音）地方之兵力云云

俄督紀程　○倫敦西二月二十三號路透來電云遠東總督阿克塞夫並其隨員等均在哈爾賓云云

滿作戰場　○又電云俄日兩國已復美國備認中國謹守局外中立之例滿洲因近在東省不免作爲戰場不在其內云云

緊要新聞

俄督到濱　○遠東總督阿克塞夫及其隨員已到哈爾濱聞日內仍須返旅順云云

傷艦修竣　○俄國在旅順被日艦擊傷二等戰艦兩艘其一艘即日本前報擊沉者一艘擊傷者現均已修理完工仍可照常駕駛爲海軍戰鬬之用云云

日獲俄船　○益聞西報云日戰艦日昨獲到俄國運船一艘名滿洲利亞（譯音）載七千噸軍需爲旅順口之用云云

法守舊例　○東京訪事來函云日俄開仗法國擬照日斯巴尼亞與美國開戰時法國所守之例云云

俄佔韓鑛　○又云俄國有兵丁三十八名已佔韓國某處某金礦云云

死中得生　○日本某船在日本海境某處曾被俄艦擊沉一節已誌前報茲悉船上搭客暨水手等人均被俄艦救起載到海參威於西二月二十二號搬上德國某公司輪船送至日本長崎登岸聞該船被炮擊時船上只死兩人云云記者曰俄國欵待日本臣民於此可見

干預戰事　○益聞西報云東京二月二十二號訪事電稱日本已接歐羅巴消息指出日俄戰爭有某國欲干預云云○該訪事又云某國是指英指誰此時不能說定惟干預一事萬不含糊云云

難民抵烟　○日本難民計婦女一百六十六名男人七名前被俄官扣留於旅順者已於昨晨坐德國某公司輪船由大連灣安抵煙台云云

解凍可待　○塘沽冰厚祇四寸二分云云

英使將臨　○傳聞駐京英公使於本月十二日來津十三日同駐津英提督赴督署與袁宮保晤商要公云云

揭帖肇亂　○粵東訪事來函云西正月三十號晚間全城均貼匿名揭帖命所有華人攻焚沙面將所有之僑寓歐人盡行殺斃故今日衆人甚爲憤怒攻擊之日定於卜禮拜四各領事官往見總督請彼預備以免亂事猝有一揭帖黏於海關牆上

北　京

美員覲單　○現經外務部奏明本月初七日巳刻美國使臣帶領美國考查幣政專使覲見今將使臣及專使等之官銜姓名錄左　美國駐京使臣康格　考查幣政專使精　頭等參贊固立之　漢務參贊衛理　繙譯學生衛里阿毋斯　頭等守備克拉克　辦理錢幣參贊德爾安德　隨員康乃魯

進宮慶賀　○時維新年各國公使夫人等聞有於本月十九日至寧壽宮慶賀會宴之信云

使員覲單　○正月初五日巳時各國公使等至寧壽宮覲見恭賀新年今將各國公使等官銜姓名照單鈔錄　奥國使臣齊幹　參贊訥色恩　副領事盧達偉　代理繙譯副領事沙諤文　衛隊統帶水師游擊羅達科舞四幾　美國使臣康格　頭等參贊固立之　衛館都司布魯司　二等參贊費勒器　漢文參贊衛理　英國使臣薩道義　頭等參贊兼漢務參贊戈頒　二等參贊駱珂賚　三等參贊吉恩頓　副漢務參贊偉晋　頭衛隊統領包爾　醫官德來格　法國使臣呂班　武隨員伯利索　領事官甘司東　參贊官費□　參贊官端貴　隨員雷登　漢文正使穆文奇　漢文副使柏

良材　總案官蘇馨　醫官歐宜穆　衛軍統領芮斯朗　德國使臣穆默　參贊拉德威　隨員洪功基　漢文參贊夏禮輔　繙譯官卜海伯　醫官古瑪和　管帶衛隊席伯克　日本國使臣內田康哉　二等書記官鄭永邦　二等通譯官高洲太助　二等通譯官島川毅三郎　外務書記生近藤錦太郎　通譯生小村俊三郎　陸軍礮兵大佐青木宣純　護衛隊長陸軍步兵中佐山本延身　陸軍一等軍醫佐藤恒丸　俄國使臣雷薩爾　頭等參贊羅達臣　頭等繙譯柯理索福　二等參贊洛日新　二等參贊禮薩闊維斯齊　武備督衛隊統領副將倭格羅德尼闊福　義國使臣嘎釐納　繙譯威達雷　醫官克雷司畢　衛隊統領馬彌呢　比國使臣姚士登　參謀葛飛業　參贊禮赫特　隨員狄西業　繙譯范伯衡　繙譯林阿德　和國使臣希特斯　頭等漢文參贊歐登科　大西洋國使臣白朗穀　參贊阿梅達

次第辦法　○熱河松統制整頓地方其條陳約有四端一吏治二軍政三興學四理財辦法頗有次第聞已拜摺入奏矣

法有心得　○哈爾沁王講求時務新學諸書於路政礦務頗有心得爲內外蒙古王識時務之冠冕云

守關內外　○本報前紀馬軍門率軍至山海關一帶駐防現在戰事方亟而神京左輔軍備宜嚴馬軍門現率馬步鎗礮各軍共二十五營分布於山海關內外屯防並聞關外至關內其軍與盛京相埒云

行期不遠　○聞倫貝子赴美國賽會定於十五日後與琉璃廠工藝局一同前往云

火盒進呈　○烟火盒子花盒花架砲打香烟火杆子噴煙花獸等物由花炮作陸續作成運至中海以備燃放御覽營造司之匠役已在中海內搭作盒架其盒之大有丈餘內有數層分燈彩人物其製作乃用鐵絲硫磺礬紙等物其餘各煙火之物其製作所用之材料皆不外此諸物云

外埠新聞

上　海

稟請轉商　○法新租界宰牛公司經理西人日前新出章程傳知本界內各湖羊行謂自後出口之羊須先圈置公司中二十四點鐘再將羊之左右後腿蓋火烙印各一處等情現各羊行以爲圈置二十四點鐘倘遇開船之時急不及待難免悞事況羊裝運別處售與西人吃食被蓋火烙印羊身毛焦肉腐豈能售賣與西人故難遵章於昨日公同具稟克總巡請轉商公董局委着該公司豁免等情克君得稟允爲轉商核奪

南　京

講求釐務　○江督魏制軍前已派人學習稅章茲緣改稅裁釐一時尚難遽定惟以甯屬釐捐極多積弊素悉湖南釐捐章程最臻妥協昨又飭下釐捐總局委派羅大令良鑑前往攷察以備參仿將甯屬釐務大加改良

湖　北

保護教堂　○端午帥日前密札各州縣飭令將教堂妥爲保護并准由各州縣自行籌欵募勇丁於教堂處所駐紮彈壓蓋因俄日戰釁已開恐地方匪人乘機生事也

請添學費　○二月間派往俄國游學生四人本擬每人預備學費二千金按年籌解據該學生等近日來函稟知端制軍云俄國食物用品近來異常昂貴所籌學費寔不能支務懇添籌以濟急需制軍擬每年每學生添數百金以資應用

電求交卸　○署江漢關道陳觀察以近來交涉日煩急思交卸准補是缺之梁觀察既隨張香帥在京尚未知何日出都日前電商香帥請諭飭梁道迅速赴任俾專責成●

九　江

九江警察功過賞罰章程

一總分局各巡兵功過分作半年結算一次准其互相抵銷

一記大功一次者折賞銀一兩正記大過一次者折罰銀一兩正

一凡在三大功以內者折給賞銀在三大功以外者除給賞銀外仍准記升巡兵記升巡目巡目記升巡長巡長記保功牌

一如當時遇有缺出該巡目巡兵等即經升補者不復再給賞銀以杜重復冒濫

一凡在三大過以內者折扣罰銀在三大過以外分別降革巡長記降巡目巡目記降巡兵巡兵查其所犯之過情節重者革輕者記革

一記革之巡長等仍扣罰銀以示懲儆如當時降補者免其科罰

一凡滿三大功三大過以外者自五六次以至十餘次其賞罰銀兩均以三兩爲度

一記升之巡目巡兵等均按升日期先後挨次序補

一賞銀罰銀之後准將以前功過註銷其半年內僅記小功小過一二次不敷比較者另行存記俟下屆彙算

福　建

請汰浮收　○民間錢糧爲維正之供各縣於征收糧米項下率皆現折現銀於理自應點滴歸公無如廉俸有限不免浮收故縣缺之大者錢糧多其出息自厚錢糧不多出息亦薄此縣大中小缺之所由分也然官取下者原有定額有一種蠹書串同糧差唯利是圖上下其手同是一縣而彼鄉與此鄉其完糧之價高低竟不相同朋弊爲奸互相魚肉前撫岑中丞曾經示禁許民間現完糧米不必折完闔省無不同深感頌奈積弊已深卒致中止不能挽回輿論惜焉然中丞一片愛民之心已昭如日月下情可達民困難伸民膏民脂徒供奸胥之橐言之深可痛恨前有永福縣附貢胡寶瑛等因該縣完糧銀價惟西山二千三百文劃一其餘强者每兩完二千二百文弱者每兩四五千十餘千不等又於西櫃只收二千三百文南中北櫃浮收二千四百文又多取六櫃陋規一千二百餘元各糧書創成私賬簿多方勒索等情稟叩前督許筠帥批其稟尾畧云察閱粘抄該邑糧米征收糧銀胆敢任意浮收抑勒亟應從嚴究辦仰福藩司飭速提書嚴行研究一面查照前批先行核定銀價出示以蘇民困仍將辦理情形具報均無違延切切稟抄並發仍繳此批迄今兩載藩糧科胥連姓措索不遂未肯送稿下札現該縣紳耆又呈催新督想督憲李勉帥下車伊始百廢具舉當必認眞辦理裁汰浮征也

出洋優保　○福州船政學堂歷屆選派出洋學生畢業時例得保舉異常勞績以示鼓勵現屆第四次所派前後學

堂學生六人係光緒二十四年間隨同李督吳煥其太守帶領前赴法國肄業現已畢業多日各生俱學有心得或經外省調往差遣或回堂候差其應得保獎職銜業由船署諭令各該生開具履歷轉咨北洋大臣援照船政第一二三屆出洋畢業生保獎舊章辦理矣

汕頭

司馬德政 ○自來辦交涉事件並稽查匪類皆歸洋務局員管理汕頭歷任洋務委員類皆藉稽查之名扶同作弊甚至遞禀索勒陋規二元四角茲新任洋務委員方子衡司馬將此項陋規出示革除爰將示文錄供衆覽 為出示曉諭事照得本局專為稽查海口出口入客商遇有拐販人口即行扣留訊究本屬法良意美茲查向章到局遞禀者必需禀費銀二元四角倘貧苦細民不能湊資未免含寃莫訴殊非設局本旨本委員既經察覺急應革除錮習以便貧民為此牌示仰軍民人等知悉以後如有拐販等情確係本人家屬准其隨時來局遞禀不需費用分毫又不得藉事影射滋生事端本局丁役胆敢仍前需索許其指名喊禀立即從重懲治該民等亦不得仍蹈前轍致干察究各宜凛遵毋違特示

勒抽宜懲 ○聞揭陽魚行均開設於北門外伍舖街等處前歲因西門外新創魚行數間互相爭利致起控爭伍舖街魚行託揭邑劣生蕭某包攬詞訟生蓋潮陽勢豪蕭某之走狗蕭前充揭陽北關稅館以生為爪牙生仗勢豪勢燄出入衙門交結權要靡惡不為魚行倚生權力訟事得勝任生魚肉在所不惜未幾西北和息有上帝廟前黃某又新開魚行奪利生遂恐嚇伍舖街魚行誘令重貲延請潮陽勢豪為該行董事生為前驅朋比分肥甚而慫恿該行向省局禀納魚捐任意壟斷除開銷在省賄賂費用銀數千元外每年加納捐款一千五百元公然設籌餉局於伍舖街門前排列虎頭牌竹竿槍聲勢烜赫其籌餉之法初議每行賣錢一千抽錢五文繼而變本加厲每千竟抽三十五文聞每年抽至萬餘金之外除納釐後概入劣生勢豪私囊各行商俯首聽命有稍不如命者輒被威逼恐嚇且歷任有司皆係勢豪密切交好行商莫可如何然魚捐一項前經省垣大紳赴 都察院呈控蒙 岑雲帥飭局議令禁止何不將此劣生與勢豪而置之法耶

廣東

密拿會黨 ○周清江西人由武進士出身以營用守備簽分廣東在部領有憑票投標効力乃該守備逾限五年始行到省於日前具禀督轅懇請投効赴西從軍經批逾限不准嗣因岑督接到某省來電聲言有長江會黨首領匿處城中隨經派查或疑即該守備旋於初九夜戌牌時候密委員弁某某前往華甯里逢春客棧將該守備捉拏并起出行李多件統解至督轅立傳中協及首府兩縣將該守備行李檢查一翻隨命廣府沈守一併帶回署中發交讞局審訊訊畢乃交與南海縣看管現姚令收押於候保所云又聞是夜即由首府兩縣承密札親往拿辦又聞所獲尚有某甲一人候查續登

會匪蔓延 ○粵省順德縣有三點會匪糾同黨羽百餘人在縣屬大岡山下拜該處鄉人之未入會者潛從遠處竊探但見香燭輝煌人聲鼎沸其匪首列跪於前隱約間認得著匪羅永、呂譚義黃錫陳猪明等均在其內其餘黨羽俱跪伏在後似是盟誓情狀但其聲甚細遠不得聞各匪拜畢起立齊聲大呼兄弟同心發財利市者再即燃放爆竹數千隨分乘小艇十餘艘而去是晚二更後順德新會之交界黎姓被匪百餘人入室行刦搜括一空計被刦者五十餘家至四更後始携贜而逸鄉人聞警赴援見匪黨勢衆不敢窮追任其呼嘯而去云

江門開港 ○去年政府與各國新訂條約開港四廣東之江門惠州與焉聞近日已有各國洋員到江門埠踏查辦理界務分豎國旗查漱頭鄉趙族地方爲法界林族地方爲德界爺羅岡爲英界自餘各村鄉則美日二國分司之刻下居民尙爲安靖不至驚擾

本埠新聞

督轅紀事 ○新正月初九日制台未會客

車站紀事 ○昨紀由省開往滄州運兵加車常備軍第一標馬隊四營共開加車四次每營官弁兵夫等共二百八十餘名隊馬同差馬每營共計二百十餘匹第一營營官張國泰第二營營官謝允卿第三營營官張九卿第四營營官王懷慶均便道過津○又昨日下午軍政司劉統憲常備軍第一標吳統領並文案各員鐵路總辦林觀察提調姚太守南段巡警趙觀察北段巡警段觀察第一局徐巡官第二局劉巡官鐵路彈壓吳遊戎楊大令均到站查看軍容並賞兵丁每名饅首一斤並茶食米粥以備軍用吳鳳嶺副戎至晚隨是車赴灤州○又候補道賈子永觀察寶坻縣張大令國祥同於前晚由津乘火車晋京又辦理礦務張燕謀侍郎同保定中協張士翰協戎阮忠植刺史均於前晚由京乘火車來津○昨紀段日陞總戎前往滄州接任一節因公未畢是日並未起程俟公畢再行前往○營務處倪嗣冲觀察於昨早由津乘火車赴新河

假冒律師 ○頃查悉大公報館李之翰所登法國大律師告白一段前經某西人囑本館登報詢問未據答覆頃據西人自向某洋官查明本埠並無法國律師其李之翰是何等様人胆敢假冒律師妄登告白兜攬詞訟事情同誆騙誠目無法紀此等假冒招搖包攬詞訟律所必究想地方官嚴拏懲辦定不姑寬也 玆將其告白照錄於後

法國大律師 今有法國大律師來津遇有華洋交涉各案以及債務帳目等事均可代爲辦理賜顧者可移玉至望河樓後信德成燒鍋胡同本繙譯住宅面議可也 繙譯李之翰謹白

署鎮續紀 ○楊慕時鎮軍奉委署理天津鎮篆務一則昨紀本報玆聞俟擇訂日期由馬鎮洪接鎮篆擬在天津擇地建署辦公云

籌商公議 ○糧商董事等于日前在城內藥王廟與三津磨房商人等齊集公議常年川換新章以疏商滯起早至晚各別而散如何定章容訪再錄云

加意査獲 ○前紀北門東馬路一帶靠北有官溝一道所有搭溝挑板屢被鼠賊竊取一則玆聞于日前經該管警局飭令前往該處盤結虛實因稟覆果有其事當即嚴飭該處巡弁兵丁等加意查獲云

閉戶停沽 ○訪聞津郡市面綢緞莊德生錦瑞生行義成裕義增成義生成瑞成錦德慶成等數家不日均行歇業皆因山西各省客人赴濟南府購貨東客赴青島採買本埠生意不通

豈有夙寃 ○西敞居住之李某其妻某氏年二十餘歲於前日因食角子被燙立時而亡

運磚修墻 ○城內丁公祠西有坑一段業經衛生局苦工人等漸漸運轉穢土起墊平坦現經官工復運磚土不日開工修築圍墻云

刃刺斃命　○侯家後蘆子坑地方有馬二於昨夜半之時被某某短刃刺入脖項而馬二立時身死至次早屍妻馬張氏赴縣指控周某行兇當蒙讞員張大令督同刑招仵作前往相驗其該兇犯已逃逸無踪云

租界

法界開市　○聞法工部局已允華人在法租界開設茶樓唱書館總會等項云云

官場宴會　○前晚德義樓飯店門前馬車多輛大轎多乘而樓上樓下及走馬廊一帶均爲某某官之跟班頭戴紅纓頂馬夫轎夫站立擁擠不堪且有大燈籠數對上寫二品頂戴候補道總辦某某等局某某等學堂銜名排設滿室無一隙處且其大餐房數間皆闊綽賓客人及津上名花滿座觀者皆以爲官場大宴會極一時之盛

京報照錄

臣奕劻等跪　奏爲遵　旨議覆仰祈　聖鑒事本年十一月初六日軍機器片交給事中熙麟奏請復詹事府等語軍機大臣面奉　諭旨政務處會同吏部議奏欽此並將原奏鈔送前來查原奏內稱詹事府既裁以祭酒爲翰林院升階不特滿缺文班繙譯動多窒礙即漢缺目前已苦壅滯將來亦難疏通滿缺外班內轉辦法亦多周折不如仍將詹事府議復轉似循轍易行各等語臣等伏查詹事府自漢迄明皆爲東宮官屬　國朝則專備翰林官升轉之階上年正月二十七日欽奉　諭旨詹事府係沿前明官制名寔本不相符應即歸併翰林院等因欽此仰見　朝廷循名責寔之至意該給事中所稱壅滯窒礙各節自是實在情形定例詞臣遷轉自歸一途本與他曹迴異翰林院詹事府兩衙門迭爲遷轉　三品以至六品品級俱備自四品以下正從俱備等秩粲然既奉　旨停補詹事府各缺則自編檢至閣學中間遂少三品六品兩階於是翰林院有品級斷缺之疑吏部復有開列變通之請此外臣工條奏疏通壅滯者尤多臣等上年會同吏部議請以祭酒升爲三品以備遷轉但由七品至五品由四品至二品員缺不少僅此祭酒司業兩缺升階不敷遷轉況成均課士之職與文學侍從職掌本不相同又繙譯各員向無開列祭酒司業之例至滿缺讀講學士之升閣學向列京堂之後外班傳補向有庶子洗馬中允贊善各缺今則僅留侍講一官疊議變通仍多窒礙伏讀乾隆十七年　諭旨詹事府乃東宮僚佐其官原可不設第以翰林敘進之階留備詞臣遷轉等因欽此敬繹　聖諭詹事府本可不設而詞臣敘進不可無階前次欽奉詔旨歸併翰林院是衙署不應分設而官缺自可酌留臣等謹遵　諭旨歸併之意博參衆論詳考舊章擬請於翰林院補設三品官滿漢各一缺升侍讀學士爲正四品升侍讀爲正五品增設侍讀侍講滿漢各一缺補設六品官滿漢各二缺查自詹事至贊善停補者滿漢共十八缺現在請復設者滿漢僅十缺編檢本是實官不過增加品級與別衙門添缺者不同如此則名次既得疏通開列亦無窒礙如蒙　俞允補設正三品官擬請定名爲翰林院學士其升轉開列比照詹事正六品官擬請定名爲翰林院撰文滿缺比照中允贊善辦理漢缺由編檢升轉其開列比照中允原有撰文差使即名爲撰文處行走仍作兼差以別於寔官至祭酒向係從四品升爲正三品既補設正三品之學士則祭酒仍應復爲從四品遇有侍讀學士缺出與侍講學士較俸開列其滿侍讀一項仍照奏定新章比照開列庶子之例用內班二次輪用外班一次其餘各項升轉開列均改歸舊例辦理該給事中所請復詹事府各官之處應毋庸議所有遵　旨議覆緣由是否有當理合繕摺具陳伏乞　皇太后　皇上聖鑒訓示遵行再此摺係政務處主稿會同吏部辦理合併陳明謹　奏奉　旨依議欽此

天津青年會夜館廣告

茲因於中正月十七八日晚七點半鐘乃本青年會開設夜館之期此館之設也專爲諸青年有志向學而又爲公事所阻弗克就白日正課者所立也本會所授諸課即英法德日文及官話暨他學業各門上等教習業經聘定本館之工夫純而學費廉特將學費開列于左以便周知會友欲學者每月學費一元五角先付者每季三元非會友者每月學費二元五角先付者每季六元惟學機器打字一門外須加修買機器之費學費一層惟應於每月之初先行交付凡欲入青年會者每月會費一元故勸來學者不妨入會以沾他等之益再者無論學一班或學數班其學費槪無增减凡欲來學者請至本會掛號留名可也

青年會主人謹具

天津各項股票行情單

買賣各項股票經紀永盛洋行具

天津先農有限公司	上屆每股攤得利息四分	每股賣主付價銀一百三十兩
天津自來水有限公司	上屆每股攤得利息三分半	每股賣主索價銀一百四十四兩
天津濟安自來水有限公司	頭一年創辦	每股賣主索價銀一百三十五兩
天津煤氣燈有限公司		每股賣主仍舊售價銀九十五兩
利順德飯店有限公司	上屆每股攤得利息二十分	每股買主付價銀一百五十兩
天津汽水有限公司	上屆每股攤得利息十分	每股賣主索價銀一百二十八兩
德克蘭尼飯店有限公司	上屆每股攤得利息七分	每股售過價銀五十兩
天津雲飛馬車有限公司	頭一年創辦	每股賣主價銀二十六兩
天津印字館有限公司	上屆每股攤得利息五分	每股仍舊索價銀五十五兩
唐山礦務有限公司	上屆每股攤得利息五分	每股買主上海銀五兩八錢
大沽駁船有限公司	上屆每股攤得利息二分	每股賣主赴價銀三十六兩

關內外鐵路總局告白

啓者本局火車開行時刻自初九日至十一日仍照新年放假章程减行准定十二日以後全路火車開行時刻一律照常特此佈聞

車務處啓 52

時利和曁河小輪船有限公司

訂於正月十二日兩點鐘在英租界廣東路福安里第三號本公司集議凡我股東屆時卽請光臨爲禱

鍾青谿謹啓 43

失物聲明

敝號寓河北宏盛店去歲臘月二十六日午後失去衣物並字號戳五個誠恐匯兌銀錢應聲作保已赴縣備案如有意外與敝號無干

東口恒德永啓 48

天津紫竹林萬寶票行批發

北京鐵路 彩票

江南票頭彩二萬 正月份開彩

湖北票頭彩五萬 正月念二開彩

粵東票頭彩四萬元正月十三開彩

本行開設天津紫竹林經歷十餘載收發大小彩票批發各省彩票無不格外公道屢售頭二三四等彩不下四十次久已遐邇馳名今又分枝一號在天津估衣街西口路北開張現已正月份江南湖北粵東票遠近賜顧請來而訂是荷去歲十二月份江南湖北兩處票對號單已到查對本行售出之湖北票獲中七八彩共計七張其餘小彩末尾彩不可勝數望速來對號取洋 粵東票對號單已到請來對號取洋

本行謹啓 41

寶元彩票公司告白

啓者本彩票公司仍設在天津河東奧國租界首次開彩日期定於西歷三月二十八號彩票每張共十條售大洋六元 每條售大洋六角天津寄售處○河東東浮橋口生記錢舖 河東興隆街永昇銀樓 紫竹林直報館 公易洋行 利順德飯店 益聞報館 天津印字館 法租界牛康木飾店 晋和祥紙烟公司 大德國書信館 北京寄售處○前門外大街體乾室藥舖 東珠市口世聚昌木行 琉璃廠聚寶票行 觀音寺華洋大藥房 崇文門內立中洋行 德國大飯店特此佈告俾衆週知 寶元彩票公司啓

元隆綢緞洋貨莊

開設[illegible]衣街中間路[illegible]大[illegible]面自置[illegible]欄杆一切各[illegible]外從[illegible]以[illegible]繡綢緞羅粧[illegible]各[illegible]衣[illegible]布[illegible]整一概[illegible]貨色剔選加高價[illegible]遠此白[illegible]售龍井雨前各種細[illegible]皮[illegible]名烟加料大小箱帳匣

西賓行

啓者本行新到英法國磁器[illegible]器並有罐頭火食點心各樣頂好[illegible]之物洋人用[illegible]刀叉台布木器各家俱鐵床廚房火爐[illegible]頂好[illegible]烟[illegible]圖草包烟捲海[illegible]烟嘴[illegible]顏色[illegible]花洋[illegible]貨眞價實一概[illegible]請[illegible]面議可也 天津紫竹林[illegible]洋行謹啓

上海大福源綢緞抄莊

分此 天津海大道[illegible]洋行隔壁認明本[illegible]為幸再本

本[illegible]到新到新式花素各種[illegible]及應時紗羅各[illegible]俱全今又添售各樣壽[illegible]代售洋廣南貨并各色[illegible]光摃法布等物餘貨一切不及細述售[illegible]價[illegible]公道貨色[illegible]美俱勝別家以[illegible]如蒙賜顧者移玉[illegible]代做貴客男女時式新衣工[illegible]料美[illegible]不期悞 本[illegible]人謹啓

樂壽洞北馬路大街51

聚慶園酒席處

本園新添米粉[illegible]米粉肉等蒸新鮮拾錦火鍋扒猪頭[illegible]雞扒抓[illegible]拾館燒[illegible]小賣一概俱全本園謹啓

德和板廠

本號新到桂木柞木檜木等[illegible]道板七千餘件此貨係由東洋購來木性堅固修造合宜至於價值較比東清松木格外從廉貴商賜顧者請駕臨做號面議可也 天津窰窪開 東德和板廠啓

德慶益土莊

本[illegible]自運各省[illegible]

四遠馳名

本[illegible]

壽世濟陰丸

專治婦人[illegible]

麝茸[illegible]地膏

專治婦人[illegible]

小兒金丹

專治[illegible]

犀茸百補丸

專治[illegible]

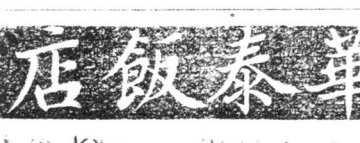

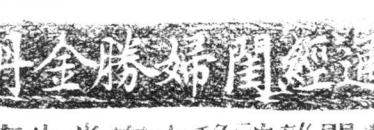

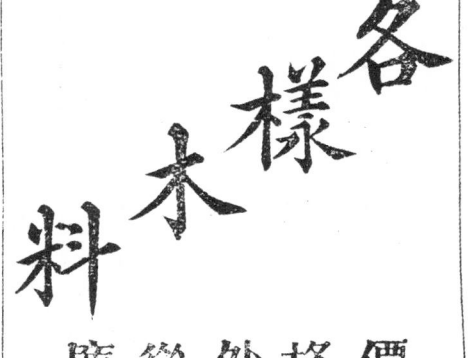

天津雲飛馬車有限公司

本行出賃頭等馬車馬匹如有來行租用馬車馬匹或按日或按禮拜或按月租賃均聽其便本行并買賣馬匹騾子凡有馬之人欲託本行代爲豢養者餵價極其公道其代豢養之馬匹亦必格外留心照看俾使茁壯無恙

天津雲飛馬車有限公司 法租界 得律風一百五十六號 17

天津公易洋貨莊 英租界

啓者本行開設英租界中街已數年於茲矣專辦 官紳仕商屋中陳設及一切需用裝璜等事倘蒙賜顧函知本行當派妥人前往估備辦整齊及各項工匠無不應時工前曾歷辦行轅舖墊陳設頗稱嘉許本□並備項好聘禮之物外洋各種器具軍中應需物件桌椅□俱玩物保險鐵屋新到銀櫃洋錢箱洋燈地氈白洋毯各□綢緞等件價值與別家格外從廉恐商未及週知特登佈 公易洋行謹啓 十一

魁豐冰窖

本號開設在閘口西歷有年所今在□□租界天仙茶園後前南小□門外添設冰號兩處諸君如欲定冰者請到閘口西本櫃面議可也

本主人啓 207

聲明鯨吞逃匿

鍋店街近仁里內慶興和洋貨舖已經歇業該舖掌劉楚珍□□臣盜去貨物圖章逃匿無踪下四家財東已偹公□請差嚴拿預借□等在外招謠生事借伊等情□有此□該號貸等不但不認其中必有東朋比爲奸情弊亦不免羅織在案也特登報以偹明達者鑒察端

慶興和舖東等公具 22

啓者本公司售賣之縫衣機器凡有此商標者乃真貨除總公司開設在天津外其北京保定烟台唐山等處均經設有分行賜顧者請就近購買爲幸

勝家公司啓 70

天津 鴻泰元土莊

本莊精選各省西土零整者照行價發□特請廣東精工自養冷籠燈清公膏每拾兩一籠八洋七元每兩銅一吊三百文冷籠福字烟膏每拾兩洋八元八羨□膏東土每圓貳兩高□西土每圓貳兩五錢一使仕商賜顧者特蘇大街開設天津宮北大街坐西向東門面便是

本莊主人謹啓 99

天津西門南 慶泰恒西土莊

本號減價出舊積貨項高西土每兩合銅子三十六個冷籠西土烟每兩合銅子六十六個均係陳老積土童叟無欺概不去零 6

開設北馬路官銀號旁

大觀茶園

雲仙全班

170 新正月初十日早演

小金豆 靈芝仙 賈玉書 一薔燈 馮子梅 張長奎 杜雲美 尤金培 牛春化 杜雲鳳 杜雲卿

截江 少華山 法門寺 雙鎖山 打金枝 鍘包勉 賣絨花 撿柴 花蝴蝶 汴梁圖

初十日晚六點鐘演

小九如 趙紫雲 杜雲美 杜雲 李長奎 尤金培 溜溜旦 一薔燈 牛春化 七仙旦 杜雲壽

十上府 審刺客 雙斷橋 一棒雪 打扛子 算糧 酸棗林 雙釘訂

天津馬家口北洋醫院前

聚興戲園

雙盛合班

161 正月初十日早演

全班 張百增 三奎官 小榮喜 金翠英 張二奎 小雙處 劉永春 三薔燈 呂月樵 劉吉祥

大獻瑞 忠保國 五台山 池水驛 馬蹄金 忠孝圖 舉鼎 探陰山 大名府

初十日晚六點鐘演

全班 張百增 劉吉慶 三薔燈 紀月樵 劉吉慶 劉永春 劉長林 飛來鳳 一陣風

富貴春 赤桑鎮 化緣 烏龍院 三 鼎足分 黑風怕 無底洞

開設閘口日本租界

天仙茶園

鳴鳳名班

新正月初十日早演

王子保 盛玉奎 彩卜飄 王少奎 一杆旗 小春來 恩曉峯 郭華秀 紀華雲 達子紅 郭蝶仙 劉廷順

藥王卷 清河橋 翠花宮 牧虎關 收關勝 寄子 海潮珠 迷人館

209 初十日晚六點鐘演

全班 二毛旦 吉勝魁 安桂秋 郭蝶仙 黎玉 黛玉 花四寶 陳月樓 白文奎 小春來

大賜福 余唐關 鳳鳴關 金水橋 新安驛 蘆花計 雙釘計 三公 本五鐵鷄

座落襪子胡同閩津會館

大仙茶園

大吉祥名班

12 新正月初十日早演

陳家林 蘇文奎 施慶奎 元元紅 金仙 譚均培 小禿紅 裕鴻如 劉全喜 程永龍 陳長興

鎮潭州 馬蹄金 殺府 虹霓關 牧羊山 舉鼎 五公 本六鐵鷄

初十日晚六點鐘演

邢永喜 楊德奎 王翠琴 程龍 徐天元 狸貓 小培 曹桂芬 小蘭芬 黃處 五月仙

渭水河 寶蓮燈 荷珠配 看蘇州 看人 飛虎山 新安驛 魚藏劍 火烟駒

高鎮茂 叫賣行

啓者本行准於五月十二日即禮拜六下午二點半鐘在本行拍賣酒十六桶牛肉一箱牛奶一箱奶油八箱英國餅干若干桃干十五箱別酒一箱生薑一箱茶勺十打刀子六打夷子若干烟捲沙丁魚一箱邊[illegible]子四打蘇州門簾二對鐵床二架腳踏三件洋爐一件八音[illegible]自行車一輛小爐一個臥榎木白色木器一堂衣櫃鏡桌洗臉桌梧桐櫃夜壺櫃恭桶手巾架馬鞍二件晒布三件酒架子三件穿衣樣大桌小桌線床線床藤寫字台蓋琴搖力酒三打書櫃洋琴一架并有物若干皆無底價諸君如有意者祈是日請到當拍賣可也

高鎮茂洋行謹啟

International Bicycle Co

啓者本行開設上海漢口天津有年今又分設北京崇文門內專售英美各國頭等男女自行車各種新式電燈電鈴時[illegible]裁縫機[illegible]以及車上應用器具無不俱備如修理舊車本行雇有頭等匠人技藝高妙價亦從廉賜顧者請至本行或分行函議可也

天津法租界快利洋行啓

28

由各埠輪船來電放行日期

青島 初八日 由上海烟臺 禮和行

通州 初八日 由上海烟臺 太古行

景星 初九日 由上海烟臺 怡和行

新濟 初九日 由上海烟臺 招商局

109 明義洋行

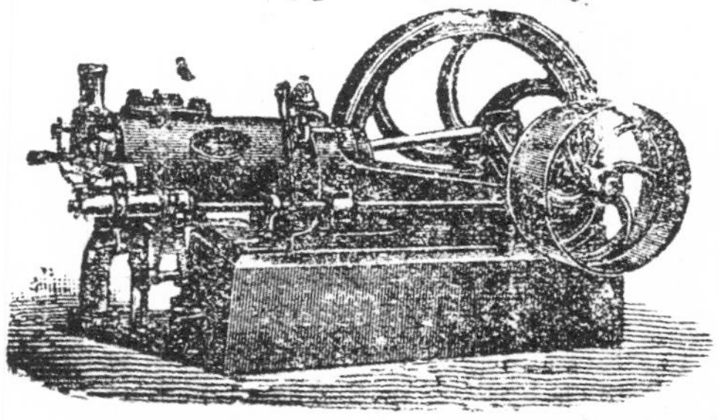

啓者本行專售用煤油燈爐輪機器其法力較煤力其爽價[illegible]從廉如中外貴官商欲購者請臨本行面議可也本主人謹啓

128 同級陞

本店自造海式獐絨獐緞靴鞋京津蘇廣女鞋小孩繡花皂鞋新蓮上便鞋貢緞便鞋元緞腿帶廣襪看正批售不誤 開設天津馬家口大街西向東洋樓門面便是

大清光緒三十年正月十一日 CHIHLI GAZETTE.

本館開設天津紫竹林英界海大道廣東路
每月報價收洋六角　外埠遠近酌加寄費

CHIH PAO 直報

第一千六百七十八號
主筆總理賈祿福

宮門邸抄

新正月初九日　大額駙毓秀各續假五日　召見軍機

新訂學務綱要總目　續去歲二十七日稿

凡訊案除按照法律懲治外不得阻其自由此語最爲扼要其餘條例甚多有云除法律規定外者有云除依尋常法律判決外者有云除罪犯照例審定外者如此之類不一而足今日憸人亂黨盛稱民主政體有各種之自主試問亦有出乎法律之外者否乎夫既守法律範圍則所謂自由者不過使安分守法之人得享其應有之樂利而已豈任性妄爲之謂乎假使外國政法皆如亂黨所說恐不能一日立國矣安論富强乃近來更有創爲蜚語者謂學堂設政法一科恐啓自由民權之漸此乃不觀西書之言實爲大謬夫西國政法之書固絕無破壞綱紀教人犯上作亂之事前文已詳至學堂內講習政法之課程乃是中西兼考擇善而從於中國有益者采之於中國不相宜者置之此乃博學無方因時制宜之道疊次　諭旨已極詳明此次章程亦甚明晰且政法一科惟大學堂有之高等學堂豫備入大學政法科者習之此乃成材入仕之人豈可不知政法果使全國人民皆知有政治知有法律決不至荒謬悖誕拾外國一二字樣一二名詞以搖惑人心矣

今日本報另印附張不取分文

一私學堂禁專習政治法律　近來少年躁妄之徒凡有妄談民權自由種種悖謬者皆由於不知西學西政爲何事亦並未多見西書耳食臆揣騰爲謬說其病由不講西國科學而好談西國政治法律起蓋科學皆有實藝政法易涉空談崇實戒虛最爲防患正俗要領日本教育名家持論亦是如此此次章程除京師大學堂各省城官設之高等學堂外餘均宜注重普通實業兩途其私設學堂概不准講習政治法律專科以防空談妄論之流弊應由學務大臣咨行各省切實考察禁止

一私學堂禁私習兵操　凡民間私設學堂非經稟准不得教授兵式體操其准習兵操者亦止准用木鎗不得用眞鎗以示限制應由學務大臣咨行各省曉諭民間一律遵照

一學生不准妄干國政暨抗改本堂規條　孔子曰不在其位不謀其政又曰君子思不出其位位者本分之謂也恪守學規專精學業此學生之本分也果具愛國之心存報國之志但當厚自期待發憤用功俟將來學業有成出爲世用以圖自強孰不敬之重之乃近來士習浮囂或騰爲謬說妄行干預國政或糾衆出頭抗改本堂規此等躁妄生事之徒斷不能有所成就現於各學堂管理通則內列有學堂禁令一章如有犯此者各學堂應即照章懲儆不可稍涉姑容致滋流弊

一師生員役均禁嗜好　學務繁重細密凡從事學堂之員及各科學教員必審擇精力強健辦事切寔耐煩不染嗜好者方於教育有裨查洋藥爲鴆毒之尤各省學堂均應懸爲厲禁無論官師學生及服役之人有犯此者立行斥退萬不可稍從寬假

一學堂教員宜列作職官以便節制並定年限　外國學堂教習皆係職官日本即稱爲教授訓導亦稱教官後京外各學堂教習均應列作職官名爲教員受本學堂監督堂長統轄節制以時考核其功過而進退之不得援從前書院山長之例以賓師自居致多窒礙惟監督於教員亦宜以禮相待　學堂教習既列爲職官當有任期或三年一任或二年一任或視該學堂畢業之期爲一任除不得力者隨時辭退優者任滿再留中途者如期更換未滿時不得自行告退另就別差學堂辦事人員亦同有事故者不在此例

一外國教員宜定權限　各省中學堂以上有聘用外國教員者均應於合同內訂明須受本學堂總辦監督節制除所教講堂本科功課外其全學事務概由總辦監督主持該教員勿庸越俎干預

一外國教員不得講宗教　此時開辦學堂教員乏人初辦之師範學堂及普通中學堂以上勢不能不聘用西師如所聘西師係教士出身須於合同內訂明凡講授科學不得借詞宣講涉及宗教之語違者應即辭退

一各學堂學生冠服宜歸畫一　學生衣冠鞾帶被褥俱宜由學堂製備發給以歸畫一而昭整肅且免學生多帶行李以致齋舍雜亂即或游行各處令人一望而知自可束身規矩令人敬重至各等學堂宜加區別以示遞加優異尤須嚴禁奇衺服飾並宜嚴禁學外之人仿造冒混惟所製各件應否令學生繳費可聽各學堂核計常年經費酌量行之

一各學堂皆學官音　各國言語全國皆歸一致故同國之人其情易洽寔由小學堂教字母拼音始中國民間各操土音致一省之人彼此不能通語辦事動多扞格茲擬以官音統一天下之語言故自師範以及高等小學堂均於中國文一科內附入官話一門其練習官話各學堂皆應用　聖諭廣訓直解一書爲準將來各省各學堂教員凡授科學均以官音講解雖不能遽如生長京師者之圓熟但必須讀字清眞音韻朗暢　仍未完

要件

局外公法　再續昨稿

一局外船隻不得駛入戰國所封禁之口岸違者該國可將船貨拿獲入官

一局外者不守公例致貽害戰國該戰國可要索賠欵兼求伸雪若受害重大該戰國即可決裂開釁

一戰國如遭局外違犯公例貽害已國按下開二例分別辦理

一局外逕行干預戰事

二局外在境內防範疏懈致違犯公例

一局外違犯公法其違犯有誤犯故犯直接間接之分其受害亦有大小輕重之別其伸雪之法賠償之額自不得一概而論應分別等差按照國際公法斟酌辦理　戰時禁貨

一兵器彈藥自是禁貨之顯然者然足供製造戰具之物其是否禁貨應定界說　禁貨分列如左

一兵器彈藥爆藥硝磺及所有物料中可專充戰事之用者　以上物料不論泊在戰國口岸或將運到或已運到戰國海陸軍均作禁貨論

二糧食飲料貨幣電信物料（綫白金鉛水等類）鐵路各物料煤炭材木等　以上物料係將運到戰國海陸軍或齎至戰國口岸轉送軍營者始認爲禁貨　以上二項倘分量太少不適於軍需且係本船自用者無庸以禁貨論

一局外船隻載有戰國官吏公牘亦同禁貨一體拿問惟戰國所發公牘實係戰國外交官與其本國政府往來者不得視爲禁貨

一局外船隻不得載運戰國將弁兵丁違者敵國可緝捕入官

卷四　補遺

一局外者不得允戰國在境內募兵惟寄居境內之該國人民則聽其招募但不得屯兵境內

一局外船隻不得駛入戰國所封堵之口岸違者該國可拏獲入官惟其因遭遇風浪駛入封堵口岸以避患者則不可禁阻

一局外者應嚴禁本國人民代戰國購辦禁貨或在境內製造禁貨運往戰國銷售苟經敵國兵船查出其禁貨較少者但將禁貨入官餘貨及船仍應放行若有確據證明船戶實知情故犯則船貨一併入官惟不得另加懲罰

一局外者若准其民商售糧於戰國應無分彼此不得偏售於一國

一局外者得設兵防堵本國疆界　一戰國不得封堵局外口岸

一局外者所發給之護照證據戰國開均當准行

一局外人民如有僑居封堵口岸者本國得派兵船前往保護或接載出口無阻

一局外船隻得運載戰國公使及平民

一局外船隻所載軍器若係專爲自護之用者不得以禁貨論

一局外船隻雖載有禁貨若係運往局外之國者則不得截留

一局外者得派官員前往觀戰惟不得有所干預　已完

緊要電音

俄告友邦　○倫敦西二月二十四號來電云俄國已行文各友邦斥日本在深馬浦旅順口之舉有違背公法云云

英皇關心　○又電云英國已派遊擊日可別生(譯音)並都司夏魯登(譯音)並隨帶兵官十二名及軍裝一切前赴日營聽視日本一切戰務

從容就義　○又電云有三個日本人扮裝苦力於西二月二十一號在東三省圖謀拆毁山加利(譯音)鐵路要橋已被俄人擒獲當經營務處訊明令其吊死於山加利橋上此三人一係日本機器叅將一係魚雷守備一係建築砲台之守備云云

文告列國　○又電云俄已行文各國聲明日本舉動皆明背爲各友邦所應遵之誼並摘有萬國公法某條欵爲宗旨故俄現已行抗拒之書先行註冊各國云云

令不合法　○又電云俄國已聲明日本在高麗所行一切諭令權宜殊爲不合公法應請作廢云云　以上路透

日艦擊沉　○本館頃接哈吧來電云日海軍艦隊攻旅順被俄艦擊沉二等戰艦四艘運船兩艘云云　按此段與本館所接旅順消息畧有不同惟姑錄之以觀其後

緊要新聞

攻艦確音　○昨日本館午報所登旅不易攻一節因未得其詳細情形擬其不確茲向官場探悉係日本魚雷艦隊於本月廿三號或二十四號早晨兩下鐘時到旅順與俄軍接仗俄國二等戰艦名務禮別生(譯音) RETVIZAN 停泊在港外見該艦隊前來意擬擊沉停泊近該港所佈置水雷之處滿載軍火俄之商船俄艦務禮別生當即開炮而炮台上之炮亦接洽攻擊日艦云云○據務禮別生艦報稱該艦是晨擊沉日船兩艘似係運船者其一艘已逃擱於海邊一艘沉近金山某處是役兩軍對壘直抵天鳴始知日本此次共被擊沉者計四艦艦上水手員弁多被溺斃中亦有數名爲俄魚雷艦撈救云云

按務禮別生戰艦係俄國二等戰艦係前日本所報被擊沉者日本此次遣運船到旅順意圖擊沉該船於旅順口穴以塞其口勿使俄艦進出閱報諸君須知佈告日本消息之某報並益聞西報所登日本消息礙難相信務禮別生戰艦日本既報擊沉何以又能在旅順接仗其傳言不確之處於此可見

鐵道告成　○膠州鐵路已通至山東濟南府聞昨日山東巡撫周中丞已派隊伍吹洋號在車站迎接頭次火車駛入濟南府並行賀其落成之禮云云

譯德文西報述日本在深馬浦擊俄戰艦事　○深馬浦西二月十三號通信云本月八號夕間日本海軍艦隊並運船三艘載日兵約二千名左右到埠其兵丁登岸甚爲捷速整齊越晨日本海軍提督烏柳(譯音) Uriu 行文令俄國所泊該港之二等戰艦巴野(譯音) Varyag 並可務力子(譯音) Korietz 開離出口否則將在港內與之開仗云云越日午後管帶英法意三國兵艦致日水師提督公文一道攔阻日督之舉因有違萬國公法之條此文惟美國兵船管帶未聯名云○當遞文之際俄兵艦於午刻開駛出口約離深馬浦六邁之遙被日本頭等戰艦亞沙喜(譯音) Asahi 並密客沙(譯音) Makasa 二等鋼

艦亞沙馬（譯音）Asama 此外尚有三艘圍攻俄艦約有五十分鐘之久俄艦仍駛回深馬浦所泊之處巴野艦則受重傷船上兵官死者兩名傷者三名水手死者四十八名傷者五十六名惟可務力子艦則受微傷船上兵官水手均無死傷云日本則據稱未有死傷然實未得知是午俄官自毁可務力子兵艦並自炸沉巴野兵艦自焚輪船一艘名山加利（譯音）Sangri 於港內俄官此舉在場各國臣民均佩服云云○日本由是即搶俄人某之煤炭屯棧計一千五百噸俄煤云云

按此段情節頗詳德文報係謹守局外約國之報所述與路透各電報相符似無阿護本館以述日本新聞之某報曾自撰新聞以深馬浦之仗係俄先擊日本違背萬國公法約章致閱者或有黑白莫辯之處故特詳譯以上德文報所紀俾衆共聞以息嫌疑此段某英報今晨亦有譯登之矣

○據上海法文報云日本在深馬浦之陣二等鋼甲塔加只何（譯音）Takatchiho 亦被俄艦擊沉船上水手二百名已救至薩時堡（譯音）Sasebo 登岸並有極大戰艦一艘亦被擊重傷似難駕駛到日本云云

按此段情節頗詳惟尚未見聞官場的確消息並路透哈吧各電故本館日前雖已得此消息然亦未便照登因必須叅考其實而後錄故也至此段情節是否確實之處容再查明續登

○聞直督袁宮保已派英武員遊擊曼是君前赴牛庄旅順兩處察看中國難民情狀並擬派一輪船前赴旅順裝載中國難民到煙台云云

○中國電報局已頒示以日本電音現可代爲傳遞惟須經日本營務武員察驗方能遞送可否遞到仍歸發電人自理並旅順亦可代遞每字收電費銀一元云云

○太古洋行之通州美最時洋行之青島招商局之新濟並怡和洋行之景星各輪船均由上海於西本月二十三四兩號開赴煙台後即到塘沽云云

○仁川因日兵駐屯該處糧食昂貴銅元亦漸覺鮮少云云

○京津西報云俄國已請中政府允以滿洲全部並糧河（譯音）之西邊作爲戰場中政府尚未作復云云

北　京

○兩宮以某制軍屢言請自願統領健軍赴東駐紮以觀俄人舉動日前召見某政府垂詢曰刻下日俄宣戰干戈正熾宜速令該制軍將東省各項條欵章程訂妥是進是否盡善再爲叅酌令其赴東駐紮云云

○初四日警務學堂監督川島君及中外各教習提調等暨衆學生皆至學堂共賀新年各教習及各學生於教場列隊監督率各教習於隊前巡視畢至督練廳各隊分行見禮畢分東西北三面列定川島君諭衆學生曰今日共賀新年欣幸之至須爲國家祈禱太平現値東方交戰警察員役各處警戒巡察最爲切要務宜防患未然實力巡守無使匪徒造言惑衆藉端滋事衆等須知所學而顧名譽有愛國之心無畏難之意各公使館及各處所寓之外國人尤宜盡力保護勿使罹於危害免致國家别生交涉之難更爲切要云云諭畢監督以下至衆學生各分堂列坐飲畢食食始散

○聞各省驗看人員因年臘未經驗看故新歲各省捐納赴部驗看人員紛紛投供近日各銀號捐兌極紛紛投供

爲繁盛矣

巡查保護 ○中國嚴守局外中立以來調動海陸軍隊已到烟台北洋常備軍各向北方防守邊疆以備不虞矣京師輦轂之下及各國出使大臣駐紮之重地更須極力彈壓地面以免滋生事端頃聞工巡總局協議警務學堂將消防隊學生一百名派出外國使館界外周圍嚴加保衞事已議妥並知照各國公使擬於月之十三日該隊分爲三小隊一在崇文門內東單牌樓一在三座門一在大淸門左近等三處搭棚分紮按照警察規定晝夜巡查以盡保衞之職云

催欵濟軍 ○日昨某政府議廣東等省未經解交之各項地丁關稅雜餉從速籌解就近轉交北洋大臣接收以便接濟軍餉已令戶部照辦矣

外埠新聞

山東

考校學生 ○東撫周玉帥於十二日考試工藝局附局學堂學生十三日考試武備學堂官兵各生十六赴東關大操場閱步隊各營十七閱馬炮各營十八日赴九里山演炮隊打靶派各營務處分別校閱共設七座是日炮聲隆隆中靶者約有七成十九日赴南關警務學堂率諸生拜至聖先師[illegible]爲學堂開辦之始按警務學堂前在城內關帝廟暫行舉辦現在南關學堂工程一律告竣日前經潘楊兩總辦招齊學生定於十九日開堂故撫帥親往視學以昭愼重云

河南

設局養蠶 ○河南省城新設商務農工局總辦爲胡翔林丁葆元兩觀察現已稟明上台親往浙湖採辦蠶桑並招工匠聞已由漢口起節云云

蘇州

嚴拿巨梟 ○長江巨梟曾國章由督撫懸賞洋六千元至今仍未弋獲其餘南滙縣南帮匪首凌得勝卽林得昇亦經蘇撫購拿在逃未獲兹悉江督魏午帥近又飛札到蘇以該梟等黨羽雖經獲案止法勢窮遠竄惟現值日俄開戰在卽長江內外防務又爲吃緊深恐若輩煽惑民心乘間滋擾故特札飭嚴密查拿如果獲案無論官紳軍民一體照給獎洋外從優奏請獎叙云

蒞勘竊案 ○蘇城口門外耶穌教堂內於二十一日投該管吳縣報稱於前夜被賊竊去銀洋什物約值千金左右由該堂馬女教士開單函請李紫 大令前往蒞勘未悉能人贓並獲否

福州

銀根吃緊 ○福州市景年來極形冷淡近因日俄戰耗遙傳閩商之在東三省者商業多行停辦以故省中銀根陡形吃緊某日官中因解某欵要需番銀十萬元城台各錢莊皆相顧失色幾有不能湊集之勢蓋平時市面所藉以流通者不過各錢莊所出之紙票及一旦需解現銀遂不免情見勢絀云

廈門

勒索酬神　○設勇所以衛民也乃衛民之力不足而擾民之力有餘則所謂勇者實勇於謀利而已潮陽練勇營爲各防而設邇當窮冬殘臘度歲急需所領餉銀不敷分用競向各菴堂賭館勒索規費謂時屆歲暮當收規費爲勇廠酬神之用菴尼軟弱受其嚇勒多如數給之博徒豪强與之齟齬謂既承正餉革盡陋規復何索爲有不予之者有少予之者夫勇廠酬神之費而出自勒索神如有靈其將吐之矣何如以之供奉五臟神乎

廣東

命案了結　○佛山附近瀾石鄉梁姓某殷戶所畜耕牛頗多日昨偶繫一牛於門首適有甲乙二童蹲伏牛旁甲童年較長戲以身上小刀刻劃牛蹄甲牛負痛奮躍立將乙童胸腹踏破斃命童父痛子慘殤投請局紳伸理紳等以牛係梁姓所畜禍由甲童所生勸令兩家合出百金補回童父各已首肯了結矣

粤督牌示　○督憲岑牌示事照得知府直隸州暨直隸廳係州縣親臨上司一方得人即州縣無所容其不肖本來責任之重以一方百姓託之非以祖庇屬員望之也近來官中積習一則喜州縣之供張一則倚親臨爲護符獨此無告窮民無人過問一任兵盜書差種種魚肉甚至印官亦從而魚肉之自本部堂履任以來東西省各州縣因貪贓枉法庇匪害民或參或撤或查辦亦不可勝數從未聞該親臨上司早有發覺其罪者即親臨託爲訪查託爲稟揭亦因本部堂訪聞密查在先乃託詞揭參掩其失察扶同之過倘本部堂無見無聞則該親臨上司亦不見不聞亦安用多此一官以寄耳目耶本部堂以爲祖護屬員聽其貪橫不僅不愛百姓亦並不愛屬員與其姑息養奸坐視其敗何如擇尤稟揭一二人懲儆一二事或請記過或請罰俸或請撤任既免劣員濫竽終歸參革亦使中材以上有所忌憚勉爲好官本部堂不惜以身府怨執法以繩各州縣尤願該府廳州預爲警飭匡正不使其蹈於法則保全尤大此後各該府廳州所屬印委無論州縣佐雜如有種種劣跡爲害地方實係耳目衆著之事爲本部堂訪知或爲人告發該親臨上司明知故縱不早稟揭不得僅以失察爲詞應照原案以扶同論使地方多一剛正之守牧屬吏多一嚴憚之長官即百姓少一荼毒之苦累本部堂不惜諄諄苦口者不僅有不忍百姓之心亦不忍祖庇屬員者將有不能自保之一日致本部堂亦難曲爲保全也各宜懍遵是爲至要除札飭外合行牌示爲此牌仰所屬各員一體知悉此示

本埠新聞

督轅紀事　○新正月初十日制台未會客

督批照錄　○具呈翰林院編修華俊聲抱告家人趙玉來呈悉候行運司查案核飭遵照

車站紀事　○昨間駐小站自强軍於昨日由新河乘加車開往榆關內外駐紮○又文報處董柳莊太守於昨早由

京乘火車來津

軍赴灤州　○常備軍左鎮第一協統領張懷芸太守王占元遊戎步兵第一營營官吳金彪第二營營官王同玉第三營營官沈金玉第四營營官石佳華每營正兵五百二十名官弁夫等一百名共六百二十名騾子三十餘匹於前日由省共開四次加車每次載步隊一營挨次開往灤州外有砲隊兵六十餘名同乘是車押運子彈

接印有期　○委署天津鎮楊鎮軍慕時定于本月十五日午時接印云

搶犯逍遙　○昨聞津北小淀村陳姓被搶而洋槍傷陳世榮甚重隨即赴縣稟報相驗旋由派差拿獲村正王川雅本村李套二人其餘逃走不知如何訊究並未責放昨見王伯雅在街閑遊

奇書將出　○東海漁叟公餘之暇閉戶著書近選成花魁圖一部所紀京津名妓以及王孫公子冶遊諸事皆近景時事實名真姓每一回繪有圖像均用本人所映真相西法傳神點綴布景並每回皆有文人墨客贈答詩詞歌賦無美不備文既風雅事寓勸懲淫褻之語删而不紀洵爲世界所未有者是書共計百美以花榜狀元謝珊珊起謝珊珊結故名爲花魁圖聞其書不日將出版矣

羣毆獲局　○西南城隅太平庄有土棍等未知因何起衅于日前各聚黨羽持械互相羣毆在對敵紛紛亂亂之際當經第五局四隊巡弁王連吉君率兵赶到彈壓當塲緝獲棍徒紀德龍吳玉田李華錫范維芳楊樹發等五名及木棍等械一併詳送五局會辦隨經正巡官崔振魁君訊明各行重責發轉送總局究辦云

賑撫總局　○示奉　宮保諭　年關已過所有平糶雜糧應照原價出糶開列於後特示　計開　一小米每升九六津錢六十六文　一高粱每升九六津錢四十文　一玉麪每斤九六津錢四十文

京　報　照　錄

○○再會銜片　再查五台縣知縣王德潤信任官親指分河南試用典史李茂林需索各情經臣片奏請一併革職歸案審辦欽奉　硃批着照所請該部知道欽此當即欽遵飭發太原府提集人證照例審辦茲據訊明擬由布按兩司會詳前來臣覆加查核該縣於信任官親李茂林帮同丁役下鄉查勘燒鍋需索酒費漫無覺察又將該縣已革銀匠倉書均聽家丁關稅復用於是定例辦理差徭攤派不善幾釀巨案惟查尚無婪贓入己情事業經革職應請　旨將已革五台縣知縣王德潤永不敘用以示懲儆已革典史李茂林飭令遞籍嘗東匠書責革差徭飭司妥議章程俾資遵守所有審明已革知縣尚無貪婪實迹緣由理合附片具陳伏乞　聖鑒謹　奏奉　硃批着照所請該部知道欽此

青年會夜館廣告

茲因於中正月十七八日晚七點半鐘乃本青年會開設夜館之期此館之設也專爲諸青年有志向學而又爲公事所阻弗克就白日正課者所立也本會所授諸課會友

翻英法德日文及官話並他學業各門上等教習業經聘定本館之工夫純而學費廉特將學費開列于左以便周知

欲學者每月學費一元五角先付者每季三元非會友者每月學費二元五角先付者每季六元惟學機器打字一門外須加

修買機器之費學費一層惟願於每月之初先行交上凡欲入青年會者每月會費一元故勸來學者不妨入會以沾他等之

益再者無論學一班或學數班其學費概無增減凡欲來學者請至本會掛號留名可也　青年會　人謹具 53

拍賣白糖

啓者准于本月十四日即禮拜一日下午兩點鐘在本行棧房內拍賣頭二三號白糖二百十七包如欲買者請早來面拍可也　茂盛洋行謹啓 54

天津各項股票行情單

公司	利息	價銀
天津元農有限公司	上屆每股攤得利息四分	每股賣主付價銀一百三十兩
天津自來水有限公司	上屆每股攤得利息三分半	每股賣主索價銀一百三十四兩
天津濟安自來水有限公司	頭一年創辦	每股賣主索價銀一百三十兩
天津煤氣燈有限公司		每股、主仍舊售價銀九十五兩
利順德飯店有限公司	上屆每股攤得利息二十分	每股買主付價銀一百五十兩
天津汽水有限公司	上屆每股攤得利息十分	每股賣主索價銀一百二十八兩
老克蘭尼飯店有限公司	上屆每股攤得利息七分	每股售過價銀五十兩
天津賽跑馬車有限公司	頭一年創辦	每股賣主價銀二十六兩
天津印字館有限公司	上屆每股攤得利息五分	每股仍舊索價銀五十五兩
開平礦務有限公司	上屆每股攤得利息五分	每股買主上海銀五兩八錢
大沽駁船有限公司	上屆每股攤得利息二分	每股賣主赴價銀三十六兩

買賣各項股票經紀永豐洋行具

關內外鐵路總局告白

啓者本局火車開行時刻自初九日至十一日仍照新年放假章程減行准定十二日以後全路火車開行時刻一律照常特此佈聞　車務處啓

萬彩票行批發

天津紫竹林

江南頭彩三萬　正月份開彩
湖北票頭彩五萬　正月念二開彩
粤東票頭彩四萬元　正月十三開彩
彩共計七張其餘彩末尾彩不可勝數望速來對號取洋

本行開設天津紫竹林經歷十餘載收發大小彩票各省彩票無不格外公道屢售頭二三四彩不下四十次久已遐邇馳名今又於枝一號在天津估衣街西口路北開張現已正月份江南湖北粤東票遠近賜顧請來面訂是荷去歲十二月份南湖北兩處票對號單已到查對本行售出之湖北票獲中七八粤東票對號單已到請來對號取洋　本行謹啓

寶元彩票公司告白

啓者本彩票公司仍設在天津河東奥國租界首次開彩日期定於西歷三月二十八號彩票每張共十條售大洋六元　每條售大洋六角天津寄售處〇河東東浮橋口生記錢舖　河東興隆街永昇銀樓　紫竹林直報館　公易洋行　利順德飯店　益聞報館　天津印字館　法租界牛康木飯店　晉和祥紙烟公司　大德國書信館　北京寄售處〇前門外大街體乾堂藥舖　東珠市口世聚昌木行　琉璃廠聚寶票行　觀音寺華洋大藥房　崇文門內立中洋行　德國大飯店特此佈告俾衆週知　寶元彩票公司啓

元隆綢緞洋貨莊

開設估衣街中間路南大墻門面自置綢緞顧繡綾羅粧蟒朝衣刀剑洋氈斗篷欄杆一切各色布疋整一概貨色剔選加高價廉以圖久遠此白　本號售京莊井兩前各種綢緞皮貨名目加料大小貨錯帳匣

西賓行

啓者本行新到英法國磁器洋器並有鐘頭火食點心各樣頂好禮之物洋人用刀叉台布木器各家俱鐵床廚房火爐妙鍋門鎖頂好洋蘇蘭草包烟捲海蜜烟嘴各顏色絲絨緞子花洋貨真價實一概俱全諸位商賜顧者請來敝行面議可也　天津紫竹林寶館洋行謹啓

關內外全路逐日火車開行時刻

橫推直看

凡慢車經過各站均停片刻其快車小站不停其餘小車站開車時刻亦及備載祈搭客早到無悞

快車 北京至榆關
北京開上午七點
天津新站開十點零七
天津老站開十點廿五
塘沽開十一點四十五
唐山開二點十二分
灤州開三點三十七分
昌黎開四點四十分
到榆關六點二十分

快車 榆關至北京
榆關開上午七點
昌黎開八點四十八分
灤州開九點五十三分
唐山開十一點三十分
塘沽開一點五十分
天津老站開三點十分
天津新站開三點三十
到北京六點二十分

豐台至通州
豐台開上午七點
到通州八點五十五分
豐台開下午三點十五
到通州五點零五分

慢車 北京至塘沽
開下午二點十分
六點二十四分
六點四十五分
到八點十分

慢車 塘沽至北京
開六點五十五分
開八點三十八分
開八點五十六分
到一點十二分

通州至豐台
通州開上午九點零五
到豐台十點五十分
通州開下午五點十五
到豐台七點二十分

慢車 天津至榆關
開六點二十五分
開六點四十五分
開八點三十三分
開十二點十分
開二點二十五分
開三點五十五分
到六點四十二分

慢車 榆關至天津
開上午五點
開七點十八分
開八點四十四分
開十二點三十分
開四點十分
開六點三十四分
到六點四十四分

榆關至營口
榆關開上午七點
錦州開十二點卅三分
溝帮子開二點五十一
到營口五點五十一分

慢車 天津至唐山
開十一點四十三分
開十二點三十二分
開二點十分
到五點十七分

慢車 唐山至天津
開上午六點十分
開九點二十六分
開十一點零七分
到十一點三十七分

營口至榆關
營口開上午七點
溝帮子開十點廿分
錦州開十二點四十一分
到榆關五點五十八

慢車 唐山至榆關
開上午六點
開八點零五分
開九點五十分
到十一點五十八

慢車 榆關至唐山
開十二點十八分
開二點二十九分
開四點十七分
到六點二十分

中國鐵路總局告白

洪泰承專辦廣東

同春堂黃務恒號名丸散膏丹
各樣奇魁巧鎖站茶十番響器 告白

同春堂黃務恒乃廣東[illegible]也所製[illegible]文武[illegible]靈丹救急中風[illegible]霍亂時症立能保安[illegible]關竅通有起死回生之功[illegible]應時痧症立止牙痛[illegible]珀保嬰丹小兒急驚風熱危急閉鎖症立[illegible]八寶[illegible]不但止痛多服[illegible]八步[illegible]寸[illegible]

[illegible]青山[illegible]味甘而[illegible]男婦老少咸宜[illegible]服[illegible]胃消食無病積食滯之患真乃養生妙品[illegible]戒煙子母無憂[illegible]粒戒引五分子[illegible]每粒戒引一分不患生病戒引如神[illegible]三[illegible]癥[illegible]跌打[illegible]外科分別陰陽治法效[illegible]所註[illegible]痛[illegible]陰疽[illegible]

[illegible]之妙[illegible]散治五淋白濁一服[illegible]痛再服全愈[illegible]行服之立可挽回造化數日可健步如常[illegible]以不[illegible]能[illegible]略云無論[illegible]在何處部位如[illegible]疝[illegible]紅毛膏陰疽[illegible]色不變[illegible]之[illegible]照法[illegible]治萬症[illegible]口低陷經年不[illegible]治[illegible]

[illegible]氣痛[illegible]者服[illegible]痛[illegible]貼[illegible]古稀之年服如少壯年少一服立見奇功婦人服[illegible]扶[illegible]丸藥[illegible]能立效如壯腎培補男子宜[illegible]到時症[illegible]名目頗多不能盡錄付[illegible]名[illegible]丸[illegible]家[illegible]洪泰承[illegible]

時利和北河小輪船有限公司

訂於正月十二日兩點鐘在英租界廣東路福安里第三號本公司集議凡我　股東屆時即請　光臨爲禱　鍾青谿謹啓 46

失物聲明

敝號寓河北宏盛店去歲臘月二十六日午後失去衣物並字號戳五個誠恐匯兌銀錢應聲作保已赴縣備案如有意外與敝號無干　東口恒德永啓 48

上海分此 久福源綢緞抄莊

本莊新到新式花素各種綢緞及應時紗羅各色俱全今又添售南式各樣壽器代售洋廣南貨并各色絲光蘇法布等物餘貨一切不及細述售[illegible]剪價[illegible]公道貨色精美俱勝別家以[illegible]如蒙賜顧請移玉天津海大道泰來洋行隔壁認明本[illegible]爲幸再本[illegible]代貫客敝男女時式新衣工精料美訂不期悞　本[illegible]十八謹啓

聲明此號

啓者本號設自咸豐年間至同治十三年同族在股者公議整頓併歸五股每計族中瑞德堂恕安堂殿彬叔年等年五人爲三股德堂等爲兩股先是[illegible]德堂等三股在津另設有東[illegible]裕興兩洋貨鋪亂後兩號虧累歇業嗣東裕興自議復設因乏資本經瑞德堂等三股煩有韓和庭蔚全五等於去年正月初八日將永信號原存瑞德堂等三股本銀同中交與瑞德堂等三股經手抽股人補年潤年等五人如數提出歸立分發自此兩造永無轇轕當又借去銀二百兩立有借約訂前月東裕興鄙裕興蔚因債被[illegible]該舖竟將永信號在縣牽連有案誠恐該號再圖拖累及華洋官商有誤認連號情事除稟明關道憲暨天津府縣備案外因登各報聲明此佈天津鍋店街永信顏料舖舖東蔚廷年蔚映川全啓 35

石印速虓

本號代售各種紙煙呂宋金咀煙瞭東丸[illegible]蠟丸[illegible]北江南[illegible]天[illegible]單口街大[illegible]記[illegible]老德[illegible]房謹啓

壽世濟陰丸

專治婦人諸般雜癥虛損勞弱崩漏淋漓赤白帶下經血不調肚腹疼痛腰腿酸[illegible]悶筋麻木兩肋攻痛胸中[illegible]悶飲食不消嘔吐酸水頭痛目昏氣短心跳作寒作熱盜汗不眠口乾煩渴五積六聚大便作瀉驚悸怔忡胎產前後一切逆症隨引服下奇效如神實爲濟陰要藥衛坤至寶也

鹿茸鸞坤膏

專貼婦人胎前產後血崩漏淋漓赤白帶下調經腹疼痛瘕痞塊血寒腰閉不受孕骨蒸身熱一切虛損雜疾[illegible]般勞症貼臍上屢試屢驗膏行腹多年已名[illegible]四方來函[illegible]驗[illegible]久[illegible]舊世無雙[illegible]

小兒金丹

專治嬰兒諸般急慢驚風神昏天吊感冒風寒發冷發燒停食吐乳腹痛瀉泄口瘡不食凡一切小兒百病之功難盡述服立[illegible]不一效洵[illegible]嬰聖藥[illegible]

鹿茸百補丸

此丸溫而不熱清而不寒專治男婦陰虛火動之症中氣不足喘急上咳嗽吐痰肺癰肺咯喉聲啞盜汗煩熱耳鳴心跳頭眩日晡四肢困倦飲食不思以至吐血咯血等症不切諸虛百損五勞七傷每服一[illegible]丸白水送下皆稱第一仙[illegible]誠哉補益[illegible]名也往[illegible]光顧者請至天津單街口老德記大藥房發售仁壽堂謹啓 181

天津

馬聚源領帽店

本號由官北大街現移設毛賈夥巷西馬路大街路北自置貂鼠海龍各種皮帽號呢秋帽羅胎緯帽玉草涼帽紅纓加染庫紅杭緞線緯時款紗緞便帽絨緞夾紗皮領涼暖朝冠一概俱全凡賜顧者請認明玉是幸京都鮮魚口內分此　本號謹啓 50

春華泰綢緞洋貨莊

本店由鍋店街外設毛家夥巷西馬路大街坐北自置綢緞紗羅莊綢彩緞平金顧繡刀雕絨扦各樣花素布疋各省[illegible]衣料及各品素茶洋廣南貨一概均按莊發售倫家貨士商賜顧者請駕臨敝號自見公平　本號謹白 118

本行新到各樣大小水龍出售

茂生洋行

烏利文洋行

本行開設天津志泥華香港上海自造各樣鐘表又新到銀馬鋼六元泥鋼平面表三元烏鋼平面表五元銀五號平面表五元留聲話三元匣花素簡子新樣鐘表玩物一應俱全新到大小照像盒子並材料等價值格外從廉貴賜顧者請至紫竹林北大街法租界面議可也　本行啓 36

德慶益土莊

本號自運各省頭莊高西土皆照行價零整發售格外公道今由閩東特請陸作霖號名手精貴各種冷籠烟膏帶來伊號廣膏每兩人[illegible]龍洋七元[illegible]每兩[illegible]十元每[illegible]元二兩[illegible]開設估衣街西大門[illegible]買[illegible]同內[illegible]路西大門是本號主人謹啓 17

和板厰

本號新到桂木柞木榆木等道板七千餘件此貨係由東洋購來木性堅固修造合宜至於價值較比東溝松木格外從廉貴商賜顧者請駕臨敝號面議可也

天津窰窪閘口東德和板厰啓 42

仁成客棧

[illegible]

通[illegible]婦科勝金丹

此丹專治閨婦經閉血枯一切乾病雜勞等症經驗如神倘蒙賜顧請移玉天津鍋店街中間路南門面金字沖天招牌育生堂藥店購買可也

育生堂主人啓

YI FUNG CYCEL CO.

義豐自行車洋行

本行專售各國男女時式自行車以及車上應用具無不俱備修理舊車行特雇頭等匠人技藝高本妙修理馬鐵器具如新以洋及一修鋼客價各式從賜爐一概請到本行面議可顧者　天津馬家口大街本也主人謹啓

廣東新到

[illegible]

法租界聚興茶園前北洋大藥房代售

法租界北洋大藥房

[illegible]

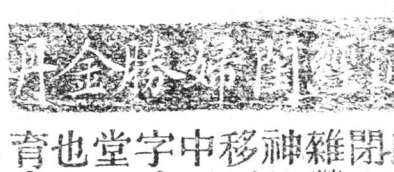

天津雲馬飛車有限公司

本行出賃頭等馬車馬匹或按日或按禮拜或按月租賃均聽其便本行并買賣馬匹騾子凡有馬之人欲託本行代爲參養者價值極其公道其代參養之馬匹亦必格外留心照看俾使茁壯無恙

天津雲飛馬車有限公司 法租界 得律風一百五十六號 17

天津英租界 公易洋貨莊

啓者本行開設英租界中街已數年於茲專辦 官紳仕商屋中陳設及一切需用器具裝璜等事倘蒙賜顧卽函知本行當派妥人前往估鋪備辦各項工匠齊及各應時工整無不應歷辦行[illegible]前曾陳設頓稱鋪墊許本[illegible]前備嘉好聘禮之物項洋各種器具外中應需物件軍椅[illegible]俱玩物桌險鐵屋新到保櫃洋錢箱洋銀地氈白洋毯燈綫綢緞等件各[illegible]商本及週知

價值與別家格外從廉認[illegible]特[illegible]登報佈[illegible] 公易洋行謹啓

魁豐冰窖

本號開設在[illegible]口[illegible]仙[illegible]茶[illegible]本[illegible]南[illegible]小[illegible]外[illegible]添設[illegible]處[illegible]冰[illegible]君如欲定[illegible]到[illegible]口[illegible]本櫃面[illegible]可也 本主人啓 207

THE SINGER MANFG. CO. TRADE MARK

啓者本公司售賣之縫衣機器凡刊有此商標者乃真貨除總公司開設在天津外其京保定烟台唐山等處均設有分行賜顧者請就近購買爲幸 勝家公司啓 70

華泰飯店

本店[illegible]開口西日本租界[illegible]西向[illegible]特選頭等手藝[illegible]請人菜給錦各洋點心甜鹹包[illegible]館面外[illegible]御加上[illegible]包頭食用[illegible]全[illegible]賜顧卽物[illegible]新造[illegible]商賓閣陳[illegible]幽雅[illegible]府[illegible]喜筵另有商外洋[illegible]器[illegible]與衆不同頭等大菜格外公[illegible]如定大菜格外公道 5

天津西門裏

慶泰恒西土莊

本號減價出售積貨頂高西土每兩合銅子三十六個冷籠西土烟每兩合銅子六十六個均係陳老積土薑臾無欵概不去零 6

天津

麟泰元土莊

本莊精選各省[illegible]上等[illegible]自行[illegible]特請[illegible]工[illegible]澄清公膏每兩[illegible]一[illegible]七[illegible]每[illegible]銅[illegible]吊三百文冷籠[illegible]字[illegible]一[illegible]拾兩洋八元八[illegible]東土每圓貳兩[illegible]土每圓貳兩五錢[illegible]仕商賜顧者[illegible]開設天津宮北大街[illegible]西向東門面便是 本莊主人謹啓

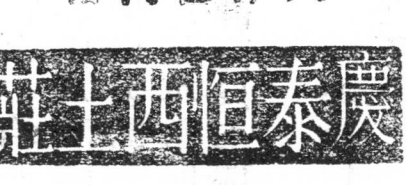

由各埠輪船來電報行日期

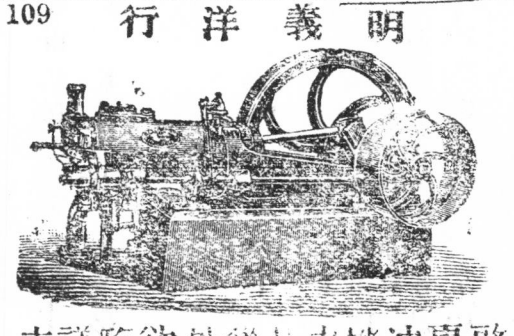

青島 初八日 由上海烟臺怡和[illegible]
通州 初八日 由上海烟臺太古行
景昆 初九日 由上海烟臺怡和行
新濟 初九日 由上海烟臺招商局

本館開設天津法界竹林英界海大道廣東路

每月報價收洋六角 外埠遠近酌加寄費

CHIH PAO

直報

第一千六百七十九號

主筆總理貫祿福

投函用箋

本館留此空格以備閱報諸君倘有特事新聞以及各叢佳話請書上面空格剪出加封寄與本館以便酌登不取分文也　本館告白

宮門邸抄

新正月初十日　意公假滿請　安　祥祺續假十日　召見軍機　皇上明日卯初二刻升　太和殿看版畢己刻進
天壇入齋宮

上諭恭錄

新正月初十日奉　上諭魏光燾奏特參不肖各員等語除戴光譚本滿前經恩壽奏參降旨分別革懲外江蘇署安東縣知縣六安縣知縣吳大照貌似有才操守難信署江都縣知縣江甯縣知縣盧維雖性情浮誇辦事不實寶山縣縣丞蔡鏡榮輕躁喜事安東縣教諭唐錫晉不知檢束候補道楊慕睿行止貪鄙不恤人言候補知府陳琦心地糊塗妄希達進候補知縣胡葆慶志趣卑鄙妄事營求均着即行革職奉賢縣縣丞徐耀庚精力就衰江陰縣縣丞劉寶懿染有瘋疾靖江縣教諭倪恩榮年已衰邁均着勒令休致餘着照所議辦理欽此同日奉　上諭魏光燾奏參統兵大員營務廢弛請革職一摺統帶南洋常備左軍雲南提督張春發駐防清江控扼沖要應如何立圖振作加意操防乃該提督玩視營務所步各營疲玩懸數經魏光燾派員查點兵勇名冊大半不副操練陣法不成行列似此營務廢弛喪心昧良實堪痛恨僅予革職不足蔽辜張春發着即行革職發往軍台効力贖罪所有常備左軍前已有旨派令道員杜俞接統着該督飭令認真訓練務當掃除積習以成勁旅

今日本報另印附張不取分文

另片奏參常備左軍中營守備張高升巧于鑽營諸事刻核右營管帶游擊張奇能包庇營私剋扣軍餉均著一併革職永不敘用該部知道欽此

論說

無恥篇

世風不古怪物叢生今有一種不知恥之怪物所行怪事所作怪言在世界上揚揚得意人視之以為怪以為無恥而彼不自知也故友倚門賣笑恐人莫之知故求丹青而繪其貌以顯姿色使人悅而幸之又恐子欲獻後庭繪容呈色以招漁翁此娼優之故習也不料本年華歷正月初七日有某報主筆效顰亦用娼優招徠之法自映小像于報紙之上觀其年約[illegible]左右光其頸白其臉美少年也小像之下則書深謝本日之辱交尚希將來之惠教云云揣摩其語津津有味玩其字義與其年貌恰似娼優〻容之招徠不禁啞然予評其後曰既辱抗席之交尚希纏頭再惠謹呈頸色勿棄葑菲斷袖分桃是所厚望呵呵妙哉此為五大洲中外各報所無某報自以為標新立異殊不知無恥極矣何異插草賣身又何異登標招買昨作咄咄大怪談並飾詞強辯自榷其非縱予破之論其坐井觀天乃不折服嘵嘵不已並假作一鑑之函妄相抵牾以來報之花叢佳話菊部談心指為惡劣汚雜文字不通等語并娃之鳴尤為可笑不知本主人以中國積弱如此　中廷日下整頓之諭不嘗三令五申而官場文武亂為具文嬉遊無度故設花叢佳話以寓勸懲俾其進思盡忠退思補過勉為忠良為國用耳慮際訪未周采風遺漏又於報首創一公格請閱報者倘賜新聞並將花叢佳話就其所知聞見躍躍進其寄登並准其薦舉名花色藝以補闕如其不究抱滄海遺珠之憾其下成書明存者之號雖有惡劣文字皆照原稿照錄本館不任其咎然文雖不通終未有如某報之不通也蓋某報所紀中國字中國文往往譯之其文理使人費解既非中國文又非泰西文此所謂不是東西雜種文也且謂本館初十日所著破咄咄大怪談坐井觀天論指為自誇譯件為獨善不暇一一指其荒謬此語無異娼優同情人抗還所述之言該報既不能指本館之舛錯本報今嘗揭該報之荒謬即將昨日路透原電西文以本報所譯吊死于山珈利橋上某報所譯即在該橋上殺之特將此三段附列于後以憑海內閱報之通中西文墨人公評焉該報主筆既不精于繙譯又不通於西律指鹿為馬亥豕之訛其尾莫能自顧其股此輩只合映相于報上以少年美丰姿獻後庭花於閱報者豈能與五大洲各英雄爭文墨於報紙之上也更可鄙而無恥者該主筆見本報所登花叢佳話彼亦效顰作花叢雜報花叢問談遊戲紀錄且間函黜某名流搖尾乞憐作盡百般醜態求付詩詞代登某名流嶺南才子燕北喜官部某主筆之卑賤卸而弗與該報之花叢問談亦即閉口不談矣此食人之唾餘不明徵乎即本館初七日所登局外中立條規該報閱之遂於初八日登出此又食人唾餘不尤明徵乎本館尚以孺子可教故破以坐井觀天今既不受教訓不認報祖當以逆子孫視之可僉[illegible]之嘗觀之亦可本主人宦海倦遊作此餘談不屑與獻貌之娼優較短長也噫罷哉

附錄洋文路透電音

"The court martial on the three Japanese disguised as coolies who were arrested for attempting to blow up the Sungari railway bridge on the 21st February, revealed them to be a Japanese colonel of engineers, a naval torpedo lieutenant and a lieutenant of sappers, all belonging to the General Staff." "They were condemned to death and immediately hanged from the Sungari bridge."

附錄初十日本館午報

從容就義 ○有三個日本人扮裝苦力於西二月二十一號在東三省圖謀拆毀山加力(譯音)鐵路要橋已被俄人擒獲當經營務處訊明令吊死於山加利橋上此三人一係日本機器恭將一係魚雷守備一係建築砲台之守備云云

附錄十一日天津某報

日本人三名假扮苦力於二月二十一號意欲轟毀松化江鐵橋被俄人所獲經俄國行營軍務處審究該三人一係機器師一係水師魚雷大副一係築造師判定死罪即在該橋上殺之

要摺

商部奏擬定商律先將公司一門呈 覽摺

奏為遵 旨擬訂商律謹先將公司一門繕册呈 覽恭候 欽定事竊臣載振於光緒二十九年三月二十五日奉 上諭通商惠工為古今經國之要政急應加意講求著派載振袁世凱伍廷芳先訂商律作為則例等因欽此仰見 朝廷慎重商政力圖振興之至意維時伍廷芳在上海會議商約臣載振曾與函商先將各國商律擇要譯錄以備參攷之資迨於七月十六日奉 旨設立商部伍廷芳復承 簡命補授臣部侍郎於八月間來京臣等與之公同籌議當以編輯商律門類繁夥實非尅期所能告成而目前要圖莫如籌辦各項公司力祛曩日渙散之弊庶商務日有起色不至坐失利權則公司條例亟應先為妥訂俾商人有所遵循而臣部遇事維持設法保護亦可按照定章覈辦是以趕速先擬商律之公司一門並於卷首冠以商人通例於脫稿後函寄直隷督臣袁世凱會商在案嗣准軍機處交片內開十一月十一日奉 上諭袁世凱奏差務太繁請開去各項兼差一摺商務商律現已設有商部即著責成該部詳議妥訂等因欽此亟准該督咨同前因自應欽遵辦理茲將商律卷首之商人通例九條暨公司律一百三十一條繕具清册恭呈 御覽如蒙 俞允即作為 欽定之本應由臣部刊刻頒行此外各門商律仍由臣等次第擬訂奏明辦理現在伍廷芳奉 旨調補外務部侍郎臣等深悉該侍郎久歷外洋於律學最為嫺熟嗣後籌議商律一切事宜仍隨時與該侍郎會商以期周妥所有擬訂商律先將公司一門繕册呈候欽定緣由理合恭摺具陳伏乞 皇太后 皇上聖鑒訓示謹 奏

公文

江海關道袁照會英美法德各領事公文

為照會事照得俄日開戰誠恐內地匪徒造謠滋事業奉督撫憲通飭文武各員預為布置毋使滋生事端務將各國妥為保護仍飭會商各國領事勿令兵船駛入長江口內以免人心惶惑轉生事端遵經本道先後會商貴總領事暨各國總領事荷蒙會議僉允長江各口各國原有兵船駐泊者仍舊一律留駐此外不再添派入口茲經電奉督撫憲復諭深佩貴總領事暨各國領事敦睦之誼飭再照會申明除分別照會外為此照會貴總領事查照仍希照復備案望切施行

江海關道袁照會日本總領事公文

爲照會事照得此次日本與俄國開戰我國應守局外之例業經遵照南洋大臣電飭備文照會貴總領事轉致水師兵官不得將兵艦在中國沿海屬地並口內停泊採運及作爲戰爭等事在案至於兩國商船非戰艦可比既在局外之國往來貿易我國自應一律保護以符公法昨與貴總領事暨俄國總領事先後面商兩國游弋師船在楊子江口外及口內彼此均不與商船侵犯以免日後別生枝節仰承一體照允當經本道電奉南洋大臣復諭深佩兩總領事睦交之誼飭再照會聲明除照會俄國總領事外爲此照會貴總領事查照仍希照復備案望速施行

要件

欽定大清商律

商人通例

第一條 凡經營商務貿易買賣販運貨物者均爲商人

第二條 凡男子自十六歲成丁後方可爲商（按年月計算足十六歲）

第三條 凡業商者設上無父兄或本商病廢而子弟幼弱尚未成丁其妻或年屆十六歲以上之女或守貞不字之女能自主持貿易者均可爲商惟必須呈報商部存案或在該處左近所設商會呈明轉報商部存案（如該處未設商會即就近赴各業公所呈明轉報商部存案）

第四條 已嫁婦人必須有本夫允准字據悉照第三條辦理呈報商部方可爲商惟錢債轇轕虧折等事本夫不能辭其責

第五條 凡商人營業或用本人眞名號或另立店號某記某堂名字樣均聽其便

第六條 商人貿易無論大小必須立有流水帳簿凡銀錢貨物出入以及日用等項均宜逐日登記

第七條 商人每年須將本年貨物產業器具以及人欠欠人欵目盤查一次造册備存

第八條 商人所有一切帳册及關繫貿易來往信件留存十年十年以後留否聽便倘十年之內實有意外燬失情事應照第三條呈報商部存案例辦理

第九條 無論何項商人何項公司何項舖店均須按照第六七八條遵守無違

公司律

第一節 公司分類及創辦呈報法

第一條 凡湊集資本共營貿易者名爲公司共分四種 一合資公司 一合資有限公司 一股分公司 一股分有限公司

第二條 凡設立公司赴商部註册者務須將創辦公司之合同規條章程等一概呈報商部存案

第三條 公司名號後設者不得與先設者相同

第四條 合資公司係二人或二人以上集資營業公取一名號者

第五條 合資公司所辦各事應公舉出資者一人或二人經理以專責成

第六條　合資有限公司係二人或二人以上集資營業聲明以所集資本爲限者

第七條　設立合資有限公司集資各人應立合同聯名簽押載明作何貿易每人出資若干某年某月某日起期限以幾年爲度限先期十五日將以上情形呈報商部註册方准開辦

第八條　合資有限公司招牌及凡做貿易所出單票圖記均須標明某某名號有限公司字樣

第九條　合資有限公司如有虧蝕倒閉欠帳等情查無隱匿銀兩訛騙諸弊祗可將其合資銀兩之儘數亟該公司產業變售還償不得另向合資人追補

第十條　股分公司係七人或七人以上創辦集資營業者

緊要電音

日艦擊沉　○西二月二十五號倫敦來電云聖彼得堡官場稱俄國遠東總督阿克塞夫電告日本曾於西二月二十四號午後二點過四十五分鐘時派魚雷艦隊攻擊旅順意圖以輪船四艘沉塞旅順港口並稱該輪船均滿載引火物件俄國二等戰艦務禮別生（譯音）Retvisan 並炮台上之炮擊沉日本輪船兩艘於附近口外並擊魚雷船直抵大明始見彼擊沉之輪船統共四艘並魚雷船八艘向日本艦隊駕駛擊沉輪船上之水手多已溺斃惟亦有爲小船救者○日本兵艦遂分兩隊爲俄二等戰艦三艘所追而後折還云是役也俄軍並無死傷　路透

緊要新聞

奉天近事　○按此函發遞時尙在俄日未開戰之前故所述諸事已成陳迹然閱之足知彼中大勢又足知俄人備戰已久之情狀故特錄之　奉天東三省馬賊之渠魁以馮麟閣爲第一杜力山佐之前者俄帥統大兵勦捕勢在必得已將該賊首追出滿洲境外入蒙古界至四五百里之遙卒未捕獲增留守亟請俄兵班師檄華兵跟蹤勦捕詎知各處巡捕團練等隊大都係游匪就撫與馮杜夙通聲氣今見該賊遠竄荒徼而俄人尙如是窮追未免有兎死狐悲之意况俄兵如彼兇勇尙不能得賊華兵更無論矣數日後見無蹤跡亦遂各歸汎地乃該二匪帶同死黨千餘人在沙漠荒凉之域無可巢穴潛留羽黨十數人伏於滿蒙交界處偵知俄兵班師華兵撤去當卽由他路折回奉天陸續入邊近仍盤踞遼河迤西一帶照向章按畝抽捐養其黨羽地方居民因求一日之安亦甘心攤派畝捐乞其保護刻下該處之馬賊自渠魁回鄉嘯聚又復不少或數十人或數百人不等然聽馮杜二匪節制者則留於該處若強搶居民剽掠商旅者則飭人兇拏手刃之以是遼西雖多馬賊而長途頗稱靖謐惟吉林界內之鬍匪綁票勒贖明刼暗取實繁有徒居民行旅不勝其酷也　見中外日報

冰泮有日　○今日塘沽冰厚祇三寸半云云

記西平船在旅順被擊事　○開平礦務局各輪船之命運大爲不幸富平船當離旅順時已被俄砲所攻當時俄人以爲此事誤舉而目下西平船又如一轍不過不至如是之甚而已西平船已被砲擊者四次並無他故又並未先時聲明又命往該處已新置水雷不知在於何處之青泥窪並被禁四日然則蔑法蓮船主特行一文與該港之俄官責其不合無足怪也

蔑法蓮船主將其日記簿詳記之事一一錄出

西平船於二月十號半夜後離秦皇島前往上海中途忽遇大風海浪甚大故該船甚難駕駛晨六點半鐘第四艙面之油布已爲海浪捲去故致海水滚入艙内而大風尚屬不停海浪仍復甚大故蔑法蓮船主决計避至旅順海道是日正午經過老鐵山高甲與燈樓見有俄國大巡洋艦一艘在燈樓駛過該巡洋艦復回護送西平船至該海道

午後一點一刻西平船至下椗之所有泊於該處之俄國巡洋艦一艘發砲一聲以擊之並掛旂令西平船即速下碇西平船即遵其命

四點一刻天色稍佳遂將艙面取出查其有損與否西平船即啓碇而往上海約距泊於該處之巡洋艦一里該巡洋艦即發砲三聲以擊之一炮經過西平船邊一炮落於船尾之後其時西平亦已停輪且又轉回但又有一炮彈在船面經過故西平船遠回原處有滅魚雷船一艘駛出時在西平船之左右預備開戰俟至蔑法蓮船主午後五點半下椗方去

以前並未發令命西平船不得出港待至被砲攻擊以後西平船遂復回至下錠之處

午後九點鐘西平船遂從魚雷船得一令命將船上所有之燈全行熄滅遂即照辦十一點半聞炮台並戰船放砲之聲半夜有一舢板命西平船將所有之火全熄遂即照辦

翌晨六點鐘蔑法蓮船主懸旗問何時可以出港兩點鐘後港内放一小輪前來命西平船往青泥窪但並未明言其故西平船遂與承平船德船濮蘭拖俄商船一艘齊向大連灣進發兩點一刻行抵大連灣外一刻後在港内下錠港口官主船即將船上之文憑取去六點鐘有俄國護兵來至船上俟至次晚方去此時西平船尚屬下碇也

十二號晚七點鐘護兵皆去蔑法蓮船主遂託其帶一函轉交港官責其拘留之不合十三號晨十點鐘青泥窪副港官沃地馬抹君及其同事愛佛棱帕君來見蔑法蓮船主抹君謂港内因新置許多之水雷西平船不能出口蔑法連船主則謂命將商船四艘進入有水雷之港甚爲不合抹君答之云西平船未到半點鐘以前置水雷之俄船已爲已之水雷所炸死人甚多祗有兩人知各水雷在於何處但此兩人一爲船主一爲船上大副已遭擊死除非從旅順再得安置水雷之圖否則不知各水雷在於何處故西平船不許出口也蔑法蓮船主又謂有俄國小船在港口巡駛然抹君則謂該船壓水力不過六尺也蔑法蓮船主又謂彼船入青泥窪港内並無領港船甚爲危險但抹君則謂倘該船不被炸裂必能領之進港蔑法蓮船主又謂倘日本人攻青泥窪則西平船或恐被毁又虞被捕棱帕君亦謂此危險之事恐亦有之蔑法連船主請將西平再駛入港内乃俯如所請彼又謂在旅順被禁之時及發往青泥窪之時均未言明其故且本月十號夜間旅順砲台之大砲亦有波累西平之處蔑法蓮船主又言彼之被拘留之故彼實不知當彼離秦皇島時日俄尚未開戰俄國輪船尚在該處下煤也及西平船在青泥窪被拘蔑法蓮船主極欲將此事電告本國領事或開平礦務局後俄官許其登岸發電俄人又允供給該船之食用但不許該船離青泥窪實因恐其在途中將俄之軍情報告於日人也但蔑法蓮船主則謂若西平船能速離旅順不往青泥窪則日人必不能知之此乃旅順俄官之失計也今則西平船上之諸人已皆聞見各事矣

駐香港之奥國領事爲西平之搭客當與俄官會晤時彼亦在坐且彼曾行文於俄官責其不合並謝坡可君爲其舌人之勞棱帕君亦謂拘禁西平實爲誤舉云云

禮拜二許西平出口昨晨抵上海雖彼未受大傷然亦有飛彈落於船上德國輪船濮蘭拖受傷更大也尼塞魚雷運兵船死

者九十八名得救者一百九十二名譯正月初四日字林西報

東報記滿洲俄兵詳細情形　○在滿洲之通信員近日來函詳述俄兵布置於滿洲之最近詳細情形述之如左

第一旅順口二萬零三百五十人其內　步兵爲第三第七兩旅團第三旅團之內爲東部西伯利亞狙擊步兵第九第十第十一第十二四聯隊每一聯隊二千人第七旅團之內爲東部西伯利亞狙擊步兵第廿五廿六廿七廿八四聯隊每一聯隊二千人第廿七聯隊在海城第廿八聯隊在遼陽（第三旅團中除留第十一聯隊爲留守聯隊此外之二聯隊全部已向遼東半島沿海岸及鴨綠江岸出發）　騎兵爲後貝加爾及客薩克之背魯夫納夫陳斯幾騎兵聯隊一中隊凡百五十人　砲兵一爲東部西伯利亞砲兵大隊中之二中隊凡六百人一爲旅順口要塞砲兵一聯隊凡二千四百人　工兵一爲東部西伯利亞工兵大隊之第二大隊凡一千人一爲關東省工兵中隊一中隊凡三百人　水雷隊爲水雷布設中隊一中隊凡二百人

第二達爾尼二千人其內　步兵爲東部西伯利亞□擊步兵第十四聯隊凡二千人

第三大連灣四千四百人其內　步兵爲第四旅團該旅團內一計東部西伯利亞　擊步兵第十三聯隊凡二千人一計東部西伯利亞□擊步兵第十五聯隊之四中隊凡一千人一凡可屬於此旅團之二聯隊如第五第十四兩聯隊　騎兵爲後貝加爾及客薩克之背魯夫納夫陳斯幾騎兵聯隊四中隊凡六百人　炮兵爲東部西伯利亞礮兵大隊中之一中隊凡三百人又後貝加爾騎炮兵一中隊凡三百人　水雷隊爲水雷布設中隊一中隊凡二百人

第四皮子窩四百人其內　步兵爲東部西伯利亞□擊步兵第二聯隊之一中隊凡二百五十人　騎兵後貝加爾及客薩克之背魯夫納夫陳斯幾騎兵聯隊之一中隊凡一百五十人第五安東縣五百五十人其內步兵爲東部西伯利亞□擊步兵第十五聯隊之一中隊凡二百五十人　礮兵東部西伯利亞砲兵大隊之半中隊砲四門凡一百五十人　騎兵爲後貝加爾及客薩克之陳斯幾騎兵聯隊一中隊凡一百五十人　第六鳳凰城七百五十人其內　騎兵爲後貝加爾及客薩克之陳斯幾騎兵聯隊三中隊凡四百五十人　砲兵爲後貝加爾騎砲兵一中隊砲八門凡三百人

第七金州七百五十八其內　步兵爲東部西伯利亞狙擊步兵第五聯隊三中隊凡七百五十人

第八營口一千二百人其內　步兵東部西伯利亞狙擊步兵第五聯隊五中隊凡一千零五十人　砲兵爲東部西伯利亞砲兵大隊之半中隊砲四門凡一百五十人

第九海城一千一百五十人其內　步兵東部西伯利亞狙擊步兵第廿八聯隊四中隊凡一千人　砲兵東部西伯利亞砲兵半中隊砲四門凡一百五十人

第十遼陽一千九百人其內　步兵東部西伯利亞□擊步兵第十五聯隊之一中隊凡七百五十人又第廿八聯隊四中隊凡一千人　砲兵後貝加爾騎砲兵半中隊四門凡一百五十人

第十一奉天五百五十人其內　步兵爲東部西伯利亞□擊步兵第十五聯隊之一中隊凡二百五十人　砲兵後貝加爾騎砲兵半中隊　騎兵後貝加爾及客薩克之陳斯幾騎兵一中隊凡一白五十人

第十二吉林二千七百十八人其內　步兵東部西伯利亞口擊步兵第十六聯隊凡二千人　砲兵東部西伯利亞砲兵第一旅團第七中隊砲八門凡三百人又後貝加爾騎砲兵第二中聯隊砲十二門凡三百人　騎兵爲阿募爾斯幾及客薩克之阿爾公斯幾騎兵一中隊凡一百五十人

第十三寗古塔一千二百五十人其內　步兵東部西伯利亞口擊步兵第十八聯隊二中隊凡五百人　騎兵阿募爾斯幾及客薩克之阿爾公斯幾騎兵三中隊凡四百五十人　砲兵東部西伯利之砲兵大隊一中隊凡三百人

第十四哈爾賓四千五百五十人其內　步兵第三旋團該旋十八聯隊六中隊凡一千五百人　騎兵爲阿募爾斯幾及各薩克之阿爾公斯幾騎兵一中隊凡一百五十人　砲兵東部西伯利亞炮兵一大隊炮二十四門凡九百人

第十五齊齊哈爾一千九百五十八人其內　步兵東部西伯利亞口擊步兵第二十聯隊之六中隊凡一千五百人　炮兵東部西伯利亞炮兵第二旅團第二中隊礮八門凡三百人　騎兵阿募爾斯幾及客薩克之之爾公斯幾騎兵一中隊凡一百五十人

第十六海拉爾一千人其內　爲步兵納爾陳斯克第三預備大隊凡三千人

此外尚有東清鐵道掩護隊五十五中隊凡二萬四千人其駐屯最多之地方爲哈爾賓橫道河子公主嶺遼陽大石橋等處其他省有駐屯於鐵道線路沿道各處者（以上共計六萬九千五百人）又另有所謂鐵道隊者此鐵道隊以四大隊結成之分駐於哈爾賓橫道河子公主嶺遼陽四處譯西二月四日東京朝日新聞

北　京

外部照會　○探聞外務部照會各國公使聲言　兩宮出幸一說並無其事

進呈御覽　○聞總理學務大臣張等將武備戰圖陣蹟書籍一函進呈御覽已蒙　兩宮賞收留中以備乙覽云

嚴固封守　○日昨袁制軍電告某政府云前經政府電令從速揀選精軍銳卒數營調赴關內永平府等處駐紮嚴固封守以防他變等語現在會同馬軍門遴選馬步礮隊健軍三千餘人已委記名提鎮某督在永平府一帶謹守防範嚴密梭巡並己照會各國云云聞政府當於接電拆閱後卽入內奏明　兩宮矣

日不佔地　○探聞日本公使於未經宣戰之先分致我外部及各國之照會各一通據云日俄開戰後倘東三省爲日本收回便當作爲萬國公地日本絕不佔其土地云

接收皇木　○正陽門工程應用之黃木業己採辦妥協運輸至通州刻値春融亟宜派員赴通州接收黃木以期迅速開工云云聞工程處已議妥派某君前往不日卽當起程矣

裁官擬奏　○聞京師劉御史曾齋有補授街道廳之說楊侍御睐春有補授北城御史之說又傳聞某樞臣日前嘗與某尚書計議裁汰冗員某樞臣擬將閒散衙署先行裁併卽如鴻臚寺可併入禮部內添設一司專理其事並有擬裁各省同通佐貳者聞已擬稿具奏云

諭示藩屬　○日前理藩院張貼示諭諸蒙員來京召見請安謝恩進貢世襲領俸賞等事各蒙員必持公文赴本院司務廳投報以免弊端如呈報公文交於各項差役及商買人等而爲代報等情旣誤要公又致藉端訛索自此次曉諭後各蒙員如有事須報明本院云云

盈餘歸公　○聞政府擬令州縣盈餘彙解藩司衙門照該缺之肥瘠攤分以昭平允所剩盈餘專爲練兵之用

外埠新聞

上海

傷兵到滬　○聞有法兵船裝載俄水師兵五百餘名其中受傷者不少已於日前由俄領事帶到上海進吳淞口時駐滬俄總領事親至法兵輪與該領事晤商至兩點半鐘之久云

吊卷核奪　○英商模柴投該管領事署控華商劉伯森積欠股票銀兩一案經前讞員孫建臣直刺接准照會飭差將劉提押捕房亦及訂訊交卸與鄧司馬接辦嗣因衆商不平據情投南洋商督憲及商部上控經魏午帥札飭關道袁觀察將鄧讞任一面由商部札行上海道轉行英公堂吊查劉之卷宗到部核奪

漢口

捐廉資助　○法軍醫官博祿沙君現擬在漢創設醫院送診貧病由法領事照會關道代爲募捐聞關道陳觀察夏口廳馮司馬均允捐廉相助

本埠新聞

督轅紀事　○新正月十一日制台未會客

官場紀事　○直隸臬台寶廉訪于昨日自京乘坐火車來津是晚可到擬在支應局預備行台云

車站紀事　○練兵處參謀鄢玉春遊戎於昨早由津乘火車晉京○又通永鎮李安堂鎮軍鐵路彈壓段日陞總戎同於昨早由津乘火車前往昌黎交卸○又新任通永鎮董履高鎮軍亦乘是車赴昌黎縣任○又候補府繆鍾駱太守亦於昨早由津乘火車赴榆關○又駐津德國提督同都統於昨早由津乘包車赴榆關

裝載軍兵　○常備軍左鎮第五營步隊營官王金鏡第六營營官聶汝清同於前日由省乘加車赴灤州頭次車載第五營兵夫六百二十名馬二十八匹外有軍醫兵四十名三點鐘過津二次車載第六營兵夫等共六百餘名馬三十五匹五點鐘過津標統朱子琴同赴灤州

馬軍移駐　○前日由新河開加車四次共載駐紮馬廠馬隊五營開往灤州又駐紮通州武衛右軍共二十五營馬步砲等隊於初四日起程陸續開差往古北口熱河一帶駐紮至十二日均行開差前往提督馬玉崑宮保定於十二日由通州起程前往熱河駐紮通州止留三營後路駐紮

常備調遣　○常備軍砲隊五營於前日由省乘加車至通州隨於昨日由通州起程陸路往遷安縣撫寧縣灤州永平府一帶駐紮

調往通州　○保護通州兵丁已調夏新西軍門帶領山東武衛親軍隊由山東起程日內即可過津往通州駐紮

議更用價　○衆糧行在城內小藥王廟內集議一則已紀本報茲聞三津館購買西集各斗店糧食向例每石給斗用錢若干今年另議章程更改用價云

小星化鶴　○聞有在太平庄開花轎舖之劉長清者於月前在海口地方託徐某購一次室係劉甲之女少寡者至家於日前劉來接女至西門內伊之乾親謝得勝處去找已如黃鶴旋經劉長清向謝理論謝推不知因而口角乃至巡警第

三局控告謝姓追索次妻並在縣署呈控均未知如何發落云

各責蒙釋　○昨紀太平庄土棍紀德龍等羣毆獲局懲辦一則茲聞當經局員訊明即將兩造紀德龍等五名各行棍責四十旋蒙寬宥令各具結取保開釋云

縣牌照錄　○天津縣牌事光緒三十年正月十五日上元佳節自十三十五十六等日穿蟒袍補服掛朝珠縣屬官員一體遵照特示

關內外鐵路總局廣告

啓者本總局關內外全路火車自十二日以後照常搭客往來近聞外間謠傳謂關外火車被日俄戰事不賣客票停運客人種種謠言不宜輕信本路行車時刻搭客運貨一律照常辦理並無停賣客票之事恐各客商未及週知特此佈聞

車務處謹啓

天津青年會夜館廣告

茲因於中正月十七八日晚七點半鐘乃本青年會開設夜館之期此館之設也專為諸青年有志向學而又為公事所阻弗克就白日正課者所立也本會所授諸課即英法德日文及官話並他學業各門上等教習業經聘定本館之工夫純而學費廉特將學費開列于左以便周知　會友欲學者每月學費一元五角先付者每季三元非會友者每月學費二元五角先付者每季六元惟學機器打字一門外須加修買機器之費學費一層惟應於每月之初先行交納凡欲入青年會者每月會費一元故勸來學者不妨入會以沾他等之益再者無論學一班或學數班其學費概無增減凡欲來學者請至本會掛號留名可也

青年會人謹具

拍賣告白

啓者准于本月十四日即禮拜一日下午兩點鐘在本行棧房內拍賣頭二三等白糖二百十七包如欲買者請早來面拍可也

茂盛洋行謹啓

天津各項股票行情單

天津北農有限公司	上屆每股攤得利息四分	每股賣主付價銀一百三十兩
天津自來水有限公司	上屆每股攤得利息三分半	每股賣主索價銀一百四十四兩
天津濟安自來水有限公司	頭一年創辦	每股賣主索價銀一百三十[illegible]兩
天津煤氣燈有限公司		每股買主仍舊售價銀九十五兩
利順德飯店有限公司	上屆每股攤得利息二十分	每股買主付價銀一百五十兩
天津汽水有限公司	上屆每股攤得利息十分	每股賣主索價銀一百二十八兩
克蘭尼飯店有限公司	上屆每股攤得利息七分	每股售過價銀五十兩
天津雲飛馬車有限公司	頭一年創辦	每股賣主價銀二十六兩
天津印字館有限公司	上屆每股攤得利息五分	每股仍舊索價銀五十五兩
開平礦務有限公司	上屆每股攤得利息五分	每股買主上海銀五兩八錢
大沽駁船有限公司	上屆每股攤得利息二分	每股賣主索價銀三十六兩

買賣各項股票經紀永盛洋行具

天津紫竹林

萬鶴票行批發

北京[illegible]

江南票頭彩三萬元正月份開彩

湖北票頭彩五萬元正月念二開彩

粵東票頭彩四萬元正月十三開彩

本行開設天津紫竹林經歷十餘載收兌大小彩票批發各省彩票無不格外公道屢售頭二三四彩不下四十次久已遐邇馳名今又分枝一號在天津估衣街西口路北開張現在正月份江南湖北粵東票遠近賜顧請來面訂是荷

去歲十二月份江南湖北兩處票對號單已到查對本行售出之湖北票獲中七八彩共計七張其餘小彩末尾彩不可勝數望速來對號取洋

粵東票對號單已到請來對號取洋

本行謹啓

寶元彩票公司告白

啓者本彩票公司仍設在天津河東奥國租界首次開彩日期定於西曆三月二十八號彩票每張共十條售大洋六元　每條售大洋六角天津寄售處○河東東浮橋口生記錢舖　河東興隆街永昇銀樓　紫竹林直報館　公易洋行　利順德飯店　益聞報館　天津印字館　法租界牛康木飯店　晉和祥紙烟公司　大德國書信館　北京寄售處○前門外大街體乾堂藥舖　[illegible]珠市口世聚昌木行　琉璃廠聚寶票行　觀音寺華洋大藥房　崇文門內立中洋行　德國大飯店特此佈告俾衆週知　寶元彩票公司啓

元隆綢緞洋貨莊

開設估衣街中間路北大[illegible]門面自置綢緞顧繡紗羅粧蟒全朝名[illegible]壽衣刀[illegible]洋[illegible]斗篷欄杆一切各色布疋零整一概[illegible]賣貨色剔選加高價[illegible][illegible]外從[illegible]以昭久遠此白　[illegible]售龍井雨前各種細茶皮料名烟加料大小皮箱帳匣

西洋賓行

啓者本行新到英法國[illegible]器料器並有罐頭火食點心各樣頂好醃禮之物洋人用[illegible]刀叉台布木器各樣家俱鐵床廚房火爐妙鍋間盤頂好[illegible]及紙烟蘇蘭草包[illegible][illegible][illegible]器烟嘴各顏色絲絨[illegible]緞雜色花洋布貨真價實一概[illegible]全諸君仕商賜顧者請來敝行面議可也　天津紫竹林西賓館洋行謹啓

久福源綢緞抄莊

上海分此

本莊刻有新到新式花素各種綢緞及應時紗羅各色俱全今又添售南北各樣壽[illegible]代售洋廣南貨并各色[illegible]光蒲法布等物餘貨一切不及細述售[illegible][illegible]剪價[illegible]公道貨色[illegible]美俱勝別家以廣招徠如蒙賜顧請移玉

天津海大道泰來洋行隔壁認明本莊招牌爲幸再本莊代貫客做男女時式新衣工精料美訂不期悞　本莊主人謹啓

聲明出號

啓者本號設自康熙年間至同治十三年同族在股者公議整頓併歸五股每計族中瑞德堂恕安堂殿彬叔年賀年五人爲三股愚等爲兩股先是瑞德堂等三股在津另設有東西裕興兩洋貨舖亂後兩號虧累歇業嗣東裕興自議復設因乏資本經瑞德堂等三股煩有韓和庭蔚全五等於去年正月初八日將永信號原存瑞德堂等三股本銀同中交與瑞德堂等三股經手抽股人補年潤年等五人如數提出寫立分撥自此兩造永無轇轕當又借去銀二百兩立有借約詎前月東裕興卽裕興蔚因債被控該舖竟將永信號在縣牽連有案誠恐該號再圖拖累及華洋官商有誤認連號情事除稟明關道憲暨天津府縣備案外因登各報聲明此佈　天津鍋店街永信顏料舖舖東蔚延年蔚映川仝啓

四遠馳名

本號代售各種紙煙呂宋金咀烟廣東各種蠟丸湖北江南影票　天津單街口老德記大藥房謹啓

壽世濟陰丸

專治婦人諸般雜瘵虛損勞弱崩漏淋漓赤白帶下經血不調肚腹疼痛腰腿酸痛抽筋麻木兩肋攻痛胸中痛悶飲食不消嘔吐酸水頭痛目昏氣短心跳作寒作熱盜汗不眠口乾煩渴五積六聚人便作瀉驚悸怔忡胎產前後一切逆症隨引服下奇如神實屬濟陰要藥衛坤至寶也

鹿茸毓坤膏

專貼婦人胎前產後經血不調崩漏淋瀝赤白帶下腰腹疼痛癥瘕痞塊血寒經閉不久受孕骨蒸身熱一切虛損雜疾諸般勞症貼腹臍上屢試屢驗此膏行銷多年馳名已久四方來函購取者皆稱蓋世無雙矣

小兒金丹

專治嬰兒諸般急慢驚風神昏天吊感冒風寒發冷發燒停食吐乳腹痛瀉泄口瘡不食凡一切小兒百病功難盡述服之無不立效洵爲保嬰一聖藥矣

犀茸百補丸

此丸溫而不燥清而不寒專治男婦陰虛火動之症中氣不足喘急上痰咳嗽吐痰肺癰肺痿咽喉聲啞盜汗煩熱耳鳴心跳頭眩目昏四肢困倦飲食不思以至吐血咯血等症不切諸虛百損五勞七傷每服一丸白水送下皆稱第一仙藥誠哉言補堪名也仕商光顧者請至天津單街口老德記大藥房批售　仁壽堂謹啓

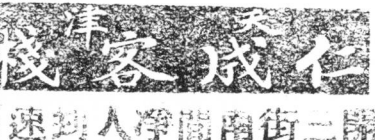

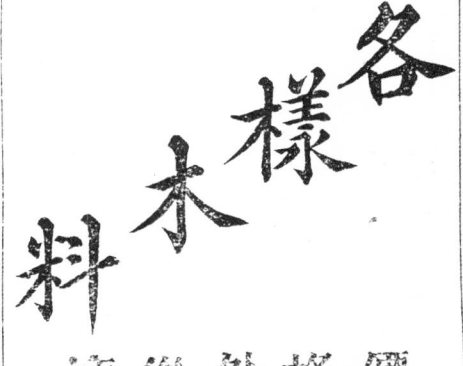

天津 雲飛馬車有限公司

本行出賃頭等馬車馬匹如有來行租用馬車馬匹或按日或按禮拜或按月租賃均聽其便本行並買賣馬匹騾子凡有馬之人欲託本行代爲豢養者尊價極其公道其代豢養之馬匹亦必格外留心照料俾使茁壯無恙

天津雲飛馬車有限公司 法租界 得律風一百五十六號 17

天津 公易洋貨莊 英租界

啓者本行開設英租界中街已數年於茲專辦 官紳仕商屋中陳設及一切需用裝璜等事倘蒙賜顧即函知本行當派妥人前往估價備辦整齊及各項工匠無不應時工作前曾歷辦行轅舖墊陳設頗稱嘉許本行並備項好聘禮之物外洋各種器具軍中應需物件桌椅傢俱玩物保險鐵屋新到銀櫃洋錢箱洋燈地氈白洋毯各樣綢緞等件價值與別家格外從廉恐[illegible]商未及遍知特此登報佈聞

公易洋行謹啓 二

魁豐氷窨

本號開設在閘口西歷有年所今在[illegible]本界天仙茶園後龍南小營門外添設分號兩處諸君如欲定氷者請到閘口西本櫃面議可也

本主人啓

華泰飯店

本店設在閘口西日本租界坐西向東便是特選頭等手藝專做英法大菜拾錦各式洋點心甜鹹麵包加餚小面包外洋御用上品洋酒罐頭貨物俱全官商賜顧即請新造洋樓寬闊陳設幽雅如官商各府請客喜筵另有外洋頭等器具與衆不同如定大菜格外公道 5

THE SINGER MANFG.CO. TRADE MARK

啓者本公司售賣之縫衣機器凡刊有此商標者乃真貨除總公司開設在天津外其北京保定烟台唐山等處均經設有分行賜顧者請就近購買爲幸

勝家公司啓 70

慶泰恒西土莊

本號減價出舊積貨項高西土每兩合銅子三十六個冷籠西土烟每兩合銅子六十六個均係陳老積土童叟無欺概不去零 6

天津 [illegible]泰元土莊

本莊精選各省西土[illegible]照行價發兑[illegible]廣東精工自[illegible]清公[illegible]每兩[illegible]一龍八洋七[illegible]每兩[illegible]一吊三百文冷龍[illegible]子[illegible]膏每拾兩[illegible]八[illegible]膏西東土每[illegible]兩八[illegible]貨土每兩貳兩伍錢[illegible]仕商賜顧者[illegible]開設[illegible]宮北大[illegible]街一西向東門[illegible]便是本莊主人謹啓 69

大觀茶園

開設北馬路官銀號東

雲仙全班

新正月十二日早演 170

達子紅 六月鮮 趙紫雲 馮子梅 元金培 溜溜旦 七仙旦 一齋妙 杜雲卿 杜雲鳳 牛春化

草[illegible]放 竹影計 五雷陣 探[illegible]冈 小上坟 黑[illegible]洞 英節烈 鐵弓緣

十二日晚六點鐘演

小金豆 小九如 賈玉書 李長李 杜雲美 張長奎 牛春化 一齋[illegible] 杜雲[illegible] 杜雲[illegible] 杜雲美

白水灘 太平城 魚腸劍 大報仇 朝義縣 斷后 佛門點元

聚興戲園

天津[illegible]家口北祥醫院前

豐盛合班

正月十二日早演 111

全班 張百增 三寶 三齋燈 榮喜 劉艷亭 金秀英 金桂英 劉永春 呂月樵 紀壽臣

戰馬超 忠[illegible]國 闆王樂 七星廟 血手印 聚李透 黃鶴樓 罵曹 鐵公鷄

十二日晚六點鐘演

全班 張百增 小變處 三奎官 飛來鳳 一陣風 劉永春 呂月樵 三齋燈 劉吉慶 紀壽臣

點魁星 打鑾駕 黃金台 盜仙草 草橋關 殺嫂 宛 宛枉哉

天仙茶園

開設關口日本租界

鴻[illegible]名班

新正月十二日早演

安鑑秋 恩曉峯 郭蝶仙 王步金 小春來 一杆旗 陸月樓 紀瑞雲 張七 曉峯恩 郭蝶仙 王小魁

頭二本四進士 蟠桃會 賣絨花 三本四進士

十二日晚六點鐘演 289

全班 吉勝魁 薛喜芬 郭蝶仙 花四寶 [illegible] 白文奎 陳月樓 劉廷[illegible] 小春來

全家福 趕三關 探陰山 鴻鸞禧 遺孝[illegible] 桑園會 小八扯 七八本鐵公鷄

天仙茶園

座落襪子胡同閩津會館

[illegible]名班

新正月十二日早演 12

邢永喜 劉永奎 金[illegible]仙 小[illegible]培 小[illegible]紅 姜連[illegible] 小蘭芬 陳長[illegible] 譚均培 [illegible]永保

忠保國 鍘美案 也是齋 戰太平 對銀盃 狀元譜 七八本鐵公鷄

十二日晚六點鐘演

陳家林 蘇文奎 王[illegible]琴 陳永[illegible] 秦月青 曹桂芬 稀[illegible]如 譚均培 五月仙 程永龍 元元紅

太平橋 打金枝 紫荊樹 泗洲城 洪洋洞 蝴蝶盃 文昭關 回荊州

IHLI GAZETTE. 大清光緒三十年正月十四日

CHIH PAO

直報

第一千六百八十一號

主筆總理賈祿福

本館開設天津紫竹林英界海大道廣東路

每月報價收洋六角 外埠遠近酌加寄費

今日本報另印附張不取分文

宫門鈔

新正月十二日 鄧華熙因伊子得保獎謝 恩 榮公請假十日 英侯續假十日 召見軍機 明日午刻入宗親宴

上諭恭錄

新正月十二日內閣奉 上諭周馥奏考核屬吏分別舉劾一摺青州府知府曹允源諸城縣知縣莊洪烈曹縣知縣李光華鄒縣知縣宋朝楨莊平縣知縣錢咸蓬萊縣知縣李于堦准補長山縣知縣余則澤署費縣平邑集巡檢試用典史柴鯤均着傳旨加獎荷縣知縣康鴻逵聽斷不明捕務廢弛沾化縣知縣丁熙庸懦無能難膺民社即墨縣知縣李恒誠因循疲玩操守平常禹城縣知縣許源清縱容書差不恤民隱臨朐縣知縣恒豫公事廢弛操守難信前署昌邑縣知縣候補知縣王家驤相驗草率近事敷衍試用同知張榮寶招搖撞騙來歷不明試用府經歷王以濟藉端訛索掖縣縣丞孔昭宸貪滑狡詐候補府經歷張士清拖欠累民抗傳不到青州府訓導于連品學有虧蓬萊縣教諭田方嶠聲名甚劣即墨縣考老島巡檢劉潤行止不謹前署滕縣典史試用巡檢倪鎬假公訛索平陰縣典史劉寶璜辦事乖方均着即行革職安邱縣知縣柳思誠登州府經歷周廷勳蒲州州判疏暹五定府教授劉錫策臨清州學正孫士林費縣教諭劉寶鼎樂山縣教諭史延祜萊陽縣教諭趙思沅費縣訓導鄭振趾招遠縣訓導彭福源濱州訓導傅桂森寧海州吏目于潤朝城縣典史李培之沾化縣典史王寶仁均屬年力就衰着勒令休致登州同知吉慶才短識拘難膺煩劇汶上縣知縣錫元始勤終怠緝捕不力博興縣知縣梁錫祜聽斷

疎忽馭下太寬齊河縣知縣王敬勳頗有才具性近疎懶陽信縣知縣譚士綬捕務懈弛人地不宜均着開缺另補餘着照所議辦理欽此同日奉　上諭雲南提督着夏辛酉補授暫綏赴任欽此

要件

欽定大清商律　再續昨稿

第三十一條　凡合資公司股分公司於呈報商部註册時未經聲明有限字樣應作無限公司論如遇虧蝕除將公司產業變售償還外倘有不足應向合資人附股人另行追補

第三十二條　無限公司或鋪戶等欠帳虧短可向股東舖東追償並將自已名下產業變售封抵（詳倒帳追欠各專條內）

第二節　股分

第三十三條　附股人應照所認股數任其責成

第三十四條　附股人應在公司入股單上按式填寫簽押送交公司指定收單之處依期繳納股銀

第三十五條　附股人無論華商洋商一經附搭股分即應遵守該公司所定規條章程

第三十六條　附股人不能以公司所欠之款抵作股銀

第三十七條　數人合購一股者應准以一人出名其應得權利即由出名人任領分給合購各人若有繳納股銀不能應期繳足者仍由各人分任其責

第三十八條　如無違背公司章程股票可以任便賺賣惟承買之人應赴公司總號註册方能作准

第三十九條　公司不能自已買回及抵押所出股票

第四十條　附股人到期不繳股銀創辦人應通知該附股人限　半月逾限不繳可將所認股數另招他人接受

第四十一條　公司令各股東續繳股銀應於十五日前通知逾期不繳再展限十五日仍不繳則失其股東之權利

第四十二條　股東於展限期內不續繳股銀公司可將所認股數招人承買得價不足仍向原股東追繳

第四十三條　公司欲給紅股應於創辦時預行聲明不得隱匿

第四十四條　附股人不論職官大小或署已名或以官階署名與無職之附股人均祇認為股東一律看待其應得餘利暨議決之權以及各項利益與他股東一體均沾無稍立異

第三節　股東權利各事宜

第四十五條　公司招集股東會議至少於十五日前通知並登報布告其知單告白中應載明所議事項

第四十六條　公司董事局每年應招集衆股東舉行尋常會議至少以一次為度

第四十七條　舉行尋常會議董事局應於十五日前將公司年報及總結分送衆股東查核

第四十八條　舉行尋常會議時公司董事應對衆股東宣讀年報並由衆股東查閱帳目衆股東如無異言即行列册作准決定分派利息並公舉次年董事衆股東有以帳目為未明析者可即公舉查察人一二名詳細查核

第四十九條　公司遇有緊要事件董事局可隨時招集衆股東舉行特別會議

第五十條　有股本共合全數十分之一之股東（或一人或多人不限人數）有事欲會議者可即知照董事局招集衆股東舉行特别會議惟必須將會議事項及緣由逐一聲明如公司董事局不於十五日內照辦該股東可禀由商部覈准自行招集衆股東會議

第五十一條　股東於所認股數到期不能繳納者不能會議

第五十二條　衆股東無論舉行尋常及特别會議即將所議各事由書記列册凡議決之事一經主席簽押作准後該公司董事人等必須遵行

第五十三條　衆股東會議時如有議決之事董事或股東意爲違背商律或公司章程者均准赴商部禀控核辦惟須在一月以內呈告逾期不理至股東會控必須將股票呈部爲據

第五十四條　公司創辦時所訂合同及記載衆股東歷次會議時決議各事之册並股東總單須分存公司總號及分號俾衆股東及公司債主可以隨時前往查閲

第五十五條　公司總號應立股東姓名册册内所應載者如左

一股東姓名住址　二股東所有股數並其股票號數　三每股已繳銀若干何時所繳　四股東購入股票之年月日

第五十六條　凡購買股票者一經公司註册即得爲股東所有權利與創辦時附股者無異其應有之責成亦與各股東一律承任如須續加股銀亦應照繳　未完

公　文

江海關道袁電禀外務部稿

俄兵輪滿洲先由職道商令移泊江心並查禁裝運軍需各情形迭經電禀昨晚日領事照會日俄開仗貴國外部頒行中立條規聲明中外俄兵輪停浦未去民心惶惑日本暨各國商務有礙與條規限二十四點退出不符本兵輪秋津洲爲防商務利益被俄兵輪務迫本日進口停泊華濵應俟俄兵輪滿洲起碇向中國管轄外開去經一晝夜並於滿洲駛經張華濵之前預行移泊吳淞長江上游以示公允而符條規俄兵輪何日何時開去廿四點鐘何時起算預先知照等語職道商之稅司自應守定中立章程會晤日領事亦以俄兵輪宜速出行遲恐生事商之俄領事以公使與外務部商定在先必須請示後行職道告以中立條規如此未便違背致日人有所藉口回署後即備文限該兵輪本日五點鐘起至昨日下午五點鐘止出口擬俟接復照辦即復日領事轉促秋津洲駛赴長江上游暫泊過廿四點鐘出江以符條規再日艦入口恐俄兵輪滿洲萬一出口該國商輪往來慮遭不測此亦寔情合亟禀聞並乞鈞部轉致俄使飭遵

江督札飭各關道公文

爲札飭事光緒二十九年十二月二十七日承准外務部電開日俄失和業經欽奉　諭旨按照局外中立之例辦理本部已照會各國公使聲明東三省係中國疆土盛京興京爲陵寢宮殿所在責成該將軍敬謹守護該三省城池衙署民命財產兩國均不得損傷原有之中國兵隊彼此各不相犯遼河以西俄已退兵之地由北洋大臣派兵駐紮各省及沿邊內外蒙古均按照局外中立例辦理兩國兵隊勿稍侵越倘闌入界內中國自當攔阻不得視爲失和惟滿洲地方尚有外國駐紮兵隊未經退出之地面中國力有未逮恐難實行局外中立之例東三省疆土權利兩國無論勝負仍歸中國自主兩國均不得佔據

等語一體查照等因到本部堂承准此合行札飭札到該道卽便分別移行遵照毋違特札　光緒二十九年十二月廿九日

札

日總領事復關道袁觀察函

啓者前接來函內開奉南洋大臣電諭准貴總領事電現在出入吳淞長江日本商輪數多又有俄國兵艘常川來往難保無要挾日本商輪侵中國管轄之權希飭妥爲保護云云查日本商輪必懸他國旗幟以免爲戰國兵船所獲公法居局外者亦當設備以爲衛法自護其權飭道加意防範等因未知貴國商輪現在出入吳淞長江者共有若干艘是何船名曾否改懸何國旗幟用特奉詢卽希見示以憑核辦等因到署准此本總領事查本國商輪出入吳淞長江者隨時來往多少船名並無一定至改懸旗幟一節本國人似無敢擅改者惟日俄兩國既經開釁所有本國商船出入貴國地方自應妥爲保護以昭公允相應函請貴道查照施行是爲至要

緊要電音

俄驗商艦　○倫敦西二月二十八號來電云俄國有一滅魚雷艦在紅海令商船茫伯沙（譯音）停駛後有一員登該商船上察驗船上文件云云

美埠火警　○又電云美國倫的莫（譯音）有三頭商場之屋宇被火燒去云云

自攻禦火　○又電云美國紐約克（譯音　務老策是得（譯音）地方有一市場屋宇陡遭火焚故用炸藥攻倒若干毘連之屋以禦延燒云云　以上皆路透

緊要新聞

法人叵測　○聞法人現將佔據廣東瓊州其局勢與俄據滿洲無異現其一切機謀均已布置妥貼云未知確否

照會按約　○日本政府由美國政府向俄國政府發出之照會如左　西京丸神戶及赤十字社之博愛丸弘濟丸四船係爲傷者病者及救護難船之用按千八百六十四年八月二十二日在節涅巴條約決定之戰時所用者之第一條第二條俄國不得捕拿及轟擊之特此照會

忠勇勁王　○日本陸軍大尉梨本宮親王現在法國遊學得接日俄開戰之報欲於大纛之下擒敵斬將以建奇功西歷二月十三號奏請歸國從軍可謂忠勇矣

兩江飭屬辦防要電　○江督電　北洋來電日俄已撤使停交勢竟決裂開戰當在目前云云水陸各文武地方營汛務須廣布耳目嚴查匪類保護教堂禁運軍火並速整理保甲團練警察漁團各事宜爲要督院熹

蘇撫電　准督電俄日事急目前卽有戰事內地各宜嚴防商埠教堂亟宜加意保護嚴查匪類慎重地方等語前已切囑玆再諄致卽分移統領及所屬印委文武營局各員弁不准輕離職守特再囑壽

東報記中俄日近事　○據某處傳來消息云觀在滿洲之俄軍之動靜蓋俄人將其兵之主力聚集於鳳凰城近來鳳凰城每日必有陸軍從他處來前報所云俄兵入韓境者實非俄兵之前進乃從鳳凰城之駐屯隊所發之偵探隊也俄人在浦鹽止有有力之一軍團旅順則減其兵力而置重於鳳凰城奉天哈爾賓實其根據地也蓋鳳凰城乃經過雪裏站通遠

堡草河口連山關而達奉天之要塞過連山關則有摩天嶺之險爲防禦奉天適當之地區且其地居旅順浦鹽之中間苟置兵之主力於此則能應浦鹽旅順兩地之急

又云目前俄國艦隊之出旅順係在大連灣附近布設水雷該艦隊所率之水雷敷設艇二艘爲阿克塞夫所賴以爲金城鐵壁者也一艘有五百響之水雷能於推度爲敵艦必襲來之處敷設之阿克塞夫以下之將校自去年以來在各處詳細偵察欲知日本海軍之眞相詎早爲日本海軍所看破更十分注意其偵探之舉動故卒不能搜日本之秘密現在俄人之第一策卽一面以艦隊游弋旅順口內外一面敷設水雷於大連灣以絕斷日本艦隊襲擊旅順之道避去海軍衝突之危險欲於彼所得意之陸戰決一血戰此爲日本軍人所推算之事

又云西海某島爲日俄戰爭上樞要之地點於該島某處爲更爲緊要之地是以該地之處置槪任於是島司令官之專斷不復待內閣及陸海軍省之命令蓋慮延遲誤事也譯大阪每日新聞

誌富平船被難始末　〇十二月二十八日午後開平礦務局之富平船到此卽泊揚子碼頭公司之碼頭

富平船滿載搭客從船首至船尾各艙均滿載鋪蓋尙有些須之行李此乃彼等於瞬息間所携取者知彼等乃爲已之生命而行也

富平船自禮拜一以來如此遭難乃英船向來所無者

禮拜一夜日本艦隊攻擊旅順口並翌日攻擊之時富平船均遭其難彼時該船在港口之內及其後出口之時所經歷之事亦更令人心惻也

該船載有華人逃難者數百名有爲寫字者有爲商賈者有爲僕隸者有爲店商者有爲機匠者此外尙有歐美人約十二名左右其內有英人三四名英婦一名與美國著名律喀第君彼在岸凡事均係目擊也

彼云魚雷艦攻擊俄船甚爲凶猛彼時提督與各官於觀劇後正用夜宴尙不知有敵人在左右之險也

日本魚雷船攻擊一事彼言之甚悉据言俄國提督坐船沙里維茨與大戰船佛里維仙受傷甚重遂沈下海底在港口塞住

翌日有駁船七艘將該船拖至一邊

帕拉達船乃四烟囱之巡洋艦也因欲免沈下故在港口之左擱淺目下該船尙擱於該處

因該沈下大戰艦拖至一邊故港口可以來往

魚雷船攻擊以致擾亂其情形甚難言之喀第君謂該處之人民驚而如狂各家均嚴閉其戶以免遭劫陸軍出而當巡捕之任

砲台中與陸軍甚爲憤怒喀第君謂翌日各人不出而工作此時日本又復來攻日本魚雷艦之得入俄港實用俄軍所用之暗號彼等從何得來則不得而知也當俄國之守港船以暗號向彼彼卽以暗號答之但至俄人怪其欺騙則爲時已遲矣

翌日攻擊一事令人大爲驚恐爲大彈墜落城中又一砲彈飛過一運兵船墜人船上然幸未炸裂所有窗上之玻璃均甚爲震動砲彈飛過之情形喀第君謂終身不能忘之彼時渠正在岸上港口以外之事不得而見也但彼以爲俄艦之受傷者不

及本處彼謂彼所知者不過俄大戰艦一艘在外沈下而已

有一美國婦人彼曾居於旅順多時謂除以上所言受傷之三艘俄國戰艦並無大傷俄國所發之砲多由砲台俄國兵士甚爲勇敢乃彼之所深喜也

禮拜二晨攻擊一事並非甚久日本不久即行退後故以爲俄人受傷甚多

彼並未聞有日船被俄擊沈者或被俄擊毁不能用者但彼聞有一日本魚雷船爲俄人所捕云

富平船於禮拜三晚四點鐘駛出從秦皇島所運來之煤業已卸下

當富平船出至口外時俄國守港兵船佛來司波業爲黎邊王族所統帶者特行開砲以擊富平所用之彈乃係炸彈其砲擊中富平船首之左離水面約十二尺

該砲打穿三孔約有四寸徑今日尚能視之甚明

該砲打入華人搭客中華人受傷者五名有一華人之腿忽被打去又有一人其背受有重傷又有一人致斷其手恐所傷之兩人中必當致命也

該砲致令華人行李被焚彼時甚爲危險其後則用水龍救息其火

富平船船主葛雷君欲將其船再駛入港內其後則命彼往守港船上其時該船之大砲均向富平船也

該船告之云用砲擊爾之故實因未領護照但其實情則不然也

富平船中並無俄人爲搭客也

船上各人均痛罵俄人野蠻攻擊無害局外之船彼等以爲英國官員定當將此事查辦因該船乃懸英國之國旗也

日本之攻旅順致令各居民大爲驚恐有路即奔無論從火車大路水道而逃矣

當富平離旅順時極東總督阿克塞夫甚爲忙碌以辦理保護之事並出己貲以賞砲台各兵每人賞票十盧市

喀第君謂日本之砲攻擊旅順港內人死者不過十三人傷者五十七人而已譯上海捷報

北　京

允留俄艦　○駐京俄公使向外務部聲明俄國某兵輪停泊滬江係備領事保護之用應准泊在江心不能限令出口今滬道限於二十四點鐘內退出管轄江海之外係聽信日領之言實屬有違局外公例云云聞外部業已允准俄使所請

按滬道限令俄艦於廿四點鐘出口係照局外中立之公法辦理並無不合外部允准俄使所請後患不測

飭差豫備　○聞本月十九日各公使夫人等在南海豐澤園覲見並日內務府並奉宸苑飭各司員辦差人等在南海豐澤園等處豫備一切差務并打掃道路務須潔淨云

循例調遣　○本月十三十五十七夜爲慶賞元宵與民同樂京師各處張燈結彩遊人衆多各官役巡察亦加嚴密五營將領率二十三汎各官員兵弁等齊至正陽門外城下各將官銜姓名之帖繫至城上呈報各堂官聽候調遣屆期步軍統領及左右翼均登城調將以循舊例云

承恩頒詔　○今年正月十五日應頒　皇太后七旬萬壽恩詔現在內閣禮部等衙門已將恩詔各條款擬定奏請其條欵亦祗王公之賞賚白官之加級老民之賞賜兵丁之撫䘏孤貧之養贍災區之蠲緩橋路之興修輕犯之赦宥係歷代萬壽慶典所有者其恩詔係滿漢合璧文字自頒詔後由禮部將恩詔及各條欵行文京外各衙門一體遵行至京外各衙門將恩詔刊刻謄黃徧處張貼俟後將條欵錄出以供衆覽

不准售械　○日前　兩宮召見某政府謂現在整頓軍務之際其各項軍械尤宜嚴查謹守蓋有人奏中國軍民常有私售外人軍械等事實堪痛恨擬嗣後外國人員有購買中國軍器槍砲藥彈以及馬匹等類者無論何國人色均不准中國人出售如有私賣者若被偵知官紳即行革職治罪庶民人等立即正法亟宜妥議章程頒行各省將軍督撫通飭所屬州縣凡通商口岸華洋交涉各處遍粘示諭俾衆官民咸知並移會駐藏大臣及各防營統帶官一體遵照云云

備差紀盛　○京師備差各衙門各營已在天壇內外各搭帳房以備官員棲息而壇門外一帶各營帳房皆立旗幟儼若軍營然自大淸門正陽門直至壇門往來巡警員役暨姜軍營官哨弁及步營綠營五城練勇等莫不沿街巡守由正陽門至天橋地方遊人多於往常數倍至　皇上由壇內禮成還宮後則各項備差官員兵役等皆各散歸而拔旗幟裝軍械至午始畢其儀亦盛矣

馬帥親臨　○提督馬宮保定正月十二日親臨前路駐節朝陽城中并携帶恭贊軍機總營務處何笠農太守及營務處繆觀察張總戎楊總戎等同往云

外埠新聞

陝西

陝民鬧鹽　○探聞陝西鳳翔府近日民變戕殺鹽局司事及巡勇數人現聚衆千餘人駐寶鷄地方聲言不殺鹽局委員李某決不解散云云

按陝人素來馴良鳳翔一帶馴良更甚今忽有此暴舉蓋因甘肅花馬池所出之鹽向歸商運近年半歸官運售價過昂人不樂購當道以爲銷路不暢必係私販所致搜查過嚴巡勇又藉端苛詐誣害良民百端勒索以致激成此變聞省中已派兵前往矣官運之鹽多强派之商人既派之後無論出售與否勒限交還官欵商力不支銷路益滯此亦激變之遠因也

四川

查無實據　○新聞報云法商代馬武在北京與劉委員立約開辦煤礦謂係夔州府紳士李荆三高蘊玉二人所允許并指明雲安山地方歷經法領事照會礦務局行文確查是否屬實再爲立案今據雲陽縣稟復畧謂雲陽地方遼遠向無礦洞并無雲安山地名即李荆三高蘊玉二人亦無其人云云

本埠新聞

督轅紀事　○新正月十三日制台見　新授雲南提督夏辛酉至午十二點鐘　宮保　出門赴玉泰棧答拜夏軍門並拜臬台寶廉訪暨英國欽差

車站紀事　○候補道曹嘉祥觀察於前日由錦州乘火車來津○又招商局總辦周長齡太守前晚仍乘火車來津○又洋務局東文譯員馮孔懷司馬武邑縣李太令均於前晚由津乘火車晋京○又候補道劉觀察於前晚由京乘火車來

津○又常備軍炮隊統領曹崑於前日由省乘火車來津○又清河道李樹棠觀察洋錢廠張允言部郎同於昨早由京乘火車來津○唐山礦務局總辦楊善慶觀察於昨午由津乘火車回唐山

獲賊詳送　○南段巡警五局四隊地面于昨日經該隊巡弁王連吉君查獲鼠竊某甲一名並有携帶杌凳坐墊贓物當即扭至城內中營本隊處訊明情節隨將該甲並贓一併詳送五局正巡官訊究云

不遵示禁　○本埠舊有雞鴨行係何某充當經紀去年已奉　府縣出示裁禁不准復設在案刻聞有張子恒曹十等串同某人集股招搖聲稱報充新雞鴨經紀其前革之經紀何某聞信亦復鼓動復欲報充以爲捷足先登想該行業奉示諭裁禁未久而何某等視爲具文莫不笑其緣木求魚之癡望耳

惠濟渡人　○河北粱家嘴地方之渡口南岸窄狹行人推車背負勢難上下常有失足落水之虞故該處村正李永慶之母因年老走遲以己度人意欲修築以濟行人昨命李備辦工料加寬修築刻已在該管地段禀請立案興工以濟人渡矣云云

鞭長未及　○本埠西關爲五方游民雜處西關大街及迤南一帶窩娼窩賭林立出入多有異言異服最易藏奸致該處民居不安寢處其無業莠民呼羣引類麕聚其地據稱別所警局稽查甚嚴故難逗遛想該處警局從寬容易匿迹彼處警局雖甚嚴明亦有鞭長莫及之慮矣

酒人被辱　○本埠東門外昨夜十二點鐘時馬路上有東洋人兩個其一清醒其一則酩酊大醉該處警兵將其人欲擒赴局東洋人不服該警兵吹號招集十餘警兵將手中槍各向該東洋人身上紛毆倒地拖之而去未知作何着落

誣匪反坐　○津北小淀村正王伯雅之父文童王敬棠晋京在五城察院控告本村四十餘家爲匪仰蒙札飭通永道查辦已經通永道訪悉被控之家皆係良民無一爲匪王某誣告照律反坐已蒙諭令通州知州備文派役將王某押解來津送交天津縣訊辦不知如何辦理續訪再登

京報照錄

○○督辦墾務理藩院尚書銜綏遠城將軍奴才貽穀跪　奏爲辦理察哈爾右翼墾務出力人員遵　旨擇尤保獎恭摺仰祈　聖鑒事竊奴才於本年八月間因察哈爾右翼墾務成效過半陳明前後辦法並聲明在事出力人員請俟年終時援照奉天大凌河圍場辦墾成案擇異常勞績請獎奉　硃批准其擇尤酌保毋許冒濫等因欽此仰見　聖主激勵人才有勞必錄之至意曷勝欽感伏查察哈爾右翼豐鎮寧遠兩廳屏藩大朔連跨台羣地勢袤延至七八百里從前晋省奏開地畝事經兩次時越十年僅報墾地三千餘頃押荒從未一律徵齊其辦理之繁難固已概可想見奴才上年到墾後事端叢雜棼如亂絲查舊墾則轇轕多待清釐闢新荒則尺寸皆需勘丈經奴才督飭委調各調及晋省各員設局認眞經辦復因地畝皆在蒙旗添調深明大義之蒙員隨同辦理該各員等或在奴才駐所或在豐寧兩局分任要差奴才隨同調歷考查親見各員等晝夜勤動手足胼胝冒暑衝寒奔走跋涉荒山大漠艱苦備嘗開局未逾兩年而全功已將告蕆現在兩局開放各地綜計在八成以上徵收荒價亦逐漸加增除已解部押荒銀兩外仍趕緊陸續催徵務期及時埽數按照前奏分別留解冀增晋鄙版圖之廓兼助司農涓滴之儲且將來各地統行升科計可多增租賦數萬金於　國計亦不無小補所有在事各員異常出

力欽奉 硃批准其擇尤酌保奴才謹詳加查核將始終最為勤奮確有勞績可指之員分別文武繕具清單按異常勞績酌擬請獎其當差稍淺及出力較次各員概行刪汰奴才節次調員本慎之又慎此次復嚴之又嚴況當 朝廷綜核名實慎重保案之際斷不敢稍涉冒濫使名器或致倖邀合無仰懇 天恩俯准將列保各員照擬給獎以示鼓勵出自 逾格鴻慈除將該員等履歷另行咨部並將微末武弁咨獎外所有察哈爾右翼墾務出力人員遵 旨保獎緣由理合恭摺具陳伏乞
皇太后 皇上聖鑒訓示謹 奏奉 硃批該部議奏單二件併發欽此

天津各項股票行情單

天津先農有限公司	上屆每股攤得利息四分	每股會主付價銀一百三十兩
天津自來水有限公司	上屆每股攤得利息三分半	每股會主索價銀一百四十四兩
天津濟安自來水有限公司	頭一年創辦	每股會主索價銀一百三十兩
天津煤氣燈有限公司		每股會主仍舊售價銀九十五兩
利順德飯店有限公司	上屆每股攤得利息二十分	每股買主付價銀一百五十兩
天津汽水有限公司	上屆每股攤得利息十分	每股賣主索價銀一百二十八兩
瑰克蘭尼飯店有限公司	上屆每股攤得利息七分	每股售過價銀五十兩
天津雲飛馬車有限公司	頭一年創辦	每股賣主價銀二十六兩
天津印字館有限公司	上屆每股攤得利息五分	每股仍舊索價銀五十五兩
廣山礦務有限公司	上屆每股攤得利息五分	每股買主上海銀五兩八錢
大沽駁船有限公司	上屆每股攤得利息二分	每股賣主赴價銀三十六兩

各項股票經紀永□洋行具

拍賣告白

啓者准于本月十四日即禮拜一日下午兩點鐘在本行棧房內拍賣頭二三等白糖二百十七包如欲買者請早來面拍可也
茂盛洋行謹啓

關內外鐵路總局廣告

啓者本總局關內外全路火車自十二日以後照常搭客往來近聞外間謠傳謂關外火車被日俄戰事不賣客票停運客人種種謠言不宜輕信本路行車時刻搭客運貨一律照常辦理並無停賣客票之事恐各客商未及週知特此佈聞
車務處謹啓

天津青年會夜館廣告

茲因於中正月十七八日晚七點半鐘乃本青年會開設夜館之期此館之設也專為諸青年有志向學而又為公事所阻弗克就白日正課者所立也本會所授諸課即英法德日文及官話並他學業各門上等教習業經聘定本館之工夫純而學費廉特將學費開列于左以便周知會友欲學者每月學費一元五角先付者每季三元非會友者每月學費二元五角先付者每季六元惟學機器打字一門外須加修買機器之費學費一層惟應於每月之初先行交付凡欲入青年會者每月會費一元故勸來學者不妨入會以沾他等之益再者無論學一班或學數班其學費概無增減凡欲來學者請至本會掛號留名可也
青年會主人謹具

上海分此 久福源綢緞抄莊

本莊刻有新到新式花素各種綢緞及應時紗羅各色俱全今又添售南式各樣壽器代售洋廣南貨并各色絲光蓆法布等物餘貨一切不及細述售零剪價值公道貨色精美俱勝別家以廣招徠如蒙賜顧請移玉天津海大道泰來洋行隔壁認明本莊招牌為幸再本莊代貫客做男女時式新衣工精料美訂不期悞
本莊主人謹啓

關內外全路逐日火車開行時刻

橫推分看

凡慢車經過各站均停片刻其快車小站不停其餘小車站開車時刻未及備載祈搭客早到無悞

快車北京至榆關
北京開上午七點
天津新站開十點零七
天津老站開十點廿五
塘沽開十一點四十五
唐山開二點十二分
灤州開三點三十七分
昌黎開四點四十分
到榆關六點二十分

快車榆關至北京
榆關開上午七點
昌黎開八點四十八分
灤州開九點五十三分
唐山開十一點三十分
塘沽開一點五十分
天津老站開三點十分
天津新站開三點三十
到北京六點三十分

豐台至通州
豐台開上午七點
到通州八點五十五分
豐台開下午三點十五
到通州五點零五分

慢車北京至塘沽
開下午二點十分
六點二十四分
六點四十五分
到八點十分

慢車塘沽至北京
開六點五十五分
開八點三十八分
開八點五十六分
到一點十二分

通州至豐台
通州開上午九點零五
到豐台十點五十分
通州開下午五點十五
到豐台七點二十分

慢車天津至榆關
開六點二十五分
開六點四十五分
開八點三十三分
開十二點二十分
開二點二十五分
開三點五十五分
到六點四十二分

慢車榆關至天津
開上午五點
開七點十八分
開八點四十四分
開十二點三十分
開四點十分
開六點三十四分
到六點四十四分

榆關至營口
榆關開上午七點
錦州開十二點卅三分
溝帮子開二點五十一
到營口五點五十一分

慢車天津至唐山
開十一點四十二分
開十二點二十二分
開二點十分
到五點十七分

慢車唐山至天津
開上午六點十分
開九點二十六分
開十一點零七分
到十一點[illegible]十七分

營口至榆關
營口開上午七點
溝帮子開十點廿分
錦州開十二點四十二分
到榆關五點五十八

慢車唐山至榆關
開上午六點
開八點零五分
開九點五十分
到十一點五十八

慢車榆關至唐山
開十二點十八分
開二點二十九分
開四點十七分
到六點二十分

中國鐵路總局告白

天津紫竹林
萬寶票行批發
北京鐵路斜街
江南票頭彩三萬元正月份開彩
湖北票頭彩五萬元正月念二開彩
粵東票頭彩四萬元正月十三開彩
彩共計七張其餘小彩末尾彩不可勝數望 速來對號取洋
本行開設天津紫竹林經歷十餘載收兌大小彩票批發各省彩票無不格外公道屢售頭二三四彩不下四十次久已遐邇馳名今又分枝一號在天津估衣街西口路北開張現下月份江南湖北粵東票遠近賜顧請來面訂是荷
去歲十二月份江南湖北兩處票對號單已到查對本行售出之湖北票獲中七八
粵東票對號單已到請來對號取洋
本行謹啓

寶元彩票公司告白

啓者本彩票公司仍設在天津河東奧國租界首次開彩日期定於西歷三月二十八號彩票每張共十條售大洋六元 每條售大洋六角天津寄售處○河東東浮橋口生記錢舖 河東興隆街永昇銀樓 紫竹林直報館 公易洋行 利順德飯店 益聞報館 天津印字館 法租界牛康木飯店 晉和祥紙烟公司 大德國書信館 北京寄售處○前門外大街體乾堂藥舖 東珠市口世聚昌木行 琉璃廠聚寶票行 觀音寺華洋大藥房 崇文門內立中洋行 德國大飯店特此佈告俾衆週知 寶元彩票公司啓

元隆綢緞洋貨莊

開設估衣街中間路北大墻門面自置綢緞顧繡縐紗羅緞各朝衣刀洋縐斗篷欄杆一切各色布匹零整一概發賣貨色別選加高價錢格外從廉以昭久遠此白 零售井兩前各種細羊皮綠名烟加料大小皮箱帳匣

西寶行

啓者本行新到英法國磁器料器並有罐頭火食點心各樣頂好時禮之物洋人用飯刀叉台布木器各家俱鐵床廚房火爐妙鍋間盤頂好挨及絲烟蘇蘭草包烟捲海墨烟嘴各顏色絲絨綢緞雜色花洋貨真價實一概俱全諸君仕商賜顧者請來敝行面議可也 天津紫竹林西賓館洋行謹啓

聲明出號

啓者本號設自康熙年間至同治十三年同族在股者公議整頓併歸五股每計族中瑞德堂恕安堂殿彬叔年賀年五人爲三股愚等爲兩股先是瑞德堂等三股在津另設有東西號貨兩洋貨舖亂後兩號虧累歇業嗣東裕興自議復設因乏資本經瑞德堂等三股煩有韓和庭蔚全五等於去年正月初八日將永信號原存瑞德堂等三股本銀同中交與瑞德堂等三股經手抽股人補年潤年等五人如數提出當立分撥自此兩造永無轇轕當又借去銀二百兩立有借約詎前月東裕興鄙裕興蔚以債被控該鋪竟將永信號在縣牽連有案誠恐該號再圖拖累及華洋官商有誤認連號情事除稟明關道憲暨天津府縣備案外因登各報聲明此佈天津鍋店街永信顏料舖鋪東蔚延年蔚映川仝啓

四遠馳名

本號代售各種紙煙呂宋金咀煙雪茄東各種蠟丸湖北江南彩票天津北門單街口老德記大藥房謹啓

壽世濟陰丸

專治婦人諸般雜症虛損勞弱崩漏淋濁赤白帶下經血不調肚腹疼痛腰腿酸痛抽筋麻木腹脇攻胸中痛悶飲食不消嘔吐酸水頭痛目昏氣短心跳作寒熱盜汗不眠口乾煩渴五積六聚大便作瀉驚悸怔忡胎產前後一切逆症隨引服下奇如神實屬濟陰要藥衛坤至寶也

麋茸寧坤膏

專貼婦人胎前產後血崩漏淋瀝赤白帶下調經腹疼痛癥瘕塊血寒經閉不受孕骨蒸身熱一切虛損雜疾勞症貼腹臍上屢試屢驗此膏行銷多年馳名已久四方來函購取者皆稱譽世無雙矣

小兒金丹

專治嬰兒諸般急慢驚風神昏天吊感冒風寒發冷發燒停食吐乳腹痛瀉泄口瘡不食凡一切小兒自病功難盡述服之無不立效洵屬保嬰一聖藥矣

犀茸百補丸

此丸溫而不熱清而不塞專治男婦陰虛火動之症中氣不足喘急上咳嗽吐痰肺癆喉聲咽盜汗煩熱耳鳴心跳頭眩目昏四肢困倦飲食不思以至吐血五勞七傷每切諸虛百損皆補第一一切丸自送皆補堪名也仙藥誠光顧者請至天津衙口老德記大藥房批發已壽堂謹啓

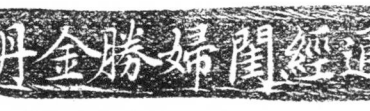

德 C. Hofmann. 啓

恒和洋行

本行前在德國賣眞地方開設織絨織布各廠創自一千八百三十八年迄今已歷有六十餘年之久向在各國早已馳名並專理進口軍裝機器鐵路所用各件鐵軌氣燈礦務並工程各樣機器五金雜貨洋絨洋布等項官物一概俱全價值各外從如蒙官的賜顧者請全本行帳房由議可也以及購辦出口駱絨羊毛皮貨等物今寓天津海大道英國菜市對門十九號房使是 本行謹啓 159

本行承辦營口通濟自來水有限公司已經開辦各器或欲購各種機器程價訂辦各項工程官商值從如蒙玉本賜顧者廉移賬房面議 恒和洋行本 德商司具 工啓 20

51 樂壺洞北馬路大街

聚慶園酒席處

本園新添米粉鷄米粉肉等菜新鮮扒錦火鍋扒猪頭扒鷄錦抓尖拾小賣燒麥小俱全一概俱全本園謹啓

94 海大道新開山東

源豐居

本居專做燒鴨燻鷄腸小醬肉一時俱賣均按京都姑蘇做法官商賜顧即請駕臨特此謹白

出售

日本北海道

各樣木料

價格外從廉

三井洋行 20

永和中外首飾行

本行新到中外金銀首飾器皿並不惜重資由外國運來鑽石珍珠翡翠玉貓眼石瑪瑙石閃山雲黃紫各色寶石時款金銀錶大小鐘粵東綢緞酸枝石棹椅萬壽金雲母亮文玳瑁鈕萬壽藤鈿式永絲巾等出由香港上海聘來頭等工匠專造金銀器皿鑲珠石首飾修整鐘錶中外官商賜顧請移玉至紫竹林法租界北醫院對過新馬路本行購取貨真價實劃一不二特此佈聞 91

牙醫

專治牙疼牙漏以及腮腫風火蟲牙空金銀粉補管家除根至于滿口牛粒音能鑲

周相臣

補用金銀象皮托任從客便價值從廉萬天津南門口天元醫園 188

仁記洋行

本行出售鐵片大沽隴鐵松木硬木地板各種大小機器美國人頭牌號麵粉價值從廉如蒙官商賜顧者請至本帳房面議可也 71

仁記洋行謹啓

本行代理中華火燭保險公司 China fire insurance Co. 歷有年承除中國地界外凡在英法德俄日與及意國租界內之樓房住房棧房貨物等項均能代保火險保費格外公道如有欲保者祈駕臨本帳房面商是可也

英界仁記洋行謹啓 3

天津鍋店街

華英大藥房

本藥房專售外國各種靈驗藥水藥酒丸散膏丹香水香皂秘製戒烟玫瑰梅花參片補身斷癮一粒金丹自運各國名廠照像器俱材料放大電燈治外科刀針包 經售司各脫乳白鐵魚油丸製補肺清魚肝油燕醫生各種靈藥廣東各項蠟丸欒茸寧坤膏壽世濟陰丸小兒金丹

本藥房主人謹啓 13

三合新衣莊

自置綢緞單夾皮綿紗喜專嫁衣蟒袍霞佩男女套衣一概發售開設天津估衣街萬壽宮西路北大門便是 27

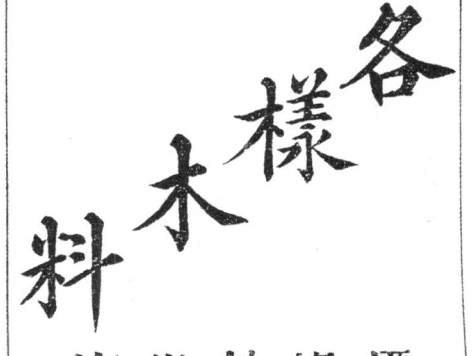

天津雲馬有限公司 飛車

本行出賃頭等馬車馬匹如有來行租用馬車馬匹
或按日或按禮拜或按月租賃均聽其便本行幷買
賣馬匹騾子凡有馬之人欲託本行代爲豢養者須
價極其公道其代豢養之馬匹亦必格外留心照看
俾使茁壯無恙

天津雲飛馬車有限公司 法租界 得律風一百五十六號

天津 公易 英租界 洋貨莊

啓者本行開設英租界中街已數年於茲矣
專辦 官紳仕商屋中陳設及一切需用裝
璜等事倘蒙
賜顧卽函知本
行當派妥人前
往估儲備辦整
齊及各項工匠
無不應時工作
前曾歷辦行轅
鋪墊陳設頗稱
嘉許本行並備
項好聘禮之物
外洋各種器具
軍中應需物件
桌椅傢俱玩物
保險鐵屋新到
銀櫃洋錢箱洋
燈地氈白洋毯
各樣綢緞等件
一商未及週知
價值與別家格外從廉恐
特此登報佈聞
公易洋行謹啓 十二

魁豐冰窖

本號開設在
閘口西歷有
年所今在口
本界大仙茶
園後面南小
營門外添設
分號兩處諸
君如欲定冰
者請到開口
西本櫃面議
可也
本主人啓 207

啓者本公司售賣之縫衣
機器凡刊有此商標者乃
眞貨除總公司開設在
天津外其北京保定烟台
唐山等處均經設有分行
賜顧者請就近購買爲幸
勝家公司啓 70

華泰飯店

本店設在閘口西日
本租界坐西向東便
在特選頭等手藝專
取英法大菜拾錦各
洋點心甜鹹作包
加餡小面包外洋御
用上品洋沛蘿頭食
物俱全官商賜顧即
納新造洋樓實闊陳
幽雅如官商在府
兩客喜筵另有外洋
頭等器由與衆不同
如定大棻格外公道
5

天津 鴻泰元土莊

本莊精蘆各省西土零
整售批行價發售特請
廣東精工自製冷籠澄
清公膏每拾兩龍入洋
七九每兩銅一吊三
百文冷龍龍字烟膏每
拾兩每八九八膏也膏
東土每圓貳兩錢俠西
土每圓貳五兩錢貴
仕商賜顧者特豫式
開設天津宮北大街一坐
西向東門面便是
本莊主人謹啓 669

天津西門南 慶泰恒西土莊

本號減價出
舊積貨項高
西土每兩合
銅子三十六
個冷龍西土
烟每兩合銅
子六十六個
均係陳老積
土童叟無欺
概不去零 9

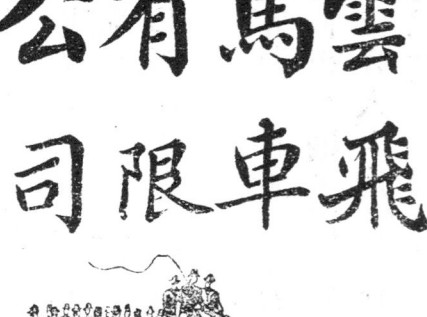

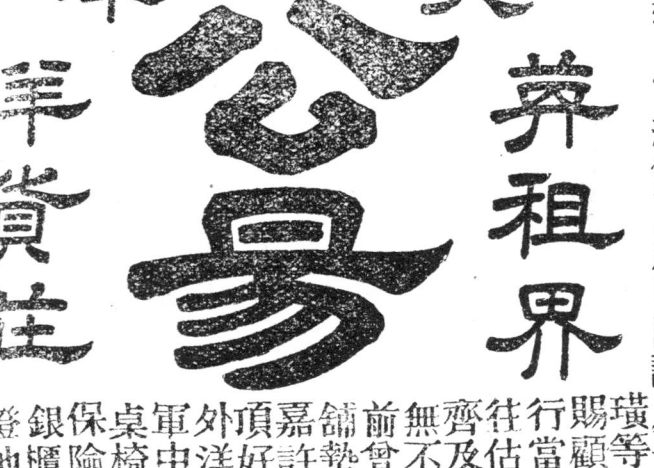

本店自造海□獐絨獐絨

由各埠輪船來電放行日期

青島	初八日	由上海烟臺禮和行
通州	初八日	由上海烟臺太古行
景星	初九日	由上海烟臺怡和行
新濟	初九日	由上海烟臺招商局

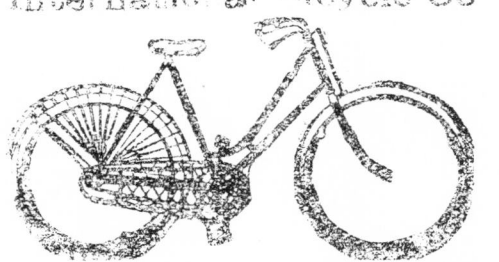

直報第二張

新正月十六日　不取分文

京報照錄

○○山西巡撫臣張曾敭跪　奏爲審明民婦因姦商同姦夫謀殺祖姑逆倫重案按照律例分別定擬凌遲正法恭摺仰祈
聖鑒事竊查接管卷內據平陸縣知縣汪敦元詳報民婦郭喻氏因與郭合汰通姦起意商同姦夫謀殺　[illegible]祖姑郭張氏身死一案經前撫臣岑春煊以案關逆倫情罪重大批飭解省發交太原府審擬解司因犯供翻易疊次駁令覆審茲據署太原府審明擬議詳由按察使豐伸泰勘轉前來臣親提研鞫緣郭喻氏鄧合汰均籍隸平陸縣郭喻氏係郭振興繼娶之妻已死郭張氏係郭振興祖母郭合汰係郭張氏無服族姪郭振興在外生理郭合汰與郭喻氏通姦郭張氏並郭振興均先不知情光緒二十七年十一月間郭合汰探知郭張氏外出復去與郭喻氏坐炕說笑適郭張氏回歸撞見郭合汰逃跑郭張氏當向郭喻氏斥罵稱欲告知郭振興一併送官究治是月十七日郭喻氏赴外拾柴與郭合汰撞遇向告前情起意將郭張氏謀死便與郭合汰長久姦好得郭合汰商謀並邀帮同下手郭合汰允從即於是夜同郭喻氏偕至郭張氏房內見郭張氏蓋被在炕仰面睡熟郭合汰上炕用右膝跪壓郭張氏腹兩手按被郭喻氏用右手　住郭張氏咽喉郭張氏驚醒掙扎移時殞命經族鄰通知郭振興趕回看明向郭喻氏拷打盤出實情報縣驗緝獲犯通詳批飭解省發交太原府審解臣提犯復鞫據供前情不諱案無遁飾查例載謀殺夫之祖母已殺者凌遲處死又例載逆倫重案若距省在三百里以外於審明後恭請　王命即在省垣正法又律載妻妾因姦同殺死親夫者姦夫擬斬監候律載子孫謀殺祖父母案內如有旁人同謀助逆加功者

擬絞立決又律載斷罪無正條援引他律比附定擬又例載子婦毆斃翁姑之案如犯夫僅止不能管教其妻實無別情犯夫於犯婦凌遲處死先重責四十板看視伊妻受刑後於犯事地方枷號一個月滿月仍重責四十板發落各等語此案該犯婦郭喻氏因與其夫無服族叔郭合汰通姦被夫祖姑郭張氏撞見斥罵稱欲告知其夫送官究治輒敢起意商同姦夫謀搭郭張氏身死實屬淫惡蔑倫自應按律問擬郭喻氏除與郭合汰通姦輕罪不議外合依謀殺夫之祖父母已殺者凌遲處死律擬請凌遲處死查平陸縣距省在百里以外遵例於審明後臣立即恭請 王命將該犯婦先行正法係婦女照例免其梟示郭合汰因與郭喻氏通姦聽從姦婦謀殺其祖姑郭張氏身死該犯下手加功亦屬淫兇不法查已死郭張氏係該犯無服族嬸是不應同凡論偏查律例並無姦夫聽從姦婦謀殺本夫祖父母作何治罪專條自應比律問擬郭合汰除與郭喻氏通姦輕罪不議外應比依妻因姦同謀殺死親夫者姦夫擬斬監候律該犯係助逆加功應請加重擬以斬立決本夫郭振興平日不能管教其妻致成逆倫重案按例分別責枷發落除將全案供招咨部外所有審明平陸縣民婦郭喻氏因姦商同姦夫郭合汰謀殺祖姑斃命按照律例分別凌遲正法定擬緣由理合恭摺具 奏伏乞 皇太后 皇上聖鑒勅部核覆施行謹 奏奉 硃批刑部速議具奏欽此

○○袁世凱片 再統領宿衛營總兵趙國賢現奉 恩命補授廣東潮州鎮總兵應即欽遵飭赴新任惟查該總兵忠勇樸誠當差勤慎現在宿衛 禁門責任綦重未便遽易生手合無仰懇 天恩俯准該總兵暫緩赴任仍留統帶宿衛營以重要差之處出自 鴻施理合附片陳請伏乞 聖鑒訓示謹 奏奉 硃批着照所請欽此

○○廣西學政臣汪詒書跪 奏爲考選優貢遵章改題爲奏恭摺仰祈 聖鑒事竊照定例廣西省考取優生不得過二名本年例應考取優生經臣以考試改章之初 奏請本屆考優一切不拘成例奉 硃批着照所請禮部知道欽此欽遵在案茲臣於本年鄉試士子雲集之時諭令應試諸生自行投考嚴加衡校選得鬱林州廩生梁治欽陳敬德二名文理明通頗知講求時務復查詢該州送考教官據稱該生等平日均能敦品勵學當會同前護撫臣丁體常覆試旋値撫臣柯逢時到任復

經會同驗看由臣給予貢單咨文令其遵限赴部聽候　朝考伏查廣西左右江各屬匪氛甚熾士氣不揚無從講究絃誦之端有轉徙流離之苦故本屆鄉試人數不及經年之半仍以平梧鬱潯五屬爲多其餘各府廳州寥寥無幾干戈寖久庠序中徵絃維　朝廷樂育之懷益滋衾影素餐之愧除取造册結並將正覆原卷一同解部外所有選舉癸卯科優貢緣由謹會同撫臣柯逢時合詞具陳伏乞　皇太后　皇上聖鑒謹　奏奉　硃批禮部知道欽此

花叢話佳

和樂天生珊珊詞卽希　大吟壇雅政　無名氏拜草

雲霞紅暈夢初闌檀口輕吹氣若蘭留得詞壇三絕調名花羣羨謝珊珊

憐才一念到毫端未報恩私力已殫與月同圓譬七七願花常好祝珊珊

翩翩豔幟樹長安慧業文人盡染翰自有樂天題彩筆紅樓姓氏說珊珊

勉和珊珊詞三絕敬求　樂天生指謬　無隱子求是草

評花醉酒倚欄杆欲和新詞下筆難料想羣芳應俯首傾心齊拜謝珊珊

芳名久已遍長安秀豔如卿色可餐幸遇樂天情意重佳詞麗句詠珊珊

愧予憔悴鬢絲斑走馬看花興未闌瀟洒風流卿第一令人爭識謝珊珊

恭和珊珊詞三首卽呈　樂天先生法政　率眞主人艸

尋芳有意到長安最喜風流耐久看惟問花叢誰第一果然取得謝珊珊

看花容易品花難品得名花墨不乾但願詩人多染筆相逢莫負謝珊珊

可人丰韻冠勾欄每欲傳眞畫更難想是名花仙種在天風吹下謝珊珊

天津事跡紀實聞見錄　續初十日稿

西國各行
密妥士洋行
怡和洋行
仁記洋行
沙遜洋行
薩寶實洋行
世昌洋行
廣隆洋行
恒順洋行
亨達利洋行
旗昌洋行
阜通洋行
阜昌洋行
新沙遜洋行
隆順洋行
信遠洋行
寶順洋行
寶通洋行　仍未完

LI GAZETTE. 大清光緒三十年正月十七日

本館開設天津紫竹林英界海大道廣東路
每日報價收洋六角 外埠遠近酌加寄費

CHIH PAO 直報

第一千六百八十四號
主筆總理賈祿福

告白 啓者茲有車一輛並騾一匹暨鞍一套一切俱全諸君欲購者請到英界德國郵政局面議可也此布 58

聲明作廢 啓者本局已將法商蓋東公司原立包辦第三段海河工程合同作廢現已改派工頭高瑞軒承辦矣特此佈告

海河工程總局白 63

沿海河左岸在礦務局煤廠前並接以下五百尺有應裁淤堤一段現招包工人將該淤堤裁去即以原裁堤土抵價至應裁細址本局另有詳圖備閱

海河總工程司具白 65

宮門鈔

新正月十五日 召見軍機 皇上明日辦事後午刻升 乾清宮入廷臣宴畢還海

新訂學務綱要續目 五續前稿

一各學堂應令學生貼補學費 各省公款皆甚支絀除初等小學堂及優級初級師範學堂均不收學費外此外各項學堂若不令學生貼補學費則學堂經費必難籌措斷無多設之望是本欲優待而轉致阻礙興學矣且學生以學費不需自出不免怠惰曠廢不肯切實用功更兼不守規矩視退學爲無關輕重查日本各學堂學生於月出束脩外凡膳費寄宿舍費書籍衣服等費皆須學生自備具有深意蓋博施濟衆從古所難中國此時初辦學堂一切費用甚鉅自亦應令學生貼補學費不致全仰給於官款庶可期持久而冀擴充其學費每人每月應繳若干聽各省斟酌本省籌款情形核計該學堂所需常年經費隨時酌定毋庸限數但須量學生力之所能及

一各省初辦之學堂學額暫不限數 現定各學堂學生額數初辦之際准各省各就地方情形財力通融酌辦不必拘於定額然教育總以普及爲貴仍宜隨時隨地力圖擴充

一學堂未畢業學生不准應鄉會試歲科考 各學堂畢業學生已定有出身與科舉無異在學堂授業期內概不准另應鄉

今日本報另印附張不取分文

會試歲科考及各項考試以免曠日分心延誤學期其畢業生領有憑照離堂後而升級學堂未經考取收入者謂小學升中學中學升高等學高等學升大學之類如在科舉未停以前其願應鄉會試及各項考試者各聽其便應由學務大臣咨行各省通飭各學堂遵照

一各學堂斥退學生不准投考他學堂　各學堂犯規斥退學生概不准更名改籍另投別處學堂情節輕者如一年內查其眞能改悔取具保人本人各甘結仍可另行考選收入本省學堂以觀自新之效情節重者永遠不准再入學堂以示古人移郊移遂之罰應由學務大臣通咨各省凡以後各學堂遇有斥退學生應將該學生姓名籍貫事由呈報本省學務處詳請督撫咨行本省外省各學堂存案如有斥退後改名混入他省學堂者應嚴定懲罰條例查出後應將保結人議處學生非有大過僅止記過儆戒其不得不斥退者必確係犯有重情及屢戒不悛之敗類斷不宜令混入他學堂若此例不嚴學生斷不能受約束也

一學生未畢業不准另就他事　各學堂未經畢業學生概不准無故自行退學及由他處調充別項差使如有故犯禁令希圖退學及於放假期內潛往他省就事者查出後除咨照該省立即撤退押送回籍外並應追繳在學堂時一切費用惟保人是問

一京師大學堂宜先設豫備科　京師大學堂分科大學現尙無合格學生暫可從緩宜先設大學豫備科其教[illegible]課目程度應按照現定高等學堂章程辦理

一進士館宜加津貼　新進士旣奉　旨令入學堂必使心無牽累而後可責其篤志用功若旅費不充憂增內顧欲其安心從事學問難矣茲擬凡入館就學之進士翰林中書每年給津貼銀二百四十兩部屬每年給津貼銀一百六十兩以示體恤此項津貼由新進士本籍省分籌款交學務大臣轉發進士館按月支給　仍未完

要件

欽定大清商律　五續昨稿

第九十六條　董事局尋常會議期數任便酌定如有緊要事件但有二人欲行會議者可即定期舉行特別會議

第九十七條　董事局會議議決之事該公司總辦及各司事人等必須遵行

第七節　衆股東會議

第九十八條　股東尋常會議及特別會議以主席董事充主席亦可由股東另行公舉

第九十九條　會議時股東有事請議卽由請議之人建議並須一人贊議再由衆人議決

第一百條　會議時有一股者得一議決之權（如一人有十股者卽有十議決之權依此類推）惟公司可預定章程酌定一人十股以上議決之權之數（如定十股爲一議決之權或二十股爲一議決之權依此類推）

第一百一條　凡會議各事決議可否從衆所言爲定如彼此議決之權相等則主席可另加一議決之權惟必須照第九十第九十一兩條辦法一律辦理

第一百二條　凡決議可否卽由書記登記股東會議記事册由主席簽字作准

仍未完

第一百三條　公司有重大事件（如增加股本及與他公司併合之類）招集股東舉行特別會議若議決准行限一月內復行會議一次以實其事議畢施行

第一百四條　股東會議時所議之事有與股東一人之私事牽涉者該股東仍可到場會議毋須迴避

第一百五條　股東不能到場會議者可出具憑證派人代理代理人如非股東祗能代行議決之權不能有所辯駁以申論其原因

第一百六條　股東派會議代理人所出憑證應於三日前送交公司總辦或總司理人查收

第八節　帳目

第一百七條　董事局每年務須督率總辦或總司理人等將公司帳目詳細結算造具年報每年至少一次

第一百八條　董事結帳時應先由查帳人詳細查核一切帳冊如無不合查帳人應於年結冊上書明核對無訛字樣並簽押作據

第一百九條　公司年報所應載者如左

一公司出入總帳　二公司本年貿易情形節畧　三公司本年贏虧之數　四董事局擬派利息並撥作公積之數　五公司股本及所存產業貨物以至人欠欠人之數

第一百十條　董事局造成年報應於十五日前由總號分號分送衆股東查核並分存總號分號任憑衆股東就閱

第一百十一條　公司結帳必有贏餘方能分派股息其無贏餘者不得移本分派

第一百十二條　公司結帳贏餘至少須撥二十分之一作爲公積至積至公司股本四分之一之數停止與否乃可聽便

緊要電音

商輪釋放　○倫敦西三月一號來電云俄皇已令將蘇秉士灣俄國所拘留之英國並腦威國煤炭輪船兩艘釋放云云

煤船被留　○又電云英國煤船名烏利野（譯音）前赴星架坡者已被紅海之俄艦扣留云云

下令勵軍　○又電云旅順俄國陸軍統領已下令傳知日本進兵並佔奪旅順係國家體面之問題該統領已聲明永不下投降之令並諭軍民人等死守該處炮台云云

緊要新聞

俄皇通詔　○奉　天承　運　大俄國大皇帝兼　木司克　吉耶弗　弗拉吉　喀尊　阿思拉汗　百里　西伯利亞　河耳酸他弗拉汗　魯尊　普思闊等處皇帝　四馬連　里托　倭倫　頗多　汾蘭　庫連　斯米各　百里斯托　闊列司克　維耳司闊　尤鍋耳司克　偏耳司克　瓦特司克　伯喀耳司克　訥夫國耳德　尼作司克　撒耳尼國司克　量咱司克　波羅汝克　羅㩙夫司克　雅各司拉　編羅桀耳克　烏多爾司克　倭布多耳司克　匡吉司克　維帖布司克　木奇司拉夫司克　等處大王　北地行權主　宜維耳　喀耳他林　喀巴金　阿耳綿等處皇帝

察耳司克　郭耳斯克等處大王繼位君　士耳斯坦皇帝　訥耳維日司克繼位君　士列危各郭洛親司克　司托耳鑾吉漠耳森　倭耳兼布等處大王詔曰　朕心欲永固遠東民生始允與日本政府復開朝鮮之議我國於此次不得已之開議未能議畢而日本政府不待我國覆言遽請罷議並請將一切交涉事宜概行停止亦未言及停止交涉行即開仗之事竟命其水軍砲艦突然偸襲我旅順口港內駐箚之水軍隊朕聞遠東留守將此事奏聞立命禦敵朕此番振作實係代天宣化更望凡我黎庶奮然與起與朕同固邦國朕今虔禱上天默助我軍英勇欽此聖彼德堡正月二十七日耶蘇降生一千九百零四年俄皇尼古拉依即位十年此詔經大俄國大皇帝御筆簽押　尼古拉依

日皇誓師　○日昨日皇頒發於全國各師團長及臺灣總督誓師之勅語特譯如左　朕以東洋之平和爲衷心所欣幸故爲清韓兩國之時局問題使朕之政府去年以來與俄國交涉然俄國無顧念東洋平和之誠意既確認之至有所不得已也蓋保全淸國韓國兩國之領土實與日本之獨立自衛有密接之關係於是朕命朕之政府與俄決裂決定爲我獨立自衛而爲自由行動之事朕信賴卿等之忠誠勇武以達其目的而全我帝國之光榮實所期盼

日多韜畧　○聞被俄擊沉於旅順口外之日本運船五艘均係沉於口外與旅順港俄軍出入之海道無關已誌前報茲得旅順訪事人來函稱俄官曾派人驗擊沉運船內所載物件內有一艘係裝炸裂之物船內又有電綫牽連冀到要津之處立即用電炸裂其船自沉以塞港路並有極詳細英人名亞丹(譯音)所繪旅順口之地圖並日官所繪之地圖云云

商輪首抵　○禮和洋行經理之青島輪船昨午三下鐘時已到紫竹林碼頭停泊該船係新正第一號輪船抵埠矣

代收捐欵　○上海西字林日報華中外日報已設收捐處代收撫邺日本傷亡兵士之捐欵云云

軍門援兵　○中外日報云聞在關外之俄兵有與華軍衝突之事馬軍門玉崑已率兵前往救應云

法報記俄艦滿洲事　○滿洲船現仍寄椗黃浦江中本館深望該艦能久泊上海不即離去爲幸本館曾憶數年前美國與日斯巴尼亞國開戰時曾有一美艦名毛諾加先者寄椗黃浦江中雖經華官竭力驅逐該艦終不之允依舊裝載軍火等物並無他國出而干預其事是以該艦得以安泊浦江此次滿洲事同一轍且該艦並不裝載軍火等物何不可援美艦毛諾加先之例停泊浦江中乎聞華官已照會俄艦滿洲令其即行退出浦江本館深以上海道如此辦法太覺鹵莽未免不思之甚者矣本館以爲不久本埠各領事及北京各欽使行將出而與聞滿洲之事也

本館又以上海既係局外中立之口岸聞有美國某公司船將由外洋到滬滿載軍火以供日本軍隊之用設該船抵埠後試問中政府若何處置令該船所裝之軍火搬運上岸乎抑令該船仍載回歐洲乎譯中法彙報

東省近事　○俄兵在齊齊哈爾哈爾濱吉林三處者目下陸續向遼陽開平進發故不再將齊齊哈爾哈爾濱或吉林加厚兵力並一面欲在海參威大集兵士一面在鳳凰城及安東縣亦復聚兵想在鳳凰城與安東左右之俄兵已有三萬人矣

東三省內地之馬賊日有加增彼等專與俄人爲難其主意係欲毀壞鐵路及割斷電線遼陽與蓋平之間之大石橋及哈爾濱與開原之間之陶賴洲兩處附近之鐵路均已毀壞數處之電線業已割斷雖鐵路中人盡力修理然以受傷之處太大故甚難竣工也

至後到旅順戰敗之消息後海參威一帶大加防護在尼哥勞士克之地有多兵聚於該處庫頁島則祇有兵一旗俄人以爲日本不攻該處也

東報記日俄戰事　○某處接得韓京來電云據從義州來之韓人言俄軍目下在鴨綠江右岸一帶地面築造砲壘極爲迅速其中亦有已竣工者而安東縣地方目下已有俄軍約一聯隊駐在該處并聞尚有二師團以上之俄兵由北而南向安東縣進行該俄軍等亦稱韓國爲敵國聲言將渡江而前進義州居民因之大爲惶恐皆已預備避難之事

中十二月二十四日日本捕獲之俄國義勇艦隊之阿力山大號乃於是日下午四點鐘突然進入嚴原港當由日本警備隊司令部率令某憲兵隊迫令該船中人員上陸查驗一切船中只有鯨魚七尾言欲前往長崎販賣因欲與長崎電商價值故暫於此寄泊日本警備隊即照會竹敷要港部以水雷艇三十一三十四二艘護送該船前往佐世保

在浦鹽之俄國軍艦四艘於中十二月二十四日下午兩點鐘偕碎冰船共出港因其司令官希達開爾貝爾甫少將已經免職須將該艦隊歸先任艦長指揮之故已於中十二月二十九夜或三十晨回浦鹽港

日本新軍艦日進於正月初一上午九點三十分鐘安抵橫須賀春日於同日上午十一點二十分鐘安抵同港該處日人歡迎如湧井上鎮守府司令長官當即電報政府日皇所特派之井上侍從武官乃至該兩艦慰問艦中人員下午三點鐘歸東京面奏日皇此次乘該兩艦來東之日本將校爲

竹內大佐　鈴木中佐　丸山大尉　松村少佐　田所少佐　加茂機關中監　筑士大尉　鈴木大軍醫　八人其中外國士官兩艦共二十七名日進艦中人員上陸於是日正午始至兩點鐘而畢春日艦中人員於三點鐘以後悉上陸士官概入鎮守府下士概入下士集會所橫須賀町長鈴木君亦前往訪問兩艦當時又有無數小學生徒齊列道側奏英國國歌海軍樂隊爲其先導橫須賀之委員三百名日本海陸軍將校及其餘人等不可計數咸往歡迎焉該兩艦之歡迎會定於本日在橫須賀開設明日在橫濱開設初三或初四在東京開設

中十二月廿四日旅順之戰其後在旅順之俄艦之情形已屢次見諸各種報告茲得芝罘特電遞及溫州輪船之報道其所言與中十二月廿七日遠東總督阿克塞夫之公報及日本海軍當局者從各處所得之消息頗多相證者據云俄國軍艦立都末尚業已不堪應用至今猶橫於旅順港外出入之口其艦體吃水之下被擊成穴孔初用吸筒汲出侵入之水但現已停止汲水因無濟於事也俄國戰艦者立末基巡洋艦帕拉太及拿維克等均已拖入於東港之軍港內惟尚未曾有一艘入船渠修理者立末基受水雷之創傷最巨其破損處在艙之上部帕拉太亦與之相同拿維克受砲彈之創傷亦甚巨蓋中十二月廿四日海戰時該艦離其壘列而突進最接近於日本艦故也巡洋艦阿斯哥爾多與他艦共隱入西港內該船受砲擊之處爲左艙近烟筒之處及中左艙之水平線上其損害并波及機器房又俄國巡洋艦提耶納艦底半已沈沒其戰艦波耳克華聞亦受大傷害但未知其詳細情形目下俄艦在旅順港內者尚有十艘其稍有戰鬥力者爲如左之六艦而已

戰鬥艦海力斯維德

戰鬥艦拋比合塔

戰鬥艦貝篤綠包羅斯克

戰鬥艦色巴斯篤坡耳
裝甲巡洋艦巴羊
巡洋艦巴耶林
此中貝篤緑包羅斯克之舢部有大創傷此語亦係温州輪船中人所述其餘諸艦亦皆畧有損傷唯俄人之水雷驅逐艇皆健全無恙

中十二月三十日北京來電云昨日從哈爾賓遼陽方面遷移來京之日本人二百餘名其中一百七十名在大石橋爲俄兵所捕被押送至旅順其中三十名幸免捕拿

同日又電云從哈爾賓避難南下之日本人行至奉天時忽遇俄兵被其毆打掠奪或被監禁有與以三百羅卜之賄賂者始得附搭無蓋之貨車欲將男子送往大石橋女子送往營口女子之中有不忍見男子之被慘虐聲言願同往大石橋者乃概送往旅順及至旅順仍有被監禁强姦之事營口之美國領事目下屢次與俄官商議此事極力言其不應如是强暴無禮此間之日本救濟會已派遣委員携帶毛布食粮等物前往山海關慰問避難之日人

中十二月廿八日韓京來電云此間俄國公使館已高懸法國國旗以法兵保護之

同日又電云日本駐韓公使林權助氏昨晚帶同伊地知少將秋原國分兩書記官鹽川通譯官等謁見韓皇面陳關於目下時局之事甚久韓皇亦有勅語云曩日有移蹕俄國公使館之事者實因内亂之故然此次日本爲東洋之和平起見而從事戰爭自當安心信賴日本軍隊决無移蹕他國使館之事云聞此外尚有對於日本表明好意之勅語錄中外日報錄譯中十二月三十日至正月初二日東京朝日新聞

北京

要缺得人 ○日前政府秘奏 兩宮謂方今東省戰事吃緊非精明幹練勤愼耐勞之員暫行署理不克勝任茲有某大臣通達時務辦事認眞應請先行暫署以重要缺云云

商缺尚懸 ○京師商部各章京未給薪俸因未補實缺之故年内祇領津貼銀或三百兩或四百兩不等云

軍火購到 ○中政府云接某制軍電稱外洋採辦槍砲藥彈等項已於日前派員運到業經在省派委教習操練俟有規模當遣應調云云

水師整飭 ○江西湖北湖南廣東福建浙江安徽等省長江水師自設立以來各員所習操法未爲不善乃承平日久訓練多疎目下防務吃緊更宜認眞操練中政府擬聘日本水師員分赴各省教練云云

備賞元宵 ○京師元宵燃放花炮皆内務府飭匠人預先造就進呈日前將繡球花四架花籃花一架抬赴南海以作元宵節燃放云

恩賞外藩 ○頒賞蒙古王公等物乃青藍各色江紬藍色呢等居多本月十二日領賞各人得六疋俱欣欣回寓然自數年以來頒賞藩屬惟蒙古王公及回回王兩等而已

察驗兵丁 ○頃聞八旗都統欲察驗兩翼前鋒八旗護軍各營之兵以爲整頓戎行起見計察驗者共有十處也

展期護守　〇本月十三日派赴外國區域各要口外護守各國公使館之消防隊兵茲聞現在豫辦護守之事未畢須過數日方能前往護守云

外埠新聞

東三省

俄督告示　〇大俄國欽命留守遠東大臣阿　爲剴切曉諭事照得東三省軍營商會紳民人等一體懍遵現因俄日構兵本留守擬有六條特此通諭知之

一俄日交涉正值睦商之會詎伊心懷叵測陡施奸詐襲攻我國水師似此勢勒强迫碍難坐待不得不背城借一保護利權以杜侵犯華疆而免轉蹂華界

二此次俄華利益本係枝接蒂連援輔車相倚之論分宜遇敵犯境合破同攻乃據華國照會願守局外袖手之則因此本留守要求滿洲各官所有俄軍行營購辦糧草一切臨陣應用各項不惟不應攔阻尤宜極力襄助

三東三省居民人等無論士農工商各宜安居守業如俄軍抵境爾等以信相遇俄軍不但不忍欺凌反加保護

四東清鐵路並電線德律風一概責成附近良民協力保衛至各屬府官暨鄉會村長均應同心設法俾勿損壞實爲至感倘或有人謀損不惟嚴懲謀犯仰且惟爾坐視謀損附近官民是問

五鬍匪者東三省之巨惡也俄軍正願滅此朝食以保良民爾等勿畏報復各宜多方幫助指明該匪嘯聚何林屬集何所務期掃盡巢穴滅其黨類倘若有暗藏匪黨並向知匪跡締結不露者與匪同罪

六本留守深冀爾等居民與俄軍同心相遇倘或華官民仇視俄軍俄政府定行殄滅此人決不姑宥爾時俄政府亦必自行設一相宜之法以保本國利益　右諭通知實貼通衢　大俄一千九百零四年　二月初三日　示

山東

寧陽教案　〇光緒二十九年十一月二十七日委員饒介祺會同寧陽縣知縣同禀上憲云敬禀者竊卑職介祺蒙憲台面諭以奉　撫憲函飭寧陽縣民先後匿名列欵禀訐天主教神甫侯百祿在寧陽坑害萬民等情飭往密查會縣摘傳人証質訊禀覆函致福署主教商辦等因遵即束裝起程馳抵寧陽縣境改裝衣服步行先赴原禀所指西鄉黃茂村北鄉瑤城屯南鄉古城村東鄉崇義集復遍歷禀列被事各村庄逐細訪查舉凡茶坊酒肆學塾庵觀以及庄農耆老牧豎樵子無不博訪周諮署得梗概嗣詣縣署會晤卑職宗幹接奉　憲台函飭前因隨會同檢查控報有案卷據互相印証因案關交涉不嫌詳慎參酌按訪確切查明該縣民等禀訐各節或事出有因或半涉子虛所指命案內如教民葛廣强被南白村民毆斃一案業經前縣何令福積訊因案關交涉禀蒙委員會同訊明禀准議結教民王有典即王有點被控毆斃平民徐士興一案亦經何令驗訊時值會議前案恐碍全局訊明息結至教民戴傳文子媳戴孫氏一案戴孫氏死由投井自盡當時未據報驗係屍夫戴萬盛因其妻父孫承坤於葬後糾衆將其父母戴傳文等架去口角爭毆控經卑職宗幹集訊息結他皆自盡未據報驗之案現經卑職介祺訪明已結者前已輸服境移事遷不願翻異未報者皆因與人無尤各有生理恐滋訟累不願出頭成訟盜案如事主徐紹明家被竊並被威嚇拒捕一案久經卑職宗幹勘訊通報獲犯訊供尚未確實應俟傳獲另案逸賊教民

牛嵩山秉公核訊究辦其他牽涉教民雀角細故均經分別悉結處了被事之家皆以無事爲安且一再確查德國天主教堂司鐸侯百祿被訐訛財逼息各節均無實據擬請毋庸再予會傳以省煩擾至侯百祿雖查無實在劣蹟第充膺縣境天主教堂司鐸於所屬會長教民良莠不齊時與平民糾結致訟上年且有釀成人命重案致拂輿情約束究屬未周若不量加整頓深恐別生巨釁應否照會德國福署主教酌量轉飭整頓之處伏候　憲裁除由卑職宗幹隨時訪查遇有交涉事件不分畛域秉公核辦並留心查訪有無恃教殃民due書差從重究懲外所有卑職會查各案實在情形擬合錄敘清摺稟呈　大人鑒察核奪云云

本埠新聞

督轅紀事　○新正月十六日制台未會客

車站紀事　○鐵路總辦昨日早派八十二號花車晋京迎接倫貝子以備出使外洋赴美國賽會云○省城大學堂聶憲藩觀察於昨早由津乘火車赴省○又正太鐵路潘致俊觀察又大名府劉紹鄴太守均於前晚由京乘火車來津○又省城課吏館總辦徐思謙於日前由省乘火車來津

移修鐵橋　○權署前鐵橋　直督飭行工程局改築將鐵橋向西遷移二丈餘已于日前經該局司事人等於新鐵橋方向取直丈量不日開工修築云

誤公被革　○有單街子地保劉吉升素非良善刻因詐財誤公等事當被天津縣右堂查明寔情斥革永不復用惟恐愚民以後受其詐騙乃在該處盡貼革條示諭俾衆週知云云

藉行訛索　○陸某等招搖集股爭奪鮮貨牙行一則前紀本報茲有陸之同人王某等昨在西營門外稍直口地方截留白菜客人聲稱新行開張租敢私索棠用有稍拂其意者王等即阻抑多端由此路過菜客等受其欺累不少皆忍氣吞聲敢怒不敢言云

鼠賊繁多　○近來河北關上地方有鼠賊頗多專俟至晚八九點鐘時候鬼頭鬼腦在各巷內往來而行見有未關門之戶乘間潛入覷屋內無人輒作妙手之想日前至晚時同豐錢局前陳某家中被鼠賊入內竊去衣物若干件而逸又于昨晚彼處某甲家中被賊竊取本鐘一架抱至門外當被甲遇見隨後追赶而賊棄鐘逃逸無踪云

天津各項股票行情單

公司	上届	買賣各項股票經紀永盛洋行具
天津先農有限公司	上届每股攤得利息五分	每股賣主付價銀一百三十兩
天津自來水有限公司	上届每股攤得利息三分半	每股賣主索價銀一百四十四兩
天津濟安自來水有限公司	上届每股攤得利息四分	每股賣主索價銀一百三十兩
天津煤氣燈有限公司		每股賣主索價銀一百兩
利順德飯店有限公司	上届每股攤得利息二十分	每股買主付價銀一百五十兩
天津汽水有限公司	上届每股攤得利息十分	每股賣主索價銀一百二十八兩
鏸克蘭尼飯店有限公司	上届每股攤得利息七分	每股售過價銀五十兩
天津雲飛馬車有限公司	頭一年創辦	每股賣主價銀二十五兩

天津印字館有限公司　上屆每股攤得利息五分　每股仍舊索價銀五十三兩

唐山礦務有限公司　上屆每股攤得利息五分　每股索價上海銀六兩

大沽駁船有限公司　上屆每股攤得利息二分　每股實價赴價銀三十五兩

根莠不除嘉禾無由暢茂害馬盡去良駿始得相安此爲政之大較也玉邑自前任陳大令病篤宵小乘間竊發告訐紛紛以致市井閭閻良善不能安度有許姓虎而冠者素稱無賴之尤其所牽連尤難指數自周大令視身下車伊始發奸摘伏明斷如神自將此輩懲處之後刁徒皆知畏法不敢仍蹈前愆現在城鎮四鄉莫不奉爲神明與豐潤縣馬公鄰境相輝有二難競爽之稱誠縣令之卓異可風者也

寓洛沽商人公具　60

拍賣告白

啓者本月十八日即禮拜五下午二點半鐘在本行拍賣外國家俱立櫃鏡桌各樣椅子外國馬鞍二個三賓酒六箱鐵銀櫃三個各樣洋酒三四百瓶新花檯布三十個地毯煤油爐糖醬二箱縫衣機器罐頭食物等貨如欲買者請早來細看面拍可也

永盛洋行啓　59

本行代理中華火燭保險公司 China fire insurance Co. 歷有年所除中國地界外凡在英法德俄日奥及意國租界內之樓房住房棧房貨物等項均能代保火險保費格外公道如有欲保者祈駕臨本號房面議是荷

仁記洋行謹啓　35

聲明出號

啓者本號設自康熙年間至同治十三年同族在股者公議整頓併歸五股每計族中瑞德堂恕安堂殿彬叔年賀年五人爲三股愚等爲兩股先是瑞德堂等三股在津另設有東裕興兩洋貨鋪亂後兩號虧累歇業嗣東裕興自議復設因乏資本經瑞德堂等三股於去年正月初八日將永信號原存瑞德堂等三股本銀同中交與瑞德堂等三股經手抽股入補年潤年等五人如數提出自立分撥自此兩造永無轇轕當又借去銀二百兩立有借約於前月東裕興與東裕興蔚因債務控該舖竟將永信號在縣牽連有案誠恐該號再圖拖累及華洋官商有誤認連號情事除具明關道憲暨天津府縣備案外因登各報聲明此佈天津鍋店街永信顏料舖舖東蔚延年蔚映川仝啓　35

錄前清國提督軍務麥士尼致華英文法合璧撰作主人書

許氏華英文法合璧獨出冠時上足以副皇太后明詔之所欲爲下足以佐當今勍學者之日力書中備採各語取証爲法皆倡明中國經術使維新士庶讀之既能通文又能深明大義其爲世所寶貴而爭購者又何疑焉

錄欽命三品銜二等雙龍寶星上海郵政司前福建水師學堂教習鄧致書

許君思進於時之所宜著有華英文法合璧一書甚爲美備欲得實學者留心讀之必有得焉　右書爲許君翁屏所著明英文名物動作區別形況之異用與華文義例若合符節許君以事屬創始不能見信於人特薈萃中國經史比儗揭示以爲是編以視坊市前行之數種英文法譯本遜乎遠矣寄售處天津直報館　63

奉天專辦廣東同春堂貴務恒藥號名丸散膏丹各種奇巧鐘錶洋貨十番響器告白

同春堂貴務恒爲廣東良藥肆也所製文武行軍靈丹救猝中風痰瘀關竅通有起死回生之功　萬應時症丸霍亂時症奏效如神　琥珀保嬰丹小兒急驚風熱危急關鎖症立能保安　牙痛丸

君子柑丹之妙　參燕開胃山查丸味甘而美男婦老少咸宜常服開胃消食無滯積食滯之患眞乃養生妙品　補心氣痛丸不但止痛多服斷根　八寶藥散治五淋白濁一服止痛再服全愈　戒煙子母丸每粒戒引五分子丸每粒戒引一分不患生病戒引如神　人參再造丸治風癱症寸步難行服之立可挽回造化數日可健步如常　三寶實攙丸治跌打碰傷靈妙如瘡科分別陰陽治法效驗非常所註瘡科辨別陰疽陽癰治驗論瞭如指掌可以不學能醫略云　無論發在何處部位如瘰癧橫痃瓜兒老鼠等瘡均有陰陽之別照法施治萬症萬全認定陽癰初起紅腫痛未潰者能治　專治痛甚者服　止痛消毒外貼　蟾酥離宮錠毛膏陰疽初起皮色不變漫腫無頭潰後瘡口低陷經年不斂治用　陰疽解凝膏接服發　丸藥快能立效　如壯腎培補男子宜　百勝種子丸古稀之年服如少壯年少一服立見奇功婦人服　扶坤寶育丸立止諸般帶下調經　玉定　卜定　名城丸太繁如　衛生丸　鳳丸　清寧丸　救到時症丸　同春堂等名目頗多不能盡錄付思丸藥爲救辯扶危之要品本號在營口　　各省運北銷售務祈便物利專圖利非人者比也如欲大宗分售價錢格外克己此佈

天津鍋店街洪發承實貴　謹啓

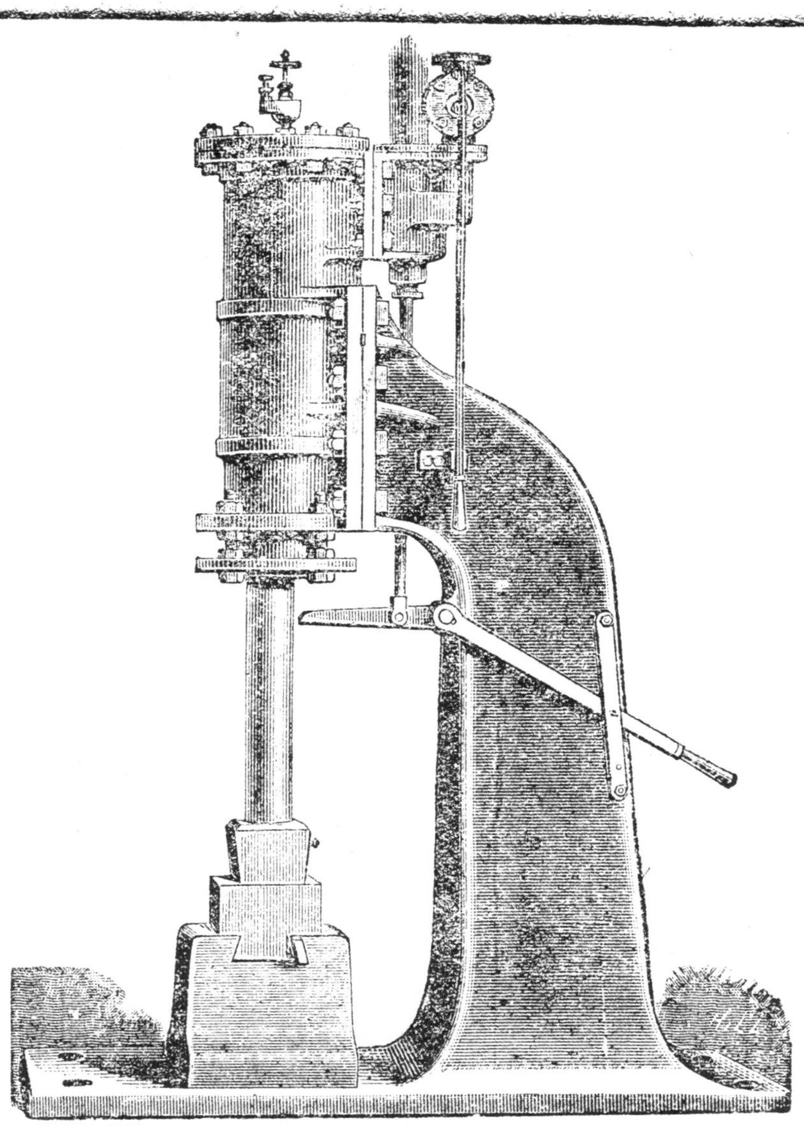

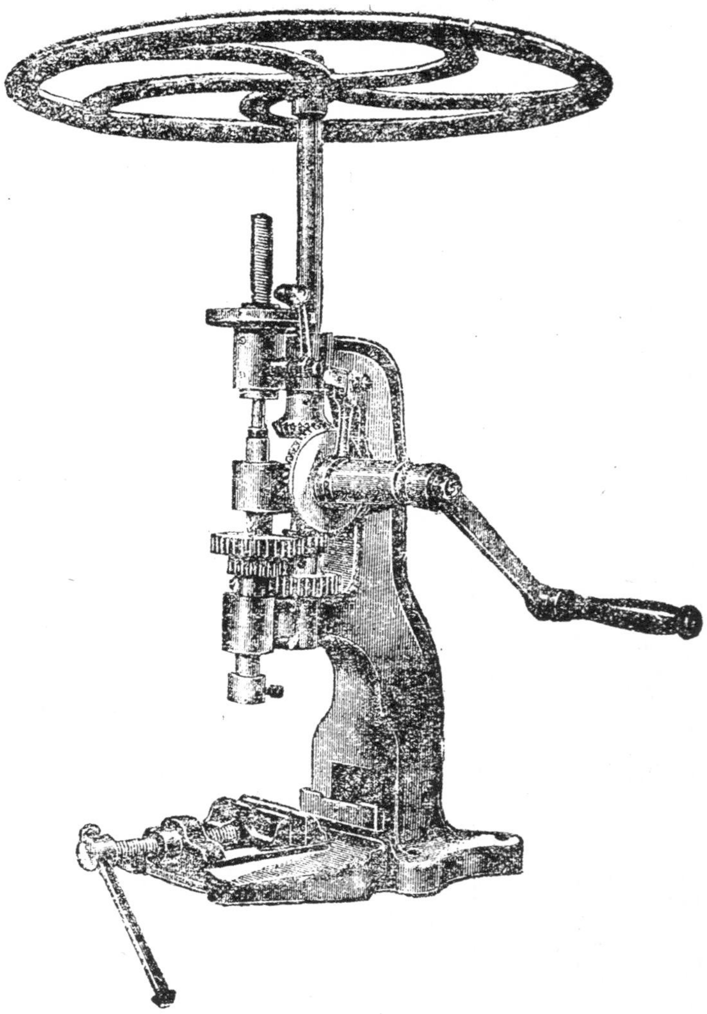

英商謙順洋行機器圖告白

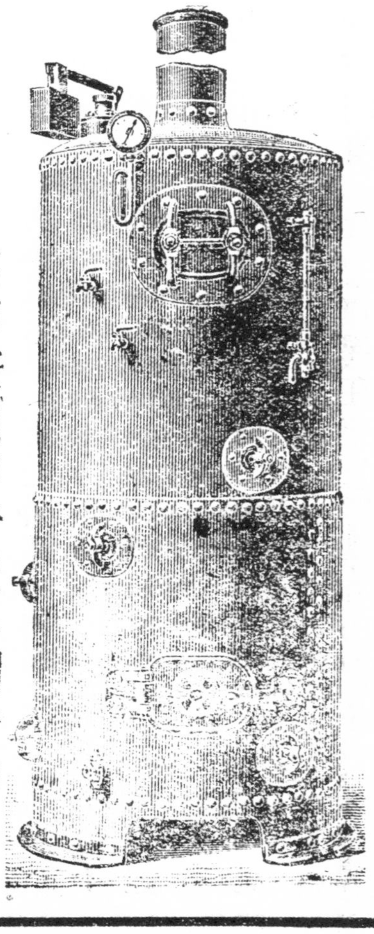

上海分此 久福源綢緞抄莊

本莊刻有新到新式花素各種綢緞及應時紗羅各色俱全今又添售南式各樣壽器代售洋廣南貨并各色絲光蔴法布等物餘貨一切不及細述售價格外公道貨色精美俱勝別家以廣招徠如蒙賜顧請移玉天津海大道泰來洋行隔壁認明本莊招牌爲幸再本莊代貫客做男女時式新衣工精料美訂不期悞 本莊主人謹啓

天津紫竹林 萬寶票行批發 北京鐵拐斜街

江南票頭彩三萬元正月念六開彩
湖北票頭彩五萬元正月念二開彩
粵東票頭彩四萬元正月十三開彩

本行開設天津紫竹林經歷十餘載所售大小彩票凡發各省彩票無不格外公道屢售頭二三四大彩不下四十次久已遐邇馳名今又分枝一號在天津估衣街西口路北開張現於正月份江南湖北粵東票遠近賜顧請來面訂是荷 本行謹啓

去歲十二月份江南湖北兩處票對號單巳到查對本行售出之湖北票獲中七八彩共計七張其餘小彩末尾彩不可勝數望 頃接到粵東票電報頭彩貳千七百拾號貳彩叁千貳百二十壹號叁彩千五百陸拾號肆彩五千捌百肆拾陸號

寶元彩票公司告白

啓者本彩票公司仍設在天津河東奥國租界首次開彩日期定於西歷三月二十八號彩票每張共十條售大洋六元 每條售大洋六角天津寄售處〇河東東浮橋口生記錢鋪 河東興隆街永昇銀樓 紫竹林直報館 公易洋行 利順德飯店 益聞報館 天津印字館 法租界牛康木飯店 晉和祥紙烟公司 大德國書信館 北京寄售處〇前門外大街體乾堂藥鋪 東珠市口世聚昌木行 琉璃廠聚寶票行 觀音寺華洋大藥房 崇文門內立中洋行 德國大飯店特此佈告俾衆週知 寶元彩票公司啓

光隆綢緞洋貨莊

開設估衣街中間路北大牆門面自置綢緞顧繡紗羅蟒全朝各樣壽衣刀絨洋氈斗篷欄杆一切各色布疋整一概零賣貨色剔選加高價值格外從廉以昭久遠此白 本莊專售龍井雨前各種細茶皮絲名烟加料大小皮箱帳匣

西賓洋行

啓者本行新到英法國磁器料器並有罐頭火食點心各樣頂好聘禮之物洋人用飯刀叉台布木器各等家俱鐵床廚房火爐炒鍋間盤頂好捲及各種烟蘇蘭草包烟捲海墨烟嘴各顏色絲絨緞雜色花洋布貨眞價實一概俱全諸君仕商賜顧者請來敝行面議可也 天津紫竹林西賓館洋行謹啓

四遠馳名

本號代售各種紙烟呂宋金咀歷審東各種蠟丸湖北江南彩票 天津法界街口老德記大藥房謹啓

壽世濟陰丸

專治婦人諸般雜瘵虛損勞弱崩漏淋漓赤白帶下經血不調肚腹疼痛腰腿酸痛抽筋麻木兩肋攻痛胸中痛悶飲食不消嘔吐酸水頭痛目昏氣短心跳乍寒乍熱盜汗不眠口乾煩渴五積六聚大便作瀉驚悸怔忡胎產前後一切逆症隨引服下奇如神實屬濟陰要藥育坤至寶也

麋茸寧坤膏

專貼婦人胎前產後經血不調崩漏淋瀝赤白帶下腰腹疼痛癥瘕痞塊血寒經閉不久受孕骨蒸身熱一切虛損雜疾諸般勞症貼臍腹上屢試屢驗此膏行銷多年馳名已久四方來函購取者皆稱蓋世無雙矣

小兒金丹

專治嬰兒諸般急慢驚風神昏天吊感冒風寒發冷發燒停食吐乳腹痛瀉泄口瘡不食凡一切小兒百病之難盡述服之功不立效洵爲聖嬰一聖藥也保

犀茸百補丸

此丸溫而不熱滑而不塞專治男婦陰虛火動之症中氣不足喘急上逆咳嗽吐痰肺燥喉聲啞盜汗煩熱耳鳴心跳眩暈目昏四肢困倦飲食不思以至吐血咯血等症不節諸虛百損五勞七傷每服一丸白水送下合劑第一仙藥誠補堪名也仕宦光顧者請至天津衙口老德記大藥房仁壽堂謹啓

天津
馬聚源領帽店

本號由宮北大街現移設毛賈夥巷西馬路大街路北自置貂騷海龍各種皮貂秋帽緞胎緯帽玉草涼緯莊涼羽纓加染庫紅杭緞線緯時款紗緞便帽緞緞夾紗皮領涼暖帽冠一概俱全凡賜顧者請認明玉是辛京都鮮魚口內分設　本號謹啓 50

春華泰綢緞洋貨莊

本店由鍋店街分設毛家夥巷西馬路大街坐北自置綢緞紗羅綾紬蘇彩緞平金顧繡刀雕機杆各種花素布疋各色壽衣以及各品素茶洋廣南貨一概均按批發莊發售偷家　賣士商賜顧者請駕臨敝號自見公平　本號謹白 118

茂生洋行

本行新到各樣大小水龍出售

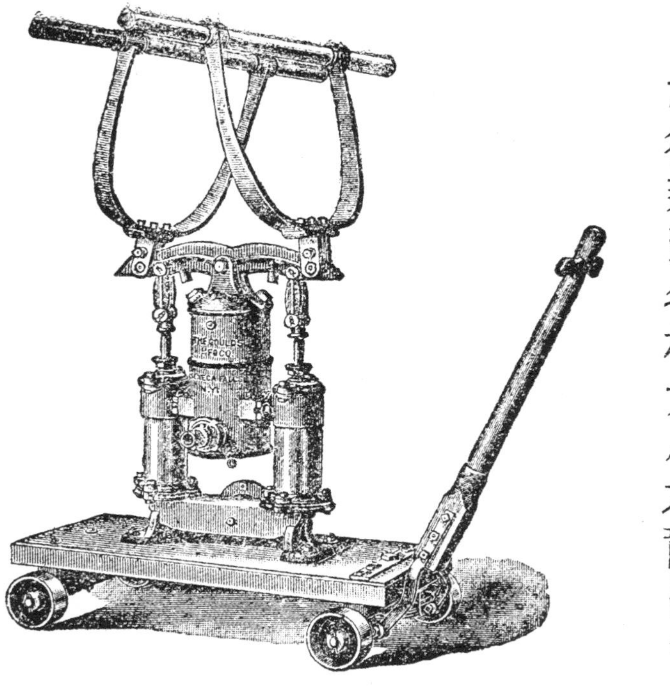

茂生洋行 26

仁記洋行

本行出售鐵片瓦隴鐵松木硬木地板各種大小機器美國人頭牌號麵粉價值從廉如蒙官商賜顧者請至本帳房面議可也　仁記洋行謹啓

仁成客棧

開設河北三條石大街中間路南新修房間寬大客房淨窗明洞人伺候屬到仕商往投寓速可也 218

大觀茶園李遠齋經理銀錢等事現今告退外出另委妥人辦理銀錢等事不與李遠齋相干恐未週知預先聲明 62 李遠齋告白

告白

聚興茶園外有年前賣出紅票約定本年正月廿收不齊如至期不致聽戲過期紅票是歸原賣主本園不收特此佈聞本園主人啓 64

海大道新開山東 94

源豐居

本居專做燒鴨薰雞臘腸醬肉應時小賣一概俱全均按京都姑蘇做法官商賜顧即請駕臨特此謹白

德慶益土莊

本號自運各省頂高西土首照行價零整發售格外公道今由閩東特請陸作[illegible]名手精煮各種冷[illegible]帶來伊號廣膏[illegible]龍洋十元自煮冷[illegible]洋十[illegible]拾兩八龍洋七元陝西十元二兩八開設估衣街[illegible]買胡同內中間路西大門便是　本號主人謹啓 177

三合永新衣莊

自置綢緞皮棉紗夾嫁衣男女一概新衣開設天津估衣街北大門內路西[illegible]

義豐自行車洋行

YI FUNG CYCEL CO.

本行專售各國男女時式自行車以及車上應用器具無不俱備修理舊車本行特雇頭等匠人技藝高妙修理馬車等舊如新以及修理銅鐵器具各式洋爐一概發客價亦從賜顧者請到本行面議可也　天津馬家口大街本　主人謹啓 55

廣東新到

八保　止疼　活血散　鐵打損傷筋動骨　閃腰岔氣付立愈

婦科　鼓症　導水丹　膚脹脈脹寒脹熱　脹氣鼓水鼓血鼓

男婦　胃疼　九妙散　兩脇疼浣疼血吐　酸水不止付立愈

花柳　搜風　敗毒膏　魚口楊梅下淋入　骨升喉服膏立愈

牛黃　五保　敗毒丸　能治外科瘡疵濕　毒胎歛花柳楊梅

仙傳　痔漏　神效丸　痔瘡漏瘡生管流　血流水付藥除根

頭疼救危　瘟毒散　君火在天瘟熱盛邪頭疼必死用散即愈

鹿胎烏鷄　白鳳丸　專治婦科聖藥百中虛實寒熱皆能治之

仕服藥皆稱妙　手回春之力百病　愈除[illegible]平市號　西山田號代售

竹林法租界聚興茶園前北洋大藥房代售 145

琥珀　小兒　金丹　嬰兒寒熱瘟疹斑痧

壽世　種子丹　婦人百病中[illegible]不

濟陰　疾藥精[illegible]血

麋茸　煖腹　婦人胎[illegible]子

寧坤　調經　內傷[illegible]

犀茸　止血丸　男婦吐血

百補　勞嗽　[illegible]

參茸　金丹　戒煙如神

一[illegible]　自補增飲

痰飲　哮吼痰喘

止嗽　定喘丸　嗽藥到立愈

法租界北洋大藥房 146

德商 C. Hofmann.

恒和洋行

本行前在德國資員地方開設織絨織布各廠創自一千八百三十八年迄今己歷有六十餘年之久向在各國早已馳名並專理進口軍裝機器鐵路所用各件鐵軌氣務礦務並工程各樣機器五金雜貨洋絨洋布等項貨物一概俱全價值格外從廉如蒙官商賜顧者請至本行帳房面議可也以及購辦出口駱絨羊毛皮貨等物今寓天津海大道英國菜市對門十九號房便是 本行謹啓 159

本行承辦營口通濟自來水有限公司已經開辦各埠欲購各種機器或訂辦各項工程價值從廉如蒙官商賜顧者移玉本賬房面議 德商恒和洋行本工程司具 20

樂壺洞北馬路大街 51

聚慶園酒席處

本園新添米粉雞米粉肉等菜新鮮拾錦火鍋扒猪頭扒雞扒抓尖拾錦燒麥小賣一概俱全 本園謹啓

德和板廠

本號新到桂木柞木榆木等色道板七千餘件此貨係由東洋購來木性堅固修造合宜至於價值較比東溝松木格外從廉貴商賜顧者請駕臨敝號面議可也 天津窰窪閘口東德和板廠啓

出售 日本北海道

各樣木料

價格外從廉

三井洋行 20

永和中外首飾行

本行新到中外金銀首飾器皿並不惜重資由外國選來鑽石珍珠翡翠玉貓眼石瑪瑙石閃山寶石[illegible]各色寶石時款金銀鑲大小鐘表[illegible]造金銀器[illegible]中外[illegible]行址在[illegible]醫院對過新馬路本行[illegible]一二特此佈聞 61

牙醫

周相臣

專治牙疼牙漏以及腮腫[illegible]火蟲牙空金銀[illegible]補[illegible]除根至于滿口牙粒皆能鑲補用金銀象皮托任從客便價錢廉寓天津南門口天元醬園 188

天津

美最時洋行 61

啓者本行由德國運來頭等靛水顏色鮮明毫無渣滓日久不變色貴商賜顧者請至瑞昌恒雙泰成本行帳房面議均可零整批發此佈 天津美最時洋行本帳房總理批售

烏利文洋行

本行開設天津志泥華音港上海自造各樣鐘表又新到銀馬表六元泥鋼平面表三元烏鋼平面表三元銀五號平面表五元留聲話匣花素篤子新[illegible]鐘表玩物一應俱全新到大小照像盒子並材料等價值格外從廉貴客賜顧者請至紫竹林北大街法租界面議可也 本行啓 36

通經閉婦科丹

此丹專治婦經閉血枯一切乾病雜勞等症經驗如神倘蒙賜顧請移玉天津鍋店街中間路南門面金字冲天招牌育生堂本藥店購買可也 育生堂主人啓

天津鍋店街

華英大藥房

本藥房專售外國各種靈驗藥水藥酒丸散膏丹香水香皂秘製戒烟玫瑰梅花麥片補身斷癮一粒金丹自選各國名廠照像器俱材料放大電燈治外科刀針包經售司各脫乳白[illegible]魚油丸製補肺清魚肝油燕醫生各種靈藥廣東各項蠟丸藥耳學坤壽壽世濟陰丸小兒金丹 本藥房主人謹啓 13

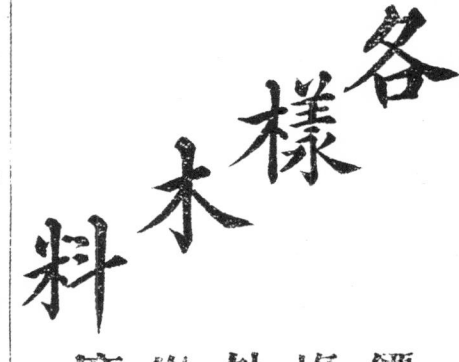

天津雲飛馬車有限公司

本行出賃頭等馬車騾匹細有零行租用馬車騾匹或按日或按禮拜或按月租賃均聽其便本行并買賣馬匹騾子凡有馬之人欲託本行代為豢養者寄價極其公道其代豢養之馬匹亦必格外留心照應俾使茁壯無恙

天津雲飛馬車有限公司　法租界　得律風一百五十六號

天津公易洋貨莊　英租界

啓者本行開設英租界中街已數年於茲矣專辦官紳仕商屋中陳設及一切需用裝璜等事倘蒙賜顧卽函知本行當派妥人前往估備辦整齊及各項工匠無不應時工作前曾歷辦行轅舖墊陳設頗稱嘉許本行並備各項好聘禮之物外洋各種器具軍中應需物件桌椅俱新玩物保險鐵屋新到銀櫃洋箱洋錢燈地氈白洋毯各樣綢緞等件恐商未及週知特此登報佈聞價值與別家格外從廉

公易洋行謹啓

啓者本公司售賣之縫衣機器凡刊有此商標者乃係真貨除總公司開設在天津外其北京保定烟台唐山等處均經設有分行賜顧者請就近購買為幸

勝家公司啓

魁豐冰窖

本號開設在閘口內鹽坨有年所今年在本界大仙廟後面南營門外添設小分號兩處諸君如欲定冰者請到閘口西本號面議可也

本主人啓

華泰飯店

本店在閘口西日本租界坐西向東便是特選頭等手藝英法大菜拾錦洋點心甜鹹外洋御品罐頭食物上品俱全官商賜顧卽新造洋樓寬闊陳設幽雅宜官宜商府第喜筵另有外洋頭等器具與衆不同如定大菜格外公道

天津西門南　泰恒西土莊

本號減價出舊積貨項高西土每兩合銅子三十六個冷籠西土烟每兩合銅子六十六個均係陳老積土童叟無欺概不去零

天津　鴻泰元土莊

本莊精選各省西土整照行價發售特請晨東精工自煮冷籠洋清公膏每兩一籠八三七直每兩一吊每百文冷籠八字過賣膏拾兩每八九錢西東土每圓貳兩伙貨土每圓貳兩五錢式仕商賜顧者請大一開設入洋宮北大街坐西向東門面便是

本莊主人謹啓

本店自造海子獐絨獐絨

開設北馬路官銀號旁
大觀茶園
雲仙全班
170 新正月十七日早演
達子紅　馮子梅　靈芝仙　杜雲紅　牛春化　拉他　溜溜旦　張長奎　一盞　杜雲卿　劉永亮
回荊州　魚腸劍　春秋配　血手印　殷家堡　三世修　御菓園　錯中錯

十七日晚六點鐘演
全班　一千紅　七仙旦　賈玉書　尤金培　陳金鳳　杜雲紅　陳鳳　拉他紅　牛春化　孫長太
長生樂　殺府　演火棍　黃鶴樓　掃雪　彩樓配　十二紅　取滎陽　蓮花湖

天津馬家口北洋醫院前
聚興戲園
雙慶合班
161 正月十七日早演
全班　張百增　花蕊仙　劉艷亭　張鳳亭　劉永春　小處　四英　劉吉祥　呂月樵　劉長林
北壁關　慶頂珠　探親　濮陽城　反洛陽　洪洋洞　百萬齋　落馬湖

十七日晚六點鐘演
全班　張百增　三奎官　一陣風　飛來鳳　小榮喜　雙慶　韓金貴　一陣風　呂月樵　劉吉慶
大獻瑞　定中原　御菓園　四洲城　海潮珠　狀元譜　富春樓　戰皖城

開設闊口日本租界
天仙茶園
鳴鳳[illegible]班
新正月十七日早演
十七紅　李景魁　郭秀華　安桂秋　二毛旦　薛喜芬　王少奎　彩上飄　劉廷　郭蝶仙　薛大慶
請太公　老少換　五花洞　過新年　天水關　梵王宮　戰皖城

249 十七日晚六點鐘演
全班　薛喜芬　吉勝魁　彩上飄　陳月樓　恩曉峯　白文奎　玉　玉　一杆旗　小春來
大賜福　龍虎門　天雷報　跪樓　鄭州廟　烏龍院　洪洋洞　蘆花計　錢唐縣

座落襪子胡同闊津會館
[illegible]仙茶園
大吉祥名班
12 新正月十七日早演
劉汝林　董喜　劉永奎　王翠琴　秦月青　小秃紅　元元紅　裕鴻如　譚均培　程永龍　韓文魁
殺江　二龍山　父子會　殺狗　硃砂痣　拾萬金　魚藏劍　十三四　鐵公鷄

十七日晚六點鐘演
劉汝林　蘇文奎　孫清　劉全喜　程永龍　譚均培　五月仙　高德勝　小鑫培　金福仙　劉永奎
紅逼宮　戲妻　挑滑車　下河東　雙鎖山　油罈計

高鎮茂叫賣行
啓者本行准於本月十九日即禮拜六日下午二點半鐘在行拍賣西洋馬車一輛八字輪自行車一輛拉士車一輛餅干十五箱牛奶十一箱沙丁魚十箱美國烟捲十相合烟一百四十二合三桶蘇州門簾四個千里眼二個木窗拉簾二個圓鏡一杆快鎗六杆鏡畫二個襪子三相靴子三桶牛肉一相晒布台二個酒架二個綠床綿椅藤椅寫字檯一梧桐櫃鏡檯洗臉檯木二鏤天平櫃一夜壺櫃茶桶帽架巾架西皮衣二件新地毯三個樓草鐵桶三付青條石七十塊窗戶並有零物若干皆無定價諸君如有買者務祈是日早到本行拍賣可也
高鎮茂行啓

International Bicycle Co

啟者本行開設上海漢口天津有年今又分設北京崇文門內專售英美各國頭等男女自行車各種新式電燈電鈴時樣裁縫機器以及車上應用器具無不俱備如修理舊車本雇有頭等匠人技藝高妙價亦從廉賜顧者請至本行或分行面議可也
天津法租界快利洋行啓

正月十四船輪到大沽日期
新裕 十四日由上海
新濟 十四日由上海 招商局
新州 十四日由上海 太古
通星 十四日由上海
景星 十四日由上海 怡和
正月十四日輪船到紫竹林　無
正月十四日輪船出口　無

大觀茶園告白
啟者四方親友得知今有無恥之徒假賣本園戲票特此聲明將老票作廢今改新票四方爺台如再有老戲票聽戲入座面阻莫怪當面收洋
大觀茶園謹白 55

明義洋行
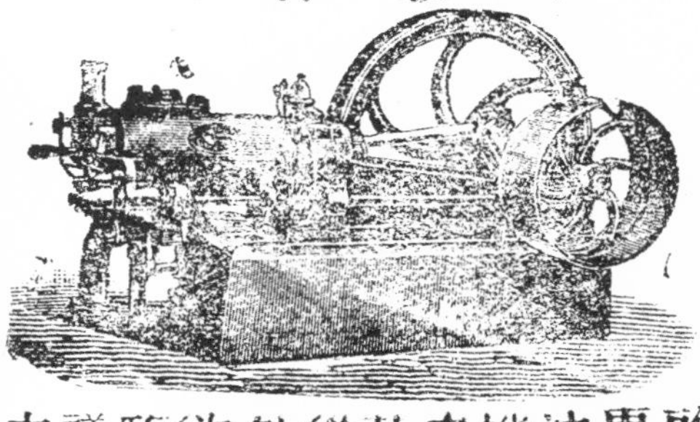

啓者本行專售用煤油燈爐輪機器其法力較煤力其爽價值從廉如中外貴官商欲購者請臨本行面議可也本主人謹啓

同級陞
128

靴鞋京津蘇廣女鞋小孩
繡花皂靴
新式上海鞋
貢緞便帽
元緞雙臉
廣緞零正
批售不誤
開設天津馬家口大街西向東洋樓門面便是

直報第二張

新正月十七日
不取分文
本館啓

廣告 諸唫壇所惠花叢佳話唱和大作統容另日登出特此奉告

京報照錄

○○河南學政臣王垿跪　奏爲考選優生恭摺仰祈　聖鑒事竊查向章選舉優貢均於鄉試場後考試今年癸卯科河南省例舉優貢四名前任學政臣林開謨因鄉試展期十月曾經奏明於場前辦理嗣以各優生到省稍遲甫考正場而鄉試切近未及覆試旋即交卸臣到任後因河南鄉試尚未竣事謹於場後會同河南巡撫臣陳夔龍仍就前任學政臣林開謨正考中取諸生覆試驗看公選得太康縣廩生李春齡洛陽縣廩生莊儼然汝州廩生郭懸河商城縣廩生潭浚四名均係敦品勵學文行俱優堪以充作優貢升入成均其餘未取各優生質地亦多可造仍分別獎勵俾其益加奮勉除將所取優貢發給貢單咨文令其遵限赴部並將各該生姓名造具清册暨正覆試卷包封咨部以備磨勘外所有考選癸卯科優貢謹會同河南巡撫臣陳夔龍合詞恭摺具陳伏乞　皇太后　皇上聖鑒再此摺係因各該府縣呈送册結未有能如式者往返駁正致稽時日是以奏報稍遲合併陳明謹　奏奉　硃批禮部知道欽此

○○奴才奎順奴才魁福跪　奏爲循案稽察廢員年終彙　奏仰祈　聖鑒事竊照道光二十四年奏准稽查廢員章程內開嗣後飭令張家口三翼協領及地方文武各官在於口內一帶居民旅店寺院菴觀剴切曉諭凡有假宿之人務須細心盤查設遇廢員溷迹進口立卽稟報懲辦如口內居民寔無容留廢員情事按季由該管地方官結報備查並於年終彙奏一次以昭核寔等因歷經遵辦在案今光緒二十九年按季據三翼協領張家口營都司萬全縣知縣等先後稟報廢員並無私行進口亦無口內容留情事各具印結呈報前來奴才等復委張家口管站部員舒志出口往查該廢員等隨在各台均屬安靜

所有年終照章稽查各廢員緣由理合恭摺奏　聞伏乞　皇太后　皇上聖鑒謹　奏奉　硃批知道了欽此

○○曹鴻勛片　再據署大定協副將游萬崑禀稱平遠州貢生周旭因挾署該協右營守備戎隆舉之嫌主使瘋人周煥然至該守備衙署辱罵打毀門窗復串同舉人唐朝楨廩生卿芳鈺摭拾不干已事聯名告訐等情經臣批飭將戎隆舉撤任一面令大定府集証訊辦旋據該府質訊屬寔並稱該舉貢等平日遇事把持武斷鄉曲挾制橫行查明唐朝楨係平遠州籍中式本省光緒癸已　恩科鄉試舉人詳由署臬司袁開第詳請　奏咨前來臣覆查無異除將周旭等另行咨革外相應請旨將平遠州舉人唐朝楨即行斥革以儆刁劣謹會同署雲貴總督臣丁振鐸合詞附片具陳伏乞　聖鑒訓示謹　奏奉
硃批着照所請該部知道欽此

○○頭品頂戴浙江巡撫臣聶緝槼跪　奏爲查明浙江省本屆鄉試未經中式年老各生循例彙　奏恭摺仰祈　聖鑒事竊照鄉試年老生監三場完竣未經中式者例准查明年歲籲懇　恩施歷經遵辦在案茲查本年舉行癸卯　恩科鄉試年屆九十歲以上之監生錢洪揚一名八十歲以上之恩貢生杭州府學教授翁　增生舒廣英等二名均有志觀光三場完竣榜發未經中式經臣調查該老生等原卷俱文理明順字畫清楚飭據各該縣會同儒學查明入學年歲取造册結由布政使翁曾桂詳請具　奏前來臣查該老生等勵志青年窮經皓首沐　聖世甄陶之化爲士林表率之資半生雲路遲迴壯心未已此際風檐結構暮齒尤難幸　慶榜之宏開人瑞韋徵夫耄耋仰　温綸之下逮賓興上被夫　恩榮除墨卷册結送部查照外謹會同浙江學政臣陳兆文恭摺具陳並繕清單敬呈　御覽伏乞　皇太后　皇上聖鑒飭部核覆施行謹
奏奉　硃批禮部議奏單併發欽此

○○廣西巡撫臣柯逢時跪　奏爲請補知縣恭摺仰祈　聖鑒事竊照容縣知縣吳廷燕奉准升補太平府龍州同知所遺員缺係內地腹俸選缺前經請以分缺先補用知縣張光𪍑請補未奉部覆該員聞訃丁母憂例應以吳廷燕原開缺日期另

行請補查廣西升調遺選缺知縣一項上次用至新海防分缺間補用知縣陳品全題補永淳縣知縣缺止今此一缺應用正途出身之人查名次在前之正途出身陳永祺病故張光　丁憂應以新海防分缺先正途出身其次之周紹濂請補惟周紹濂於十一月內經臣將後出之隆安縣知縣缺請以該員補授未奉部覆應卽照例改補查周紹濂現年三十七歲係江西袁州府萍鄉縣舉人遵新海防例報捐知縣指分廣西試用光緒廿二年六月十五日引　見奉　旨着照例發往欽此領照起程於二十二年二月十九日到省加捐分缺先補用免試用奉准吏部於光緒廿六年三月二十日行文扣至五月初十日作爲分缺先補用知縣到省日期歷奉差委並無貽誤以之請補容縣知縣員缺實屬人地相宜與例亦符據臬司兼署藩司劉心源具詳前來臣查周紹濂文理優長才具開展堪以補授容縣知縣如蒙　俞允該員係分缺先補用知縣請補知縣銜缺相當毋庸送部引　見亦毋庸核計叅罰仍照例試俸三年合併陳明謹會同署兩廣總督臣岑春煊恭摺具　奏伏乞
皇太后　皇上聖鑒勅部核覆施行謹　奏奉　硃批吏部議奏欽此

○○周馥片　再河工失事降革各員如係尤爲力例得於合龍後奏請開復所有候補知府郭昜候補同知查蔭穀原議降二級調用處分均請一併開復又原叅革職之候補知縣陳慶蕃請開復原官原銜升階並免送部引　見原叅革職指分北河試用從九品鄭蓉第革職補用副將鄭成外委周榮祥一併請開復原官以上四員均請免繳捐復銀兩出自　逾格鴻慈謹附片陳請伏乞　聖鑒訓示謹　奏奉　硃批另有旨欽此

○○林紹年片　再臣接家家書修輯宗譜始知臣名紹年二字均有犯族祖遠諱應卽更改茲擬改名韶延理合據寔　奏明並擬俟此次　奏奉　諭旨後所有摺件公牘卽改用韶延名字以昭慎重除咨部並分咨外謹附片具陳伏乞　聖鑒謹奏奉　硃批着毋庸議欽此

○○貽穀片　再綏遠八旗牧廠墾務係建軍輿學所關奴才前既奉　命會商今更責無旁貸無論放墾如何爲難亦必須

實力經營期可變通盡利此次奴才躬親周歷察知辦理疲滯情形已於摺內詳細陳明另籌辦法惟相機因應全在督理其
事者隨時親臨地所操縱得宜奴才自督辦蒙墾以來並作兼營時虞弗給矧西盟已收各地方現正逐端籌辦或招民認領
或相地開渠一俟春融尤須奴才往爲查勘未便專顧牧廠一隅而牧廠各項興墾近更時不容緩因思歸化城副都統文瑞
年餘來三次會理綏遠軍篆與奴才商辦墾務遇事和衷資其經畫此項廠地情形諸事尤爲熟習查歸化事務尙簡若令其
幫同奴才辦理牧廠墾務相與維持雖遇奴才西逐東馳有該副都統就近籌畫或分赴牧廠放墾爲之督率興辦必克成效
漸收於事有裨合無仰懇　天恩俯允歸化城副都統文瑞幫辦綏遠牧廠墾務之處出自　聖裁理合附片具陳伏乞　聖
鑒訓示謹　奏奉　硃批着照所請欽此

〇〇岑春煊片　再臣岑春煊會同前署撫臣李興銳於八月間電達外務部代　奏請將調任湖北差遣之廣東候補道王
秉恩回粵佐理財政並擬委署臬司等因是月十三日電奉　諭旨岑春煊李興銳電奏請調王秉恩署廣東按察使等語着
照所請施行欽此欽遵當經咨明湖北省轉飭遵照速來奈王秉恩在鄂要差甚多清理需時屢經催促今始前來臣等即會
飭王秉恩趕緊接署廣東按察使篆務兼籌財政令本任按察使程儀洛專署藩司以期各專責成除分檄遵照外理合附片
會奏伏乞　聖鑒謹　奏奉　硃批知道了欽此

〇〇岑春煊等片　再廉州府知府郭之全據報於光緒二十九年十月初五日聞訃丁母憂例應回籍守制所遺廉州府知
府篆務應行委員接署查有候補知府朱咸翼才具可用堪以署理據兼署布政司使按察使程儀洛具詳前來除檄飭遵照
外所出廉州府知府缺相應請　旨迅賜簡放以重職守謹附片具陳再臣張人駿到任未及三月考語係臣岑春煊塡註合
併陳明伏乞　聖鑒謹　奏奉　硃批另有旨欽此

〇〇陳夔龍片　再永城營叅將李得勝因患痰喘病症醫治罔效於光緒二十九年十一月初五日病故出缺查明並無別
故取具該故員之子李建勳親供醫驗各結加具印結由營呈鎭咨送前來臣覆查無異除將印甘各結咨部外所遺永城營
叅將一缺擬省現有應補人員應請扣留用外揀員請補理合附片陳明伏乞　聖鑒訓示謹　奏奉　硃批兵部知道欽此

直報第二張

新正月十九日
不取分文

湖北

銅元價增　○湖北銅元新舊兩廠每日所出之銅元不下一百二十餘萬元外銀元局每日亦可出二十萬元合計每日三廠可以出銅元一百四十萬元是以近日市面銅元之價頓增

獲利均沾　○湖北銅元銀元官錢三局去年皆得獲利三廠共計有一百數十萬之譜該局所提各辦事人薪勞紅利頗覺豐厚云云

製法未純　○武昌市面近來未見起色惟仿製毛巾一業較前畧勝然終不能抵制外洋莊口因組織不甚潔白之故

因礦興毆　○聞大冶興國二屬礦產爲湖北省最著名之礦特以民情頑錮多未開墾日前有德國礦師某君前往察勘會同大冶縣令同入興國州境不意蠻野之民遽肆毆辱礦師邑令均各被創現已通詳上台尚不知作何了結也

設廠製造　○鄂省洪山地方端制軍擬設一皮帶廠聘外國工師專製牛皮造成各樣物件幷多造營中緊要器械以應急需現已委派張彪爲總辦規畫一切云云

九江

舞弊案發　○客臘二十二日夜半德化卡員許植忽被密拿押入府署嗣由孫景裴太守將撫院密飭拘拿該員之電文付與許植閱看始知其從前釐卡弊端及查禁銅元私罰商家侵吞鉅欵之事業已盡行舉發無可申辯旋經關道瑞觀

察提訊該卡司事趙某此人係向在湖口專代客商包完釐稅者凡卡中委員以迄巡丁無不通同一氣狼狽爲奸後爲許植延請充當查河之職益覺肆無忌憚所有進口貨概不塡票是以呑欵之鉅莫與比倫上堂時初猶抵賴旋將重責軍棍反復研究一一吐實復又飭拿到同卡司事三人尚有應行質訊之巡丁四名業已脫逃現瑞觀察已委警察局分巡邱陶階二尹接辦該卡事務並派涂參軍子良張大令植安等分往各商號抄查所完該卡釐金帳目俾與前在該卡員寓中抄出之帳簿詳細核對擬先解司事趙某進省嚴辦並令許植呈遞親供詳候撫台夏中丞核奪其餘司巡仍由德化縣分別管押並將在逃之巡丁務獲究懲云

京報照錄

○○頭品頂戴雲南巡撫臣林紹年跪　奏爲知縣因病出缺日期恭摺仰祈　聖鑒事竊據布政使李紹芬詳光緒二十九年十月三十日據署昆明縣知縣桂福申據已故麗江縣知縣何在　家丁呈稱家長係福建侯官縣監生應同治十二年癸酉科本省鄉試中式舉人光緒庚辰科會試後經大挑一等以知縣用簽分雲南領照截留回籍聽候咨取來滇試用呈明親老在籍侍養詳咨在案養親事畢服滿起復請咨赴滇候補光緒二十四年三月三十日到省試用期滿甄別詳咨留省候補二十七年七月加捐同知升銜委署理雲南縣知縣卸事請補麗江縣知縣奉文覆准飭赴本任二十九年三月十五日到任六月二十日交卸回省旋因在途染受風寒變爲瘧疾延醫調治不愈延至八月十三日在省寓病故呈由該縣報經藩司查明詳請具　奏開缺前來臣覆查無異所遺麗江縣知縣係月選之缺滇省現有應補人員應請扣留外補容另選員請補並咨部查照外所有知縣因病出缺日期謹恭摺具陳伏乞
皇太后　皇上聖鑒飭部查照施行謹　奏奉　硃批吏部知道欽此

○○聶緝槼片　再准部咨各省州縣缺出分班輪署先委正途一人次勞績一人再將各項委用試用人員輪用一人每屆三月　奏一次等因歷經遵辦在案查光緒二十九年春季分委至勞績班止夏季分並無輪班委署州縣之缺秋季分有青

田縣知縣吳陰慶病故遺缺委試用班試用知縣祁蔭甲署理據布政使翁曾桂詳請　奏咨前來臣覆覈無異除咨吏部查照外理合附片陳明伏乞　聖鑒謹　奏奉　硃批吏部知道欽此

○○署理閩浙總督江西撫巡臣李興銳跪　奏爲裁併各局所改設財政局經理財用以裕度支而節糜費恭摺具陳仰祈
聖鑒事竊照閩省自軍興以後因籌辦地方善後事宜設有先後總局經理一切迨後軍務肅清因仍未改名實久已不符今考其所司職事大都財政爲多而其經放之欵則時與稅厘相出入事權本已紛歧近復將營務一事羼入其中以致頭緒益繁且善後局既管財政矣而於抽收各捐籌解賠欵則又另設濟用一局同一稽核稅厘省城內既設有總局復於近省十里之南臺地方另設總局一處同一勸捐核奬海防股票等項則歸善後局而於賑捐則又另設賑捐一局同一抽收商捐則有歸善後局者有歸濟用局者歧之又歧莫可究結竊念近來時事艱危民力凋敝整頓財政實爲目前最要之圖然不統籌出納無從酌劑盈虛似此設立多局各自爲政不惟紛雜無紀叢脞堪虞且恐財用日絀徵斂日增而民生益困矣其耗蠹局費猶其小也臣到任之後督同司道通盤籌畫將原設之善後濟用賑捐及省會稅厘南臺稅厘各局一律裁併改名爲全省財政局派委藩司爲督辦臬司與糧鹽兩道爲總辦會同經理並於局內分設四所一曰稅課所凡稽徵茶稅商稅貨厘土藥煙厘牙稅等項均隸之二曰籌捐所凡勸捐核奬及善後濟用稅厘等局向辦之各項雜捐如隨糧坐賈膏牌酒捐等類皆隸之其舊收各捐內如有事近繁苛應行停減或利源未闢尚可擴充者應由該司道等督同局員隨時悉心籌議次第舉辦三曰度支所凡籌解各國賠欵開支通省水陸各營薪餉採辦一切料物及濬河築隄倉穀米石等事均隸之四曰報銷所除司道各衙門例辦奏銷外其餘軍需工賑各項報銷悉隸之惟報銷係事後歸結所用之欵而經理財政則以事前預算爲尤要嗣後每屆冬令應由該所將來年歲出歲入之欵逐細開列爲預算表一通詳請頒示庶通省度支皆可曉然與人共見或入不敷出出而人無疑沮亦易預籌彌補之策以上四所皆就候補府廳州縣內遴選廉勤幹練而能盡本門職務者委令分任

其事而受成於司道並另設提調一員使之承上啓下其舊有各局所用委員書役可留者留之否則概令銷差以節糜費至善後局原兼之營務處事本不類臣已另摺奏設軍政局應改易歸軍政局辦理如此則事以類從不相離厠而通省度支亦易考核矣現已於十一月二十日裁改完竣據司道等詳報前來除分咨外所有裁併各局改爲財政局緣由理合恭摺具陳伏乞

皇太后 皇上聖鑒訓示謹 奏奉 硃批該部知道欽此

○○端方片 再據湖北試用道馬驥元等稟稱同鄉已故湖北應山縣平靖關巡檢孔昭鑑之妾蘇氏係山西陵川縣人年十八昭鑑納爲副室挈之來鄂光緒二十三年昭鑑病故該氏誓以身殉因昭鑑妻子遠在河南原籍身後一切均由該氏勉爲經理二十三四年昭鑑三子來鄂奔喪該氏處分事畢即於是月二十七日仰藥殞命時年三十五歲伏查該氏靡他矢志視死如歸洵爲巾幗完人宜沐旌揚盛典驥元等誼關桑梓見聞較確不忍聽其湮沒等情聯名出具印結開造事寔清册稟請 奏咨前來奴才覆核無異除册結送禮部暨河南撫臣查照外謹會同湖北學政臣李家駒附片具陳伏乞 聖鑒訓示再湖廣總督係奴才兼署毋庸會銜合併陳明謹 奏奉 硃批禮部知道欽此

○○丁振鐸片 再雲南補用知縣端木鴻鈞經前兼護督臣岑毓寶以居心殘忍妄殺無辜甄別 奏參光緒二十一年正月二十四日奉 上諭端木鴻鈞着即行革職永不叙用欽此嗣因法總領事方蘇雅來滇議結教案諸多棘手該革員爲方蘇雅所信任從中贊助得以速結當經前督臣魏光燾前撫李經羲附片陳明懇 恩銷去永不叙用字樣光緒廿八年正月初三日奉 硃批着照所請該部知道欽此欽遵轉行在案該革員亟思報効稟請送部引 見前來臣查該革員端木鴻鈞自被參後爲法總領事方蘇雅禮延上年議結教案贊助之力爲多近有鐵路交涉尤須得人與法員聯絡庶聲息相通茲時局維艱需材孔亟合無仰懇 天恩俯准將已革花翎雲南補用知縣端木鴻鈞開復原銜送部外 見如何量予錄用出自逾格鴻慈除咨部查照外謹會同雲南巡撫臣林紹年附片具陳伏乞 聖鑒訓示謹 奏奉 硃批端木鴻鈞着開復原銜毋庸送部引見欽此

本館開設天津紫竹林英界海大道勝東路

CHIH PAO

直報

第一千六百八十八號

主筆總理賈縿福

每月報價收洋六角 外埠遠近酌加寄費

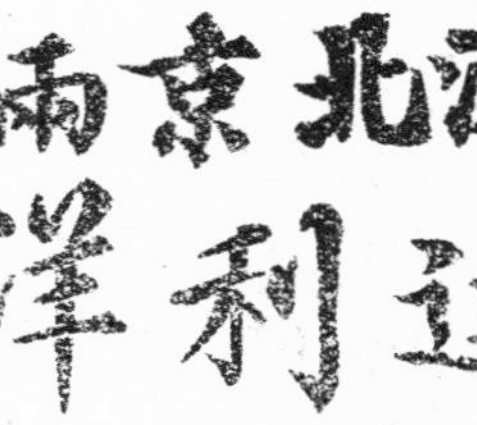

宮門邸抄

正月十九日 大額駙假滿請 安 阿霖及歲請 安 錫公續假十日 召見軍機

上諭恭錄

正月十九日內閣奉 上諭二月初五日祭 朝日壇朕親詣行禮欽此 上諭二月初九日祭 社稷壇朕親詣行禮欽此
上諭二月十六日祭 關帝廟朕親詣行禮欽此 上諭二月十八日祭 文昌廟朕親詣行禮欽此同日奉 上諭雲南迤
西道員缺著關以鏞補授欽此

要摺

甘督崧新撫潘會奏改隸標鎮移駐防營摺片

奏爲新疆撫標各屬精河叅將擬請改隸伊犂鎮就近管轄以裨地方恭摺仰祈 聖鑒事竊維新疆幅員周二萬里通省營
伍向分五標北路鎮迪道屬地方近省各營隸巡撫本標東路鎮西哈密奇臺各營隸巴里坤鎮標南路喀什噶爾道屬地方
分駐各營隸喀什噶爾提標阿克蘇道屬地方分駐各營隸阿克蘇鎮標西路伊塔道屬地方分駐各營隸伊犂鎮標界限分
明督察均便惟伊塔道屬精河廳地方向設叅將一員守備一員步隊一營馬隊一旗係隸巡撫本標距省千有餘里平日調
省合操諸多不便點驗察閱鞭長莫及查前次欽奉 上諭陸軍須歸併訓練方能得力著各該督撫各就地方形勢量更舊
汎營操畫一訓練等因均應欽遵辦理精河距伊犂只四百餘里且伊犂鎮道均歸將軍節制若將撫標精河一營改隸伊犂
鎮就近管轄實於營務邊防均有裨益惟撫屬庫爾喀喇烏蘇營從前分哨設防與精河營定期會哨互相稽查將來精河營
改隸伊犂鎮標仍應照常庫爾喀喇烏蘇營會哨以資聯絡如蒙 俞允敬懇 飭部立案施行所有新疆撫標所屬精河營

今日本報另印附張不取分文

叅將擬請改隸伊犂鎮屬就近管轄以裨地方各緣由謹會同伊犂將軍臣馬亮喀什噶爾提督臣焦大聚恭摺具陳伏乞
皇太后 皇上聖鑒訓示再此摺係臣效蘇主稿合併聲明謹 奏奉 硃批該部知道片併發

再新疆地方遼闊各營分段駐紮本難遍及自應隨時變通移駐以資防守茲查巴里坤鎮屬木壘河守備距該營九站計程七百餘里差操點驗諸多不便木壘河西面戈壁近接通衢大道巡護一切諸關緊要該處密邇古城巴里坤鎮標左營遊擊向駐古城就近管轄操防均易聯絡擬請將該守備改隸巴里坤鎮標左營遊擊作爲該遊擊中旗守備又吐魯番托克遜地方自標營定章後該處無營分駐而道路紛歧竄遠邏察非易經前任撫臣饒應祺將塔城右旗馬隊調紮該處擬請即將該馬隊一旗改隸吐魯番遊擊就近臨馭作爲吐魯番左旗守備又哈密協標塔爾納沁屯田守備地處偏隅頻年屯種亦無大益現在闢展巡檢改設鄯善縣治地屬衝衢巡查彈壓應駐防營鄯善縣歸吐魯番廳屬擬請將哈密協屬塔爾納沁屯田守備改隸吐魯番遊擊作爲吐魯番右旗守備移駐鄯善縣各專責成似此變通移防無需另籌餉項而於地方實有裨益如蒙
俞允敕懇 飭部立案施行謹會同伊犂將軍臣馬亮塔爾巴哈台叅贊大臣臣春滿喀什噶爾提督臣焦大聚合詞附片具陳伏乞 聖鑒訓示謹 奏奉 硃批覽欽此

緊要公文

直隸布政司遵飭籌欵足數詳請奏咨文

爲詳請具 奏事案蒙 憲台札飭承准軍機大臣字寄光緒二十九年十一月初六日奉 上諭現在國步艱虞百廢待舉而庫儲壹空如洗無米何能爲炊如不設法經營將大局日危上下交困後患何堪設想查近年來銀價低落各省不甚懸殊其向以制錢折徵丁漕各州縣浮收甚多而應徵之房田契稅報解者什不及壹各州縣身擁厚資坐視國家獨爲其難稍具天良當必有愸然不安者在各督撫每以保全優缺優差留爲調劑地步不肯實力清釐而不知國勢阽危大小臣工奚能常享安樂該督撫等受恩深重又何忍因見好屬吏致負朝廷著自光緒三十年始責成各督撫將所屬優缺優差浮收欵目澈底釐查酌提歸公並將房田稅契切實整頓歲增之欵各按省分派定額數源源報解除新疆甘肅貴州及東三省地方瘠苦免其籌解外江蘇廣東兩省每年應各派三十五萬兩直隸四川兩省每年各三十萬兩山東省每年二十五萬兩河南江西浙江湖北湖南各省每年各二十萬兩安徽省十五萬兩山西陝西廣西雲南福建各省每年各十萬兩以上計十六省通共每年派定三百二十萬兩如該省地方情形實有爲難准其在本省各項原有中飽陋規內酌量籌補必須籌足定額爲度不准稍有短欠至各州縣無名之費不肖者相率逢迎餽送賢者亦不免酬應辦差闘靡誇奢泰侈無度不但虛耗物力抑且敗壞官箴當此創鉅痛深之時宜勵嘗膽臥薪之志該督撫等務當整躬率屬痛予禁除其所節省當亦不少如此認眞釐剔何患鉅欵難籌倘仍玩愒因循習常蹈故致指定額欵解不足數定惟該督撫等是問將此通諭知之欽此遵 旨寄信前來到本督部堂承准此行司據實禀覆核辦等因蒙此伏查直隸係缺額之區各屬缺分瘠多優少從前間有盈餘迨光緒二十五年間廷前司將宣屬屯米屯豆折價原解七錢六錢者改爲一兩四錢一兩二錢各屬地丁折征銀價京錢四千以上者改爲四千更章以後已少優缺上年雖蒙 憲台將折征銀價京錢四千以上四千八百以下者奏明仍照舊章征收第盈餘儘數

解司充作天津保定各學堂經費州縣並無所得庚子之變旣遭聯軍蹂躪又籌教民賠欵元氣大傷瘡痍未復事定後伏莽未靖各屬捕務吃緊不得不添募練勇且値百度維新隨在需欵處今日之勢實已官民交困所有著名瘠缺幾於枵腹從公亟須另籌津貼以資盡心民事本省奉派三十萬之欵籌提大非容易第際此餉需緊急時局艱危無論如何爲難自應如數籌足查田房稅契一項或民間希冀漏稅隱匿不報或州縣蹈常習故留爲辦公其間不無弊混本司到任以來業經切實整頓畧有就緒自三十年爲始約可多收銀十五萬兩盡數歸公再酌提優缺州縣盈餘五萬兩下欠十萬兩勢不得不於中飽之外再求裁節查天津租界地租並永定大名等處河工等欵或爲租界工程巡警之費或爲各河歲修工料之用現擬於此等欵內商請格外撙節並於宣化督銷鹽局節省項下酌量籌撥以期湊成三十萬之數倘再不敷另在充作學堂經費之折征盈餘內騰挪足數所有奉提歸公銀三十萬兩擬請自三十年起在於整頓溢出稅契內湊解十五萬兩又由各項籌節欵內作爲酌提歸公盈餘銀十五萬兩計甲年籌定之欵須俟乙年春季方能解齊擬請每於次年春夏間分二次提存聽候撥用是否有當擬合詳請 憲台查核俯賜會同 尹憲覆核具 奏並請咨部查照實爲公便除詳 尹憲外爲此備由具呈伏乞照詳施行 批仰候覆核會奏另檄行知並咨戶部查照繳

順直各屬優缺酌提盈餘並裁節經費銀兩數目清單

酌提盈餘項下

多倫廳銀四千兩	昌黎縣銀二千五百兩	磁州銀二千五百兩	深州銀二千五百兩
邢台縣銀二千兩	永年縣銀二千兩	趙州銀二千兩	豐潤縣銀二千兩
邯鄲縣銀一千五百兩	蔚州銀一千五百兩	柏鄉縣銀一千五百兩	束鹿縣銀一千兩
獲鹿縣銀一千兩	灤州銀一千兩	冀州銀一千兩	懷來縣銀一千兩
遵化州銀一千兩	玉田縣銀一千兩	棗強縣銀一千兩	藁城縣銀一千兩
延慶州銀一千兩	滄州銀一千兩	南宮縣銀一千兩	吳橋縣銀一千兩
開州銀一千兩	長垣縣銀一千兩	曲周縣銀一千兩	武邑縣銀一千兩
新城縣銀一千兩	定州銀一千兩	威縣銀一千兩	井陘縣銀一千兩
涿州銀一千兩	昌平州銀一千兩	宣化縣銀一千兩	懷安縣銀一千兩
萬全縣銀一千兩			

以上三十七廳州縣共提銀五萬兩

裁節各欵項下

永定河節省工料銀四萬兩 大名道黃工防料經費節省銀一萬兩 天津租界地租銀二萬兩 宣化督銷鹽局節省經費銀二萬兩 折征盈餘項下騰挪銀一萬兩

以上共銀十萬兩

通共銀十五萬兩理合登明

緊要電音

俄使返英　○倫敦西三月五號來電云俄國駐英公使因其少君隨隊前敵到某處與其辭行已由聖彼得堡返倫敦昨晚朝見英皇並呈遞俄皇復英皇文書蓋英皇曾致書俄皇云報館造謠實屬可恨英皇確認英國謹守局外之例

緊要新聞

日韓盟約　○日韓聯盟條欵　大日本帝國大皇帝陛下欽差全權大臣林　大韓國大皇帝陛下外務大臣陸軍少將李　今爲大日本帝國　大韓帝國訂立約章如下

一因日本國與韓國欲維持兩國之交誼及保守兩國在遠東之太平故韓國政府全賴日本國政府並聽日本國政府之命改良行政諸事

二日本帝國政府將盡其交誼之道保護韓宮之險並保護韓宮之安靜

三日本帝國政府願實力代保韓國之獨立並保韓國土地之完全

四設韓宮及韓國土地爲第三强國或爲內亂所侵擾傷及韓國以致韓宮不安土地不全日本政府卽當代爲設法保護惟韓國亦須使日本政府易於相助爲理遇有不測日本政府卽可按照以上所訂之言佔據相定之地

五兩國政府若非互相允許將來不得與第三强國立約與[illegible]在所訂原稿之要義相左

六所有詳細條欵俟議有眉目再由日本欽差及韓國外務大臣附入現下所議之原稿內

添造戰艦　○聞日本現在英國訂造大戰艦兩艘一名香島一名桂島

浙粵鐵路　○聞有某國又向中國商辦浙粵鐵路並經過江西地面聞政府已將允其所請云

力爭中立　○據日本公使以俄國既允中國中立不應復屯兵於中國之遼西致違中立之例故向外務部請問外務部當令駐俄欽差胡星使轉向俄政府詰問旋得胡星使回電云俄故已允中國中立惟遼東遼西不在此例安能阻止俄人屯兵外務部得電後卽令胡星使仍向俄廷力爭云

留心防務　○南洋大臣電致常鎮通海道郭月樓觀察云日俄有事人心震動刻與英總領事商定長江一帶除已有兵艦仍舊駐泊外該國不得再添兵艦入口以靖民心而維大局希卽查照辦理等因當卽轉移江防各營暨沿江等處砲台知悉矣

東報論法國違背國際法　○日本秋山陸軍參事官語於新聞記者云據駐在巴黎日本公使本野君於中十二月二十九日發來電報云聞通過蘇彝士運河之俄國軍艦三艘今尙淹留法領地希布帝爾地方裝載煤斤甚多本公使接此消息後當卽向法國外務省質問其事實法國外務省云此項煤斤之供給俄國軍艦之契約係在開戰以前所訂定者余秋山君自謂）雖不知此電報之所出果可信與否然使竟有其事則余以爲法國政府之行爲實係違國際法者何以言之凡兩國戰爭第三國既宣言中立卽有其中立之義務其開戰以前與戰爭國所結之條約及契約當於開戰之時卽行作廢就於此等事宜而起疑問者爲第十八世紀時代之事至於近時在如此易明之事件而行違國際之舉動之國家則未之有

也在第十八世紀俄國與瑞典戰爭丹麥照與俄國所結之條約出兵相助卽遇瑞典之抗議後卒以英國出而調停阻止丹麥之出兵助俄夫條約者世界所公布於開戰時尚須作廢則契條爲未公布於世之物自不待言當作廢矣此爲近時國際法學者所公認余聞法國政府之語不得不驚其不通事理　日來俄國某新聞載云俄皇甚以日本不先宣告開戰而遽行攻擊其艦隊爲不法詎法國新聞紙中亦以此事非難日本夫宣戰之布告非爲必不可少者久爲俄國之麥爾登氏以至世界各國之國際法學者所公認蓋宣戰必須布告爲一千一百年至一千七百年間之事近時則全不置重於此一千八百十二年之英美戰爭一千八百三十八年之法墨（墨西哥）戰爭一千八百四十六年之美墨戰爭一千八百七十八年之中法戰爭明治二十七年之日清戰爭均未曾先行布告而開戰者譯東京朝日新聞

關外兵數　○奉天訪事來函云俄日開戰中國防兵之在山海關外暨遼河以西一帶者茲將其兵數及駐紮之處詳列如下　法庫門　巡捕隊二百名內有騎兵四十名步兵一百六十名係周統領管帶　新民屯　巡捕隊二百五十名係吳統領管帶　遊擊隊七百五十名係張統領管帶　巡警遊擊隊七百五十名係奎統領管帶　溝帮子　巡捕隊六百名內騎步兵各三百名砲兵百名共有大砲八尊係段統領管帶　田莊臺　巡捕隊七百五十名內騎步兵五百名步兵二百五十名係朱統領管帶　錦州府　巡捕隊一千五百名內騎兵一千名步兵五百名係胡統領管帶　甯遠州巡捕馬隊三百五十名　義州　巡捕馬隊三百五十名係蔡統領管帶　朝陽　巡捕馬隊二千名步兵二百五十名　中後所　巡捕隊三百名內騎兵一百名步兵二百名係陸統領管帶　關內外鐵路除巡警局錢統領所派巡警隊五百名分駐車站每站約十四名或二十名不等外尙有騎步各兵分駐各處計營口河北車站步兵二十名　雙臺子步兵二十名　石山站騎兵五十名　錦州步騎兵各一百名　連山騎兵十名　沙河所騎兵十名　又溝帮子至新民府鐵道線路計靑椎子騎兵百名　高山子步兵百名　打虎山騎步兵各百名　廟家窩舖騎步兵各十名　超家屯步兵二十名　白旗堡步兵十名騎兵十八名　統計遼河之西至山海關共有兵丁六千名益之直隸派出關外之兵四五萬名

北　京

留心戎政　○日前　兩宮召見某大臣時詢及直省訓練之常備續備各軍可否臨陣對敵並曾否調往通州駐紮某大臣奏對云駐紮通州馬甸門之銳軍卒業經調往榆關一帶防堵其省城常備各軍已調往通州駐紮輪流更換然臣觀常備各軍雖係週年新募之兵頗覺操練精勤教演純熟堪以禦侮如遇有緊急軍務定可任使　兩宮復囑云現在防守邊隘用兵之際遇有練兵事宜務須會同京制軍和衷商辦勿負重責云

留京祝嘏　○向來蒙古王公於舊歲來京請　安後卽於新歲正二月束裝北返茲聞本年適逢　太后七旬慶賀大典故暫留京以便祝萬壽無疆

木料未齊　○庚子亂後外城各門應當修建一新況正陽門乃衝要之地猶宜壯觀自客歲動工後旣以工木未齊復以工程浩大告竣之期難計時日是以中止現經工程處從通州所運到之磚瓦等項業已過半惟木料尙見無多故目下只得暫爲開工耳

呈摺有期　○兵部堂官諭令該部司員將前某御史所奏鑾儀衛與兵部更換衙署議駁之摺本定於本月二十二

日呈進此次之能邀　俞允與否難以臆斷

本埠新聞

督轅紀事　○新正月二十日制台未會客

藩憲蒞津　○直隸藩司楊方伯擬於月之二十日由省來津縣差已在新開河車站預備茶座矣

車站紀事　○那京卿晉同程勳氏之二位少公子送倫貝子上船隨於昨早由津乘火車回京○又省城營務處張翌宸觀察亦於昨早由津乘火車回省○又安河縣毛榮光太守又撫誠縣嚴大令均於前日由省乘火車來津○又駐津比國領事官於前日由津乘火車晉京○又駐津日本提督衙門正主計四宮氏同三屯主計於昨早由津乘火車均赴榆關

鐵路新章　○津榆鐵路向有定章茲總辦等重擬妥確新章數條無非整頓之意刻已刷印妥備想不日即當懸掛關內外各車站矣

洩通溝道　○馬路兩旁舊有通洩泥水之溝濠自從去冬積雪凝結並汚穢雜物等等不免堵塞茲經衛生局飭派人工數百名分赴各馬路洩通溝道糞除積穢以防春雨以便行人云

誤傷續誌　○龔玉田誤傷劉某一則已紀昨報茲探悉巡警總局已將該兇犯送縣後經讞局委員立帶仵作人等到場看驗云

務期必獲　○津防捕盜營本有捕盜之責前東家胡同陶姓被刧一案所有盜犯尚未見獲上游以爲穆興起千戎不肯出力著摘去頂戴並限期獲盜交案勿得再延旋於日昨飭派營弁白玉和韓文廷杜起發藍英傑等率捕兵數十名四出偵探以期必獲

搭車病斃　○前日由京來津晚車有一搭車客人年約二十餘歲抱病上車行至老龍頭車站下車不醒人事車停時立即斃命隨經鐵路巡警總辦吳攀桂遊戎稟明總局隨於昨午縣署派委朱大令赴車站相驗隨即掩埋

天津府示　○出示嚴禁事光緒三十年正月十二日蒙　督憲袁　札開爲通飭事照得直省各屬上年收成歉薄現値青黃不接之際閭閻乏食堪虞且近屆春耕牛隻一項農事所資應通飭各地方官一律禁止粮米牛隻出口並由津海關道隨時切實查禁仍飭招商局鐵路局不准輪船火車裝運出口以顧民食而保農用除分行外合行札飭札到該府卽便遵照辦理切切此札等因蒙此查米粮牛隻關係民食不能稍有缺乏現値開河之際恐有奸商圖利私運出口定於閭閻有碍除嚴密訪查外合亟出示嚴禁爲此示仰闔郡商民人等知悉自示之後爾等務須念本處民食不得私運出口轉售圖利倘敢故違一經發覺定卽從嚴究辦决不寬貸凜遵特示

外埠新聞

江　寧

駐防要隘　○江陰乃長江一帶咽喉之區故於日俄開戰後防守加嚴日前江督咨請長江提督程軍門駐守江陰以防長江第一門戶

浙江

教案另委　○浙台寧海教案已逾半載迭經趙主教及法總領事電催數番責問并派有兵輪在台甬洋面游弋並下恫辭謂將自行查辦語氣迫切當奉聶中丞特新委洋務督辦安徽候補道許觀察九香赴甬會商業已逾月現適桐廬開教之首要僞副元帥韓曉堂緝拿到案因此外人益咎府縣尊之不肯出力謂韓已漏網期年一經教士指名卽得就擒與王錫彤事同一轍且鄉民咸稱王仍匿跡山中各員並不認眞查拿殊有乖睦鄰保教之誼故奉翁方伯復將寧海縣李大令炳堃調省另委翁大令長森往署亦深以桐寧前後兩教案辦理各員顯分優劣釀成此案故擬嚴加參處云

汕頭

迷信風水　○潮陽金浦鄉善堂因收埋疫斃之屍骸於山地上與趙姓構訟一案曾經徐前令履勘訊斷拒趙姓云有碍祖墳風水抗不肯遵傅大令集訊數堂未能斷結趙姓復上省控告茲將道府憲批示及傅大令堂例照錄　道憲批查糧山以印契爲憑官山應聽民塟究竟該處是否糧山抑係官山爾等埋屍之地相距趙墳若干丈尺趙姓有無契據仰潮州府飭縣集訊斷報粘抄繪圖領存　府憲批案據趙肅炳等控奉　撫憲批行業已轉飭遵照該民所塟疫死棺柩雖爲地方善舉然不另購義塚而佔及趙姓糧山則未免蹊人之田而又慷他人之慨徐前令原斷籌欵買地或遷或換旣已議有辦法仰潮陽縣再集復訊從速辦結具報毋任延訟粘抄繪圖及保狀存　傅大令堂判復訊此案再三開導乃趙姓堅請押令鄭姓將已葬疫墳各柩起遷而善堂董鄭上堅等仍堅謂所葬之地並非趙姓糧山界並與其祖墓相離甚遠不肯另遷兩造各執一辭牢不可破嗣飭令各暫散去再行熟思審處總須兩全庶免纏訟仍候覆訊

福州

不仍舊觀　○閩浙總督李勉帥目擊時艱深慮財用不足思有以節之爰商諸司道擬將從前所設善後稅釐濟用防賑各局所悉數裁撤合爲財政總局委候補道唐觀察贊襄爲督辦程太守祖福爲提調內分四所屬稅釐者爲稅務所屬濟用者爲雜捐所屬防賑者爲度支所另設一報銷以清眉目其南臺稅釐總局亦令撤銷此外又設軍政局專理軍營事務另委武備學堂總辦徐觀察紹楨綜其大綱而以韓太守景星爲提調他如礦務蠶桑各局均併歸商政總局以現任海防同知呂司馬文起爲提調趙大令時綱調之想此後非復從前之泄沓成風矣

廣東

被搜索賠　○光緒壬寅當會黨洪全福等潛謀舉事時曾於某洋行搜出草帽麵包器械等物嗣傳聞某國向當道聲言此等物件係爲建築鐵路之用今無故被搜當索賠欵二百萬當道久未覆答去臘某國復行催促且增至四百萬故當道於去臘二十六日特飭南番偕同委員數人將此案拿獲監禁之犯提到某國領事署會審傳聞如是未知確否

沙園被盜　○去臘二十日香山隱福沙園忽被盜刼各夥件拒戰一勾鐘之久卒以外援不至被焚去福祿壽富榮華永耀永瑞等八園館計蛋戶七百餘家卡口四間鎗斃園丁六名傷者無算擄去貫園夥件一人其迫死於水者不可勝數

計每圍紹被燬物件以及鎗械等約值銀二千兩有奇其中蛋戶被燬無家可歸者凡二千餘人失散流離慘人心目飭該匪即據廣福圍及貴圍爲巢穴連日向附近之芙蓉沙板尾沙附洋沙大鰲沙福尾沙沙角等處圍館勒索每畝索銀八錢限五日內交足擬收齊各沙行勒欵始行後他徙杳該匪頭目係林瓜四即潤瑞李元鄭八黨羽不過百餘人云爾

拍賣告白

啓者本月念二日即禮拜二下午二點半鐘在本行拍賣外國家俱立櫃鏡桌各樣椅子外國馬鞍二個三窨酒六箱鐵銀櫃三個各樣洋酒三四百瓶新花檯布三十個地毯煤油爐糖醬二箱縫衣機器冰箱一個小孩車一輛馬三匹金嘴紙烟捲三萬九千餘根罐頭食物等貨如欲買者請早來細看面拍可也　永盛洋行啓

天津各項股票行情單

買賣各項股票經紀永盛洋行啓

天津先農有限公司	上屆每股攤得利息五分	每股賣主討價銀一百三十兩
天津自來水有限公司	上屆每股攤得利息三分半	每股賣主索價銀一百四十四兩
天津濟安自來水有限公司	上屆每股攤得利息四分	每股賣主索價銀一百三十兩
天津煤氣有限公司		每股賣主索價銀一百兩
利順德飯店有限公司	上屆每股攤得利息二十分	每股買主付價銀一百五十兩
天津汽水有限公司	上屆每股攤得利息十分	每股賣主索價銀一百二十八兩
[illegible]克蘭尼飯店有限公司	上屆每股攤得利息七分	每股售過價銀五十兩
天津[illegible]飛馬[illegible]有限公司	頭一年歸辦	每股賣主價銀二十五兩
天津印字館有限公司	上屆每股攤得利息五分	每股仍舊索價銀五十三兩
[illegible]山礦務有限公司	上屆每股攤得利息五分	每股索價上海銀六兩
大沽駁船有限公司	上屆每股攤得利息二分	每股賣主[illegible]價銀三十五兩

根莠不除嘉禾無由暢茂害馬盡去良駿始得相安此爲政之大較也玉邑自前任陳大令病篤宵小乘間竊發告訐紛紛以致市井閭閻良善不能安度有許姓虎而冠者素稱無賴之尤其所牽連尤難指數自周大令履身下車伊始發奸摘伏明斷如神自將此輩懲處之後刁徒皆知畏法不敢仍蹈前愆現在城鎮四鄉莫不奉爲神明與粵潤縣馬公鄰境相輝有二難競爽之稱該縣令之卓異可風者也　商洛[illegible]商人公具

關內外全路逐日火車開行時刻

橫推直看

凡慢車經過各站均停片刻其快車小站不停其餘小車站開車時刻未及備載所搭客早到無悞

快車 北京至榆關
北京開上午七點
天津新站開十點零七
天津老站開十點廿五
塘沽開十一點四十五
唐山開二點十二分
灤州開三點三十七分
昌黎開四點四十分
到榆關六點二十分

快車 榆關至北京
榆關開上午七點
昌黎開八點四十八
灤州開九點五十三
唐山開十一點三十
塘沽開一點五十分
天津老站開三點十分
天津新站開三點三十
到北京六點三十分

豐台至通州
豐台開上午七點
到通州八點五十五
豐台開下午三點十五
到通州五點零五分

慢車 北京至塘沽
開下午二點十分
六點二十四分
六點四十五分
到八點十分

慢車 塘沽至北京
開六點五十五分
開八點三十八分
開八點五十六分
到一點十二分

通州至豐台
通州開上午九點零五
到豐台十點五十分
通州開下午五點十五
到豐台七點二十分

慢車 天津至榆關
開六點二十五分
開六點四十五分
開八點三十三分
開十二點十分
開二點二十五分
開三點五十五分
到六點四十二分

慢車 榆關至天津
開上午五點
開七點十八分
開八點四十四分
開十二點三十分
開四點十分
開六點三十四分
到六點四十四分

榆關至營口
榆關開上午七點
錦州開十二點三十三
溝帮子開二點五十一
到營口五點五十一分

慢車 天津至唐山
開十一點四十二
開十二點二十二
開二點十分
到五點十七分

慢車 唐山至天津
開上午六點十分
開九點二十六分
開十一點零七分
到十一點三十七

營口至榆關
營口開上午七點
溝帮子開十點二十
錦州開十二點四十一分
到榆關五點五十八

中國鐵路總局告

慢車 唐山至榆關
開上午六點
開八點零五分
開九點五十分
到十一點五十八

慢車 榆關至唐山
開十二點十八分
開二點二十九分
開四點十七分
到六點二十分

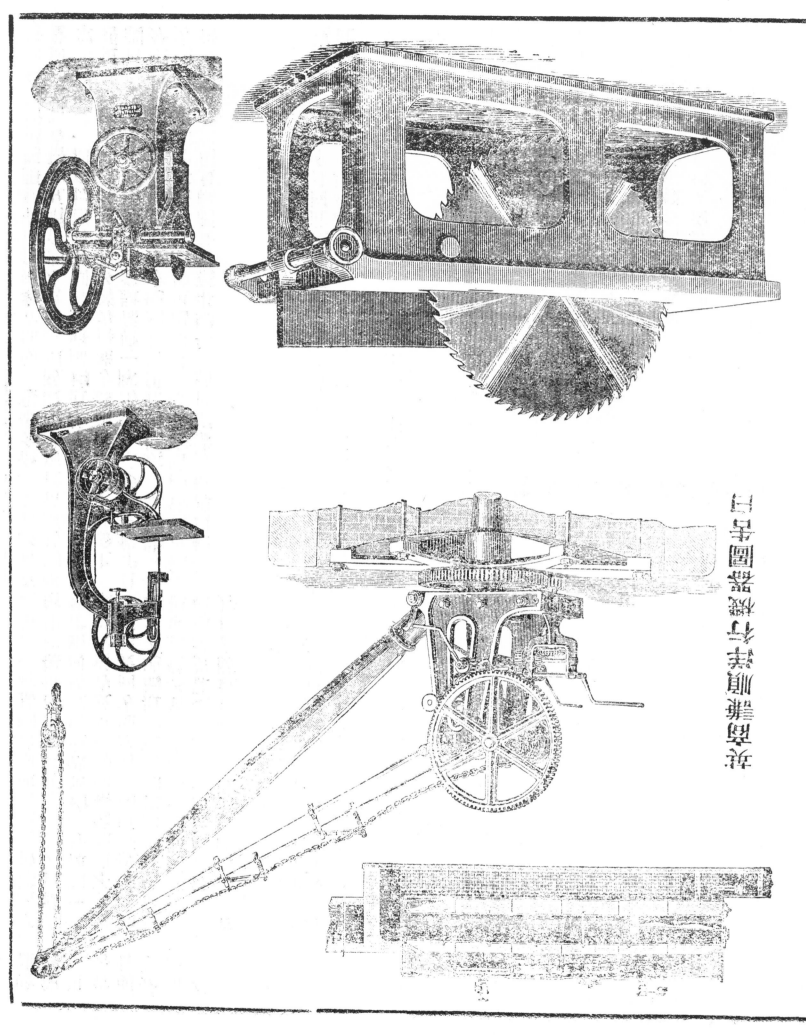

上海分批 久福源綢緞抄莊

天津海大道泰來洋行隔壁認明本莊招牌爲幸再本莊代貴客做男女時式新衣工精料美決不期悞

本莊到有新到新式花素各種綢緞及應時紗羅各色俱全今又添售南式各樣壽器代售洋廣南貨并各色綠光席法布等物餘貨一切不及細述售[illegible]零剪價值公道貨色精美俱勝別家以廣招徠如蒙賜顧請移玉　本莊主人謹啓

天津紫竹林 萬寶票行批發

江南票頭彩三萬元正月念六開彩
湖北票頭彩五萬元正月念二開彩
粵東票頭彩四萬元二月初十開彩

本行開設天津紫竹林經歷十餘載收兌大小彩票并發各省彩票無不格外公道屢售頭二三四等彩不下四十次久已遐邇馳名今又分枝一號在天津估衣街西口路北開張現與正月份江南湖北粵東票請近賜顧請來面訂是荷去歲十二月份江南湖北兩處彩票號碼已可查閱本行售出之湖北票獲中七八彩共計七張其餘小彩末尾彩不可勝數望　頃接到粵東票電報頭彩貳千七百拾號貳彩叁千貳百二十壹號叁彩[illegible]千五百陸拾號肆彩五千[illegible]百肆拾陸號　本行謹啓

寶元彩票公司告白

啓者本彩票公司仍設在天津河東奧國租界首次開彩日期定於西歷三月二十八號彩票每張共十條每條售大洋六元　每條售大洋六角天津寄售處○河東東浮橋口生記錢舖　河東興隆街永昇銀樓　紫竹林直報館　公易洋行　利順德飯店　益聞報館　天津印字館　法租界牛應木飯店　晉和祥紙烟公司　大德國書信館　北京寄售處○前門外大街體乾堂藥舖　東珠市口世聚昌木行　琉璃廠聚寶票行　觀音寺華洋大藥房　崇文門內立中洋行　德國大飯店特此佈告俾衆週知　寶元彩票公司啓

元隆綢緞洋貨莊

開設估衣街中間路南大墻門面自置綢緞頭繡紗羅糙綿全朝各種壽衣刀紗洋貨斗篷欄杆一切各色布匹零整一概發售貨色別選加高價從[illegible]外從廉以昭久遠此白　本號售綢井兩前各種細皮并名烟加料大小皮箱帳匣

西洋貨行 寶館

啓者本行新到英法國瓷器各器並有罐頭火食點心各樣頂好轉禮之物洋人用飯刀叉台布大器各家俱鐵床廚房火爐炒鍋開盤頂好洋煙蘇爾草包烟捲海蘿蔔嘴各顏色絲絨[illegible]銀錢色花洋布貨真價實一概[illegible]全諸君仕商賜顧請來赦行面議可也　天津紫竹林西寶館洋行謹啓

日遠馳名

本號代售[illegible]各[illegible]宋金咀[illegible]南東名[illegible]蠍丸綢[illegible]江南彩[illegible]天[illegible]街口[illegible]德記大[illegible]房[illegible]啓

壽世濟陰丸

專治婦人諸般雜療虛損勞弱崩漏淋濁赤白帶下經血不調肚腹疼痛腰腿酸痛抽閃筋麻木兩肋攻痛胸中淤滯飲食不消嘔吐酸水頭痛目眩[illegible]氣短心跳乍寒乍熱盜汗不眠口乾煩渴五癆六瘵大便作瀉驚悸怔忡胎產前後一切逆症臨引取下奇效[illegible]實爲濟陰要藥[illegible]至寶也

麋茸壽坤膏

專治婦人胎前產後血[illegible]不調崩漏淋瀝赤白帶下腰腹疼痛癥瘕痞塊血寒經閉不受孕骨蒸身熱一切虛損雜疾諸般勞[illegible]臍上屢試屢驗[illegible]行銷多年馳名已久四方來購者皆稱[illegible]世無雙

小兒金丹

專治嬰兒諸般驚慢驚風神昏天吊感冒風寒發熱冷[illegible]燒停食吐乳腹痛瀉泄口瘡不食凡一切小兒百病功[illegible]服之[illegible]述[illegible]靈[illegible]治[illegible]實一[illegible]藥[illegible]

犀茸百補丸

此丸溫而不熱清而不寒專治男婦陰虛火動之症中氣不足喘急上咳嗽吐痰肺癰咽喉聲啞盜汗頭熱耳鳴心跳目眩目昏肢困倦欲食不思以至咳血等七傷每切諸虛百損五勞七傷每服一[illegible]補下者稱第一仙方[illegible]堪名也[illegible]補至天[illegible]仁壽堂謹識[illegible]大藥房批售 181

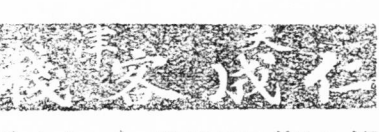

德 C. Hofmann. 商

恆和洋行

本行前在德國賓員地方開設織絨織布各廠創自一千八百三十八年迄今已歷有六十餘年之久向在各國早已馳名並專理進口軍裝機器鐵路所用各件鐵軌氣燈礦務並工程各樣機器五金雜貨洋絨洋布等項貨物一概俱全價值各外從廉如蒙官商賜顧者請至本行帳房面議可也以及購辦出口駱絨羊毛皮貨零物今寓天津海大道英國菜市對門十九號房便是 本行謹啓 159

本行承辦營口通濟自來水有限公司已經開辦各埠欲購各種機器或訂辦各項工程價值從廉如蒙官商賜顧者移玉本賬房面議 德商恒和洋行本工程司具 20

天津鍋店街

華英大藥房

本藥房專售外國各種靈驗藥水藥酒丸散膏丹香水香皂秘製戒烟玫瑰梅花參片補身斷癮一粒金丹自造各國名廠照像器俱材料放大電燈治外科刀針包 經售司各脫乳白鐵魚油丸製補肺樹魚肝油燕醫生各種靈藥廣東各項蠟丸麋茸寧坤靈壽世濟陰丸小兒金丹 本藥房主人謹啓 13

日本北海道出售

各樣木料

價格外從廉

二井洋行 20

本行代理中華火燭保險公司 China fire insurance Co. 歷有年所除中國地界外凡在英法德俄日奧及意國租界內之樓房住房棧房貨物等項均能代保火險保費格外公道如有欲保者祈 駕臨本帳房面商豈是可也 英界仁記洋行謹啓 3

仁記洋行

本行出售鐵片瓦隴鐵松木硬木地板各種大小機器美國人頭牌號麵粉價值從廉如蒙官商賜顧者請至本帳房面議可也 12 仁記洋行謹啓

牙醫

專治牙疼牙漏及腮腫風火蟲牙空金銀[illegible]管[illegible]除根至十滿口牙粒皆能鑲

周相臣

補用金銀象皮托任從客便價值從廉寓天津南門口 天元醫園 188

烏利文洋行

本行開設天津志泥華香港上海自造各樣鐘表又新到銀馬表六元泥鋼平面表三元烏鋼平面表三元銀五號平面表五元留聲話匣花素筒子新樣鐘表玩物一應俱全新到大小照像盒子並材料等價值格外從廉貴客賜顧者請至紫竹林北大街法租界面議可也 本行啓 36

通經閨婦勝金丹

此丹專治閨婦經閉血枯一切乾病雜勞等症經驗如神倘蒙 賜顧請移玉天津鍋店街中間路南門面金字冲天招牌育生堂本藥店購買可也

育生堂主人啓 90

德和板廠

本號新到桂木柞木榆木等色道板七千餘件此貨係由東洋購來木性堅固修造合宜至於價值較比東溝松木格外從廉貴商賜顧者請駕臨敝號面議可也 42

天津窰窪閘口東德和板廠啓

三合承新衣莊

自置綢緞單夾皮綿紗喜事嫁衣蟒袍霞佩男女壽衣一概發售開設天津估衣街萬壽宮西路北大門便是 27

天津 雲飛馬車有限公司

本行出賃頭等馬車馬匹如有來行租用馬車馬匹或按日或按禮拜或按月租賃均聽其便本行并買賣馬匹騾子凡有馬之人欲託本行代為豢養者算價極其公道其代豢養之馬匹亦必格外留心照看俾使茁壯無恙

天津雲飛馬車有限公司 法租界 得律風一百五十六號 17

天津 英租界 公易洋貨莊

啟者本行開設英租界中街已數年於茲矣專辦官紳仕商屋中陳設及一切需用裝璜等事倘蒙賜顧即函知本行當派妥人前往估價備辦整齊及各項工匠無不應時工作前曾歷辦行棧舖墊陳設頗稱嘉許本行並備項好聘禮之物外洋各種器具軍中應需物件桌椅傢俱玩物保險鐵屋新到銀櫃洋錢箱洋燈地氈白洋毯各樣綢緞等件價值與別家格外從廉恐諸商未及週知特此登報佈聞

公易洋行謹啟 十一

魁豐氷窖

本號開設在關口內歷有年所今春合日本界天仙茶園後並南小營門外添設分號兩處諸君如欲定冰者請到關口西本櫃面辭可也

本主人啟 227

華泰飯店

本店設在關口西日本租界[illegible]西向東便[illegible]特選頭等手藝名[illegible]英法大菜拾錦名[illegible]洋點心甜鹹面包[illegible]餡面包外洋御[illegible]上[illegible]洋酒罐頭食[illegible]俱全官商賜顧即[illegible]新造[illegible]寶闊陳[illegible]幽雅官商府[illegible]喜筵另有外洋頭等器具與衆不同如定大菜格外公道

THE SINGER MANFG. CO. TRADE MARK

啟者本公司售賣之縫衣機器凡刊有此商標者乃真貨除總公司開設在天津外其北京保定烟台唐山等處均經設有分行賜顧者請就近購買為幸

勝家公司啟 70

天津西門南 慶泰恒西土莊

頂高冷龍雲土烟每洋一兩三錢高西土每洋二兩六錢本號精工選置不敢誇於筆墨仕商賜顧者請嘗一試誠為貨高價廉比別家不同

天津 鴻泰元土莊

本莊精道各省西土各整皆批行[illegible]發售[illegible]請[illegible]

本莊主人謹啟

高鎮茂 叫賣行

啟者本行准於本月十九日即禮拜六日下午二點半鐘在本行拍賣西洋馬車一輛八字輪自行車一輛拉土車一輛拉水車一輛餅干十五箱牛奶十一箱沙丁魚十箱美國烟捲十相合烟一百四十二合一箱三桶蘇州門簾四個千里眼二個木窗拉簾二個圓鏡一杆快鎗六杆鐘壹二個襪子三相靴子三相牛皮一相烟酒布台二個酒架一個綵床綿椅藤椅寫字台一梧桐櫃鏡台洗臉檯木二鋪櫃天平櫃夜壺櫃一鐵桶帽架西皮衣二件新地毯三個棧房鐵門三付青條石七十塊窗戶並有零物若干皆無定價諸君如有買者務祈是日早到本行拍賣可也

高鎮茂行啟

International Bicycle Co

啟者本行開設上海漢口天津有年今又分設北京崇文門內專售英美各國頭等男女自行車各種新式電燈電鈴時樣裁縫機器以及車上應用器具無不俱備如修理舊車本行雇有頭等匠人技藝高妙倘亦從廣賜顧者請至本行或分行面議可也

天津法租界快利洋行啟

天津河北家口北洋醫學館 聚興戲園

雙盛合班

11 正月廿一日早演

盧信珍 烏玉帶
蓋九紅 進蠻詩
吉勝福 定軍山
小榮福 五雷陣
四喜 英 鐵弓緣
小榮喜 寶春樓
郭永春 二進宮
郭秀山 蓮花湖
飛來鳳
呂月樵
一陣風

廿一日晚六點鐘演

劉四紅 金剛劇
三奎官 大回朝
一陣風 潮金頂
小榮貴 忠孝牌
小榮喜 梅龍鎮
呂月樵 戰長沙
小寶和 觀蒲關
郭蝶仙 頭二本
劉艷亭 紅梅閣

座落襪子胡同國津會館 天仙茶園

天津著名班

12 正月廿一日早

忌辰

廿一日晚六點鐘演

蘇文奎 打金被
王小琴 忠孝牌
程永龍 翠鳳樓
金福堂 探虎山
小蘭培 飛玉帶
小秃子 烏刺計
小蘭芬 寶珠報
寶桂如 珍城計
蔣鶴仙 空城計
五月仙 陰陽報

開設北馬路宜北路轉角 大觀茶園

雲仙全班

170 新正月廿一日早

忌辰

廿一日晚六點鐘演

十六紅 烏龍帶
郭小福 泗州城
七仙旦
孫桂祥
趙紫雲 慶頂珠
賈平書 珠砂痣
張長奎 陽平關
溜溜旦 紫赤宮
牛名花 打金枝
陳竹鳳
杜雲青 翠屏山

開設日本租界 天仙茶園

鳴鳳名班

新正月廿一日早演

義春桂 千秋嶺
彩如鳳 送銀燈
達子紅 探桑口
薛喜芬 二進宮
劉廷魁 劍峯山
小春來 雙奪彩
花四保 六部審
二毛旦 算糧
白文奎
金玉
雙玉

209 廿一日晚六點鐘演

全班 大獻瑞
白文奎 進四士
恩曉秋 二頭
安慶祥 收關
一斗 勝
劉月樓
陳四寶 玉鐲計
花中魁 三四士
王曉奎
恩文奎
白雙奎
張雙奎 四本

同陞 128

本店自造海式靴鞋京津蘇廣女鞋小孩繡花皂靴新式緞鞋上便鞋貢緞便鞋元緞毡鞋廣貨不誤批發大小零賣開設天津馬家口大街西向東洋樓門面便是

明義洋行 109

啟者本行專售用煤油燈火機器較煤力省價如其法式較官商等輪船用外購價者本行面議欲購本臨議者請面主人可也謹啟

正月十四船輪到大沽日期
新裕 十四日 由上海烟台招商局
新濟 十四日 由上海烟台招商局
通州 十四日 由上海烟台太古行
景星 十四日 由上海烟台怡和行
正月十四日輪船到紫竹林
無
正月十四日輪船出口
無

光緒三十年二月

本館開設天津紫竹林英界海大道偏東路

每月報價收洋六角　外埠遠近酌加寄費

CHIH PAO

直報

第一千七百零一號

主筆總理賈祿福

天津大學堂示

凡報名投考各俄法文學生准本月初七日、下午兩點鐘來堂面試、勿得自悞 88

宮門邸抄

二月初二日吏部 翰林院 正黃旗值日無引見 承侯 雍和宮聽經覆命 朱侯致祭 明陵起程日期 阿克東阿請假十日 慶公文璞各請假十五日 文熙續假十五日 召見軍機 二月初二日已正刻 皇上升 乾清宮 韓國使臣閔詠喆 覲見呈遞國書

上諭恭錄

二月初二日內閣奉 旨大理寺少卿着李擢英補授欽此同日奉 旨翰林院侍讀着李士鉁轉補張建勳着補授翰林院侍講欽此

緊要公文

照復日本領事公牘

拆卸曼佐汽機一案日領事請將水雷一併起岸茲得道憲照覆原牘謹錄於下　照復事正月二十二日接准來文以俄兵輪曼佐拆卸炮位後膛槍支子藥並緊要機器一切早經駐京公使與外務部商妥俟各項禁件起存海關由本總領事赴關察看電請飭令在淞之本國兵輪開出口外再查所開禁件內水雷一項未經列入應一併起存等因查此事先奉外務部電諭即經轉致稅務司照辦旋准復謂關上無寬大之處可以存儲汽機請稟撥蚊船一隻傍在新關對面備裝等語隨又稟南洋大臣電復船隸李軍門飭即就近商辦業已飛布去後應俟蚊船派撥到滬即行裝駁另行知照茲准前因除函致稅務司將水雷一項一併起存外相應照復爲此照會貴總領事請煩查照施行須至照會者

緊要電音

俄官論韓　○倫敦西三月十八號來電云聖彼得堡官場均稱俄國以韓待日本情形不能認韓爲戰爭之國

緊要新聞

譯本館記者論中國目下不宜聯日　○中國政府曾向某某等洋行訂購火軍器械數百萬已誌前報頃又聞中朝疊降密旨諭令各省督撫籌集巨欵訓練大兵以資調遣等語此舉如果屬實則所購軍火一切雖曰備邊防未必無他意本館曾言日俄之戰俄國操有必勝之權無拘年限之短長及至海軍一戰俄敗於日即環球各國亦莫不謂此係戰爭之始未足爲憑惟中國政府以爲日既勝俄日可聯矣竟聽日本各報一面之辭以日本係爲中國起見開罪於俄致啓釁是日爲中國仗義而中國不當聯日而拒俄乎雖然中國後來之結局亦不可不預料及之夫中國倘果聯日則日俄戰平之後俄國勢必興師問罪從重復仇以中國不應聯日拒俄則中國將有不堪設想矣夫中國既謹守局外之例又何必日增雄兵駐紮邊防財力既已窮窘增兵不免添餉試問中國將籌何項以養兵故外人之留心中國政務者皆以此舉爲不然恐將來支持不力勢必潰爛不堪迨至北方不保東南半壁其能自安乎勢不免有礙商務釀成交涉則各國均以派兵保商爲名紛至沓來中國內地將幾無淨土矣瓜分之禍亦必從此始矣回念庚子之亂中朝大臣迫於外命不得不處以極刑此皆不能責成地方平靜之故即廣西之亂生民塗炭無可收拾此亦地方官之疏忽故也本館深望政府詳計此後情形仍宜嚴守局外中立之例不得稍有偏私並當念日本當甲午之役佔奪旅順時其何等虐待中國臣民可知日亦未可親也吾故曰此番中國籌練重兵之舉以之自防則可以之聯日則萬萬不宜

步步謹防　○日本某報云俄人現已日夜在安東縣九連城並鴨綠江之左岸等處潛埋地雷以防日人渡江登岸且在海城縣開溝築壘以爲禦敵之計

諭令他徙　○外間傳云俄國陸軍提督克洛畢金（譯音）已出示令處近西彼利亞鐵路之猶太人一律遷徙他去

紅旗爲誌　○本埠印度兵定於本月初五初七兩日在機器東局之西邊操練洋槍學習打靶所有地段凡插有紅旗者均係鎗彈所及之處切勿向前行走免致誤傷

誤觸水雷　○益聞西報云西三月十六號該報訪事報稱俄國滅魚雷艦名士哥利（譯音）因進旅順口稍不小心誤觸水雷致將該船擊碎聞船上得生者祗有四人云

姑安其心　○中國駐德廕星使午樓入覲德皇時德皇謂之曰日俄戰務雖屬可憂然皇太后　皇上儘可安心斷不至有意外之虞並囑爲代奏乃星使之電未到而駐京德穆使已向外務部要索答詞矣

未敢深信　○據香港公益報云省佛鐵路自開車以來鄉愚不知趨避致被碾斃者不知凡幾茲聞工程員華人某君創一新器以樹膠爲之如兩手合抱狀置之車頭下若吐舌然苟人在軌中奔避不及一觸此機即有數軟爪伸出將其緊抱引而置之路外即牛馬遇之亦然往來車路者不復如前之危險矣

本館竊謂火車傷人原以機頭笨重輪轉如飛瞬息數里奔避無及縱觸軟爪之機亦掠之而過豈能於風行電閃之際抱置路隅行所無事吾斯之未能信

著論辯駁　○有人致書字林西報主筆云前有日本人著論以辯曼佐之問題不意復有一人名司列典沙巴田者竟大書其名著論以辯該人勇則勇矣惜其一篇之內無一合法之意使吾讀之而失望也今假貴報之地位書數言以辯之夫俄國之詰責日本也業爲世界所譏今司列典沙巴田之手筆復蹈俄國之故轍其爲世人所譏笑不足爲奇也其設言也不辯曼佐下碇中立界之非而反極力辯攻上海各報無辜之主筆想辯者爲熱[illegible]所傷失其自主之力一時致此然其狂吠吾本不欲擲有用之光陰而注意其說也　今捨其本人及其同情之友斷不甘受此狂言故余所詳各款逐件答之亦必不得已事也　蓋司列典沙巴田及其同志皆受十六世紀之萬國公法所愚今余祇須將此事分兩端而解之足使其人曉悟矣　今舉韓國之中立首先論之夫俄國既不認滿洲爲中立而韓國亦不得謂之中立韓國與滿洲同爲當今戰事首要之

目的其中立之要旨不能見納於人是爲至理毋庸解說也設使韓國爲宜守中立之國日本亦未嘗不可添兵設防亦可不認其爲中立之國此爲日本應有之利益因其不能與中國所守之中立現爲曼佐所違背者同日而語也試詳論之凡中立小弱之國一旦爲强大之戰國所難致不能自保者則不能守其本國之中立設如此等小國一旦却絕戰國中之甲國所請不許運兵過境或不許其軍登岸其國必將認爲與戰國中之乙國聯軍若其國有一處爲乙國所據而其拒甲之意則顯然爲助乙之意矣　所以近世之習萬國公法者遇此案情必當斷之曰每一戰國皆得自行設防執公理同據該小國今查史書之實錄以證之一千八百零七年英國曾據丹國於可攀害眞（丹麥國之都城）　緣恐若不先行佔據將爲丹國之敵人所據也　第二端余所欲解者宣戰也今之習萬國公法之人及俄之教萬國公法之著名教習馬丁氏亦當以宣戰一事在決裂之先無關緊要也其中要旨雖見貴報於二月十五號辯明今余復詳辯之稍閱俄史已見俄國於未經宣戰而先開炮之事數則矣今將其事列下以質同志

一　一千七百年俄國在那爾巴之戰未經宣戰先自用兵
二　一千七百三十三年俄國與斯旦尼羅斯會兵俄軍突然侵入波蘭未嘗先行宣示亦未嘗先自宣戰也
三　一千七百五十三年俄普奧三國之軍突攻波蘭未嘗見其宣戰也
四　一千八百零一年俄皇保羅忽捕英艦二百餘艘事後始行開戰也
五　一千八百零七年俄國突據慕爾大哇之炮台其時二國之外交家尚在和平會議之時也
六　一千八百二十七年俄英德三國之軍艦隊突將土耳其之艦擊毀未嘗先行宣戰也
七　一千八百二十八年土俄之戰兩國皆未聞宣戰也
八　一千八百三十一年俄國捕捉希臘之艦擊沈希臘之艦皆未經宣戰之前所爲也
九　一千八百三十六年俄國與普魯斯及奧斯馬加三國佔據克拉司未嘗宣戰也
十　克利米亞之戰俄國未嘗宣戰也　自一千七百年以至一千八百七十一年大小何止百戰其能先宣戰而後用兵者祇有一千七百十九年法日之戰一千七百九十年法國與歐洲各國之戰一千七百九十三年英法之戰一千八百七十年普法之戰而已今之不觀本國之史而妄論他國之非如司列典沙巴田及其同志者將如支那俗語所訓天將不祐　見新聞報

北　京

金商會議　〇京師金店自庚子以前祇有十家備各省捐納人員來京上兌之用兵燹後增至二十四家現在金店上兌均歸商部管轄頃聞商部堂官擬商將京師金店只准二十一家上兌其不准上兌者聞係天聚興等三家並聞商部已派恒裕金店掌櫃馮潤田寶興隆金店掌櫃袁寶三充爲金商首事聞該商等在鷂兒胡同平介會館邀集各金商於二月初一日會議各事云

派定警察　〇前聞巡城各上憲欲派警察員役保護教堂遲久未派現已派定警察員役一百人住總布胡同內歸一處管理每日至後海地方輪守俄國教堂以爲保護

金幣依議　○近日各官條陳奏請飭鑄金幣以濟銀幣之窮者紛紛不一莫不謂此行可以利通中外故戶部已將籌鑄金幣並新捐以庫平足金五成搭交每金一兩抵銀三十二兩等情入奏奉　旨依議

選要呈覽　○外務部堂官特派英日俄法繙譯官各二員每日輪流換班繙譯路透電報並選諸東西文報之有關戰務者擇其緊要繕錄成摺於次日黎明賚交內奏事處進呈　兩宮御覽云

扶病謁王　○駐京俄公使因足疾害事杜門謝客爲養痾計乃忽於十八日往謁慶邸晤談良久諒係要公此行難免故不得不扶杖而出至於所談何事固不足與外人道又烏得而知之

力挽頹風　○留學生某君歸自東洋徧游京都見街衢墻壁遍貼打胎春藥招貼比比皆是實於風化有關故上書五城察院請即一體嚴禁並具日本究辦打胎春藥罪案條例以便採擇懲辦庶挽頹風於萬一

禁止游人　○聞初五日　皇上祭日壇畢即在東嶽廟內御座房少坐然後還海初一係東嶽廟開廟之期嚴禁遊人入廟即焚香叩祝者流均令其於山門外進香而已而廟中則一律嚴肅整潔以備駐蹕

巡防員弁　○西河沿大宛試館設立巡防局以備北城招募練勇已紀前報茲聞北城張侍御現委北城孫公園坐辦朱敦甫充爲該巡防局坐辦其紳董候選二尹薛筱亭寶興隆金店商人袁寶三作爲帮辦並有內閣中書牛鼎臣會同辦理一切巡防事務

東事垂詢　○日前　召見前任東省某大員詢及俄人前在東省及滿洲如何情形友邦何以開釁某大員奏對俄人侵佔東省久懷吞併滿洲之心譬如有疾之虎終未忘噬人也今既與日本從事干戈已有尾大不掉之憂我國只宜嚴守邊界謹防俄人潰竄後復密陳東省要事數條有求赴東省効力贖愆之意未悉　兩宮果俞允否

本埠新聞

督轅紀事　○二月初三日制台未會客

督批照錄　○具呈商人長裕抱告家人趙玉此案已據通州訊明靳世元並其父靳溪亭並未販私係被侯子寬誣扳正犯侯子寬在押病故該州將靳世元釋放詳經批准銷案所呈應毋庸議仍仰運司查照

車站紀事　○江蘇候補知府松榕太守與並眷屬等又新選福建德化縣譚宗晉大令均於前晚由京乘火車來津暫住長發棧候輪南下赴任○又分發直隸候補道王觀察於昨早由津乘火車晋京

難民回津　○前日有難民由牛莊溝帮子等處逃難回津共計女眷十餘人男子二人係本郡人氏

公筵邀飲　○直隸藩台楊方伯會同闔城司道府廳縣各官于初四日在浙江會館設筵演劇恭請　直督袁宮保聞邑尊已於昨日飭差催集各梨園優伶以俟屆期演戲

出閱親軍　○天津鎮楊少農鎮戎于初二日由津起程赴靜海縣屬唐官屯等處查閱親軍馬隊約有數日之久始能還津

斥革縣差　○縣署馬夫何景臣因探差不寔及十班差役劉起泰傳案需索等情均被邑尊查明一并斥革不准復充

拐妓被獲　○西門外橫街子北住有劉寶德之孫劉大頭前將西坑沿孫七窯戶內妓女寶玉拐逃日昨孫將劉大頭及妓一併獲住欲赴公堂云

天津縣示　○爲出示曉諭事案蒙　督憲袁　札開照得日俄兩國失和用兵現奉　上諭現在日俄兩國失和用兵　朝廷軫念彼此均係友邦中國應按局外中立之例辦理著各直省將軍督撫通飭所屬文武並曉諭軍民人等一體欽遵以篤邦交而維大局毋得疎誤將此通諭知之欽此上諭現在日俄兩國失和非與中國開衅京外各處地方均應照常安堵　朝廷業經明降諭旨按照局外中立之例辦理所有各省及沿邊各地方著該將軍督撫等加意嚴防愼固封守凡有通商口岸及各國人民財產教堂一體認眞保護隨時防範倘有匪徒造謠滋事即著迅速查拿從嚴治罪京師地面重要著步軍統領衙門工巡總局順天府五城御史嚴密巡查切實彈壓俾舖戶居民各安生業所有各國使館教堂尤應加意保護倘有不肖匪徒妄造謠言藉端滋擾即行緝拿審訊輕者按律懲處重者立即正法以示儆戒京外各該衙門皆有地方之責務當嚴申禁令銷患未萌毋得稍涉疏懈用副朕輯和中外綏靖閭閻之至意欽此亟應將局外禁令條規由地方官先行出示曉諭俾得一體遵守以維大局除刊發通行外合行札飭札到即便遵照毋違此札計刊單等因蒙此合將禁令條規出示曉諭爲此示仰闔郡諸色人等一體遵守毋違切切特示　計開禁令條規列後　一本國人民不得干預戰事暨往充兵役

一民商船隻不得往投戰國或應照前往辦理緝捕轉運各職司　一不得將船隻租賣于戰國或代爲安裝軍火或代爲布置一切及帮助以上各事以供其交戰及緝捕之用　一不得代戰國購辦禁貨或在境內製造禁貨運銷戰國之陸海軍所有禁貨如後列各項　一炮彈鉛丸火藥及各項軍械　二硝磺及製造火藥各種材料　三可充戰用之船隻及其材料四關涉戰事之公文　一不得代戰國載運將弁兵卒　一不得以欵項借給戰國　一船隻非避風患不得擅入戰國所封之口岸　一船隻駛入戰疆不得抗拒戰國兵船之搜查　一不得向戰國探報軍情　一除戰國各項船隻在中國口岸購辦行船必需之物應遵守另列各專條外不得售糧食煤炭於戰國　一所有未盡事宜隨時查看情形參酌公法候飭遵行

租　界

思發大財　○河東奧界近復開設寶元彩票公司已擇本月十二日在該處開彩近日爭購彩票者絡繹不絕向該公司購票之人頗見擁擠各人皆思發大財也未知鹿死誰手誰有大福得此頭彩想開彩日望奪標之人定亦不少也

外埠新聞

山　東

稟辦竊賊　○長山縣稟辦偷竊鐵路鐵欄杆賊犯公文照錄　敬稟者光緒二十九年十二月二十二日據卑縣派出緝役拿獲賊犯吳元仔一名並鐵欄杆五塊到縣提驗該犯並無拷刺痕跡訊緣吳元仔藉隸膠州一向在外游蕩先未爲匪犯案光緒二十九年十一月間來至縣境鐵路充當鐵匠苦力十二月二十一日因工價微薄起意行竊鐵路鐵欄杆價賣得錢花用是夜猶自携帶器械行抵縣境周村迤東鐵路火車站竊得橋洞鐵欄杆五塊逃逸二十二日携帶鐵欄杆走至李治齋常瑞堂鐵器攤上價賣李治齋等認係鐵路之物推却不買正在較論之際適緝役巡緝踵至當即連贓一併拏獲等情不諱詰非積慣老竊亦無竊刦別案與知情同竊之人差傳李治齋等到案訊無和同情事查本年八月奉撫憲札飭示禁行

竊鐵路螺絲鐵板等件案內通飭內開凡有竊取鐵路螺絲釘板等物獲案之犯訊係初犯監禁一年如係老竊立卽稟請就地正法等因遵繹卑職剴切出示曉諭在案今該犯吳元仔當出示嚴禁之際竟因工價微薄輒敢起意行竊鐵路橋洞欄杆希圖償賣得利實屬藐法不畏明知故犯若照章僅予監禁一年尙覺情浮於法跡其初心似宜加等嚴辦請將吳元仔於遵照竊取鐵路螺絲釘板等物訊係初犯監禁一年章程擬遞籍監禁一年之外再加監禁一年限滿由原籍地方官察看能否悔過再行稟請辦理並請先於鐵路一帶枷號十日以示懲儆而警效尤李治齋等訊無和同允買情事尙無不合請卽省釋除將該犯管押並將鐵欄杆送還公司外所有拿獲初次行竊鐵路鐵欄杆賊犯擬請照章於遞籍監禁一年之外再加監禁一年緣由卑職係爲保衛鐵路懲一警百起見是否有當理合繕供摺稟請鑒核批示祇遵　撫帥批如稟辦理仰候分行司局查照此繳摺存云云

膠州

記青島大港第一大碼頭告竣慶典　○西三月六號午前膠州官商至大港大碼頭上守節是日正在十一點時膠督都大臣及第二水師提督及戰艦大武員數人乘坐德巡船名伊耳地士由青島駛來亨寶洋行之塘沽輪船升各色旗號隨其後當此二輪船未進港之先港口之門有一繩索從港門之左右岸欄住當此輪進港之後繩則中斷意謂此港從今以後大開門戶無論商戰船艦皆可進來灣泊矣巡船泊碼頭後亦升各色旗號斯時在碼頭上文武官員以及民商旣齊集等候巡船升旗後船上之弁兵齊聲吁呼忽拉連吁三次碼頭上及塘沽船上之人亦大聲同時呼忽拉三大聲樂官奏樂膠督都大臣暨第二水師提督偕列位武員登所築碼頭碼頭上有一矮坐以紅布修飾工部局總官羅先登臺宣言曰德國營造之人在此築此港口五年於茲矣竭盡心力今日此第一碼頭可云告竣故將碼頭交出開市後膠督都大臣登臺大畧如此云吾人今日守碼頭第一之節當思六年前三月六號乃是德國與中國立和約畫押簽字之期日自是以後德國在青島經營建築大興土木之工竭盡心力築此港口建此碼頭可云告竣圜觀四圍所築之堤可以畧知此港之工程不易矣今日吾人站立之地從前是海今築爲碼頭第一俾商船戰艦可以灣泊今日灣此碼頭之戰艦名曰伊耳提士非出無因此名當令吾德人記念往日之伊耳士巡船在山東之東海邊被風浪打沉當該巡船之弁兵沉溺東海之時向不忘記德皇呼吁忽拉三聲方永作波中之客現在亨寶塘沽船亦灣泊在此另尙有招商局輪船二艘載糧米運往內地者亦在此灣泊今日者鐵路亦旣達濟南言及此之時則有火車駛入碼頭上由衆人聚集之中間而過但當火車未入碼頭之先亦有繩索在碼頭上左右攔住入碼頭之時火車斷繩而入明指門戶大開可以通商矣當火車進碼頭之時衆人齊聲懽呼三次忽拉亦奏樂時膠督又云吾人今日在此守此碼頭慶典之節無非吾德人之殷勤耐心德皇之智識知所趨向及全賴上天之保佑所以吾德人應頌祝德皇三聲何喜何喜者高也萬歲之謂也是時文武百官兵士及衆人皆大聲懽吁三聲何喜又奏尊榮歸君王之樂但此碼頭不但德人受其益卽華人亦得益不小此事華政府亦所深知故山東巡撫派數位大員來到與吾等同心守節足見華德邦交益密商務大興矣膠督宣言後下臺間候列位老先生間候之時巡船及塘沽船上及岸上奏樂而散照錄致東撫周中丞電濟南部院周鑒昨屆碼頭開辦之日蒙特派員蒞青致賀盛情殊屬感戴今是日中德文話發明期望兩國利益之各頌詞亦祝皆無虞謬特此佈謝並請　勳安　德督養印

照錄蕭觀察與賀碼頭頌詞○今日爲青島第一號大碼頭告成之期山東撫台周聞之甚爲欣慰特派本會辦與余刺史李

大令同來伸賀一以表兩國邦交深厚一以祝兩國商務興隆云云○商務局會辦蕭應椿　膠州知州余則達　候補知縣李壽仁同拜頌

照錄濰縣電詞○都大臣鑒恭賀瑪頭告成之喜　陳萬清潘延祖印

照錄濟南電詞○都大臣台鑒喜聞大瑪頭告成商民利便謹爲　貴大臣暨闔屬官商慶賀　洋務局潘延祖徐撫辰

蘇州

以盜誣盜 ○元和縣境陳墓鎮某當舖被盜行刦報經縣主金蓉卿大令飭令差役孔老四夏成立至上海胡家宅某妓院緝獲盜犯劉轉運李老么周老么錢老三四名迭次研訊尚未供認日前大令奉上憲委赴新陽縣會訊某案盜犯疑其同黨或能相識劉等詰之果然內有盜首之婦某氏自稱曾識劉盜且稱劉盜之名並非轉運實名百運大令遂帶回省垣令將四盜提出飭氏當堂指認當卽指　劉百運李老么周老么三名惟錢老三則稱並未見過劉盜至是知不能隱遂將行刦情形一一供認大令飭仍分別還禁聽候稟請上憲核辦

鎮江

綢業可危 ○鎮地江綢號每年約有二百五十萬金之生意東南門一帶機戶全恃此爲生活然本地銷場已萃爲杭貨洋貨所奪以材料與花樣皆有所不及此亦競爭世界優勝劣敗之公理也其購江綢者專在僻陋省分風氣未開人民習於儉樸故貪江綢價廉得之已足爲章身之具頃俄日戰釁已啓彼專門經營高麗生意者則不免歇業若在營口牛莊設庄售貨之家須暫以貨件交英公司保險所費不貲所最足奇者各綢號近疊接有營口牛莊來函皆以俄人若何安輯地方若何保護商民爲言向無十日無盜刦之事而今臨以俄人市面晏然人心已極歸順云云夫商人本無遠見又無國家思想只知目前之苟安不計日後之虐待且其中不免紛飾太平爲招徠該處生意之計此等言論原不足憑信而鎮地綢號乃以此盛譽俄人甚或據來函以示人鎮地人心聞其議論頗爲所轉移則關繫良非淺鮮此外行銷江綢於北五省諸家依然照常貿易惟該業之岌岌可危幷不係乎俄日戰事因本地土貨可不銷本地恐將來外省文明一啓卽不顧衣此項綢貨銷路斷絕鎮人又失一生業以至地方無養人之具遊手日多爲致亂之原鎮人富於保守性質一成不變庸詎知綢貨若不及時改良雖欲求保守斯業而亦不可得按鎮江土貨夙以百花酒江綢並稱於時今江綢既如以上所言而百花酒又不若紹興酒銷流之暢以故曩日糟坊遍於市今則停歇殆盡是亦江綢業之殷鑒也　見中外日報

廣東

貪官撤任 ○封川縣向例相承官用船隻係由封川𨋢埠給價然每年至多不過三四次少或一二次自向大令森

到任以來每藉封船爲名每年計有數十次之多其實並無公事不過交到封票索回金錢而已未嘗用船隻也該埠悉索供億疲於奔命然以官威所封無可告訴只得聽之不料去臘該埠緝私與古勞之私販彼此互擊鎗斃古勞人一名古勞船控諸向令向令曰汝係走私被斃無可怨尤不必償命仍須罰銀二百兩古勞船迫於官令只得遵繳又使其捕廳告鹽埠曰汝鎗斃人命我爲解脫必有以報我該埠願照古勞船之數以二百金爲壽向令少之勒索至六百金該埠實不能堪乃將實情控諸岑督禀內並粘抄向令蒞任以來之封船票至數百張之多岑督派陳令繼會往查得實遂將向令撤任查向令平日受賄皆由其門閽楊某經手楊以該縣小學堂經費事受賄爲紳士指控岑督因索向令將楊交出向令匿楊於上房而以楊業經畏罪遠逃詳覆蓋恐楊一交出則其平日受賄之劣迹盡將敗露岑督之執法嚴厲貪官亦當知戒矣

嚴查私運 ○粵海關盧稅司近訪聞有匪徒在港私運短鎗碼子潛行附輪至省轉售漁利特派專員至各輪船認眞嚴查並察看輪船內各執役人等如有形迹可疑即行細究

舊鎗塞責 ○日前大憲委員向某洋行訂購奧鎗一千桿及彈子四十萬顆經派員解赴西省以備剿匪之用嗣經西省派員驗收俱係遠年舊槍幾同廢物而彈子亦多舊壞擊之不燃現已將該鎗并碼解回東省禀知大憲發落云按中國購槍經手委員往往將槍價中飽僅以賤價購買遠年窳敗之器以圖塞責虐糜國餉貽誤軍情其罪不容於死今所購奧槍是否中飽所誤抑係受人所給雖不得而知然事關軍政想大憲必不能置此不究矣

賑鄖難民廣告

啓者日俄失和東省居民紛紛避難或乏川資或困饔飧種種苦情實屬可憫現由創首各同人急集欵四千元之譜暑仿泰西紅十字會章程特派妥實可靠之人前往山海關一帶救濟難民察情賑䘏並酌給盤川頒發老幼婦女糧食俾各安歸故里惟所集欵目爲數無幾難以原原接濟還仰諸善士同具惻隱之懷贊襄斯舉是所深企焉

吳調卿 何仲瑾 顧博臣 吳蔭庭 嚴照明 公啓

二月初二日收本埠瑞記洋行陳大善士協中助洋三百元正

同志諸君倘願捐助可將欵目送交天津英界滙豐銀行吳京卿調卿或六吉店何公館何觀察仲瑾代收給與收條並隨時登報聲明至如何賑䘏如何開支之處自當按期登報佈聞 本館啓

天津各項股票行情單

買賣各項股票經紀永盛洋行具

天津先農有限公司	上期每股攤得利息五分	每股賣主付價銀一百三十兩
天津自來水有限公司	上由每股攤得利息三分半	每股賣主索價銀一百四十四兩

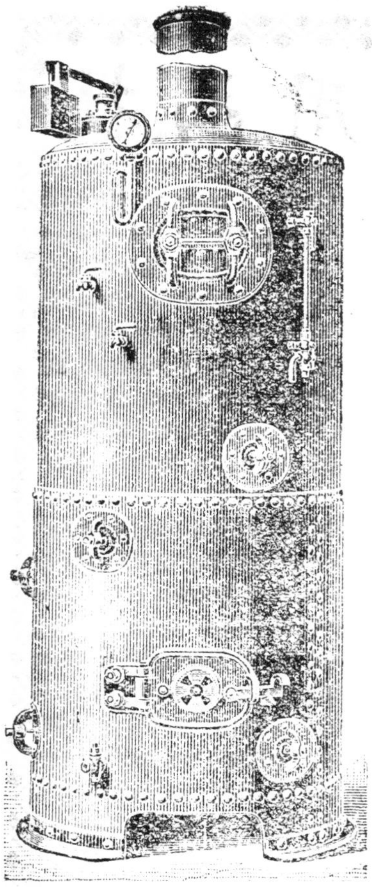

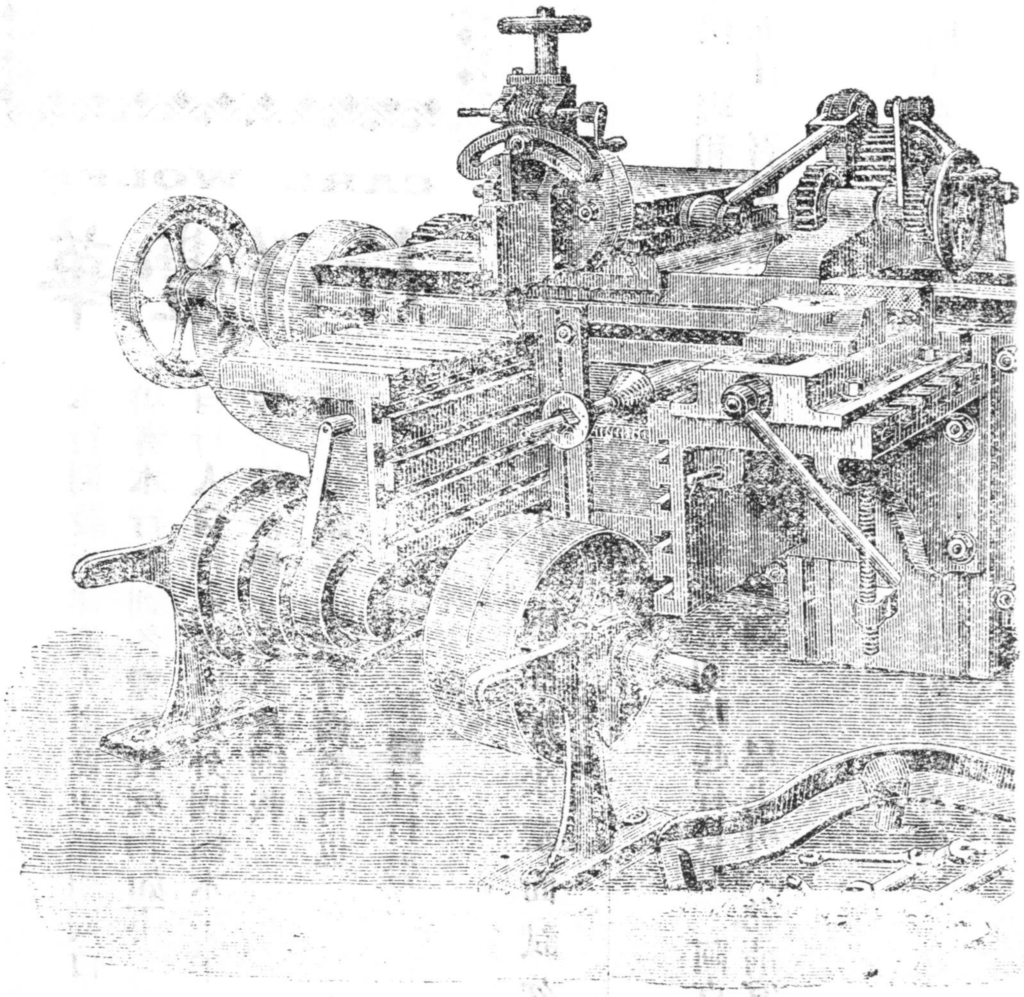

光隆綢緞洋貨莊

開設估衣街中間路北大墻門面自置綢緞紗羅顧繡粧蟒各種錦緞花素刀絨新式欄杆各種壽衣新花洋毯斗蓬時樣花素綿緞閃光羽緞各種布疋零整發售現銀交易格外從廉以昭久遠謹白　寄售龍井雨前素茶皮絲水煙加料大小皮箱帳匣

春華泰綢緞洋貨莊

本店由鍋店街分設毛家夥巷西馬路大街坐北自置綢緞紗羅粧蟒彩緞平金顧繡刀雕機杆各種花素布疋各樣壽衣以及各品香茶洋廣南貨一概均按銀莊發售倘蒙貴士商賜顧者請駕臨敝號自見公平　本號謹白

英商　華裕洋行

本行開設河北獅子林發賣自辦福建經木山東栢木大小壽木材板一概俱全零星發莊貨高價廉

吉房招租

今有三合瓦房三所計二十一間每所南房三間東西廂房各兩間並有舖面平房三間此房坐落海大道機器磨房與同內另新蓋洋樓三座後有小房六間坐落海大道朱家胡同對過如欲租者請至德國[illegible]市牛羊公司內面議可也　牛羊公司楊謹白

天津　61

美最時洋行

啓者本行由德國連來頭等靛水顏色鮮明毫無渣滓日久不變色貴商賜顧者請至瑞昌恒雙合泰或本行帳房面議均可寄整批發此佈大津美最時洋行本帳房總理批售

YI FUNG CYCEL CO.
義豐自行車洋行

本行專售各國男女時式自行車以及車上應用零件具無不俱備修理舊車本行特雇頭等匠人技藝高妙修理馬車[illegible]舊如新以及修理銅鐵器具各式洋爐一概[illegible]客價亦從廉賜顧者請到本行面議可也　天津馬家口大街本主人謹啓

四遠馳名

本號代售[illegible]紙煙呂宋金咀[illegible]東名[illegible]蠟丸湖[illegible]江南彩[illegible]天[illegible]街口[illegible]記大[illegible]啓

壽世濟陰丸

專治婦人諸般雜症虛損勞弱崩漏淋濁赤白帶下經血不調肚腹疼痛腰腿酸疼筋麻木[illegible]肋攻衝胸中[illegible]悶飲食不消嘔吐酸水頭痛目[illegible]氣短[illegible]跳午寒午熱盜汗不眠口乾[illegible]渴[illegible]便作瀉[illegible]悸怔忡胎前產後一切逆症[illegible]引服下奇如神實屬濟陰要藥衛坤至寶[illegible]

[illegible]寶坤膏

專貼婦人胎前產後經血不調崩漏淋瀝赤白帶下腰腹疼痛癥瘕痞塊[illegible]寒經閉不[illegible]受孕骨[illegible]身熱一切虛損雜疾[illegible]般勞症貼臍上[illegible]試屢驗[illegible]膏行[illegible]多年[illegible]名已久四方[illegible]取者皆[illegible]世無雙[illegible]

小兒金丹

專治嬰兒諸般急慢驚風神昏天吊感冒風寒[illegible]冷發燒停食吐乳腹痛瀉泄口瘡不食凡一切小兒[illegible]病功[illegible]壽通服之[illegible]不立效[illegible]一聖藥[illegible]

犀茸百補

此丸溫而不熱清而不寒專治男婦陰虛火動之症中氣不足喘急上[illegible]咳嗽吐痰肺癰肺[illegible]咽喉聲啞盜汗煩熱耳鳴跳[illegible]時[illegible]目昏四肢困[illegible]食不思以至吐血咯血等[illegible]不[illegible]諸虛百損五勞七傷每[illegible]一丸白水送下[illegible]稱第一仙藥誠哉皆補[illegible]名也任[illegible]光顧者請至天[illegible]為口老德記大藥房[illegible]仁[illegible]堂謹啟

天津紫竹林
萬寶票行批發
江南票頭彩三萬元二月念九開彩
湖北票頭彩五萬元二月念三開彩
粵東票頭彩四萬元二月初十開彩

本行開設天津紫竹林經歷十餘載收發大小彩票批發各省彩票無不格外公道厰售頭二三四大彩不下四十次久已遐邇馳名今又分枝一號在天津估衣街西口路北開張現批正月份江南湖北粵東票遠近賜顧請來面訂是荷

頃接到　頃接到江南開彩電報頭彩三千一百八十二號二彩一萬八千八百四十四號三彩三百九十五號四彩一萬零一百五十號又二千七百二十三號五彩六百四十八號又七千六百五十五號

北京鐵拐斜街

粵東對號單已到速來對洋

本行謹啓 46

寶元彩票公司告白

啓者本彩票公司仍設在天津河東奧國租界首次開彩日期定於西歷三月二十八號彩票每張共十條售大洋六元　每條售大洋六角天津寄售處〇河東東浮橋口生記錢舖　河東興隆街永昇銀樓　紫竹林直報館　公易洋行　利順德飯店　益聞報館　天津印字館　法租界牛康木飯店　晉和祥紙烟公司　大德國書信館　北京寄售處〇前門外大街體乾室藥舖　東珠市口世聚昌木行　琉璃廠聚寶票行　觀音寺華洋大藥房　崇文門內立中洋行　德國大飯店特此佈告俾衆週知　寶元彩票公司啓 44

西寶館洋行

啓者本行新到英法國磁器[?]器並有罐頭火食點心各樣頂好賜禮之物洋人用飯刀叉台布木器各[?]家俱鐵床廚房火爐炒鍋開盤頂好挨及紙烟蘇蘭草包烟捲海鹽烟嘴各顏色絲絨[?]綢雜色花洋布貨眞價實一概俱全諸君仕商賜顧者請來敝行面議可也　天津紫竹林西寶館洋行謹啓 D

本行新到各樣大小水龍出售

茂生洋行 26

德慶益土莊

本號自運各省頂高西土皆[?]行價零整發售格外[?][?]道今由閩東特請陸作圖號名手精貴各種冷龍烟膏隨帶[?]伊號廣[?][?][?][?]人龍[?]十元自貲冷龍水[?]烟膏拾兩八龍洋七元陝西土每元二兩八開設估衣街歸賈胡同內中間路西大門便是本號主人謹啓 177

廣東新到

八保活血散　鐵打損傷筋動骨連
止疼　閃腰叉氣付立愈濕毒
婦科導水丹　扃脹膨脹寒熱毒
鼓症　脹氣鼓水脹血鼓
男婦九妙散　兩臌疼洗疼付立愈吐鹿胎
胃疼　酸水不止付立愈
花柳敗毒膏　魚口楊梅下淋入烏鷄
搜風　骨升喉服膏立愈
牛黃敗毒丸　能治外科瘡[?]濕仕
五保　毒胎斂花柳楊梅手回春
仙傳神效丸　痔瘡漏瘡生管流[?]愈除
痔漏　血流水付藥除根

萬應膏　專貼多年連瘡腿疥毒胎毒能愈斂貼
白鳳丸　專治婦科聖藥百中虛實寒熱皆能治之
服藥皆稱妙之力百病除
西山田號代售平市號

竹林法租界聚興茶園前北洋大藥房代售 145

三合承新衣莊

自置綢緞單夾皮綿紗喜事嫁衣[?]袍霞佩男女壽衣一概[?]售開設天津估衣街萬壽宮西路北大門便是

天津仁成客棧

開設河北[?]條石大街中間路南新修房間寬大室淨窗明同人伺候周到仕商投寓速往可也 218

珠珀小兒金丹　嬰兒寒熱感冒瘟理沙疹
壽世濟陰種子丹　婦八百中雜疾藥[?][?]除
麋茸寧坤煖腹[?]　婦人精血不調[?]胎[?]子
犀茸百補止血丸　男婦內傷虛勞嗽吐尿血
參茸一[?]金丹　戒煙如神能自補增飲食
痰飲止嗽定喘丸　哮吼痰喘咳嗽藥到攻愈

平市西山田藥房 146

德 C. Hofmann. 商

恒和洋行

本行前在德國實員地方開設織絨織布各廠創自一千八百三十八年迄今已歷有六十餘年之久向在各國早已馳名並專理進口軍裝機器鐵路所用各件鐵軌氣熔礦務並工程各樣機器五金雜貨洋絨洋布等項有物一概俱全價值各外從華如蒙官各賜顧者請至本行帳房面議可也以及購辦出口駱絨羊毛皮貨等物今寓天津海大道英國染市紗門十九號房便是 本行謹啓 159

本行承辦營口通濟自來水有限公司已經開辦各埠欲購各種機器或訂辦各項工程價値從廉如蒙官商賜顧者移玉本賬房面議 德商恒和洋行本工程司具 20

天津鍋店街

華英大藥房

本藥房專售外國各種靈驗藥水藥酒丸散膏丹香水香皂秘製戒烟玫瑰梅花參片補身斷癮一粒金丹自運各國名廠照像器俱材料放大電燈治外科刀針包經售司各脫乳白齒魚油九製補肺清魚肝油燕醫生各種靈藥廣東各項蠟丸藥茸寧坤壽壽世濟陰丸小兒金丹 本藥房主人謹啓 13

出售

日本北海道

各樣木料

價格外從廉

二井洋行 20

本行代理中華火燭保險公司 China fire insurance Co. 歷有年所除中國地界外凡在英法德俄日奧及意國租界內之樓房住房棧房貨物等項均能代保火險保費格外公道如有欲保者祈駕臨本帳房面商豈是可也 英界仁記洋行謹啓 3

仁記洋行

本行出售鐵片瓦隴鐵松木硬木地板各種大小機器美國人頭牌號麵粉價値從廉如蒙官商賜顧者請至本帳房面議可也 二二 仁記洋行謹啓

牙醫

專治牙疼牙漏以及腮腫風火蟲牙空金銀粉補管保除根至于滿口半粒皆能鑲

周相臣

補用金銀象皮蓋任從客便價値從廉寓天津南門口天元醫局 188

烏利文洋行

本行開設天津志泥華香港上海自造各[illegible]鐘表又新到銀馬大六元泥鋼平[illegible]大三元烏鋼平面泥三元銀五號平面表五元留聲話匣花素筒子新[illegible]鐘表玩物一應俱全新到大小照像盒子並材料等價值格外從廉貫[illegible]賜顧者請至紫竹林北大街法租界面議可也 本行啓 36

通經閨婦勝金丹

此丹專治閨婦經閉血枯一切乾病雜勞等症經驗如神倘蒙賜顧請移玉天津鍋店街中間路南門面金字冲天招牌育生堂[illegible]藥店購買可也 育生堂主人啓 90

樂壺洞北馬路大街 51

聚慶園酒席處

本園新添米粉鷄米粉肉等菜新鮮拾錦火鍋扒猪頭抓鷄扒抓尖拾錦燒參小賣一概俱全 本園謹啓

海大道新開山東 94

源豐居

本居專做燒鴨薰鷄臘腸醬肉應時小賣一概俱全均桉京都姑蘇做法官商賜顧卽請駕臨 特此謹白

天津 雲飛馬車有限公司

本行出賃頭等馬車馬匹如有衆行租用馬車馬匹或按日或按禮拜或按月租賃均聽其便本行并買賣馬匹騾子凡有馬之人欲託本行代爲豢養者算價極其公道其代豢養之馬匹亦必格外留心照看俾使茁壯無恙

天津雲飛馬車有限公司 法租界 得律風一百五十六號

天津 公易洋貨莊 英租界

啓者本行開設英租界中街已數年於茲矣專辦官紳仕商屋中陳設及一切需用裝璜等事倘蒙賜顧即函知本行當派妥人前往估價備辦整齊及各項工匠無不應時工作前曾歷辦行轅舖墊陳設頗稱嘉許本行並備項好聘禮之物外洋各種器具軍中應需物件桌椅傢俱玩物保險鐵屋新到銀櫃洋錢箱洋燈地氈白洋毯各樣綢緞等件仕商未及週知價值與別家格外從廉特此登報佈聞

公易洋行謹啓

華泰飯店

本店設在閘口西日本租界坐西向東便是特選頭等手藝專做英法大菜拾錦各樣洋點心甜鹹面包御用餡小面包外洋御用上品洋酒罐頭食物俱全官商賜顧即請新造洋樓寬闊陳設幽雅山宮商府辦変喜筵另有外洋頭等器日與衆不同如定大菜格外公

九順班金紅于去歲九月曾嫁灤州郝某爲小星豈意正在服中納娶同家經其毋舅等因于理不合呈送訊結郝某深知愧悔伊家又不能收留隨奉命將其女送回退交伊父母收領自便寫立斷絕字據爲証特此登報聲明池馮氏啓

啓者本公司售賣之縫衣機器凡刊有此商標者乃係真貨除總公司開設在天津外其北京保定烟台唐山等處均經設有分行賜顧者請就近購買爲幸

勝家公司啓

天津 鴻泰元土莊

本莊精置各省西土客整皆照行價發售特請廣東稱工自煮冷籠澄潮公膏每拾兩龍人洋七元每兩銅元一吊三百文冷龍福字烟膏每拾兩洋八元八煮烟膏東土每圓貳兩高俠西土每圓貳兩五錢貴仕紳賜顧者特蒙一式開設天津宮北大街坐西向東門面便是

本莊主人謹啓

天津西門南 慶泰恒西土莊

項高冷籠雲土烟每洋一兩三錢高內土每洋二兩六錢本號精工選置不敢誇於筆墨仕商賜顧者請嘗一試誠為貨高價廉比別家不同

本店自造海式獐絨獐緞

高鎮茂叫賣行

啟者本行准於本月初三日即禮拜六下午二點半鐘在本行拍賣各樣白色梗木家俱酒櫃大衣櫃酒架轉椅綿床綿椅籐洗臉桌鏡桌手巾架夜壺櫃茶桶各樣食物若干青條石鐵門窗戶千里眼照相盒子鏡子并有零物若干皆無定價諸君如買者務祈早到本行當面拍賣可也

高鎮茂謹啟

International Bicycle Co

啟者本行開設上海漢口天津有年今又分設北京崇文門內專售英美各國頭等男女自行車各種新式電燈電鈴時樣栽縫機器以及車上應用器具無不俱備如修理舊車本廠有頭等匠人技藝高妙價亦從廉賜顧者請至本行或分行面議可也

天津法租界快利洋行啟

天津馬家口北洋醫院前 聚興戲園

雙盛合班

二月初四日早演 11

劉四紅 三奎官 金鐘翠 小榮貴 小榮福 劉吉祥 呂月樵 郭蝶仙 雙處 孫儒寶 四英

困龍床 御果園 池水驛 三疑計 捉拿九花娘 黃金台 殺子報

初四日晚六點鐘演

孫才寶 三奎官 小榮□ 小榮貴 飛來鳥 劉吉祥 劉蘭蓀 四英 雙處 花蕊仙 呂月樵 郭蝶仙

祥梅寺 牧虎關 忠孝牌 鐵籠山 小上坟 滿床笏 全本石十回

譚鑫培擇吉登場

開設北馬路官銀號對過 大觀茶園

雲仙全班

170 二月初四日早演

王連仲 達子紅 杜雲□ 李長奎 七仙旦 杜雲美 九金培 溜溜旦 杜雲鳳 杜雲卿 牛春化

過霸州 十八扯 洪同縣 賣馬 大寶藝 雙搖會 蘆花計 富春樓 蓮花湖

初四日晚六點鐘演

王連仲 七仙旦 劉長瑞 張長奎 李長奎 九金培 牛春化 溜溜旦 杜雲美 杜雲鳳 杜雲□ 杜雲青

下高平 雙泗州 戰太平 掃雪 鍘美案 殺子報

座落磯子胡同同津園會館 大仙茶園

大吉祥名班

12 二月初四日早演

全班 蘇文奎 □永龍 譚均培 金狸仙 狸貓 小禿□ 小蘭芬 處 五月仙 元元紅

大封宮 捉放曹 蚆蜡廟 打櫻桃 苦中苦 舉獅子 陰陽報

初四日晚六點鐘演

全班 王翠琴 金福仙 楊德奎 小禿□ 元元紅 小鑫培 劉永奎 五月仙 高德勝 程永龍 □□亮

□壽圖 血手印 胭脂虎 烏玉帶 伐齊東 珍珠衫 □鳳樓

開設閘口日租界 天仙茶園

鳴鳳全班

二月初四日早演

王子寶 薛喜芬 白文奎 恩曉峯 黛玉 王少魁 翠玉 花四寶 張七 劉廷順 一杆旗 劉鳳祥

赤桑鎮 全本文昭關 對銀盃 百萬齋 大嘉興府 鬧

78 初四日晚六點鐘演

全班 薛喜芬 恩曉峯 王少奎 一杆旗 白文奎 小春來 翠玉 黛玉 花四寶 全班 二毛旦

大獻瑞 龍虎門 太平城 盜魂鈴 三疑計 善牛 遊斗宮

各埠輪船來電放行日期

廿五日 由香港汕頭 太古行 甘肅

念六日 由山海烟台 怡和行 樂生

念七日 由蕪湖 招商局 愛仁

三十日 由日本各處 太古行 紹興

初一日 由上海烟台 招商局 泰順

初一日 由香港上海 礦務局 西平

初二日 由上海 礦務局 廣平

進口輪船到大沽或紫竹林

初三日 由上海烟台 礦務局 平公

三十日 由上海烟台 太古行 通州

出口輪船由大沽開往各處

無

結關輪船開往各處

初三日 往上海烟台治 怡和行 順和

初三日 往上海各處 禮和行 青島

初三日 往秦王島 礦務局 永平

109 明義洋行

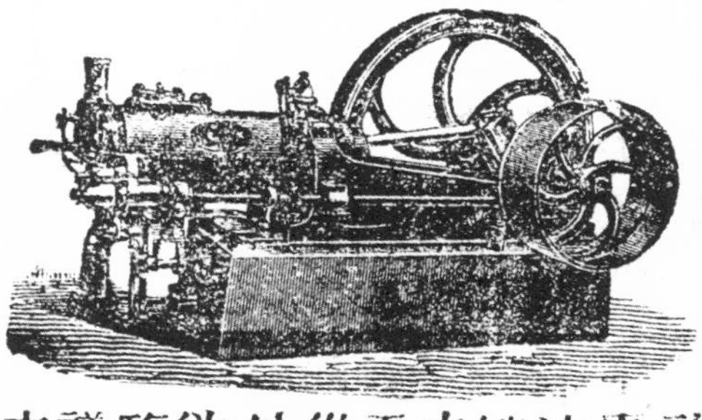

啟者本行專售用□油燈□法機器較煤力更省價值從廉如中外貴官商欲購者請臨本行面議可也主人謹啟

128 同[illegible]陞

靴鞋京津蘇廣女鞋小孩繡花皂鞋新運上海貢緞便鞋元緞靴□廣緞□□批發□□

開設天津馬家口大街西向東洋樓門面便是

本館開設天津紫竹林英租界海大道朝東路
每月報價收洋六角 外埠遠近酌加寄費

CHIH PAO

直報

第一千七百零二號

主筆總理貫孫闊

天津大學堂示
凡報名投考各俄法文學生准本月初七日下午兩點鐘來堂面試勿得自悞

宮門鈔

二月初三日戶部　宗人府　正白旗值日　無引　見　出使大臣楊晟請訓　浙江按察使李希杰到京請　安　莊王假滿請　安　崑中堂謝賞神糕　恩　李擢英謝授大理寺少卿　恩　成端請假十日　召見軍選　楊晟　李希杰
皇上明日卯初二刻進內升　中和殿看版畢還海辦事　召見大臣

要摺

財政處奏擬由戶部試辦銀行推行銀幣摺
奏爲擬由戶部試辦銀行推行銀幣以維財政而濬利源恭摺仰祈　聖鑒事竊臣等前經奏明在天津設廠鑄造銀幣業已開工建築廠房一俟所購機器運到即行趕緊開鑄以爲整頓財政之造端惟此次鑄造銀幣宗旨在整齊幣制廣爲推行收回向用生銀漸次改鑄以及行用紙幣鑄食金磅此中轉運關鍵自以部庫之出納爲本源而尤須設有銀行爲之操縱維持始能暢行無阻中國向無銀行各省富商所設票號錢莊大致雖與銀行相類特公家未設有銀行相與維繫則國用盈虛之大局不足以資輔助凡此情形皆早在　聖明洞鑒之中前據粵紳候補四品京堂張煜南稟請招集南洋華商股份在京城設立商辦銀號並請由部庫撥給股本銀兩已由臣等奏明准予立案惟該紳現始赴南洋招股開辦尚屬無期現當整齊幣制之際亟賴設有銀行爲推行之樞紐臣等再四籌商現擬先由戶部設法籌集股本採取各國銀行章程斟酌損益迅即試辦銀行以爲財幣流轉總匯之所其詳細章程另由戶部妥擬奏明辦理所有臣等擬由戶部先行設立銀行緣由是否有當謹恭摺具　奏伏乞
皇太后
皇上聖鑒謹　奏光緒三十年正月二十八日具　奏奉　旨依議欽此

今日本報另印附張不取分文

緊要公文

粵督岑通飭水陸各營保護槍砲札

爲通札飭遵事照得軍營器械從前多恃刀矛近來專尚槍砲刀矛堅實雖頑鈍亦尚可用槍枝則全賴機簧一有損壞便難演放至各營台領用砲位機件尤關緊要稍一不愼貽誤非淺茲查各營招中勇丁本未教練純熟演放槍砲往往橫使氣力機括頓形損壞或擦洗不愼機身受傷或沾染潮氣易於銹澀至鎗砲彈碼收藏不愼尤易潮壞夫營勇領用槍砲原恃以殺賊賴以防身即有性命相依之勢況刻下所用新式槍砲價値何等昂貴購運何等艱難豈可不加愛護隨時抛擲現據軍械局擬呈保護槍炮說畧各條查核尚屬詳明應即通飭水陸各營責成統帶各官隨時督率勇丁演習擦抹認眞考査倘各營台領用槍炮並非打仗操演無故銹壞者是平日該管弁漫不經意應分別記過撤差其不能修理者即令照價賠償各營領用子碼倘有潮濕亦照此分別辦理以重軍儲至偸售槍枝子碼接濟匪徒粵省各營時有所聞嗣後該統帶管帶等務即切實稽查有犯必懲如仍玩忽縱庇一經本部堂訪聞查實定照軍法嚴處斷不僅止將槍枝等件勒令賠還已也除隨時派員赴營照冊查點並咨行外合就札飭札到該統帶即便遵照辦理暨通行所部員弁一體凜遵並將此札大意隨時誥誡什長勇丁咸使知悉仍將奉札日期報査冊達此札　計粘單一紙

保護槍砲說畧　一槍之制勝全在操練嫻熟庶一槍可得一槍之用凡槍之準星遠近速率疾徐自統領以下皆當隨時考察並曉諭各兵時時演習然後能盡槍之利用　一兵與槍本有性命相依之勢自當愛惜保護毋使銹壞發放子彈後宜急用溫水洗淨槍筒以棉紗擦乾薄抹桊油當由統領督飭營哨各官隨時察驗　一槍枝購置非易倘敢任其銹壞當由統領嚴定懲罰兵勇之條仍責令該管營哨各官賠償　一臨陣開仗以後倘槍枝有炸壞等情及一切意外之事當即就近報局繳修不准遲延隱瞞　一各營兵勇倘有偸售槍枝子藥及以舊換新等弊一經査出除重懲兵勇外仍責令該管營哨各官賠償其失察之咎分別輕重辦理　一各營操演用去若干彈子其子殼必須繳局九成用去數目亦必按季報局不得遲誤倘係臨陣開仗免繳子殼

緊要新聞

兩不相涉　○本埠某西報云中國現派重兵扼守邊防俄國駐京公使須向外務部詰問其派兵緣由並云此項兵如不調回俄國將以中國作違背局外中立論等語本館當即確查詳細情形得悉此事實屬悞傳惟俄駐京公使曾告中政府以中國續派重兵勢必擾亂民心並無抗阻情事至於中國派兵防守邊防係中國所應辦之事無礙於俄俄國又何須干預焉

保護章程　○浦鹽斯德要塞司令長官俄國陸軍少將瓦六納符因目下日俄兩國交戰啓端烏港居民概歸本官管轄清韓兩國人民願與我人同在本官保護之內者當遵守如左各條欵

第一條商賈職工及勞動者當仍安堵如故各營生業

第二條兩國開戰之時航海商船必將停止爾等商賈職工宜各豫備所需糧食以防飢餓

第三條凡無定業之清韓兩國婦女及兒童欲歸國者可乘便船或火車移至尼哥利斯克　哈巴羅夫斯克等處暫時居住

第四條若有傳播謠言惑人聽聞及搖動人心者立即付諸軍法决不寬貸

第五條凡一切工役人等均得在本官管轄之諸官衙署當差有願充當者須受機械部之指揮薪工甚厚此時宜速自報名免致後悔
第六條財產什器均由本官保護諸色人等不必自行藏匿并藏遺失
第七條凡清韓人有被醉狂者或匪徒所侮辱當即至警察署控告警察署即能從速爲之究辦
第八條清韓人有賭博或行詐僞者當以軍法會議之重刑治之
第九條凡刼掠良民商店及住家之馬賊當即拘禁而送至軍法會議處律以死罪
第十條凡於軍事上之物件若鐵道電綫等有心毁壞者均送至軍法會議處治罪
第十一條凡本官所管轄之諸官衙署缺少食料及馬匹等件清韓人當即供給之凡向民間取求食料及馬匹之官吏必交價值於貨主不得强奪
第十二條不論何人有犯違本官命令者悉送往軍法會議處
第十三條若中國人不識字不能明悉以前各條章程者當由中國貿易事務官詳細通告

布告禁令 〇東京朝日新聞云俄國陸軍少佐男爵蒲德潑兒古郎浦驪斯德參謀長之布告要塞司令長官處置地方官及居民之權限乙甲二種譯錄於左

甲 施行禁令之地域

第一條要塞司令長官在緊要之時得令要塞地區內之住民從事要塞上之事務且要塞上所需之器具材料及運輸所用車馬暨粮食等物均得取諸住民

凡文官經要塞司令長官向之要求前條所記之事時當從速辦到且須帮助該司令長官之事務速了

第二條凡市郡各警察署悉行隸屬於要塞司令長官亦須遵照該司令長官之命令辦事
第三條凡在要塞地區內之郵便及電報局當聽從要塞司令長官之命令施行事務
第四條要塞司令長官有權令其地區外之住民退去

乙 爲合圍地之地域

第一條凡要塞地區內住民所貯藏之一切糧食均須應要塞司令長官之取求
第二條無論何人概不准入要塞之內
第三條要塞司令長官在其地區之住民爲施行禁令之故所有地方之最高等指揮官該住民等當無限服從之惟該官須禁止有害之言論 注最高等指揮官乃皇帝之代表該官之命令可視之爲勅令而遵照之
第四條要塞司令長官有抑止居住於其地區爲各種職工之退去兼掠奪防備持久上所必要之材料之權能
第五條凡在地域內之營造物及其他物件如有爲我軍隊之障碍或令敵軍容易其動作或易釀成火災者要塞司令長官均有破壞之之權

第六條凡有認爲要塞防備之速成及持久上必要之案件要塞司令長官得以自己之權命住民照辦之

第七條凡一經布告爲合圍地則向來要塞地區内所施行之維持國家之秩序及社會之安甯等等諸法均令停止其効力自此以後凡關於該種要旨之施行命令概歸要塞司令長官之權内

第八條若在要塞地區内因維持各種秩序及施行戰鬬行爲須行特別之事係現行法令中所未嘗載明者要塞司令長官得以己之權施行之

第九條凡左所記各項之犯罪均於軍法會議處斷之

一擾亂地方及謀叛之事

二將軍用彈藥軍裝及粮食燒滅或毀損者

三毀損水道橋梁井戸及道路者

四毀損電信及電話線鐵軌及鐵道所用車輛者

五襲擊巡兵及夜間巡兵或以凶器抵抗巡兵及夜間巡兵及文武警察官者或有殺傷之者

韓路開車　○高麗漢城達義州之鐵路業已開車日本兵士搭車者絡繹不絶云

注意戰國　○聞直督袁宮保目下於戰國之國際關係最爲注意現將中立國雇傭外人之條規七條附入誓約書内遍請内外人於其上記名簽字且决定駐防關外之中國軍隊概不得令其聽外國武官之命從軍出戰

海人避難　○聞海參威自日人迭攻後該處銀行及海關人員誠恐日兵登岸現已避至伯里

俄造濠柵　○俄國兵目下在海城南方一帶之地急造壕柵

日運師團　○東京來函云日本第二師團計兵七萬名共分十三隊已陸續運送出口擬派十隊運往北邊餘皆留在日本聽候調遣

詳述旅事　○有人由旅順出口逃至登州者述旅順各事如下　俄國旅順兵數步兵第九隊七百人第十隊千人第二十五隊二千四百人第二十六隊九百人第二十七隊一千三百人第二十八隊一千三百人開戰後又到新兵一千三百人當地召募豫備兵九百人衛生隊四百人輜重隊六百人炮兵六百人共一萬一千四百人　去臘之戰第廿五隊俄兵防日兵上陸在黃金山附近扼守爲日本砲彈炸裂死傷者一百三十人現在住居病院之水陸負傷者約二百人以上　俄人購買芻料等項多不發價值農民甚爲怨恨皆盼日軍早來　商民人等均不准購用煤炭不能取暖　物價較以前加增兩倍　現在升米增價五六十文

嚴詞拒請　○奉省來函云俄督阿克塞夫面諭將軍府尹限令華兵退出省城郎商民亦均須退出騰出房舍以便存宿俄兵安置糧餉軍械商民家中什物亦照遼陽繕册查備辦理將軍府尹拒以嚴詞阿督刻尚未允

義州開埠　○文匯報云韓國外務大臣上月初十日致書駐韓日使内開北碧潼之義州本係與中國陸地通商之區繼以他故商務阻滯近雖漸有起色然韓國政府再三思之終不若開作外國商埠爲宜也爲此本大臣按照樞密院之决定韓國大皇帝之允准先向各國公使宣明以昭核實至於該城之限址及開埠之日期容後再行通知

購船塞口　○日本大阪某日報云日海軍貲購商輪船五艘堵塞旅順口其中二船尚未朽無用當開戰之始先自各輪船中選定平匀計之每船約值日銀二十萬圓以外蓋共計百餘萬圓云

水兵獲救　○登州來函云上月初十日有華船一艘載來日本水兵三十八名在登州上岸據言其艦已在隍城島沈沒因初七日與俄艦交戰將俄艦擊沈之後其艦受傷甚重故亦沈下適遇華船將其艦中之人撈救共救得二百餘人所有被救之人即在隍城島耽擱一日復在長山島勾留一日然後始到登州餘者尚留島中間有或往登州西港者中國地方官會送牲口與役代步並每名給錢四百文以作飯食之用然後送往烟台云

北　京

預防奸商　○某政府近因京畿一帶大兵雲集自東省以到京師盤運軍糧絡繹不絕供應粮草較之往日繁多特防奸商把持壟斷現粮價業已昂貴若再容其乘勢騾漲小民將何以堪擬即奏請　諭旨飭令袁制軍轉飭各州縣認眞查察各糧商有無藉端增價之弊從嚴懲辦想不日即當入奏矣

諭派練勇　○巡防局昨奉某部堂諭令將中城巡防局所有新募練勇一百名於其中揀選精明强幹者十名派委雜差下餘九十名分作兩班出巡地方一班分爲十五段每段派練勇三名但每二更調換一次換班時有哨官帶領勇丁互相接替更換並令練勇荷槍携刀以壯觀瞻以備不虞倘遇有鬬毆行兇窩娼聚賭隱藏奸盜以及私蓄妓女等准其拿究訊辦

揀選巡哨　○北蘆草園中城巡防局前經陳部堂巡視並著紀城侍御揀選該局哨官茲已選出寇得勝石寶山王順等充爲該局哨官並嚴諭該哨等晝夜認眞梭巡衢巷彈壓土匪勿稍疎懈致干重咎違者立即革斥

徒商無益　○聞政府得某處來電後即電令□□□向俄外部商議旋於二十三日得□□□電云俄外部已允商諸兵部惟東三省政權均在遼東總督阿力克塞夫之手非兵部所能遙制恐所商未必有濟

電詰預防　○外務部得□□□電云法國近日調遣軍隊甚爲忙碌恐將有事於東方宜令邊境疆臣於防備事宜留心格外愼重

本埠新聞

密奏學務　○日前學務大臣有密奏一封甚覺鄭重或云係奏陳仕學進士合館授業之事

督轅紀事　○二月初四日制台未會客

車站紀事　○穀字營前軍統領郭殿邦軍門於昨早由津乘火車回京○又北段巡警第一局長徐汝亭遊戎轉升常備軍第七營管帶同於昨早由津乘火車並帶備補兵二百五十餘名赴省接差

闔城團拜　○袁宮保於昨午十一點鐘出門率同藩台楊方伯及闔城司道府縣文武各官齊集浙江會館團拜並設筵演劇

定期還省　○直隸藩台楊方伯擬於十六日由津起程還省

清德可風　○洪翰香觀察之德配譚夫人於二月初八日五十壽辰兒孫繞膝承歡見者莫不豔之何仲瑾觀察阮崑林太尊諸君因與其哲嗣次和觀察誼屬同譜公議在浙江會館預備彩觴公祝翰香觀察再四堅辭足見淸德可風惟觀察頻年籌賑功高集欵至一千數百萬不獨畿疆蒙澤東南各行省亦無不普被仁施億萬災黎咸拱手以多福多壽多子孫爲觀察暨譚夫人祝焉

遞解七犯　○有武清縣班役數名遞解大車二輛裝載犯人七名于昨日抵津在縣投文交差當經讞員查訊將各犯收禁云

律例宜打　○西門外橫街南胡同王四娼寮因前晚魚更四躍尙未關門適捕盜營穆千戎之弟帶勇十餘名盤查娼寮巡到該處即用馬棒痛打鼈奴誤傷住客王洛嗣經和事老出爲調停始了聞王係縣署皂班當差

探獲贓物　○距津數里有于庄村與王串場相近地方住有劉某曾竊礦務局之欄杆等尙未銷贓日前適遇巡警探訪局總辦楊以德司馬暗帶弁差偵緝匪跡劉固不識司馬以爲行人未之或避司馬以劉形跡可疑獲住嚴究得寔當時起出贓物欄杆一箱解送總局究辦

直督告示　○爲出示曉諭事照得天津道衙門經管海關除米石免稅外凡由海河出口進口船隻販運雜糧雜貨及閩浙船隻進口出口裝運雜貨竹木暨上下西河運河船隻糧貨轉入海河販賣並營口豐台蘆台等處由火車販運糧貨裝船轉入海河均應按照時價估値徵收稅銀已閱多年與鈔關徵稅截然二事所有經過商民船戶自應遵照完交豈容稍有牽混現據天津道稟以各商多謂經過鈔關不應再完海稅屢與關員狡辯實屬有意逞刁亟應剴切申明以重課欵爲此示仰商民船戶人等一體知悉自示之後爾等凡有經過海河船貨應納稅銀均照舊完納毋得稍有違抗致干究罰不貸凜之切切特諭

外埠新聞

山東

設法救民　○山東巡撫電致商部乞轉商諸外部云青泥窪一帶難民可憫已商妥俄人准與接回內地特是各輪船均虞涉險不肯前往擬籌欵雇用帆船以辦此事似覺較妥

銅元流暢　○銅元一項各處行用已久山左惟蓬萊等縣尙不甚通行因錢行當行所阻昨已邀集紳商赴縣面稟署謂黃縣若不行用銅元則蓬邑銀根短絀無處買銀恐於市面有礙該令當即稟府請札飭黃縣通融行用外即出示幷諭貼當舖門首飭令行用毋阻想以後可一律行使矣

膠州

頭批糧到　○山東省憲前在蕪湖等處採辦軍米十萬石現將頭批由海定協和兩輪船運到青州在新立第一碼頭起卸聞起清後即將該軍米裝車運進省垣以濟軍食幷聞海定協和兩輪船刻已趕緊將軍米起齊

南京

覆勘分廠　○前督張宮保署理江督時以上海製造局近界海口一朝有事勢必至毀奪於外人故特委徐觀察慶

覆勘分廠　○前者張宮保署理江督時以上海製造局近界海口一朝有事勢必至毀奪於外人故特委徐觀察慶陛前往蕪湖勘定地址將以建造機器分廠凡上海製造軍械一律運往其間奏奉　上諭允准茲者日俄構衅中國沿海各口岸一律設防今江督魏制軍特委唐觀察郁華赴蕪覆勘前此擇定之廠基將即日興工起造

免貽口實　○江督魏制軍以省垣教堂林立平時民教相安無事茲當俄日構兵恐有不軌之徒煽惑愚民横與教堂爲難貽外人以口實因通飭所屬各地方官加意著力保護教堂

松江

避地爲良　○金山縣千里巷一帶擄人勒贖之事幾於無日無之鄉農之家被其敲詐雖貧無立錐亦須十餘元之譜始能了事向來擄得各殷戶之男子勒贖名曰接財神現更擬拔其婦女名曰接觀音致各戶眷屬寢食不安濳逃城內賃居避難城內房租不免爲之飛漲

潮州

有感斯通　○海邑官塘鄉鄉人某居臨壙野門以外白楊荒草亂塚纍纍去歲扶鸞於家忽大書曰楊姑娘到乩叩其底細乃自陳爲楊氏女隨父赴任來潮病死葬此地近在咫尺偶游過此好事者欲究其迹往探之果得殘碑題曰玉珠楊氏之墓不署年月蓋百餘年古塚也人以此靈之尊之曰顯姑娘頗著靈異鄉鄉某婦有子出外十餘年杳無音信婦念子情切給日倚閭近耳續姑娘名乃誠往禱默祝佑子早歸數日左右其子果挾貲而返詭云每夜聞人向耳邊呼其名說爾父母妻子囑爾早日回家是以急返婦遂備酒醴紙帛偕子往墳前叩謝一時喧傳遠近無不知楊姑娘之名而靈之是亦精靈所感萬里能通豈眞白骨有靈哉

批商認辦　○緝捕經費總局牌示云照得潮嘉兩屬緝捕經費前據該商王永祥等每年認餉銀二十三萬元另加裁撤私規銀三萬元稟請承辦即經札飭熊守前往査覆核辦在案茲據該商稟認歲餉二十三萬元另由熊守裁撤私規七萬元共成三十萬元既經熊守在潮裁定該商應即照正餉三十萬元按期早繳以符定章合就牌示爲此牌仰宏富公司商人王永祥等遵照迅將應繳一月按餉及上期餉銀刻日早繳并取具殷實店鋪担保切結一並繳局以憑給發照示開辦熊守准留潮一月辦妥即行回省毋違特示

廣東

許其爲善　○職商鄧倬卿等曾具稟督院謂擬聯合同志仿照赤十字會章程集資救濟日俄戰陣傷病士卒隨奉雲帥批示謂查赤十字會係爲療治軍人傷病而設現在局外各國均有此項善舉事屬可行該紳商擬勸捐集資彙解軍前附會洵屬見義勇爲深堪嘉許至所集款項應交何處彙解並由該紳商等自行酌商辦理可也

好官難爲　○南海姚伯懷大令曾捐廉二萬兩以助小學堂之費然查確實報効廣西軍餉二萬兩南海小學堂一萬兩并聞姚大令此舉頗爲同僚所忌

賑卹難民廣告

啓者日俄失和東省居民紛紛避難或乏川資或困饔飧種種苦情實屬可憫現由創首各同人急集款四千元之譜暑仿泰西紅十字會章程特派妥實可靠之人前往山海關一帶救濟難民察情賑卹酌給盤川頒發老幼婦女糧食俾各安歸故里惟所集款目爲數無幾難以原原接濟還仰諸善士同具惻隱之懷贊襄斯舉是所深企焉　吳調卿　何仲瑾　顧博臣　吳蔭庭　嚴照明　公啓

同志諸君倘願捐助可將款目送交天津英界滙豐銀行吳京卿調卿或六吉店何公館何觀察仲瑾代收給與收條並如何賑恤如何開支之處本館均當按期代爲登報佈聞　本館啓

天津各項股票行情單

天津先農有限公司
天津自來水有限公司
天津濟安自來水有限公司
天津煤氣有限公司
利順德飯店有限公司
天津汽水有限公司
璸克蘭尼飯店有限公司
天津書飛馬車有限公司
天津印字館有限公司
唐山礦務有限公司
大沽駁船有限公司

上屆每股攤得利息五分
上屆每股攤得利息三分半
上屆每股攤得利息四分
上屆每股攤得利息二十分
上屆每股攤得利息十分
上屆每股攤得利息七分
頭一年創辦
上屆每股攤得利息五分
上屆每股攤得利息五分
上屆每股攤得利息二分

買賣各項股票經紀永盛洋行具
每股賣主付價銀一百三十兩
每股賣主索價銀一百四十四兩
每股賣主索價銀一百三十兩
每股賣主索價銀一百兩
每股買主付價銀一百五十兩
每股賣主索價銀一百二十八兩
每股售過價銀五十兩
每股賣主價銀二十四兩
每股索價銀四十五兩
每股索價上海銀六兩
每股賣主付價銀三十五兩

開平礦務有限公司輪船告白

本公司廣平輪船准二月初七日由秦皇島開往上海此佈　本公司啓

天津馬聚源領帽店

本號由宮北大街現移設毛賈夥巷西馬路大街路北自置貂騷海龍各種皮帽絨呢秋帽羅胎緯帽玉草涼帽洋浪羽纓加庫紅杭絨線緯時款紗便帽絨夾紗皮領涼暖朝冠一概俱全凡賜顧者請移玉是幸京都鮮魚口內分此　本號謹啓 50

共泰承專辦廣東

同春堂黃務恒馳名丸散膏丹各樣奇匙巧鎖姑蘇十番樂器　上白

同春堂黃務恒乃廣東良藥肆也所製文武紅靈丹救濟中風痰闢竅通有起死回生之功萬應時症丸霍亂時疫奏效如神珠珀保嬰丹小兒急驚風熱危急關鎖症立能保安立止牙痛丸仿八寶燕窩養生妙品燕楠心氣痛力不但止痛多服斷根八參再造丸治風癱症寸步難行服之立可挽回造化數日可健步如常二黃蠟丸治跌打磕碰靈妙如指掌參燕開胃山渣丸味甘而美男婦老少咸宜常服開胃消食無痞積食滯之患戒煙子母無憂丸每丸一粒引戒五分子丸每粒戒引一分不患生病戒引如神珍珠散治五淋白濁一服止痛再服全愈戒煙三黃蠟丸治跌打磕碰靈妙如瘡科分別陰陽治法效驗非常所註瘡科辨別陰疽陽癰治驗論瞭如指掌寸步難行服之立可挽回造化數日可健步如常不學能者略云無論發在何處部位如瘰癧橫痃狐兒老鼠等瘡均有陰陽之別照法施治萬症萬全認定陽癰初起紅腫兼痛末潰者擦熊膽散壽丸甚者服雙料陽和紅毛膏陰疽起皮色不變漫腫無頭潰後瘡口低陷經年不斂治用陰疽解凝膏接服發背丸藥決能立效如中痛醒消丸外貼巨勝種子丸古稀之年服如少壯年少一服立見奇功婦人服扶坤贊育丸立止諸般帶下調經種子定所列陰虛名蠟丸太繁如寶壯丸補男子宜清寧丸新到時氣丸回春壽等名目頗多不能盡錄付思丸藥爲救濟扶危之要品本號在廣專辦正號真料貨物運北銷售新物利專圖利非人者比也如欲大幇分售價錢格外克己此佈

天津鍋店街洪泰承廣貨莊謹啓 A

光緒三十年二月初五日 直報 第五版（二） 三三九五

關內外全路逐日火車開行時刻

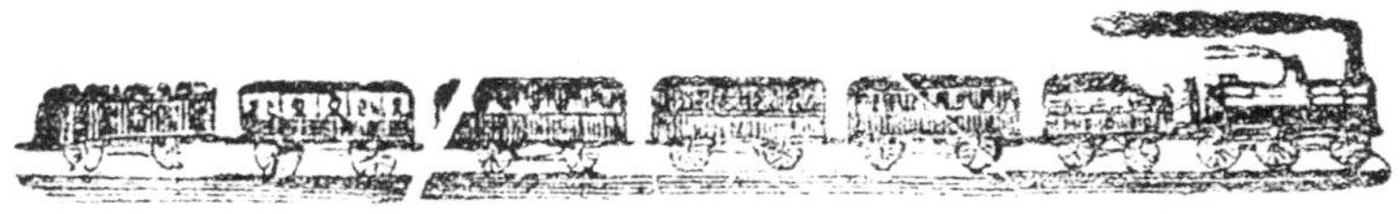

橫推直看

凡慢車經過各站均停片刻其快車小站不停其餘小車站開車時刻未及備載祈搭客早到無悞

快車 北京至榆關
北京開上午七點
天津新站開十點零七
天津老站開十點廿五
塘沽開十一點四十五
唐山開二點十二分
灤州開三點三十七分
昌黎開四點四十分
到榆關六點二十分

快車 榆關至北京
榆關開上午七點
昌黎開八點四十八
灤州開九點五十三
唐山開十一點三十
塘沽開一點五十分
天津老站開三點十分
天津新站開三點三十
到北京六點三十分

豐台至通州
豐台開上午七點
到通州八點五十五
豐台開下午三點十五
到通州五點零五分

慢車 北京至塘沽
開下午二點十分
六點二十四分
六點四十五分
到八點十分

慢車 塘沽至北京
開六點五十五分
開八點三十八分
開八點五十六分
到一點十二分

通州至豐台
通州開上午九點零五
到豐台十點五十分
通州開下午五點十五
到豐台七點二十分

慢車 天津至榆關
開六點二十五分
開六點四十五分
開八點三十三分
開十二點十分
開二點二十五分
開三點五十五分
到六點四十二分

慢車 榆關至天津
開上午五點
開七點十八分
開八點四十四分
開十二點三十分
開四點十分
開六點三十四分
到六點四十四分

榆關至營口
榆關開上午七點
錦州開十二點三十三
溝帮子開二點五十一
到營口五點五十一分

慢車 天津至唐山
開十一點四十二
開十二點二十二
開二點十分
到九點十七分

慢車 唐山至天津
開上午六點十分
開九點二十六分
開十一點零七分
到十一點三十七

營口至榆關
營口開上午七點
溝帮子開十點二十
錦州開十二點四十一分
到榆關五點五十八

慢車 唐山至榆關
開上午六點
開八點零五分
開九點五十分
到十一點五十八

慢車 榆關至唐山
開十二點十八分
開二點二十九分
開四點十七分
到六點二十分

中國鐵路總局告白

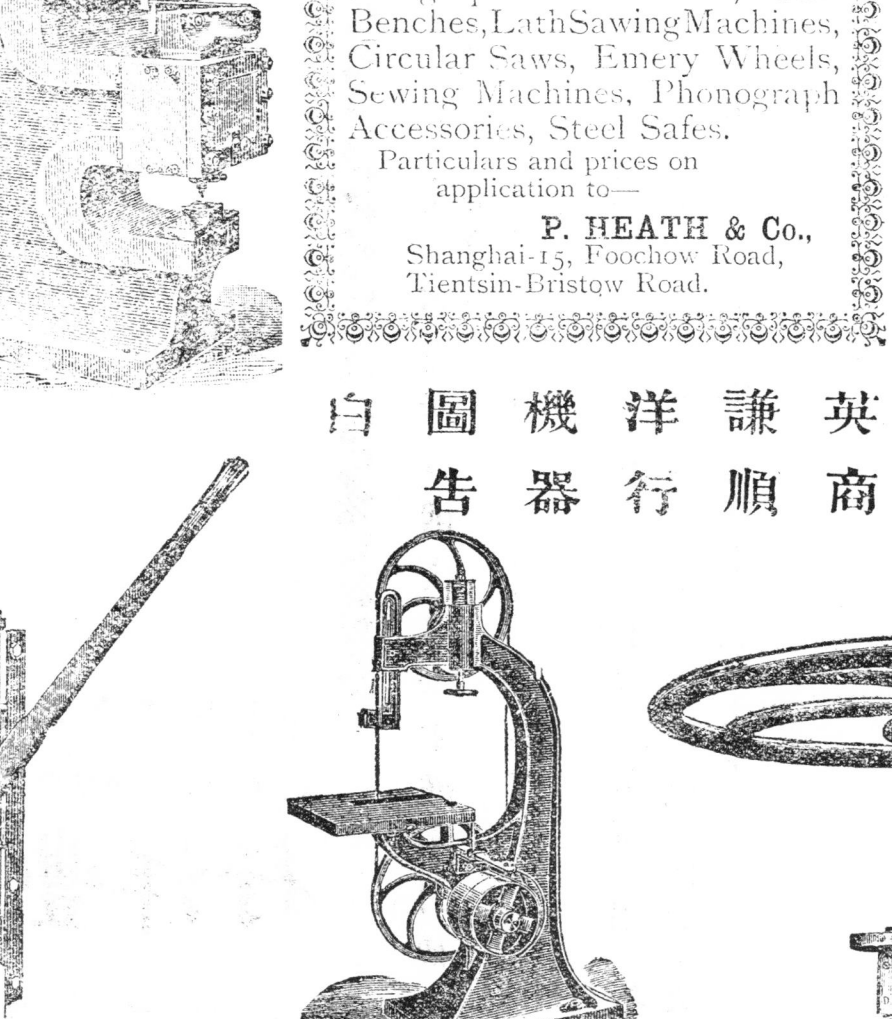

啓者本行現有快捷小火輪一艘出賣該小輪船卽前英國海軍兵艦名巴弗勞皿（譯音）出投票賣者計船身長二十七尺零三寸闊七尺吃水三尺船艙深三尺二寸　此輪船與河內所有小輪船較之更覺靈捷價亦公道如欲購者請向本行商之可也

英商謙順洋行告白

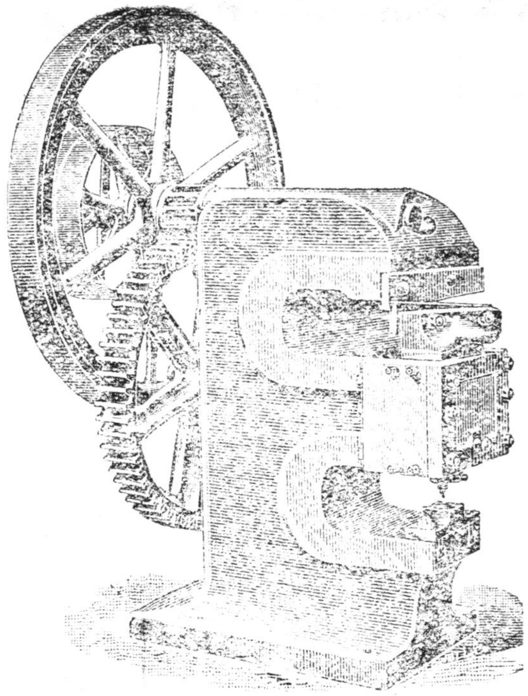

FOR SALE,

from stock, **COINING PRESSES** for coining 10 cash and 10 and 20 cents silver coins, Morse Telegraph Instruments, Saw Benches, Lath Sawing Machines, Circular Saws, Emery Wheels, Sewing Machines, Phonograph Accessories, Steel Safes.

Particulars and prices on application to—

P. HEATH & Co.,
Shanghai-15, Foochow Road,
Tientsin-Bristow Road.

英商謙順洋行機器圖告白

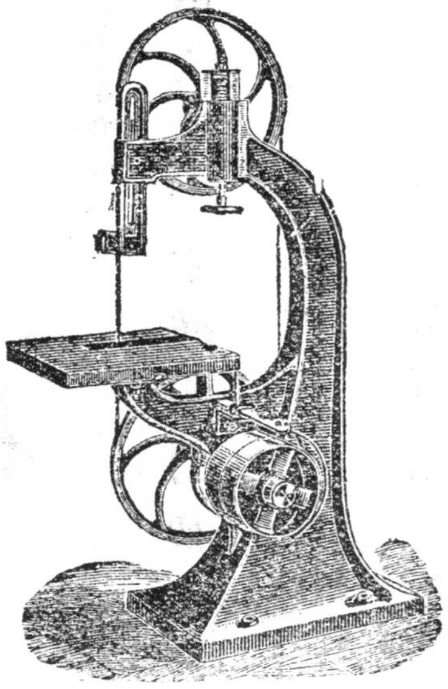

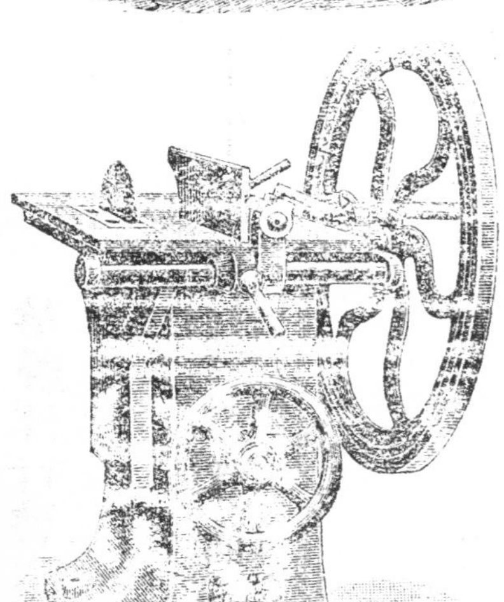

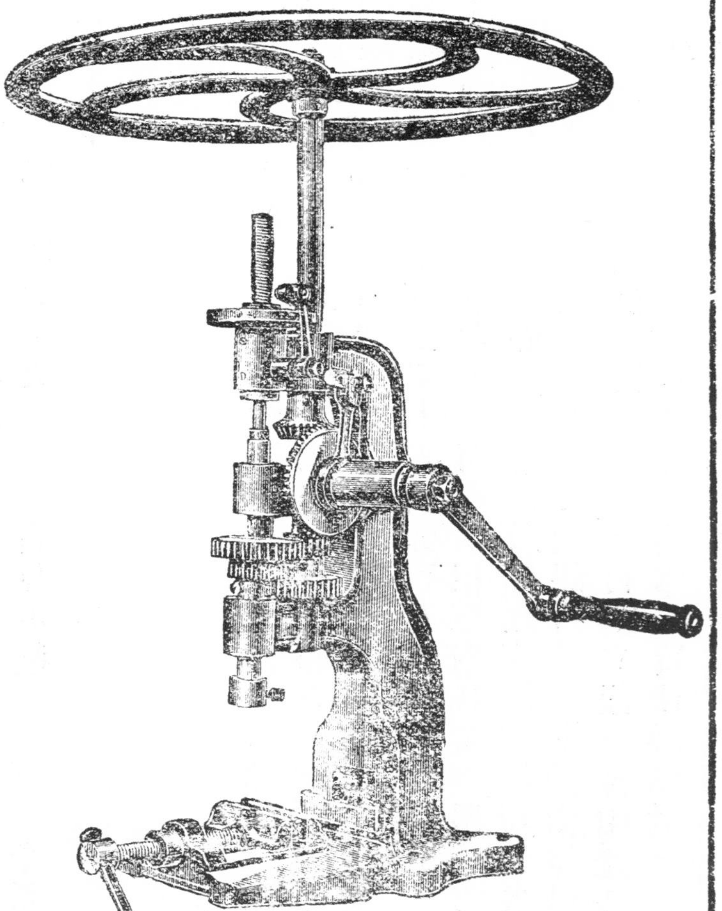

上海分此 **久福源綢緞抄莊**

本號刻有新到新式花素各種綢緞及應時紗羅各色俱全今又添售南式各樣[illegible]代售洋廣南貨并各色[illegible]光蓆法布等物餘貨一切不及細述售[illegible]剪價[illegible]公道貨色[illegible]美俱勝別家以廣招徠如蒙賜顧請移玉天津海大道泰[illegible]洋行隔壁認明本[illegible]為幸再本[illegible]代貴客做男女時式新衣工[illegible]料美訂不期悞 本[illegible]主人謹啓

元隆綢緞洋貨莊

開設估衣街中間路北[illegible]牆門面自置[illegible]緞紗羅顧綉粧蟒各種[illegible]緞花素刀絨新式欄杆各種壽衣新花洋毯斗蓬時樣花[illegible]綿緞閃[illegible]羽緞[illegible]布疋零整發售[illegible]銀交易格外從廉以昭久遠謹白 寄售龍井雨前素茶皮絲水煙 加[illegible]大小皮箱[illegible]匣

春華泰綢緞洋貨莊

本店由鍋店街分設毛家夥巷西馬路大街坐北自置綢[illegible]紗羅粧[illegible]彩[illegible]平金顧綉刀雕機杆各種花素布疋各樣壽衣以及各品[illegible]茶洋廣南貨一概均按銀[illegible]發售倘蒙 貴士商賜顧者請駕臨敝號自見公平 本號謹白

英商 華裕洋行

本行開設河北獅子林發賣自[illegible]建[illegible]本山東栢木大小壽木材板一概俱全零星發莊貨高價廉

天津

美最時洋行

啓者本行由德國運來頭[illegible]靛水顏色鮮明毫無渣滓日久不[illegible]色貴賜顧者請至本[illegible]恒雙[illegible]泰瑞自[illegible]帳房面議均可[illegible]寄整批發此佈[illegible]入津美最[illegible]洋行本帳房總理批售

YI FUNG CYCEL CO.

義豐自行車洋行

本行專售各[illegible]男女時式自行車以及[illegible]上應用器具無不俱備修理舊車本行特雇頭等匠人技藝高妙修理馬[illegible]舊如新以及一修理銅鐵器具各式洋爐一概[illegible]客價亦從[illegible]賜顧者請到本[illegible]面議可也 天津馬家口大街本主人謹啓

海大道新開山東

源豐居

本居專做燒鴨薰雞臘腸醬肉時[illegible]小賣一概俱全均按京都姑蘇做法官商賜顧即請駕臨特此謹白

四遠馳名

本號代售[illegible]紙[illegible]呂宋金叩[illegible]蠟丸[illegible]江南[illegible]天津[illegible]口大街老德記[illegible]謹啓

壽世濟陰丸

專治婦人諸般[illegible]損勞弱崩漏淋濁赤白帶下[illegible]血[illegible]肚腹疼痛腰腿酸痛[illegible]胸中[illegible]脅攻疼[illegible]水頭痛目[illegible]嘔吐酸水頭痛目[illegible]飲食[illegible]心跳乍寒乍熱[illegible]汗[illegible]口乾[illegible]渴[illegible]積六聚[illegible]不眠[illegible]作[illegible]驚悸怔忡胎前產後一[illegible]逆[illegible]引服下奇如神實屬濟陰要藥[illegible]坤至寶也

鹿茸寧坤膏

專貼婦人胎前產後經血[illegible]崩漏淋瀝赤白帶下[illegible]腹疼痛癥瘕痞塊血[illegible]不[illegible]受孕骨蒸身熱一切虛損雜疾諸般勞病貼臍腹上屢試屢驗行銷多年馳名四方[illegible]

小兒金丹

專治嬰兒諸般急慢驚風神昏天吊感冒風寒[illegible]冷[illegible]燒停食吐乳腹痛瀉泄口瘡不食凡一切小兒[illegible]病功難盡述服之[illegible]不立效洵[illegible]嬰一聖藥[illegible]

犀茸百補

此丸溫而不熱清而不塞專治男婦陰虛火動之症中氣不足[illegible]急上氣咳嗽吐痰肺[illegible]咽喉聲啞盜汗煩熱耳鳴心跳暗吐目昏四肢困倦飲食不思以至吐血咯血等不切諸虛百損五勞七傷每服一丸[illegible]仙藥誠哉皆補堪名也壯[illegible]光顧者請至天津[illegible]口老德記大藥房[illegible]壽仁堂謹啟

天津紫竹林

萬會票行批發

北京鐵拐斜街

江南票頭彩三萬元二月念九開彩
湖北票頭彩五萬元二月念三開彩
粵東票頭彩四萬元二月初十開彩

正月份湖北江南兩處對號單已到查對本號售出紅彩甚旺伏祈携票對號兌洋

本行開設天津紫竹林經歷十餘載發兌大小彩票批發各省彩票無不格外公道屢售頭二三四大彩不下四十次久已遐邇馳名今又分枝一號在天津估衣街西口路北開張現批正月份江南湖北粵東票遠近賜顧請來面訂是荷 頃接到粵東對號單已到速來對洋

本行謹啟 46

寶元彩票公司告白

啓者本彩票公司仍設在天津河東奧國租界首次開彩日期定於西歷三月二十八號彩票每張共十條售大洋六元 每條售大洋六角天津寄售處〇河東東浮橋口生記錢舖 河東與隆街永昇銀樓 紫竹林直報館 公易洋行 利順德飯店 益聞報館 天津印字館 法租界牛康木飯店 晉和祥紙烟公司 大德國書信館 北京寄售處〇前門外大街體乾堂藥舖 東珠市口世聚昌木行 琉璃廠聚寶票行 觀音寺華洋大藥房 崇文門內立中洋行 德國飯店特此佈告俾衆週知 寶元彩票公司啓 44

西賓館 洋行

啓者本行新到英法國磁器各器並有罐頭火食點心各樣頂好聘禮之物洋人用飯刀叉台布木器各家俱鐵床廚房火爐鍋罈盤頂好按及紙烟雪茄烟草包烟捲海墨烟嘴各顏色絲絨綢緞雜色花洋布貨真價實一概俱全諸君仕商賜顧者請來敝行面議可也 天津紫竹林西賓館洋行謹啓

本行新到各樣大小水龍出售

茂生洋行 26

德慶益土莊

本號自運各省頂高西土皆係行價零整發售格外公道今由閩東特請陸作圖號名手精資各種冷龍烟膏隨帶本伊號廣膏奇香燈人館每十元自資冷龍水烟膏每兩人龍洋七陜西土每二兩八開設估衣街歸買胡同內中間路西大門便是本號主人謹啓 177

廣東新到

八保活血散 鐵打損傷筋動骨連 萬 專貼多年
止疼 閃腰叉氣付立愈 應 連瘡腿疥
婦科導水丹 膚脹腹脹寒熱濕 膏 毒毒胎
鼓症 脹氣鼓水脹鼓血 白 斂貼能愈
男婦九妙散 兩脇疼洗疼 治婦科
胃疼 酸水不止付立愈吐 胎 聖藥白中
花柳敗毒膏 魚口楊梅下淋入 鳥 虛實寒熱
搜風 骨升喉服膏立愈鷄 皆能治之
千黃敗毒丸 能治外科瘡濕仕 服 皆稱妙
五保 毒胎飲花柳楊梅 手回春 之力百病
仙傳神效丸 痔瘡漏瘡生管流 愈除 平市號
痔漏 血流水付藥除根 西山田號代售
竹林法租界聚興茶園前北洋大藥房寄售

珠珀金丹 嬰兒寒熱痧疹咸
小兒 胃瘟斑痧疹
壽世種子丹 婦人百中雜除
濟陰 疾藥人 不
麋茸保腹 婦人精血 子
寧坤 調媛胎內傷虛
犀茸止血丸 男婦吐尿血
百補 勞嗽如神能
參茸金丹 戒煙增飲食
一錠 自補
痰飲定喘丸 哮吼痰喘咳
止嗽 嗽藥到立愈

平市西山田藥房146

天津 仁成客棧

開設河北大石條街中間路南新修房間寬大室窗明淨同人伺候周到仕商速往投寓可也 218

三合承新衣莊

自置綢緞單夾皮棉紗喜事嫁衣袍霞佩男女壽衣一概售估開設天津衣莊萬壽宮南路北大門便是

德 C. Hofmann. 商

恆和洋行

本行前在德國賣員地方開設織絨織布各廠創自一千八百三十八年迄今已歷有六十餘年之久向在各國早已馳名並專理進口軍裝機器鐵路所用各色鐵軌氣爐礦務並工程各樣機器五金雜貨洋絨洋布等項物一概俱全價值各外從華如蒙 官商賜顧者請至本行帳房面議可也以及購辦出口駱絨羊毛皮貨等物今寓天津海大道英國菜市對門十九號房便是 本行謹啓 159

本行承辦營口通濟自來水有限公司已經開辦各埠欲購各種機器或訂辦各項工程價值從廉如蒙官商賜顧者移玉本賬房面議 德商恒和洋行本工程司具 20

天津鍋店街

華英大藥房

本藥房專售外國各種靈驗藥水藥酒丸散膏丹香水香皂秘製戒烟玫瑰梅花參片補身斷癮一粒金丹白蓮各國名廠照像器俱材料放大電燈治外科刀針包 經售司各脫乳白礮魚油丸製補肺清魚肝油燕醫生各種靈藥廣東各項蠟丸藥茸寧坤參壽世濟陰丸小兒金丹 本藥房主人謹啓 13

出售

日本北海道

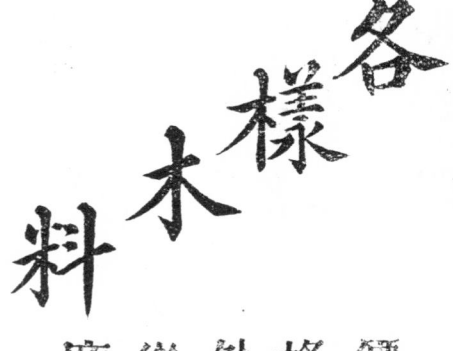

各樣木料

價格外從廉

三井洋行 20

本行代理中華火燭保險公司 China fire insurance Co. 歷有年所除中國地界外凡在英法德俄日奧及意國租界內之樓房住房棧房貨物等項均能代保火險保費格外公道如有欲保者祈駕臨本帳房面商是可也 英界仁記洋行謹啓 3

仁記洋行

本行出售鐵片瓦隴鐵松木硬木地板各種大小機器美國人頭牌號麵粉 價值從廉如蒙官商賜顧者請至本帳房面議可也 仁記洋行謹啓

牙醫

專治牙疼牙漏以及腮腫風火蟲牙空金銀粉補管等除根全干滿口半粒皆能鑲補用金銀象皮托任從客便價值從廉寓天津南門口天元醫園

周相臣 188

聲明移居

本樓照像向在估衣街路北中間開設歷有年所已蒙 仕官紳商諺加稱贊名馳遐邇矣祗以地勢狹隘難盡所長每致抱遺珠之憾現移設歸賈胡同內路東第一大門樓院寬敞光陰合宜謹擇於二月初八日開張春光明媚景物宜人點綴昇平之象謹此佈告有欲照像者尚乞 惠顧光臨是幸焉 鼎昌銘記王子銘謹白 84

烏利文洋行

本行開設天津志泥華香港上海自造各種鐘表又新到銀馬表六元泥鋼平面表三元烏鋼平面表三元銀五號平面表五元留聲話匣花素筒子新樣鐘表玩物一應俱全新到大小照像盒子並材料等價值格外從廉貫[illegible]賜顧者請至紫竹林北大街法租界面議可也 本行啓 36

通經閨婦勝金丹

此丹專治閨婦經閉血枯一切乾病雜勞等症經驗如神倘蒙 賜顧請移玉天津鍋店街中間路南門面金字冲天招牌育生堂藥店購買可也 育生堂主人啓 96

樂壺洞北馬路大街 51

聚慶園酒席處

本園新添米粉雞米粉肉等菜新鮮拾錦火鍋扒豬頭扒雞扒抓尖拾錦燒麥小賣一概俱全 本園謹啓

天津 雲馬有限公司 飛車

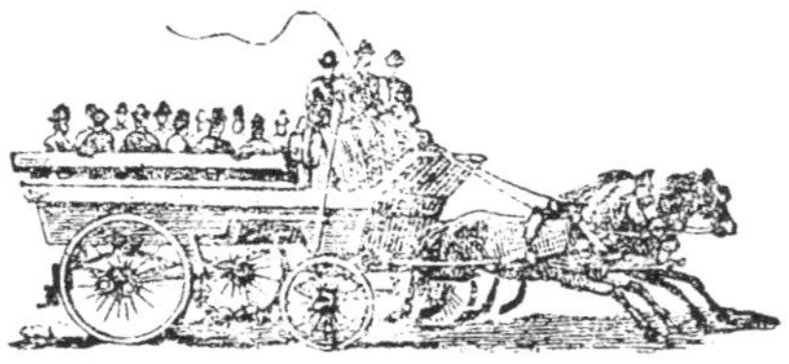

本行出賃頭等馬車馬匹或按日或按禮拜或按月租賃均聽其便本行并買賣馬匹騾子凡有馬之人欲託本行代爲豢養者算價極其公道其代豢養之馬匹亦必格外留心照看俾使茁壯無恙

天津雲飛馬車有限公司 法租界 得律風一百五十六號

17

天津 公易 界租英 莊貨洋

啓者本行開設英租界中街已數年於茲矣專辦官紳仕商屋中陳設及一切需用裝璜等事倘蒙賜顧即函知本行當派妥人前往估價備辦整齊及各項工匠無不應時工作前曾歷辦行轅鋪墊陳設頗稱嘉許本行並備頂好聘禮之物外洋各種器具軍中應需物件桌椅傢俱玩物保險鐵屋新到銀櫃洋錢箱洋燈地氈白洋毯各樣綢緞等件價值與別家格外從廉恐貴商未及週知特此登報佈聞

公易洋行謹啓 十二

華泰飯店

本店設在閘口西日法租界坐西向東便特選頭等手藝專做英法大菜拾錦各樣洋點心甜鹹面包加餡面包外洋御及上品洋酒罐頭食物俱全官商賜顧即新造洋樓寬闊陳設幽雅官商府第喜筵另有外洋頭等器具與衆不同如定大菜格外公道

5

九順班金紅于去歲九月曾嫁灤州郝某爲小星豈意正在服中納娶同家經其毋舅等因于理不合呈送訊結郝某深知愧悔伊家又不能收留隨奉命將其女送回退交伊父母收領自使寫立斷絕字據爲証特此登報聲明池馮氏啓

啓者本公司售賣之縫衣機器凡刊有商標者乃真貨除總公司開設在天津外其北京保定烟台唐山等處均經設有分行賜顧者請就近購買爲幸

勝家公司啓 76

天津 鴻泰元土莊

本莊精置各省西土零整皆照行價發售特請廣東精工自煑冷籠澄公膏每拾兩一龍人洋七兩每兩銅一吊三百文冷龍福字烟膏每拾兩洋八兩八煑烟膏東土每圓貳兩高俠西土每圓貳兩五錢貴仕商賜顧者特蒙式開設天津宮北大街一坐西向東門面便是

本莊主人謹啓 5

天津西門南 慶泰恒西土莊

頂高冷籠雲土烟每洋一兩三錢高西土每洋二兩六錢本號不敢精工選置誇於筆墨仕商賜顧者請嘗一試誠爲貨高價廉比別家不同

6

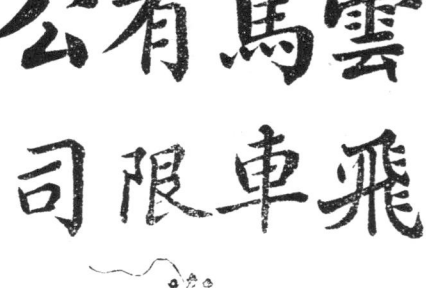

本店自造海式獐絨獐緞

高鎮茂叫賣行

啓者本行准於本月初三日卽禮拜六下午二點半鐘在本行拍賣各樣白色梗木家俱酒櫃大衣櫃□架轉椅綿床綿椅籐洗臉桌鏡桌手巾架夜壺櫃茶桶各樣食物若干青條石鐵門窗戶千里眼照相盒子鏡子并有零物若干皆無定價諸君如買者務祈早到本行當面拍賣可也

高鎮茂謹啓

International Bicycle Co

啓者本行開設上海漢口天津有年今又分設北京崇文門內專售英美各國頭等男女自行車各種新式電燈電鈴時樣裁縫機器以及車上應用器具無不俱備如修理舊車本厂有頭等匠人技藝高妙價亦從廉賜顧者請至本行或分行面議可也

天津法租界快利洋行啓

同[illegible]陞　128

靴鞋京津蘇廣女鞋小孩繡花皂鞋新進上海貢緞便鞋元緞靴帽廣襪零[illegible]批售不誤

開設天津馬家口大街坐西向東洋樓門面便是

明義洋行　109

啓者本行專售用煤油爐[illegible]輪機器其法力較煤力更爽價値從廉如中外貫官商欲購者請臨本行面議可也本主人謹啓

各埠輪船來電放行日期

進口輪船到大沽或紫竹林			
甘肅	廿五日	由香港汕頭	太古行
樂生	念六日	由山□烟台	怡和行
愛仁	念七日	由蕪湖□□	招商局
紹興	三十日	由日本各處	太古行
泰順	初一日	由上海烟台	招商局
西平	初一日	由香港上海	礦務局
廣平	初二日	由上海	礦務局
平公	初三日	由上海烟台	礦務局
通州	三十日	由上海烟台	太古行
出口輪船由大沽開往各處			
新豐	初四日	往上海	招商局
結關輪船開往各處			
順和	初三日	往上海烟臺	怡和行
青島	初三日	往上海各處	禮和行
永平	初三日	往秦王島	礦務局

大觀茶園

開設北馬路官銀號對面

雲仙全班

二月初五日早演　170

小金豆　小九如　杜雲□　杜雲鳳　李長奎　杜雲美　張長全　尤金培　王海臣　七仙旦　劉長瑞

蜈蚣嶺　柴桑口　雙斷亭　一捧雪　紡綿花　平北海　海潮珠　晝春園

初五日晚六點鐘演

小九如　七仙旦　六□奎　劉長瑞　牛春化　溜溜旦　杜雲美　杜雲卿　杜雲鳳　杜雲□　一壽登　六月仙

殺府逃國　洗浮山　全本玉虎墜

聚興戲園

天津馬家口北洋醫院前

雙盛合班

二月初五日早演　171

劉永寬　花□仙　吉勝魁　萬永勝　小榮貴　金秀英　郭蝶仙　李玉亭　蔡錦鑫　呂月樵　劉吉祥

解珠寶　余唐關　伐東吳　烟鬼嘆　斷后　海潮珠　挑華車

初五日晚六點鐘演

百□增　三□官　李慶奎　吉勝魁　吳玉堂　四□英　郭秀□　雙□□　劉□韻　郭蝶仙　劉艷亭　劉吉祥

廣泰莊　大回朝　□黃大　關王廟　珠砂痣　頭二本虮蜡廟

譚鑫培擇吉登場

天仙茶園

開設關口日本租界

鳴鳳名班

二月初五日早演

王子寶　蔣雙奎　薛喜芬　王少魁　一杆旗　王春榮　翠玉　黛玉　陳月樓　劉廷順　小春來　劉鳳祥

取洛陽　藥茶計　天水關　大賣藝　蘆花計　頭二本鐵公雞

78　初五日晚六點鐘演

全班

二毛旦　薛喜芬　□鳳祥　一杆旗　達子紅　王少奎　白文奎　張七　花四寶　蔣雙奎

百壽圖　董家山　收關勝　鐵冠圖　鎖五龍　六部審　全本姦淫錄

[illegible]仙茶園

座落襪子胡同關津會館

大吉升名班

12　二月初五日早演

劉汝林　蘇文奎　黃處　金福仙　小百歲　李永龍　譚均培　小菊芬　王彩枝　小鑫培　五月仙　元元紅

余唐關　二進宮　打皂　取金陵　慶頂珠　伐東吳　算糧

初五日晚六點鐘

全班

王製琴　李三雄　程永龍　□亮　譚均培　徐天元　小九齡　小惠仙　劉永奎　五月仙　高德勝

大戲瑞　春秋配　打砂鍋　講堂門誌　洪洋洞　魚藏劍　火烟駒

直報第一張

二月初五日

不取分文

京報照錄

○○太子少保北洋大臣直隸總督臣袁世凱跪　奏爲請銷永定河光緒二十八年動用加撥歲修銀兩恭摺仰祈　聖鑒事竊查光緒二十年春間前任東河督臣許振禕奉命勘治永定河因原額經費不敷奏請自二十年起每年加撥歲修銀四萬兩復因察勘該河形勢議治中洪仿照乾隆年間裘日修辦法修復浚船百二十號每年添撥經費銀二萬兩均經奉　旨允准當經部議加撥歲修銀兩由直隸藩庫旗租項下照撥浚船經費由藩運兩庫籌撥嗣因該河工多險重經前督臣李鴻章奏准將每年浚船經費銀二萬兩撥作兩岸各汛搶險椿料之用轉行遵照在案所有二十八年加撥歲修銀四萬兩經該道照數領回至浚船經費改辦椿料銀二萬兩因庚子兵燹以後藩運兩庫欵項支絀未經發給茲據永定河道衛杰將光緒二十八年動用加撥歲修銀兩造具册結圖說詳請　奏銷前來臣查永定河光緒二十八年南岸各汛動用添撥歲修銀兩做過土埽工程用銀一萬八千一百八十五兩北岸各汛動用添撥歲修銀兩做過土埽工程用銀二萬一千八百一十五兩共用銀四萬兩均係實用寔銷並無浮冒除册結圖說送部外理合恭摺具　奏伏乞　皇太后　皇上聖鑒敕部核銷謹　奏奉　硃批該部知道欽此

○○廣西巡撫臣柯逢時跪　奏爲鎮南關通商第一百六十九結期滿遵將徵收稅銀及支銷經費數目開列清單恭摺仰

〇〇廣西巡撫臣柯逢時跪　奏爲鎭南關通商第一百六十九結期滿遵將徵收稅銀及支銷經費數目開列淸單恭摺仰祈　聖鑒事竊照鎭南關自光緒十五年五月初三日開辦起截至二十八年八月廿九日止爲各關第一百六十八結之期業經臣將收支數目開單奏報在案茲據前署太平思順道鎭南關監督瑞霖詳稱自光緒二十八年八月三十日起至十二月初二日止爲各關第一百六十九結期滿所有徵收稅銀自應按結具報鎭南關開辦未久洋商未立行棧貨物尙未暢行收數難旺茲將本結徵收正稅及支銷經費銀數造具四柱淸册詳請　奏咨再本結並無洋商載運洋藥洋貨來龍州亦無船鈔罰欵銀兩毋庸造報前因册報有舛錯處飭發核明換送合併聲明等情前來臣覆核無異除將四柱淸册咨送外務部暨戶部戶科外所有鎭南關按照第一百六十九結徵收正稅及支銷經費銀數理合繕具淸單敬呈　御覽謹會同署兩廣總督臣岑春煊恭摺具陳伏乞　皇太后　皇上聖鑒訓示謹　奏奏　硃批該部知道單併發欽此

〇〇丁振鐸跪　奏爲滇境游匪一律肅淸謹將迭次在事出力各弁擇尤彙案請奬恭摺仰祈　聖鑒事竊查游匪蹂躪滇邊十有餘年打單拜台到處蔓延尤復狀官破城僭稱僞號橫行叛逆視爲固然歷年派兵剿辦均以未能痛加懲創以致兇燄愈張脅從日衆滿目瘡痍上勞　宸廑上年八月前督臣魏光燾　奏委署臨安開廣道魏景桐馳往廣南督率剿辦偵廣西西林縣那勞地方被匪逼攻該寨團紳岑毓祥飛書告急當卽選派督帶龍濟光管帶陸朝珍等各挑精銳越境馳援擊敗弄公那或普駝股匪攻破板達弄合堅巢擒斬巨匪羅弗腥匪首林四李三等鏖戰三晝夜斃匪百餘名那勞之圍因之而解是時西隆泗城之匪大舉犯黔攻陷興義分擾貞豐册亨等處沿邊戒嚴勢極洶洶當飭省防三營星夜往援並由魏景桐派李德泳等督率各營進襲古障等處匪巢以示牽制匪聞巢穴被襲羣焉回顧莫有鬥志黔軍乘勢薄之立將興義縣城克復匪渡河而南來爭舊壘李德泳等分兵堵擊斃匪無數匪衆知不克逞遂擾回八達州憑城固守十月八達匪目羣謀洩忿忽糾千餘人圍攻洛里團營各軍聞警赴援內外包抄數日之久擊斃悍匪四五百名餘各奔潰總兵劉萬督率龍濟光等乘勝

土黄老巢一律盪平焚燬賊壘數十座陣斬悍匪千餘名搗穴擒渠賊鋒大挫當經前督臣魏光燾於先緒二十八年十一月十二日將尤爲出力各員弁隨摺奏奬並聲明其餘在事人員及迭次肅清邊境各員弁均屬異常出力容擇尤一併彙案請奬俾示鼓勵欽奉　硃批着照所請該部知道欽此欽遵在案並附　奏陳明廣南所屬寶寧皈朝等處蹂躪過甚逃亡亦多業飭印委各員分投查辦撫䘏並就地清理保甲並寨監碉爲一勞永逸之計該文武員弁等身歷瘴鄉幾經危險辦理一切均極繁難事閱半年非堅苦耐勞難期奏效在事出力人員亦宜加之策勵一併請奬本年正月臣紹年復派署廣南府方宏綸靖南營帮帶方開靈等將大小八達河沿岸陷匪各村相機招撫斷匪接濟之路參將魏榮斌率所部各營聯絡黔粵各軍游弋於西林各屬境互爲聲援派參將白金柱等各率防團嚴扼要隘魏景桐並分所部及龍濟光等營嚴密圍堵復由省調總兵劉樹元率樹字左右兩營前往遊擊該匪等知險要已失遂率大隊分繞歸順鎮安等處冀綴我軍後路我軍排隊迎擊鏖戰數晝夜全師會合五路兜圍斃匪無算匪首陳亞狄因傷走死匪首分竄命村百民百𡿨沙等處白金柱等分路截殺剿捕益力陣擒匪首王滿潘二巫二巫滿等梟示自是各團益踴躍用命併力窮追脅從解散二□以來擒斬匪首農阿陽等十餘名餘匪無數而防團各營復擒獲匪目關七潘咩福小河二大眼黃三等時匪尙率死黨藏匿叢箐分股猛撲以圖　擾我軍悉其狡謀堅壁不動富州通判王正雅靖南營帮帶方開炅調兵合力兜圍斃匪無遺遂於叢莽中將著名巨匪李二老板弋獲是役也前後擒斬匪首及各匪黨至六百餘級餓傷溺斃者又四百餘匪其餓死於巖谷溝澗者更不可勝計奪獲快鎗千餘枝所擒匪首二十餘名皆各有大王等名僞號而李二老板尤最兇悍羣匪所推爲總目而惟其馬首是覘者也自是以

還諸股悍匪全數撲滅滇界一律肅清卽西隆西林鎮邊一帶亦無匪踪經臣紹年於光緒廿九年二月廿九日兼署督篆任內將尤爲出力文武隨案奏請獎勵並聲明其餘在事各員容再擇尤開單請獎等因亦在案伏查該匪頻年盤踞沿邊以林谷爲蔽障恃瘴鄉爲窟穴剽悍輕疾倏來倏往客軍苦於水土不能服習難以久住雕剿以致裹脅日滋此次魏景桐督率激勵嚴加勦洗初則出奇摧堅繼復併力擒渠而各營將士尤能衝鋒忘死奮不顧身馳逐於鎗炮之中拖紮於瘴癘之地頓使十餘年巨寇一旦廓清千餘里邊疆帖然安謐卽接署辦理撫恤清理保甲各事宜現復出境助剿履險蹈危實屬異常出力若不優請獎敘不足以勵戎行謹將攻克堅巢掃清滇境兩案暨迭次獲勝在事出力各員弁遴 旨擇尤請獎文職一百四十一員武職一百零八員另繕清單恭呈 御覽合無仰懇 天恩俯念該員弁等久歷瘴鄉身冒烟彈巨憝盡殲邊境肅清寔與尋常剿匪不同 恩賞准照異常勞績擬單給獎以昭激勸出自 逾格鴻施除各員履歷及咨保銜名造册分送吏部查核辦理外謹合詞恭摺具 奏伏乞 皇太后 皇上聖鑒訓示謹 奏奉 硃批該部議奏單併發欽此

○○奴才薩保跪 奏爲墨爾根倉官四年期滿循例俟補京缺恭摺具陳仰祈 聖鑒事竊據署墨爾根副都統花翎協領德保呈報該城倉官達杭阿於光緒二十五年十二月十四日補授倉官之日起連閏扣至本年十月十四日四年期滿查該倉官四年任內所管糧石並無霉爛虧短情弊亦無降級罰俸違碍各處分且又通曉滿漢文義擬請俟補京缺等因轉請前來查墨爾根倉官達杭阿旣經該署副都統呈報該員任內所管糧石並無霉爛虧短情弊亦無降級罰俸違碍各處分奴才覆查倉官達杭阿當差謹慎實係曉通滿漢文義擬請俟補京缺與例相符所有倉官四年期滿循例俟補京缺緣由理合恭摺具陳伏乞 皇太后 皇上聖鑒謹 奏奉 硃批該部知道欽此

HLI GAZETTE. 大清光緒三十年二月初七日

CHIH PAO

直報

第一千七百零四號

主筆總理賈祿福

本館開設天津紫竹林英界海大道廣東路

每日報價收洋六角，外埠遠近酌加寄費

大英駐津工部局招買修道材料廣告

一渣石一千二百方每方即華尺一百立方尺合英尺一百一十三立方尺所交石塊以透過二英寸鐵圈爲度交貨地方即在本界河壩南頭每日須交至少不過十五方 二條石一千丈寬至少十二寸厚至少六寸長至少三尺寬厚兩面皆須有一面見光做法粗細本局備有鑿好樣式可來觀看交貨地方計中街二百五十丈 蜜安士道一百七十丈 球房道一百丈 廣隆道八十丈 領事官道四百丈 三大粒乾淨砂子二百方須隨攬上送呈樣子河壩交貨隨用隨交 四高等東灰五千五百擔須隨攬單送呈樣子葉甫交貨隨用隨交 以上所有材料統須經本局工程師驗符方收如欲攬者即望開寫封口攬單外面書明修道材料務於西三月廿四號正午以前即華二月初八日十二點鐘送至本局總管查收再所收各單本局並可不給價低之人承攬且許一概不用此白 光緒三十年正月十六日 69

天津大學堂示 本堂擬於本年七月初一日招考英文生一班所考功課即係漢文英文歐洲史記地理數學代數等學惟漢文必須通順英文亦須學過三四年者方可取錄爲此預行佈告以便投考諸生早日籌備功課勿得自悞 87

宮門邸抄

二月初五日兵部 太僕寺 廂白旗值日 無引見 炤公延伯各請假十五日 黃伯請假十日 兵部奏派查齋之大臣 派出敬信奎俊崇勳訥欽泰祥年英慈吉陞松鶴 召見軍機

緊要公文

外務部准出使英國張大臣函電議訂英人招工章程分咨南北洋大臣查照文

爲咨行事光緒廿九年八月廿八日接准出使英國張大臣函稱英於南非洲所屬亟欲招工開礦我自可乘此機會要以立一專約可否請大部於會晤英使時爲之提及此項章程卽由駐英使臣向英政府商定等因當經本部據函照會英使去後旋准覆稱奉本國政府電以本國在南非洲尚未商定是否招華工如他日商定准招必於此次文敘各節三致意焉等因十一月廿一日本部復准張大臣電稱據云英人已在烟台招工此事彼正謂可以不必商諸中國倘不於章程未定以前電飭

今日本報另印附張不取分文

各督撫嚴禁恐於定章一節不能吃緊請速核辦等因當經本部詢據東海關道復稱前兩月有英人由津來烟似招華人赴非洲特國開礦無應招者英人遂去等語查英人招工一事原為約章所准碍難禁止惟張大臣現欲與英外部妥訂章程請俟章程妥訂後再令華人前往所籌不為無見除由本部電行張大臣與英外部妥議章程咨部核辦外相應鈔錄原函並來往照會咨行 貴大臣查照可也須至咨者

要件

赫總稅務司籌餉節畧二

按照首節所計應得四百兆之鉅欵是地丁錢糧一事不可不力為整頓也向來此事辦法莫患於取民者多為公者少擾累日甚弊混日增今既亟圖整頓則此等辦法必不可行然以中國之民納中國之賦則中國之官孰悉情形擬定辦法似較勝取法於外人惟以總稅務司之意揣之若照後開各節舉行必可期有成效至於經辦之詳細章程竊以為章程愈密則開辦愈遲反不若先行著手得步進步其詳細章程積久自成茲將大畧辦法隨列於後呈 閱

一若請 旨通飭各省同時一體開辦勢必各自立法反致紛歧不能劃一難求實效今擬先自某省某府內之某一縣地方起手此縣辦成推之鄰縣自可漸推漸廣

一若擬定某縣開辦即請選派明幹候補人員十員隨同該縣辦理以儲日後遣往他處辦理此事之材

一應由該縣將本管境內分作東西南北四大段隨即出示明白曉諭居民凡有地之家限一月內該業戶應將有地若干畝坐落某段暨四至方向開列一單並另具一圖親赴本縣衙內呈核該縣接收後應即在某段新立之冊簿內照原呈編號詳細註明

一告示內應有一警戒之條云現在本縣不派人各處丈量任聽各業戶自行開報倘查出有未經赴縣呈報之家或日後丈量時查出有以多報少者即將未報之戶暨匿報之地科罰等語

一業戶各自呈報縣署立妥冊簿後應由該縣發給業戶編號之諭帖各一張令其於每年十月初旬親持諭帖赴縣按照帖內畝數交納錢糧每畝二百個銅錢至所發諭帖應另備一簿留其存根以便對查 未完

緊要電音

相隔云遙 ○倫敦西三月二十一號來電云聖彼得堡西三月二十號消息云日俄兩國之兵因路途相隔遙遠之故向無動靜現在鴨綠江至平壤一帶祇有偵探軍隊

請送難民 ○又電云美政府承日本大臣塔高飛粒(譯音)之請已令美大臣麥高密(譯音)請俄政府幫送日本在西彼利亞難民五十名至柏林交日使館照料因恐有性命之虞

船潛於淵 ○又電云潛行水底兵船名意萬(譯音)"A I"者曾設法浮起惟未濟云

勿攻病院 ○又電云法國泰晤士報云法國駐東京公使已代俄拒阻日本於西三月十號攻擊旅順連近之長興島(譯音)"Sanshantao"俄國治疫病院

見利忘義　○又電云俄國總營務處有一千總因將俄國陸軍機密佈置行營之圖賣與日本已在聖彼得堡治以極刑云

緊要新聞

俄已添兵　○聞俄人已增厚旅順兵力該處現有步兵三隊炮兵五千名並騎兵一隊云

捐輸踴躍　○台灣友人來函云日俄開戰後日人海戰連獲勝仗捷電傳來日本官商以及婦孺莫不歡欣鼓舞而日官府員弁等忠義奮發皆各願捐廉湊餉助戰所有台灣入籍富紳商民等亦莫不樂輸以爲兵士犒賞之資聞其助餉章程上等者每人報効三百元其家產財業估共若干每千元內抽五十元以助餉需以台灣一島計之共可得餉一百數十萬現銀亦可見日民愛國之心倍於愛家也

事關交涉　○前法國公司船裝運日本戰前訂購之砲曾經上海法總領事印存關棧一事現已電移至北京著外務部與駐京日本公使妥商想自當照辦矣

鹽務翻樣　○奉天鹽務向係灘戶與鹽販交易由官家設局抽釐雖百弊叢生然相沿已久商民尚皆稱便至二十九年冬季銷項極暢由高橋車站運往新民府者尤多自增軍餉奏准設立督銷局每斤加價四文灘戶鹽戶不得當面交易督銷總局設在營口二道溝特派章太守幼樵總理其事並出示云自臘月十五日始統照新例奉行乃自出示後買鹽者均裹足不前各局難免蕭條其果能持久與否未可知也

紛紛回國　○俄人之在奉天省垣者莫不異常震恐所有婦孺均由火車運送回國

全眷啓行　○奉天省垣總辦交涉局事務前署奉天錦山海道李聘三觀察之眷屬半往錦州半住省垣茲已將省垣之眷屬移往錦州同住再由錦州挈全眷回津

各眷行蹤　○奉天驛巡道志彭同奉天學政裴維安之眷屬均已就道回京至於發審處總辦遷化三與東邊稅務局總辦路仙舫之眷屬均遷赴昌圖府再由昌圖府北入蒙古王之界隱避

會議銀價　○日昨江督魏制軍曾電飭上海道云美國會議銀價精大臣數禮拜後即能來省考察詳商此事省垣無熟悉之員應請尊處迅速選舉熟悉情形一員囑令在滬考究細情即日到省以便令其隨議望切仍先電復

難於遷避　○旅居滬上商民與在海參威開張店鋪有舊者於前日接得來信云氷凍將融此間各國商人鑑於旅順之役逆料日軍必來攻擊故已紛紛遷避他往惟伊則因放出各賬共有三萬金之多一時無從收取而欠人之欵亦有二萬餘金如欲逃遁回鄉則放出者分文無着欠人者債主必來家坐索不得已惟有在此死守聽諸造化而已○又云俄人查緝日諜甚嚴華人所開之各行號店鋪逐日皆有俄弁率兵入內搜查而滋擾之事亦所難免○又云夾溝子馬賊頭目韓登舉即韓邊外之子也擁衆數萬聲勢頗盛俄人欲招之使降韓狐疑未決邇因業已降俄之馬賊數千人遭俄虐待一哄而散又經馮麟閣致書與韓切囑勿墮圈套故韓馮已聯絡一氣俄人目爲心腹之大患云

疑信參半　○法報論日俄開戰後情形云日俄兩國開戰至今爲日已多惟日來戰事消息甚屬稀少然兩國勝負之的確消息想不久定能傳到當日本襲擊旅順時勇氣百倍然就目下情形觀之日人之氣較前稍餒何也現在日俄兩國

各自整備行將在陸地開一大戰故目下各處皆有騷動之象且日本民人其歡欣鼓舞之情較前殊屬大減此非日人無愛國之心也實以目覩此次戰事不能如中日之戰事奏功甚捷是以心存恐懼耳日本商務素不興旺近遇戰事其商業之不振概可知矣

聞此次日政府所出之國債票爲數甚鉅其富商大賈所借之欵業已不貲卽稍富者亦已盡力捐輸以充兵餉恐此後難乎爲繼矣是以戰而勝猶可說也若戰而敗則民情有不因之騷動者乎有人云日人皆以日本設遇危急之時英必出而助日然本館以爲設英而干與此次之戰事勢必牽動全球則日俄之戰將成爲萬國之戰矣職是之故本館深信英國處事精明必不肯出而干與此不利已之事致本國商務阻滯讓他國從中獲利也然則英政府豈與各英報有同情哉蓋此次英國各報散播挑戰之說非榮耀之事乃羞辱之事也是以本館曾將英報所傳之消息屢次指出力斥其妄然不特本館爲然曾閱紐約最著名之日報名哀拉而特者亦嘗著一論說畧謂此次英國各報竭力挑戰散播謠言實屬不是其指摘日人之處詞氣之間更覺嚴厲由是以觀全球之人未必皆與日人有同情也至論日本現在國中所辦之事異常嚴密不令外人知悉是以各報館之訪事探訪消息頗非易易凡日報如中法彙報等言詞之間不免有袒俄之處悉遭日官擯斥不准在國中售賣致令閱報者不能接到報章此誠憾事日官之禁止報章如此之嚴蓋欲國中人但知日本戰勝之事而不欲令人知失利之事也噫日人如此作爲無識實屬不智實屬徒傷本國之體面耳

目下日本人民皆有戰必勝之思想祇因日前日軍砲攻海參威之事電信遙傳皆以爲日人又獲勝仗矣殊不知俄人並未發砲還擊是直未交戰耳勝於何有噫奇矣本館書此論說時又接路透局倫敦來電云得東京消息日本艦隊進攻大連灣砲台云云然大連灣並無砲台殊令人深訝不置更可奇者該電又云日攻大連灣後接攻旅順聞口內有俄艦十三艘內八艘被擊後竟失戰鬭力云云然本館按日艦隊在口外攻擊焉能知口內之情形尤可異者此次消息不出諸他人之口獨出於日人而日人不逕傳至上海而傳至倫敦旋由倫敦轉傳至上海此誠不可解者也適見其不根耳本館尚有一說爲閱報諸君告據路透來電云此次日攻旅順時俄戰士僅有二千之數噫此事殊屬不確誰其信之譯中法彙報

北　京

請假給牌　○陳侍郎自會辦五城事宜後所有章程頗臻妥善茲又諭令坐辦及各練勇云如各練勇每屆換班之後只宜在局守夜不准無故出局間有因事告假者局中發給牌子一支俟銷假時卽將牌子呈繳以杜流弊一切章程均能按照姜軍門規模一律辦理

擬設銀行　○奥商擬在中國設立華奥銀行一所華洋股份均半俟招齊股份時再行稟明外務部然後開辦

再募精壯　○工巡局日前復行招募八旗精壯之人以備挑選巡捕若干名均歸管理警察各上憲節制已於本月初一日早傳集應募報名人衆在工巡總局按格挑選聞所補名數亦屬無多

關心民事　○日昨召見某廉訪時　兩宮詢及東省有事該處民心有無浮動某廉訪奏對云日俄輒在遠東開戰各省商民咸知中國守中立於局外甚覺安貼　兩宮又囑云現値東省有事該省教堂尤當督飭州縣各官妥加保護毋得疏忽致釀巨禍云云

選取示格　○本月初二日京旗練兵大臣袁宮保鐵大臣又行出示張貼各處爲招集八旗精壯人等選取綠兵之用今將其示諭畧記梗概諭謂在保府教練之京旗常備軍已三千人今續行招選馬隊礮兵以備教練合亟曉諭八旗人等知悉無論食餉及閑散如願備選者取具本旗圖片赴東安門外煤炸胡同神機營兵廠京旗練兵留京辦事處報名掛號並將住址開明以備傳選至本月二十二日爲掛號截止之期如有曾經挑選駁回及充當巡捕之人皆不選取特示並將選取章程八條照錄於後一無論食餉與閑散旗丁皆可報名備選一年自十六歲至二十五歲者一力能勝一百斤以外者一身高營造尺四尺八寸者一開明北京所居之處以上五條均屬合格一素嗜大煙者一素不安分曾經犯法者一身有疾病者以上三條均不得入選

商部批示　○批副將宋仔鳳稟　據稟已悉前據該副將請辦川省礦務並擬築路以銷礦產當經咨行　四川總督查覆去後茲准覆稱查所指各礦如雅州府屬之大穴頭山業由官商開辦保寗府屬之昭化礦務商辦有年樂山礦產擬辦未成夔屬礦地現已查勘巴底巴旺之飛水岩兒依坪己由礦務局設法籌辦以保利權至川省東南鐵路工程浩大籌欵不易該副將前因試辦巴底巴旺礦產經前總督奎以跡近招搖申斥有案川中紳商士庶以該副將所言不實各有戒心應請立案不行等語既據查明該副將與論未孚所請應毋庸議此批　摘錄川督原咨　卷查光緒二十五年准前提督軍門夏移送副將宋仔鳳所呈巴底巴旺礦產圖說請准試辦因查地屬邊疆必須妥籌辦法尚未議准宋仔鳳遂即四處招搖糾集多股並敢潛赴重慶勾結奸商私立合同經前督部堂奎訪聞電飭回省不准再行請辦幸未滋生事端乃該副將不自知非復赴商部呈請已蒙燭其虛詐應請即予立案不行以杜狡謀而防擾害○批職商王鍾琛請辦風迎村煤礦稟　據稟已悉前據該職商等續稟承辦臨城縣屬風迎村煤礦當經咨行　直隸總督查覆茲准覆稱光緒二十三年由　前北洋大臣王詳定通飭章程自後無論官窰民窰凡經稟明開辦之處十里界內概不准再請試辦以示限制而息爭端又於廿四年由　前北洋大臣榮奏明立案將內邱臨城煤礦十二處統歸臨城礦務局採辦各在案該職商所稟臨城縣風迎村地方相距該處礦務局現辦官窰之膠泥溝相去僅止八里並無二十餘里之遙顯係朦混等因既據查明風迎村在官窰十里以內該職商所請核與定章不符應無庸議此批　摘錄直督原咨　據臨城縣孟廣瀚稟稱卑職親詣該村詳細查勘查得風迎村即豐盈村又名吉莊相距膠泥溝官窰實係僅止八里詢之村衆僉稱王鍾琛所與訂立合同之山主李雲生並非該村人氏該處開礦既在官窰界址以內似與定章不合理合稟覆查核轉咨等情

本埠新聞

督憲批示　○具呈文童陳煥文係天津縣人　批來呈並王徐氏等呈均悉此案已經順天府尹飭由通永道發回天津縣訊辦仰該縣迅即集案訊明結報以省拖累如有人證在武清縣者亦即移提歸審案懸已久切勿稽延○具呈王徐氏等係大津縣人　批已於陳煥文呈內批示矣仰天津縣查照另批遵辦○密雲縣民人李鳳來呈　批案已控經府尹飭縣斷結何得翻控姑仰密雲縣將訊斷情形錄案詳覆以憑核奪抄錄呈單批發○具呈民人田琛係昌黎縣人　批案已由府委員查訊自能水落石出何得來轅多瀆仰永平府俟委員覆到據實核明詳奪粘單抄存

車站紀事 ○藩台楊士驤方伯於昨早由津乘火車回省是時文武各員均至新車站恭送○又戶部郎中瑞部郎豐亦於昨早由津乘火車回京○又駐津日本提督仙波君於前日由榆關乘火車來津○又貴州派委劉大令押運貢鉛一萬二千餘塊於昨日乘輪抵塘沽換裝火車運往北京戶部投交○又黃龍汽車十六輛在津演試已畢定於本月初八日由津附火車載往北京以備 御用

親查部屬 ○天津鎮楊鎮軍由唐官屯一帶查閱部下親軍于初五日還津復于昨早前赴北路閱查矣

名目一新 ○昨紀南段巡警各分局裁撤第五隊一則茲聞將各局所管四隊改爲四區名目每區添派警務學生一名名曰區官

枷示僞員 ○近有一種招搖撞騙之匪徒僞作炎炎之勢穿花入柳何等威風嚇聾震昧妄報頭銜實欲藉此以作詐財地步有劉三喜者向在侯家後一帶冒充巡警探訪局之暗查到處招搖日前正在假作威福之際適遇探訪局弁差暗訪某見而訝之盤詰根究洞悉僞情立即扭局詳訊轉送總局復訊供認假冒不諱當即枷示十天俾人知悉以免後來之受其愚

可謂知恥 ○西門外高陞店後王某賣帶營生妻楊氏去冬被隣居之朱二羣劉四楊三等合謀將氏拐逃王查知赴縣呈報未獲後王自行在海大道西樓村將氏覓回王欲出氏而氏母不允延至今正氏歸寧省母許久未回忽於日前自愧無顏暗吞洋藥回來王家意圖覓死適被鄰人察破屍即喊救正吵鬧間適經警兵查知稟報五局第三隊巡弁當即協同灌救得慶重生

嚴責縱兵 ○掌兵之道宜嚴毋縱縱則擾民信然耳巡警五局第三隊巡弁王連陞縱兵爲惡毫無禁令昨有該隊下警兵吳得榮戎裝而出手提雀籠在南台子娼窰任意攪擾戲弄妓女衆皆敢怒不敢言不意樂極生悲被該管正巡官查知見其戎裝戲立即傳至局內重責四百棍以該兵之巡長常瑞廷失查陪棍一百並將該巡弁王連陞記過一次以儆後來

海關道示 ○爲出示曉諭事現蒙 北洋大臣袁 札開正月廿一日准 商部馬電內開據駐美梁大臣電稱賽會華商護照違式殊煩駁論請飛電各督撫嚴飭務遵前咨赴賽會新章領照否則殊難登岸等語希轉飭各關遵照等因到本大臣准此除分行外合行札飭札到該道即便遵照此札等因蒙此合行出示曉諭爲此示仰商民人等一體遵照毋違特示

外埠新聞

山東

盜開古塚 ○前明蓬萊縣戚武壯公歿後葬蓬萊縣城外離城二十里去歲忽有小竊發其墓揭去棺蓋將所有殉葬之物盡行盜去嗣經少保後裔邑庠生名蔭長者禀地方官請爲究辦當時府縣立即親臨驗看墓中共列三棺旁係女柩兩具均玉貌如生驗訖即令設法封閉嚴拏盜犯不識果能弋獲否

蘇州

查覆不實 ○蘇撫憲札委臬司會銅山縣陶在銘大令被參各欵當由司札委請補徐州府田紹白太守馳往密查各節茲悉太守詳查一過至二十五日始由該處遄返省垣投司禀到惟所查各欵聞有大半不實云

杭　州

教堂無虞　○杭省仁錢兩縣教堂林立縣令蕭以俄日開戰中國守局外之例深恐匪類乘機滋擾飭將各處教堂加意保護奉札後蕭令特飭差傳諭各地保遵諭辦理

安　徽

捐廉倡始　○聞近日皖省酌提中飽費銀十五萬兩藩憲聯方伯首倡認捐銀一萬兩𥹋聞撫憲誠中丞亦認銀八千兩臬臺之缺向稱極苦現濮子潼廉訪尙認銀二千兩以爲皖省各官之倡

厦　門

先設水巡　○厦門道黎觀察以爲厦門乃通商口岸所有地面應該整頓開辦巡警事宜以保商旅而靖地方特是無甚鉅欵刻難舉辦故暫將道署舊有之防營二百名改爲水陸警察巡兵現擬二月間先行開辦水路警察以保洋面俟三月間再行開辦陸路警察

各商立會　○商務局督辦黎觀察以現今時事艱難商情渙散各自爲謀漏巵日盛無由抵制爰擬設法整頓商務特於十三日邀請閩厦十途郊商長及十八保董事各大行店管事齊集廣東會館茶會面談一切厦門商務興衰情形並諭令各行商人各設一會各自整頓務必改良倘或力有不逮儘可請官輔助均能爲力

廣　東

起節有期　○目下桂省匪耗未靖聞岑督定期於廿三日啓程西行特委南海縣姚令隨營差遣所遺南海縣缺委潮陽縣傅令調署遞遺潮陽一缺委候補縣俞令接署聞南海縣缺年中賠墊不少姚令自署事後已虧累甚鉅必須曾署優缺者方能勝任故大吏特以此爲調劑云

假官移押　○去臘投寓一南番兩縣奉粤督密札往一源昌街人和棧江蘇候補追新會人鄧清一名及同寓之麥雨村家人賴安等共三人並帶有號衣日照紅頂花翎大帽等項不知若何竟被粤督察破假冒形迹密行札飭南番兩縣拿獲到署審究該犯已供認指官撞騙得賄多次等情茲又聞該犯初時收押差館現經臬憲程廉訪親提覆訊供認如前故其家人掌頰一百改押番禺鄧清則發回南海改收羈所釘上脚鐐矣

賑廣難民告

啓者日俄失和東省居民紛紛避難或乏川資或困饔飧種種苦情實屬可憫現由創首各同人急集欵四千元之譜署仿泰西紅十字會章程特派妥實可靠之人前往山海關一帶救濟難民察情賑䘏並酌給盤川頒發老幼婦女糧食俾各安歸故里惟所集欵目爲數無幾難以原原接濟還仰諸善士同具惻隱之懷贊襄斯舉是所深企焉

吳調卿　何仲瑾　顧博臣　吳蔭庭　嚴照明　公啓

本埠道勝銀行王觀察銘槐愿捐洋五百元又皮貨商劉少嘉愿捐洋二百元正預此聲明並代諸災黎鳴謝

同志諸君倘願捐助可將欵目送交天津英界滙豐銀行吳京卿調卿或六吉店何公館何觀察仲瑾代收給與收條並如何賑恤如何開支之處本館均當按期代爲登報佈聞

本館啓

拍賣告白

啓者准于本月初八日即禮拜四日下午兩點鐘在本行棧房內拍賣白糖壹百零二包馬車數輛並各樣洋貨傢具零件貨物等如欲買者請早來面拍可也

茂盛洋行謹啓　86

拍賣告白

二月初七日卽西三月廿三號禮拜三下午兩點在英界大沽路第六十九號門牌內拍賣所有貨物如下小洋鎗四枝大鎗三桿砲一尊馬車鞍一付馬車一輛衣櫃一個洋椅一套夷皂一堆鐵瓶並東洋盤茶具全套古瓶二個洋糖一包玻璃杯一套洋燈一合木箱二個皮鞋一包呂宋煙一包轆轤勒一套洋琴一把洗湯盆一個並洋畫一付　卜麟德謹啓 85

天津各項股票行情單

天津先農有限公司	上屆每股攤得利息五分	每股賣主付價銀一百三十兩
天津自來水有限公司	上屆每股攤得利息三分半	每股賣主索價銀一百四十四兩
天津濟安自來水有限公司	上屆每股攤得利息四分	每股賣主索價銀一百三十兩
天津煤氣燈有限公司		每股賣主索價銀一百兩
利順德飯店有限公司	上屆每股攤得利息二十分	每股買主付價銀一百五十兩
天津汽水有限公司	上屆每股攤得利息十分	每股賣主索價銀一百二十八兩
德克蘭尼飯店有限公司	上屆每股攤得利息七分	每股售過價銀五十兩
天津雲飛馬車有限公司	頭一年剏辦	每股賣主價銀二十四兩
天津印字館有限公司	上屆每股攤得利息五分	每股索價銀四十五兩
唐山礦務有限公司	上屆每股攤得利息五分	每股索價上海銀六十六兩
大沽駁船有限公司	上屆每股攤得利息二分	每股賣主付價銀三十五兩

買賣各項股票經紀永盛洋行具

開平礦務有限公司輪船告白

本公司廣平輪船准二月初七日由秦皇島開往上海此佈　本公司啓 72

天津 馬聚源領帽店

本號由宮北大街現移設毛賈夥巷西馬路大街路北自置貂騷海龍各種皮帽絨呢秋帽羅貽緯帽玉草凉帽翎浪羽纓加染庫紅杭絨線緯時款紗緞便帽絨緞夾紗皮領凉暖朝冠一概俱全凡賜顧者請移玉是幸京都鮮魚口內分此　本號謹啓 50

吉房出租

今有三合瓦房三所計二十一間每所南房三間東西廂房各兩間並有鋪面平房三間此房坐落海大道機器磨房胡同內另新蓋洋樓三座後有小房六間坐落海大道朱家胡同對過如欲租者請至美國葉市牛羊公司內面議可也　牛羊公司楊謹白 73

洪泰承專辦廣東同春堂黃務恒馳名丸散膏丹各樣奇匙巧鎖姑蘇番響器告白

同春堂黃務恒乃廣東眞藥肆也所製文武紅靈丹救疹中風痰關竅通有起死回生之功　萬應時症丸霍亂時症奏效如神　珠珀保嬰丹小兒急驚風熱危急關鎖症立能保安　立止牙痛丸仿若仙丹之妙　參燕開胃山楂丸味甘而美男婦老少咸宜常服開胃消食無痞積食滯之患眞乃養生妙品　茄楠心氣痛力不但止痛多服斷根　八寶珍珠散治五淋白濁一服止痛再服全愈　戒煙子母無憂丸母丸每粒引戒五分子丸每粒戒引一分不患生病戒引如神　人參再造丸治風癱症寸步難行服之立可挽回造化數日可健步如常　三黃寶蠟丸治跌打確傷靈妙如瘡科分別陰陽治法效驗非常所註瘡科辨別陰疽陽癰治驗論瞭如指掌可以不學能者略云無論發在何處部位如瘰癧橫痃瓜兒老鼠等瘡均有陰陽之別照法施治萬症萬全認定陽癰初起紅腫氣痛未潰者擦寡能散毒丸甚者服小痛醒消丸外貼藥料陽和紅毛膏陰疽初起皮色不變漫腫無頭潰後瘡口低陷經年不斂治用陰疽解凝膏接服發所列陰丸藥決能立效如腎虧陽補男子宜巨勝種子丸古稀之年服之少壯年少一服立見奇功婦人服扶坤贊育丸立止諸般帶下調經種子定卜宜男馳名蠟丸太繁如虧生丸白鳳丸清寧丸痧到時症丸回春等名目頗多不能盡錄付思丸藥爲救濟扶危之要品本號在廣專辦正號眞料貨物運北銷售務新物利專圖利非人者比也如欲大幫分售價錢格外克己此佈　天津鍋店街洪泰承廣貨莊謹啓 A

關內外全路逐日火車開行時刻

橫推直看

凡慢車經過各站均停片刻其快車小站不停其餘小車站開車時刻未及備載祈搭客早到無悞

快車 北京至榆關

北京開上午七點
天津新站開十點零七
天津老站開十點廿五
塘沽開十一點四十五
唐山開二點十二分
灤州開三點三十七分
昌黎開四點四十分
到榆關六點二十分

快車 榆關至北京

榆關開上午七點
昌黎開八點四十八
灤州開九點五十三
唐山開十一點三十
塘沽開一點五十分
天津老站開三點十分
天津新站開三點三十十
到北京六點三十分

豐台至通州

豐台開上午七點
到通州八點五十五
豐台開下午三點十五
到通州五點零五分

慢車 北京至塘沽

開下午二點十分
六點二十四分
六點四十五分
到八點十分

慢車 塘沽至北京

開六點五十五分
開八點三十八分
開八點五十六分
到一點十二分

通州至豐台

通州開上午九點零五
到豐台十點五十分
通州開下午五點十五
到豐台七點二十分

慢車 天津至榆關

開六點二十五分
開六點四十五分
開八點三十三分
開十二點十分
開二點二十五分
開三點五十五分
到六點四十二分

慢車 榆關至天津

開上午五點
開七點十八分
開八點四十四分
開十二點三十分
開四點十分
開六點三十四分
到六點四十四分

榆關至營口

榆關開上午七點
錦州開十二點三十三
溝帮子開二點五十一
到營口五點五十一分

慢車 天津至唐山

開十一點四十二
開十二點二十二
開二點十分
到五點十七分

慢車 唐山至天津

開上午六點十分
開九點二十六分
開十一點零七分
到十一點三十七

營口至榆關

營口開上午七點
溝帮子開十點二十
錦州開十二點四十一分
到　關五點五十八

慢車 唐山至榆關

開上午六點
開八點零五分
開九點五十分
到十一點五十八

慢車 榆關至唐山

開十二點十八分
開二點二十九分
開四點十七分
到六點二十分

中國鐵路總局告白

光緒三十年二月初七日　直報　第五版（二）　三四一五

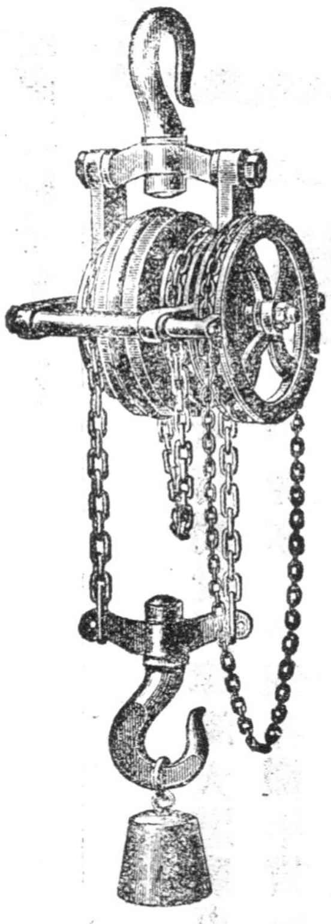

萬寶票行批發

天津紫竹林　北京鐵拐斜街

江南票頭彩三萬元二月念九開彩
湖北票頭彩五萬元二月念三開彩
粵東票頭彩四萬元二月初十開彩

正月份湖北江南兩處對號單已到查對本號售出紅彩甚旺伏祈携票對號兌洋

本行開設天津紫竹林經歷十餘載收兌大小彩票批發各省彩票無不格外公道屢售頭二三四大彩不下四十次久已遐邇馳名今又分枝一號在天津估衣街西口路北開張現于正月份江南湖北粵東票遠近賜顧請來面訂是荷
頃接到粵東對號單已到速來對洋

本行謹啟　46

寶元彩票公司告白

啓者本彩票公司仍設在天津河東奧國租界首次開彩日期定於西歷三月二十八號彩票每張共十條每條售大洋六角天津寄售處○河東東浮橋口生記錢舖　河東興隆街永昇銀樓　紫竹林直報館　公易洋行　利順德飯店　益聞報館　天津印字館　法租界牛康木飯店　晉和祥紙烟公司　大德國書信館　北京寄售處○前門外大街體乾堂藥舖　東珠市口世聚昌木行　琉璃廠聚寶票行　觀音寺華洋大藥房　崇文門內立中洋行　德國飯店特此佈告俾衆週知　寶元彩票公司啓

西賓館洋行

啓者本行新到英法國機器[illegible]器並有罐頭火食點心各樣頂好聘禮之物洋人用飯刀叉台布木器各[illegible]家俱鐵床廚房火爐[illegible]鍋閒盤頂好挨及[illegible]烟[illegible]蘭草包烟捲荷蘭烟嘴各顏色絲絨[illegible]緞雜色花洋布貨真價實一概[illegible]全諸[illegible]仕商賜顧者請來敝行面議可也　天津紫竹林西賓館洋行謹啓

德[illegible]益土莊

本號自運各省頂[illegible]高西土啓者今[illegible]行[illegible]零整發售格[illegible]圖號道[illegible]閩東特[illegible]陸[illegible]膏隨名手精[illegible]各種冷籠烟[illegible]人帶[illegible]廣[illegible]九[illegible]冷龍水[illegible]烟龍十[illegible]七[illegible]陝西士膏兩[illegible]八錢[illegible]估衣街歸士每[illegible]八[illegible]中間路[illegible]大門便買[illegible]內中間[illegible]是[illegible]號主人謹啓

廣東新到

八保活血散　鐵打損傷筋動骨連
止疼　閃腰叉氣付立愈
婦科導水丹　虛腫脹滿寒熱濕
鼓症　脹氣鼓水脹鼓血
男婦九妙散　兩脇水疼吐血鼓
胃疼　酸水不止付立愈
花柳敗毒膏　魚口楊梅淋入
拔風　骨升喉下服立愈
平黃敗毒丸　能治外科毒瘡
五保　毒胎斂花柳楊梅濕
仙傳神效丸　痔瘡漏瘡生管流
痔漏　血流水付樂除根

萬應膏　專貼多年連瘡腿疥毒瘡胎毒斂貼能愈專治婦科百中寒熱之聖藥
白鳳丸　實能治百病
仕服回春之力百號

竹林法租界聚興茶園前北洋大藥房代售　西山田號代售平市百號

本行新到各樣大小水龍出售

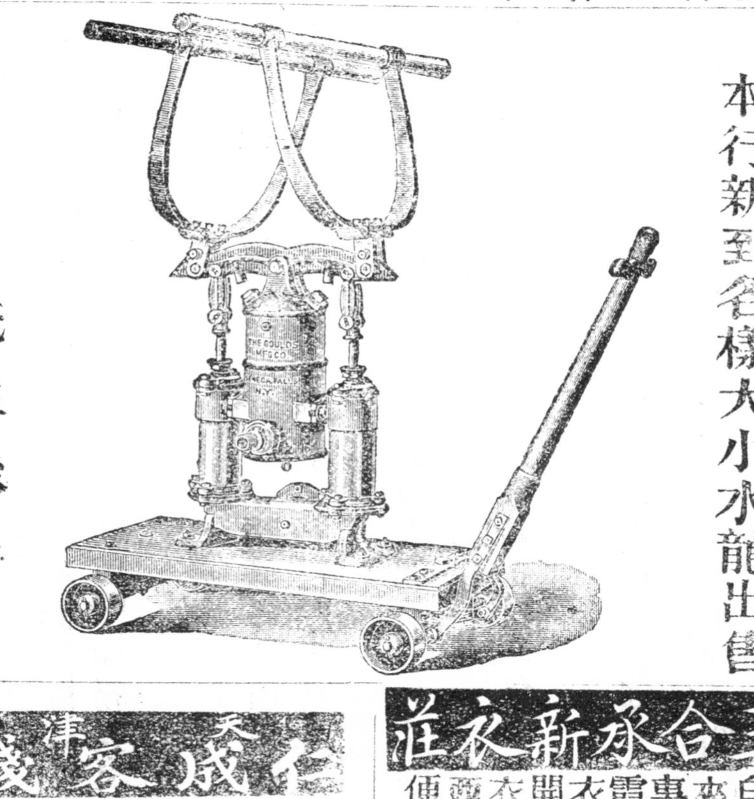

茂生洋行　26

三合承新衣莊

自置綢緞單夾皮綿紗喜事嫁衣袍霞佩男女壽衣一概出售開設天津估衣街萬壽宮西路北大門便是

天津仁成客棧

開設天津北大街中間石路南新修房屋寬闊明窗淨室同人伺候週到仕商投寓速往可也　218

琥珀金丹

小兒琥珀金丹　嬰兒胃瘟痘疹感
壽世種子丹　婦人百中雜
濟陰　婦人藥除不
麗茸燒腹丸　疾人精血子
寧坤止血丸　調經胎內虛
屋茸　男婦吐血
百補　勞嗽內傷能
參茸金丹　戒煙如神食
一金　自補增飲
痰飲定喘丸　哮吼痰喘咳
止嗽　嗽藥到立愈

平市西山田藥房　146

總商 C. Hofmann.

恒和洋行

本行前在德國實貨地方開設織絨織布各廠創自一千八百三十八年迄今已歷有六十餘年之久向在各國早已馳名並專理進口軍裝機器鐵路所用各件鐵軌氣燈礦務並工程各樣機器五金雜貨洋絨洋布等項貨物一概俱全價值各外從廉如蒙官商賜顧者請至本行帳房面議可也以及購辦出口駱絨羊毛皮貨等物今寓天津海大道英國菜市對門十九號房便是

本行謹啓 159

本行承辦營口通濟自來水有限公司已經開辦各埠欲購各種機器或訂辦各項工程價值從廉如蒙官商賜顧者移玉本賬房面議

德商恒和洋行本

工程司具 20

天津鍋店街

華英大藥房

本藥房專售外國各種靈驗藥水藥酒丸散膏丹香水香皂秘製戒烟玫瑰梅花參片補身斷癮一粒金丹自運各國名廠照像器俱材料放大電燈治外科刀針包經售司各脫乳白歛魚油丸製補肺清魚肝油燕醫生各種靈藥廣東各項蠟丸藥茸寧坤寶壽世濟陰丸小兒金丹

本藥房主人謹啓 13

出售

日本北海道

各樣木料

價格外從廉

三井洋行 20

本行代理中華火燭保險公司

China fire insurance Co.

歷有年所除中國地界外凡在英法德俄日奧及意國租界內之樓房住房棧房貨物等項均能代保火險保費格外公道如有欲保者祈 駕臨本帳房面商豈是可也

英界仁記洋行謹啓 3

仁記洋行

本行出售鐵片瓦隴鐵松木硬木地板各種大小機器美國人頭牌號麵粉價值從廉如蒙官商賜顧者請至本帳房面議可也

仁記洋行謹啓

牙醫

周相臣

專治牙疼牙漏以及腮腫風火蟲牙空金銀粉補管保除根並于滿口牢粒皆能鑲補用金銀象皮托任從客便價值從廉寓天津南門口天元醬園 188

聲明移居

本樓照像向在估衣街路北中間開設歷有年所已蒙 仕官紳商諺加稱贊名馳遐邇矣祗以地勢狹隘難盡所長每致抱遺珠之憾現移設歸賈胡同內路東第一六門樓院寬敞光陰合宜謹擇於二月初八日開張春光明媚景物宜人點綴昇平之象謹此佈告有欲照像者尚乞 惠顧光臨是幸焉

鼎昌銘記王子銘謹白

烏利文洋行

本行開設天津志泥華□港上海自造各樣鐘表又新到銀馬□六元泥綱平□□三元烏鋼平面□三元銀五號平面□五元留聲話匣花素簡子新□鐘表玩物一應俱全新到大小照像盒子並材料等價值格外從□貴□賜顧者請至紫竹林北大街法租界面議可也

本行啓 36

通經閨婦勝金丹

此丹專治閨婦經閉血枯一切乾病雜勞等症經驗如神倘蒙 賜顧請移玉天津鍋店街中間路南門面金字冲天招牌育生堂本藥店購買可也

育生堂主人啓 96

樂壺洞北馬路大街 51

聚慶園酒席處

本園新添米粉雞米粉肉等菜新鮮拾錦火鍋扒猪頭扒雞扒抓尖拾錦燒麥小賣一概俱全

本園謹啓

天津雲飛馬車有限公司

本行出賃頭等馬車馬匹如有來行租用馬車馬匹或按日或按禮拜或按月租賃均聽其便本行并買賣馬匹騾子凡有馬之人欲託本行代為豢養者算價極其公道其代豢養之馬匹亦必格外留心照看俾使茁壯無恙

天津雲飛馬車有限公司　法租界　得律風一百五十六號

17

天津公易洋貨莊

啓者本行開設英租界中街已數年於茲矣專辦　官紳仕商屋中陳設及一切需用裝璜等事倘蒙賜顧即函知本行當派妥人前往估價備辦整齊及各項工匠無不應時工作前曾歷辦行轅鋪墊陳設頗稱嘉許本行並備項好聘禮之物外洋各種器具軍中應需物件桌椅[?]俱玩物保險鐵屋新到銀櫃洋錢箱洋燈地氈白洋毯各[?]綢緞等件[?]商未及通知價值與別家格外從廉特此登報佈聞

公易洋行謹啓

華泰飯店

本店設在閣口西日本租界坐西向東便[?]特選頭等手藝專[?]英法大菜拾錦各[?]洋點心甜鹹面包加餡[?]面包外洋御用上全[?]酒罐頭食物俱造官商賜顧即論新洋樓寶閣陳設幽雅如官商[?]府請客喜筵另有外洋頭等器[?]與衆不同如定大菜格外公

5

九順班金紅于去歲九月曾嫁灤州郝某為小星豈意正在服中納娶同家經其毋舅等因于理不台呈送訊結郝某深知愧悔伊家又不能收留隨奉命將其女送同退交伊父母收領自便寫立斷絕字據為証特此登報聲明池馮氏啓

啓者本公司售賣之縫衣機器凡刊有此商標者乃真貨除總公司開設在天津外其北京保定烟台唐山等處均經設有分行賜顧者請就近購買為幸

勝家公司啓

70

天津

鴻泰元土莊

本莊精置各省西土寄整皆照行價發售特請屬東精工自熬冷籠澄嗜公膏每拾兩一龍人洋七[?]每兩銅[?]一吊三百文冷龍福字烟膏每拾兩洋八[?]八熬烟膏西東土每圓貳兩高俠[?]土每圓貳兩五錢[?]仕[?]賜顧者特蒙一開設天津宮北大街西向東門面便是

本莊主人謹啓

天津西門南

慶泰恒西土莊

項高冷籠雲土烟每洋一兩三錢高西土每洋二兩六錢本號精工選置不敢誇於筆墨仕商賜顧者請嘗一試誠為貨高價廉比別家不同

79

本店自造海式獐絨獐緞靴鞋京津蘇廣女鞋小孩繡花皂鞋

同

高鎮茂叫賣行

啓者本行今有空地一畝計六百畝在德國地內并有一百畝在德國小營門外又有七畝在法國租界又十三畝在法國河沿并有四畝如有買者或者包蓋幾年請到本行面議可也
高鎮茂謹啓

47

天津馬家口北洋醫院前
聚興戲園
雙盛合班

11 二月初七日早演

劉永寬 李玉亭 金鑲㚇 吉勝魁 小榮福 小榮貴 小連仲 呂月樵 四英 郭蝶仙 劉吉祥

太平橋 鍘美案 蝴蝶盃 天雷報 反長安 大登殿 獅子樓 拾玉鐲 取金陵

初七日晚六點鐘演

蔴信珍 花蕊仙 小仲仙 吉勝魁 郭秀奎 飛來鳳 郭蝶仙 雙處 可亭 呂月樵 劉吉祥

火烟駒 珍珠彩 鳳鳴關 祭江 四跑馬 雪盃圓 伐子都

譚鑫培擇吉登場

開設北馬路官銀號旁
大觀茶園
雲仙全班

170 二月初七日早演

小金豆 小九如 杜雲鳳 杜雲和 李長奎 杜雲美 張長奎 尤金培 王海臣 七仙旦 劉長瑞

蜈蚣嶺 柴桑口 雙斷亭 一捧雪 紡綿花 平北海 海潮珠 畫春園

初七日晚六點鐘演

小九如 七仙旦 六奎 劉長瑞 牛春化 溜溜旦 杜雲美 杜雲卿 杜雲鳳 一壽 十月仙

殺府逃國 洗浮山 全本玉虎墜

International Bicycle Co

啓者本行開設上海漢口天津有年今又分設北京崇文門內專售英美各國頭等男女自行車各種新式電燈電鈴時樣裁縫機器以及車上應用器具無不俱備如修理舊車本雇有頭等匠人技藝高妙價亦從廉賜顧者請至本行或分行面議可也
天津法租界快利洋行啓

座落襪子胡同閩津會館
天仙茶園
大吉升名班

12 二月初七日早

忌辰

初七日晚六點鐘演

蘇文奎 王翠琴 秃紅 元元紅 小蔡培 小九齡 黃處 小蕙芬 小蘭芬 金仙 呂永龍 譚均培

取滎陽 賣絨花 竹影計 獨木關 九更天 天水關 審刺 迷人館 畫春園

開設閘口日本租界
天仙茶園
鳴鳳名班

二月初七日早演

全班 張百增 林貴麟 安桂秋 王少魁 恩曉峯 翠玉 黛玉 陳月樓 白文奎 小春來

大賜福 火烟駒 拾玉鐲 乾坤帶 草橋關 戰城都 牧羊卷 五六本鐵公鷄

78 初七日晚六點鐘演

張百增 安桂秋 一杆旗 玻璃翠 達子紅 王少奎 小連奎 吳 曹桂芬 一杆旗 玉永奎

紅逼關 探寒窯 泗洲城 迴荊州 牧虎關 空城計 新安驛 開山獻佛

級陞

128

開設天津馬家口大街坐西向東洋樓門面便是

新運上海貢緞便帽元緞腿帶廣襪零正批售不悞

明義洋行

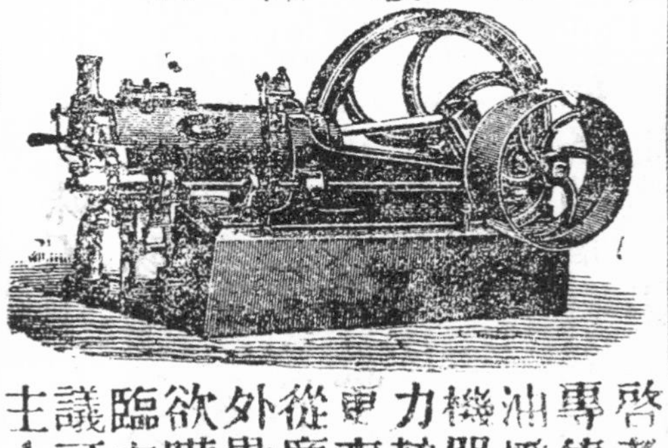

啓者本行專售用煤油燈并輪機器并法力較煤力更爽價值從廉如中外貫官商欲購者請臨本行面議可也本主人謹啓

各埠輪船來電放行日期

甘肅	廿五日	由香港汕頭	太古行
西江	初一日	由香港上海	礦務局
廣平	初二日	由上海	礦務局
京	初二日	由日本	怡和行
膠州	初三日	由上海膠州	太古行
玉順	初四日	由上海烟台	招商局
溫州	初四日	由上海烟台	招商局

進口輪船到大沽或紫竹林

泰順	初六日	由上海烟台	招商局
愛仁	初六日	由蕪湖	招商局
紹興	初六日	由日本各處	太古行
樂生	初六日	由汕頭烟台	怡和行

出口輪船由大沽開往各處

順和	初五日	往上海烟台	怡和行
重慶	初五日	往汕頭烟台	怡和行
永平	初五日	往秦王島	礦務局

結關輪船開往各處

公平	初五日	往上海烟台	礦務局
湖南	初五日	往上海烟台	太古行

直報第一張

二月初七日

不取分文

京報照錄

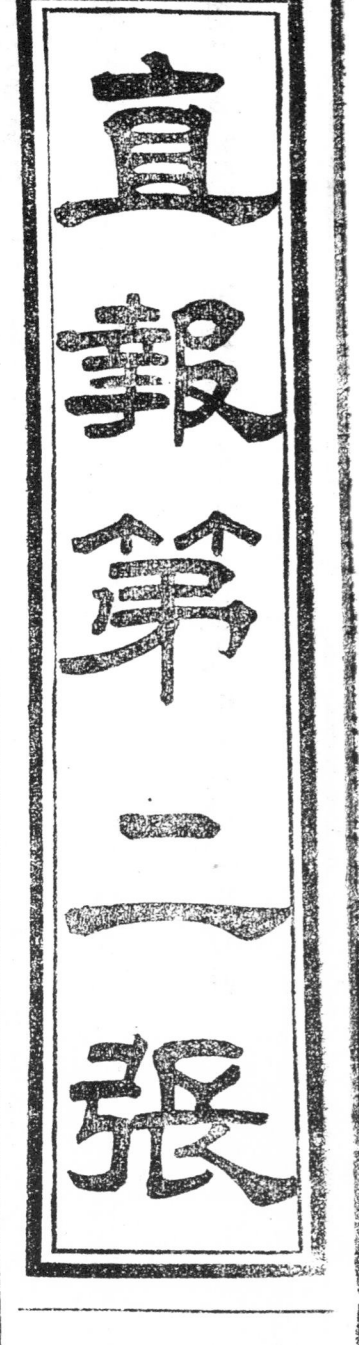

○○出使日本國大臣兼管游學生總監督奴才楊樞跪　奏爲揀調酌留人員分派差使恭摺具陳仰祈　聖鑒事竊奴才於未抵任之先兩次奏請揀調各員隨帶出洋迨抵任後又經　奏請酌留前任未屆期滿各員均蒙　俞允在案奴才隨即攷察各員才具分派差使當以鹽運使銜分省前先補用道馬廷亮派充二等參贊官候選州同汪度派充三等參贊官該二員學識優長通達時務以之佐治外交綜理文案堪資臂助其駐紮橫濱總領事則以員外郎銜外務部候補主事渠本翹補充駐紮神戶正領事則以鹽運使銜分省補用知府吳仲賢補充駐紮長崎正領事則以廣東試用知府卞綍昌留充並飭令各該領事遵照商部　奏定章程隨時攷察各埠商務按季具報其使署隨員等則以戶部學習郎中王克毓候選同知梁居實分理文案及日記等事又照商部咨行札委該二員兼充商部隨員飭令彙查各埠商務詳著論說呈報商部察核並以補用主事吏部候補筆帖式彥惠同知銜議敘候補筆帖式恩綬候補直隸州州判張元節通判職銜脫應昌四品頂戴廣州旗營防禦楊勳廂黃旗漢藍翎侍衛樊衛棠均派充使署隨員分司案牘電報並收發公文照料學生暨繕寫校對支應接辦等事此外尚有代各省大僚訪詢政務學制購置書籍儀器以及延聘教習定造鈔票各件亦令該隨員等分辦又查定章使署應設醫官一員當以五品銜分省補用知縣徐際平派充並於各隨員內遴派太常寺典簿張元褒浙江試用知袁恩永安徽試用州同施濟普駐紮橫濱領事署山東候補縣丞汪森寶分省試用縣丞黃冕駐紮神戶領事署鄭然省試用同知李經湘

徽試用州同施濟普駐紮橫濱領事署山東候補縣丞汪森寶分省試用縣丞黃冕駐紮神戶領事署郟然省試用同知李經湘廕生通判周清任駐紮長崎領事署均令隨同各該領事襄辦一切事務其使署東文繙譯官則以知府銜分省試用直隸州知州盧永銘留充查該員在東日久與外部各官頗能接洽因加給該員參贊銜以使與外部傳語機要之事惟使署西文繙譯尚未得人而奴才於西國語言文字夙諳大畧現在與歐美各國公使交涉事件俱係自行辦理容俟訪得精通西文之繙譯再奏請調用至於橫濱領事署東文繙譯則以監生余亭嘉調充長崎領事署東文繙譯則以監生陳華岳調充惟神戶領事署東文繙譯尚未補員因前酌留之繙譯唐寶鍔現經山東撫臣電調內渡遺缺乏員調補當經飭令該領事選得通曉東文之人暫行雇用又三口領事署西文繙譯亦經飭令各該領事選人雇用所有津貼雇用各繙譯之費俱係由奴才按月發給毋庸各該領事墊支惟使署參隨各員因限於經費每月薪水銀兩俱係減至多成核發不能與出使歐美各員按照定章徑行支給然各該員幫理各省游學生事務勤勞倍昔擬來於總監督經費項下按月酌給銀兩津貼各該員以示體恤而資鼓勵奴才又恐各該員外處私室易蹈躭逸偷安之習當於使署內設一會同辦公之所奴才偕同各該員每日晨而入暮而出一切事件俱係隨到隨辦不准携歸私室故抵任三月以來事務雖屬紛繁辦理尚無貽悞伏念奴才受 恩深重際此時局多變交涉彌難惟有時時督率各員盡心辦事稍圖報稱於萬一斷不敢始勤終怠有負 生成除將使署供事武弁人等並額設東文學生照例咨明外務部查核外所有揀調酌留人員分派差使緣由理合恭摺具陳並繕具各員職名清單恭呈
御覽伏乞
皇太后 皇上聖鑒謹 奏奉
硃批外務部知道單併發欽此

○○楊樞片 再查外務部 奏定章程游學生總監督准其酌帶人員隨辦文牘三年期滿照出使章程請奬等因通行遵照在案現在各省官費自費生到東游學者愈衆以致學務之繁倍於前任雖經奴才飭令使署參隨各員幫同辦理然無專員照料一切尚恐有不周之處自應遵照章程調員委用以專責成查有江西郎用知縣何壽朋廣州駐防舉人徐能韜堪以派委專司學務如蒙
俞允卽由奴才咨呈外務部轉咨各該員等迅速到差所有總督公牘仍飭令參贊官馬廷亮汪度暨

使署隨員幫同辦理以昭慎密理合附片具陳伏乞　聖鑒訓示謹　奏奉　硃批着照所請外務部知道欽此

○○柯逢時片　再廣西補用道沈贊清前由廣東試用同知因創造銀圓著有成效經前廣東巡撫臣德壽保俟補同知後以知府用奉　硃批着照所請欽此嗣捐離原省改指廣西復捐歸知府班仍留廣西補用光緒二十八年七月經前兩廣督臣陶模以該員才明識練沉毅有爲於兩廣情形極爲諳悉更能究心有用之學奏請送部引　見奉　硃批着送部引見欽此旋隨前撫臣王之春來廣西軍營辦理文案是年七月二十三日到營當經奏明由吏部註册以到營之日作爲到省日期在案二十九年二月經直隸督臣袁世凱以前辦南洋順直賑捐異常出力請免補知府以道員仍留原省補用並經前署兩廣督臣德壽奏保辦理廣東紳富捐輸出力請　賞加二品頂戴均經吏部議准具奏奉　旨依議欽此該員已由知府保歸道班例應給咨送部引　見現值廣西軍務緊要差委需員沈贊清熟悉情形才寔通敏仰懇　天恩卽以二十九年七月十八日吏部議准奉　旨之日起照章扣明程途例限作爲道員到省日期差委補用俾臣藉資臂助俟序補到班再行送部引見出自逾格鴻慈謹附片陳請伏乞　聖鑒訓示謹　奏奉　硃批着照所請該部知道欽此

○○松壽片　再熱河舊設電線南接通州東達奉錦自庚子年電杆被匪拔毀至今未能一律修復經前都統錫良咨商直隸督臣袁世凱先將熱河至奉錦電線委員興修應需電杆等件分別籌款採辦已於二十九年修復通報惟京津各處僅借關外鐵路一綫轉達現値多事之秋設有阻滯緩急難恃承德至通州舊有線路關繫尤重亟宜修復直達奉錦庶東北兩路消息靈通以維要政復經奴才咨商督臣袁世凱以熱河地當衝要由錦轉電究不可恃卽於上年十二月間委員由京造設其承德至古北口應用電杆由熱河籌款購買經奴才委員逐段勘明核寔估計議定價値共需銀三千餘兩熱河現無閒款

可籌惟有在於圍場押荒項下動支已先行撥發銀二千兩由委員轉發各商飭令趕緊運交以備接修除俟辦竣後將兩項動用欵項一併核實報銷並分咨戶部外務部外理合附片具陳伏乞　聖鑒勅部查照謹　奏奉　硃批該部知道欽此

○○奴才薩保跪　奏爲布特哈等四處官兵應納　貢貂懇請緩年呈進並以前短交貂皮一併展期補納恭摺具陳仰祈聖鑒事竊查光緒二十八年間經奴才奏懇　天恩暫免貢貂等因一片恭奉　硃批着暫緩二年再行呈進餘依議欽此計自奉　旨之日起均至三十年係應進之期曾經分行黑龍江墨爾根呼倫貝爾布特哈等四處遵照去後嗣准各該副都統咨據所屬向納一　貢皮官兵等聯名呈稱應進　貢貂向係親身進山採捕呈供　御用詎意自兵燹後無法採捕所有三十年應進　貢貂及二十六年未交足額並二十四年短交各貂皮一併暫緩數年俟地方安定元氣漸覆再行採捕呈進等情先後咨請前來奴才伏思此項貂皮前已代請展緩曷敢再事瀆陳惟查該副都統等所咨各節均屬實在情形合無仰懇　天恩俯鑒下情准其暫緩數年再行設法採捕按期呈進以廣　皇仁而示體恤之處出自　鴻慈逾格所有布特哈等四處官兵應納　貢貂懇請緩年呈進並以前短交貂皮一併展期補納緣由理合恭摺具陳伏乞　皇太后　皇上聖鑒訓示謹　奏奉　硃批着暫緩二年欽此

○○周馥片　再臣於光緒三十年正月初四日具　奏考核屬吏賢否分別舉劾一摺內青州府屬安邱縣訓導于蓮品學有虧請　旨革職等因摺內漏繕安邱縣三字相應據實檢舉附片陳明請　旨勅部更正開去安邱縣訓導之缺並請將臣交部議處伏乞　聖鑒謹　奏奉　硃批周馥着交部議處欽此